La estrella de la Isla Norte

La estrella de la Isla Norte

Sarah Lark

Traducción de Susana Andrés

Papel certificado por el Forest Stewardship Council®

Título original: *Schicksalssterne*

Primera edición: noviembre de 2022

© 2020, Bastei Lübbe AG
Publicado por acuerdo con Ute Körner Literary Agent, S. L., Barcelona
www.uklitag.com
© 2022, Penguin Random House Grupo Editorial, S. A. U.
Travessera de Gràcia, 47-49. 08021 Barcelona
© 2022, Susana Andrés Font, por la traducción

Printed in Spain – Impreso en España

ISBN: 978-84-666-7040-1
Depósito legal: B-16.590-2022

Compuesto en Comptex&Ass., S. L.

Impreso en Liberdúplex
Sant Llorenç d'Hortons (Barcelona)

BS 7 0 4 0 1

MEDEA

Talento para ser feliz

Dominio Grossgerstorf, Hannover
1910-1911

1

—¡Dispara de una vez, Julius! —gritó Helena cuando un enorme jabalí macho entró en el alcance de tiro del joven.

Los ojeadores concentraban la caza dentro de un cerco formado por los cuarenta y seis invitados al dominio Grossgerstorf. Julius von Gerstorf y su prima Helena compartían un puesto de tiro, pero en ese momento ella estaba recargando el arma. En cuanto el jabalí había aparecido, había apuntado y fallado el tiro.

El animal pasaba justo por delante de la escopeta de Julius. Corría aterrorizado hacia el puesto, seguido de una jabalina y una cría. El joven no podía fallar. Sin embargo, dudó. Un animal tan espléndido... tan lleno de vida... Le parecía deshonesto matarlo en una emboscada. Pero debía actuar deprisa. Cuando un jabalí se percataba de la presencia de un ser humano, podía volverse peligroso. Julius apuntó con cuidado y disparó por encima de la cabeza del animal. Helena, por su parte, ya volvía a estar preparada para intervenir. Supuso que él tendría el macho en el punto de mira y apuntó a la hembra. Esta cayó, mientras que el macho y el jabato giraban hacia la derecha y pasaban de largo huyendo del cerco.

—¿Cómo has podido fallar, Julius? —preguntó Helena indignada—. ¿A cuánto estaba? ¿A veinte metros? Hasta un niño lo habría alcanzado. ¡Y lo mismo pasa en el ejército! ¿Qué harás si estalla una guerra?

Eso mismo se preguntaba también Julius de vez en cuando, aunque solía acertar bastante cuando apuntaba a una diana. Matar animales, sin embargo, le resultaba repugnante y, aún más, matar a seres humanos. Aun así, disponía de otras cualidades que hacían de él un individuo interesante para el ejército, al menos en tiempos de paz. Julius von Gerstorf era un jinete excelente. Servía en el Primer Regimiento de Ulanos del Reino de Sajonia y en breve iban a destinarlo al Instituto Militar de Equitación de Hannover. Un gran honor, ya que con veinte años solo era aspirante a oficial y normalmente la academia de equitación solo aceptaba a alféreces o a quienes ocupaban un rango superior.

—Creo que he tropezado —se disculpó—. Qué raíz tan absurda... Pero por lo menos tú has dado en el blanco.

La jabalina a la que Helena había abatido no se movía ni tampoco lo hizo cuando se acercaron para verificar su muerte.

—¡Tiro de paletilla! —exclamó orgullosa Helena.

—Felicidades —contestó Julius con sequedad.

Entretanto, un cuerno emitió la señal que anunciaba la conclusión de la batida. Una buena noticia para Julius, pues a fin de cuentas llevaban sin apenas moverse desde las cinco de la mañana en ese bosque frío y húmedo en pleno mes de octubre. Estaba empapado y congelado, y lo mismo debía de pasarle a Helena.

Pero la pasión febril por la caza parecía enardecer a su prima, y no se la veía desaliñada. El traje loden se ceñía elegantemente a su silueta y llevaba el cabello rubio recogido con gran cuidado bajo el sombrero. Pese a contar apenas diecinueve años, Helena von Gadow tenía un aspecto imponente. En su rostro diáfano y aristocrático se dibujó en ese momento una sonrisa.

—Por mí podemos decir que la has abatido tú —propuso.

Julius negó con la cabeza.

—A tal señor, tal honor.

Ahora ya podían abandonar su puesto y cruzar el tiradero sin correr ningún riesgo en dirección a los coches, que esperaban a los participantes en la cacería en medio de un claro. Mientras tanto, los ojeadores se dedicaron a reunir las piezas derribadas para colocarlas y ordenarlas en filas, es decir, a formar la llamada junta de carnes. Al lado de los coches, el servicio tenía preparado un tentempié para los cazadores y, por supuesto, las botellas de aguardiente empezaron a circular. Casi todos los hombres llevaban una petaca con licores diversos.

Albrecht von Gerstorf repartía orujos de hierbas. Julius cogió uno para calentarse al menos por dentro. Helena también dejó que le sirvieran un vaso ignorando las miradas despectivas del propietario del coto. No se consideraba femenino que una mujer tomase bebidas fuertes, y aunque su marido estuviera junto a ella en la cacería, este no podía prohibirle que bebiera.

—¡Vivan los cazadores! —dijo Albrecht.

—¡Viva la caza! —respondió Helena.

—¿Y a vosotros qué tal os ha ido, Julius? —Magnus, su hermano mayor, se separó del grupo.

Había compartido el puesto con Veronika, la hermana pequeña de Helena. Julius pensó que la chica debía de estar tan muerta de frío y fuera de lugar como él mismo se sentía.

Helena habló de la jabalina abatida sin mencionar el error de Julius, pues era reservada con respecto a esos asuntos. Nunca habría puesto a nadie en evidencia, y menos aún a él, por quien parecía sentir una especial debilidad. ¿Por qué, si no, se habría unido a él ese día y no a su hermano, más conversador y vivaracho?

Magnus también había matado un jabalí, un auténtico verraco. Julius suponía que Veronika ni siquiera había tocado la escopeta.

—Por allí hay *Glühwein* —le dijo—. ¿Quieres un poco para entrar en calor?

El vino aromatizado con especias se calentaba sobre un fuego abierto. Veronika lo siguió agradecida hasta la hoguera, a la que acercó las manos mientras él le servía un vaso.

—Odio la caza —declaró la joven antes de llevarse la bebida a los labios.

A Julius le habría encantado comunicarle que él era del mismo parecer, pero eso no habría encajado con su papel de anfitrión en una batida. Así que se limitó a sonreír con indulgencia.

—Estoy seguro de que te lo pasarás mejor luego, en el baile.

Veronika le sonrió a su vez.

—Siempre que vuestro salón de baile esté caldeado —respondió.

—Si no es así, haré cuanto esté en mi mano para que entres en calor bailando —le prometió Julius.

Le gustaba Veronika. Era tímida y dulce, por completo distinta de su más atractiva hermana.

—¿No tienes que bailar con Helena? —preguntó Veronika.

Era un secreto a voces que los padres de Helena y Julius la consideraban la futura candidata a esposa del joven, una decisión estipulada según cuestiones hereditarias. Karl von Gadow no tenía hijos varones y su primogénita, Helena, era su heredera. El heredero de Albrecht von Gerstorf era Magnus, por lo que no quedarían tierras para Julius. ¿Qué mejor, entonces, que casar al hijo menor con Helena y de este modo garantizarle el control de la propiedad de Von Gadow? Julius estaba convencido de que Helena habría preferido administrar ella misma las tierras de su familia, pero las convenciones no se lo permitían. ¿Se debía tal vez la simpatía de la joven a que esperaba tener con Julius más autoridad en la administración de su propiedad que a través de un casamiento con un hombre como Magnus, que tenía mayor seguridad en sí mismo?

Julius reprimió un suspiro.

—Como buen anfitrión —dijo—, es mi deber ocuparme en igual medida de todas las damas que nos acompañan. Bailar contigo será además un placer —añadió al instante.

—Entonces nos vemos más tarde —contestó Veronika amablemente.

Uno de los ojeadores se había acercado a él para aclarar una cuestión organizativa y, como joven bien educada que era, no quería seguir acaparando la atención de su primo.

Entretanto, las piezas ya se habían dispuesto en orden formando un tapiz, y sonó el halalí para dar por finalizada la caza. Los criados recogieron los restos de la comida y se dispusieron a apagar la hoguera. Todos los cazadores se repartieron entre los cuatro carros tirados por caballos pesados que iban a trasladarlos a la mansión. El viaje se hizo largo. La masa forestal de la finca era grande y, además, se explotaban cincuenta hectáreas de campos de cultivo y pastizales. El grupo llegó por fin a la avenida flanqueada por castaños que conducía a la mansión señorial. Al final había que cruzar un puente, pues lo que en su día había sido un señorío estaba rodeado por un foso de agua de cinco metros de ancho.

A través de una barbacana llegaron a uno de los patios, donde unos criados ya los esperaban con otra bebida y panecillos con salchichas caseras. Julius y Veronika tuvieron que soportar más brindis por la caza antes de que los invitados se retiraran a sus aposentos para cambiarse y descansar. Julius siguió a su padre y a su hermano a las dependencias privadas de la familia. En el vestíbulo los esperaba el ama de llaves, una impresionante matrona en la cincuentena.

—Debo comunicarles que el honorable *Kommerzienrat* Gutermann y su hija ya han llegado —informó en un tono impersonal.

Albrecht von Gerstorf asintió confuso.

—¿Tan pronto? —preguntó asombrado—. Pensaba que llegaría mañana... ¿Y cómo es que trae a su hija?

—¿Es nuestro banquero? —intervino Magnus—. ¿Lo has invitado, padre? ¿Al... baile?

Albrecht torció el gesto.

—No. Pero tendremos que enmendarlo. Señora Greta, entregue por favor al señor una invitación para la comida y el baile de después, aunque este último más bien debería interesarle a su hija. No sé nada de ella... —Se marchó.

—¿Cómo es que el banquero de nuestro padre se ha presentado aquí? —preguntó Julius a su hermano—. ¿Se trata de otro préstamo?

Los propietarios de un dominio solían pedir préstamos bancarios para adquirir maquinaria agrícola o financiar obras de rehabilitación. Aunque, tratándose de su padre, Julius temía que se endeudara por otras razones. La carrera militar de Magnus exigía una gran cantidad de dinero, no solo por lo que concernía al estatus propio de un joven alférez, sino a causa de la forma de vida más bien libertina del primogénito. Este, también alumno de la academia de equitación de Hannover, no se perdía ninguna partida de cartas ni hacía ascos a las apuestas arriesgadas. Albrecht von Gerstorf esperaba que su hijo pequeño ejerciera una buena influencia sobre su hermano cuando ambos compartiesen alojamiento. Julius era menos optimista a tal respecto. Magnus nunca le había hecho el menor caso.

Este se encogió de hombros.

—Ni idea —afirmó—. Y ahora discúlpame. Nos vemos por la noche. —El joven rubio subió la escalera en dirección a sus habitaciones.

Julius se temió algo malo. Le disgustaba que Magnus se aprovechara con tanto descaro de su padre, aunque no temía que fuera a arruinar a su familia. El bosque del dominio era enorme y los cultivos arrojaban unos beneficios considerables; además, su yeguada disfrutaba de cierta fama. El ejército compraba sus remontas, es decir, sus nuevos caballos, en Grossgerstorf; muchos cazadores también adquirían ahí sus ejemplares, y además se cedían algunos sementales y yeguas a otras yeguadas por cantidades importantes de dinero. Pese a ello, no había ninguna razón para derrochar la herencia tal como hacía Magnus.

A Julius no le interesaban lo más mínimo los juegos de azar. También a él le gustaba ganar, pero se limitaba a las competiciones ecuestres. El ejército organizaba carreras de larga distancia, *cross-country*, es decir, campo a través, y salto de obstáculos. El joven había destacado en todas estas disciplinas, en las que con frecuencia había dejado en el segundo puesto a su hermano mayor. Magnus era un jinete igual de dotado, pero más temerario e impulsivo. Si todo iba bien, era invencible; pero ¿cuándo iba todo bien? En la mayoría de los casos, la prudencia y una concienzuda formación del caballo resultaban más eficaces. A Magnus le gustaba confiar en la extraordinaria naturaleza innata de los caballos de su padre. Julius se esforzaba por entrenarlos mediante la doma clásica por encima de esas cualidades.

Esperaba con impaciencia asistir a las clases de la academia de equitación de Hannover. En su regimiento actual, el Primero de Ulanos del Reino de Sajonia, se daba poco valor a la doma clásica. Allí enseñaba el sargento Friedrich Schmitz, quien había vivido hasta hacía poco en Estados Unidos y había acabado la formación en su caballería. Alcanzó el rango de alférez en ese país y ahora enseñaba también en Sajonia según los métodos que eran habituales en América. Eso tenía algunas ventajas en los combates a caballo. Schmitz prestaba importancia al trabajo en suelo antes de subirse a los caballos de la remonta y enseñaba el *neck reining*, según el cual el caballo obedecía al apoyo de las riendas en el cuello para cambiar de dirección. Esta técnica simplificaba la obligada conducción a una sola mano durante el combate. Los ulanos sajones montaban además sus caballos sin bocado y por lo general con las riendas combadas. Julius encontraba esto fascinante. Su caballo de servicio iba estupendamente y disfrutaba trabajando con los jóvenes ejemplares de la remonta. Pese a ello, también se interesaba por disciplinas más elevadas de la doma y deseaba ganar torneos deportivos. Las competiciones de salto ecuestre y las carreras le atraían más que el adiestramiento específico para las operaciones militares. Aunque cada día realizaban ejercicios con armas, ni él ni sus compañeros pensaban nunca seriamente en participar en una guerra.

Julius se alegró de que hubiesen encendido la chimenea de su habitación; además, el servicio había dejado preparada agua caliente para que los miembros de la familia pudieran lavarse después de la cacería.

El joven hizo un generoso empleo de ella y por fin entró en calor. Todavía le quedaba tiempo antes de cambiarse para el baile y se planteó por un instante si su padre ya habría hablado con el banquero. Le habría gustado enterarse de qué créditos había solicitado Albrecht von Gerstorf. Por otra parte, se decía que él no tenía ni voz ni voto en ese asunto y consideraba además bastante improbable que su padre fuera a conversar esa misma tarde con el banquero. Albrecht von Gerstorf había bebido aguardiente y *Glühwein* por la mañana. Seguramente dedicaría el tiempo a dormir en lugar de al banquero.

No obstante, Julius bajó al vestíbulo. Tenía intención de echar un vistazo a la cuadra. El día anterior habían instalado a Medea, la yegua purasangre que él mismo había adiestrado durante el último año, en la cuadra contigua a la casa. Albrecht von Gerstorf tenía planeado venderla. A Julius le daba pena y quería volver a montarla antes de que abandonase la granja. Así que decidió dirigirse a la cuadra por una de las salidas laterales, pero solo llegó a la altura del despacho de su padre, cuya puerta estaba abierta. Frente al voluminoso escritorio de Albrecht von Gerstorf estaba sentado un hombre algo rollizo que estudiaba uno de los pesados libros mayores de la propiedad. Junto a la puerta esperaba un criado, listo para asistir al banquero si necesitaba algo. Sin pensárselo dos veces, Julius entró decidido.

—¿Es usted el honorable *Kommerzienrat*?

El hombre levantó la vista. Julius distinguió unos vivaces ojos castaños detrás de los gruesos cristales de las gafas. Gutermann tenía el cabello espeso, una nariz pequeña y una barbilla huidiza. A Julius le evocaba la figura de un oso amable.

—¡El joven señor Von Gerstorf! —Gutermann se levantó, aparentemente dichoso del encuentro, y tendió la mano a Julius—. Qué bien que alguien de la administración de la finca se muestre hoy dispuesto a dedicarse a los libros de cuentas conmigo. Ignoraba que irrumpía aquí en medio de una jornada de cacería...

—Mi padre debería habérselo comunicado —señaló disculpándose Julius—. Hace mucho que la fecha se había fijado, debió de pasársele por alto. En cuanto a la contabilidad, me gustaría ayudarlo, pero por desgracia no entiendo nada. Soy soldado de caballería.

—Es una pena, joven —opinó el banquero con un tono de desaprobación—. A fin de cuentas, un día dirigirá usted la empresa. Algo debería saber...

Julius negó con la cabeza.

—Se confunde de persona. Soy Julius von Gerstorf, el hijo menor. Mi hermano Magnus... —Estuvo a punto de decir que sospechaba que todavía sabía menos de números que él mismo, pero se contuvo. Pensó, en cambio, que podía subsanar el error—. Tal vez podría... En fin, si también desea ver las cuentas de la yeguada, podría revisarlas con usted. —Con respecto a las existencias de animales en el dominio, el joven contaba con una visión general realmente buena.

Gutermann sonrió.

—Algo es algo. Por favor, Franz, ¿podría traernos el libro de cuentas? —preguntó volviéndose hacia el criado.

Acto seguido, Julius y el banquero se sumergieron en

las listas de nacimientos de potros, los honorarios por apareamiento y la compraventa de caballos.

—Ha pagado usted una suma considerable por tres caballos de Inglaterra —observó Gutermann señalando una anotación—. ¿Me permite preguntar por qué se invirtió de este modo el dinero?

Julius frunció el ceño antes de responder:

—Dos caballos de Inglaterra —corrigió—. Dos potros sementales. La yegua viene de Hoppegarten. Los tres son purasangres.

—Entonces ¿su padre quiere criar caballos de carreras? Yo... bien... he oído decir que su hermano está interesado en ello.

Julius esbozó una amarga sonrisa.

—Mi hermano apuesta a los caballos de carreras y de vez en cuando participa en competiciones del ejército. Mi padre compró los sementales purasangres para refinar nuestra yeguada de sangre caliente. La raza local es... bueno, un poco pesada para la caballería moderna y para la caza a caballo. Y nosotros nos concentramos en la cría de caballos de monta más bien elegantes. Últimamente hay gran demanda de caballos media sangre.

No mencionó que la compra de los purasangres no respondía tanto a la capacidad para los negocios de su padre como a sus propias reflexiones sobre el futuro de la cría de caballos de monta. Magnus lo había apoyado en la adquisición, posiblemente con la segunda intención de emplearlos en las carreras. Albrecht von Gerstorf había cedido de mala gana a los deseos de su primogénito.

Gutermann asintió con un gesto.

—Muy sensato, sobre todo la reflexión de no concentrarse exclusivamente en la cría de caballos para el ejército. Sin querer ofenderlo, señor...

Buscó el rango militar, pero la indumentaria de Julius no le aportó ninguna información. Aunque en el baile llevaría el uniforme de desfile, en la granja de su padre prefería el traje de montar civil.

—Aspirante a oficial —le indicó—. Espero que me asciendan a alférez dentro de poco.

Gutermann volvió a asentir con la cabeza.

—Sin duda. No obstante, opino que la caballería no tendrá mucho futuro en las próximas guerras. Tan poco como los cañones tirados por caballos de la artillería. Los vehículos de motor se acabarán imponiendo también en el campo de batalla. Algo se les ocurrirá a nuestros ingenieros y estrategas militares.

Julius se encogió de hombros. El sargento Schmitz había dicho algo similar. Para él, la guerra de Secesión en Estados Unidos había constituido la última gran operación de la caballería. El mismo Julius no podía ni quería emitir un juicio al respecto, pero de todos modos se alegraba de que Gutermann pareciera bastante satisfecho de la gestión de la yeguada de los Gerstorf.

—¿Puedo... puedo preguntarle para qué ha pedido mi padre un crédito en su banco? —inquirió antes de disculparse porque tenía que irse.

Un vistazo al gran reloj de pie del despacho de su padre le había revelado que pronto debía cambiarse para el baile.

Gutermann asintió de nuevo con un gesto.

—Se trata de la construcción de un silo para el grano —informó diligente—. Y de la necesaria reforma de un par de edificios de la cuadra, los cuales me gustaría ver mañana. El dominio sirve como garantía del préstamo y querría conocer la dimensión de los daños y cómo repercuten en el valor total.

Julius no había visto hasta el momento ningún desperfecto en los establos, pero tampoco había puesto una especial atención en ello. De todos modos, encontraba bien que se invirtiera en la finca y no en liquidar las deudas de su hermano.

2

El uniforme de Julius se componía de un pantalón azul marino con rayas rojas, una casaca azul con el cuello y las vueltas en rojo, botones amarillos y ribetes blancos. En los desfiles lucía a manera de casco una gorra de piel con visera, que estaba forrada con el color del regimiento. Esa noche llevaba el chascás adornado con un águila, pero solo bajo el brazo. Camino de la sala del banquete se echó un vistazo en uno de los grandes espejos que colgaban de las paredes del pasillo. Le pareció que presentaba un aspecto gallardo. El bigote, que había empezado a dejarse en los últimos tiempos, lo hacía parecer algo mayor y daba más volumen a su delgado rostro. El cabello, de un rubio oscuro, y sus ojos color azul intenso completaban satisfactoriamente el efecto que obraba el uniforme.

Los invitados a la cacería tomaron asiento en sus sitios en la sala del banquete. Albrecht von Gerstorf presidía la larga mesa, a su derecha estaba Magnus con el uniforme de desfile de su unidad, el Regimiento de Ulanos del Altmark. Veronika, su acompañante en la mesa, no parecía muy contenta. Helena, en cambio, resplandeció cuando Julius le enderezó la silla.

—Pensaba que no ibas a venir nunca —le reprendió

cuando se sentó a su lado—. No es muy cortés hacer esperar a una dama.

En realidad, Helena ya se había enzarzado en una animada conversación con Magnus y otros cazadores y no se había aburrido en absoluto. Julius se disculpó a pesar de todo y lanzó a Veronika una mirada compasiva. Seguro que la jerga de cazadores había sacado de sus casillas a la hermana de Helena, que daba sorbitos a su copa de vino sin participar en la conversación.

—Lo siento. Estás espléndida —elogió Julius a su prima.

No exageraba. Helena llevaba un vestido de seda color burdeos que cubría con sus pliegues unas amplias enaguas azules, mientras unos encajes también azules adornaban el cuerpo y caían sobre sus brazos. Lucía además unos rubíes. Llevaba su espeso cabello rubio recogido elaboradamente en lo alto, coronado por una diadema con idénticas piedras preciosas.

Helena sonrió.

—Se hace lo que se puede —señaló—. Tú también tienes buen aspecto. Pero ¿dónde has dejado el sable?

El joven frunció el ceño.

—¿Vas a bailar o a pelear conmigo? —preguntó.

Por supuesto, el sable formaba parte del uniforme de gala, pero Julius había renunciado a él. Siempre temía tropezar al bailar con esa voluminosa arma en un costado.

Helena rio.

—Todavía no lo sé —afirmó.

Su voz adquirió un tono voluptuoso al pronunciar esas palabras, algo que desagradó a Julius. Le recordó a las meseras de las tabernas de los soldados en la Oschatz sajona, donde estaba estacionada su guarnición. Periódicamente, intentaban tentar al apuesto joven aspirante a oficial, pero nunca conseguían seducirlo. Él soñaba con una muchacha destinada solo a él, que lo amara y a quien poder amar. Su única visita a una casa de citas no le había complacido.

—Entonces está bien que haya prevenido posibles percances —respondió esperando haber zanjado de ese modo el asunto.

Un criado le sirvió vino. Helena le tendió su copa.

—Tengo un hambre canina —confió a Julius—. Por eso mismo he pedido que no me apretasen demasiado el corsé...

Sin embargo, no se apreciaba en su estilizada cintura. La silueta de Helena era, incluso sin corsé, impecable. Emitió una suerte de ronroneo cuando Julius lo señaló. Este sintió cierto alivio cuando sirvieron la sopa.

El banquete estaba compuesto por varios platos de aves y caza, pescado ahumado de los estanques del dominio y verduras de sus huertos, y de postre un *Welfenspeise*, pudin típico de la zona, en cuya elaboración sobresalía la cocinera de los Von Gerstorf. Julius se esforzaba por entretener a Helena. Mientras tanto, su mirada se deslizaba entre las hileras de comensales. ¿Dónde estaba el *Kommerzienrat*? ¿Habría rechazado la invitación? Al final, Julius lo descubrió al otro extremo de la mesa, conversando con el barón Von Medow, un hombre anciano, tal vez cliente también de su banco. Julius buscó con la mirada a su hija, pero no vio a ninguna joven cerca de él.

Tras la comida se repartieron cigarros entre los caballeros y licores entre las damas, mientras los criados preparaban el salón para el baile. Julius y Magnus se unieron a las damas y rellenaron los carnets de baile. Tal como Julius había prometido a Veronika, los anfitriones intentaban bailar al menos una vez con cada muchacha. Se alegraba de que fuera así, pues los temas de conversación con Helena se le habían ido agotando lentamente.

En las horas que siguieron hizo girar a una joven tras otra al compás del vals. Conocía a la mayoría de ellas desde la infancia, lo que no le impedía hacerles ahora afablemente la corte, plantearles preguntas cuya respuesta ya sabía, elogiarlas por su aspecto y susurrarles al oído durante el baile. Seguía sin ver a la hija del banquero por ninguna parte. Gutermann, por su parte, había tomado asiento con Albrecht y otros representantes de la generación de mayor edad en la sala de caballeros, donde se fumaba y bebía coñac.

Cuando la orquesta hizo un descanso, se sirvió el ponche y Julius estuvo seguro de que Helena lo estaría buscando. Sin embargo, se sentía un poco mareado de tanto bailar, galantear y beber champán. Necesitaba respirar un poco de aire fresco, así que salió discretamente del salón y vagó sin rumbo ninguno por el patio hasta que oyó un claro relincho en la cuadra.

Medea. Por lo visto, el mozo de cuadra había olvidado ponerla junto a un caballo conocido. Ahora estaba sola en el box de una cuadra vacía y llamaba a sus compañeras. Las otras yeguas todavía estaban en la dehesa: en el dominio del Grossgerstorf había pasto suficiente para que los caballos pacieran hasta finales de octubre.

Julius dirigió sus pasos hacia allí. A lo mejor podía consolar un poco al animal. Al llegar descubrió un farol encendido delante del box de Medea. Al parecer no era el único que había advertido la llamada de la yegua.

—¡Tranquila, bonita mía! Sí, es muy triste estar sola, pero ya estoy aquí. Podría cantarte una canción. O contarte algo. Mira, yo también soy el único ser humano de la cuadra y no lloro a pesar de eso.

Era una voz muy cristalina y muy dulce. Insinuante. Y las palabras obraron efecto. Medea enmudeció. Cuando Julius se acercó un poco más, vio a una mujer delicada, envuelta en una capa de viaje, que acariciaba con su mejilla los suaves ollares de la yegua, que parecía responder a esos mimos. Apoyó resoplando levemente la cabeza en el hombro de la mujer, quien empezó a canturrear una canción. Julius reconoció la popular melodía de «Ännchen von Tharau».

Durante un par de segundos se quedó tan fascinado como la yegua. Luego se acercó más, pisando con mayor firmeza para no asustar a la desconocida. Aun así, esta se sobresaltó y la canción concluyó con un breve y espantado chillido.

Julius levantó la mano, sosegador.

—No es usted el único ser humano que hay aquí —advirtió con una sonrisa de disculpa.

La joven se volvió hacia él. A la luz del farol, Julius vio un rostro pequeño, con forma de corazón, y unos ojos custodiados por unas largas pestañas, la nariz algo respingona y unos labios carnosos que dibujaban ahora una sonrisa. No se había molestado en atarse la melena, ondulada y díscola, antes de cubrirse el vestido con la capa para ir a la cuadra a consolar a Medea.

—¿Por qué la han dejado aquí sola? —preguntó en un tono de reproche señalando al caballo—. La he oído gritar desde mi habitación.

Julius enseguida se sintió culpable.

—Yo no la he oído —reconoció—. La música... el baile... Si me hubiera dado cuenta antes, habría indicado que fueran a buscar otro caballo para acompañarla. Pero ahora los mozos de cuadra ya se han ido. Deberá tener paciencia y esperar hasta mañana.

La joven suspiró.

—Y yo dormiré mal —afirmó.

—Yo también —coincidió el chico—. Si esto la consuela lo más mínimo. Mi ventana también da a la cuadra. Por cierto, me llamo Julius von Gerstorf.

La desconocida volvió a sonreír.

—Julio es mi mes favorito —confesó.

Julius no pudo evitar reír.

—En general, cuando digo mi nombre, se suele comentar que no me parezco en nada a Julio César.

—En absoluto —constató ella, tras mirarlo con atención—. Yo soy Mia. Mia Gutermann.

Julius asintió con la cabeza.

—Ya me lo había imaginado —dijo—. ¿Por qué no está en el baile?

—No tengo el vestido adecuado —respondió Mia.

Julius deslizó la mirada por la delgada silueta. Bajo la capa llevaba un vestido de tarde de color claro.

—Con ese vestido sería todo un orgullo para nosotros que participara en nuestra fiesta —la lisonjeó Julius.

Ella rio.

—Habría llamado la atención —lo enmendó—. Y eso no le gusta nada a mi padre.

Julius arqueó las cejas.

—También aquí ha llamado usted la atención. Aunque solo la mía. Pero no se lo contaré a nadie.

—De hecho, no puede hacerlo —replicó ella—. De lo contrario tendrá que admitir que ha estado deambulando por aquí en lugar de bailar con su prometida. —Lo miró traviesa.

—No tengo prometida —señaló Julius—. Pero es cierto, he huido de tanto baile y tanto champán. Y entonces he oído a Medea.

—¿Se llama así? —Mia se volvió otra vez hacia la yegua. Durante todo ese tiempo había estado rascándole el cuello, distraída—. Un bonito nombre para un bonito animal. ¿Y por qué está sola aquí? ¿Está enferma?

Julius negó con la cabeza.

—No, vamos a venderla. Mi padre espera que alguno de nuestros invitados a la cacería se interese por ella. Mañana la enseñará a los caballeros.

—¿A las damas no? —preguntó Mia—. ¿No es un caballo para damas?

Julius se encogió de hombros.

—Hasta ahora no se la ha adiestrado para que la monten las mujeres. Pero en principio no hay nada en contra. Es obediente, no demasiado alta, suave... Aunque una purasangre. La dama que lo adquiera debe saber montar bien y no tener miedo.

Mia acarició la amplia frente de Medea y arregló el flequillo negro de la yegua castaña.

—¿Y por qué quiere venderla su padre? ¿No es adecuada para su yeguada?

Una pregunta inteligente que Julius no había esperado de la curiosa muchacha.

—Al contrario —admitió—. Encajaría estupendamente con nuestro semental de sangre caliente. La compramos para eso. Pero, por desgracia, hay... bueno... mi hermano tiene ciertas obligaciones...

—¿Es de su hermano? —preguntó Mia.

—No. La compramos por deseo de él. Y mío, aunque eso no cuenta tanto. La intención de mi padre al venderla ahora... Espera que eso haga reflexionar un poco a Magnus. —Julius acarició la nariz de Medea.

—¿Y usted no piensa lo mismo? —insistió Mia.

Julius sonrió. Qué curiosa era esa chica. Y perspicaz. Auténtica hija de su padre.

—No, no lo creo —confesó—. Mi hermano tiene la mano rota. Y mi padre seguirá pagando sus deudas. Yo solo espero que no venda también al semental purasangre. Eso sí sería una pérdida para el futuro de la yeguada. Las yeguas pueden reponerse.

—El banco de mi padre va a prestar dinero al padre de usted —señaló Mia.

Julius asintió con un gesto.

—Al menos eso esperamos. Pero en este caso se trata de inversiones sensatas en nuestra granja. No de financiar el estilo de vida de mi hermano.

—¿Qué sucede con su estilo de vida? —preguntó con cierta impertinencia Mia.

Julius se sorprendió pensando en qué color tendrían el cabello y los ojos de esa muchacha. A la luz mortecina del farol no lo distinguía bien.

—Usted también se marcha ahora a Hannover, ¿verdad? —añadió la joven.

—Su padre está bien informado —prosiguió Julius—. Pero yo voy allí para aprender a montar. No para divertirme. Hasta ahora vivía de mi soldada y, cuando sea alférez, todavía viviré mejor.

—La escuela de equitación debe de ser maravillosa... —Mia cambió de tema—. Me gustaría poder asistir yo también. Pero no admiten a mujeres. —Lo dijo como si fuera una sorpresa.

Julius rio.

—Es una academia militar —le recordó—. Las mujeres deberían estudiar para ser oficiales. ¿Qué tal es su puntería, señorita Gutermann?

Mia suspiró.

—Seguro que podría aprender a disparar —afirmó sin demasiado entusiasmo.

Julius contempló su delicada figura y sus finos dedos. No dudaba que las mujeres podían llegar a disparar tan bien como los hombres. Helena von Gadow era el mejor ejemplo de ello. Pero alguien como Mia...

—Seguro que sí —confirmó él a pesar de todo.

Ambos sonrieron.

Pensar en Helena le recordó de repente la fiesta. Todavía tenía que sacar a bailar a varias jóvenes más. No podía quedarse más tiempo. Y Mia no debía andar sola por allí. Si asomaba alguien del personal de las caballerizas, su presencia podía suscitarle pensamientos absurdos.

—Debo volver al baile —dijo apesadumbrado—. Y usted debería volver a su habitación. Podríamos... hacer algo para que duerma mejor. —Cogió el farol y se dirigió a la entrada trasera. Una puerta de la cuadra con los boxes de los caballos de monta conducía a otro edificio en el que los caballos de labor estaban atados en separadores. Mia, que lo había seguido, miró interesada sus enormes traseros.

—¡Qué ejemplares tan espléndidos! —exclamó admirada.

Julius asintió con la cabeza.

—Sí. Pero Emil —señaló un imponente alazán— es de corazón blando. Flirtea con todas las yeguas. Si lo colocamos al lado de Medea, escuchará algún que otro chillido de placer de vez en cuando.

Mia sonrió.

—No me molesta que flirteen. Lo que yo quiero es que todos los caballos sean felices.

—Pues entonces... —Julius se dispuso a meterse entre los separadores para desatar a Emil.

Mia se interpuso en su camino.

—Déjeme a mí. Acabará manchándose su uniforme de gala. Y en el baile tampoco debería oler a caballo.

Antes de que Julius lograra protestar, se deslizó junto al soberbio caballo, cuya altura hasta la cruz superaba la de ella hasta la coronilla. La joven musitó un par de elogios, desató al castrado y le dio hábilmente las indicaciones para caminar hacia atrás y salir de su sitio. Emil la siguió con docilidad. Su cabeza era tan larga como el tórax de ella. Pero Mia no parecía sentir miedo.

Al entrar en el box vecino al de Medea, Emil enseguida emitió un ronquido y mostró los dientes para olerla, arrugando el labio superior. La yegua se mostró igual de interesada por él.

—Ahora ya puede irse tranquilamente a cortejar —dijo Mia con tono de complicidad—. Y bébase una copa de champán a mi salud. No bailo taaan bien, ¡pero me encanta el champán!

Dicho esto, salió de la cuadra. Julius esperó a que hubiese cruzado el patio y llegado a la casa. La muchacha se habría visto en un compromiso si la hubiesen descubierto a solas con él de noche.

Cuando Mia se hubo ido, Julius se preguntó si ese encuentro no había sido fruto de su imaginación. Pese a ello, detuvo a un criado cuando se dirigía al salón de baile y le pidió que llevara una copa de champán a la habitación de la señorita Gutermann. Acto seguido, cuando tropezó con Helena, seguía pensando en Mia.

3

A la mañana siguiente, Julius se despertó muy temprano. Se había contenido con el champán y el ponche y no tenía resaca. Ese no era el caso de Magnus. Julius se sorprendió al encontrar a su hermano en el comedor de la familia sentado a la mesa del desayuno. Masticaba sin ganas una rebanada de pan blanco mientras el honorable *Kommerzienrat*, que estaba sentado frente a él con aspecto de haberse levantado fresco como una rosa, comía pan con queso y un huevo revuelto. Mia mordisqueaba afectada pan con miel. Estaba sentada junto a su padre, llevaba un traje de tweed cómodo y se había recogido el pelo. Julius constató que era de color nogal. Cuando la joven levantó la vista hacia él, pudo distinguir también el tono de sus ojos. Le recordó al ámbar oscuro.

—Buenos días, señor Von Gerstorf —lo saludó con amabilidad el banquero—. ¿También usted está ya levantado? ¿Desea tal vez acompañarnos al recorrido que dirigirá su hermano? El señor alférez va a ser tan gentil de enseñarnos la propiedad.

Así que por eso se había levantado tan pronto Magnus. Su padre debía de haberle ordenado que acompañara al banquero.

—Ah, sí, ¿puedo presentarle a mi hija? —siguió Gutermann, antes de que Julius llegara a contestar nada—. Esta es Mia.

Julius sonrió.

—Es un gran placer, señorita —saludó, e hizo el gesto de besarle la mano cuando Mia se la tendió con toda naturalidad. Era menos delicada de lo que habría esperado. Mia Gutermann no solo parecía dedicarse a los libros y los trabajos manuales—. Y sí, estaré encantado de acompañarlos a su inspección del terreno —dijo dirigiéndose al banquero.

—Entonces ¿vamos a tener que apretujarnos en el landó? —preguntó de mala gana Magnus.

El landó era un coche cómodo para dos pasajeros y un conductor en el pescante.

Julius negó con la cabeza.

—Yo iré a vuestro lado a caballo —contestó—. No hay problema.

Cogió una rebanada de pan con jamón y un criado le sirvió café. Magnus pidió que le llenaran la taza de nuevo. Mia bebía té.

—A mi hija seguro que también le gustaría montar —observó Gutermann—. Lleva años aprendiendo equitación en la hípica del Zooviertel.

—No es la peor escuela de equitación de Hannover —comentó Magnus sin dar muestras de querer satisfacer el deseo de la joven.

—Si lo desea, pediré que le ensillen un caballo —propuso Julius, en cambio—. ¿Es usted una amazona experimentada?

Mia se encogió de hombros.

—Llevo tiempo montando y tenía un caballo propio, pero por desgracia Florina murió. —De repente unas lágrimas brillaron en sus ojos.

—Lo siento —dijo Julius abatido.

—Ya era muy vieja —explicó Mia—. Muy muy cariñosa. Aprendí a montar en ella. Era una yegua fantástica... Pero no hablemos más de eso, todavía me pone triste. Y ahora tampoco voy a montar. No puedo dejar que mi pobre papá vaya solo en el landó. —Sonrió a su padre. Los dos parecían entenderse bien—. A lo mejor podemos hacer algo después, cuando te sientes a repasar los libros de contabilidad con el señor Von Gerstorf, papá.

Julius se inclinó ligeramente.

—Sus deseos son órdenes para mí —dijo, admirando la capacidad negociadora de la muchacha.

Era evidente que prefería ir a montar más tarde a solas con él que seguir a paso lento el vehículo.

—¿Nos encontramos entonces fuera? —Julius echó un vistazo a su reloj de bolsillo—. En... ¿veinte minutos? Tengo que ir a buscar un caballo.

Su hermano mayor torció el gesto.

—Así saldremos más tarde —refunfuñó Magnus—. Para eso no habría tenido que levantarme tan temprano... Podrías haberle dicho a Franz que te ensillara un caballo antes...

El criado ya había servido la mesa y seguro que habría comunicado a otro miembro del servicio el deseo de Julius.

—Yo mismo lo ensillaré —contestó Julius—. Hasta ahora, caballeros, señorita...

Mia le sonrió.

Poco después, Julius sacaba a Medea de la cuadra. De todos modos, tenía ganas de montarla y pensó que así le daría una alegría a Mia mostrándole la yegua ensillada y en acción.

Desde su sitio, Emil lanzó un relincho a la yegua cuando esta salió, y Mia y Julius intercambiaron una mirada de complicidad. Magnus ayudó galantemente a la joven a subir en el carruaje en el que ya estaba sentado el banquero y él mismo ocupó el pescante. Mia le susurró algo a su padre mientras Julius montaba en la yegua.

—Entonces lo mejor será que visitemos primero los edificios del establo que mi padre quiere reformar —señaló Magnus—. Ya verá que no hay nada destartalado. Pero tiene que mantenerse así y por eso es inevitable realizar algunas mejoras. Nuestro dominio es una empresa modélica; estamos pensando en ampliar la cría de caballos en un futuro próximo. Menos remontas y más caballos de deporte y de cacería... —prosiguió Magnus.

Julius avanzaba junto al vehículo a lomos de Medea. La yegua hacía algún escarceo de vez en cuando porque el paso de los caballos que tiraban del carro le resultaba demasiado lento. No obstante, obedecía las riendas y redondeaba el cuello. Mia no se cansaba de mirarla. Julius solo esperaba que parte de su admiración también fuera dirigida al jinete.

Cuando se pusieron al trote, el joven tuvo que frenar a la yegua castaña para no adelantarse, algo que no fue del agrado de Medea, que de vez en cuando daba un saltito enojado para regocijo de Mia. El banquero, por el contrario, ponía mala cara, si bien el paseo con Magnus por la granja no dejaba nada que desear. El joven le enseñó las caballerizas y el lugar en el que iban a construir el silo.

—El año pasado renovamos estas vallas —indicó Magnus a los Gutermann cuando pasaron junto a la dehesa de las yeguas. Medea saludó con un relincho a sus amigas—, pero pudimos arreglarnos sin pedir ningún préstamo. No obstante, últimamente hemos tenido unos gastos elevados, también por la compra de dos sementales para potenciales apareamientos.

Gutermann asintió con la cabeza.

—Ese asunto ya me lo ha aclarado su hermano. Me parecieron unas inversiones interesantes. Y sus garantías están fuera de duda, la granja se encuentra en un estado magnífico. Pese a ello, me gustaría volver a echar un vistazo al libro mayor con su padre. O con usted...

Magnus rehusó la oferta.

—Los números no son lo mío —declaró despreocupado—. Y la contabilidad me resulta todo un enigma... Ya sé, ya sé —puntualizó cuando Gutermann estaba a punto de hacerle una advertencia—. Debería aprender, al fin y al cabo, un día seré yo quien administre la granja. Pero primero... primero tengo que ocuparme de mi carrera militar.

Pareció decirlo con orgullo. Gutermann permaneció en silencio.

Albrecht von Gerstorf no se reunió con sus invitados hasta la hora de la comida y no pareció nada entusiasmado de tener que ir a repasar inmediatamente después sus libros de contabilidad.

—Pensaba que mi hijo ya se lo había enseñado todo —dijo desganado, mientras que el ama de llaves los llamaba a todos a la mesa. La mujer sustituía a la señora de la casa en estos quehaceres, dada la prematura muerte de la esposa de Albrecht von Gerstorf.

Gutermann se encogió de hombros.

—Me gusta comprobar los balances negro sobre blanco —contestó—. Por favor, señor Von Gerstorf, no estaremos mucho rato...

—¿Papá? —Mia colocó la mano sobre el brazo de su

padre. Se notaba que le disgustaba interrumpirlo, pero debía tratarse de una urgencia—. ¿No querías...?

La joven parecía inquieta. Tenía las mejillas sonrojadas y, en lugar de comer, movía el asado de buey de un lado a otro en el plato.

—Ah, sí... —Gutermann le dirigió un gesto afirmativo—. Antes deberíamos discutir de otro tema, señor Von Gerstorf. Mi hija me ha pedido que compre uno de sus caballos. La yegua castaña. Su hijo nos ha informado de que está a la venta.

—¿Medea? —preguntó Magnus.

Mia asintió con la cabeza.

El rostro de Albrecht von Gerstorf se iluminó.

—Por supuesto, señor Gutermann. La yegua es muy elegante, se entenderá perfectamente con su estimada hija.

Magnus sonrió indulgente.

—¡Por favor, padre! Medea es una purasangre. La veo más en una pista de carreras que bajo una silla de amazona.

—Has tenido medio año para llevártela a Hannover y presentarla en el hipódromo —respondió secamente su padre—. En lugar de eso, te llevaste a Gideon para impresionar a las damas en los Herrenhäuser Gärten...

—Gideon era uno de los sementales para montas de la yeguada y desde que Magnus residía en Hannover lo tenía allí como su caballo de monta privado—. Si la señorita Gutermann se interesa por la yegua... A lo mejor puedes montarla ante ella después, Julius.

El joven asintió.

—Ya lo he hecho —contestó—. Los he acompañado a dar un paseo por el terreno. Pero naturalmente puedo volver a enseñársela en el picadero.

—De todos modos, tengo un par de preguntas más

sobre la manejabilidad de la yegua, joven —advirtió Gutermann volviéndose a Julius—. Me ha parecido algo nerviosa. ¿La aconsejaría usted de verdad a una mujer joven?

—¡Por supuesto! —exclamó Albrecht.

Julius se mordió el labio. Tal como le había dicho a Mia la noche anterior, se podía instruir a Medea para que la montara una amazona. No obstante, nunca había visto a la muchacha manejar un caballo. Y por lo que ella explicaba respecto a su experiencia como amazona, esta se limitaba al trabajo con una yegua más vieja y «muy cariñosa». Era posible, además, que nunca hubiese salido con ella del picadero. La negativa de Mia por la mañana a cabalgar con él junto al landó podía deberse a que no se sentía segura en campo abierto.

—Creo que usted misma debe probar el caballo, estimada señorita —dijo al final—. Entonces veremos si se siente cómoda con él. ¿Qué le parece si nos encontramos a eso de las cuatro en el picadero?

Mia resplandeció.

—Estupendo —confirmó—. A esa hora ya habrás acabado con los libros de contabilidad, ¿verdad, papá?

Gutermann asintió con la cabeza.

—Me parece una buena solución. Con la condición de que me garantice que Mia no se romperá la crisma.

La joven soltó una risita.

—Eso no puede saberse, papá —explicó—. Mira, el príncipe heredero de Sajonia sufrió un accidente en un carruaje...

Julius asintió.

—Y el capitán de caballería Von Noack insiste todavía hoy en que eso podría haberse evitado si los caballos hubieran estado mejor adiestrados. No puedo garantizarle nada, señor *Kommerzienrat*. —Miró con franqueza al padre de Mia—. Pero sí asumiré la responsabilidad. He montado a Medea y, a mi juicio, su hija no corre ningún peligro a lomos de la yegua.

—Esperemos entonces lo mejor —contestó secamente Gutermann—. Así pues, nos vemos a las cuatro junto a las cuadras.

A las tres y media, Julius ensilló a Medea, primero con una silla de caballero para realizar varios ejercicios de doma y cansarla un poco, con el fin de que Mia la manejara más fácilmente. Si Gutermann la compraba, él insistiría en que le permitiera preparar durante un tiempo a la yegua antes de dejarla del todo en manos de la joven. Ya había realizado algunos ejercicios con el fin de desensibilizarla —para adiestrar caballos jóvenes se servía de los métodos, en gran parte poco convencionales, del teniente Schmitz—, pero la yegua era joven e impulsiva. Tenía que sosegarse un poco más antes de que una mujer se subiera en ella.

Mia apareció a las cuatro menos cuarto, cuando Julius estaba colocando una silla de amazona sobre el animal. La joven miró con atención las huellas de sudor en el pelaje liso, de color marrón rojizo, de la yegua.

—Confiese que la ha cansado —señaló con un tono de reproche.

Julius sonrió.

—A un purasangre no se lo cansa tan deprisa. Pero sí, la he preparado un poco. Como he dicho, quería que usted se sintiera segura.

—Ah, pero yo ya lo estoy —respondió ella con toda tranquilidad.

Ella llevaba un sencillo traje de montar verde que ya mostraba señales de su uso. Julius vio este detalle con optimismo: si las mujeres solo cabalgaban de vez en cuando, sus trajes eran más lujosos y con un aspecto siempre flamante.

—¿Puedo montar ya? —preguntó Mia. Luego hizo el gesto de ir a coger las riendas de Medea y de llevarla a la pista. Pero, antes le dio una zanahoria—. He pasado antes expresamente por la cocina —dijo complacida—. A fin de cuentas, tengo que causarle una buena impresión.

—¿Así que se sirve usted del soborno? —bromeó Julius.

Mia sonrió.

—Solo con los caballos —contestó—. De lo contrario apuesto por la persuasión. —Le guiñó el ojo en un gesto divertido.

En ese momento llegaron también a la pista, procedentes de la casa, el padre y el hermano de Julius junto al banquero. Magnus iba con mala cara, Gutermann con expectativas.

Caballeroso, Julius ayudó a Mia a sentarse en la silla y se quedó al instante asombrado de la seguridad con que ella cogía las riendas, daba unos golpecitos al cuello del animal y emprendía la marcha. Medea movió algo nerviosa las orejas. Hasta ese momento nunca la habían montado con silla de amazona y tenía que comprender primero las ayudas, unas indicaciones físicas de la jinete distintas a las que conocía. Mia le dio tiempo para ello. Primero fue al paso, dejó que la yegua girase sobre la mano delantera y que retrocediera. Mientras, conservaba el equilibrio, erguida y tranquila. Manejaba las riendas con suavidad, mantenía las manos en calma y la yegua muy pronto relajó la boca mordiendo satisfecha la embocadura.

—¡Tiene muy buen aspecto! —exclamó alegremente Albrecht von Gerstorf—. ¡Lo ve! Los caballos de Grossgerstorf son fáciles de manejar por naturaleza...

—¿No compró esta yegua hace medio año? —preguntó Gutermann.

Julius contuvo una sonrisa.

En ese momento, Mia puso a Medea al trote, aplicando de nuevo con prudencia las ayudas. Sabía reunir al caballo con mano ligera. Medea redondeaba el lomo hacia arriba y avanzaba con la correspondiente suavidad. Mia también seguía con facilidad el trote. Estaba resplandeciente cuando pasó por delante de los hombres.

—¿No es maravillosa, papá? —gritó Mia a su padre.

Albrecht von Gerstorf se apresuró a darle la razón.

—Una pareja bonita, un binomio, señor *Kommerzienrat*. Una pareja realmente bonita.

Gutermann hizo una mueca y a Julius se le volvió a escapar la risa. Mia no destacaba por ser una buena compradora: debería estar señalando los defectos de Medea en lugar de ponerla por las nubes si quería bajar el precio en el momento de adquirirla.

Mia describió un pequeño círculo con la yegua y salió al galope a izquierda. Una hermosa escena esa también, en la que Medea daba unos trancos elevados y tranquilos al galopar.

Pero entonces se produjo un tumulto delante de donde se alojaban los caballos de labor. Habían sacado a Emil, el enorme castrado de sangre fría, y este había visto a Medea en el picadero. Acto seguido, se puso a hacer escarceos como un joven semental, lanzó relinchos a la yegua y tiró de la cuerda del mozo que lo guiaba. Este no estaba preparado para tal reacción, pues normalmente Emil era muy tranquilo. Cogido por sorpresa, tropezó, y el imponente castrado aprovechó la oportunidad para tirar de él hacia el picadero. Uno de los perros de la granja intentó cortarle el camino ladrando y otro mozo soltó una pesada cadena para apresurarse a ayudar a su compañero.

Mia levantó confusa la mirada y Medea también se asustó del ruido y del perro que corría de un lado a otro. Con el impulso del galope dio un vigoroso salto, se levantó con las cuatro patas a la vez y alcanzó de ese modo una altura imponente. A continuación aterrizó de manos, estuvo a punto de caer y se recuperó después de encorvar varias veces ligeramente el lomo. Los hombres miraban petrificados lo que ocurría mientras el caballo daba botes. Julius quería ayudar a Mia, pero no podía hacer nada.

—Nunca... nunca ha hecho algo así —murmuró Albrecht von Gerstorf.

Pero de nuevo Mia los sorprendió a todos. Ni gritó ni hizo ningún amago de saltar, como seguramente habrían hecho otras damas en su situación. Superó con agilidad los saltos y se echó a reír.

—¡Vaya! —se limitó a exclamar después de tranquilizar a Medea con unas suaves ayudas—. ¿Qué ha pasado?

Julius tenía la impresión de que su corazón daba unos brincos tan grandes como los que acababan de dar la yegua y su serena amazona. Mia ya lo había impresionado por la noche cuando había sacado al caballo de sangre fría de la cuadra. Pero esto... El joven apenas lo entendía. Esa muchacha era... ¡increíble! Julius creía que jamás había oído una voz tan dulce como la de Mia ni una palabra tan alegre como su jocoso «¡Vaya!».

Medea giró sobre las manos siguiendo las instrucciones de Mia y se preparó para el trote.

El padre de Julius intentó ponerle coto.

—Ahora es mejor que baje, señorita Gutermann —aconsejó—. Creo... creo que ya es suficiente... Opino... —Parecía haber perdido la esperanza de que los Gutermann compraran ese caballo.

Mia negó con la cabeza.

—No —contestó resoluta—. Ni hablar. Todavía tengo que probar el galope a derecha. ¿Ya vuelven a tener al sangre fría bajo control? ¿Y a ese perro tan temerario? Al menos yo no me habría cruzado en el camino de ese gigante.

Volvieron a llevar a Emil a su sitio, donde se dejó atar con docilidad. El perro siguió al mozo sin apartar la vista del caballo.

—No sé cómo ha podido pasar esto... —se disculpó Albrecht—. Normalmente nuestros caballos de sangre fría son imperturbables, justo este...

Mia le sonrió desde lo alto.

—Se ha visto transportado en alas del amor —observó—. ¿Se le puede reprochar algo así?

Y dicho esto ejecutó un pequeño círculo a la derecha. La yegua inició obediente el galope a derecha.

El banquero carraspeó.

—¿Cuánto pide usted por la yegua? —preguntó resignado—. Yo todavía la encuentro algo asustadiza para que la monte una mujer, pero también mi hija se deja llevar en alas del amor. Que no sea demasiado cara, Von Gerstorf. Y metámonos ya en casa. Aquí cada vez hace más frío.

A esas horas, a finales de la tarde, empezaba a refrescar en la granja aunque durante todo el día hubiese brillado el sol.

Mia bajó de la silla y Julius y ella llevaron juntos a Medea a la cuadra. La joven sacó otra zanahoria del bolsillo de su falda de montar y la yegua la masticó satisfecha.

—Seguro que conmigo será feliz —afirmó, como si tuviera que consolar a Julius por la pérdida de la yegua.

El joven, que hasta entones nunca había pensado en la felicidad de los caballos, asintió.

—¿Y quién no iba a ser feliz estando en sus manos, señorita Gutermann? —respondió.

Mia frunció el ceño.

—Usted no me toma en serio —dijo con severidad—. Pero para mí es importante. Me encantaría hacer felices a todos los caballos del mundo.

—La tomo muy en serio —protestó Julius—. Si bien eso solo es un bonito sueño. ¿Cuántos caballos en este mundo son del todo felices? ¿Y acaso pueden serlo de verdad?

—Ahora no diga que son animales —replicó Mia casi un poco enfadada.

Julius negó con la cabeza.

—Nunca los calificaría como tales —observó él con un guiño.

Mia se lo quedó mirando.

—¡Usted no me toma en serio! —repitió. Recorrieron el resto del camino en silencio—. Por cierto, muchas gracias por el champán —transigió, a pesar de todo, Mia, después de entregar a Medea a un mozo—. Fue... fue todo un detalle por su parte.

Julius se inclinó y le sonrió.

—A su servicio, estimada señorita. Estoy profundamente interesado en hacer felices a todos nuestros invitados.

4

El ofrecimiento de Julius para seguir preparando a Medea y llevarla a Hannover cuando ingresara en la academia militar fue muy bien recibido por parte del banquero Gutermann. Mia no puso ningún reparo, lo que en cierta medida extrañó a Julius. Había esperado que protestase, a fin de cuentas cabalgaba lo suficientemente bien como para poder encargarse ella misma de seguir adiestrando a la yegua bajo las directrices de un profesor de equitación.

Pero Mia se limitó a tomar a sorbos el champán que Albrecht von Gerstorf mandó abrir para celebrar la compra del caballo y tan solo sonrió dando su aprobación.

—Pero entonces tendrá que seguir trabajando con Medea cuando esté en Hannover —reclamó ella—. Siempre que se lo permitan sus obligaciones en la academia. —Miró escrutadora al muchacho, aunque seguramente sabía que los jóvenes soldados no estaban de servicio todo el día.

El banquero lanzó a su hija una severa mirada de reojo. Sin duda, había comprendido que Mia quería volver a ver a Julius.

El joven asintió con un gesto grave.

—Por supuesto, estimada señorita. Para mí siempre ha sido un placer trabajar con Medea y me tomaré con mucho gusto el tiempo para seguir haciéndolo. Yo mismo la llevaré a Hannover. No se preocupe.

Mia volvió a mimar a Medea con zanahorias y manzanas antes de despedirse de ella a la mañana siguiente. El carro que llegó para los Gutermann deparó una nueva sorpresa a Julius. El banquero viajaba en una especie de carruaje doctor, un coche de dos plazas tirado por un caballo que conducía su hija. El vivaz trotón de capa alazana apenas podía estarse quieto.

—Pelegrino es veloz como el viento —confió Mia a Julius cuando se despidió de él—. Al mediodía ya estaremos de vuelta en casa.

A Julius todavía le quedaban dos semanas de vacaciones antes de entrar en servicio en Hannover y, para su regocijo, dos días antes de su partida llegó la orden del gabinete para su ascenso a alférez. No lo consideraba en sí demasiado importante, pero un rango más elevado le libraba de sufrir un control demasiado estricto. No tenía que pernoctar en el cuartel, sino que podía, tal como esperaba su padre que hiciera, instalarse en el domicilio particular de Magnus.

—Ya me informarás de lo que se lleva entre manos —indicó Albrecht von Gerstorf cuando se despidió de Julius. El hermano mayor se había marchado dos días antes a Hannover a caballo—. Y Magnus, a su vez, te estará vigilando a ti. Así que no os excedáis con el juego y las mujeres. No tengo nada en contra de que os desfoguéis, pero para eso no hace falta gastar en exceso. ¿De acuerdo?

Julius asintió con un gesto resignado. Ya le había dicho a su padre varias veces que no servía de guardián, pero el hombre no quería ni oír hablar de ello. El joven lo dejó estar y prefirió disfrutar del juego complacido de las orejas de Medea y de lo bien que se lo pasaba saliendo a pasear. En esos últimos días se había familiarizado mucho con la yegua y ahora lamentaba tener que separarse de ella. Por otra parte, ardía en deseos de volver a ver a Mia Gutermann. Ella le había escrito varias veces desde su partida, si bien dirigía sus cartas a «Medea Gutermann a cargo del aspirante a oficial Julius von Gerstorf». Escribía cartas divertidas a su «Querida Medea» y envolvía sus confidencias y preguntas en fórmulas que dirigía al caballo. Julius participó en el juego respondiendo en nombre de Medea a «Mi estimada propietaria». Hacía que la yegua se quejara de que él la forzase a dar tantos giros a la derecha cuando ella prefería mucho más andar sobre la mano izquierda y preguntaba para qué le servía a un caballo aprender a ir espalda adentro o ese movimiento llamado «apoyo» para desplazarse lateralmente. Aunque el tono de ambos era imparcial, ese intercambio epistolar constituía una especie de flirteo. Julius ya tenía ganas de volver a escuchar la voz argentina de Mia y que lo asombrara con sus peculiares observaciones.

«Hacer felices a todos los caballos del mundo...». ¡Qué deseo tan loco, si hasta era impensable para todos los seres humanos! Así se lo señalaría si ella volvía a expresar esta idea otra vez. Se preguntaba cómo respondería ella.

5

Julius estuvo pensando en Mia durante su cabalgada de varias horas hasta la ciudad y sufrió una decepción cuando no encontró a la joven al llegar por la tarde a la hípica, en la zona del Zooviertel, donde debía entregar a Medea. Por supuesto, era obvio que Mia no podía pasar allí todo el día esperándolo. En lugar de ella, lo recibió amablemente el profesor de equitación y propietario del local, el capitán ya retirado Armin Jansen. El veterano exmilitar estudió a Medea como un experto y no podía dejar de decir lo fantástica que era la complexión de la yegua y lo bien que se llevaría con Mia Gutermann. Por su parte, Julius elogió la habilidad de Mia para montar. A fin de cuentas, Jansen había formado a la joven durante todo ese tiempo.

—Espero que no se tome a mal si en el futuro sigo adiestrando un poco a la yegua —planteó con prudencia Julius.

Sospechaba que el viejo soldado de caballería también preparaba a los animales de su cuadra.

Jansen negó con la cabeza y golpeó su pata de palo.

—Yo ya no puedo montar tan bien —se lamentó—. Sedán, 1871.

—De eso ya hace tiempo... —señaló Julius.

—Se puede decir así —confirmó el anciano—. Pero la sensación... la sensación no se olvida... Y después, cuando se ve galopar a los jóvenes... A veces voy a la academia y también aquí tenemos a algunos individuos con talento. Por ejemplo, la señorita Gutermann. —Sonrió—. Todavía disfruto más viendo a las muchachas sobre la grupa de un caballo...

Julius se echó a reír.

—¿Un viejo galán? —bromeó con el veterano.

Jansen conservó su seriedad.

—No, no, ni hablar, no es nada indecente. A mí lo que me importa es el asiento, la postura sobre la silla, no las posaderas. Se trata solo de que... En el caso de las muchachas, sé que no las van a enviar al campo de batalla. Y que sus caballos no acabarán siendo presa de los cañones. En cambio, los jóvenes alféreces... La mayoría de ellos están impacientes por que estalle la próxima guerra. Pero yo sé lo que es... y no es ninguna bendición. —Julius tragó saliva y pensó en qué podía contestar, pero Jansen ya había transformado su rostro arrugado en una simpática sonrisa y cambió inmediatamente de tema—. Disculpe a un anciano... No tengo intención de agobiarle con malos recuerdos. Vayamos a colocar a esta preciosa yegua en un box y démosle un buen forraje. Y luego bebamos juntos a la salud del nuevo ejemplar de la joven señorita Gutermann. Y por su ingreso en la academia militar, la mejor escuela de equitación de Europa... Tengo arriba una botella como Dios manda. Ideal para después de una cabalgada... ¡o para antes!

Julius se sometió a la sabiduría del anciano, lo siguió a su despacho con vistas al picadero y se bebió dos vasos de aguardiente antes de echarse la silla de montar al hombro y encaminarse a pie a casa de su hermano. Esta se encontraba en la antigua y elegante residencia de un comerciante, en la Vahrenwalder Strasse, no lejos del instituto de equitación. En la puerta de entrada, provista de herrajes de latón, un portero con librea saludó a Julius y le indicó el camino al segundo piso, donde residía el «señor alférez». En la planta baja, según le contó el portero, vivía un «señor teniente primero» y en el tercer piso, un «señor capitán de caballería». Era de suponer que todas las viviendas de ese edificio estaban alquiladas a personas relacionadas con la academia militar.

Mientras Julius subía por la escalera alfombrada se preguntaba cuánto costaría al mes ese alojamiento. Finalmente, accionó una aldaba con forma de cabeza de caballo y, para su sorpresa, escuchó de inmediato unos pasos detrás de la puerta. No hubiese creído a Magnus capaz de poner tanto celo en recibir a su hermano. ¿O era tal vez alguien del servicio?

En efecto, no fue Magnus quien apareció tras la puerta, que se abrió silenciosa, sino un vigoroso joven en uniforme gris. Al ver a Julius se puso firme al instante y realizó el saludo militar. Julius estimó que debía de tener diecisiete o dieciocho años y, por la forma de su cabeza, pensó sin querer en un huevo al que alguien hubiese pintado un bigote.

—Soldado Hans Willermann, ¡a sus órdenes, señor alférez! —chirrió el joven con una voz todavía de adolescente—. ¡Sea usted bienvenido, señor alférez! También en nombre del señor... esto... del otro señor alférez.

Julius no pudo evitar sonreír. Todavía no estaba acostumbrado a que le dirigieran el saludo militar. A fin de cuentas, como aspirante a oficial había ocupado un rango inferior y por el momento había tenido poca relación con subalternos.

—Descanse, soldado Willermann —dijo amablemente—. ¿Mi hermano no está en casa?

—¡No, señor alférez! —respondió el joven—. Jornada de tarde en la academia, pero creo que en cuanto termine vendrá a saludarlo. ¿Desea tomar algo? ¿Un coñac, una copa de champán? ¿Un vino tinto?

Julius hizo un gesto negativo con la mano.

—Preferiría comer un poco —confesó.

Aunque la cocinera le había preparado un par de bocadillos para el camino, ya había pasado tiempo desde que los había comido.

El soldado frunció el ceño.

—Eso tiene mala solución, señor alférez. El... bueno... el señor alférez suele comer fuera. En cualquier caso, podría freírle un par de huevos, si se contenta con eso, señor alférez.

—¿Qué función desempeña usted aquí, soldado? —preguntó—. ¿Copero? ¿Mayordomo? —Sonrió para quitar gravedad a la pregunta.

—¡Ordenanza! A sus órdenes, señor alférez —Willermann volvía a estar en posición de firmes—. Cumplo conforme es debido mi servicio militar. —Parecía muy orgulloso.

—¿Sirviendo a mi hermano? —preguntó extrañado Julius.

En su regimiento de ulanos solo los rangos más altos disponían de un ordenanza. Los demás oficiales vivían en el cuartel y eran responsables de la limpieza de su habitación, así como de los uniformes y de los arreos.

—Mantengo la vivienda ordenada —explicó Willermann—, así como el guardarropa del señor alférez y, naturalmente, me ocupo de su montura y arreos. Sé tratar a los caballos, señor alférez. Era cochero en el dominio Vergenwort antes de mudarme. Y mi hermano era ayuda de cámara. Le echaba una mano con frecuencia. Sé desenvolverme aquí con las tareas...

—La cuestión reside en qué tiene que ver esto con el servicio militar —señaló Julius—. ¿Aprende usted el manejo de las armas, soldado Willermann?

—Llámeme Hans, es más corto —le pidió el peculiar recluta—. No. No... no realmente. Claro que tengo que acudir a las maniobras cuando lo ordenan. Pero disparar... disparar no se me da bien, señor alférez. Soy un poco bizco.

Julius observó con mayor atención los ojos azules del chico y advirtió realmente un ligero estrabismo. De todos modos, nadie lo habría tomado por inútil, así que no debía de ser un caso tan grave.

—¿Y cómo ha acabado usted trabajando para mi hermano? —inquirió Julius.

Hans se encogió de hombros.

—Me solicitó el propio señor alférez Von Gerstorf —contestó diligente—. No sé cómo me encontró. Pero el joven señor Von Vergen también está aquí, en el instituto, y me recomendó.

—¿Es que no necesitaba él mismo un mozo? —preguntó Julius.

Hans sonrió.

—Tiene a mi hermano —respondió.

Julius sonrió a su vez.

—Vaya, así que tenemos aquí una acumulación de héroes. Doy por segura la defensa del imperio. Acepto con mucho gusto su oferta de los huevos. ¿Dónde puedo dejar mis cosas, Hans? ¿Hay una habitación para mí?

Hans lo miró casi ofendido.

—Por supuesto, señor alférez. La vivienda dispone de seis habitaciones, incluso hay una para el servicio. He preparado esta para usted... —Con un movimiento de la mano, Hans invitó a Julius a seguirlo.

Una puerta en la recepción conducía al salón, que estaba provisto de muebles pesados, alfombras y cortinajes y semejaba una sala para caballeros. De ahí partía un pasillo en el que había otras habitaciones. Hans abrió una puerta que conducía a un amplio dormitorio, donde también resultaba impresionante el mobiliario. La cama era lo suficiente ancha para dar cabida a tres personas y tenía un dosel de seda. A Julius le hizo pensar en un harén.

—Un gusto peculiar en lo que al mobiliario se refiere... —observó.

Hans enrojeció.

—El señor alférez heredó el mobiliario —explicó—. Y la vivienda pertenecía antes a una dama que... bueno... cómo decirlo... disponía de un influyente y acaudalado benefactor...

Julius se echó a reír. Por lo visto, un oficial de alto rango o un comerciante había mantenido aquí a una cortesana. Se planteó qué habría sucedido con la mujer. ¿Habría acabado repudiada o habría conseguido ascender? ¿En su propia casa o como esposa junto a su «benefactor»? Julius le deseaba esto último.

—Entonces demos gracias a esa desconocida beldad —observó, dejó sobre una silla su alforja y empezó a vaciarla.

—¡Permita que lo haga yo, señor alférez! —lo interrumpió el ordenanza—. Desdoblaré sus prendas y las plancharé. Cuando mañana empiece el servicio debe tener un aspecto aseado. ¿Dónde está su caballo? El primer día los alumnos pueden exhibir sus monturas. Si me dice cómo se llama su animal y dónde está, lo cepillaré como es debido, lo ensillaré y...

Julius negó con la cabeza.

—No he traído caballo —admitió—. Creo que me asignarán uno de servicio. Con los ulanos tenía un castrado castaño, pero era propiedad del regimiento. Y un caballo privado... ¿acaso opina usted que lo necesito?

Hans no parecía saber qué debía contestar.

—La mayoría de los jóvenes oficiales tienen uno —respondió—. Pero también pueden llevar el caballo que se les ha asignado fuera del servicio. Así que no es necesario tener uno particular. Aunque... Un semental como Gideon causa mucha mejor impresión que un caballo de la academia, que ya está algo cansado después de la jornada...

Eso mismo había imaginado Julius.

—Preparo una yegua muy noble en la hípica —explicó al ordenanza—. Seguro que la puedo pedir prestada cuando deba causar mejor impresión.

—Como usted desee, señor alférez. Pero cuente conmigo cuando me necesite. Y muéstreme su caballo de servicio en cuanto disponga de uno. Cada mañana le pasaré la rasqueta.

El joven soldado parecía más aplicado que todo el servicio de Grossgerstorf junto. Por lo visto, estaba agradecidísimo de planchar y pasar la rasqueta para Magnus en lugar de tener que disparar.

Willermann se metió en la cocina mientras Julius daba una vuelta por la casa. El domicilio de Magnus resultaba más confortable que el dominio Grossgerstorf. Había un baño sumamente moderno, corriente eléctrica e incluso un teléfono, un voluminoso aparato negro con adornos dorados, manivela y horquilla doble. Julius levantó el auricular, pero no esperó a escuchar la voz de centralita, sino que volvió a colgar. Hasta ahora nunca había telefoneado, pero seguro que los Gutermann también tenían un aparato de este tipo. Podría quedar con Mia para ir a montar.

De la cocina provenía un olor a huevos con tocino y

Hans sirvió un plato a Julius en una habitación para los desayunos inundada de luz. Había preparado también café. Julius comió con apetito, asombrado de lo rico que estaba todo. No cabía duda de que el ordenanza de su hermano tenía sus virtudes.

Julius reflexionó acerca de si debía esperar a Magnus, pero decidió salir. Todavía era temprano, seguro que la jornada de tarde en la academia tardaría en terminar y no había nada que se opusiera a que echara un vistazo al Instituto Militar de Equitación. Al pensarlo, su corazón se aceleró un poco. Conocía por supuesto el impresionante edificio de la escuela, pero ese día ingresaría en ella por vez primera, por fin pertenecería a esta institución. El escritor Wilhelm Meyer-Förster había llamado en una ocasión a la academia «el paraíso de los oficiales de caballería». Y este iba a abrir ahora sus puertas a Julius.

Después de informar a Hans acerca de sus planes, abandonó la casa y giró por la Vahrenwalder Strasse hacia la Dragonerstrasse, donde los edificios del cuartel del instituto aparecieron ante su vista. Desde ahí se llegaba a las caballerizas y a las pistas parcialmente cubiertas. La academia podía acoger a cuatrocientos caballos. Julius decidió ver primero las instalaciones exteriores. Entre las cuadras se habían colocado obstáculos en dos grandes pistas sobre el terreno. Allí estaban entrenando tres jóvenes jinetes, un teniente y dos alféreces, bajo la supervisión de un capitán. Obedeciendo a las instrucciones, hacían saltar a los caballos al galope o al trote, variaban el número de trancos de las monturas entre los obstáculos y realizaban el cambio de mano simple y en el aire. A Julius le habría encantado unirse inmediatamente a ellos.

Después de quedarse un rato mirando, se dirigió a las caballerizas, en las que los animales estaban atados muy cerca los unos de los otros entre separadores. Solo había boxes para unos pocos ejemplares. Allí reinaba una enorme actividad, los soldados rasos estaban ocupados limpiando el estiércol y atendiendo a los caballos, y era manifiesto que sabían lo que hacían. Todo estaba pulcrísimo. Los pelajes de los caballos brillaban como diamantes y en todo momento había alguien barriendo el pasillo. En una pista contigua más pequeña, un profesor trabajaba con una unidad en la media pirueta al paso sobre los posteriores. Julius escuchaba las instrucciones con interés. El tono de la clase era formal, el capitán planteaba preguntas a los estudiantes y los corregía cortésmente pero con rigor. Era tal como el joven esperaba.

A continuación, sus pasos se dirigieron a la pieza central de la escuela, la Königliche Reithalle. Era el mayor picadero cubierto que Julius había visto en su vida y, por supuesto, allí también se estaba entrenando a una unidad. Se percató asombrado de que su hermano Magnus iba a lomos de un alto ejemplar castaño. El capitán que daba la clase les pedía trote y galope reunidos, y luego pasos alargados, espalda dentro y apoyos. Era como si jinetes y caballos bailaran juntos. Julius no podía apartar la mirada de esa armónica imagen. ¡Así era como él quería montar!

Saludó discretamente a Magnus cuando pasó por delante de él, quien contestó con una escueta inclinación de cabeza. Julius decidió seguir mirando hasta que terminara la clase y buscó un sitio en la tribuna. Pero el capitán no tardó mucho en indicarles que desfilaran. Los oficiales mantenían entre sí la distancia de una longitud de caballo y las líneas de la frente exactamente a la misma altura. Saludaron de manera marcial, tras lo cual se dio la orden de desmontar. Julius entró en la pista y se acercó a su hermano. Ambos se abrazaron con torpeza.

—Señor capitán Von Belt —dijo Magnus volviéndose hacia el profesor de equitación, que acababa de concluir una conversación con otros oficiales. El hombre, alto y flaco, lucía un imponente bigote—. Mi hermano Julius.

Julius se puso firme e hizo el saludo militar. El capitán de caballería observó su uniforme de ulano.

—¿Es usted del regimiento sajón? —preguntó—. ¿La unidad de ese americano loco?

—Si me permite, señor capitán, el sargento Schmitz es alemán —observó Julius—. Solo ha servido en el ejército estadounidense.

—¿Y ahora pretende reformar la caballería local? —Enojado, el capitán frunció el ceño—. Estoy impaciente por ver qué nos va a enseñar usted mañana, alférez Von Gerstorf. ¿Ha traído su caballo de servicio?

Julius negó apesadumbrado con la cabeza.

—Por desgracia, no, señor capitán. No he traído ningún caballo. Pensaba... que aprendería mejor con los ejemplares de la escuela.

El capitán frunció la boca.

—Una opinión encomiable —observó—. Que, naturalmente, permite hacerse una idea más profunda de cómo se adiestra a los caballos entre los sajones. Lo veré mañana por la mañana a las ocho en la primera unidad. El reparto de caballos está en el tablero de anuncios.

Julius se alegró del elogio, aunque sintió cierta irritación. Los caballos del Primer Regimiento de Ulanos de Sajonia estaban excelentemente adiestrados, tal vez de modo poco convencional, pero dominaban todas las maniobras que se esperaba que hiciera un ejemplar de la caballería, y Schmitz daba mucha importancia a la precisión. El Grosse Zapfenstreich, el gran ceremonial militar nocturno, en la plaza del mercado de Oschatz gozaba de una fama legendaria. El punto culminante lo constituía el giro de noventa grados, en el que doscientos caballos giraban a la vez sobre el pie posterior y depositaban exactamente en el mismo momento los cascos posteriores. El golpe de estos al unísono producía el mismo sonido que un impacto de la artillería. Que intentara el capitán Von Belt hacerlo alguna vez con su unidad...

Julius se sentía algo desilusionado al seguir a Magnus a la cuadra, donde, para su sorpresa, el ordenanza Hans ya aguardaba para recoger al castaño.

—¿Acudirán esta noche los señores alféreces a su vivienda? —preguntó servicial el joven soldado—. ¿Debo prepararles un tentempié?

Magnus negó con la cabeza.

—No, Hans, saldremos. Pon tal vez a enfriar una botella de champán por si queremos beber un trago al llegar a casa. Pero antes quiero enseñarle un poco a mi hermano la vida nocturna de Hannover. Ahora que por fin se ha liberado de su regimientucho...

La localidad de Oschatz, donde estaban estacionados los ulanos sajones, no tenía realmente mucho que ofrecer en cuanto a vida nocturna. Por otra parte, Julius tampoco se moría de ganas de irse de copas por tabernas y teatros de variedades. Había tenido un día ajetreado y a la mañana siguiente empezaba temprano el servicio. A ser posible, quería averiguar pronto qué caballo le habían asignado y familiarizarse un poco con el animal antes de presentarse ante el ojo crítico del instructor.

Pero cuando se lo comunicó a Magnus este descartó la idea.

—¡No puedes negarte a tomar un par de copas en el casino! Para celebrar tu ingreso, por decirlo de algún modo. Von Vergen, ¿vienes tú también? ¿Y tú, Rottenwild?

Se volvió a otros dos jóvenes oficiales que entregaban sus caballos a sus mozos. Dado que ambos respondieron afirmativamente, Julius se vio obligado a unirse al grupo. Luego, hasta encontró interesante conocer la cantina de los suboficiales de la academia. Era significativo que Magnus la llamara «casino». Y, de hecho, la estancia no guardaba el menor parecido con un triste comedor, sino que más bien reinaba la atmósfera de un mesón. Magnus y sus amigos tomaron asiento junto a un largo mostrador, y una joven que atendía les sirvió unos aguardientes blancos sin que se los pidieran. Mientras brindaban, los hombres comenzaron a hablar de cómo iba a transcurrir la noche. El alférez Von Vergen propuso un restaurante que animó a los otros por razones desconocidas.

—¡Conocido por sus pechugas de pollo! —exclamó el alférez Rottenwild, lanzando una carcajada—. ¿Prefieres comer o mirar, tío?

—Bueno, a mí me gustaría comer algo —señaló Julius.

Esperaba que la estancia en el restaurante no se alargara demasiado. Cuando después de la comida los otros se dispusieran a marcharse a una taberna, él se excusaría para luego retirarse.

—Bueno, ¡en marcha! —gritó Magnus, y se volvió a la joven—. ¡Apunta los aguardientes en mi posavasos, Lottchen!

«Lottchen», la pequeña Lotte, no parecía demasiado entusiasmada con aquella petición y apenas encontró espacio donde escribir. La deuda del hermano mayor en el casino parecía ser bastante elevada.

El Hühnerstall, el establecimiento al que se encaminaron los jóvenes oficiales, resultó ser una mezcla de restaurante y teatro de variedades. Mientras los hombres —Julius no distinguió clientela femenina— disfrutaban de unos platos no demasiado elaborados, salchichas o escalopes, unas muchachas ligeras de ropa ejecutaban danzas más o menos acrobáticas. Julius se sintió muy incómodo cuando una de ellas lo rozó con sus pechos mientras él intentaba cortar su duro filete con un cuchillo romo. Él no habría recomendado la gastronomía de ese lugar y las mujeres tampoco le parecían nada especial. Su forma de establecer contacto era demasiado profesional y su sonrisa, fría. Sin embargo, le pagó a una de ellas una copa de champán para no quedar mal delante de Magnus y sus amigos. Los tres se mostraban muy generosos y reían cuando las empleadas los compensaban con más «atenciones». Julius no quería ni pensar en cuánto costaría todo eso, y se sintió aliviado cuando Magnus consultó su reloj de bolsillo.

—Las nueve y media, chicos, hora de marcharse al Bunten Schwan. ¡Si queremos recuperar al menos lo que nos han costado estos bombones!

Amenazó juguetón con el índice a una mujer medio desnuda que acababa de vaciar la tercera copa a su cuenta.

—¿Recuperar? —preguntó Julius.

Magnus asintió.

—Los martes se juega al veintiuno en el Schwan —explicó—. Ven con nosotros, a ver si tienes suerte. ¡Es tu juego, Julius!

En efecto, el veintiuno era el juego de cartas en el que Julius todavía podía ganar algo. Como era prevenido y pocas veces se marcaba un farol, ganaba con frecuencia. Pero no tenía planeado pasar su primera noche en Hannover jugando a las cartas. Decidido, rechazó la invitación a pesar de que los otros lo tacharon de aguafiestas. Al final, los tres se marcharon satisfechos y muy animados al centro de la ciudad, mientras que él, muy cansado y algo achispado, emprendía el camino hacia la Vahrenwalder

Strasse. Cuando pasó junto a la escuela de equitación pensó en qué caballo montaría al día siguiente. ¿Estaría él a la altura? ¿Se avendrían? ¿Al igual que Mia y Medea?

6

Julius no advirtió el regreso de Magnus a primeras horas de la mañana ni se tropezó con su hermano una vez levantado. Tampoco había señales de Hans, aunque para su sorpresa le había dejado el uniforme limpio y recién planchado y unas botas de montar relucientes. No encontró comida para prepararse el desayuno, pero estaba seguro de que Lottchen y sus compañeros de la cantina de suboficiales podrían ofrecerle algo de comer.

Julius se encaminó de inmediato a la academia y lo primero que buscó allí fue el tablero de anuncios. La lista con el reparto de los caballos contenía siete nombres. Junto al de Von Gerstorf estaba el de Valerie. Así que una yegua... Salió a reunirse con su caballo y encontró, dos cuadras más allá, al ordenanza Hans pasando la rasqueta a una elegante yegua media sangre. Una alazana rojiza con una estrella regular en la frente y que parecía algo nerviosa.

—Presiona la rasqueta con más firmeza, Hans —indicó Julius al muchacho—. Parece que tiene cosquillas. Si vas con demasiado cuidado la exasperas.

El ordenanza asintió.

—También está un poco en celo, señor alférez —comentó complacido—. Deberá andarse con cuidado.

—Entonces ¿esta es Valerie? —preguntó Julius, tendiéndole a la yegua la mano abierta para que la olisqueara. Hans volvió a asentir.

—Y qué bonita es —la elogió—. Un poco caprichosa, tal vez. —Se protegió cuando la yegua amenazó sin mucho entusiasmo con morderlo. No le gustaba que le cepillasen el vientre—. ¿Ya ha desayunado, señor alférez? ¿No? Entonces, vaya a la cantina, no puede montar con el estómago vacío. Ya me ocupo yo de su caballito.

Julius se preguntó si Magnus no necesitaba a su mozo a esa hora, pero a lo mejor estaba trabajando en otra zona de la academia. La especialidad en Hannover era la equitación, aunque los cadetes también recibían clases de esgrima, tiro y gimnasia.

En la cantina se servía, en efecto, un desayuno sencillo con café negro, que los pocos oficiales que estaban presentes parecían necesitar con urgencia para despertarse. No solo Magnus, que llegó un poco después de él, tenía resaca. Lo saludó brevemente sin las menores ganas de contarle el resto de las aventuras de la noche anterior. Julius miró a su alrededor en busca de otra compañía y enseguida descubrió una mesa en torno a la cual se sentaban seis jóvenes muy despiertos y vestidos con uniformes de distintos regimientos de caballería. Estaban animados intercambiando información sobre las armas en las que se estaban formando y en ese momento discutían a voz en grito sobre las ventajas de la carabina 98 K frente al Winchester M 95. Julius supuso que eran miembros de su división, llevó el plato a la mesa y se presentó. Los hombres le dijeron sus apellidos, que, como era de esperar, llevaban todos delante el «von». La mayoría de los oficiales de caballería pertenecían a la aristocracia. Pocas veces los miembros de la burguesía conseguían ascender al rango de oficiales.

Los jóvenes oficiales le preguntaron acerca de su regimiento y quedaron perplejos cuando rechazó el *Bügeltrunk*, el típico trago que se bebía a lomos del caballo en las cacerías, con el que querían celebrar antes de la clase su ingreso en la academia. Pero a Julius le urgía ir a ver a Valerie y, de todos modos, tampoco le apetecía tomar un licor después del desayuno.

—¿Quiere conocer a su caballo? —preguntó un arrogante rubio, que era quien llevaba la voz cantante en el grupo—. ¿Qué espera que le revele ese animal sobre sí mismo?

—¿No será uno de esos susurradores de caballos como Rarey u O'Sullivan, verdad? —se burló el alférez Von Thorn—. ¿Practica usted la magia, alférez Gerstorf?

Julius negó con la cabeza.

—Tal como indica el teniente coronel Spohr en *La lógica en el arte de montar a caballo*, eran charlatanes —respondió imperturbable—. Aun así, un caballo me desvela algo sin necesidad de palabras si me ocupo de él antes de montarlo. —Sonrió—. Por ejemplo, si es muy sensible. —Pensó en Valerie—. O si no se deja tocar las orejas. O si no resiste la cincha... Podría continuar con la lista. Así que, discúlpenme ahora, caballeros, una dama pelirroja llamada Valerie me está esperando.

Cuando se levantó y pasó junto al mostrador, la joven Lotte le sonrió. Por lo visto, había escuchado la conversación. Julius se inclinó espontáneamente hacia ella y le pidió un trozo de pan duro.

—Para mi yegua —explicó pagando su cuenta y dejando unas monedas de propina en la mano de la joven.

Lotte se echó a reír.

—Usted sabe cómo agradar a las damas.

Valerie se dejaba tocar la cabeza y no rechazaba la cincha que Hans le estaba ciñendo con firmeza cuando Julius entró en la cuadra. Llevaba un bocado sencillo, un filete suave, al ser un caballo joven, en lugar del freno propio de uno avanzado. Julius se preguntó si todavía no estaría lo suficientemente adiestrada, o si el profesor quería observar primero cómo manejaba las riendas el alumno. Cuando movió un poco la brida en la boca, Valerie enseguida mordió obediente el bocado y redondeó el cuello. Lo giró a izquierda y derecha respondiendo a las indicaciones unilaterales y enseguida se apartó a un lado cuando él colocó con suavidad la mano en su flanco.

—Vamos a entendernos —susurró Julius mientras conducía a la yegua hacia el picadero.

Entretanto ya habían llegado los demás alumnos y recogido sus caballos de mano de los soldados rasos. El capitán Von Belt ya estaba allí, comprobó la correcta colocación de las sillas y las bridas, y ordenó a los estudiantes que montaran y calentaran sus caballos.

Julius montó a Valerie primero al paso, probó un par de movimientos laterales y se puso al trote. La yegua obedecía sus ayudas sin problema. Era divertido cabalgar con ella y, si realmente estaba en celo, no dejaba que el jinete lo notara. También los demás jinetes trotaban y galopaban por la pista, pero no interferían unos con otros. Ahí todo el mundo conocía las reglas del hipódromo, todos eran jinetes versados. La escuela de equitación de Hannover solo aceptaba a los mejores.

A continuación, el capitán los reunió en el centro y pidió a cada uno de los jóvenes alumnos que realizara un solo ejercicio. Los hombres consiguieron en su mayor parte hacerlos sin tacha, solo Von Thorn cometió un pequeño error en la media pirueta al paso sobre los posteriores, y el gran castrado del alférez Von Redlitz fue demasiado rápido en los apoyos al galope y falló. De todos modos, el capitán Von Belt puso mala cara en algún ejercicio que para Julius era absolutamente correcto. Seguro que ahí se pulían hasta los detalles más insignificantes.

A él lo llamaron el último y, tal como había sospechado, no se libró de un ejercicio de doma.

—Bien, veamos ahora a nuestro cadete del país de los indios y los vaqueros —observó mordaz el capitán—. Muéstrenos en qué difiere el sargento Schmitz de todos los profesores clásicos, desde los antiguos griegos hasta el coronel Spohr.

Julius se mordió el labio. Era bastante injusto, pues no podía mostrar el modo de montar de su profesor sobre un caballo adiestrado de una manera totalmente distinta. Por otra parte, Valerie era sensible y las ayudas estadounidenses se basaban en las reacciones naturales del caballo.

—La diferencia principal reside en la forma de llevar las riendas —empezó a explicar—. En lugar de maniobrar por un lado la rienda interior oponiendo resistencia con la exterior, el caballo tiene que cambiar por sí solo de dirección al apoyar brevemente la rienda exterior en el cuello. Las ayudas de peso y de muslos son más o menos las mismas, pero la dirección sobre el cuello es más sencilla, el jinete puede concentrarse más en el manejo del arma. Además, las riendas se llevan más sueltas. También esto permite más libertad de movimientos.

Julius intentó mostrar el manejo de las riendas con Valerie y, de hecho, la yegua se giró hacia la derecha cuando él apoyó la rienda a la izquierda del cuello. Aun así, no lo hizo a la perfección, sino que levantó un poco el cuello y alzó la cabeza hacia la izquierda.

—Ya lo han visto ustedes, la yegua inclina la cabeza

—declaró el capitán Von Belt, a todas vistas contento de haber encontrado un error—. El caballo no puede girar correctamente, el bocado se ladearía y...

Julius negó con la cabeza. Odiaba contradecir a su nuevo profesor, pero tenía que salvar el honor del anterior.

—Eso se debe a que la yegua no está acostumbrada a este estilo —explicó—. Sigue las ayudas porque se corresponden más a la naturaleza del caballo que las de la doma clásica, pero no entiende de qué se trata. Los ulanos de Sajonia pasamos tanto tiempo haciendo gimnasia con los caballos como aquí, ni siquiera se pueden contar todos los giros que el sargento Schmitz nos ha hecho ejecutar en cada clase. Por otra parte, se instruye lentamente a los caballos en sus obligaciones, mientras que yo he cogido desprevenida a Valerie con las ayudas. Los métodos de los estadounidenses no son peores, solo distintos y, según la opinión del sargento Schmitz, más apropiados para las operaciones militares de jinete y caballo.

El capitán Von Belt hizo una mueca de desdén.

—Siempre se aprende algo —afirmó él con un tonillo burlón—. Damos las gracias al señor alférez por sus ilustradoras explicaciones. Pero ahora, por favor, coja las riendas correctamente, alférez Von Gerstorf, en trote de trabajo de media pista, sobre la línea recta alargar los trancos.

Julius por fin pudo hacer sus ejercicios de doma y Valerie lo siguió obediente. Al acabar tenía la sensación de haber recuperado, al menos en parte, la simpatía del profesor de equitación.

Von Belt mandó formar grupos y trabajó lecciones sencillas con los alumnos. Al final comunicó que al día siguiente todos harían ejercicios de asiento a la cuerda.

—Salvo el alférez Von Gerstorf —añadió—. Su asiento es impecable. A las ocho se presentará en la pista de saltos al capitán Von Hoeven. Él le asignará un caballo en el tablero.

Seguido por los envidiosos ojos de los demás alumnos, Julius condujo a Valerie fuera del picadero y se la dio a Hans, que ya los esperaba y que lo felicitó resplandeciente por su forma de montar.

—Como jinete, el señor alférez no le va para nada a la zaga a su hermano —declaró con admiración—. Esto todavía será más emocionante cuando ambos se midan en una competición...

Julius le dio a Valerie el resto del pan que había pedido por la mañana y se encaminó hacia el puesto de tiro. La jornada matinal de los cadetes todavía no había concluido.

En el puesto de tiro esperaba a los jóvenes un sargento con mal genio que respondía al nombre de Maunz y que en primer lugar les hizo desmontar y volver a montar las armas. Con este ejercicio Julius no tuvo ninguna dificultad, pero no se sentía ni mucho menos tan seguro en el manejo de las armas como a la hora de cabalgar. Era un tirador mediocre. En realidad, había tardado en obtener el calificativo de «formado en las armas» de su regimiento de ulanos, y eso aunque había enseñado en un tiempo récord a su caballo de servicio a quedarse parado como una estatua mientras él apuntaba desde su grupa. Precisamente en este primer ejercicio de tiro en Hannover tuvo mala suerte. Erró tres veces seguidas el tiro con el Winchester, pues hasta ahora siempre había disparado con la carabina. El instructor lo regañó a grito pelado siguiendo la mejor tradición militar.

—A lo mejor es que los ulanos entrenan con el arco y las flechas —se burló el alférez Von Thorn.

Durante un descanso, Von Redlitz puso una pluma en

la cabeza de una de las siluetas humanas contra las que había que disparar y luego pintó un hacha de guerra.

—¡Puede que así te resulte más fácil, Gerstorf! —gritó riéndose.

Julius hizo oídos sordos a las burlas y al cuarto tiro dio en el pecho del blanco después de que el sargento Maunz le hubiera indicado los pequeños errores que cometía en la forma de sujetar el arma. El resto de la clase ya no llamó la atención y se fue familiarizando lentamente con el arma. De todos modos, los otros alumnos se reían sarcásticos con cada tiro errado. Julius se alegró cuando por fin acabó la jornada matinal. Lo esperaban de nuevo a las cinco de la tarde en la academia para la clase de esgrima.

Si hubiese tenido un caballo se habría ido a la hípica para poder ver a Medea, pues a pie quedaba algo lejos. Julius pensó en pedir prestado a Gideon, pero cuando iba rumbo al semental y pasó junto al tablón de anuncios, lo sorprendió una buena noticia. Una nota informaba de que se le había asignado a Valerie como caballo de servicio. Julius se dirigió contento al puesto de su yegua, la sacó y la cepilló un poco antes de ensillarla.

—¿Vamos a dar otro paseíto, Valerie? —le preguntó—. A lo mejor encontramos a una amiga.

Esta vez Julius no sufrió ninguna desilusión. En una zona de césped delante de la hípica, Mia dejaba que Medea pastase con la cabezada. La joven se había echado una capa por encima del traje de montar, estaba sentada sobre un montón de ruedas de carro destrozadas y parecía darle igual si se manchaba o no. Llevaba la melena recogida y resplandecía al contemplar a su bonita yegua, pero su rostro casi se iluminó todavía más al reconocer a Julius.

—¡Alférez Von Gerstorf! Estaba esperándolo —admitió y le permitió que la ayudara a levantarse. Luego recibió con elegancia el gesto de besamanos—. ¿Tiene tiempo? ¿Vamos a dar un paseo a caballo?

—¿No acaba de montar? —preguntó Julius.

Normalmente se dejaba pastar a los caballos después de haber trabajado con ellos.

Mia negó con la cabeza.

—No quería ponerla a trabajar enseguida. Es mejor que me relacione con algo bonito. Y seguro que no está contenta, sola en el box. En Grossgerstorf iba a pastar, ¿verdad?

—Ya no —respondió Julius—. La semana pesada los estableamos, o sea que a ese respecto no tiene que sentirse usted culpable. ¿Me permite que le ensille la yegua?

Mia asintió con un gesto.

—Pero primero, ¡cuénteme! —le pidió—. ¿Cómo es la academia? —Señaló a Valerie—. ¿Es este su caballo de servicio? Es una yegua preciosa.

Julius también dejó que Valerie pastara y le describió a Mia las tareas en la academia de equitación. En realidad, no quería contarle nada sobre los pequeños agravios y contrariedades que había sufrido por la mañana, pero luego se sorprendió hablándole también de lo poco amables que eran sus compañeros y de su fracaso como tirador.

—Bah, no se lo tome tan a pecho —comentó Mia despreocupada—. Esos tipos solo tienen envidia porque usted cabalga mejor que ellos. Mañana tienen que practicar a la cuerda como los principiantes, ¡pero usted va a saltar! Está claro que se sienten ofendidos. Y en cuanto a lo de disparar, no se preocupe. Tampoco es algo realmente necesario...

Julius se echó a reír.

—¡Soy soldado de caballería! —le recordó—. Soldado. Se supone que tengo que saber manejar un arma.

—Pero montar es más importante —sostuvo Mia—. Por otra parte, mi padre opina que la caballería ya está obsoleta. En la próxima guerra se disparará desde vehículos. Si es que estalla otra guerra, algo que yo no creo. Ya ha pasado mucho tiempo desde la última. Seguro que nadie empezará otra.

Julius no podía más que darle la razón. Acto seguido, llevaron los caballos a la cuadra y Julius ensilló a Medea. Saludó al capitán Jansen y los dos contemplaron cómo montaba Mia. La joven estaba maravillada de lo mucho que había aprendido Medea desde su última cabalgada, y Julius dejó que Jansen realizara las pequeñas correcciones respecto al asiento y las ayudas de la amazona. Al final todos estaban sumamente satisfechos.

—A lo mejor mañana podemos salir a dar un paseo —propuso Mia.

Julius consultó su horario de clases.

—¡Sí que podemos! —exclamó contento—. ¿A las dos?

7

Julius y Mia tomaron por costumbre salir a pasear juntos a caballo, siempre que el tiempo lo permitía. El invierno en Hannover era lluvioso y frío, y la sensible Valerie metía la cabeza entre las patas cuando a pesar de la lluvia salían a hacer los ejercicios, intentando que el agua se escurriese por su flequillo. El capitán solía regañar entonces a Julius, pues daba la impresión de que evitaba las ayudas de las riendas inclinando la cabeza.

Cuando hacía mal tiempo, Mia y Medea se quedaban en el picadero y trabajaban los ejercicios de doma. Si no llovía, la joven mostraba a Julius los recorridos por los que cabalgar alrededor de la hípica. Algunos eran largos caminos de arena que invitaban a galopar y Mia se alegraba en secreto siempre que Medea ganaba a Valerie. Cuando por fin empezó a nevar, la joven insistió en dar un paseo de invierno y Julius tuvo que oír de nuevo su complacido «¡vaya!» cuando Medea hizo un par de cabriolas durante el galope de lo mucho que disfrutaba por la blandura del terreno. El joven alférez siempre estaba de buen humor cuando dejaba la hípica para volver a la escuela de equitación, incluso si sabía que allí lo esperaba un entrenamiento más bien frustrante. Pues, por mucho que destacase en el manejo de los caballos, en las demás asignaturas casi todos sus compañeros de armas lo superaban.

En las clases de gimnasia todavía iba bien. Julius era flexible, había practicado el volteo con los ulanos, y también sabía realizar ejercicios en la barra y en el plinto. Pero en esgrima todavía era peor que en el tiro, ya que el sargento Schmitz en Sajonia daba poco valor a esas disciplinas. El instructor de los ulanos era realista y sabía que en las contiendas modernas la caballería ya no atacaría más con los sables desenfundados. Esta conclusión se ignoraba en Hannover, del mismo modo que tampoco se contaba con los caballos en los ejercicios de tiro. En Sajonia siempre se disparaba desde la montura o detrás del animal tendido como protección, con lo que Julius había sacado provecho de la obediencia de su caballo de servicio. En Hannover las asignaturas se impartían separadas y por ello los resultados del muchacho eran mediocres. Era consciente de que solo se mantendría en esa escuela militar de élite si los compensaba con un trabajo extraordinario en la silla, de manera que ponía sus esperanzas en la primavera, cuando los oficiales reanudarían las competiciones deportivas.

La primera competición del nuevo año se celebraría en abril, una carrera de larga distancia en la que se cubría un recorrido que partía de la escuela de equitación y rodeaba Hannover en dirección a Seelze. Durante el mismo había que superar varios obstáculos y el punto culminante consistía en pasar a través o por encima del río Leine. Ya en marzo los oficiales esperaban con impaciencia la distribución de los caballos y, a principios de abril, Julius sorprendió a Mia, el día en que fue a recogerla a la hípica, presentándose con un gran caballo negro en lugar de con Valerie, como era habitual.

—¿Le han dado un caballo nuevo? —preguntó extrañada Mia, mientras Medea miraba interesada a su nuevo acompañante.

El castrado también parecía sentir inclinación hacia la yegua y resopló seductor cuando la vio.

—Este es Alberich —lo presentó Julius—. Mi caballo para la carrera de larga distancia a Seelze. El capitán Von Belt me lo asignó ayer después de los saltos. Un purasangre que ya ha ganado varias carreras militares, entre otras, una el año pasado con mi hermano.

A Mia se le iluminó el rostro.

—¡Entonces le ha tocado el gordo! —exclamó—. Ganará la carrera y ya no se discutirá su posición en la academia. ¿Por qué a pesar de todo pone usted esa mala cara? ¿Habría preferido competir con Valerie?

Julius negó con la cabeza. Valerie era una yegua de salto extraordinaria que esperaba poder montar en verano en distintas competiciones, pero en cuanto a velocidad se la podía ganar fácilmente.

—No —respondió—. Pero yo no habría escogido a Alberich. Tiene un problema: no se mete en el agua. Seguro que no cruza nadando conmigo el Leine.

Mia frunció el ceño.

—¿Y eso no se puede practicar? —preguntó.

Julius se encogió de hombros.

—Hasta ahora dos generaciones de alumnos de la academia se han roto los cuernos en vano. Alberich salta por encima de una zanja, pero, tal como he dicho, no mete el casco en el agua.

—Bah, no me lo creo —contestó Mia optimista—. Venga, vamos a practicar. Si Medea va delante...

En primer lugar, había que evitar que Medea mordisqueara juguetona a Alberich. Parecía ponerse en celo al acercarse a él y también el caballo negro redondeaba el cuello. Recordaba bien aquellos tiempos en que todavía era un semental. Julius tuvo que atarlo antes de ayudar a Mia a montar a Medea. Si lo hubiera sujetado solo con la correa, habrían empezado a darse mordisquitos y a relinchar. A continuación, si bien el castrado avanzaba obediente junto a la yegua, ambos caballos intentaban acercarse el uno al otro.

—Están enamorados —constató Mia—. No es extraño, con el tiempo tan bonito que hace. Espero que en la carrera de larga distancia también brille el sol. Por supuesto, iré para animarlo pase lo que pase. Se puede ir a ver, ¿no?

—Solo en la salida y en la meta —la informó Julius, llamando la atención a Alberich, que discretamente se iba en dirección a Medea—. Y además en otros dos lugares por donde se pasa por carretera. Los tramos a campo abierto que hay entre medio no se pueden seguir.

—Entonces ¿no se podrá ver cómo nada por el Leine? —preguntó Mia.

Julius negó con la cabeza.

—No, y tampoco será tan interesante. Seguro que no todos los caballos nadan. Se puede cabalgar hasta un vado o pasar por un puente, pero es un rodeo bastante grande. Ya no podré recuperar el tiempo perdido con Alberich.

Mia se puso a trote y Julius permitió que el castrado la siguiera. Las redondas ancas de la yegua ejercían un poder de atracción irresistible sobre el caballo negro.

—Voy hacia Fischbach —anunció de repente Mia y giró por un camino en el que había unos pequeños obstáculos.

También había que saltar un arroyo, lo que habían hecho con frecuencia con Medea y Valerie. Julius siguió a la muchacha, que se puso al galope y superó con elegancia los obstáculos. También Alberich lo hizo sin esfuerzo. Estaba acostumbrado a otras alturas en la pista de saltos de la academia y no dudó cuando Medea pasó por encima del arroyo. Aun así, dio un brinco tal como si fuera a saltar por encima del Leine.

—Ha estado muy bien —dijo Mia alegre cuando detuvo la yegua después del recorrido con obstáculos. Se había quedado sin aliento y su rostro había enrojecido a causa del viento. Un par de mechones se le habían soltado del peinado tirante y desde su interior parecía emanar un brillo—. ¡Y ahora busquemos un vado!

Los alrededores de la hípica estaban repletos de arroyos, y a Medea y Mia les encantaba vadearlos. La yegua ya había sido en Grossgerstorf una entusiasta del agua. Ahora, cuando Mia se dirigió a un bosquecillo en el que un arroyo se ensanchaba, se metió en él y sin la menor vacilación se puso a chapotear con una de las manos.

Alberich permaneció escéptico en la orilla. Julius lo animó sin éxito a seguir a la yegua. Al final el castrado empezó a entrar en el arroyo de mala gana.

—Voy a cruzar —advirtió Mia.

Medea, obediente, hizo caso de las indicaciones para llegar al otro lado del arroyo.

Alberich relinchó. Medea se volvió hacia él y contestó.

—«Eran dos príncipes» —dijo Julius, citando la balada popular.

Mia rio y empezó a cantar con su dulce voz.

—«Ay, querido mío, no sabes nadar, pero ven nadando junto a mí...» —Al mismo tiempo, alejó a Medea del arroyo y con ello también de Alberich.

El castrado hizo unos escarceos. Y casi tiró a Julius al intentar saltar el arroyo sin mojarse los cascos. Por supuesto, no lo consiguió. Alberich aterrizó en el agua con las cuatro patas. Trató lo más rápidamente posible de volver a salir de ahí y corrió detrás de Medea, mientras Julius recuperaba el equilibrio.

—¿Lo ves? Y no te has ahogado —le reprochó Mia al castrado cuando este alcanzó a Medea y gruñó satisfecho—. Enseguida lo volveremos a hacer.

Después de media hora de ejercicios, Mia y Julius estaban igual de mojados. Medea rociaba a su propietaria con el impacto de las patas delanteras; Alberich salpicaba al saltar en el agua. Pero el castrado había cruzado cuatro veces el arroyo; eso sí, siempre detrás de la yegua, pues cuando estaba solo no pisaba el vado.

—Ha sido la primera vez —dijo Mia comprensiva—. Todavía tenemos una semana hasta la carrera. Para entonces ya lo conseguirá.

Lamentablemente, el optimismo de Mia no se vio confirmado. Cada día Alberich seguía complaciente a su amada por el vado, pero no era capaz de ser el primero en meter el casco en el agua.

—Iré por el puente —dijo Julius resignado el día antes de la carrera.

Llovía y, aunque había ido a la hípica de Jansen según lo acordado, habían decidido no salir a pasear. En lugar de ello, Alberich podía esperar en un box vacío junto a Medea y flirtear con ella largo y tendido a través de los barrotes. Julius y Mia estudiaron el mapa que se había facilitado a los participantes en la carrera.

—De todos modos, es imposible que todos los demás naden. El cruce del río se encuentra más o menos en la mitad del itinerario. Eso significa que luego hay que recorrer quince kilómetros largos con el uniforme mojado y las botas llenas de agua. —Julius suspiró—. Nada agradable con esta temperatura. Mi hermano ya ha dicho que él pasará por el vado si no lo hace por el puente.

—¿Usted preferiría nadar? —quiso asegurarse Mia.

Julius suspiró.

—Haría cualquier cosa con tal de ganar esta carrera. Es la primera de larga distancia, pero a la vez una de las más importantes. Y en mayo se hacen las primeras evaluaciones. Si fallo también ahora al montar...

Mia se frotó las sienes.

—Entonces tiene que ir a por todas —advirtió—. Prométamelo. Quizá Alberich se lo piensa mejor.

Julius negó con la cabeza.

—¿Por qué iba a hacerlo? —preguntó.

Mia se encogió de hombros.

—No lo sé. Podría percibir lo importante que es para usted. ¡Por favor, pruébelo! Bajar primero a la orilla y luego ir al puente tampoco significa dar un rodeo tan grande.

Julius suspiró.

—Está bien, si le parece tan importante. ¿Usted nunca pierde la esperanza?

Mia rio.

—No tan deprisa —respondió—. Y no tratándose de caballos. Siempre están dispuestos a sorprendernos. ¿No le parece?

Para la carrera hasta Seelze se habían apuntado más de cien jóvenes oficiales, una parte de los cuales competía con su propio caballo y otra, con el de servicio. La dirección les daba salida cada tres minutos y Julius no estaba entre los primeros números en partir. Era el penúltimo y no iba a montar hasta el mediodía.

—Para entonces los caminos se habrán convertido en un lodazal —se lamentó el último jinete, un alférez llamado Berlitz—. Y los obstáculos en tropiezos.

Julius se encogió de hombros, resignado.

—Al menos no lloverá tanto —dijo esperanzado.

Cuando habían salido los primeros participantes el agua caía a cántaros.

—Pero seguro que el suelo no estará seco —opinó Berlitz—. Qué lástima. Pensaba que tenía posibilidades de ganar. Confío en Sokrates y es realmente veloz.

El alférez Berlitz tampoco lo tenía fácil en la academia. Era uno de los pocos burgueses que habían conseguido alcanzar el rango de oficial y luego asistir a la escuela de élite.

—Hacemos lo que podemos —contestó Julius y deslizó la mirada por las filas de espectadores que habían llegado para ver la salida de los participantes.

A causa del mal tiempo, no eran muchos, y entre ellos no se encontraba Mia. Julius no se lo reprochaba, pero le habría gustado poder charlar con ella antes de empezar. La espera se hacía interminable mientras por la línea de salida desfilaba un jinete tras otro. Entretanto, aunque los primeros ya deberían haber llegado a la meta, no se había oído nada sobre ellos por el momento, ni tampoco se los había visto. En ese día lluvioso, los tiempos serían inevitablemente malos. Las inclemencias obligaban a cabalgar con precaución, y quienes no lo hacían se arriesgaban a quedar eliminados antes de tiempo.

—Tenga cuidado y no corra ningún riesgo —aconsejó el capitán Von Belt cuando envió a Julius a la línea de salida—. He oído que ha habido muchas caídas y accidentes porque muchos animales cojean. Es posible que hoy, al final, gane el más lento.

Aunque eso le resultaba en apariencia inimaginable, Julius se tomó en serio las palabras del profesor. Así que no permitió que Alberich se lanzara enseguida al galope, sino que recorrió a un trote tranquilo las calles pavimentadas que constituían el principio del circuito. Cuando más tarde estaba avanzando por caminos de tierra, también dejó que Alberich galopara contenido y lo reunió antes de acometer los primeros saltos. Las pisadas de los cientos de monturas previas habían removido el terreno y cabía el peligro de que al saltar, o más bien al aterrizar, los caballos resbalaran y cayeran.

Ya durante los primeros kilómetros, Julius se encontró con jinetes que llevaban de la rienda a su caballo cojo. No obstante, Alberich demostró ser obediente y tener un paso seguro. Saltaba como un gato y él mismo recuperaba el equilibrio cuando resbalaba. Ahora había dejado de llover y al menos había buena visibilidad. En un tramo largo y recto, sin obstáculos, Julius puso a Alberich al galope y disfrutó de los poderosos saltos del purasangre. Ahí estaba seguro de conseguir un buen tiempo y se alegró al adelantar al primer teniente Von Freesen, que había salido antes que él. A continuación seguía un tramo por la ciudad, durante el cual Julius puso a Alberich al trote sobre los adoquines, y más tarde lo llevó al galope a un ritmo muy calmado por un bosquecillo que estaba lleno de raíces. El suelo era en parte plano como una balsa de aceite y también allí se habían creado obstáculos.

Alberich ejecutaba la mayoría de los saltos pequeños al trote. Sin el menor esfuerzo se elevó por encima de un arroyo. Julius se asombró cuando, por la posición del sol, que había salido inesperadamente entre las espesas nubes, calculó que ya llevaba una hora en camino. No tardarían en llegar al Leine, donde debería decidir si ir de frente hacia el río y girar hacia la izquierda en dirección al puente y el vado o, por el contrario, avanzar unos cien metros hacia la derecha, donde una pequeña playa invitaba a cruzar el río a nado. Julius se inclinaba por ir en dirección al puente, pero, por otra parte, había prometido a Mia que al menos haría un intento.

Puso a Alberich al galope por la orilla y vio que, hacia

la derecha, el suelo estaba firme; por lo visto, ningún jinete había tratado de ahorrar tiempo cruzando a nado el Leine. Pocos minutos después, llegó a la playa y casi se cayó de la silla cuando Alberich se paró de golpe. Algo escondido en la salceda que flanqueaba el lugar había un carruaje doctor. La capota estaba cerrada y unas cortinas ocultaban el interior; sobre el pescante estaba sentada una joven con un vestido sencillo, envuelta en un chal para protegerse del frío. Delante del carro esperaba un trotón de capa rojiza que Julius conocía bien y atada al vehículo se hallaba Medea.

—¿Señor... alférez Von Gerstorf? —preguntó la joven del pescante.

Julius asintió confundido.

La muchacha corrió las cortinas.

—¿Señorita Mia? El señor alférez ya está aquí.

Julius no daba crédito a lo que veían sus ojos cuando Mia salió del carro. La joven iba envuelta en un abrigo de montar del que se desprendió rápidamente. Debajo llevaba un traje de baño de color verde jade, una especie de túnica con volantes ceñida con un cinturón y pantalones abombados hasta las rodillas. El encaje era de un verde más claro. La ropa conjugaba estupendamente bien con la tez nívea de Mia y su cabello oscuro.

—Señorita... Mia... —Julius tenía la voz ahogada.

Ella sonrió.

—Señor alférez... —dijo con determinación, haciendo una reverencia—. ¿Nos ponemos en marcha? Empiezo a tener frío.

Mientras Julius no sabía a dónde mirar, Mia acercó al coche a Medea, que solo llevaba una brida con filete, y se subió hábilmente a una de las ruedas para luego deslizarse sobre el lomo sin ensillar de la yegua.

—¡Vamos! —animó a Julius.

El joven deslizó inseguro la vista de ella a la joven del pescante.

—Esta es Anna —la presentó impaciente Mia—. Me ayuda a vestirme. ¡Y ahora, adelante!

Sin la menor vacilación puso en movimiento a Medea y reprimió cualquier clase de chillido infantil cuando el caballo se introdujo con ella en el agua helada del Leine. Julius animó a Alberich y el castrado apenas se hizo de rogar. El alférez se quedó un instante sin aire cuando el agua le entró por las botas y le empapó el uniforme, pero se dijo que se trataba solo de un par de brazadas: el Leine no era muy ancho. Tal como indicaban los manuales, descendió de la silla cuando Alberich se puso a nadar y se deslizó junto al caballo por el agua. Mia, a quien nadie había enseñado esta técnica, simplemente se quedó sentada a lomos de Medea, algo que no pareció molestar demasiado a la yegua. Solo tardó unos minutos en volver a tener tierra bajo los cascos y llegar a suelo firme en la otra orilla. Mia temblaba de frío en su traje de baño, pero se le iluminó el rostro al ver la agilidad con que Julius se sentaba otra vez en la silla cuando Alberich también volvió a tocar tierra firme.

—Mia... —Julius iba a darle las gracias, pero la muchacha rehusó recibirlas. —¡Ahora dese prisa, señor alférez! —gritó—. Puede ganar. Muchos jinetes ya han quedado eliminados. Así que ¡en marcha!

Julius no se lo hizo repetir dos veces. El suelo de la orilla estaba firme, lo que le permitió poner directamente al galope a Alberich. Cuando Mia y Medea quedaron fuera de la vista, se preguntó si todo aquello había sido un sueño, pero el uniforme mojado y las botas llenas de agua eran una clara evidencia de lo ocurrido. Hacía un frío intenso y el trayecto final sería una auténtica tortura.

Para sorpresa de Julius, los caminos estaban mucho

menos trillados que en la primera parte del circuito. Seguramente se debía a que la mayoría de los jinetes no habían conseguido llegar hasta allí. Julius adelantaba ahora una y otra vez a hombres y caballos que al final solo se atrevían a ir al paso o al trote. Muchas monturas parecían extenuadas. Quizá habían realizado grandes rodeos para llegar con los huesos en buen estado. Eso estaba permitido, pero la pérdida de tiempo hacía imposible la victoria en la competición. Julius tenía la sensación, mientras sus dientes castañeaban compitiendo con los cascos de Alberich, de que por fin se encontraba en las calles adoquinadas de los alrededores de la academia. Finalmente cruzó al trote la línea de llegada, donde el capitán Von Belt lo esperaba entusiasmado.

—Alférez Julius von Gerstorf con Alberich, dos horas y veintisiete minutos. ¡La mejor marca hasta el momento! —informó un auxiliar.

Julius bajó agotado del caballo. El capitán Von Belt parecía a punto de abrazarlo.

—Ha nadado, ¿verdad? ¡Pues claro que lo ha hecho! ¡Y con Alberich! Vaya por Dios, muchacho, alférez Von Gerstorf... lo sabía. ¡Si alguien es capaz de lograrlo, le dije al capitán Arnulf, será el joven Von Gerstorf! ¡Un valiente! ¡Felicidades, querido, felicidades!

Julius casi se alegró más de la manta y el aguardiente que le tendió Hans, totalmente ebrio de admiración, que de los elogios de su superior. Lo único que deseaba era sentarse junto al fuego de una chimenea y tal vez un vaso de grog. No obstante, tenía que celebrar su victoria con los espectadores y los compañeros, y así vio la llegada del alférez Berlitz. El joven oficial sin título de nobleza había cruzado el vado y alcanzado el segundo puesto. Ambos se estrecharon las manos respetuosamente. El día había sido todo un éxito para los dos.

Al final, resultó que solo doce de los más de cien participantes habían concluido en el tiempo fijado la competición. Entre ellos también estaba Magnus, quien había alcanzado el quinto puesto.

—Debería haber nadado —se lamentó Magnus cuando tuvo que apartarse para que Julius subiera al podio—. No me habría mojado más de lo que ya estaba. —Magnus había salido temprano y cabalgado bajo la lluvia.

Julius no respondió. Estaba demasiado ocupado saboreando su victoria.

Ese día no volvió a ver a Mia, con cuya presencia su alegría habría sido del todo completa. Después del baño helado seguro que había preferido volver a casa. ¿Sabría que había ganado la competición? Julius decidió enviarle unas flores. Estaba impaciente por verla de nuevo.

8

Las primeras evaluaciones de Julius en el Instituto Militar resultaron, como era de esperar, sumamente irregulares. En esgrima y tiro apenas cumplía las exigencias, mientras que en equitación sus instructores se deshacían en elogios hacia él. Ahí no solo superaba con creces a todos los demás cadetes, sino también a su hermano. Las notas de Magnus no eran demasiado buenas. Lo amonestaron sobre todo en el ámbito de la disciplina, la puntualidad y la formalidad, algo que no asombró a Julius. Su hermano mayor iba cada día con resaca a la academia. Había empezado una aventura con una de las bailarinas del Hühnerstall y además cortejaba a una joven noble emparentada con la casa real. Agradecía a la simpatía de Emilie von Sandhorst las invitaciones a bailes en la corte y en la ópera, la asistencia al teatro y a conciertos. Y, en cambio, Janine, la bailarina, lo acompañaba en sus salidas a los locales nocturnos, le daba suerte en la mesa de juego y con frecuencia se quedaba con él por las noches en la Vahrenwalder Strasse hasta que Hans, por las mañanas, la exhortaba amablemente a marcharse.

Magnus gastaba mucho dinero en las dos damas: a Emilie le compraba sobre todo flores, a Janine también vestidos y sombreros. Además, él mismo tenía que cumplir las normas de indumentaria que exigían las invitaciones de la aristócrata. Julius encontró las facturas de un nuevo uniforme de gala y unas botas de montar. Se preguntaba cómo iba a financiar todo eso su hermano, por lo que no se asombró cuando Magnus le pidió una vez más que le prestara dinero.

A sus superiores tampoco se les pasaba por alto esa vida licenciosa. El capitán Von Belt lo citó para mantener una charla con él y Magnus salió de ella de muy mal humor.

Entretanto la primavera empezó a hacer todos los honores a su nombre en Hannover. Mia y Julius ya no cabalgaban por bosquecillos fríos y lluviosos, sino que disfrutaban del sol y de los brotes tiernos y verdes. El buen tiempo también atrajo a otros jinetes al campo y Julius ya no era el único que acompañaba a una dama a pasear. Los Herrenhäuser Gärten constituían uno de los jardines favoritos donde ver y ser visto los fines de semana. Mia llevaba con orgullo un nuevo vestido de montar, mientras dejaba que Medea hiciera sus escarceos junto a Julius y Valerie. Se alegraba de que se los quedaran mirando y Julius encontraba que aventajaba sin duda a Emilie von Sandhorst, a quien Magnus acompañaba cuando ella salía de paseo con su yegua de capa blanca.

La relación de Julius con sus compañeros no había mejorado con el tiempo. Los hombres envidiaban su éxito en la equitación y lo ponían de vuelta y media por sus resultados en tiro y esgrima. Cuando el destacamento perdió por su culpa una pequeña competición de tiro contra otros cadetes, el alférez Von Thorn buscó camorra.

—¡A lo mejor valdría la pena que estuvieras practicando tu puntería en lugar de salir de paseo por el bosque con tu amiguita judía!

Mia y Julius se habían cruzado con él y su acompañante una semana antes y habían recibido un gélido saludo.

—¿Con mi qué? —preguntó perplejo Julius.

Seguía esforzándose por no intimar demasiado con Mia. No se la podía calificar como su amiguita. ¿Y qué era eso de «amiguita judía»?

—Se refiere a esa novia judía tuya con la que vas de paseo —señaló también el alférez Von Redlitz—. Hay que tener valor para salir con esa tranquilidad por los Herrenhäuser Gärten con ella. ¿Será eso del agrado de nuestros superiores?

Julius miró a sus compañeros.

—Mi relación con Mia Gutermann está por encima de cualquier duda —declaró—. ¡Y retaré a duelo a cualquiera que lo vea de otro modo!

Von Thorn y Von Redlitz se troncharon de risa.

—¿Y vas a matarnos de un tiro o con la espada? —preguntó Von Thorn—. No te auguro muchas posibilidades de éxito en ninguno de los dos casos...

Julius se mordió los labios. Lo del duelo se le había escapado sin querer: no tenía la menor intención de retar a nadie de ninguna de las maneras. No solo porque, en efecto, tenía pocas posibilidades de salir bien librado, sino porque los duelos en sí estaban estrictamente prohibidos. Los combatientes habrían sido expulsados de la academia de inmediato.

—Bah, ocupaos de vuestros propios asuntos —dijo al final dándoles la espalda.

No iba a pelearse con nadie por tales sandeces. Pero las desagradables observaciones de sus compañeros no se le iban de la cabeza.

Amiguita judía, novia judía... Hasta ese momento nunca se le había pasado por la cabeza de qué religión era el *Kommerzienrat* Gutermann, pero era evidente. Como muchos banqueros, los Gutermann eran judíos, un detalle que no influía en su posición en el imperio. La igualdad entre judíos y cristianos estaba firmemente anclada en la Constitución de 1871. Muchos eran ricos, y no faltaban entre ellos quienes se dedicaban a los oficios manuales. Había judíos en el ejército cumpliendo el servicio militar obligatorio y otros que se habían presentado voluntarios, aunque no llegaban a ascender a oficiales. Los Gutermann, según había deducido Julius por lo que a veces le contaba Mia sobre las reuniones a las que asistían y las invitaciones que recibían, pertenecían a la alta sociedad de Hannover. Le resultaba incomprensible que sus compañeros se refirieran a ella de manera ofensiva.

Pero Magnus reaccionó de modo similar cuando Julius le contó con toda ingenuidad que los Gutermann lo habían invitado a una cena. Mia iba a celebrar su decimoctavo cumpleaños.

—Yo en tu lugar no acudiría —observó Magnus, mientras comprobaba la posición correcta del sable en el costado de su uniforme de gala—. Los Gutermann son judíos.

—Sí, ¿y? —preguntó Julius al tiempo que cogía la casaca de uniforme que Hans le había cepillado y planchado.

Magnus seguía mirándose al espejo.

—Esa gente no resulta una buena compañía para nosotros —respondió—. Especialmente en lo que respecta a las chicas. Ya se comenta por aquí que cortejas a una judía.

Julius negó con la cabeza.

—Para nada la estoy cortejando.

Los militares de caballería que estaban por debajo del rango de capitán no podían ni pensar en casarse: la soldada no llegaba para alimentar a una familia. Y para prevenir una presuposición falsa a ese respecto, existía una norma según la cual el soldado debía solicitar permiso para casarse antes de contraer matrimonio. Una licencia que podía decirse que nunca se otorgaba. En ese sentido, las relaciones como la que había entre Magnus y Emilie von Sandhorst nunca resultaban vinculantes. Se tenían amoríos, se robaba a la beldad algún beso o se disfrutaba con un amor insatisfecho. Pero lo habitual era que no se llegara a más.

—Y en lo que respecta a buenas compañías... Tu Janine tampoco es que sea de la alta nobleza —añadió Julius.

Magnus hizo una mueca.

—Con Janine se trata de algo totalmente distinto, y lo sabes muy bien. Pero tu relación con esa chica judía... ¡Vas a conseguir que caigamos en el descrédito!

Julius se echó a reír.

—Creo que en lo que respecta a la mala reputación, hermanito, tú me ganas. Al menos si sigues como hasta ahora, Magnus... ¿Ya has pagado lo que debes por tus botas?

Magnus hizo un gesto de rechazo.

—Primero tengo que pagar al corredor de apuestas: las deudas de juego son deudas de honor. Y no te preocupes. La semana que viene ganaré la carrera militar en el Bult. El premio en metálico será suficiente, contando con el beneficio de las apuestas.

—¿Vas a apostar por ti mismo? —preguntó escandalizado Julius—. ¿Tan seguro estás?

—Si tú no vuelves a pasarme por delante... —Magnus sonrió.

Julius iba a participar por primera vez en la famosa

carrera de Hannover. El capitán Von Belt le había asignado una yegua muy caprichosa.

—Allerliebste es muy rápida —le había explicado—. Pero no le gusta que la adelanten. De nuevo es necesario que actúes con mucha delicadeza con ella...

Desde que se la habían adjudicado, Julius practicaba con Mia y Medea mientras trabajaba una estrategia para la carrera. Sabía que Allerliebste tenía un potencial enorme y esperaba que no surgiesen problemas si la yegua ganaba a Magnus, quien, como el año anterior, competiría con Alberich.

La velada con los Gutermann transcurrió de forma muy agradable. El banquero había invitado a unas cincuenta personas, la mayoría socios que venían acompañados de sus hijas e hijos. Mia saludó complacida a sus amigas. Durante la cena conversaron con animación y luego bailaron. Mia estaba encantadora con su vestido de baile verde mar y le guiñó el ojo a Julius cuando este le aseguró que ese color le sentaba estupendamente. Nunca habían vuelto a hablar sobre su aventura en la carrera de larga distancia, como si nunca hubiese ocurrido. Sin embargo, también Mia pareció recordar en ese momento su aparición con el traje de baño verde jade.

Julius se sentía un poco incómodo en su uniforme de gala. De hecho, él era el único de los invitados que llevaba uniforme, algo que normalmente no era muy apreciado en las celebraciones privadas. La vertiente militar desempeñaba un gran papel en la sociedad del imperio, y más de la mitad de los asistentes a bailes, conciertos o representaciones teatrales asistían con casaca. Al menos, justo al entrar en la lujosamente amueblada vivienda de los Gutermann, Julius había dejado el sable a Anna, la doncella, que parecía algo intimidada por su presencia. El joven tenía en mente darle a la muchacha una generosa propina para recompensarla por su ayuda en la carrera de larga distancia.

Cuando en una pausa del baile se encontró a solas con el *Kommerzienrat*, Julius le dio las gracias formalmente por la invitación.

Gutermann hizo un gesto de rechazo.

—Soy yo quien le agradezco que haya venido. Mia deseaba que usted apareciera por aquí, pero yo no contaba con que se presentara.

Julius lo miró extrañado.

—¿Por qué no? La señorita Mia se ha convertido en los últimos meses en una buena amiga. Para mí es una alegría en su cumpleaños...

—¿Qué entiende usted por «amiga»? —lo interrumpió Gutermann, severo.

Julius se mordió los labios.

—Mi... relación con su hija es... del todo inofensiva —explicó—. Aunque... la gente murmure...

Gutermann suspiró.

—Así que hay murmuraciones, ya me lo imaginaba. Bien, tiene que ser consciente de sus actos. Por favor, no permita que mi hija se haga ilusiones. Mia es muy ingenua. Ella...

Julius negó con la cabeza.

—Estoy en los inicios de mi carrera militar —explicó—. Sería injusto alimentar las esperanzas de cualquier muchacha. Y tampoco voy a estrechar demasiado los lazos con la señorita Mia. Me guardo mucho de hacerlo.

Mia entró en ese momento en la habitación. Miró resplandeciente a su padre y a Julius.

—Vaya, ¿de qué asunto tan importante estáis hablando? ¿Ha vuelto a superar el señor Magnus von Gerstorf su crédito?

—¡Mia! —la reprendió Gutermann—. Revelas secretos bancarios. La cuenta del señor Von Gerstorf es asunto totalmente suyo. ¡Usted no ha oído nada, señor alférez!

Julius hizo un gesto con la mano.

—No me sorprende demasiado —respondió—. ¿Volverá a ayudarlo mi padre a salir del lío?

—Su padre —contestó Gutermann— es un cliente muy cumplidor. En ese sentido, colaboro muy a gusto con su familia.

Julius asintió con la cabeza. Seguramente Albrecht von Gerstorf volvería a vender algún caballo y por esa razón se había producido un fuerte enfrentamiento durante la última visita de los hermanos al dominio. Su padre había tenido que vender al semental Gideon. Desde entonces, Magnus ya no disponía de ningún caballo particular y no hacía más que sulfurarse por ello. A Julius le disgustaba más la pérdida en sí del fantástico semental para las cubriciones.

—¿Bailamos? —preguntó Mia con toda naturalidad.

Julius se disculpó con el banquero y la cogió del brazo. La orquesta tocaba un vals y era divertido bailar con Mia. Era ligera como una pluma y tenía un buen sentido del ritmo. El joven se olvidó de las reflexiones de Gutermann y de las groserías de sus compañeros. Tener a Mia entre sus brazos resultaba demasiado bonito: era algo así de sencillo.

Aunque Julius no lo había planeado, su relación con Mia Gutermann se intensificó durante los meses de verano. En invierno habían salido a cabalgar juntos y vuelto a casa enseguida, helados de frío. Pero ahora Mia insistía en tomar descansos en mitad de sus paseos y dejar que las yeguas pastaran en el bosque. Medea y Valerie o Allerliebste disfrutaban de ese inesperado tentempié entre horas, y Julius y Mia permanecían sentados o tendidos uno junto al otro sobre la hierba, charlando o contemplando el cielo. A veces, los domingos, cuando salían al mediodía, Mia incluso preparaba un pícnic y descorchaba traviesa una botella de vino.

—En realidad, ¿qué nombre es Mia? —preguntó Julius un día—. No la bautizaron así, ¿verdad?

—No estoy bautizada —explicó tranquilamente Mia— y mi nombre viene de Miriam. Somos judíos. —Se enderezó cuando él no replicó nada—. ¿Acaso cambia eso algo? —preguntó.

Julius negó con la cabeza.

—No. Pero yo no era... consciente de eso.

Mia rio.

—Yo tampoco —confesó—. Pero mi padre siempre me dice que no lo olvide. Aunque, para ser sincera, solo he ido una vez a la sinagoga, el *sabbat* después de mi nacimiento para dar a conocer mi nombre. Y por desgracia no me acuerdo. Además, en Navidad tenemos cada año un árbol enorme en el banco y en el salón de casa. Mi padre opina que el árbol de Navidad es en realidad una tradición hereje, al igual que el conejo de Pascua. Pero no importa. De niña también me gustaba ir a buscar los huevos de Pascua.

—Su madre también era... ¿judía? —preguntó Julius.

La madre de Mia había muerto a temprana edad de la joven y su padre la había criado solo. Era algo que tenía en común con Julius y Magnus.

Mia se echó a reír.

—Claro. Los judíos suelen casarse entre ellos. —Entonces se puso seria—. Pero ahora cuénteme otra vez: ¿cómo quiere enfocar la carrera?

Julius cambió solícito de tema. De todas maneras, no sabía qué más decir sobre el tema ni por qué le había molestado la despreocupada respuesta de ella: «Los judíos suelen casarse entre ellos». A fin de cuentas estaba claro que entre ellos nunca podría haber nada y que Mia también fuese consciente de ello lo hacía todo más fácil.

—Mi idea es mantener la yegua detrás —contó— y dejar que gane terreno en la recta final. A ser posible hacia el exterior, junto a la cinta que delimita el espacio de la carrera. Es arriesgado, por supuesto. Si la suelto demasiado tarde, quizá no consigue adelantarlos a todos. Y si lo hago muy pronto, es posible que alguien a quien ella haya adelantado antes la alcance.

La yegua blanca Allerliebste era en realidad asustadiza. Cuando otro animal pasaba por su lado y el jinete le enseñaba la fusta, se quedaba aturdida. Naturalmente, así perdía ritmo y tiempo. También podía pasar que chocara con otro caballo, se cayera ella sola o tirara a algún otro. Julius había estado realizando con Mia y Medea ejercicios en los que corrían una al lado de la otra y se iban adelantando. Había acabado funcionando con la yegua conocida, pero ¿qué pasaría en la pista, entre tantos caballos extraños?

—¿Y qué ocurrirá —preguntó Mia— si ha de adelantar a Alberich? ¿Si entre usted y la meta solo está... su hermano?

Julius se encogió de hombros.

—No haré nada diferente —dijo seguro de sí mismo—. Tengo que pensar en mi carrera. Si Magnus lo tira todo por la borda...

El domingo del certamen, Julius distinguió sorprendido a Mia y su padre entre el público en el anillo perimetral.

Ella llevaba un vestido de encaje blanco y un extravagante sombrero.

Allerliebste se asustó ante tal creación cuando ella se le acercó demasiado.

—¿Debemos apostar por usted, joven? —preguntó de buen humor Gutermann cuando Julius hubo sosegado a su caballo.

—Lo haré lo mejor que sé —contestó sonriente Julius—. Es un juego de azar, aunque por lo visto la suerte ya está echada.

Dirigió estas últimas palabras a Magnus, quien dejaba orgulloso que Alberich hiciera escarceos. Era el favorito, a Julius se lo consideraba solo un *outsider*.

—¡Yo apostaré por usted! —anunció Mia—. Así que no me decepcione.

Mientras, Emilie von Sandhorst besaba a Magnus en la mejilla. El capitán Von Belt los observaba con el rostro avinagrado.

—Conténgase, alférez —advirtió.

Después de aquello, Magnus tenía prisa por llegar a la pista.

La carrera militar era de obstáculos, pero con saltos pequeños. Se trataba de unos setos cuya superación no podía costarle a nadie una caída mortal. Sin embargo, Julius se negaba con rotundidad a que otro jinete lo adelantara durante un salto. Así que puso en práctica su plan y retuvo a la yegua blanca en la parte posterior del pelotón. Allerliebste permaneció tranquila, algo que lo llenó de orgullo. Las primeras veces que había trabajado con ella, siempre acababa cubierta de sudor tras solo cien metros: invertía toda su energía en luchar contra su jinete y ya no tenía fuerzas para el sprint final que podría llevarlos a la victoria. Pero en ese momento se enfrentaba a los saltos con calma y permanecía detrás del penúltimo caballo. Sin embargo, Julius tenía suerte de que el pelotón no se alargase demasiado de un extremo a otro. Durante mucho rato todos los caballos parecían igual de fuertes, y Magnus fue manteniéndose desde el principio en los primeros puestos. No a la cabeza, pero siempre en la segunda o la tercera posición.

Era una carrera de dos mil metros de longitud y Julius se percató satisfecho de que Allerliebste apenas había sudado cuando llegaron a la recta final. Tal como había pensado, colocó a la yegua en la parte exterior de la pista, donde disponía de mucho espacio. Chasqueó la lengua y ella aceleró el paso. Adelantó con ligereza al penúltimo caballo y dejó atrás a los dos siguientes. Luego las cosas se complicaron, pues el caballo del alférez Von Thorn no quería que lo adelantasen y Allerliebste se ponía nerviosa de tener que galopar demasiado rato a su lado. Pero lo superó también y dejó atrás a otros dos caballos más hasta colocarse en el grupo de cabeza.

Para Julius, la situación ahora era crítica. La carrera iba a decidirse entre los tres caballos que había delante de él... en caso de que no consiguiera que su blanca yegua los superase. En esos pocos centenares de metros finales era posible que se adelantaran varias veces unos a otros. Y si Allerliebste participaba en ese sprint final, tal vez se viese invadida por el pánico. Todo dependía de que el pelotón definitivo no tardase en formarse.

Julius suspiró aliviado cuando vio que el tercer jinete se rezagaba. Dejó que la yegua adelantase al caballo y la preparó para el último salto. Ante él solo estaban el alférez Berlitz con un gran alazán y Magnus a lomos de Alberich. Si permanecían uno junto al otro y uno de ellos se ponía a la cabeza en los últimos metros, Julius no podía arriesgarse a que su sensible yegua se lanzase a la refriega.

En ese momento, Magnus se dio media vuelta, vio a

Allerliebste en la tercera posición y decidió resolver la carrera antes de tiempo. Espoleó a Alberich, que aceleró sin esfuerzo. Julius sabía muy bien lo rápido que era el castrado. El caballo del alférez Berlitz no tenía ninguna posibilidad de éxito. Pero tal vez Allerliebste sí.

Julius aplicó los muslos.

—¡Corre, bonita mía! —susurró animoso.

La yegua se estiró, pasó de largo sin esfuerzo al alazán del alférez Berlitz y alcanzó también a Alberich, aunque Magnus azuzó más al castrado. Al final, Julius se encontró al lado de su hermano, una posición peligrosa, porque tal vez Allerliebste se asustaba. Se esforzó en mantener la distancia y estimuló a la yegua.

—¡No te atrevas! —gritó Magnus levantando la fusta—. La mitad de la guarnición ha apostado por mí. ¡No volverás a levantar cabeza en la academia!

Julius dudó un instante: Magnus no iba desencaminado. Si relegaba al segundo puesto al favorito indiscutido, las simpatías hacía él no iban precisamente a aumentar. Mia había sido la única en apostar por él...

Pensar en ella le hizo olvidar su embarazosa situación y Allerliebste se vio afectada por su indecisión. Ahora estaba fuera de control, de manera que se distanció algo lateralmente y luego escapó hacia delante. Cuando Magnus chasqueó la fusta en el flanco de Alberich, la yegua se llevó un susto de muerte y reunió fuerzas para seguir corriendo. Con una ventaja de dos cuerpos, el caballo blanco cruzó la línea de meta.

Magnus no se dignó a mirar a su hermano cuando se dirigieron juntos al anillo perimetral, mientras Hans correteaba entre ellos sin saber a qué caballo atender antes ni si debía felicitar o consolar primero.

—Podemos... podemos compartir el dinero del premio —propuso Julius para animar un poco a Magnus.

Este no respondió. O bien su hermano era demasiado orgulloso para aceptar la propuesta o el premio en metálico no le bastaba, pues había esperado sacar el mayor provecho posible de las apuestas. Cuando Mia y su padre bajaron de las gradas para felicitarlo, Julius dejó de pensar en el dilema de Magnus. Ella no cabía en sí de alegría, llevaba manzanas para Allerliebste y se abrazó contra la yegua de tal modo que esta intentó mordisquearle el sombrerito. Este había cogido un aspecto realmente deteriorado en poco tiempo, ante lo cual Mia reaccionó con risas.

Luego guiñó el ojo a Julius, como había hecho tantas otras veces.

—¡En esta ocasión ha ganado sin ayuda! —le susurró.

Julius sonrió.

—Su mera presencia, señorita Mia, ya es para mí ayuda suficiente —dijo galante—. ¿Ya es una mujer rica?

El *Kommerzienrat* sonrió satisfecho.

—No hemos apostado toda nuestra fortuna a su victoria —explicó—. Aunque no me parece usted una mala inversión. ¡Siga así, joven! Muchas felicidades.

9

Pese a las entusiastas felicitaciones del capitán Von Belt, la victoria en la carrera militar de obstáculos no trajo a Julius nada más que disgustos. De un día para otro se puso prácticamente a todos los alumnos de la academia en su contra. Además de apreciado, Magnus era conocido como el seguro vencedor de carreras planas y con obstáculos. Sus compañeros, casi sin excepción, habían apostado por él para aumentar su soldada. Naturalmente no habían esperado obtener una gran suma, pero todos habían puesto sus esperanzas en sacar un poco de provecho de la victoria. Ahora se habían quedado sin dinero y a Magnus volvía a serle imposible pagar sus deudas. De nuevo tuvo que acudir a su padre para evitar que sus acreedores se dirigieran a sus superiores. El guarnicionero, el sastre que confeccionaba los uniformes y el zapatero especializado en botas trabajaban para toda la guarnición, de manera que no tendrían ningún pudor a la hora de hablar con los capitanes y pedirles que hicieran valer su autoridad ante Magnus.

Albrecht von Gerstorf montó en cólera y exigió a su primogénito que se tomara de una vez en serio el ahorro. Julius y Hans también se vieron afectados por el asunto cuando el anciano insistió en que abandonaran la casa de la Vahrenwalder Strasse.

—No os pasará nada por dormir en el cuartel —apuntó Albrecht—. Ahora voy a endurecer las normas, así no podemos seguir.

Magnus refunfuñó porque la mudanza al cuartel dificultaba sus encuentros privados con la bailarina Janine. Julius se preguntó si la familia ahorraba algo con los hoteles por horas que ahora se buscaba la pareja.

Julius ya no estaba acostumbrado a vivir en el cuartel, pero no le habría importado instalarse en ese alojamiento más barato si no hubiese sido el soldado de caballería más odiado de la academia. Continuamente era víctima de absurdas tretas: sus compañeros de habitación le escondían las espuelas, así que llegaba tarde a clase, o le ensuciaban el uniforme con estiércol. Hans también estaba desesperado: se albergaba en los alojamientos de los soldados rasos y allí apenas tenía sitio para todos los instrumentos que necesitaba para conservar impecables los uniformes, botas y arreos de Magnus y Julius.

Pero lo que más agobiaba al joven Von Gerstorf era el ruido constante y el perpetuo ir y venir de los hombres a causa de sus distintas tareas. Se alegraba mucho de poder evadirse de vez en cuando de tal ajetreo cuando iba a comer con los Gutermann o podía aceptar una de sus invitaciones al teatro o a la ópera. Le llegaban tanto del padre como de la hija, y aprendió a valorar la amplitud de miras y la serenidad de los Gutermann.

También Magnus se escapaba cada noche de la estrechez del cuartel e intentaba mejorar su miserable situación con apuestas cada vez más elevadas. Sufría además de penas de amor. Desde que ya no mimaba a Emilie von Sandhorst con pequeños obsequios diarios y llegaba resacoso a sus citas, la damisela le había dado calabazas.

Las carreras y las competiciones rompían con la monotonía del servicio. Julius montaba a Allerliebste y Valerie. Esta última destacaba en el salto ecuestre y siempre se situaba entre los tres primeros puestos. Allerliebste seguía quedando rezagada al comienzo de las carreras. A veces la estrategia de Julius funcionaba y ganaba la carrera, pero entretanto los otros jinetes ya habían comprendido su estrategia, y en especial el alférez Berlitz solía frustrar sus planes y ganaba con su caballo de servicio, el inmenso Feuervogel. Julius no se tomaba a mal estas derrotas. Consideraba al único burgués entre los oficiales como un amigo. Comían juntos con frecuencia en la cantina de los oficiales y bebían algún que otro aguardiente, mientras Berlitz flirteaba de manera ostensible con Lotte. Si no se tenía en cuenta al otro par de admiradores de la bella camarera que estaban celosos de él, su posición en la academia no se veía amenazada, pues destacaba en todas las disciplinas militares. Horst Berlitz era un soldado modélico. Se había ofrecido a practicar con Julius esgrima y tiro fuera de los horarios de servicio, pero ese entrenamiento extra no había reportado resultados positivos.

Alumnos e instructores de la escuela de equitación iniciaron las maniobras en otoño. Con la colaboración del emperador (quien en realidad no hacía mucho más que dejarse ver a lomos de un caballo lo más representativo posible), el ejército se reunió en la región de la Marca para practicar diversas tácticas ante una intervención militar. Julius ya había hecho esto antes con los ulanos y recordaba muy bien que el sargento Schmitz había mirado con una sonrisa de superioridad al emperador, quien permitía que los soldados de caballería se enfrentaran unos a otros con los sables desenfundados. Desde la guerra de Secesión aquella táctica estaba obsoleta. El ataque en masa no servía de nada cuando el enemigo disparaba sus cañones. No obstante, siempre dejaban ganar a Guillermo II y sus tropas.

Schmitz calificaba la maniobra del emperador de juego de guerra: nadie concebía la idea de estar entrenando para una emergencia. El monarca se basaba en la táctica tradicional, aunque otros comandantes ejercitaban técnicas más modernas en las que los caballos solo servían para llegar al campo de batalla. Luego se luchaba a pie y con la mejor cobertura posible. Julius avanzaba, pues, cuerpo a tierra por la arena de Brandemburgo, disparaba sin apuntar realmente y evitaba siempre que le era posible atacar con la bayoneta a sus compañeros como si fuera a espetarlos.

A su regreso estaba totalmente desmoralizado y dudaba de haber elegido la profesión adecuada.

Julius y Mia aprovechaban los últimos días de octubre, todavía algo cálidos, para salir a pasear con los caballos. Ahora estaban descansando sentados al sol mientras dejaban que las yeguas pastaran. Mia se había quitado la capa y la había extendido sobre la hierba húmeda. Llevaba un traje de montar marrón claro y estaba preciosa.

—Me temo que no estoy hecho para la vida militar —confesó a Mia—. Entiéndame, me gusta trabajar con los caballos y los capitanes me tienen en gran consideración; pero parece que su padre está en lo cierto. La caballería ya quedado superada. Los auténticos estrategas apenas emplean monturas. Y además... no tengo talento para luchar contra otros seres humanos. O, peor aún, soy un blandengue. —Mia iba a protestar, pero Julius no dejó que lo interrumpiera—. Me repugna atacar a un hombre con el sable, es así de simple —admitió—. Aunque nuestro contrincante lleve protección y en realidad no podamos matarnos. Pero a pesar de todo, me asusta clavar el arma en una persona. Esto funciona mientras el combate se desarrolla en el salón de esgrima, que a fin de cuentas no es más que un deporte con reglas fijas, donde la intención no es matar o herir. Pero ahora en las maniobras... cuando se trata de sacar las bayonetas y atacar... Me imagino la sangre cada vez que acierto. Pienso en las heridas que causaría a mis rivales si no llevasen protección... Es una locura, pero me acuerdo de las piezas destripadas después de la cacería, las vísceras saliendo... ¡No quiero hacerle algo así a nadie! —Agitó abrumado la cabeza—. No quería decírselo a nadie, pero además soy un cobarde. Tengo miedo de dar en el blanco y todavía más de que me den a mí. —Julius se tapó la cara con las manos.

—Es la mar de normal —intentó tranquilizarlo Mia—. ¿A quién le gusta que le claven una espada?

Julius levantó la cabeza.

—Como soldado, uno tiene que contar con esta posibilidad y conservar la mente fría. Sobre todo, porque matar al contrario es lo único que evita que acaben contigo.

—Cabe la posibilidad de echar a correr —observó Mia, poco femenina.

—¡Mia! —El rostro de Julius mostró auténtico pavor—. Eso significaría desertar. No se puede ni pensar en eso. ¡He prestado juramento por el emperador, el pueblo y la patria!

—Tampoco tiene que marcharse a escondidas —contestó con toda tranquilidad la joven—. Puede simplemente... ¿Cómo se llama eso? Tomar la absoluta. Ya ha hecho usted la instrucción básica, ¿no? Si ahora confirma que no le gusta la carrera militar, pues lo deja y ya está.

—Pero eso no se hace —replicó Julius—. A no ser que haya razones importantes. Por ejemplo una lesión, invalidez... No se puede decir simplemente... como no me gusta, me voy. O confesar que se tiene miedo... En esto último no se puede ni pensar. Como decía el emperador: «La palabra "miedo" no aparece en el vocabulario del oficial alemán». Yo nunca podría admitir...

—Bastaría con que se casara —sugirió Mia—. Sin permiso. Entonces lo echarían, ¿no?

Julius la miró estupefacto.

—Imposible. Y además... con quién... ¿con quién iba yo a casarme?

Mia puso los ojos en blanco.

—Conmigo, por ejemplo —respondió tan tranquila—. Seguro que no le dan el permiso de casamiento. Porque soy una burguesa...

Julius más bien temía que sus superiores se escandalizaran porque ella era de origen judío, pero de todos modos eso no desempeñaba aquí ninguna función.

—No obtendré ningún permiso en ninguna circunstancia —dijo—. No gano suficiente para alimentar a una familia. Tendría que llegar primero a capitán y para eso todavía me quedan años.

Ante la idea de tener que pasar un lustro más en el cuartel, en la carrera de baquetas, las interminables horas de esgrima y los infinitos intentos de estar a la altura en el puesto de tiro, se horrorizaba. Por el momento, ni siquiera lo habían ascendido a teniente primero. A Berlitz lo habían promocionado después de las maniobras, pero él no había destacado en ellas. Y ahora Mia le proponía una salida, no muy habitual pero sí honrosa.

—¡Precisamente por eso! —exclamó con alegría Mia—. Dice que no quiere esperar a que lo promocionen, sino que prefiere buscarse otro trabajo. A lo mejor incluso en la yeguada de su padre. Al fin y al cabo, ahí se necesitan preparadores.

—Mi padre no estará de acuerdo —dijo Julius, para tocar luego otro aspecto del tema—: Y además... ¿casarme? ¿Y con usted, Mia? A ver, ¿es que usted me ama?

Mia sonrió con picardía.

—Creo que primero tiene que declararse el hombre, ¿no? —señaló.

Julius reflexionó. Hasta entonces no se había permitido pensar en ello porque Mia había sido tabú para él. Todavía resonaban en sus oídos las palabras del padre de la joven: «Por favor, no permita que mi hija se haga ilusiones», había dicho. Pero ¿y si se permitía plantearse la pregunta? ¿Y si reflexionaba con honestidad sobre si la amaba? En el rostro de Julius apareció una sonrisa. ¡Pues claro que la amaba, la amaba desde el primer momento en que la había visto, desde que ella había intentado consolar a Medea! Amaba su valor, su despreocupación, su talento para ser feliz. Y además eran almas gemelas. Los dos amaban a los caballos, es más, eran unos jinetes apasionados y excelentes. Julius respetaba los conocimientos de Mia como amazona y hasta ahora nunca había pensado en un enlace. Pero en ese momento... Mia tenía razón. Era justo lo que él deseaba. Incluso si chocaba contra todas las convenciones.

Hincó una rodilla en el suelo con determinación y le cogió las manos.

—Señorita Miriam Gutermann... Tal vez no le haya pasado inadvertido que desde hace algún tiempo... yo alimento por usted unos sentimientos especiales, muy profundos. La amo. Amo su sonrisa, su encanto, su franqueza. No podría imaginar nada más hermoso que pasar el resto de mis días junto a usted. Por eso le pregunto ahora, Miriam, ¿me haría usted el honor de casarse conmigo? ¿Con o sin el permiso del ejército imperial?

Mia sonrió.

—Solo si en el futuro me tutea, Julius von Gerstorf. Y además tenemos que hablarlo con mi padre. Sin su autorización no puedo casarme. Le rompería el corazón.

Julius levantó la vista hacia ella, preocupado.

—¿Querrá que usted... que tú... te cases con un judío? Mia se encogió de hombros.

—Qué va. Mi padre te aprecia, estoy segura. Y de todos modos me dará el permiso. Sea lo que sea lo que yo quiera. —Sonrió segura de sí misma—. ¿Tal vez te gustaría darme ahora un beso? —preguntó entonces.

Por primera vez en meses, Julius se quitó un peso de encima, se sintió aliviado y no cabía en sí de felicidad cuando estrechó a Mia entre sus brazos.

10

—Quiero casarme con Julius von Gerstorf —anunció Mia.

Había elegido un momento de tranquilidad para confesarlo. Después de un atareado día en el banco, su padre había tomado asiento en el salón de caballeros, estaba fumando un buen cigarro y se había servido una copa de un coñac estupendo. Ante la propuesta, frunció el ceño.

—¿Y cómo te lo planteas? —inquirió Jakob Gutermann, tomándose un sorbo de coñac—. No puedo limitarme a comprar al chico como si fuese un caballo.

Mia soltó una risa nerviosa.

—¡A ver, papá! ¡Ni que yo lo estuviera obligando a plantarse ante el altar! No, es obvio que Julius también quiere casarse conmigo. Me lo ha pedido formalmente.

—Ya, ¿y tú no le has dado ningún empujoncito? —preguntó su padre, escéptico.

Sabía que en general los jóvenes oficiales no pensaban en casarse y había apreciado sumamente la cortesía formal con que Julius había tratado hasta el momento a su hija. Aun así, no se le había escapado el afecto que sentía por ella.

—Muy pequeñito —admitió Mia.

Su padre puso los ojos en blanco.

—Estupendo —dijo—. Así que estáis de acuerdo. ¿Y tenéis claro el asunto de que tú eres... judía?

Mia asintió con un gesto vehemente.

—Nos da igual —respondió.

Gutermann suspiró. Apenas unas décadas antes, el matrimonio entre una judía y un cristiano habría sido impensable, pero eran otros tiempos, y él se alegraba de que fuera así. Si hubiese querido que Mia eligiese a un hombre de su comunidad, él mismo tendría que haberse definido más explícitamente como judío. Su esposa se habría entristecido si hubiese sabido que Mia quería casarse con una persona de otra religión, pero a él le era indiferente.

—Julius tendrá que abandonar la carrera militar —advirtió—. Y...

—No le importa —le interrumpió Mia—. De todos modos, no le gusta disparar y encuentra espantosa la esgrima y todo lo demás.

—¿Y de qué vais a vivir? —siguió preguntando Gutermann.

Mia le expuso la idea de instalarse en la granja de Von Gerstorf y trabajar con los caballos.

—Julius puede hacer el examen de preparador de caballos —opinó la joven—. Entonces ya tendrá un título y su padre podrá promocionarse gracias a él.

Miró a su progenitor en busca de aprobación, pero él seguía mostrando escepticismo.

—¿Y qué dirá al respecto el joven señor Magnus von Gerstorf? —preguntó—. Si no recuerdo mal, él es el primogénito y el heredero.

Julius von Gerstorf, pues también de eso estaba informado hacía tiempo el dinámico banquero, estaba obligado a casarse con Helena von Gadow y a encargarse de las propiedades de la familia de ella, pues los Von Gadow no tenían hijos varones. Le mencionó este detalle a Mia, pero ella asintió con un gesto despreocupado.

—Sí, pero la granja es enorme. Los cultivos, la cría de caballos, la hípica... Hay sitio suficiente para los dos hermanos.

—Siempre que se lleven bien —replicó Gutermann—. Y hasta ahora no tengo yo la impresión de que tengan mucho en común. Además, el viejo Von Gerstorf todavía conserva energía. Quiere seguir teniendo opinión, por no decir que desea tomar él solo las decisiones. No funcionará, Mia. Vale más que no te hagas grandes ilusiones.

Mia puso cara de circunstancias.

—En todo caso, Julius se ha marchado hoy a Grossgerstorf —explicó—. Quiere comunicárselo a su padre, aunque sospecha que la idea no le entusiasmará. Pero no cabe duda de que lo convencerá. —Sonrió segura de la victoria.

Gutermann se sirvió otro coñac.

—Ojalá no te equivoques —musitó.

Casi al mismo tiempo, Julius encontró la oportunidad de hacer un aparte con su padre y hablar a solas con él.

—¿Que quieres qué? —Albrecht von Gerstorf se irguió sobresaltado. Padre e hijo se habían reunido en el salón de caballeros después de cenar y bebían una copa de coñac—. Julius, no te he entendido bien. ¿Quieres abandonar tu carrera y casarte con esa chica judía? ¿Quién te ha metido esta absurda idea en la cabeza? ¿Ese Gutermann tal vez? ¡Sería muy propio de él! Un título nobiliario para su hijita... —vociferó.

—No es así. —Julius intentó mantener la calma—. El

Kommerzienrat todavía no sabe nada, Mia quería hablar con él. Y yo no estoy para nada convencido de que vaya a dar su consentimiento. Pero Mia y yo llevamos pensando mucho tiempo en ello. No estoy hecho para la carrera militar. Entiendo de caballos, eso sí. Pero todo lo demás...

—¿No querrás decir que tienes miedo de un sable o de un arma? —preguntó Gerstorf—. Magnus ha mencionado algo en ese sentido. Pensaba... pensaba que se trataba de reafirmarse él mismo. ¡Un Von Gerstorf no conoce el miedo, Julius! En eso, Magnus, al menos...

—Padre, no tengo miedo del ejército, pero tampoco me motiva —prosiguió Julius—. Lo que quiero es simplemente contraer un buen matrimonio y trabajar con caballos. Aquí podría ser muy útil. Podríamos ampliar la yeguada y concentrarnos más en los caballos de carreras. Ahora soy un jinete experimentado. Magnus... Magnus podría presentar los caballos en las carreras del ejército. Como ya sabes, tiene mucho éxito en ellas.

Albrecht von Gerstorf tomó un buen trago.

—Magnus dejará el ejército dentro de poco —reveló al menor de sus hijos.

Julius se quedó un instante sin palabras.

—¿Qué? —preguntó—. Pero... Pero él siempre ha sido feliz allí. Y estaba orgulloso de llevar el uniforme... Pensaba que tenía una brillante carrera por delante.

Von Gerstorf hizo una mueca.

—La ha destrozado tontamente. Le han dado la posibilidad de tomar de forma voluntaria la absoluta o, en caso contrario, lo echarán a la calle. Las deudas, el juego, las historias con mujeres... ha sobrepasado los límites de la decencia al relacionarse con la esposa de un oficial.

Eso era nuevo. Julius sabía que tanto Emilie como

ahora Janine habían mandado a freír espárragos a su hermano. Sin embargo, se le había escapado que se hubiera buscado otra amante en las altas esferas.

—En cualquier caso, se han presentado quejas contra él y se ha dado a entender a Magnus... Pero eso no es de tu incumbencia. Tú solo tienes que saber que ya es asunto cerrado. Magnus volverá aquí, se encargará de la yeguada y se casará con Helena von Gadow.

—¿Va a hacerlo? —preguntó conmocionado Julius. Las revelaciones de su padre le resultaban cada vez más increíbles—. ¿Helena? ¿Y ella está de acuerdo?

—Helena se someterá a los deseos de su padre —musitó Von Gerstorf—. Y sobre todo cuando se entere de tus aventuras. Siempre ha sentido debilidad por ti. Seguramente porque puede manejar mejor a un blandengue como tú...

—¡Padre! —protestó Julius.

—Helena es una mujer a la que le gusta llevar las riendas —indicó Gerstorf, imperturbable—. Y ahora que sacará a Magnus de ese aprieto concediéndole su mano, lo atará corto. Pero recibirá todo mi apoyo. Tu hermano necesita que lo dirijan un poco...

Albrecht parecía entenderse estupendamente con su futura nuera. Julius comprendió que no había sitio para él en el dominio. Y todavía menos para Mia. No podía ni pensar en que tuviera que compartir casa con la resoluta Helena, que la detestaría porque le había quitado al hombre por el que ella «sentía debilidad».

—Magnus gobernará un pequeño imperio —observó—. Grossgerstorf y el dominio Gadow.

Albrecht asintió satisfecho.

—Así no tendrá tiempo para tonterías —señaló, esperanzado—. Ya se ha desfogado bastante. Y en lo que a ti respecta, Julius, solo puedo aconsejarte que por fin empieces a hacerlo. Aunque no de forma tan exagerada como tu hermano, por favor. Pero búscate una amante del pueblo llano y corteja a una dama de la nobleza, sin exagerar... ¡Compórtate en consonancia con tu nivel social! La gente quiere que los jóvenes oficiales sean un poco aguerridos, hijo. Y no que estén sumergidos en libros sobre caballos o adorando a una mujer que no les conviene. Así lo ha expresado tu hermano, Julius, dice que pones a la jovencita judía en un pedestal, que la adoras. Eso no es sano, hijo.

Julius se levantó.

—Adoro a mi futura esposa —lo corrigió—. Tal y como debe ser. Tanto si es judía como si no, eso no me importa nada en absoluto.

—Sería un matrimonio entre individuos de distintos niveles sociales —apuntó su padre, cortante—. No esperes ningún apoyo por nuestra parte.

—Tampoco lo necesito —contestó Julius—. He estado ahorrando gran parte de mi soldada y una cantidad importante de premios en metálico. Debería bastarme para comprar una casa propia. Y luego hablaré con el capitán Jansen. A lo mejor me da trabajo en la hípica.

—¿Un Von Gerstorf sosteniendo el estribo a damiselas que quieren aprender a cabalgar? —se burló su padre.

Julius se encogió de hombros.

—Aprender a montar de verdad es un objetivo sumamente bonito y honesto. Ayudaré a cualquiera que desee hacerlo, sea hombre o mujer.

—Ya no eres hijo mío —declaró dramático Gerstorf. Había llenado dos veces la copa durante toda aquella conversación y antes, en la comida, había bebido vino en abundancia.

Julius se frotó la frente.

—Ojalá te lo pienses mejor —dijo—. Para mí, tú siempre serás mi padre. Recibirás noticias mías y de Mia cuando hayamos fijado la fecha de la boda. Espero... espero que asistas...

Julius volvió a la mañana siguiente a Hannover. Se encerró en su habitación del cuartel, aunque lo sobresaltó un aterrado Hans, a quien Magnus acababa de contarle sus planes.

—Señor alférez, tiene que darme un empleo de ordenanza —suplicó al joven soldado—. Si no, tendré que volver a mi unidad. Y hace... hace tanto tiempo que no disparo. Yo...

Julius levantó la mano con aire sosegador.

—¿Cuánto tiempo debe permanecer todavía de servicio, Hans? —preguntó amablemente—. Yo le daría empleo con mucho gusto, pero también voy a dejar el ejército.

—¡No, por favor! —Hans se llevó las manos a la cara—. No tendrá usted que...

Julius negó con la cabeza.

—No, nadie quiere expulsarme. Y, en cualquier caso, haré el examen de preparador antes de marcharme. Así que dígame ahora: ¿cuánto le queda todavía?

—Medio año —contestó Hans.

Julius suspiró aliviado.

—Luego querría... querría volver al dominio Vergenwort...

—Para entonces ya veremos —dijo Julius—. Primero tenemos que evitar todos los obstáculos burocráticos. ¿Cómo puedo solicitar sus servicios, Hans?

Hans le estaba inmensamente reconocido, de manera

que le cepilló las botas hasta dejarlas resplandecientes y también el uniforme antes de que Julius se levantara de mala gana para ir a hablar con el *Kommerzienrat*. Había esperado poder desplegar ante él todos aquellos proyectos de futuro tan bien meditados antes de pedir formalmente la mano de Mia. Pero ahora todos sus planes se habían ido al traste...

Mia lo saludó de buen humor junto a la puerta de la villa de los Gutermann, aunque percibió su abatimiento.

—¿Lo de la yeguada no ha funcionado? —preguntó con simpatía.

Julius negó con la cabeza.

—Mi padre rechaza nuestra unión —dijo—. Y además... Enseguida te lo cuento. Creo que primero debería reunirme con tu padre y...

Le tendió el ramo de flores que había comprado por el camino. Rosas. Mia resplandeció de alegría.

Jakob Gutermann, por el contrario, mostraba una expresión severa cuando Julius se inclinó con rigidez ante él y con palabras más o menos pulidas le presentó su petición. El *Kommerzienrat* parecía pensar seriamente en autorizar el casamiento con su hija, pero al principio no contestó nada. Julius empezó a sudar. ¿Acaso Mia no había hablado todavía con su padre?

—Así que quiere casarse con Mia —dijo Gutermann, yendo directo al grano—. Pero no tiene idea de cómo podrá alimentar a su familia.

—Sí —protestó Julius—. Bueno, sí que tengo una idea. Solo... solo en lo que respecta a la financiación... Yo... he ido ahorrando algo. Porque quería en algún momento comprar mi caballo de servicio, pero...

—Me temo que el mantenimiento de Mia será más

caro que el de su caballo de servicio —observó Gutermann.

Julius se mordió el labio.

—No lo decía en este sentido... Sino...

—¡No seas así, papá! —Al principio, Mia se había quedado con docilidad aparte para que Julius pudiera hablar de hombre a hombre de la propuesta de matrimonio con su padre. Aunque, claro, escuchando todo lo que decían... Ya no aguantó más y acudió en ayuda de su elegido—. ¡Sabes perfectamente a qué se refiere! No te preocupes, Julius. A papá le gustas. ¡Lo sé perfectamente!

—Aquí no se trata de simpatías —dijo Gutermann inflexible—. Así que, otra vez, joven: ¿cuáles son sus planes de futuro con Mia?

Julius tomó una profunda bocanada de aire.

—Bueno, si pudiera financiarme, fundaría una empresa basada en la cría y formación de caballos y jinetes. En breve obtendré en el Instituto Militar de Equitación de Hannover el título de preparador, que está muy valorado. En el marco de mi formación he estudiado para ser profesor de equitación, así que podría considerar la idea de crear una escuela de equitación. Quizá puedo buscar primero un empleo, aunque Mia y yo preferiríamos una yeguada. Ya sabe lo mucho que a su hija le gustan los caballos...

—Sin lugar a dudas una yeguada —intervino Mia—. En una hípica como la del capitán Jansen, en medio de la ciudad, los caballos no son felices del todo... Necesitan corrales, prados, sociedad... Y me gustaría tanto tener un potro... Un potro cada año sería... ¡sería el paraíso! —Le brillaban los ojos.

—Pero también tendrías que venderlos —le señaló Julius.

—Cuando hayan crecido —respondió Mia—. Y el dinero no es problema, papá. Tendré dote, una buena dote, ¿no? Con ella compraremos...

—¡Mia! —protestó Julius—. ¡Haces que quede como un cazadotes! Señor *Kommerzienrat*, yo... Como mucho, pensaba en un préstamo.

Jakob Gutermann frunció el ceño.

—¿Definiría una yeguada gestionada por usted como una buena inversión? —preguntó.

Mia contrajo su hermoso rostro y fulminó furiosa a su padre con la mirada.

—Papá, ¡qué malvado eres! Pues nada, si no quieres, cogemos el dinero que tanto Julius como yo hemos ahorrado y lo apostamos en la próxima carrera por Allerliebste. Entonces solo basta con que Julius gane...

Jakob Gutermann se llevó las manos a la frente.

—¿De verdad quiere casarse con esta muchacha? —preguntó.

Julius sonrió.

—Nunca en mi vida he deseado algo tanto —reconoció.

Mia siguió pensando.

—También podemos apostar al caballo de tu hermano y luego tú lo dejas ganar —propuso como posible opción.

—Y ahora, encima, tongo... —Gutermann meneó la cabeza—. Espero que incite a mi desnaturalizada hija a tomar el camino de la honradez cuando se hayan casado.

Julius lo miró nervioso.

—Entonces ¿me está diciendo que sí? —preguntó.

El banquero suspiró.

—Antes de que Mia me amenace con asaltar mi banco si no le financio... —Sonrió—. No, en serio, señor Von Gerstorf, yo solo pretendía tenerlo un poco en vilo. Claro que acepto gustoso su petición; lo respeto y lo considero una persona honrada y un buen jinete. Con sus cualidades y su formación estoy seguro de que puede darle a mi hija medios de subsistencia. —Mia y Julius se miraron resplandecientes. Pero Jakob Gutermann no había concluido—. Y en lo que respecta a sus proyectos en concreto —añadió lentamente—, lo considero capaz de llevar a la práctica sus planes sobre una base económica sana. Con la vigorosa ayuda de Mia. No es tan ingenua como finge ser, entiende de contabilidad y de transacciones básicas. —Hizo una señal a su hija y bebió un buen trago de coñac antes de seguir hablando—: No obstante... Me temo, Julius, que no va a poder escapar con tanta facilidad de su pasado militar.

—Naturalmente seré oficial en la reserva —convino Julius—. O reservista en el Landwehr... Pero eso... eso no tiene un significado especial. Hay maniobras cada uno o dos años, aunque eso tampoco exige mucho tiempo.

—Mientras no estalle una guerra, claro —observó Gutermann.

—¿Una guerra?

Mia observó desconcertada a ambos hombres.

Julius la miró también perplejo.

Gutermann suspiró.

—¿Realmente os parece algo poco probable? —inquirió—. ¿Cuántas veces hemos vivido treinta o cuarenta años sin guerras? Y en la actualidad... hay tumultos por todo el mundo, Julius. Hacedme caso, tengo contactos. Creemos que en los años que vienen estallará una guerra, tal vez incluso una gran guerra. En tal caso lo llamarán a filas, Julius. Y Mia se quedará sola con sus caballos.

Ella se mordió el labio.

—Eso sería horrible —musitó—. Po... podrías morir. Y los caballos... Entregaríamos remontas al ejército...

—Que acabarían muertas en el campo de batalla —aclaró Gutermann inmisericorde—. Como al menos una parte de vuestros caballos de cría y de monta. En caso de guerra, los caballos, al igual que las personas, se reclutan a la fuerza.

—Entonces no puede ser —decidió Mia—. Yo... yo no lo soportaría.

Julius también hundió la cabeza. La idea de una guerra lo asustaba, sin importar lo mucho que le tachara eso de cobarde.

Jakob Gutermann se quedó un buen rato en silencio, pero al final tomó pensativo la palabra.

—Esa yeguada —empezó diciendo— o la escuela de equitación... ¿Sería muy importante para vosotros abrirla en Alemania? ¿O podéis imaginaros empezando vuestra vida en otro país?

Julius salió sobrecogido de su abatimiento.

—Debería ser muy lejos —opinó—. A fin de cuentas, una posible guerra también afectaría a Francia, Inglaterra, Rusia, Polonia...

Gutermann coincidió.

—Es cierto. Sería un país muy lejano —confirmó—. Estaba pensando en... Nueva Zelanda.

—¿Nueva Zelanda? ¿Y eso dónde está? —preguntó Julius—. Lo siento si demuestro así mi falta de formación básica, pero nunca había oído hablar de ese país.

Mia sonrió.

—Ahí vive mi tío Abraham —explicó—. Salvo por ese detalle, tampoco a mí me dice gran cosa. Está cerca de Australia, ¿verdad, papá? Y allí se habla inglés.

Gutermann asintió, se levantó y se dirigió a un globo terráqueo que estaba en un rincón del salón. Lo giró y señaló dos diminutas islas junto al continente australiano.

—Se trata de una colonia británica —dijo—. Allí hay sobre todo agricultura, ganadería bovina y ovina. Pero también se hizo famosa por sus yacimientos de oro. Hace un par de años, miles de aventureros de Inglaterra e Irlanda acudieron en masa a los campamentos de buscadores de oro. Y eso también atrajo hasta allí a mi primo. Estaba casado con una inglesa y trabajaba para el banco londinense de su padre, pero, como la situación en Nueva Zelanda parecía prometedora, emigró y estableció allí una filial del banco. La familia ya ha crecido con éxito una generación más. Mi primo y su mujer viven en concreto en Auckland. Está aquí. —Señaló la Isla Norte.

—¿Y usted cree que allí tendría futuro fundar una yeguada? —preguntó Julius—. ¿En el otro confín del mundo?

Gutermann sonrió.

—Se asombraría usted —respondió—. La gente ha ganado dinero en Nueva Zelanda; pocas veces a través de la fiebre del oro y con mayor frecuencia en inversiones sensatas en ovejas y bueyes. Y en las últimas décadas se han creado muchas industrias, incluso la lana se trata allí mismo. En cualquier caso, existe un mercado para caballos de calidad. Hay suficientes personas que montan por placer, se organizan cacerías y, sobre todo, existe una floreciente escena de caballos de carreras debido a que se importaron algunos purasangres de Inglaterra que siguen criándose allí. Que esos criadores sean auténticos conocedores de caballos es cuestionable. En cualquier caso, allí veo un futuro para usted, Julius. Podría llevarse sus caballos y comprar más allí. Solo tendríamos que encontrar la casa adecuada, no demasiado lejos de una ciudad grande; lo ideal sería que estuviera cerca de un hipódromo... Creo que mi primo Abraham podría inspeccionar el terreno.

—¿Significa eso que Medea puede acompañarme? —inquirió Mia.

Gutermann asintió con la cabeza.

—Por supuesto. Y seguro que su caballo de servicio también, Julius. ¿Cómo se llama? ¿Allerliebste?

—«Everybody's Darling» —tradujo Mia, aunque no del todo correctamente—. Tendrás que aprender inglés, Julius. ¿O acaso ya sabes?

—Solo un par de palabras —admitió Julius—. Estamos en contacto con los criadores de los sementales que importamos. Pero no sé mucho más que «*good morning*» y «*very nice horse*». Aunque mi caballo de servicio es Valerie, un media sangre. A Allerliebste solo la monto en las carreras: la echaré de menos.

Gutermann hizo un gesto de rechazo.

—Ya hablaremos de eso —dijo—. Y también sobre esos sementales de Grossgerstorf. Su padre no puede repudiarlo del todo, Julius, usted tiene derecho a una herencia. Y ahí cabría la posibilidad de que le legara un par de caballos de cría.

Julius hizo un mohín.

—Estoy convencido de que mi padre será de otra opinión —observó.

Gutermann sonrió con superioridad.

—Ya hablaré yo con él a este respecto. De banquero a prestatario... Me gustaría más de consuegro a consuegro, pero si él no quiere... ¿Qué opina de Nueva Zelanda, Julius? ¿Se lo imagina?

—¿Seguro que allí no habrá guerra? —preguntó Julius sintiendo que estaba traicionando a la madre patria.

—Alemania no atacará a un país del que ni siquiera sus oficiales saben dónde está —ironizó Gutermann—. Nueva Zelanda probablemente estará en el mismo bando que la metrópoli, y eso en caso de que Inglaterra se vea involucrada. Pero en el mismo país es bastante seguro que no estallarán conflictos. ¿Y que requieran caballos? ¿Caballos de carreras? No lo veo probable.

—¡Hagámoslo entonces! —decidió Mia—. ¡Será toda una aventura, Julius! ¡Nuestra aventura!

EPONA

La diosa de los caballos

Hannover, Auckland, Onehunga
1912-1913

1

Resultó que Mia hablaba inglés con fluidez. El *Kommer-zienrat* se había ocupado de que su hija aprendiera varias lenguas, de modo que también se comunicaba estupendamente en francés y entendía un poco el italiano. El inglés, de hecho, era para ella casi una segunda lengua materna. De pequeña había tenido una niñera inglesa que la había cuidado con mucho cariño tras la temprana muerte de su madre.

En los últimos meses, Mia había tratado de enseñar el nuevo idioma a Julius, pero él estaba ocupado estudiando para el examen de preparador. Ya hacía tiempo que había anunciado al capitán Von Belt que tenía intención de tomar la absoluta en la primavera de 1912 y emigrar. Era una decisión que el profesor de equitación lamentaba profundamente, pues había esperado poder conservarlo en la academia como miembro de la nueva generación de preparadores. «Si estalla una guerra, la academia podría cerrarse —le había advertido, para sorpresa de Julius. El joven nunca hubiera pensado que el capitán también considerase esa posibilidad—. Sea como fuere, alférez Von Gerstorf —había añadido—, lo echaremos de menos».

Entre los preparativos para el examen, la boda y el viaje a Nueva Zelanda, pasó el medio año que Hans todavía necesitaba para terminar su periodo de servicio. Julius preguntó al mozo si no le gustaría acompañarlo a Nueva Zelanda, pero Hans rehusó la oferta. Lo esperaba su antiguo puesto de cochero en el dominio de Von Vergen.

—Un país tan desconocido, señor alférez —dijo, moviendo la cabeza—, eso no es para un tipo como yo. Una lengua extraña... lo mismo hasta hay animales salvajes...

—En Nueva Zelanda hay sobre todo ovejas —intentó tranquilizarlo Julius—. Y unos pájaros raros que se entierran durante el día y graznan por las noches. Ni siquiera vuelan. Supongo que salvo por los mosquitos, no tendremos allí nada que temer.

Pero, aun así, Hans no quería acompañarlos.

—No, señor alférez, déjeme vivir tranquilamente aquí —contestó. Una respuesta que a Julius le hizo volver a pensar en la guerra; y todavía más a Mia, quien se puso furiosa cuando le contó que Hans había declinado irse con ellos.

—¿Y vas a dejarlo aquí? ¡No puedes hacerlo! Lo llamarán a filas si estalla la guerra, ¿no? Y luego él será uno de los primeros en morir. Se defiende incluso peor que tú. —Mia había conocido al mozo durante sus visitas al hipódromo y enseguida había querido tomarlo bajo su protección. Encontraba divertida la diligencia con que trajinaba entre Julius y sus caballos—. Hans es como un buen perro —observó en ese momento—. Creo que hasta sería capaz de morder por ti.

Julius la miró ofendido.

—Sé defenderme yo solo —señaló—. Pelear no me apasiona, pero...

—¡Bah, no digas tonterías! —replicó Mia—. En una guerra, o te matarían o desertarías para poner a tu caballo a buen resguardo. Y deberías haber convencido a Hans para que nos acompañara. Pero déjalo estar, ya me encargaré yo de ello.

El día en que Hans recogía los papeles de su licenciamiento y dejaba el cuartel con su hermano y otros antiguos reclutas para celebrarlo, Mia Gutermann lo esperaba en la puerta.

—¡Estimada señorita Gutermann! —Hans la saludó resplandeciente. Estaba rendidamente enamorado de ella, pero, por supuesto, nunca permitiría que se le notase—. ¿Espera usted al señor alférez? Todavía le queda una hora de servicio.

Mia negó con la cabeza.

—Lo espero a usted, Hans. Y debo decirle que estoy muy decepcionada. —Miró al mozo con severidad.

—¿Lo dice por mí? —preguntó Hans, consternado—. ¿He hecho algo mal? Yo... yo estaría encantado de quedarme con su prometido hasta que se marchara, pero las normas son muy rígidas. Si te has despedido, te has despedido del todo. No puedo volver al cuartel hasta que haya maniobras.

—Usted no tiene que volver en absoluto a un cuartel, sino que debe emigrar conmigo, mi marido y todos nuestros caballos —contestó Mia—. Encuentro lamentable que ahora nos deje en la estacada. Nunca lo hubiera creído capaz de hacerlo. —Se pasó la mano rápidamente por los ojos al tiempo que se preguntaba si no estaría exagerando demasiado.

—Pero ustedes no me necesitan para nada en esa... esa Nueva Zelanda —objetó Hans—. El señor alférez no será allí un señor alférez y ya no necesitará a un ordenanza.

—Pero sí que necesitamos un mozo de cuadra, Hans —replicó Mia.

El exordenanza prestó atención.

—¿Mozo de cuadra? ¿Yo?

—Pues claro, usted —confirmó ella—. Siempre se ha ocupado de forma ejemplar de los caballos de mi prometido. Naturalmente usted todavía es joven, pero toda Nueva Zelanda lo es, Hans. Allí no encontraremos a nadie con más experiencia que usted.

—Seguro que todavía está muy... incivilizado... —indicó inquieto Hans.

Mia le quitó importancia con un gesto.

—Qué va... Ese país seguro que es más moderno que esa decadente propiedad de Von Vergen... Y como cochero... Hans, ¡así no llegará lejos! Quién sabe hasta cuándo tendrán caballos. Ahora se compran automóviles. Hasta mi padre quiere cambiar nuestro bonito carruaje doctor por un vehículo de motor. Y nunca se podrá casar, ¡como cochero no podrá alimentar a una familia! ¡Lo necesitamos, Hans!

Hans se encogió.

—No sé, estimada señorita, no sé. Tan lejos... de mi familia...

Todos los parientes de Hans trabajaban en el dominio Vergenwort.

Mia le lanzó una mirada cómplice.

—Yo lo necesito a usted en concreto —empezó a decir quemando su mayor y último cartucho—. Quería que me hiciera un gran favor. —Hans parecía ahora totalmente desconcertado—. ¿Le gustaría ser mi testigo en la boda, Hans? —preguntó a media voz.

El chico la miró sin dar crédito a sus palabras.

—Su... ¿su testigo en la boda, estimada señorita? Pero... pero... eso no es posible... la diferencia de estatus... ¡No puede nombrar a un cochero su testigo en la boda!

—Pero sí a nuestro caballerizo —lo corrigió Mia—.

De esta forma se sitúa usted en un rango mucho más elevado. Y por lo demás... En Nueva Zelanda no son tan rígidos con respecto a las diferencias sociales. Para mi esposo y para mí pronto se convertirá usted en un amigo... De hecho, creo que para Julius ya lo es. Y en lo que respecta a la boda: solo necesita ser cristiano. Yo solo conozco a judíos y creo que el pastor no los vería con buenos ojos como testigos.

Jakob Gutermann había encontrado, en efecto, a un sacerdote que estaba dispuesto a casar a Mia y a Julius sin bautizar antes a la novia. Sin duda, eso tenía algo que ver con el generoso donativo que el banquero pensaba realizar a su ruinosa iglesia, situada en un pueblo algo apartado de Hannover. La aldea no estaba muy alejada de Grossgerstorf, como le comentó satisfecho a Julius. El propietario del dominio al que en su origen pertenecía el pueblo no podía pagar por la armazón del tejado, que necesitaba con urgencia una reparación, y también era uno de los deudores del banco de Gutermann. Un generoso préstamo para reformar su propia casa lo había convencido de animar al pastor a hacer una excepción con esa boda. Era probable que hubiese asumido además la función de testigo de Mia, si ella no hubiese resuelto ese problema por su cuenta.

Julius quedó algo extrañado de su elección, pero el *Kommerzienrat* movió risueño la cabeza.

—Ya se lo advertí, mi hija tiene un corazón demasiado blando —recordó a su futuro yerno—. Alégrese de que no se le haya ocurrido emparejar antes a Hans con nuestra Anna. También le gustaría llevársela, pero es un hueso duro de roer.

—Puedo dejarte a Anna, a ella no le disparará nadie —intervino Mia—. En el caso de Hans era importante sacarlo del país.

—Entonces ¿viene con nosotros? —preguntó Julius.
Mia se limitó a sonreír.

Un par de semanas antes de su propia boda, Julius recibió una invitación para la celebración del enlace de Magnus y Helena en Grossgerstorf. Por desgracia, era la peor fecha imaginable: justo el mismo día en que tenía el examen de preparador en la academia militar.

—Si no me presento ahora, tendré que esperar otro medio año para hacer el examen —dijo Julius con un suspiro—. Por otra parte, la invitación es una oferta de paz.

—No podemos quedarnos otro medio año aquí —señaló Mia—. Y si quieres saber mi opinión... ¿No se sabía hace ya tres meses cuándo iba a ser el examen? Tal vez Magnus ha fijado la fecha intencionadamente justo en ese día.

Julius no quería atribuir algo así a su hermano, pero declinó la invitación apesadumbrado. El examen era lo primero. Ya brindarían más tarde por la boda, escribió Julius amablemente, cuando Magnus y Helena los honraran con su presencia asistiendo a su casamiento.

—Tengo curiosidad por si vendrán o no —dijo Mia, quien aguardaba impaciente junto a Julius a que este hiciera el examen.

Como era de esperar, el joven lo aprobó con matrícula de honor. Ya nada se oponía a su boda y a la posterior emigración.

Julius y Mia festejaron la nota con una comida de celebración en casa de la joven. Jakob Gutermann fue tan amable como para retirarse justo después y dejarles disfrutar de cierta intimidad.

En cuanto su padre salió, Mia llevó a Julius al amplio balcón.

—Tengo que enseñarte algo —le dijo ansiosa, echándose un abrigo sobre los hombros—. ¿Ves las estrellas? —preguntó cuando él la siguió al balcón.

Julius rio.

—Pues claro que veo las estrellas, querida. No estoy ciego.

—No me refiero a unas cualesquiera —protestó Mia—. Sino a esas cuatro. Las que forman un cuadrado.

Julius asintió con la cabeza.

—¿Es una constelación? —inquirió—. Por desgracia yo solo conozco las más importantes.

Mia frunció el ceño desdeñosa.

—Pues está claro que no conoces la más importante de todas —replicó—. Esas cuatro estrellas pertenecen a la constelación de los caballos, Pegaso. Míralas bien e imagina que forman el cuerpo de un caballo.

Julius se esforzó por reconocer el caballo, pero tenía serias dificultades en hacerlo.

—Está al revés —observó al final.

Mia rio.

—Pues sí. Pero ¿sabes una cosa? En Nueva Zelanda se habrá dado media vuelta. Porque es el hemisferio sur.

Julius le sonrió.

—¿Cree que es una señal? —preguntó.

Mia asintió con un gesto.

—Son nuestras estrellas privadas —explicó—. Las estrellas del destino. Estaban al revés para nosotros, pero ahora nos vamos al país en que todo se colocará de forma correcta. No habrá ejército ni tampoco guerra, solo caballos. ¿A que es bonito?

Julius la estrechó entre sus brazos.

—Es maravilloso, Mia. Un caballo feliz en el cielo al que veremos galopar siempre juntos. Da igual donde estemos.

Mia le ofreció la boca para que la besara. Y se sintió una con él y los caballos, las estrellas y todo el universo.

Todo le pertenecía solo a ella.

Finalmente, Julius y Mia contrajeron matrimonio un espléndido día de mayo. Él no parecía muy satisfecho con esa iglesia demasiado sencilla, pero Mia encontró precioso que se casaran en el campo, justo en el momento en que estaba florido y los árboles lucían sus hojas tiernas. El banquero Gutermann había organizado una recepción en el restaurante del pueblo para después de la boda, pero, salvo los testigos y Magnus y Helena, quienes en efecto se habían acercado a caballo desde Grossgerstorf, nadie de su entorno acudió a la ceremonia propiamente dicha. Aun así, no se trató de un casamiento en un círculo reducido, pues la iglesia se llenó de aldeanos curiosos. Algo inquieto, el pastor se olvidó con prudencia del nombre de Miriam y preguntó a Marianne Gutermann si quería casarse con Julius.

Mia renunció a corregirlo.

—Ahora soy lady Marian, la muchacha con quien se casa Robin Hood —le susurró a Julius después de que se pusieran los anillos—. Y por el modo en que me mira tu hermano me siento de verdad un poco proscrita. ¿Te molesta?

—Mientras no tenga que emplear el arco y las flechas —contestó Julius—, me da igual lo que piense la gente.

Los aldeanos que se habían presentado sin invitación dieron una acogida sorprendentemente grata a la joven pareja. Se reunieron en la escalera de la iglesia aplaudiendo y cuando el padre de Mia los invitó de forma espontánea a cerveza, champán y asado, no faltaron vítores ni muestras de admiración hacia la pareja.

Mia estaba preciosa. Llevaba un vestido ligero y holgado y el cabello suelto, mientras una corona de flores sostenía el velo de filigrana. Las chicas del pueblo la habían trenzado por la mañana, además de confeccionarle el colorido ramo de flores, así que Mia no cabía en sí de alegría. Julius se había puesto el uniforme de gala de los ulanos y estaba muy satisfecho porque dos miembros de su antiguo regimiento habían acudido a la ceremonia, entre ellos el célebre sargento Schmitz.

—Así que ahora usted también se atreve a cruzar el gran charco, señor alférez —dijo divertido. Como sargento estaba ahora por debajo del rango de Julius, aunque hubiera sido su maestro de equitación—. ¡Y usted, estimada señora! —Se inclinó delante de Mia—. Pero he oído decir que los nativos de Nueva Zelanda no son en absoluto tan belicosos como los indios.

Mia le sonrió.

—Y si lo son, ojalá tengamos una caballería tan combativa como la de Estados Unidos, alférez Schmitz —contestó, y el rostro del hombre se iluminó cuando se dirigió a él con el rango de oficial que había obtenido en América.

Hans se sentía intimidado entre tantos militares de rangos elevados. Llevaba un traje gastado que le sentaba mal, pues había guardado para siempre y con un suspiro de alivio su uniforme. No obstante, cumplió con toda seriedad sus obligaciones de testigo en la boda. El alférez Berlitz, quien por supuesto se presentó en uniforme de gala, hizo de testigo de Julius. En un principio había considerado el casamiento y la licencia del ejército con cierto escepticismo. Después de haberse esforzado tanto en la carrera de oficial, no acababa de entender que Julius la abandonara con esa ligereza. Aseguró a su amigo, sin embargo, que nunca había visto a una novia más bonita que Mia.

—Y además es rica —observó con franqueza—. Realmente eres un tipo con suerte, amigo mío.

Magnus y Helena los felicitaron con la boca pequeña. Ella llevaba un elegante vestido y él, ropa civil, un traje con un corte estupendo. Julius se preguntó si no había encontrado la ocasión lo bastante digna para ponerse el uniforme de gala. Habría tenido la autorización para hacerlo: a fin de cuentas se había ido voluntariamente del servicio y ahora era reservista de última llamada. Pero Julius se olvidó de todo cuando Magnus le entregó con toda formalidad el regalo de boda de su padre: los dos jóvenes sementales purasangres que debían haber ennoblecido la línea de sangre de la yeguada de los Gerstorf.

—Me habría gustado conservarlos —reveló molesto Magnus—. Pero como renunciabas a todos los demás derechos de herencia como compensación...

Era la primera vez que Julius tenía noticia de aquello, pero ya se imaginaba cómo se habrían desarrollado las negociaciones que tuvieron lugar dos semanas antes, cuando Jakob Gutermann había visitado a su padre. Sin duda, el banquero había intervenido en favor del chico, y seguro que Albrecht von Gerstorf estaba mucho más dispuesto a renunciar a los purasangres que a un par de yeguas de cría o a una parcela de su terreno.

Mia dio unos gritos de júbilo y enseguida se manchó el vestido de novia de color verde al saludar a los nuevos «miembros de la familia» con un beso en la nariz y dándoles unas manzanas.

—¿Cómo se llaman? —preguntó emocionada.

Julius le presentó a Northern Star, descendiente del famoso Flying Fox, y a Magic Moon, quien procedía de Rock Sand. Los antepasados de ambos caballos habían ganado la Triple Corona, es decir, habían sido los vencedores en el transcurso de un año de las tres carreras de caballos más importantes de Inglaterra.

—Moon, «luna» y Star, «estrella» —sonrió Mia—. ¡Si esto no nos da suerte!

Helena y Magnus bebieron champán con Julius y respondieron, aunque sin demasiado entusiasmo, a las preguntas sobre su propio enlace matrimonial y sus planes de futuro. Helena y Mia pusieron la misma cara de desconfianza cuando Julius preguntó interesado por su nueva cuñada, Veronika. Pese a ello, Helena le facilitó una extensa información sobre ella: su hermana se había prometido con un médico de Hamburgo quien, por supuesto, tenía título de nobleza y carecía de cualquier tipo de antecedentes judíos. Julius solo deseaba que el futuro esposo de la sensible muchacha fuera también cariñoso y que ella disfrutara de la vida en la ciudad. Al menos, seguro que su marido le ahorraba los madrugones a las cinco de la mañana para salir a cazar jabalíes y seguro que dispondría de una residencia urbana bien caldeada.

Magnus y Helena no se unieron a la pareja de novios y los demás invitados cuando por la tarde se dirigieron en coche o a caballo a la ciudad. Se había organizado un baile por la noche en casa de los Gutermann, pero declinaron participar en él.

—Podrían haber dormido perfectamente en nuestra casa —se lamentó Mia—. Por otra parte, esa Helena no me gusta demasiado. Monta muy bien, pero diría que los caballos no le importan nada. ¿Y tú ibas a casarte con ella? ¿No te gustaba más su hermana? —preguntó curiosa.

Julius sonrió.

—Me caía muy bien Veronika —admitió—. Es más, sigue gustándome tanto como antes. Es una lástima que vayamos a perder el contacto con ella. Éramos muy amigos de niños, desde que le limpié la arena que Helena y Magnus le lanzaron a los ojos. Después escapamos juntos de otros ataques. No hubo más que eso, nunca estuve enamorado de ella. Y en lo que respecta a enlaces matrimoniales, el asunto principal era el dominio de los Gadow. Helena me quería a mí como príncipe consorte, aunque Magnus encaja mucho mejor con ella. Esperaba tener conmigo más libertad de movimientos en la administración de sus propiedades. Sea como fuere, espero que Magnus y ella sean felices juntos. Estoy contento de que se haya casado con ella en vez de con Veronika. A Helena no se le arroja arena a los ojos con tanta facilidad.

Después de que Mia hubiese aclarado el tema de Veronika, el futuro de Helena von Gerstorf pareció resultarle bastante indiferente. En cambio, insistió en dar un rodeo con el carruaje para pasar por la hípica de Jansen. Quería llevar en persona a los jóvenes sementales a su alojamiento provisional hasta que partieran a Nueva Zelanda. Julius esperaba que el anciano capitán habilitara un pajar o un cobertizo que hiciera las veces de cuadra para los sementales. El alférez Berlitz ya se había mostrado dispuesto a llevar allí a los caballos al mediodía y a hablarlo todo con Jansen. Para sorpresa de Julius, Jakob Gutermann no hizo el menor gesto de disuadir a su hija de dar ese pequeño rodeo. Se percató del motivo cuando el banquero puso en la mano de su hija una bolsa de manzanas y le pidió que, además de atender a los sementales, comprobara que Medea y Valerie estuvieran bien atendidas.

—Es imprescindible que bebamos un aguardiente de

manzana para celebrar la boda —afirmó Jansen y compartió con ellos una botella y una bandeja llena de vasos—. Pero esto no hay que dárselo a las yeguas antes de la próxima carrera. Sería dopaje.

El anciano capitán sonrió, al tiempo que señalaba el box contiguo al de Medea, del que inmediatamente asomó una cabeza de capa blanca cuando Julius y Mia se acercaron.

—¡Papá! —Mia abrazó a su padre, luego a Julius y para terminar al caballo—. ¿Has comprado a Allerliebste? ¿Podrá venir con nosotros a Nueva Zelanda?

El banquero asintió con la cabeza.

—Ante la manifiesta generosidad de tu suegro, no podía quedarme a la zaga —explicó, guiñándole el ojo a Julius—. La academia se ha desprendido con agrado de ella. Salvo Julius, no había quien la hiciera ganar una carrera, y en la guerra un caballo que no deja que lo adelanten no presta ningún servicio.

—Salvo si lo que uno quiere es escaparse —susurró Mia a su marido.

Julius sacudió la cabeza sonriente.

—En cualquier caso, tenemos unos caballos de primera clase para nuestra yeguada —señaló Julius—. Solo nos queda llevarlos sanos y salvos hasta allí.

El viaje de Hamburgo a Nueva Zelanda iba a durar más o menos un mes y, aunque estaban previstas paradas en Tenerife, Ciudad del Cabo y el puerto australiano de Hobart para reponer las existencias de carbón del barco de vapor, los caballos pasarían todo el viaje hasta Auckland bajo cubierta.

—Antes el trayecto duraba tres meses y, si no soplaba el viento, los veleros no avanzaban —le advirtió—. Ahora se llega en un abrir y cerrar de ojos. ¿Verdad, Darling?

Allerliebste aceptó su nuevo nombre, mordió una manzana y adornó el vestido de novia de Mia con más salpicaduras verdes.

La casa de los Gutermann se llenó para el baile de unos invitados dispuestos a imponer a la pareja de novios un par de costumbres judías propias de las bodas. Hans y el alférez Berlitz contemplaron asombrados que los invitados levantaban sobre sus cabezas a Mia y Julius, sentados en unas butacas, y los llevaban por la habitación entre cánticos desconocidos. Un hombrecillo con barba pronunció una bendición mientras que cuatro hombres sostenían un paño por encima de la pareja. A continuación, instaron al novio y la novia a que pisaran juntos una copa.

—Señor alférez, ¿tiene usted idea de para qué sirve todo esto? —preguntó Hans.

Berlitz se encogió de hombros y se volvió hacia Julius.

—Ese hombrecillo que os ha bendecido, ¿era un rabino?

Julius asintió con una punzada de culpabilidad.

—Creo que sí... —musitó.

—Entonces solo nos falta un papista para completar el círculo —observó Berlitz con acritud.

Mia, que lo había escuchado, se echó a reír.

—¿Por qué no? —contestó, complacida—. Las bendiciones nunca están de más.

Berlitz no pudo evitar responder a su sonrisa.

—Ahora te entiendo —confesó a su amigo—. Tienes la luna y una estrella en la cuadra, y a Mia, que cada día resplandece como el sol. Si esto no es el cielo en la tierra, ya me dirás qué es. ¿Puedo bailar con ella?

Mia bailó toda la noche con Julius, Hans, Berlitz y los ulanos y, por supuesto, con sus jóvenes amigos judíos. Los mayores empezaron a bailar entre sí después de las primeras botellas de aguardiente al tiempo que cantaban a gritos. El sargento Schmitz se hartó de whisky y quería a toda costa que los presentes bailasen una *square dance* americana. Al final, Berlitz encontró que había sido una boda algo rara, pero la más divertida a la que jamás había asistido.

A eso de las cinco de la madrugada, Julius y Mia se tendieron en su lecho nupcial y entonces ella, achispada y cansada a causa del champán, se durmió entregándose confiadamente a los brazos de Julius antes de que él pudiera hacer algún gesto de mayor intimidad. Este no se vio con ánimos de despertarla.

A cambio, ella lo saludó a la mañana siguiente con un beso y despierta del todo, y entonces decidieron recuperar la noche de bodas mientras la luz del sol se filtraba ya por su ventana. Mia era natural y fascinante, y Julius no pudo evitar una carcajada cuando a ella se le escapó un sorprendido «vaya» al penetrarla. Mia se rio con él.

—Ahora ya somos realmente marido y mujer —dijo ella con orgullo—. ¿No volverás a hacerlo con nadie más, verdad?

Julius negó con la cabeza.

—No mientras esté vivo —le prometió dándole un beso—. ¿Te ha gustado?

Mia asintió.

—Ha sido estupendo —respondió—. Creo... creo que

no puede haber nada mejor. Pero, de todos modos, nunca he ejecutado el piaffé, así que no puedo compararlo.

Julius le apartó con una caricia el cabello de la cara, la besó de nuevo e inició un segundo juego amoroso.

—Puedes ponerte ahora tú arriba —propuso él—. Y yo intento un dos tiempos regular con acción elevada.

2

Tres semanas después de la boda, Mia y Julius se hicieron a la mar. Hasta entonces habían compartido con Jakob Gutermann la amplia residencia urbana de este. El padre de Mia insistió en acompañar a su hija y al marido de esta a Hamburgo, donde impidió con determinación que ella ayudara a cargar los caballos en el interior del inmenso buque de vapor Colombia. Con Hans y Julius, así como los dos marinos responsables del cuidado de los animales que se transportaban a bordo, ya revoloteaba bastante gente alrededor de los nerviosos purasangres. Al principio, los dos jóvenes sementales no querían subir por la oscilante rampa, pero Valerie recordó su estupenda educación de montura del cuerpo de caballería. Cuando la yegua de capa alazana pasó delante, el resto de los caballos la siguió. Las yeguas permitieron que se las colocara sin problemas en los estrechos separadores donde iban a pasar las próximas semanas. Sin embargo, a los sementales los excitaba la obligada cercanía de las hembras, y Star, el más pequeño y ágil de los dos, enseguida trató de desmontar el cobertizo.

Finalmente, Julius suspiró aliviado al verlos a todos atados y mordisqueando heno. Hans se mostró dispuesto a renunciar a la última vista de Hamburgo y a quedarse con los caballos cuando el barco zarpara. Al fin y al cabo, ningún miembro de su familia había acudido a la ciudad portuaria. También insistió en dormir junto a los animales durante el viaje, aunque el padre de Mia había reservado un camarote para él.

—De todos modos, es demasiado fino para mí —afirmó y se instaló en la cuadra.

Julius volvió a bajar al muelle, donde Mia se despedía de su padre entre lágrimas, haciéndole jurar una y otra vez que se reuniría con ellos si estallaba la guerra en Europa.

El joven le preguntó por qué no dejaba sus negocios en Alemania, pero el *Kommerzienrat* negó sonriente con la cabeza.

—De momento todavía se puede ganar mucho dinero aquí —comunicó a su yerno—. La economía va viento en popa, todo está en auge... Si no hay guerra, este seguirá siendo un país floreciente pese a nuestro incompetente emperador.

Desde que Julius pertenecía a la familia, Gutermann ya no tenía pelos en la lengua con respecto a su opinión sobre Guillermo II, aunque en realidad ya antes podría haber hablado con franqueza de él. Como la mayoría de los soldados de caballería, Julius no tenía una buena opinión del emperador, que siempre había sido un mal jinete. Quien no era capaz de apañárselas con su caballo, opinaban los hombres, tampoco servía para asumir la dirección de los seres humanos. Esta reflexión le pareció convincente a Gutermann.

—Pero no esperes demasiado, ¿eh? —insistía Mia—. ¡Quiero volver a verte enseguida! Y también se pueden hacer negocios bancarios en Nueva Zelanda. Fíjate, por ejemplo, en el tío Abraham.

Abraham Gutermann, quien ya hacía tiempo que se

llamaba Goodman y dirigía su banco con éxito en Nueva Zelanda, había respondido a la carta de su primo. Se alegraba de la llegada de Mia y Julius, había empezado a tantear el terreno para buscar una propiedad adecuada para su yeguada y animó de todo corazón a Jakob a que siguiera pronto a la joven pareja al otro extremo del planeta. Por lo visto, como todos los miembros del mundo de las finanzas, temía que estallara una guerra en Europa.

Jakob Gutermann asintió paciente y al final se sacó del bolsillo otro regalo de despedida para su hija.

Mia lo desenvolvió impaciente y encontró un colgante de oro. En él estaba grabada la constelación de Pegaso, y cada estrella era un brillante incrustado. La joya podía colgar de la cadena por ambos lados: es decir, el caballo podía verse al revés, como en Europa, o al derecho, galopando en el cielo, como en Nueva Zelanda.

Mia estaba maravillada.

—Siempre que contemple las estrellas pensaré en ti —prometió a su padre dándole un beso—. Y ahora siempre podré verlas.

—En agosto es cuando se distinguen mejor en Nueva Zelanda —señaló Julius, que se había estado informando. No le había gustado que le reprocharan que ignoraba la constelación más importante para él—. Allí anuncian el final del invierno.

Ahora él también se despidió de Jakob y coincidió con Mia en que se alegraría de volver a verlo pronto. En el fondo estaba contento de poder comenzar en el nuevo país sin su dinámico suegro. Le gustaba Gutermann, pero no se había librado de Helena para que le hicieran ocupar en otra parte el puesto de príncipe consorte.

Ofreció el brazo a Mia y junto con otros pasajeros se situaron en la cubierta para despedirse de quienes permanecían en el muelle.

La travesía prometía ser muy agradable para los pasajeros de primera clase. Naturalmente había mar gruesa en el Atlántico, pero la embarcación se abría camino con firmeza. Los camarotes eran cómodos e incluso tenían camas dobles. Mia y Julius se amaron al ritmo de las olas, se dejaron mecer con suavidad o se estrecharon el uno contra el otro para no caerse cuando el mar estaba revuelto. Les resultaba emocionante que el barco diera bandazos y se balancease.

Hans, por el contrario, demostró no ser un buen navegante. Estaba permanentemente mareado y después de varias noches tormentosas bajo cubierta, se sintió agradecidísimo hacia el viejo Gutermann por el camarote en el que podía retirarse durante el día para echar una siestecita. Tampoco era capaz de disfrutar de la estupenda comida, y cuando Mia le pidió fascinada que los acompañara a ella y a Julius a ver las ballenas y delfines que seguían a la nave, declinó la invitación.

Mia se alegró de poder pasear por la soleada Tenerife al tomar tierra y admiró las palmeras que crecían allí.

—Solo las había visto en fotos —dijo resplandeciente—. Son los árboles más bonitos que se pueda imaginar. ¡Me gustaría plantarlos en el jardín, Julius! Podríamos beber té bajo las palmeras y...

—En Nueva Zelanda solo crecen bastante lejos, en el norte —observó Julius, intentando atenuar su entusiasmo—. No sé si crecerán donde nos instalemos.

Se había ido enterando de que Nueva Zelanda no se correspondía en absoluto con la imagen que la mayoría de los alemanes tenían de las colonias europeas. Alemania se remitía principalmente a partes de África donde hacía calor y cuyo paisaje alternaba entre el desierto y la sabana. En Nueva Zelanda, en cambio, llovía con frecuencia y se parecía más a Inglaterra y Gales que a Ciudad del Cabo, donde el barco ancló por segunda vez. Mia volvió a deleitarse con el mundo animal del lugar. Visitó fascinada las colonias de pingüinos y contempló las ballenas. Los mamíferos marinos la fascinaban. Julius se burló de ella al sugerirle tener un delfín en el estanque del jardín, «bajo las palmeras».

Mia lo miró con severidad.

—A los delfines les gusta vivir en grupo, como a los caballos —replicó indignada—. No serían felices con nosotros.

A esas alturas, el barco ya surcaba las olas del Pacífico. Hacía más calor que al comenzar el viaje, aunque en esa época del año empezaba ahí el invierno. Julius y Hans encontraban difícil acostumbrarse a pensar las estaciones a la inversa. Mia, en cambio, les demostró el aspecto práctico de esto.

—Cuando lleguemos a Auckland pronto será primavera —explicó—. Entonces tendremos tiempo para buscarnos una granja y, en cuanto nos hayamos instalado, los caballos ya podrán salir a pastar.

Los caballos se habían acostumbrado a su miserable situación en el fondo del barco y comían estoicos el heno mientras las máquinas traqueteaban y el suelo vibraba debajo de ellos. Como Julius ya había pronosticado, no podían descender a tierra, pero los marineros aseguraron a sus propietarios que la tranquilidad del puerto contribuía a que se recuperasen un poco. Hasta el momento todos aguantaban el viaje muy bien. Solo la nerviosa Allerliebste había perdido mucho peso.

—Volveremos a cebarte en casa —la consolaba Mia.

La joven no se olvidaba de ir a visitar a los caballos cada día, por muy extraño que les resultase a sus compañeros de viaje. La mayoría de ellos era gente muy distinguida, que no emigraba, sino que hacía tiempo que se había asentado en Nueva Zelanda y que ahora regresaba de una gira por Europa. Los viajeros, todos sin excepción adinerados, confirmaron a Julius la información que Gutermann ya había reunido. Había, en efecto, una próspera escena de caballos de carreras en Nueva Zelanda. Junto a Auckland se encontraba un conocido hipódromo y se importaban y criaban purasangres. También la cacería del zorro tenía sus adeptos, si bien la jauría de la isla no perseguía zorros, sino liebres. En su origen, no había en Nueva Zelanda ni liebres ni conejos. Los habían introducido los colonos y no habían tardado en convertirse en una plaga.

—En cualquier caso, se paga mucho por unos buenos caballos —explicó el barón de la lana, como se llamaba en broma a los criadores de ovejas exitosos que solían tener miles de animales—. Y el cuerpo de caballería busca desesperadamente ejemplares de sangre caliente.

—¿Nueva Zelanda tiene caballería? —preguntó Mia interesada, aunque algo desconcertada.

¿Habían viajado al otro extremo del mundo con la meta de escapar de una posible guerra en Europa para acabar de nuevo entre militares?

—Sobre todo unidades de voluntarios —contestó el barón de la lana con orgullo—. Mi hijo pertenece a una de ellas. ¿No ha oído hablar de los Rough Riders de Nueva Zelanda?

—¿Los Rough Riders de Nueva Zelanda? —Julius miró inquisitivo a Mia, quien le tradujo.

En la segunda guerra bóer, Nueva Zelanda había enviado a Inglaterra unas tropas que habían destacado por su temerario cuerpo de caballería. Después de la contienda se habían formado unidades de voluntarios listos para cualquier otra operación eventual, si bien la mayoría no se hallaba bajo una dirección militar profesional. Se diría más bien que «jugaban a la guerra» en lugar de prepararse para un conflicto armado. Así lo confirmó el barón tras ser prudentemente interrogado.

—Hasta hace un par de años, nuestros maoríes se habían mostrado un poco protestones, así que tenía sentido estar preparado para la lucha. Pero esta actitud ha desaparecido por completo. Son gente pacífica y se adaptan a las nuevas situaciones. Muchos trabajan en las nuevas fábricas textiles; allí les pagan bastante bien y viven en la civilización.

La etnia maorí se había establecido en Nueva Zelanda setecientos años atrás y, por mucho que se dijera, no eran en sentido estricto nativos del lugar. En realidad, procedían de las islas del Pacífico. Mia hizo diversas preguntas sobre su vida y su cultura, pero su interlocutor no parecía muy interesado en hablar de ellos.

—Nosotros solo tenemos un par de pastores maoríes —respondió Mary Allerton, la esposa del barón de la lana—. A Horace no le gusta trabajar con ellos, no son de fiar.

Su marido asintió.

—Son buenos una vez están ahí. Tienen mano con los animales, no hay nada que decir en su contra. Pero nunca se sabe con certeza si vienen o si ya se han hartado y se van a la ciudad o regresan a la selva. En cualquier caso prefiero a los blancos, aunque, con frecuencia, los que se hacen pasar por pastores no son más que chusma.

Julius y Mia se propusieron no adoptar los prejuicios hacia los maoríes y darles también a ellos empleo si lo solicitaban. Estaban contentos de que Hans los acompañara, pues sería él quien supervisaría a los nuevos trabajadores. Aunque... ¿hasta qué punto se entenderían...? Mia había insistido en que tanto Julius como Hans se reunieran con ella cada día para aprender inglés. Por desgracia, la tarea resultó ser bastante pesada. Julius entendía de caballos y se desenvolvía bien con las cuentas, pero no destacaba por su talento para los idiomas. En el caso de Hans, este era mucho más escaso, sobre todo porque él no veía la necesidad de aprender el nuevo idioma.

—Siempre puedo preguntarle a usted, señora Mia —señaló con ingenuidad.

Mia le había pedido que sustituyera el largo «señora Von Gerstorf», por ese tratamiento más breve. A Julius seguía dirigiéndose con un «señor alférez».

—Pero tendrás que hablar con los mozos de cuadra y seguro que alguna vez querrás ir a la ciudad —le indicó Julius, que había empezado a tutear a su futuro caballerizo.

—¡Y conocer a chicas! —añadió Mia—. ¡No querrá quedarse solo para siempre, Hans!

—Me buscaré a una chica alemana —contestó terco el futuro caballerizo.

Cuando el barco llegó a Auckland Harbour, no hablaba más de tres palabras en inglés. Julius al menos lo chapurreaba lo suficiente para hacerse entender.

3

Abraham Goodman demostró ser tan buen organizador como su primo. Recogió a los Von Gerstorf del barco —sorprendiéndolos con un automóvil, un reluciente Atlas Modelo H negro— y ya había reservado boxes para los caballos en una hípica adecuada.

—¿Hay una hípica en Auckland? —preguntó asombrada Mia.

Abraham, a quien casi todos llamaban «Abe», asintió.

—Y tanto, querida Mia, aquí no somos unos simples provincianos. El instituto del señor George Hazell goza de muy buena fama, mis hijas han asistido a clases allí.

Como la mayoría de los administradores de caballerizas, se trataba de un antiguo instructor militar que había tomado la absoluta y fundado el Auckland Select Riding School. Naturalmente, por allí solo pasaba la élite de la ciudad, al menos en cuanto al dinero se refería. Según Abe, muchos de los alumnos pertenecían a familias de nuevos ricos.

Por suerte, Hazell y Julius se entendieron bien incluso sin palabras. El profesor de equitación envió a dos asistentes que ayudaron a descargar los caballos y llevaron a las yeguas a su escuela de equitación. De los sementales, más airados, se encargaron Julius y Hans, aunque hasta el vivaz Northern Star se encontraba algo rígido y tambaleante después del viaje. Desde el puerto solo pudieron ir a paso lento por las calles de la floreciente ciudad. El hecho de que los caballos tuvieran que volver inmediatamente a estar encerrados entristecía a Mia.

—Ya sé que en los boxes podrán estirar un poco las patas, pero en realidad tendrían que hacerlo del todo. ¡Y ver el sol!

Ese día brillaba además el sol en Auckland y así presentaba la mejor cara de la ciudad a los recién llegados. Además, Abe levantó los ánimos de su pariente. La estancia de los caballos en la escuela de equitación no sería demasiado larga.

—Ya he estado viendo algunas casas para vosotros —explicó mientras tomaban una copa de vino neozelandés, una vez instalados en su residencia. No era tan grande como la de los Gutermann ni en absoluto como la de Grossgerstorf, pero en esa ciudad todavía joven seguro que era un signo de riqueza y estabilidad. Abe Goodman tenía en Auckland el mismo éxito que su primo en Hannover—. Y tengo dos o tres propiedades para elegir que podrían ajustarse a vuestros deseos. Una me parece sencillamente ideal. Si queréis ir a verla primero, tal vez podríamos ahorrarnos la visita a las otras. —Mia y Julius escucharon atentos la descripción de la casa de campo—. Se encuentra al oeste de Onehunga, que solo está a doce kilómetros al sur de Auckland. Se trata de un asentamiento fundado y habitado sobre todo por exmilitares, así que entre ellos hay muchos jubilados. Es un lugar cuidado que dispone de estación, correos y escuela, algo que a la larga seguro que es importante. —Abe guiñó el ojo a la joven pareja—. A unos tres kilómetros al noreste de Onehunga, en Ellerslie, hay un hipódromo en el que se celebran tanto carreras planas como Steeplechase, es decir, de obstáculos. Así que podríais presentar purasangres al igual que caballos de caza.

—Y a este... Onehunga, ¿se llega fácilmente desde la casa? —preguntó Mia.

Abe asintió.

—Está en las estribaciones de la cordillera de Waitakere. Es un terreno montañoso, como indica su nombre. Se extiende hasta el mar, y el paisaje allí es precioso. Ideal para salidas a caballo. Pese a ello enseguida se llega a la ciudad. Además, la casa es bonita. A mi esposa le encantó. ¿No es cierto, Rachel?

Rachel Goodman, una mujer rubia y rolliza, de expresión amable, asintió con vehemencia.

—Un palacio en miniatura —confirmó—. Con torrecillas y miradores. El propietario era una personalidad importante del ejército, adquirió fama en las guerras maoríes. Cuando se jubiló intentó convertirse en un barón de la lana y criar caballos. Pero enseguida se le quitaron las ganas.

—Me contó que la vida en el campo no estaba hecha para él —les informó Abe—. Necesitaba vida social. Ahora tiene una residencia igual de cuidada en Onehunga y organiza un encuentro de veteranos tras otro. Quiere vender la casa de campo. ¡Y esta parece hecha para vosotros! —Las otras propiedades que considerar estaban más cerca de Auckland, pero Abe veía eso más bien como una desventaja—. La ciudad crece y a la larga las integrará. En tales casos el solar aumenta su valor cuando se convierte en edificable, pero con los caballos tendríais que volver a mudaros. Es posible que dentro de pocos años. No sería lo ideal.

Había dos granjas más que estaban muy apartadas y disponían de más terreno que la de Onehunga.

—Para mí están demasiado lejos de la ciudad y del hipódromo —opinó Mia, después de estudiar el mapa.

Julius le dio la razón.

—Hay algo más en Ellerslie —concluyó Abe—. Pero no hay mucho terreno y es muy caro. En cambio, es sumamente señorial. Si os gustan los inmuebles con prestigio...

Mia y Julius negaron con la cabeza.

—Nos haremos un nombre como criadores de caballos por mérito propio —respondió Julius con convicción—. ¿Podemos ir a ver la casa de Onehunga mañana mismo? O es... ¿es muy cara?

Jakob Gutermann se había ofrecido a financiar en un principio la empresa de cría de caballos en Nueva Zelanda. Naturalmente, Mia contribuiría con una parte de su dote, pero su padre le había aconsejado que no invirtiera todo su capital. Gran parte de los ahorros de Julius se habían gastado en la compra de Valerie. Pese a ello insistía en que la ayuda de su suegro se limitara a un préstamo que él pensaba devolver lo antes posible.

—Desde mi punto de vista, el precio es razonable —señaló Abe Goodman—. El general de división Donner no es un especulador. Se equivocó al planificar su retiro, pero no quiere obtener más dinero del que él mismo invirtió en su construcción. Creo que incluso os dejaría dos yeguas que tiene en la granja.

—¿Yeguas? ¿De qué tipo? ¿Y quién las cuida ahora? —Mia enseguida se puso en guardia.

Abe levantó las manos sin saber qué responder.

—Vayamos mañana a echar un vistazo —propuso—. Como os he dicho, a Rachel y a mí nos gustó mucho.

Abe Goodman les enseñó primero la población de Onehunga, una pequeña y bonita ciudad en la que, para sorpresa de Mia, solo se veían blancos por las calles, ningún maorí.

—Y eso que Onehunga no es un nombre inglés, ¿verdad? —preguntó Julius.

—No, es maorí —respondió Abe—. Los ingleses se han limitado a dejar muchos nombres antiguos. *One* significa «playa» o «arena», y *hunga*, «gente». Esta zona estaba habitada mucho tiempo antes de que llegaran los británicos. El puerto natural y las reservas de agua dulce bajo la ciudad la hacían muy atractiva para los maoríes. Más tarde, fue objeto de frecuentes disputas, otra de las razones por las que muchos soldados se instalaron aquí. En un principio lo hicieron para proteger a los colonos. Al final los maoríes se retiraron al norte, aunque ahora están volviendo para trabajar en las fábricas textiles y han adoptado en gran parte el estilo de vida de los blancos. En el siglo pasado el puerto era importante y llegaban a él más barcos que al de Auckland, incluso de Europa. En la actualidad ha perdido algo de su relevancia, pero en contrapartida la industria textil es muy próspera. —Señaló un par de chimeneas de fábricas a lo lejos.

—¿Cuántos habitantes tiene Onehunga? —preguntó Julius.

—Ahora ya debe de tener alrededor de los tres mil —calculó Abe—. No es una gran ciudad en comparación con otras del país y aún menos con las alemanas, pero tampoco es una aldea.

Mia estaba impaciente por abandonar la ciudad y dirigirse rumbo hacia el oeste. Cuando tomaron el camino, el estado de las carreteras fue empeorando, aunque todavía se podía circular por ellas en el automóvil. Avanzaron entre matorrales y en parte también atravesando el bosque, donde dominaban los helechos.

—Aunque aquí también hay árboles de verdad —explicó Rachel—. No os los podéis perder. Son enormes, tal vez los mayores y más viejos árboles del mundo. Se llaman kauríes.

Mia y Julius ya encontraron fascinante ese peculiar bosque con líquenes y helechos. No tenía nada en común con los alemanes, sino que más bien semejaba un enorme bosque encantado, habitado por hadas buenas. De repente llegaron al terreno de la granja, a la derecha y a la izquierda del acceso se extendían unos prados bien vallados y al final un cartel sobre un portalón de hierro forjado que anunciaba que se hallaban en DONNER HALL.

Mia y Julius no pudieron reprimir la risa, porque ese nombre en alemán significaba «estampido del trueno». Pero a Abe y a Rachel, que solo chapurreaban el alemán, esto les había pasado inadvertido, claro. Para ellos Donner Hall solo era un nombre impactante para una casa de campo en Nueva Zelanda.

—Como el de un señorío inglés —observó Rachel.

Julius se encogió de hombros.

—También podemos cambiar el nombre —dijo.

Más importante que el nombre de la propiedad era para él su cercanía con la ciudad.

—¿Está todo vallado? —preguntó a Abe—. Seguro que costó lo suyo.

—Pero era algo positivo para su defensa. —Abe sonrió—. Propio de un general de división. *His home is his castle.*

—En el sentido más literal de la palabra... —Mia se quedó perpleja cuando vio la casa—. Realmente parece un castillo o un palacio. Increíble...

—La mayor parte es de madera —señaló Abe aplacando su entusiasmo—. Es probable que haya que volver a pintarlo con frecuencia. Y es más pequeño de lo que parece. Pero, por lo demás, te doy la razón. Alguien ha desplegado aquí toda su creatividad arquitectónica.

—¿Y cómo son las cuadras? —preguntó Julius—. ¿Se ha inspirado el general en la escuela de equitación de Viena? ¿Boxes con pequeñas coronas y placas doradas con los nombres?

Abe se echó a reír.

—Creo que son bastante normales —respondió.

Se trataba de unos edificios independientes algo apartados de la vivienda, y Mia no tenía nada en contra de ir a verlos primero de todo. Allí descubrieron enseguida a las dos yeguas «olvidadas». Estaban en un paddock junto a las cuadras y saludaron a los recién llegados con un alegre relincho.

—Esa es una sangre fría —indicó Mia encantada.

Julius no miraba con tanta satisfacción a la enorme yegua castaña con las crines plateadas más claras. Los caballos de sangre fría eran pesados, fuertes y de temperamento tranquilo, muy adecuados para tirar de cargas importantes. No conjugaban para nada con el tipo de caballo que Julius y Mia querían criar. La otra yegua era una ruana de constitución ligera y bastante pequeña.

—Y aquí tenemos a un poni. Fantástico. Justo lo que necesitamos. —Julius suspiró.

—Un típico caballo de granja —le explicó Abe—. El caballo de monta habitual aquí en Nueva Zelanda. Se corresponde en cierta manera con el Stock Horse australiano, el caballo vaquero. Es pequeño pero manejable, atento a las ayudas y dócil. También los caballos de los Rough

Riders son de este tipo. Aunque el ejército en general prefiere caballos más grandes, en Sudáfrica las monturas pequeñas han combatido estupendamente. ¡Así que no hay que meterse con ellos!

—Seguro que son unos caballos simpáticos, pero no encajan en nuestro programa de crianza —dijo Julius sosegador.

Abe se encogió de hombros.

—No tienen que quedarse con ellos —dijo.

Mia los miró a los dos con desaprobación.

—¿Y a dónde irán? —preguntó—. Este es su hogar.

Se sacó dos manzanas del bolsillo del traje de viaje, por fortuna de color verde, y se las tendió a los animales. La ruana cogió la suya con delicadeza. En el caso de la yegua de sangre fría, la manita de Mia desapareció al momento entre los enormes y flexibles labios del animal. Mia dejó la manzana entre sus dientes antes de sacar los dedos, admirada ante el inmenso cráneo del caballo. La yegua lo apoyó afable sobre el hombro de la joven al tiempo que untaba su cabello con zumo de manzana.

—¿Quién cuida de ellas? —preguntó Mia.

—Yo. —De la cuadra salió, como respondiendo a una entrada, un muchacho con el rostro ancho y la tez oscura, ojos redondos y un espeso cabello negro. Sonrió con cortesía a los visitantes—. Me llamo Leo, traigo la llave de la casa. El general Donner ha pensado que también querrían verla por dentro.

—¿Tú trabajar para general? —preguntó Julius en su inglés elemental.

El joven asintió con la cabeza y sacó de la cuadra heno, que arrojó a las yeguas.

—Limpio el estiércol de la cuadra y también muevo un poco su caballo —informó, señalando a un alto ejemplar castaño que estaba atado detrás del edificio. El caballo no llevaba silla, solo la cabezada. Pese a ello, Leo tenía que haberlo montado para llegar hasta allí—. Una vez al día paso por aquí y les traigo comida a las dos.

En realidad, una vez al día era demasiado poco..., iba a señalar Mia, pero luego creyó más diplomático no criticar al joven. Además, tenía un aspecto bastante exótico. ¿Estaría hablando por fin con un maorí?

—¿«Leo» significa algo en maorí? —preguntó para mostrar un amable interés por él.

El chico la miró extrañado.

—No que yo sepa, ma'am —contestó empleando el tratamiento de cortesía—. Pero yo solo conozco tres palabras en maorí. Leo viene de «Leonard». Es inglés...

—Oh... —Mia calló avergonzada—. ¿Cómo se llaman las yeguas? —preguntó para cambiar de tema.

—La gorda se llama Frankie y la pequeña, Duchess —respondió el muchacho—. Las dos son buenas. A la pequeña se la puede montar y viajar con ella, con la grande también se puede arar.

Enseguida se percataron de que el general Donner había dejado un par de aperos, aunque ningún carruaje. No obstante, los Von Gerstorf decidieron quedarse con las yeguas.

—Seguro que en algún sitio encontramos un coche ligero a buen precio —pensó en voz alta Julius, convencido también ahora de la utilidad de Duchess—. Así podrás ir a la ciudad con la yegua pequeña, Mia. Y la de sangre fría... —Suspiró—. Sin duda nos será útil en las tareas de campo. —También en Grossgerstorf había caballos de sangre fría para tirar de los carros de heno o ayudar a limpiar el bosque—. Si al menos estos animales no comieran tanto. Es probable que Frankie consuma más que Medea y Valerie juntas.

Abe propuso que adquiriesen uno de esos nuevos tractores propulsados con vapor y, según decían, pronto también con gasolina, como los automóviles. Pero Mia y Julius se negaron en igual medida. Tampoco iban a dedicarse tanto a la agricultura. Y Frankie, admitió Mia, era mucho más simpática que un tractor sin alma.

—¿Vamos a ver la casa? —preguntó Abe algo ofendido, tras entender esa observación como una crítica a su fabuloso coche.

Vista de cerca, la casa parecía más pequeña que en un primer momento, pero tenía espacio suficiente para albergar una familia. En la planta baja se hallaban las dependencias de servicio, es decir, la cocina, la despensa y un pequeño vestíbulo que daba a un pasillo, que a su vez conducía al salón y a la sala de caballeros. Allí también se encontraban las escaleras para subir al piso superior, en el que había tres dormitorios con baños muy modernos, así como un vestidor para los señores de la casa. Cada habitación tenía un mirador. Uno podía sentarse ahí y, mientras hacía un trabajo manual o leía un libro, observar de vez en cuando lo que ocurría en el patio. El general parecía haberse dado cuenta posteriormente de que el personal de servicio también necesitaba habitaciones en las que alojarse. Como consecuencia de ello, había ampliado su palacete con un edificio sobrio y funcional donde podían residir Hans, los mozos de cuadra y las sirvientas.

—Será mejor que las chicas duerman en la casa principal —decidió Mia con prudencia, cuando vieron el edificio—. No vaya a ser que se les acerque demasiado alguno de los mozos. ¿Qué servicio necesitamos, Julius? Una cocinera, una chica...

Él se la quedó mirando desconcertado. Pero, sin duda, Mia tenía razón. La hija del *Kommerzienrat* sabía tan poco de cocina como Helena von Gadow. Julius asintió a la fuerza con un gesto.

Mia le cogió del brazo con una sonrisa de disculpa. Era como si pudiera leerle los pensamientos.

—Yo ayudaré en el cuidado de los caballos —anunció—. Y me encargaré de llevar la contabilidad. Hago las cuentas realmente bien, Julius.

—Entonces ¿te gusta la casa? —preguntó él.

Mia asintió con un gesto vehemente.

—Y también las cuadras. Todavía tenemos que ver los establos de las ovejas, aunque habrá que reformarlos. ¿Implica eso mucho trabajo, Leo? —Se volvió al muchacho de tez oscura.

Este negó con la cabeza.

—Qué va, ma'am. Los establos de las ovejas son una especie de cobertizos, no tienen que derribarlos. Solo hay que colocar un par de tabiques para los separadores de los caballos.

—Podemos convertirlos en cuadras más amplias para yeguas y potros —señaló Julius—. Lo mejor es que les echemos ahora mismo un vistazo. Y también quiero ver los pastizales.

Pastizales, caballerizas y corrales estaban bien cuidados. Por supuesto, llevaban unos meses vacíos, así que había que limpiarlos y darles una nueva capa de pintura.

—¿Cuándo se construyó la propiedad? —quiso saber Julius, y se enteró de que Donner Hall acababa de cumplir los cinco años.

—¡Parece hecho para nosotros! —exclamó alegre Mia—. ¡Has elegido bien, tío Abe! ¿Cuándo podemos hablar con el general?

El general de división Donner estaba dispuesto a verlos al día siguiente y enseguida fue seducido por la encantadora Mia. A su esposa le sucedió lo mismo. Por lo visto, ella había esbozado los planos del pequeño palacio y se alegró al escuchar los elogios de Mia.

Donner conversó con Julius sobre su carrera militar, aunque la barrera del idioma era todo un obstáculo. Mia tampoco sabía traducir muchos de los términos más técnicos. A fin de cuentas, su niñera no había estudiado con ella ninguna estrategia militar. Pese a ello, los hombres enseguida se pusieron de acuerdo. Se fijaría una fecha de la semana siguiente para acudir al notario.

—Así podremos mudarnos enseguida con los caballos —dijo encantada Mia, lo que le valió la mirada extrañada de Rachel—. Necesitan sitio, tienen que salir de esas agobiantes jaulas.

—Mia, creo que deberías arreglar la casa antes de instalarte —apuntó la señora Goodman templando el entusiasmo de la joven—. ¡No vais a dormir en el suelo o en la cuadra! Además, tendréis que contratar personal...

El problema se resolvió cuando Hans se instaló con los caballos en Donner Hall. Las habitaciones para el servicio estaban amuebladas con sencillez, y en realidad a Mia no le habría importado albergarse durante un tiempo también ahí. No obstante, había que comprar muebles y entrevistar al personal femenino y, claro, eso solo podía realizarse en Onehunga, cuando no en la misma Auckland. Rachel recomendó esto último y tomó a Mia bajo su protección. Ambas visitaron los almacenes generales y las carpinterías, escogieron muebles y también alfombras y telas para las cortinas y para tapizar los sillones y los sofás. Lea y Ruth, las hijas adolescentes de los Goodman, también quisieron participar e hicieron sus entusiastas propuestas a la última moda.

Al cabo de una semana, a Mia le daba vueltas en la cabeza todo lo que se suponía que aún necesitaba. Se quejó a Julius, que casi siempre estaba fuera comprando material de construcción para poner las caballerizas y los corrales en óptimas condiciones. Frankie fue de gran utilidad después de que los obreros del lugar propusieran cortar ellos mismos la madera de las vallas y las paredes separadoras del establo de las ovejas. Había bosque suficiente en Donner Hall para ello, y la yegua de sangre fría arrastró los troncos caídos hasta la granja con tanta facilidad como si estuviera cargando con unas cerillas.

—¡Me encantaría verlo! —suspiró Mia cuando Julius se lo contó—. Podría ayudar en la rehabilitación, seguro que lo hago mejor que coser cortinas.

Y Julius también creyó lo mismo después de echar un vistazo a las cortinas. Pero el segundo sábado después de su llegada a Nueva Zelanda, cuando regresó a Auckland procedente de Onehunga, pudo anunciar a su esposa una estupenda novedad.

—Mañana hay carreras en Ellerslie —explicó—. Y creo que tenemos que ir. Abe y Rachel nos llevarán. Acudirán criadores importantes y propietarios de caballos.

—¿Y el tío Abe los conoce? —preguntó Mia sorprendida.

—Se supone que administra sus cuentas —respondió Julius—. En cualquier caso, tenemos que ir bien vestidos. Veremos la carrera desde el palco de los propietarios. Me pregunto si se llevará uniforme o indumentaria civil...

—No tienes ropa civil que sea realmente adecuada —señaló Mia—. Así que tendrás que ir de uniforme. Miraremos lo que llevan los otros hombres y buscaremos después un sastre de ropa de caballero.

4

Abe y Rachel parecieron asombrarse al ver llegar a Julius con su uniforme de ulano, impecable como siempre gracias a Hans. Hasta podían verse reflejados en sus botas.

—¿No es habitual aquí acudir vestido de uniforme en tales ocasiones? —preguntó algo azorado Julius.

Abe rio.

—Los ingleses no tienen uniformes de colores tan alegres —explicó—. Antes se llevaba el rojo, ahora el caqui. Sirve de camuflaje en el campo de batalla. Pero, déjalo, Julius, tienes un aspecto muy gallardo. Y tampoco has de negar tu pasado en el ejército alemán.

Mia llevaba un elegante traje de lana verde oscuro y el estrambótico sombrero que Hans, sin el menor respeto, comparaba con un nido de codornices en el que ya habían puesto huevos. Julius pensó que parecía mucho mayor que en la primera carrera con Allerliebste, en la que apostó por la yegua. Estaba resplandeciente cuando él la ayudó a salir del coche de Abe para ir al hipódromo y flotaba cogida de su brazo entre la multitud.

—Ellerslie pertenece al Racing Club de Auckland —explicó Abe—. Aquí se realizan carreras desde 1857 y mucha gente viene del propio Auckland. Antes de que hubiera estación de tren, para la mayoría era todo un calvario llegar hasta aquí, pero ahora todo el mundo puede acceder al lugar sin problemas.

En efecto, la gente salía a raudales de la estación en dirección al hipódromo, que estaba situado en medio de un paraje ajardinado con arriates, estanques y unos exóticos árboles que daban sombra. Aunque ese día no la necesitaban porque estaba lloviendo.

Abe se dirigió enseguida al palco de los propietarios, aunque a Julius le habría gustado ver las cuadras. Por otra parte, no tenía autorización para ello y tampoco habría podido explicar la presencia de Mia. Seguro que ella no querría quedarse con Abe y Rachel.

Los Goodman pasaron con toda naturalidad por delante de los porteros hacia su objetivo seguidos de Julius y Mia, que también recibieron respetuosos saludos. Dentro había champán y unos sándwiches diminutos. Elegantes damas y caballeros conversaban y lanzaban miradas de curiosidad hacia los recién llegados. En un ambiente como ese, los rostros no conocidos llamaban mucho la atención. La escena de los caballos de carreras parecía formar una sociedad muy cerrada.

Abe saludaba a izquierda y derecha, pero no se detuvo, sino que fue directo hacia un distinguido anciano que estaba sentado a una mesa ante una ventana panorámica con vistas a la pista del turf.

—Lord Barrington —le dijo respetuosamente—. Desearía presentarle a unas personas. Se trata del alférez Von Gerstorf, un antiguo alumno de la academia de caballería de Hannover, en Alemania, y a su esposa Mia. Quieren establecer en Onehunga una yeguada de purasangres. En la antigua propiedad del general Donner...

El anciano sonrió. Llevaba una elegante levita de un paño de gran calidad, los pantalones a juego y unas botas relucientes. Estaba muy erguido. Por su fibrosa figura no aparentaba su edad, pero los surcos en su flaco rostro revelaban que tenía como mínimo setenta años, si no rondaba los ochenta. Aun así, sus ojos azul claro parecían los de un hombre joven.

—¿El palacio? —preguntó—. El general Donner tenía un gusto algo peculiar... o, mejor dicho, su esposa. Fue ella quien cometió ese crimen arquitectónico, mientras que él se concentraba en la cría de caballos con los mismos catastróficos resultados.

—¿Intenta caballos carreras? —chapurreó Julius—. ¿No bien?

Barrington arrugó el ceño.

—Todavía tiene que trabajar más su inglés, muchacho. Aunque ha dado usted en el clavo. No bien. El viejo Donner no tiene ni idea de caballos. Esperemos que en su caso sea distinto. ¿Ha traído usted ejemplares de Alemania?

Julius asintió y empezó a recitar las líneas genealógicas de Medea, Allerliebste, Northern Star y Magic Moon. Su falta de conocimientos en la lengua no le supuso aquí ningún obstáculo. Era capaz de presentar a sus caballos por todo el mundo y sus resplandecientes ojos enseguida se reflejaron en los del anciano lord.

—¡Caramba! —exclamó Barrington—. ¿Y ya han participado en alguna carrera?

—Solo Allerliebste. Mi esposa Medea —indicó Julius.

El lord soltó una sonora carcajada.

—Espero que no, muchacho —comentó divertido.

Julius se ruborizó cuando se dio cuenta de lo que había dicho. Mia, en cambio, se echó a reír con el anciano. Luego defendió el honor de su marido.

—Le puedo asegurar, milord, que entre mi yegua y mi marido no hay ninguna relación digna de sospecha —aclaró—. Medea es mi caballo de monta y en cierto modo la causante de nuestro matrimonio. Nos conocimos en su cuadra. Era del padre de Julius y estaba a la venta... Y una cosa llevó a la otra. Allerliebste, por el contrario, pertenecía a la academia de caballería y mi marido ha ganado con ella diversas competiciones.

El lord prestó de nuevo atención.

—¿De verdad? —preguntó—. ¿Y por qué no han presentado los sementales?

—Sementales de la yeguada de mi padre —intentó comunicarse de nuevo Julius—. Grossgerstorf, a quince kilómetros de Hannover. Demasiado jóvenes para carreras.

—Nuestros chicos solo tienen tres años —precisó Mia—. Mi marido va a adiestrarlos primero y el próximo año participarán aquí en Ellerslie. Si todo va bien, después de que se hayan apareado. Queremos tener potros lo antes posible. Hemos de ganar dinero.

—Una grata visión realista del mundo, pero no muy sencilla en relación con los caballos de carreras —señaló el lord.

—Queremos criar caballos hunter —dijo Julius logrando articular una frase del todo perfecta.

«Hunter» era el nombre que recibían los caballos media sangre adecuados para la caza, pero también para el salto ecuestre y para la doma. La mayoría de los ejemplares de la caballería pertenecían a esta categoría.

—Y supongo que querrán comprar más caballos —señaló el lord—. Apenas podrán vivir de los descendientes de sus cuatro joyas.

Mia le dio la razón.

—Pero también tenemos que ser un poco ahorradores —contestó con gravedad—. Acabamos de comprar la casa. Y muebles... —Se notaba que, de haber sido por ella, habrían podido renunciar a esto último.

El lord asintió con un gesto.

—A pesar de todo, y en caso de que estuvieran interesados... Tengo un caballo de tres años. Epona, una yegua negra que yo mismo he adiestrado. Muy bonita, muy rápida. Un poco caprichosa, pero las yeguas purasangres ya suelen serlo. Lamentablemente no encaja del todo en nuestra yeguada. Uno de nuestros sementales es su padre, el otro un hermano carnal. Pero sí podría aparearse con sus sementales.

Julius se frotó la frente mientras Mia traducía.

—Si es tan buena, seguro que también es cara —apuntó.

Con un gesto de la mano, el lord pidió más champán.

—Podríamos llegar a un acuerdo —propuso—. Si me envía uno de sus sementales para que cubra mis yeguas. Debería ir en barco, pues nuestra yeguada está en la Isla Sur. No obstante, tengo cuidadores experimentados. Los caballos corren en los hipódromos de las dos islas, así que el transporte no constituiría ningún problema...

—¿Y? —preguntó Mia, que no acababa de entender a dónde quería llegar el anciano.

—Bien, el semental cubre, digamos..., a diez de mis yeguas y a cambio yo les doy a Epona. Piénsenselo. No tienen que decidirse ahora mismo. La yegua corre en la cuarta carrera. Así podrán llevarse una primera impresión enseguida.

—¿Como favorita? —preguntó Julius.

El lord se encogió de hombros.

—Más bien como incierta candidata —admitió—. Tiene días buenos y malos. Cuando está de buen humor es casi invencible, pero a veces se pone nerviosa por cualquier tontería. Además, solo responde a un jockey. Cuando Jimmy Masters no está disponible, no hay ni que hablar de ella.

—Se parece un poco a Allerliebste —señaló alegremente Mia, y durante el siguiente cuarto de hora estuvo contándole al lord las aventuras de la yegua blanca y su esposo en el hipódromo.

Barrington la escuchaba interesado, mientras Julius estudiaba el programa. Conocía la línea de Epona y sería un estupendo ejemplar para su yeguada. Y el lord tenía razón: no necesitaba dos sementales para solo tres o cuatro yeguas. Además, Mia no quería cubrir enseguida a Medea y él mismo tenía dudas con respecto a Valerie. Al menos podía intentar que su caballo de servicio participara en una carrera de steeplechase. Cualquier premio en metálico sería muy bien recibido.

Entretanto se desarrollaba la primera carrera, en la que un par de ejemplares de dos años se disputaban sus primeros laureles. Los tiempos que se corrían eran comparables en general con los de Hannover. Julius estaba interesadísimo en ver a Epona, pero iba a sufrir una decepción. Durante la segunda carrera, un joven que tenía aspecto de cuidador llegó al palco y le comunicó una noticia al lord. Este hizo una mueca y se volvió a Julius y Mia.

—Lo siento, señores Von Gerstorf. Por desgracia tendremos que retirar a Epona de la competición. Jimmy Masters se ha hecho daño. El semental que debía montar lo ha golpeado. Un animal de mal genio, pero muy rápido. Jimmy da mucha importancia a estar presente mientras se ensilla al caballo para familiarizarse con él. Esto habla mucho en su favor, pero ese Gerónimo muerde por delante y cocea por detrás... En cualquier caso, ya no tenemos jinete para Epona. Como mucho, podrán echarle un vistazo en la cuadra.

Julius asintió con la cabeza, aunque no era lo mismo. Mia, en cambio, enseguida buscó otra opción.

—¿Y no podrías montarla tú? —preguntó volviéndose a su marido—. Será todavía mejor que verla solo correr. Así sabrás enseguida cómo reacciona... cómo es...

—Imposible. Aquí no tengo licencia de jockey —respondió Julius.

El lord se percató de su tono apesadumbrado.

—¿Una licencia? —repitió para confirmar que lo había entendido bien—. Vaya, si eso es lo único que le impide participar... ¿De verdad se atrevería a ponerse con el caballo en la línea de salida?

Julius pensó unos instantes.

—Lo único que puede pasar es que pierda —respondió—. Sería algo lamentable, por supuesto, que me cayera en mi primera aparición aquí. Pero un ulano del reino de Sajonia no se cae tan fácilmente de la silla.

Mia tradujo.

—En realidad nunca se ha botado —contestó el lord—. Más bien cocea a los otros caballos. A ver: ¿de verdad se siente capaz de montarla?

—Me falla solo la licencia —repitió Julius.

El lord se levantó con esfuerzo y cogió el bastón, cuyo pomo era una cabeza de caballo dorada.

—Entonces vamos a conseguirle una, señor alférez. Y una chaquetilla con los colores de mi cuadra. Su uniforme es muy aparente, pero guárdese ese bonito color azul para su propia yeguada...

Julius ignoraba cómo había sucedido, pero tras una breve conversación del lord en el despacho de la dirección del hipódromo, el pago de veinte libras y una firma, sostenía entre sus manos la licencia de jockey en Nueva Zelanda. Inmediatamente después, Barrington lo condujo a las cuadras —Mia lo siguió sin que nadie se lo pidiera—, en concreto hasta el box de una gran yegua de color negro. Epona lucía un flequillo largo y unos ojos oscuros e inmensos. Tenía los ollares hinchados porque debía de estar nerviosa. Mia enseguida empezó a tranquilizarla y a hablar con ella.

—Es preciosa —dijo Julius, consciente de que aquel adjetivo no fortalecía precisamente su posición para negociar la compra de la yegua—. ¿Puedo entrar para acercarme a ella?

—Por supuesto —respondió el lord—. Tal como le he dicho, no es agresiva con las personas. Y en realidad es tratable en manada. Pero no le gustan los caballos que no conoce.

—Les tiene miedo —explicó Mia—. Y el ataque es la mejor defensa.

El lord frunció el ceño.

—Espero que esa no sea la reacción general alemana ante los conflictos internacionales —observó—. Está bien, señor Von Gerstorf, alférez, familiarícese usted con el caballo. Pero no se demore demasiado, dentro de unos pocos minutos habrá que ensillarlo.

Julius se introdujo en el box, murmuró unas palabras apaciguadoras y acarició el sedoso pelaje de la yegua.

—Tiene que hablar con ella —se oyó que alguien decía de repente desde fuera—. Como lo está haciendo ahora, pero también durante la carrera. Así está más tranquila.

Julius y Mia se volvieron a la vez y vieron a un joven menudo y flaco que se sostenía en pie con ayuda de dos muletas. Al parecer, no podía apoyar la pierna derecha.

—¿Señor Masters? —dedujo Mia.

El jockey sonrió.

—Jimmy —dijo—. Debía montar yo a Epona, pero por desgracia me resulta imposible. He pensado que estaría bien darle un par de consejos...

Julius le tendió la mano.

—Von Gerstorf —dijo y recordó la costumbre típica del país de presentarse directamente con el nombre de pila—. Julius.

—En realidad no es tan difícil. Siempre que se la mantenga apartada de donde haya más alboroto y se le hable sin parar. Los otros jockeys se ríen de mí por eso. Pero si sirve de ayuda...

Mia dio las gracias en nombre de Julius por la indicación y siguió conversando con Jimmy Masters.

Julius fue a ensillar la yegua y luego siguió a los otros jockeys para pesarla. Poco después ya estaba a lomos de Epona. Alargó un poco más el estribo de lo que era usual en una carrera para tener así más margen en caso de duda y manejó un poco las riendas para ver si Epona reaccionaba.

—¡Cuéntale algo! —le gritó Mia cuando el animal, nervioso, empezó a hacer escarceos.

Julius se puso a hablar con la yegua y, en efecto, esta se relajó, giró atenta las orejas y obedeció las ayudas que le indicaban el camino a la línea de salida. Su posición allí no era la mejor. Epona tenía que esperar entre dos caballos a que se diera el disparo de salida, algo que la irritaba. Julius se mantuvo en la silla, le susurró palabras cariñosas y la retuvo al principio, cuando ella quería salir. Aunque la yegua luchó un poco contra las riendas, permaneció detrás de los caballos que habían salido junto a ella. Ahora que tenía sitio para hacerlo, Julius dirigió a Epona hacia el borde exterior de la pista, igual que procedía con Allerliebste. Entonces la estimuló un poco y ella enseguida adelantó la cola del pelotón.

Mientras que cuatro o cinco caballos peleaban en el centro para lograr la mejor posición y poder unirse en la recta final al grupo en cabeza, Julius esperó. En algún momento el pelotón tenía que disgregarse más, pues se trataba de una carrera de dos mil metros. A Julius le habría gustado saber en qué condiciones se encontraba Epona, pero sospechaba que el lord no habría traído desde la Isla Sur un caballo mal preparado para competir en la Isla Norte. Así que supuso que la yegua tendría potencia suficiente y, en efecto, aceleró enseguida cuando los primeros caballos del pelotón central comenzaron a rezagarse. Epona fue adelantando a un caballo tras otro holgadamente. Julius empezó a comentar el transcurso de la carrera para estimularla.

—Mira ese alazán... ¿Qué te apuestas a que dentro de nada se queda sin resuello? ¿Lo ves?, ahora podemos adelantarlo.

Julius notaba la boca muy seca de no parar de hablar a tanta velocidad, pero a cambio tenía la sensación de que la yegua estaba bajo control. Al final solo había dos caballos por delante, un semental castaño y otro negro. Los dos corrían estribo contra estribo cuando cogieron la curva que conducía a la recta final y parecían ser igual de fuertes. Julius espoleó otra vez a Epona. A lo mejor podía adelantarlos a los dos pese a la gran distancia. Al principio parecía que iba a ganar, pero pocos largos antes de la meta, el negro apretó y dejó al alazán muy por detrás. Epona se encontraba a la altura de este último cuando cruzó la línea de llegada. No estaba seguro de cuál era su posición hasta que oyó el comunicado de los jueces.

—Primer puesto: Nightrider, de la cuadra Barrington, Frederick Jones a la silla.

»Segundo puesto: Epona, también de la cuadra Barrington, con Julius Vongestoff...

El apellido de Julius resultó ser un trabalenguas para el locutor, pero las posiciones estaban claras. Abrazó el cuello de la yegua y le susurró más palabras de elogio.

Mia y el lord enseguida bajaron al anillo perimetral, al igual que Jimmy Masters.

—Yo no lo habría hecho mejor —dijo el jockey, y Mia guiñó el ojo a su marido.

—He apostado por ti —explicó—. Una apuesta por clasificación, para estar más segura.

Eso significaba que se obtenía una ganancia cuando el caballo por el que se había apostado ocupaba uno de los tres primeros puestos.

—¿Y? ¿Ya somos ricos? —preguntó Julius, bajándose de la silla.

Mia dio unas manzanas a Epona y Julius se preguntó de dónde las habría sacado tan deprisa.

—¡Oh, antes ya éramos ricos! —contestó Mia risueña—. Ahora tenemos cuarenta libras más.

Lord Barrington, que acababa de recibir la copa de vencedor, se acercó a Julius y lo felicitó.

—¿Entonces? ¿Le interesa la yegua? —preguntó con una sonrisa.

Julius asintió con la cabeza.

—Visítenos uno de estos días y escoja al semental —contestó—. En el fondo me da igual cuál de ellos se aparee este año en su yeguada o en la mía. Aunque... me gustaría que fuera Magic Moon el que cubriera a Epona...

Mia iba traduciendo las palabras de Julius.

—¿Tiene intención de que abandone ya la competición? —preguntó Barrington, ligeramente decepcionado.

Julius volvió a asentir con otro gesto.

—No tiene temperamento para competir —respondió Mia por él—. Y mi marido cree que no tiene voz suficiente para mantenerla calmada. Creo que necesita beber algo, parece que hubiese tragado arena.

Epona roció generosamente la cazadora de Julius de zumo de manzana. El lord hizo una seña a uno de los empleados, quien, como por arte de magia, les ofreció champán en un abrir y cerrar de ojos.

—¡Por una fructífera colaboración! —brindó Barrington, sonriente—. Pero tendrá que aprender inglés, señor Von Gerstorf.

—Epona... este nombre bonito —dijo Julius, intentando practicar el nuevo idioma en el palco—. ¿Es maorí?

Barrington negó con la cabeza.

—No. Celta. O latino. Es la deidad galorromana de los caballos y protectora de la caballería, además de la diosa de la fertilidad.

A Mia se le iluminó el rostro.

—¡Qué maravilloso! —exclamó entusiasmada—. Julius, ¿por qué no llamamos así la yeguada? Donner Hall no es un nombre bonito. Pero Epona Stud Farm...

—O Epona Station —sugirió el lord—. Suena bien para una cuadra de carreras.

—De acuerdo —dijo Julius—. Y cuando debamos escoger nuestros colores, recuérdame que los de base sean el verde o el amarillo. Así las manchas del zumo de manzana en la ropa no resaltarán tanto...

5

Hans se mostró encantado al enterarse de la victoria de Julius y de que llegaba una nueva yegua a la cuadra de Epona Station. No había podido asistir a la competición porque se había quedado en Auckland con los caballos. A fin de cuentas, después del largo viaje, había que acostumbrarlos de nuevo con cuidado al movimiento. Tenían que recorrer ensillados o a la cuerda los pocos kilómetros hasta su nueva casa. Lord Barrington fue a ver a los sementales de Hazell y se decidió por Northern Star para la temporada de apareamiento. El semental se marchó enseguida a la Isla Sur con los caballos de carreras de Barrington. Como era de esperar, a Mia le costó muchísimo separarse de él.

—Cuídese en persona de que sea feliz —indicó al anciano criador de caballos, quien se echó a reír.

—Señora Von Gerstorf, va a cubrir a quince de mis yeguas. Claro que va a ser feliz en mi yeguada.

Magic Moon solo disfrutó esa primavera de dos yeguas: Allerliebste y Epona. Pero con ellas pudo gozar libremente de los juegos del amor en los pastizales. Mia y Julius contemplaban fascinados cómo los caballos galopaban por la hierba felices y el semental cortejaba a las yeguas con pequeños empujones y mordisquitos para que se colocaran en posición.

La pareja de recién casados también estaba muy satisfecha de poder convivir a solas en su primera vivienda. Ya habían llegado los nuevos muebles de kauri, una madera de un dorado rojizo por la cual no había tenido que morir ningún árbol, como señaló con seriedad Mia, porque solo se permitía trabajar con troncos muy viejos que se habían conservado en pantanos de Nueva Zelanda.

—Los kauris que todavía siguen vivos están estrictamente protegidos —explicó Mia—. Para los maoríes son sagrados.

Julius puso los ojos en blanco.

—¿Qué más tendremos que adorar todavía? —preguntó.

Lo primero que había hecho Mia después de la carrera había sido pedir a Inglaterra la réplica de un relieve en el que se veía a la diosa Epona sentada sobre un caballo. Lo había colocado ceremoniosamente en la cuadra con un ramo de flores delante. Además, nadie había podido impedirle que encargara un nuevo cartel para la puerta de entrada de la propiedad en el que se leía lo siguiente: EPONA STATION. RACEHORSES AND HUNTERS.

—Tú solo tienes que adorarme a mí —contestó Mia, llena de picardía, arrastrándolo a la nueva y enorme cama.

Rachel Goodman por fin había permitido que se mudaran, después de que Mia contratase a una amable y rolliza cocinera que, sin duda alguna, tenía antepasados maoríes, aunque se llamara Iris. Su hija Allison también llegó como sirvienta, pero debía su puesto más a la bondad de Mia que a sus cualificaciones. Allison era apática y solo parecía seguir las indicaciones de su madre. A Julius le volvía loco su dejadez; Hans, por el contrario, se enamoró de ella al instante. Allison tampoco destacaba por su pudor...

—¿No debería dormir en casa? —preguntó Julius cuando la muchacha salió por la mañana de los alojamientos para el servicio que Hans compartía con Mike, un mozo de cuadra que había contratado Julius.

Mia se encogió de hombros.

—Si a su madre le da igual...

Julius hizo una mueca.

—Espero que no se quede embarazada antes que nuestras yeguas...

Pero Allerliebste y Epona enseguida se quedaron preñadas, y después de que Julius hubiese puesto un anuncio en el *New Zealand Herald* sobre los servicios que prestaba Magic Moon, no tardaron en llegar yeguas que cubrir. Se trataba sobre todo de caballos pequeños como Duchess, una o dos yeguas hunter, aunque también cuatro purasangres de yeguadas de caballos de carreras. Julius estaba satisfecho con los ingresos y Mia llevaba concienzudamente la contabilidad; Jakob Gutermann no había exagerado. En cambio, no tenía mucho talento para la dirección de la casa. Por ejemplo, Mia nunca insistía a un sirviente para que siguiera sus indicaciones. Siempre las formulaba en forma de petición y se asombraba de que Allison o Mike se hicieran los sordos. Así que en la casa todo quedaba tal cual hasta que Iris imponía su autoridad.

Mia también echaba una mano en el cuidado de los caballos. Julius la regañó porque uncía a la enorme Frankie para arar una parcela del terreno en la que quería cultivar un huerto. La voluminosa yegua colaboraba en todo pacientemente. Julius calculaba que debía de pesar más de ochocientos kilos, pero eran ochocientos kilos de bondad concentrada.

—Eso solo puede hacerlo Mike —dijo molesto Julius—. ¿Dónde se ha metido ese chico otra vez? Tampoco obedece a Hans: ayer lo pillé lavando los platos. En Grossgerstorf ningún caballerizo se habría prestado a algo así.

—Estaba ocupado con otra cosa —observó Mia—. Y Hans... Tiene que aprender inglés. Si no, Mike no entiende lo que dice.

Julius tenía la sensación de que, si se esforzase un poco, Mike lo entendería muy bien, pero el mozo de cuadra evitaba trabajar. El mismo Julius invertía ahora más energía en aprender el nuevo idioma, pues tenía que salir adelante sin contar con los servicios de traductora de Mia. Después de su exitosa participación en la carrera, los propietarios de cuadras de caballos de competición acudían a él para pedirle que presentara sus ejemplares en Ellerslie. Eso se pagaba generosamente y era un ingreso adicional muy bien recibido. Por supuesto, Mia no podía acompañar a su marido al vestuario masculino ni al anillo perimetral. Así que Julius iba aprendiendo cada vez más el idioma, aunque también se ganó la fama de ser un poco arrogante, ya que cuando no estaba seguro de si había entendido bien lo que le decían, prefería no contestar. Esa costumbre no era del agrado de muchos jockeys, entre los comerciantes de forraje o en tiendas locales de productos variados o de materiales de construcción.

—No caemos bien a la gente —se lamentó Mia cuando ya llevaban nueve meses viviendo en Epona Station.

Acababa de llegar de la ciudad. Julius le había comprado una *chaise* a la que ella solía enganchar a Duchess para salir cuando tenía necesidad de ver a otros seres humanos.

—He echado un vistazo al grupo de mujeres.

Julius se rio.

—¿Tú en el grupo de mujeres? ¿Desde cuándo te atraen las manualidades y los rezos en comunidad?

En Grossgerstorf, Julius acostumbraba a ir los domingos a misa. Su padre había insistido en que debían ser un modelo para los campesinos, algo que se remontaba a los tiempos en que estos últimos eran siervos. Sin embargo, todavía quedaban asientos especiales en la iglesia para los propietarios del dominio y sus familiares.

Julius había propuesto recuperar esa tradición en el nuevo país para conocer a la gente del lugar. Pero las cosas no eran tan sencillas en Nueva Zelanda. En Onehunga había una iglesia metodista, una baptista, una anglicana y, por último, una católica. Julius no tenía ni idea de cuál de ellas era la más cercana a la luterana reformada de Grossgerstorf. Mia no sabía nada de nada. En Onehunga no había sinagoga y de todos modos tampoco habría conseguido que Julius y Hans acudieran a una. Al final probaron con la iglesia metodista y la anglicana, pero no se sintieron bien acogidos ni por el reverendo ni por la comunidad. A Julius le faltaban conocimientos de la lengua y a Mia de la liturgia. No conocía ningún himno, no sabía cuándo ponerse en pie ni cuándo arrodillarse y, aunque no temía el contacto, no se atrevía a comulgar. Los Von Gerstorf muy pronto tuvieron la sensación de que la gente no hablaba con ellos, pero sí de ellos, así que decidieron quedarse en casa. Y, en una ciudad pequeña como Onehunga, eso no les hacía ningún bien.

—Simplemente quería conocer a un par de mujeres —admitió Mia—. Lo añoro un poco. Siempre he tenido amigas, aunque a ellas no les gustasen tanto los caballos. A veces me apetecería hablar de mujer a mujer, cotillear un poco. Ni siquiera tengo a Anna. Con Allison no se puede hacer nada... —Suspiró.

Julius llevaba meses intentando convencerla de que despidiese a la apática sirvienta. Allison solo se movía para encontrarse con Hans o con Mike por la noche.

—¿Y has conocido a alguna mujer? —preguntó Julius.

Mia hizo una mueca.

—Todas eran mucho mayores que yo. Como la señora Rawlings...

Geoffrey y Joana Rawlings eran los propietarios de la granja vecina al borde de las estribaciones de las montañas, a unos ocho kilómetros de Epona Station. Mia y Julius los habían visitado una vez para entablar una buena relación vecinal, pero no tenían mucho en común. El matrimonio se dedicaba a la agricultura y a un pequeño rebaño de ovejas. Estaban muy orgullosos de su único hijo, Edward, quien pertenecía al New Zealand Staff Corps, un cuerpo de oficiales profesionales fundado hacía dos años que, en caso de guerra, ocuparían los puestos de mando en el ejército de voluntarios.

«Seguro que tendrían mucho de qué hablar entre ustedes», había supuesto Geoffrey cuando se enteró del pasado de Julius. Este le había dado la razón, aunque en realidad no lo creía. Todavía no había conocido a Edward.

—Y las jóvenes se comportan igual que las mayores —prosiguió Mia—. Hacen preguntas raras. Que por qué no vamos a la iglesia. Y si yo... si yo estoy emparentada de verdad con los Goodman...

Julius se frotó la frente. La gente había empezado a hablar sobre el parentesco de Mia con los Goodman cuando estos negociaron la compra de la casa con el general Donner. Seguro que la mujer del general había corrido la voz.

—Les he dicho que somos parientes muy lejanos y no han preguntado en ningún momento si somos judíos. Pero lo han pensado. Y luego... bueno, están preparando un mercadillo en la iglesia para los pobres. Me he ofrecido a colaborar, pero, como no se me da demasiado bien ni el ganchillo ni el punto, he sugerido que nuestra cocinera prepararía un par de pasteles. Y que yo serviría el ponche... —A Julius casi se le escapó la risa. Ya se imaginaba lo que iba a seguir—. La presidenta ha dicho que era imposible porque solo podían hacerlo personas de moral consolidada. ¡Y eso que ni siquiera echan alcohol en el ponche! Según ella, tampoco tendría ningún sentido que la cocinera preparase los pasteles, porque debe encargarse un ama de casa cristiana con sus propias manos. ¿Acaso hacen eso las mujeres cristianas, Julius? ¿Lo hacía tu madre? ¿O Helena? —Miró abatida a su esposo— Yo pensaba que se trataba de recoger dinero, cuanto más mejor. Para los pobres...

Julius la rodeó con el brazo.

—Ay, Mia... no es tan sencillo hacer amigos en una ciudad tan pequeña. Seguro que nosotros también nos hemos comportado de una forma rara. Teníamos mucho que hacer.

Mia asintió con un gesto. Después de llegar en primavera, habían empleado el verano para rehabilitar los establos, pintar los edificios y hacer el huerto. Julius había trabajado el heno con Hans y Mike, con la ayuda de Allison, aunque fuera de mala gana. El general Donner enviaba a veces a Leo para que les echara una mano, y este rendía más que Mike y Allison juntos, pero a pesar de eso, Julius y Mia debían arrimar el hombro. Y, por supuesto, tenían que ocuparse de los animales. Si quedaba algo de tiempo para actividades sociales, preferían ir a las competiciones de Ellerslie y establecer contactos con propietarios de cuadras de caballos de carreras de la Isla Norte. Pero esa gente no vivía en las proximidades. Trababan alguna amistad, y Mia incluso organizaba pequeñas reuniones cuando se celebraban concursos durante algún puente y los propietarios de los caballos tenían que quedarse varios días en la zona. Pero no había tiempo suficiente para estrechar auténticos vínculos de amistad.

—En cualquier caso, deberíamos intentar acudir con más frecuencia a la ciudad —opinó Julius—. A fiestas o representaciones teatrales... reuniones de veteranos... y al mercadillo de la iglesia.

Mia asintió.

—Podemos empezar enseguida con estas buenas intenciones —señaló con vehemencia—. Dentro de poco hay una festividad, la de Acción de Gracias. Aquí también se celebra. Y organizan carreras en la playa.

Sacó diligente un folleto del bolsillo de su vestido de verano —el tiempo otoñal todavía respetaba Onehunga durante esos días de abril— y se lo tendió a Julius.

—Toma. Podemos participar.

Julius frunció el ceño.

—Pero ¿nos hará algún bien que gane todas las carreras planas con Medea y las de obstáculos con Valerie? No sería honesto, Mia. Yo soy preparador, tengo la licencia de jockey y monto en Ellerslie. Es probable que los otros participantes sean mozos de granjas con sus caballos de labor. Seguro que Leo tiene grandes posibilidades de ganar con el caballo de Donner. Eso si se lo deja y no compite él mismo. Espera, seguro que el chico pasa por aquí y pregunta si podemos prestarle a Duchess. O a Frankie.

Mia rio y reflexionó.

—Es cierto —convino—. Será mejor que demos un premio o un par de toneles de cerveza para los participantes. —Volvió a estudiar el programa, esta vez con mayor atención. De repente su rostro se animó—. Oye, las mujeres también pueden participar —comprobó—. Hay una competición abierta.

—¿Y? —preguntó Julius.

Mia lo miró resplandeciente.

—Voy a participar —anunció—. Tú donas los premios de las carreras principales y yo corro con Medea en la competición abierta. Es lo que siempre he deseado. Y lo haré bien. Representaré con dignidad nuestra yeguada. ¡Ya verás, después todo irá mejor!

Julius no tenía dudas de que conseguiría despertar simpatías. Sabía muy bien que él era el culpable de la mala fama de los Von Gerstorf. Su inglés todavía no era lo bastante bueno para mezclarse con la gente del pueblo, charlar con ellos y discutir sobre las últimas novedades en maquinaria agrícola. También se mantenía alejado de fiestas y desfiles, en los que se habrían dado distintas posibilidades de que Mia se involucrara en actividades que no tuvieran nada que ver con la iglesia. No era extraño que la gente los considerase soberbios. Sus criados tampoco podían romper lanzas a favor de ellos. Los habitantes de Onehunga debían de pensar que Hans era mudo, y seguro que Mike no era de los que ponían por las nubes a sus patrones. Más bien se quejaba de ellos en los pubs.

—Participa, pero tal vez deberías intentar no ganar —le aconsejó Julius.

GIPSY

La llave para una nueva vida

Onehunga
1912-1913

1

Wilhelmina odiaba la diminuta vivienda del edificio trasero en la que vivía con su familia. Detestaba dormir en la misma cama que su hermana menor y que Edith llorase cada mañana. Claro que también le daba pena. Todavía recordaba muy bien cómo se sentía ella misma cuando había empezado a trabajar en la fábrica textil. Al igual que a Edith, la habían destinado con las cortadoras, se había hecho daño en la mano al tener que cortar aquellas duras telas con esas grandes tijeras y le habían dolido los hombros y la espalda. Por fortuna, a la larga se formaban callosidades y una se acostumbraba al trabajo. ¿Qué otro remedio quedaba cuando se vivía en el barrio obrero de Onehunga —bien lejos de las calles bonitas, la playa y las mansiones señoriales—, se dejaba la escuela a los trece años y una se ponía a trabajar en la fábrica textil más cercana o en el molino de lana, donde padres y hermanos ya estaban trabajando?

Algunos chicos y chicas lo estaban deseando y esperaban con impaciencia a que llegara el día. Aunque tenían que entregar en casa la mayor parte del exiguo salario, a la mayoría de ellos les quedaba un poco de dinero para sus gastos. Al final de cada mes tenían un par de peniques y ya se creían ricos. Sin embargo, a algunos les habría gustado seguir yendo a la escuela, como era el caso de Wilhelmina. En realidad, más incluso que el de Edith, cuyas notas eran buenas pero no espléndidas. Wilhelmina, en cambio, era la mejor de la clase y hasta se había saltado dos cursos. De ese modo obtuvo un título de verdad y su profesora habló con su padrastro y con su madre sobre una beca para la educación secundaria. Sin embargo, Robert Stratton no se dejó convencer.

Odiaba hasta su apodo, Willie, aunque se lo había ganado de manera honorable. A fin de cuentas, había aprendido a pelear como un chico para defenderse a sí misma o a sus hermanos en las calles de su barrio. No había llorado cuando su padrastro la había obligado a ir a la fábrica en lugar de dejar que continuara estudiando. ¿De qué servía llorar por la leche derramada? Wilhelmina había asumido estoicamente ese duro trabajo y todavía lo hacía, aunque también odiaba la máquina de coser junto a la cual pasaba ahora todo el día. Apretaba los dientes y se alegraba del par de peniques con los que contaba a final de mes y que iba a cambiar por un par de coloridas novelas románticas.

No dejaba de leer esas historias, soñando interpretar el papel de las protagonistas: muchachas buenas pero pobres que siempre conseguían de un modo u otro casarse con un príncipe, el propietario de un dominio o un comerciante rico. Y eso que Wilhelmina estaba por completo dispuesta a ascender de categoría a fuerza de trabajo y no mediante un matrimonio. Sabía hacer cuentas, leer y escribir estupendamente. A menudo le había pedido al encargado de la fábrica un puesto en los despachos, pero él siempre se lo negaba. Allí solo trabajaban hombres. Las chicas, con sus delicados dedos, eran más útiles en el proceso de fabricación y, además, se desconfiaba de sus capacidades intelectuales. De ahí que la única posibilidad de ascender que Willie podía esperar era ocupar el puesto de una encargada. Y hasta que eso ocurriera podían pasar años. Solo de pensarlo se le ponían los pelos de punta.

Willie —que acababa de cumplir diecisiete años— trató de no pensar en su futuro al despertarse una gris mañana de marzo hacia las seis y sacudir enérgicamente a Edith para que se levantara. Su madre zarandeaba al mismo tiempo a los tres hermanos pequeños. Willie tenía que llevar a los niños a la guardería antes de entrar en la fábrica. Edith enseguida se echó a llorar cuando fue consciente de que encima era lunes y le quedaba por delante toda una larga semana. Willie le ordenó impaciente que se controlase de una vez. La muchacha, pálida y de cabello castaño oscuro, no dejó de sollozar hasta que la madre repartió pan y dio de comer al benjamín.

Era aconsejable comer deprisa el trozo de pan que todos los miembros de la familia tenían para desayunar antes de que el pícaro Frederick, de siete años, se lo birlase. Willie mojaba el pan duro en el café, la única bebida de la que se disponía en grandes cantidades en casa de los Stratton. La madre de Willie lo estiraba un poco con achicoria, algo irrelevante, pues, de todos modos, era amargo y pocas veces podían añadirle leche. Pese a ello, los niños agarraban ansiosos las tazas con la bebida caliente. Incluso en verano, hacía frío a esas horas tempranas. Tras el parco desayuno, Willie ayudó a vestirse a los dos pequeños. Suzie, de dos años, todavía estaba dormida y no quería salir de casa, por lo que lloriqueaba. Willie ya se temía que iba a tener que cargar con ella en brazos la mitad del recorrido.

—Salgo ya con los dos —anunció resignada, mientras su madre preparaba unos panes para el descanso en la fábrica.

El día anterior había comprado algo de manteca, de modo que la comida entre horas sería más nutritiva que el desayuno. Solo se cocinaba para la cena. Normalmente, potaje de col.

—Que no te enrede ningún granuja —le aconsejó el padrastro.

Willie ni se dignó a contestarle. Era la última en responder a las bromas o comentarios vulgares de los jóvenes que le dirigían la palabra por los suburbios. Ella nunca alimentaría las esperanzas de uno de esos chicos ni se casaría luego con él para llevar la vida de su madre. Solo podía soportar su existencia aferrándose a sus sueños. De modo que siempre se la veía impasible y se esforzaba por irradiar fastidio y falta de interés. Lamentablemente los chicos no parecían amilanarse por ello, pues Willie era muy atractiva. Tenía un rostro proporcionado, los pómulos altos y labios carnosos. No tenía la nariz ni muy pequeña ni muy grande, y sus ojos captaban las miradas por su extraño color verde azulado.

Willie era consciente de su belleza, pero la situaba en el haber de su balance del destino, junto con su inteligencia y formación. A menudo observaba el mundo con escepticismo, pero conseguía no dar la impresión de ser una gruñona, sino de estar siempre atenta e involucrada. En raras ocasiones aparecía una sonrisa en sus labios finamente dibujados, aunque con frecuencia estaban algo entreabiertos porque le costaba respirar por la nariz. Las fibras del aire de la fábrica le inflamaban la mucosa. A los hombres eso les parecía un gesto sensual, un atributo que aumentaba de manera enorme el valor de las protagonistas de las novelas de Willie. A todo ello se sumaba su cabello, de un rubio dorado como el de un trigal al sol, que le caía sobre los hombros cuando no se lo trenzaba.

Estaba pálida —cómo no, si se pasaba todo el día en

la sala de una fábrica—, pero sabía que su piel enseguida se bronceaba cuando la exponía al sol, cosa que antes hacía a menudo. Siempre que podía, huía de la angostura del edificio trasero en el que los padres pasaban las pocas horas libres que les dejaba el trabajo en la fábrica para criar a su descendencia o para tirarse los platos a la cabeza. Su madre solía pelearse constantemente con el padre biológico de Willie y Edith, pero se entendía mejor con su segundo marido. Robert Stratton había aparecido poco después de que el padre de Willie las abandonara. Desde entonces, la madre aseguraba que su primer marido había muerto y había contraído un segundo matrimonio, fruto del cual eran sus hermanos menores. Edith y Willie adoptaron también el apellido de Stratton, así que parecía que su auténtico padre nunca hubiese existido. Willie dudaba de que su madre se hubiese casado de verdad con Robert Stratton, pero ella defendía su buena reputación a capa y espada.

De pequeña se había peleado muchas veces con otros niños de la calle que insultaban a su familia. En un momento dado, estos la habían dejado en paz y Willie había pasado a disfrutar estando sola y leyendo todo libro o revista que caía en sus manos. Su profesora la había apoyado en estas costumbres, por lo que Willie le estaba eternamente agradecida.

No obstante, su admiración por la señorita Winters había mermado mucho cuando esta no fue capaz de batallar para que ella pudiera seguir en la escuela. A lo mejor su padrastro habría dado su brazo a torcer si se hubiese implicado en el tema al director de la escuela o a uno de los clérigos que tanto abundaban en Onehunga. Pero Willie se prohibía pensar en ello. Leche derramada...

En lugar de seguir luchando contra su destino, cargaba ahora con Suzie hacia el centro de la ciudad y tiraba de Peter, de cinco años. A esa hora, todos los vecinos del barrio mayores de trece años se encaminaban a sus puestos de trabajo. Fábricas textiles o molinos de lana: solo había tres posibles patrones en Onehunga y, antes de que los jóvenes se presentaran frente a ellos, se discutía mucho acerca de qué fábrica ofrecía las mejores condiciones. Willie, sin embargo nunca había participado en una de esas conversaciones. Consideraba que los propietarios de las fábricas eran unos miserables explotadores, pero no unos idiotas. Así que, por supuesto, hablaban entre ellos sobre qué sueldo pagarían y qué ventajas ofrecerían a sus empleados, y no iban a darles ni un céntimo más ni a cederles una habitación donde descansar tal como el Tailoresses' Union, el sindicato de modistas, reclamaba para sus miembros.

Esta organización reclamaba con vehemencia guarderías al lado de las fábricas, pero en Onehunga no había ninguna. En cambio, en esa comunidad rica, con muchas mujeres de la burguesía desocupadas, las iglesias competían entre sí por ocuparse de los hijos de los obreros. Tanto los metodistas como los presbiterianos, así como los católicos, tenían guarderías, y todas se encontraban en las mejores zonas de la ciudad. Las trabajadoras tenían que levantarse todavía más temprano para dejar allí a sus hijos más pequeños antes de llevar a los mayores a la escuela. Eso, a no ser que algún hermano de más edad se ocupara de esa tarea. En la familia Stratton, Willie se encargaba de ello mientras su madre llevaba a Frederick a la escuela. Su padrastro acompañaba a Edith directamente a la fábrica y no la perdía de vista, no fuera a ser que se escaquease del trabajo y se extraviara por el camino.

El destino de Willie era la guardería católica, pues Robert Stratton aseguraba tener raíces irlandesas. En realidad, la elección de la familia había sido la católica porque allí era donde los niños comían más al mediodía, algo que ella había averiguado preguntando a compañeros de escuela y vecinos. Luego les había explicado a sus padres que cualquier desliz con los católicos, por pequeño que fuera, tenía como consecuencia la amenaza del fuego del infierno, pero que las mujeres eran generosas y cocinaban bien. Cada día, tenía que convencer a sus hermanos pequeños de que no había que tomarse en serio las historias sobre el infierno. Así sucedía también esa mañana.

—Ya os digo yo que no puede ser peor que la fábrica —les aseguró—. Y al menos se está calentito. Aun así, sed buenos, a lo mejor os dan una segunda ración en la comida. Ah, sí, ¿y qué tenéis que hacer antes?

—Rezar —respondió obediente Peter, y Suzie juntó las manitas.

Naturalmente, en la guardería se rezaba una oración antes de comer, pero las señoras que se ocupaban de los pequeños se alegraban mucho de que los niños lo hicieran por iniciativa propia.

—¿Qué dices cuando quieres pedirle algo a las señoras, Peter? —prosiguió Willie con las instrucciones.

El pequeño se lo pensó un instante. Luego miró a su hermana con una dulce sonrisa.

—Señora Jolan, ¿puedo pedirle al bondadoso Dios que me dé otro pan con mantequilla?

Willie asintió con un gesto de admiración. Ella misma se había inventado esa fórmula unas semanas atrás y había mostrado ser de una eficacia total. A la que se ponía a Dios por en medio, las damas de la caridad no podían negarse. Por supuesto, de ese modo empujaba a los pequeños a la herejía, otra palabra que en las novelas románticas aparecía con bastante frecuencia, aunque por supuesto nunca en relación con la protagonista. Pero eso a ella le era bastante indiferente. Los niños tenían que saciar su hambre al menos una vez al día.

En casa no recibían ningún tipo de educación religiosa. Los domingos, el padrastro dormía la mona y la madre se recuperaba de su cansancio permanente. Willie leía y Edith salía a veces con los pequeños. Al menos eso afirmaba ella, aunque Willie sospechaba que más bien echaba un vistazo a los chicos jóvenes que haraganeaban durante todo el domingo por las calles del barrio. De lo contrario no se habría adornado de baratijas que compraba con el escaso dinero que le quedaba para sus gastos. Por supuesto, todos habían oído hablar de Dios y Jesucristo en la guardería y luego en la escuela, y la insaciable sed de lectura de Willie no se había detenido ante la Biblia. Había leído dos veces el grueso libro desde el principio hasta el final, y había encontrado algunos textos peculiares y alguna contradicción. Pese a ello había intentado rezar durante cierto periodo de tiempo, en especial cuando se trataba de obtener la beca para la escuela secundaria. Pero Willie abandonó la oración al ver que no había servido de nada. No tenía tiempo que perder en estrategias que evidentemente no daban ningún resultado.

Mientras pensaba esto, Willie y los niños ya habían llegado a los barrios altos de la ciudad y, como casi cada día, Peter miraba fascinado el carro de la leche que el lechero conducía de una casa a otra. Para el niño era incomprensible ver tantas botellas de leche en un solo vehículo... y además parecía como si ese hombre las repartiera gratis. Bajaba del pescante, la mayoría de las veces tambaleándose y con bastante torpeza, delante de cada casa y dejaba una o dos botellas en el umbral mientras su caballo, un poderoso sangre fría, lo esperaba pacientemente. Willie le había explicado varias veces que la gente pagaba por la leche, pero solo una vez al mes, no como su familia, que compraba las botellas de una en una cuando podían. Los ricos tampoco tenían que ir ellos mismos a buscar la leche, sino que se la llevaban a su casa. Sin embargo, el niño no lograba creérselo y miraba ansioso al rechoncho y rubicundo lechero, quien siempre llevaba un delantal largo, que en su origen había sido blanco, encima de la ropa de trabajo.

Willie también lo observaba y se preguntaba cómo conseguía ese hombre mantener el trabajo pese al consumo regular de alcohol. Era evidente que siempre iba muy borracho, cosa que en la fábrica no hubiera sido posible. Aunque los hombres solían ir al pub el fin de semana, si alguno aparecía en el trabajo en estado de ebriedad, se arriesgaba a recibir un fuerte castigo y hasta a ser despedido. Las tareas de la fábrica eran peligrosas. Uno tenía que estar bien despierto para manejar las máquinas, mientras que aquí era el caballo el que parecía realizar todo el trabajo mental. El potente ejemplar castaño sabía perfectamente delante de qué casa tenía que detenerse y quién no había pedido leche. El lechero solo tenía que colgarse del pescante para llegar al suelo y colocar frente a la puerta las botellas. Entretanto se quejaba, importunaba a los transeúntes o cantaba achispado en voz alta. Los vecinos lo contemplaban moviendo la cabeza, pero no parecía que nadie viera en ello una razón para quejarse en la lechería.

Ese día, sin embargo, sucedió un incidente que habría podido terminar en un serio percance. El pesado caballo castaño se detuvo obediente, como siempre, delante de una de las casas. El lechero, más que descender, cayó del pescante y bajó con gran esfuerzo toda una caja de leche del carro. La señorial gran mansión, hacia cuyo acceso se dirigía, alojaba a muchos inquilinos. Después de dejar las botellas, el hombre se sacó del bolsillo una petaca y bebió un trago para volver tambaleante al carro. Cuando iba a subir al pescante, el delantal se le enganchó en el soporte del látigo. El repartidor perdió el equilibrio, cayó de espaldas como una cucaracha e intentó con torpes movimientos volver a levantarse. Algo que, por lo visto, fue demasiado para el caballo, normalmente tranquilo. El sangre fría se asustó, se puso a trotar con pesadez y aceleró cuando el lechero empezó a gritar detrás de él.

—¡Serás cabrón, quieres parar, quieres... soooo, sooo!

El caballo sin guía se movió primero por el centro de la calle y luego en dirección a la acera. La gente que estaba allí se llevó un susto de muerte al ver que el pesado carro con el enorme caballo delante se dirigía traqueteando hacia ellos. La mayoría salió también al trote, pero Willie no podía hacerlo cargando con sus dos hermanos pequeños. De forma instintiva metió con rapidez a Suzie y Peter detrás de la valla baja de un jardín delantero y los sentó sobre el cuidado césped. Luego se enfrentó al caballo, sin necesidad de hacer grandes reflexiones, era simplemente su forma de responder a los ataques. Huir no era una opción para ella, ya se tratara de un insolente chico de la calle o de un perro mal educado. La mayoría de las veces era más fácil evitarlos, y el caballo tampoco parecía buscar conflicto. Al contrario. Para sorpresa de Willie, se detuvo enseguida delante de ella y hasta pareció agradecido cuando ella le cogió las riendas.

—Así que no sabías a dónde ir —dijo Willie interpretando la expresión aliviada del animal—. A lo mejor deberías habértelo pensado antes. Deberías haber reflexionado sobre lo que hacías cuando ese tipo te ha dejado libre. Seguro que a mí se me ocurría algo si fuese un caballo. ¿No te gustaría vivir salvaje en las montañas y sin que te molestaran?

El sangre fría bajó hacia ella su enorme cabeza. Por lo visto buscaba contacto, lo que Willie encontró tentador.

De repente le entraron ganas de saber lo que se sentía al tocar un caballo. El corazón le latía con fuerza cuando apoyó la mano sobre su ancha frente y le rascó debajo del flequillo. El grandullón parecía contento. Daba la impresión de estar justo donde quería y Willie notó irradiar sobre ella su calma. De golpe y porrazo ya no sentía odio. Solo paz.

—¿No quieres ir a las montañas? —preguntó con dulzura—. Vale, tampoco sería tan sencillo con ese carro de leche que llevas detrás. La próxima vez te vas antes de que te haya enganchado ese tonto.

El caballo le dio un empujoncito. Willie rebuscó en los bolsillos del delantal y del vestido y encontró un mendrugo de pan que le había resultado demasiado duro por la mañana para morderlo seco. Quería comérselo con el café gratis que la fábrica servía a las diez, en la pausa del desayuno.

—¿Tienes hambre?

Con algo de pena, sacó el pan del bolsillo y se lo tendió al caballo. Este lo cogió con sumo cuidado entre sus gruesos labios y a Willie le recorrió una ola de calidez al notar su roce. Escuchó con atención el ruido al masticar y pensó que nunca había oído algo tan bonito como ese sosegador sonido. Además, el caballo olía bien. A tierra, a calor. No sabía cómo expresarlo, era... hogareño. Más que el aroma del café y el olor a col hervida característico de su casa en el edificio trasero. Más animada, hundió el rostro en la larga crin del sangre fría y aspiró su olor. El caballo parecía inhalar también el suyo, así que se fundieron el uno en el otro. Willie se olvidó de los niños, de la fábrica y de toda su espantosa vida.

—¿Qué estás haciendo ahí, chica?

La desagradable voz del repartidor, que entretanto había conseguido ponerse en pie y acercarse a su caballo, la arrancó de su ensimismamiento. Un par de transeúntes empezaron enseguida a increpar al hombre y a reprocharle que solo la temeraria acción de Willie los había salvado a todos de ser atropellados. Además, Suzie empezó a llorar y Peter hizo ademán de subirse a la valla. Los propietarios de la casa habían salido y se quejaron de la presencia de esos niños desconocidos en su jardín.

Willie no les hizo caso. Disfrutó de los últimos segundos en compañía del caballo. Sentía que le había ocurrido algo. A partir de ese momento, intentaría volver a acariciar a un animal así, volver a sentirlo... incluso poder montarlo.

Ese día, los sueños de Willie cambiaron y también sus objetivos. Lo principal ahora ya no era abandonar la fábrica y la casa en el edificio trasero, ni tampoco buscar a un príncipe que tal vez fuera a serle de ayuda. Willie solo quería encontrar una manera de estar con caballos. Sabía que ellos eran la clave para todo lo demás, la clave para su felicidad personal completa.

2

No era fácil intimidar a Wilhelmina Stratton, pero los primeros mozos de cuadra que se cruzaron con ella en la Select Riding School de Auckland lo consiguieron. Los chicos, que llevaban una especie de uniforme, miraron a Willie con desdén cuando entró en la zona de las cuadras. La escuela de equitación estaba alojada en un gran edificio cuyo centro constituía una pista cubierta. Willie nunca hubiese pensado que pudiera existir algo así. Pero tenía sentido cuando se disponía de unos caballos tan bonitos y resplandecientes como los ejemplares que estaban ahí, cada uno en un compartimento. No tenían mucho sitio, pero la paja sobre la que se hallaban estaba inmaculada, al igual que su pelaje.

Había allí todo un ejército de empleados listos para sacar a los caballos del box, cepillarlos y ensillarlos. También el pasillo de la cuadra estaba impoluto. Willie, sin embargo, percibió el olor característico de los caballos, que tanto añoraba desde que había tocado al de sangre fría. Le habría gustado acariciar a uno de los ejemplares de los boxes, pero no se atrevió. Seguro que no estaba permitido tocar a los animales, y Willie no quería arriesgarse a llamar la atención. Pensó en si debía hablar con uno de los chicos, pero decidió que, mientras no la molestaran, seguiría recorriendo el pasillo en dirección a la pista. Se podía entrar en ella por un portalón o subir por la derecha o la izquierda a una de las gradas que rodeaban el terreno. Ese día había pocos espectadores, que estaban sentados en el otro extremo de la sala. Probablemente había allí un acceso, y seguro que no era obligatorio entrar por la cuadra para poder mirar los ejercicios.

En la pista se encontraban seis caballos de capas distintas, todos los cuales llevaban silla de amazona. Había cinco mujeres ya montadas y a la sexta la ayudaba en ese momento con un experimentado impulso un hombre alto, con aspecto severo y un magnífico bigote.

Willie miró fascinada a las amazonas y enseguida se sintió mal al compararse con esas damas. Se había puesto el vestido de los domingos aunque era sábado —la fábrica cerraba ese día dos horas antes de lo usual—, había ido a la estación y cogido el tren hacia Auckland. Por desgracia, el vestido de algodón de flores, aunque limpio, se veía deslucido en comparación con la indumentaria de las mujeres. Algunas llevaban una especie de traje, una chaqueta larga y una falda de conjunto, además de una blusa. Otras preferían vestidos con los cuerpos ceñidos. Las faldas eran todas amplias y caían sobre la voluminosa silla. Esas damas también lucían sombreros al estilo de los de copa, algunos de ellos provistos de un velo de tul. Llevaban el cabello recogido en unos tirantes moños envueltos en unas redecillas del mismo color que el traje y el sombrero.

Por indicación del hombre que estaba en el centro —Willie supuso que se trataba del propietario del establecimiento, el profesor de equitación George Hazell—, las mujeres se colocaron en fila. Mantenían exactamente la misma distancia unas de otras y empezaron, primero al paso y luego al trote, a describir figuras. Era precioso, casi como una coreografía, pero el profesor no parecía satisfecho. Corregía con energía el asiento y la actuación de las mujeres sobre los caballos. Por lo visto, no bastaba con que uno consiguiera mantenerse arriba, sino que había que cumplir unas reglas.

Ella se enderezó automáticamente cuando George Hazell indicó a una de las mujeres que se sentara más recta y doblara los codos. Sin poder evitarlo, se puso de lado en el banco, levantó la cabeza y cerró las manos en torno a unas riendas imaginarias. Era fascinante, casi tenía la impresión de notar los movimientos de los caballos y de ser una con ellos, al igual que le había ocurrido con el ejemplar de sangre fría de la calle. La fusión todavía debía de ser mucho más intensa cuando los dos se movían juntos poniéndose de acuerdo en la dirección hacia donde iba a llevar el caballo a su jinete.

Pasó media hora larga mirando antes de marcharse. Si quería saber más acerca de cómo aprender a montar, tenía que informarse ahora. Cuando las damas desmontasen, los mozos de cuadra ya tendrían suficiente faena recogiendo los animales, desensillándolos y pasándoles la rasqueta. Por supuesto, Willie habría podido dirigirse directamente al profesor, pero no se atrevía a hablar con él. En el fondo estaba satisfecha de que nadie se hubiese sentido molesto por su presencia en las gradas. A lo mejor Hazell pensaba que era la doncella de una de las amazonas.

Se arregló un momento el pelo, que llevaba suelto, excepto por un mechón a cada lado de la cara, que se había recogido hacia atrás. Después de habérselo lavado la noche anterior con agua fría, haciendo de tripas corazón, le caía en grandes bucles sobre la espalda. Willie esperaba tener buen aspecto cuando volvió a la cuadra y fue directa a uno de los mozos que estaba cepillando a un pequeño caballo blanco.

—Qué caballo tan bonito —dijo. El chico la miró sin interés—. ¿Qué hay que hacer para montar aquí? —preguntó pese a la indiferencia del trabajador.

Cuando el joven frunció el ceño, ella sonrió. Willie no solía hacerlo, pero sabía que la mayoría de los varones no se resistían a su sonrisa. El mozo se volvió al instante más comunicativo.

—Comprar un caballo —dijo—. Entonces podrás tomar lecciones. Es posible que el general te deje montar las primeras una o dos horas en uno de sus caballos. Siempre que se trague que en breve te comprarás uno... —Willie comprendió que el chico no creía que fuera así. No era buena señal que hablase con ella con tal desenvoltura—. O, mejor aún, que tu padre te lo regalará —concluyó.

—¿Y... cuánto cuesta? —preguntó Willie.

El chico se echó a reír.

—¿Un caballo o una hora de clase? A ver, no te compras un caballo por menos de seiscientas libras, y eso ya es un precio barato. Y una hora de clase cuesta dos libras si traes tu caballo. No sé cuánto pide el general cuando te deja uno...

Willie se mordió el labio. Para pagarse una clase, debería ahorrar durante meses el dinero que tenía para sus gastos. Y, aun así, todavía le faltaría el caballo. Entretanto el chico la observaba con mayor atención y su interés hacia ella iba en aumento. Era evidente que la joven estaba fuera de lugar.

—Demasiado caro para ti, ¿verdad? —preguntó con simpatía—. Pero... si quieres puedes acariciarlo.

Willie no se lo hizo repetir dos veces. Se acercó al caballo blanco, puso la mano sobre su cuello liso, que parecía como de seda, y luego también su mejilla. Tenía la boca detrás de la oreja del animal y comenzó a susurrarle palabras dulces. El caballo la escuchaba y movía la oreja hacia ella. Willie se la acarició, la cogió. Era una sensación maravillosa, se movía y era agradable al tacto...

—Ey, ¿qué haces? —dijo el mozo arrancándola de su ensueño—. Qué locura. ¡Ruby no deja que nadie le toque las orejas! Es muy sensible, incluso al ponerle la cabezada. Y tú...

—No lo sabía —musitó Willie—. Pensé que le gustaba. Es tan bonita, huele tan bien...

—Puede ser muy caprichosa —comentó el chico—, pero parece que le has caído bien. ¿De dónde has salido?

La réplica de Willie fue escueta.

—¿No se puede aprender a montar en ningún otro sitio? —preguntó pensativa.

—¿Sin caballo? —El chico rio—. No. Y de donde tú vienes... Pero, escucha, si esta noche sales conmigo a tomar algo... Podría... Bueno, a lo mejor podrías volver de nuevo la semana que viene y... bueno... podrías acariciar a otro... Por cierto, me llamo Joe.

Willie reflexionó. La idea de volver a ver a Ruby, con su capa grisácea, era tentadora, pero Joe no podía ofrecerle nada. En esa cuadra pintaba más bien poco. Si el caballerizo descubría que traía a su puesto de trabajo a una chica, enseguida la echaría a ella de allí y posiblemente despediría a Joe. No valía la pena perder el tiempo y menos aún correr el riesgo de que él quisiera algo más que tomarse un trago con ella y charlar.

—Hoy no puedo —afirmó—. Pero volvamos al tema de montar. ¿No habrá, a lo mejor... a lo mejor, un libro?

Se enfadó consigo misma por no haber pensado antes en eso. En Onehunga había una biblioteca pública junto a la iglesia anglicana. Tal vez podría haberse informado allí antes de ir a la academia de equitación.

Para su sorpresa, Joe asintió con un gesto.

—El general ha escrito uno —dijo—. *El libro de las ayudas de una montura grata*. Puedes comprarlo aquí mismo. En recepción.

Señaló hacia el otro lado de la pista. Tal como Willie había sospechado, allí se encontraba la entrada oficial.

La joven dirigió otra sonrisa a Joe (y a Ruby).

—Muchas gracias —dijo, saliendo de la cuadra para volver a entrar en la escuela de equitación por el acceso principal.

Desde allí llegó a una especie de sala de recepción en la que todo irradiaba elegancia.

—¿Puedo ayudarla en algo? —resonó una potente voz.

Willie se sobresaltó cuando se vio de repente ante el profesor de equitación. Con sus pantalones de montar, sus botas altas y su elegante casaca, George Hazell imponía sumo respeto. Aunque ella era muy alta, él la superaba en algo más que una cabeza.

—Yo... esto... —Willie volvió a tomar conciencia de que no tenía aspecto de ser una potencial alumna. Reflexionó un instante e intentó hacer una reverencia—. Bueno, a mí no, a mi señora —respondió—. Yo... yo soy su doncella, sabe... y ella está pensando... bueno, está pensando en adquirir un caballo. Pero antes quiere leer algo sobre ellos. Ha oído que aquí tienen un libro...

El profesor sonrió halagado.

—Esto me honra. Por lo visto hay alguien que recomienda mi manual. Aunque como primera lectura puede resultar algo difícil. Sería mejor que la señorita pasara por aquí e hiciera un par de horas de prueba...

Willie estuvo a punto de negar con la cabeza, pero luego se decidió a asentir.

—Seguro que sería lo mejor, sir —convino—. Pero... la señorita Brighton es muy tímida. Y muy... quiere hacerlo todo a la perfección. Si pudiera leer un poco sobre el tema antes...

—La señorita Brighton, ¿de los Brighton con el molino de lana en Onehunga?

Willie se mordió el labio, pues se le acababa de ocurrir ese nombre. Pero, por supuesto, Hazell tenía razón. El molino de lana junto al río pertenecía a la familia de un industrial.

—Sí... esos mismos... —musitó Willie.

La sonrisa del profesor de equitación se ensanchó todavía más.

—Entonces, salúdela por favor de mi parte —respondió y cogió un libro de una estantería—. Y claro que puede echar un vistazo al manual. Si tiene alguna pregunta...

Willie vio la etiqueta con el precio y sacó unas monedas del bolsillo de su vestido.

—No tengo... no tengo suficiente —confesó afligida.

El profesor hizo un gesto de rechazo.

—Es para mí un honor regalárselo a la señorita Brighton. —Sacó una pluma estilográfica—.Escribiré rápidamente una dedicatoria. ¿Cuál es su nombre de pila?

Willie tragó saliva.

—Wilhelmina —respondió.

Esa noche no se sumergió en una novela romántica, sino en las descripciones de las ayudas para comunicarse con el caballo. En realidad, no entendía ni la mitad de lo que describía George Hazell, pues había que leer el libro acompañándose de las clases prácticas de equitación, pero eso era mejor que nada. Durante las semanas siguientes, Willie lo leyó tantas veces que casi lo sabía de memoria. Ahora solo necesitaba urgentemente un caballo.

3

—¿Sabes si hay alguien por aquí que tenga caballos?

Al final Willie se decidió por preguntarle a su padrastro por una cuadra en Onehunga. Para ella era una urgencia, sobre todo ahora que se sentía bien preparada. En efecto, había encontrado en la biblioteca de la iglesia más libros sobre caballos. Entre ellos el *Libro del caballo* de Samuel Sydney, que era mucho más fácil de entender que el manual de Hazell, así como *El caballo en la cuadra y en el prado* de John Henry Walsh. Willie sabía ahora cómo se capturaba un caballo, cómo se le ponía la cabezada, cómo guiarlo y cómo ensillarlo, lo que comía y todo lo que necesitaba para estar satisfecho. Ardía en deseos de llevar sus conocimientos a la práctica, y su padrastro conocía a mucha gente en Onehunga. A fin de cuentas, iba de pub en pub con sus amigos todos los sábados por la noche.

En ese momento miró desconfiado a Willie.

—¿Y eso a ti por qué te interesa?

Era justo lo que ella se temía. Por eso ya tenía preparada una excusa.

—Me lo ha preguntado Peter —contestó con toda la calma y el desinterés posibles—. Hace unos días acariciamos al caballo del lechero y le gustó mucho.

Robert se encogió de hombros.

—El tratante de caballos —contestó—. Red Scooter. Pero mejor no vayas a verlo sola. Ese mete mano a toda mujer que se le acerca.

Willie no sabía si esta información la estimulaba o la asustaba. Naturalmente odiaba que la manosearan, pero estaba dispuesta a dejar pasar cualquier pequeña impertinencia con tal de volver a tener por fin contacto con caballos.

Al final decidió ir a la cuadra del tratante la mañana del domingo. No estaba lejos, justo al lado del molino de lana de los Brighton. Willie esperaba que a esa hora no hubiera nadie en la calle que pudiera informar a su padrastro de su visita a Scooter. Por otra parte, se enteraría de todos modos de su presencia si el tratante le permitía regresar.

La cuadra de Red Scooter se componía de una construcción ladeada y de un par de corrales vallados de cualquier manera. Uno de ellos era grande y cuadrado y servía también de picadero. En uno de los paddocks había caballos. El corazón de Willie se aceleró de contento al acercarse a los animales. Un pequeño alazán y un pequeño castaño; a estas alturas ya sabía que se diferenciaban porque en los alazanes las crines eran del mismo color o más claras que la capa. En el caso de los caballos castaños, eran de color negro.

El castaño se acercó enseguida confiado y Willie aspiró profundamente su olor. Por fin podía tomarse su tiempo para hablar al caballo, acariciarlo... y además le había llevado un pedazo de pan. El animal se lo cogió cuidadoso de la mano con sus blandos labios y la miró con sus dulces y grandes ojos. No tenía el pelaje tan liso y cepillado como los caballos de Auckland, y se notaban huellas de sudor en el lugar de la silla. Lo habían montado, pero no lo habían lavado después. Willie habría deseado tener un cepillo para asearlo. Por el momento lo acarició, algo que parecía ser del agrado del animal. Contempló fascinada que el labio superior se contraía para mostrar su satisfacción.

El alazán era más tímido, pero, cuando al final también se acercó, el castaño inclinó las orejas hacia atrás y lo ahuyentó. Quería a Willie solo para sí. Ella se sentía como embriagada y necesitó un largo tiempo hasta conseguir separarse del animal y encaminarse a la cuadra. Era mejor ir a buscar directamente al señor Scooter que la descubriera tocando sus caballos.

Al entrar en la cuadra oyó un fuerte golpeteo. Alguien trajinaba con cubos de agua o de forraje.

—¿Señor Scooter? —preguntó Willie, introduciéndose en el oscuro edificio.

Allí había tres caballos más en unos estrechos cobertizos.

—¿Sí? —Era una voz malhumorada.

El señor Scooter apareció cuando Willie se internó más en la cuadra. Era un hombre bajo y delgado, que apenas tenía pelo en la cabeza pero sí bigote. Con unos pantalones sumamente sucios y botas, solo llevaba una camiseta que también habría necesitado un lavado. En ese momento sus ojos pequeños, que recordaban los de una rata y cuyo color Willie no pudo distinguir en la penumbra, mostraron cierto interés.

—¡Una señorita! ¿Qué te trae por aquí? —Enseguida se acercó a ella.

Willie dio un paso atrás.

—Soy Wilhelmina Stratton —se presentó—. Y me... me gustan los caballos.

—¿Ah, sí? —Scooter sonrió—. ¿Quieres comprar

uno? Ahí los tienes. Scooter tiene los mejores animales desde aquí hasta Auckland. Y para un bomboncito como tú hago precios especiales.

Willie lo interrumpió antes de que empezara a enumerar con todo detalle las virtudes de sus animales.

—No tengo dinero para un caballo —replicó, concisa—. Trabajo en la fábrica. Pero... ¿no necesitará tal vez ayuda por las tardes... y los fines de semana? ¿Para retirar el estiércol, limpiar y cosas así?

Scooter hizo una mueca.

—Qué va, ya lo hago todo solo. No tengo dinero para eso. No soy millonario...

—Pero sus cuadras necesitan con urgencia que las limpien. —señaló Willie. Los compartimentos de los caballos estaban llenos de estiércol, y no menos el pelaje de los animales que tenían que tenderse allí para dormir—. Y yo... yo no quiero dinero.

—¿Quieres trabajar gratis para mí? —preguntó con desconfianza Scooter—. ¿De verdad estás bien?

—Me gustan los caballos —repitió Willie.

—Hum... —Scooter pareció reflexionar—. No sé... ¿Una chica? —Se rascó la axila.

Willie sacó una gorra del bolsillo y escondió el cabello debajo.

—No tengo por qué serlo —respondió—. Yo... me llaman Willie.

Scooter sonrió.

—Es una pena —observó—. Pero si tu felicidad depende de eso... ¿Cuántos años tienes?

—Casi dieciocho —afirmó Willie, aunque hacía poco que había cumplido diecisiete.

Scooter asintió con un gesto.

—¿Cuándo quieres empezar? —preguntó.

Willie reflexionó un instante.

—Esta tarde —dijo—. Solo tengo que... cambiarme.

Volvió a acariciar la frente del afable castaño y pasó junto al paddock camino de la ciudad.

Ese domingo los presbiterianos celebraban un mercadillo en la iglesia y las señoras vendían también ropa usada pero limpia y arreglada. Willie adquirió un pantalón y una camisa de franela de cazador, así como un par de botas que solo le apretaban un poco. Se cambió en un matorral junto al río, aunque era otoño y hacía bastante frío, y se saltó la comida del mediodía. En lugar de comer, volvió al local de Scooter.

—¿Está bien así? —preguntó.

El tratante volvió a sonreír.

—Así está bien, Willie. Coge ahora la horquilla para limpiar el estiércol. Dentro de un par de minutos vienen unos clientes, de manera que tendrás que hacerlo sola...

Willie no tenía la menor duda de ello. Se metió resuelta en el primer compartimento ocupado, desató al caballo pío que estaba en el interior y lo llevó al pasillo de la cuadra.

—¿Puedo sacarlo? —preguntó—. Seguro que prefiere... estar al aire libre.

Scooter rio.

—Sacarla —informó—. Es una yegua. Todavía tienes mucho que aprender, Willie. —Algo apocada, la joven metió la pía en el paddock, junto al castaño y el alazán, que se mostraron encantados al verla. Los animales se olieron y trotaron juntos por el cercado. La muchacha no podía apartar la vista de ellos—. ¡El estiércol, Willie! —le recordó el tratante.

Ella asintió. Cogió la horquilla y la carretilla. Si la pía había de volver a su sitio, tenía que encontrarse una cuadra limpia como una patena y un aromático lecho de paja.

Wilhelmina apenas podía creer lo sencillo que era pasar de ser la obrera Willie a convertirse en el mozo Will por las tardes y los domingos. Y eso le sentaba tan bien que se marchaba a la cuadra siempre que podía. Su madre y su padrastro pensaban que estaba leyendo en algún rincón y se alegraban si además se olvidaba de alguna comida, como sucedía a menudo. No llevaba a casa la ropa que olía a caballo, sino que la dejaba en la cuadra, si bien se guardaba de cambiarse allí. Por el momento, Scooter no había respondido a su fama de mujeriego y eran raras las veces que se acercaba demasiado a Willie. Ella se cuidaba de guardar las distancias y, de todos modos, al principio tenía poco contacto con él. Willie se había impuesto la tarea de limpiar a fondo toda la cuadra y, mientras tanto, Scooter se mantuvo alejado de ella, en parte para no correr el peligro de acabar cogiendo él mismo la horquilla en un descuido. Lo veía sobre todo cuando hablaba con los clientes que probaban sus caballos.

Estos eran mucho más baratos que los animales de la hípica de Hazell, aunque no tan nobles. La mayoría de las veces se trataba de ejemplares más pequeños, adecuados tanto para ser montados como para tirar de un carruaje. De vez en cuando, había entre ellos un pesado caballo de tiro, para el que solía encontrarse enseguida un comprador. Los clientes de Scooter eran sobre todo obreros o jubilados, y muchos de los ancianos soldados que se habían asentado en Onehunga adquirían un caballo de monta. Algunos pertenecían a la unidad de caballería de voluntarios de Onehunga, que entrenaban para una eventual guerra. Todos ellos habrían preferido un hunter más alto; sin embargo, Scooter pocas veces podía ofrecer caballos de media sangre. Pero en cuanto aparecía por la cuadra un caballo de sangre caliente que se pudiera manejar, nunca tardaba en encontrar a un nuevo propietario.

En la cuadra de Scooter reinaba un continuo ir y venir de caballos, lo que hacía el trabajo de Willie algo triste. En cuanto se había acostumbrado un poco a un animal y se alegraba de que relinchara contento cuando ella entraba en la cuadra, lo vendían. A veces, un ejemplar volvía porque el comprador no se entendía con él. Entonces Scooter lo cambiaba, naturalmente con un recargo.

—¿Por qué compran el caballo si ya tienen claro que es demasiado difícil para ellos? —preguntaba Willie después de presenciar una conversación entre un cliente y el vendedor.

El panadero del pueblo había hecho una prueba con un caballo de capa blanca, bastante alto y todavía muy joven, con el que esperaba lucirse ante la caballería de voluntarios. Ya en el picadero de Scooter había estado a punto de caerse dos veces y el tratante estaba convencido de que iba a volver a ver al caballo.

—Porque se sobreestiman y en general no tienen ni idea —respondió Scooter, escueto—. A mí ya me está bien. Cuando lo vuelva a traer, le endosaré la yegua de capa baya. Esa es a prueba de bombas...

Sin embargo, como bien sabía Willie, la yegua tenía diez años más, estaba bastante montada y tenía muy pocas ganas de moverse. En realidad era invendible, pero el panadero daría una buena cantidad de dinero por ella. Como era frecuente, Willie se asombró del desconocimiento de la mayoría de los compradores. Después de haberse leído tres libros, ella misma sabía más sobre los animales que los hombres que montaban desde su infancia y se las daban de expertos. Scooter, por su lado, alimentaba los delirios de grandeza de sus clientes y sacaba provecho de esto sin el menor pudor cuando conversaba con ellos.

—Como puede ver el señor, el caballo tiene cuatro años, ni un mes más —solía explicar, por ejemplo, cuando uno de los clientes insistía en mirar la boca del caballo para quedarse contemplando los dientes sin tener la menor idea—. Y no muerde —añadía Scooter.

Entonces el cliente asentía con un gesto convencido. Willie no sabía si debía considerar tales tácticas divertidas o reprobables.

—¿Esto no es en realidad una estafa? —preguntó tímidamente un día.

Scooter se echó a reír.

—Chica, yo no he criado al caballo. Así que puedo equivocarme alguna vez en cuanto a su edad. Y esos tíos... ¡piden a gritos que les tomen el pelo! Hazme caso, si uno tiene realmente idea, abre él mismo la boca del caballo y yo ya veo sin problemas si se apaña bien o no. A ese ya no lo engaño. Pero cuando uno se da aires de ser importante... No, no, no, pequeña, estafar es otra cosa bien distinta...

Excepcionalmente comunicativo, desveló un par de trucos de su gremio a una horrorizada Willie. Por ejemplo, se podían limar los dientes de los caballos para que parecieran más jóvenes, frotarles jengibre en el ano para que parecieran más vivaces y disimular las cojeras hiriendo al animal en la otra pata, por ejemplo, colocando el clavo de la herradura de modo que le hiciera presión. Los estafadores conocían numerosas posibilidades de manipular el tranco de un caballo para que levantara más la pata e incluso había gotas para que los cansados ojos de un viejo jamelgo dieran la impresión de centellear.

Por fortuna, Scooter no empleaba prácticamente nunca esos deleznables métodos. Claro que exageraba cuando describía las cualidades de sus caballos. Hacía la pelota a los clientes y con frecuencia pedía más dinero de lo que valía el animal. Pese a ello, no había ningún comprador que saliera de allí con un caballo enfermo o viejísimo, incapaz de hacer las tareas que se esperaba que llevara a cabo, lo que seguramente se debía a que el mismo comerciante tampoco se dejaba engañar. Scooter viajaba por toda la Isla Norte para comprar caballos en los mercados y siempre regresaba con ejemplares sanos y no demasiado viejos. Después de que Willie hubiese demostrado que era una persona de confianza y que estaba dispuesta a dar de comer a sus caballos, a menudo se ausentaba durante varios días de la cuadra.

—Venga, siéntate encima —animó Red Scooter a Willie cuando ella ya llevaba varias semanas trabajando para él.

Traía de uno de sus viajes a una yegua castaña muy obediente. El animal se había portado muy bien bajo el mando de un anciano militar que había cumplido su servicio en la infantería, pero que ahora deseaba a toda costa colaborar con la caballería de Onehunga. Este ya no lo quería, decía que la yegua no tenía suficiente brío.

Willie dudó. En las últimas semanas, Scooter se había puesto más pesado. Ella había concluido su proyecto de limpiar la cuadra y ahora tenía tiempo para ocuparse con mayor intensidad de los caballos. Cuando el tratante se acercaba a ella, Willie solía estar con un animal atado en el poste para cepillarlo o limpiarle los cascos. Scooter parecía no poder resistirse entonces a toquetearla. Le ponía el brazo alrededor de la cintura, intentaba tocarle el pecho o le daba unas palmadas en el trasero. Y ahora le estaba cogiendo el estribo. Seguro que la iba a manosear cuando la ayudara a subir a la silla. Pero la tentación era demasiado grande.

Hacía mucho que Willie soñaba con montar a caballo. Cuando Scooter no estaba, colocaba a veces una caja junto a un caballo atado y se deslizaba sobre su lomo sin ensillarlo. Era una sensación maravillosa. Disfrutaba de la calidez del pelaje, rodeaba el cuello del animal con los brazos y se estrechaba contra sus hombros. Pero nunca se hubiera atrevido a desatarlo y montarlo. Y ahora...

Willie tragó saliva y asintió con un gesto.

—Puedo... puedo subir sola —dijo, pero Scooter ya le había puesto la mano en la entrepierna para empujarla hacia arriba.

Sonrió al hacerlo y Willie vio que se tocaba su propia bragadura cuando ella se sentó. Willie intentó no darle más vueltas. En cambio, trató de recordar todo lo que el general Hazell había escrito sobre el asiento y las ayudas correctas. Willie se enderezó, echó los hombros hacia atrás y probó a sentarse relajada sobre la silla con las piernas estiradas y los talones hacia abajo. Estableció contacto prudentemente con la boca del caballo a través de las riendas, apoyó el muslo y, en efecto, el castaño se puso en movimiento. Willie estaba encantada. Pensaba que iba a estallar de felicidad cuando la dócil yegua siguió sus ayudas y se dejó dirigir por el corral. Willie trató de hacer un par de figuras de pista que Hazell describía en el libro e intentó la rectitud y la incurvación. Se esforzó por no tirar solamente de las riendas, sino que desplazó el peso y empleó los muslos. En realidad no era tan difícil. Miró a Scooter resplandeciente.

—Puedo... ¿puedo ponerla al trote? —preguntó.

El tratante asintió con la cabeza. La miraba sumamente complacido.

Willie intentó ponerse al trote con las ayudas y al instante desechó la idea de que montar a caballo fuera tan sencillo. Las señoras de la clase de Hazell tenían un aspecto tan bonito mientras trotaban... Casi como si el caballo las meciese. Willie, en cambio, sentía que con cada tranco salía disparada hacia arriba para aterrizar dolorosamente en la silla de nuevo. Dirigir las riendas hacia un objetivo concreto era una misión imposible, Willie no podía mantener las manos quietas. No obstante, después de dar media vuelta, recordó lo que Hazell había escrito acerca de este problema. Decía que, al trotar, el jinete salía despedido, algo que podía mejorarse, primero, logrando un asiento en cierta medida firme y, segundo, siendo capaz de «reunir» al caballo. Sin embargo, todo esto podía remediarse levantándose de la silla y evitando así el impacto... De manera que Willie cogió las crines del castaño y lo intentó. Esta técnica recibía el nombre de «trote levantado».

En efecto, así era mejor. Pero ahora parecía haber agotado la paciencia de la yegua, que se puso a galopar enfadada; por segunda vez, Willie se vio invadida por un sentimiento de felicidad abrumador. El galope era por completo distinto del trote. El castaño mecía suavemente a su amazona sobre el lomo y tenía la amabilidad de no abandonar la pista, aunque Willie no intervenía en ello. Tampoco al galope podía controlar el manejo de las riendas.

Por fortuna, la yegua no tendía a actuar por su cuenta. Cuando Willie le susurró un suave «sooo... ¡despacio!», se puso al trote, lo que casi la lanzó fuera de la silla, y luego al paso. Willie, maravillada, le acarició el cuello.

—Pues no tenía tan mala pinta —observó Scooter—. ¿De verdad que es la primera vez que montas?

4

Willie sabía que todavía le quedaba mucho que aprender. Tenía que montar con regularidad si de verdad quería permanecer firme en la silla. A ese respecto, Scooter mostró sus reservas.

—No sé... —refunfuñó cuando al día siguiente le preguntó si podía volver a ensillar la yegua castaña—. Si dejo que una principiante salga cada día montada en mis caballos... Me los estropearás...

Willie arqueó las cejas.

—Venga ya, señor Scooter, tampoco es que todos sus clientes tengan la licencia de jockeys. La mayoría no es que resplandezca en la silla de montar.

Hasta ella se daba cuenta de esto. Era mucho más fácil ver los defectos en los demás que en uno mismo.

—Pero ellos los compran y, a fin de cuentas, a mí me da igual lo que hagan con los caballos —respondió Scooter—. No, chica, no, si quieres montar aquí, tienes que darme algo a cambio.

Willie frunció el ceño.

—No tengo dinero, señor Scooter. Ya lo sabe usted.

Los pocos ahorros que guardaba los necesitaba para la ropa de cuadra de «Will» y de vez en cuando para algo de pan duro como golosina para los caballos.

—Pero tú tienes otra cosa... —Scooter sonrió lascivo—. Tus tetas, por ejemplo...

Sus manos se desplazaron por debajo de la camisa de leñador en busca de los pechos.

—No se las puedo dar, están pegadas —refunfuñó ella.

Scooter soltó una sonora carcajada.

—Tampoco tienes que quedarte el caballo que te preste. Solo montarlo un rato o acariciarlo un poco...

Empezó a amasar los pechos de Willie. La joven tuvo que dominarse para no darle un bofetón.

—Y si por ejemplo me dieras un beso... entonces yo... no haría caso durante dos días de a qué caballo ensillas...

Willie se mordió el labio. Era repugnante sentir las sucias manos de Scooter en sus pechos, y un beso... Se giró asqueada. Por otra parte, era su única posibilidad.

—También podría quedarme un par de días más con la castaña —la tentó Scooter—. Es buena, ya lo has visto. Con ella puedes practicar...

Willie pensó en la maravillosa sensación al galopar sobre la yegua. Quería volver a experimentarla.

—De acuerdo —dijo despacio—. Basta por hoy. Me ensillo la yegua y monto una hora. Y el beso... ¿sin despegar los labios?

—¡Vaya, vaya, la señorita quiere regatear! —Scooter rio—. Te he dejado ver demasiadas veces cómo negocio con los clientes, ¿eh? Pero no tengas miedo, ya le encontrarás el gusto a besar... Es bonito. —Se acercó a Willie por detrás, la rodeó con los brazos y le toqueteó el pubis.

Willie se desprendió enérgica de él.

—A cambio también quiero montar el castrado alazán —dijo—. Y el beso... No morderé.

Scooter no podía dejar de reír cuando ella se liberó de

él y fue a ensillar a la yegua de capa castaña fuera de la cuadra.

—Parece que voy a tener que domar a una pequeña yegua —gritó él—. Con una de cal y otra de arena.

Willie luchaba para no vomitar cuando Scooter la besaba. Casi prefería que le tocara los pechos o la entrepierna. Al menos en este último caso tenía el pantalón entre su mano y el pubis. Pero el tratante cumplió su palabra. Willie pudo montar la castaña de forma periódica durante cuatro semanas, y a fin de cuentas a él le daba igual qué otro caballo sacara de la cuadra. Si ella soportaba sus obscenidades, podía hacer lo que quisiera.

Llegó el verano, los días se alargaron y Willie podía montar ahora cada día. Cada vez era más atrevida. Scooter no tenía una silla adecuada para cada caballo, así que ella empezó a montarlos también a pelo. Algunos se botaban y ella se caía con frecuencia. La mayoría de los caballos a la venta no eran tan pacientes como la dulce yegua castaña y no disponía de ningún tipo de información fiable sobre si los habían adiestrado. Pero Willie no se desanimaba. Se esforzaba por aplicar las ayudas correctas según el manual de George Hazell e iba adquiriendo cierta firmeza en el asiento agarrándose con las piernas y cogiéndose a las crines. Con el tiempo fue cayéndose menos y aprendió a mantener las manos quietas y llevar las riendas cortas y bajo control en caballos dóciles ensillados. El proceso consistía en aprender a base de experimentar. Era frecuente que Willie estuviera llena de morados y no supiera cómo sentarse en el duro taburete delante de la máquina de coser. Pese a ello, cada tarde y cada fin de semana volvía a montar a caballo.

En un momento dado, superó la repugnancia que le

producían los toqueteos y besos de Scooter. Cuando la tocaba, se limitaba a soñar que se encontraba a lomos de un semental blanco que, estaba convencida, aparecería un día para llevársela a otro mundo. Ahora se desenvolvía bien con la mayoría de los caballos.

Willie tenía un asiento tan firme como un jinete de rodeo. Estaba preparada para el caballo de su vida.

Scooter había vuelto a marcharse a los mercados meridionales de la Isla Norte y, cuando regresó, tras el carro en el que solía dormir y llevar arreos y del que tiraba un fuerte caballo blanco, trotaban cinco caballos. Cuatro de ellos pertenecían al tipo habitual que Scooter ponía a la venta: más bien pequeños, fibrosos y amables. Pero uno era más grande, una yegua de capa alazana.

—Anda, ¿qué le pasa a este? —preguntó Willie perpleja cuando vio al animal.

A primera vista, era el caballo más feo con el que se había encontrado en su vida. Estaba esquelético y tenía la crin y la cola excoriadas y con sangre. Willie ya sabía que esto se debía a una alergia a las picaduras de determinados mosquitos. Scooter solía mantener en la cuadra a los animales que la sufrían hasta que las heridas estaban curadas y las crines podían cortarse. Sin embargo, en el caso de la alazana se añadía que tenía un marcado cuello de ciervo. Por la parte superior se curvaba hacia abajo y la musculatura inferior del cuello estaba desarrollada en exceso, lo que probablemente hacía de ella un caballo difícil de montar. Tenía además una nariz romana, y la nariz y la frente abultadas eran un signo de imperfección. La yegua tenía unos ojos pequeños con los que miró maliciosa a Willie cuando ella hizo el gesto de desatarla.

—Cuidado que muerde —señaló Scooter, enojado—.

Harder, el viejo gitano, me ha estafado con esta bestia. Y mira que lo sabía... no hay que beber cuando se hacen negocios.

—Oh...

Willie sabía que a Scooter le gustaba darle al whisky. Entonces siempre le resultaba difícil defenderse de él y de repente quería más que el «precio» establecido por un par de horas más sobre el caballo.

—Sí. Mala suerte. Pero a lo mejor me la quito de encima con uno de los de la caballería. Es alta y parece que también es rápida. Y el trote tampoco es del todo malo. Se supone que desciende de purasangres.

—¿Sí?

Willie miró escéptica a la yegua. Era posible: tenía las patas largas y unos hombros largos e inclinados. Los posteriores estaban bien musculados; las cápsulas articulares, secas, los cascos eran pequeños y duros. No obstante, la cabeza y el cuello parecían propias de una línea corriente.

—Ahora ven conmigo adentro —le dijo a la yegua—. Te voy a dar un buen refuerzo de avena para que ganes algo de peso.

La alazana inclinó las orejas y levantó amenazadora uno de los cascos de atrás.

—Mala bestia —observó Scooter.

Probablemente la yegua ya le había mordido o coceado por el camino.

—Pobre caballo —dijo Willie en voz baja. De repente sintió un abrumador sentimiento de compasión. Esa yegua no se fiaba de nadie. Ya no se creía ninguna palabra amable y sabía que siempre había que dar algo a cambio. Estaba lista para luchar en cualquier momento. Igual que la misma Willie.

—Pobre, pobre caballo... —Levantó con cautela la

mano y le acarició la frente. La yegua se quedó quieta y en tensión—. Ven conmigo —dijo Willie, desatándola del todo—. Aquí... aquí no te pasará nada malo.

Sabía que estaba mintiendo. Si bien Scooter pocas veces pegaba o trataba mal a los caballos, cuando uno mordía o coceaba, el tratante no tenía piedad con ellos. Además... ¿acaso no era ya de por sí lo bastante malo ir de un tratante a otro, de un establo a otro y pasar de mano en mano entre quienes querían hacer una prueba o comprar? ¿Acaso no era suficiente no tener ni siquiera nombre? Willie había leído *La cabaña de tío Tom* y no podía dejar de pensar en los esclavos cuando veía de qué modo se trataba a los caballos.

—No voy a hacerte nada malo —se corrigió—. Hasta... hasta puedo ponerte un nombre. —Era algo que a esas alturas hacía con frecuencia, desde que Scooter había empezado a dejar que montara los caballos para mostrarlos a los clientes. Willie presentaba a los animales con los nombres de Lucie o Carrie, Walker o Ranger, y tenía la sensación de que a los hombres les gustaba probar un caballo con nombre y no un mero medio de transporte anónimo—. ¿Qué te parece Gipsy? —preguntó—. Ya que Scooter te ha comprado a un gitano.

Gipsy significaba «gitana».

La yegua inclinó las orejas hacia delante y siguió a Willie a la cuadra. Posiblemente esperaba comer algo y no sufrió una decepción. La muchacha la abasteció de una gran porción de heno y avena.

—Este bicho me comerá los pelos de la cabeza antes de que me haya librado de él —gruñó Scooter—. ¿Como he podido meterme en este negocio? Da igual, mejor pienso en otra cosa. ¿Cómo habíamos quedado para montar tres días, dulce Willie?

—Que mañana por la mañana antes de trabajar pasaré

por aquí y me encargaré de los caballos —contestó enfadada Willie—. Ni beso ni magreos cuando me encargo yo de la cuadra en lugar de usted. ¡Lo sabe perfectamente!

—Venga, no seas tan insolente, Willie. Eres casi tan mala bestia como la yegua roja... aunque tú eres más guapa. Si estuvieras a la venta, bonita mía, los tíos harían cola.

Scooter se acercó más a ella y Willie lo evitó metiéndose en el compartimento de la alazana.

—¡Pues no estoy a la venta! ¡No soy una puta, Scooter, a ver si lo entiende! —Willie lo fulminó con la mirada.

—¿No? —Scooter se rio—. ¿Porque cobras en especies en lugar de dinero?

—No lo hago en absoluto, ya lo sabe —replicó Willie.

Las barreras ahí eran firmes. Dejaba que la tocase y la magrease, y cuando un caballo estaba especialmente adiestrado y quería convencer a Scooter de que lo conservara un par de semanas para ella, también cogía el sexo de Scooter con la mano y lo frotaba hasta que sacaba un líquido. Siempre le resultaba asqueroso, pero se sobreponía. Podía lavarse las manos, así como el pecho y el sexo después de los toqueteos del tratante. Pero si le entregaba su virginidad, corría un peligro demasiado grande. Willie sabía lo deprisa que podía quedarse alguien encinta. Y eso no podía pasarle a ella jamás.

—Un día lo harás...

Scooter se rio y la siguió. No estaba preparado para la rapidez con que Gipsy lo coceó. Cuando Willie había entrado en el box, la yegua ya había reaccionado bajando las orejas hacia atrás, no estaba dispuesta a que la molestaran mientras comía. Que ahora Scooter también quisiera entrar en su compartimento era demasiado.

El tratante dio un grito y se llevó las manos al muslo.

—¡Caballo de mierda! —vociferó.

Willie, que estaba delante, junto a la yegua, casi no pudo reprimir la risa. Gipsy volvió hacia ella la cabeza: parecía como si le guiñara el ojo.

En ese mismo instante, Willie empezó a amar al caballo.

No era que Gipsy cambiara de un día para otro, pero muy despacio empezó a parecer que al menos excluía a Willie de entre los humanos que no le gustaban. No le daba coces y, aunque no demostrara en lo más mínimo disfrutar con sus carantoñas, ya no bajaba las orejas cuando ella la acariciaba y le pasaba la rasqueta. Engordó muy deprisa, pero las rozaduras en las crines no se curaban y Scooter acabó renunciando a su habitual estrategia de mantener primero a los animales alérgicos en la cuadra. Le resultaba poco práctico y demasiado peligroso tratar con un caballo que lo mordía por delante y lo coceaba por detrás en un recinto cerrado, así que colocó a Gipsy en el fondo de su paddock, donde al principio nadie la viera.

En ese sentido, Willie estaba contenta de que no la molestara en su afán por ganarse las simpatías de Gipsy. El caballo, que todavía sufría unos picores insoportables, le daba pena y al final invirtió todo el dinero que tenía para sus gastos personales en un ungüento con el que trataba cada día a la yegua. Al principio, Gipsy reaccionaba con mucha agresividad, pues no quería que nadie le tocara las heridas. Willie consiguió acceder a ella a la fuerza, inmovilizándola con dos cuerdas en la cabezada, y aunque en un comienzo Gipsy pateaba hecha una furia, resoplando, enseguida se dio cuenta de que ese tratamiento le sentaba bien. Al final la yegua acabó cediendo y se dejó hacer.

—Ya podrías estar un poco agradecida —decía suspirando Willie, aunque no perdía la paciencia.

Al fin y al cabo, tampoco ella se mostraba agradecida cuando se le ofrecía alguna concesión, como había sucedido hacía poco, cuando la habían cambiado a un lugar de trabajo con mayor responsabilidad y algo más de salario. Al final siempre era demasiado poco. Nadie se merecía una vida como la de un obrero fabril ni tampoco que lo tratasen como a Gipsy. Así que no tenía por qué dar las gracias a nadie si por fin obtenía una cierta compensación.

Al cabo de dos meses bajo los cuidados de Willie, Gipsy presentaba mejor aspecto. Scooter la colocó en un paddock más accesible y se quedó sorprendido de lo deprisa que se despertó el interés hacia ella.

—Es la altura —explicó a la asustada Willie—. A estos pseudosoldados de caballería les gustaría tener auténticos hunter y este caballo tiene al menos las patas largas. Mañana mismo vienen dos a probarla. ¡Cruza los dedos!

Willie no lo hizo, por supuesto. De ninguna de las maneras quería que la separasen de la yegua, que por fin empezaba a dar las primeras muestras de simpatía. Ella misma se acercaba a Willie cuando iba cepillarla o a ponerle el ungüento, cogía despacio y con calma las golosinas de su mano, no como al principio, cuando parecía un cocodrilo pegando un mordisco. Alguna vez incluso había emitido un sonido parecido al de un borboteo para saludar a Willie. Naturalmente, lo peor que podía pasarle a Gipsy no era ir a parar a la cuadra de uno de los notables del pueblo. Los miembros de la caballería de voluntarios alimentaban bien a los caballos, que además no tenían que trabajar en exceso durante sus ejercicios. A pesar de ello, a Willie le habría gustado conservar a la yegua. Preferiblemente para siempre.

Al día siguiente por la tarde salió a toda prisa de la fábrica rumbo a la cuadra. Apenas había tenido tiempo de convertirse en Will y se tapó a toda prisa el cabello con la gorra cuando llegó a los paddocks. Para su alivio, Gipsy seguía en su corral, ensillada y embridada. No obstante, las riendas estaban desgarradas.

—Este caballo de mierda los ha tirado a todos —gritó Scooter, furioso—. Primero se deja ensillar sin problemas, pero luego... Yo ya ni me acerco para quitarle la silla. Esta ataca al instante.

Willie pensó que la yegua parecía más abatida que enfadada y, pese a las desagradables circunstancias, se sintió feliz durante un segundo cuando el caballo se acercó a ella respondiendo a su llamada. Willie le dio un trozo de pan duro y cogió las riendas. No obstante, Gipsy se apartó cuando fue a aflojar la cincha.

—Esta silla no es para ella —señaló a Scooter cuando por fin consiguió liberar a la yegua de su equipamiento—. Le aprieta y ella conoce esta sensación... —Willie indicó otras huellas de presión, unas manchas blancas en el pelaje del caballo—. Claro, una cosa así enseguida la enerva. ¿No tenemos ninguna silla que le vaya bien? ¿Y una manta como es debido que sirva para acolcharla?

Scooter puso los ojos en blanco.

—Tú siempre encuentras una disculpa para esta bestia. Pero está bien, el próximo cliente viene el domingo por la mañana. Ya la ensillarás tú...

El domingo, Willie llegó puntual, pero tampoco encontró una silla que se ajustara mejor entre la colección de Scooter, en su mayoría viejas y bastante desgastadas. Gipsy tenía una cruz extremadamente alta, además de la espalda abombada hacia arriba, lo que se conocía como «espalda de cucaracha». En realidad, habría necesitado una silla confeccionada en especial para ella.

—¡Qué va, tonterías! —opinó Scooter cuando Willie se lo dijo—. Hay que apañarse con lo que tenemos. Cuídate de que se acostumbre...

Willie intentó acolchar lo mejor que pudo la silla que encontró más adecuada, pero cuando le hizo empezar a dar vueltas a la cuerda a su alrededor, la alazana empezó a botarse. El joven que la iba a montar, que se las daba de haber conseguido someter a cualquier caballo, no salió victorioso. Gipsy se lo quitó de encima con dos botes.

—¡Es la silla! —insistió Willie cuando Scooter dijo que ya estaba harto.

Este aseguró sulfurado que intentaría endilgar el caballo a otro tratante en el siguiente mercado.

—Y si no lo consigo, que hagan salchichas con él. No voy a estar toda la vida dándole de comer.

Willie pasó toda la noche sin dormir. Estuvo calculando durante cuánto tiempo tendría que estar pagando a Scooter con su dinero a fin de comprarle a Gipsy, pero, por supuesto, algo así no era realista. Después de adquirirla, la yegua iba a tener que seguir comiendo, y Scooter exigiría que pagara el alojamiento, seguro que no aceptaría una compra a plazos que podría dilatarse durante años. ¿Y pagar a Gipsy en «especies»? Willie tenía claro que Scooter no iba a separarse del caballo por un par de besos y toqueteos. Le pediría más... y en caso de que ella se quedara embarazada, no solo se arruinaría la vida, sino también la de Gipsy, eso estaba claro. Tenía que haber otra solución...

Aunque Willie sentía que todavía no había llegado el momento, la única posibilidad que tenía de demostrar a Scooter que ella estaba en lo cierto era montar a Gipsy.

5

Al menos en apariencia, la suerte se puso del lado de Willie y su propósito. La tarde del lunes, Scooter vendió dos caballos y se fue al pub para brindar por el trato con los satisfechos compradores. Así pues, la muchacha tenía la cuadra para ella sola y podía iniciar sin que la viera nadie sus probaturas de montar a Gipsy. Aunque el verano llegaba poco a poco a su fin, todavía quedaban muchas horas de luz.

—Estamos completamente solas, lo que significa que nadie me verá si me rompo algún hueso —comunicó a la yegua—. Así que no cometas ninguna locura. Aunque no me creas, hago esto por ti, de verdad. De manera que, por una vez, sé razonable, Gipsy... Tampoco puedo irme así, sin más, de la fábrica.

Gipsy la escuchaba con las orejas amablemente levantadas. A estas alturas ya seguía con agrado a Willie del paddock a la cuadra: a fin de cuentas, allí solía esperarla alguna golosina. De todos modos, cuando le puso las bridas, levantó la cabeza y la miró con sus ojitos.

—Venga, va, el cabestro no te molesta —razonó Willie—. Y seguro que no te estoy haciendo daño.

En un principio quería llevar el caballo al picadero improvisado de Scooter, pero luego se lo pensó mejor. Gipsy seguro que relacionaba aquel lugar con las toscas acciones de los jinetes, la silla inadecuada y los botes, así que Willie lo intentaría en el terreno. Confiaba en el caballo.

Con el corazón palpitando con fuerza llevó a un lado de la cuadra a Gipsy, hasta un apoyo desde el que iba a subirse. La yegua inclinó las orejas hacia atrás inquieta cuando Willie subió a la escalera y proyectó su sombra sobre su lomo.

—Soy yo, Gipsy. Da igual que esté delante, detrás o encima. Siempre soy la misma y no te hago daño. Así que, por favor, no cometas ninguna tontería.

Willie cogió las crines de la yegua, inspiró hondo y pasó la pierna por encima del lomo. Tan cuidadosamente como le era posible, se colocó encima de Gipsy, que enseguida se tensó. Luego emitió un sonido ahogado y dio un enorme salto. Willie permaneció tranquila sobre el lomo. El caballo se quedó petrificado, como asustado de sí mismo. La joven siguió hablando a la yegua y acariciándole el cuello.

—Solo tienes que dar un par de pasos, Gipsy. Entonces verás que no duele.

La yegua no se movía. Willie reflexionó: nunca le había pasado algo así. Con mucho cuidado le dio las ayudas para ponerse en movimiento, pero Gipsy no reaccionó. Tenía el cuerpo por completo rígido y la cabeza levantada.

—Ay, bonita mía...

Willie intensificó sus esfuerzos para mover al caballo con cualquier tipo de ayuda. Al apretar demasiado los muslos, Gipsy volvió a saltar, pero solo hacia arriba, no hacia delante.

Al final, Willie ya no sabía a qué más recurrir que no fuera a una fusta. No tenía ningún palito, pero tendió la mano derecha hacia atrás y tocó ligeramente a la yegua en la grupa.

—En marcha, Gipsy...

Y de repente, sus facultades para mantenerse sobre el caballo en todo tipo de circunstancias quedaron en entredicho. El leve contacto de los dedos en la grupa actuó como si se hubiese accionado un interruptor y la yegua salió disparada, como llevada por las furias. Al principio dio un par de saltos al galope que Willie aguantó relajada y con firmeza sin perder asiento. Luego se limitó a correr por el acceso a la cuadra hasta la carretera a Onehunga... En el último momento, Willie tuvo la suficiente presencia de ánimo para coger la rienda derecha y desplazar el peso a la derecha. Girando en esa dirección, el camino llevaba a la cordillera de Waitakere, donde Willie solía pasear con frecuencia montada en los caballos de Scooter. Para alivio suyo, Gipsy obedeció las ayudas, o quizá por mera casualidad decidió tomar el camino de la derecha. Se dirigió a una velocidad vertiginosa hacia las montañas. La joven no podía hacer más que agarrarse y esperar.

El camino era largo y no había ninguna curva pronunciada. No podía pasar gran cosa y Gipsy se hartaría de correr en algún momento. Willie se relajó cuando desaparecieron los botes y empezó a disfrutar de la galopada. Nunca había ido tan deprisa, casi parecía que volara. Gipsy daba unos saltos largos y planos, corría como un caballo de carreras y, si Willie la estimulaba tímidamente, todavía corría más deprisa. En unos pocos minutos cubrieron un recorrido para el que Willie habría necesitado casi una hora a un ritmo cómodo. En algún momento tendrían que detenerse, pues a partir de ahí la joven ya no conocía el terreno y además iban directas hacia un bosque. Los caminos podían ser allí más angostos y sinuosos.

Willie acortó con prudencia las riendas, intentó hacerse más pesada sobre el lomo de Gipsy y habló en tono sosegado con la yegua.

—Despaaaaacio... —susurraba—. Despaaaacio... —Para su sorpresa y tranquilidad, Gipsy se puso al trote e inmediatamente después al paso. Respiraba deprisa: Willie creía oír los latidos de su corazón. La larga galopada la había cansado y también ella estaba sin aliento—. ¿Nos vamos ahora a casa con calma? —le preguntó y dio media vuelta.

Se preparó en silencio para otra salida fulminante. Seguro que Gipsy querría volver a su comedero de avena, pero la yegua se mantuvo relajada. Willie, sentada sobre su lomo sudoroso, disfrutaba de sus largos trancos.

—Para ser la primera vez, ha estado muy bien —dijo, cuando desmontó en la cuadra de Scooter—. Pronto repetiremos.

A partir de ese día, Willie aprovechaba cualquier oportunidad para montar a Gipsy. Lo hacía a escondidas y solo sacaba a la yegua cuando Scooter no estaba. Y, sin embargo, ni ella misma sabía exactamente por qué se imponía tales limitaciones. Solo tenía que hacerle un favor al tratante para poder montar. Gipsy no le habría costado más de un par de besos o unos toqueteos; además, Scooter se alegraría de que la yegua se estuviera volviendo manejable.

Pero a la muchacha le sentaba bien montar a Gipsy a escondidas. Podía imaginarse que el caballo solo le pertenecía a ella, disfrutaba del secreto que compartía con Gipsy. Con el transcurso del tiempo, la yegua se fue volviendo más dócil. Desde que se movía lo suficiente estaba más calmada, no amenazaba con morder o cocear a la mínima oportunidad. Incluso mostraba su simpatía a

Willie relinchando cuando esta llegaba y trotaba ansiosa hacia ella. Desde que había entendido que ninguna silla iba a presionarla, admitía a la amazona. Al principio se tensaba cada vez que Willie se subía a su lomo y tenía que desfogarse con saltos y carreras. Pero cada día lo hacía menos.

Gipsy empezó a hacer caso de las acciones de Willie y a comprender las primeras ayudas. Cuando ya empezó a practicar con tranquilidad todos los aires, Willie lo intentó en el picadero. Había aprendido en el libro de Hazell que incluso un caballo de carreras necesitaba hacer ejercicios. Gipsy no era especialmente sensible y su constitución desfavorable dificultaba reunirla. Su trote era incómodo y, al cabo de poco tiempo, Willie tenía punzadas en el costado después de someterse un par de metros a las sacudidas del animal. Por el contrario, disfrutaba del galope y cada vez tenía más la sensación de estar volando cuando Gipsy corría. El caballo había nacido para galopar.

Sin embargo, iba a celebrarse un gran mercado de caballos en Russell y Scooter había planeado viajar a la bahía de las Islas.

—Y me llevo a tu caballo loco —informó inmisericorde a Willie—. Alguien lo cogerá o me lo cambiará por otro, pero, en cualquier caso, quiero acabar con este teatro. Y como ahora su aspecto ha mejorado... —Gipsy había seguido engordando, y aunque continuaba con excoriaciones en las crines, ya no tenía llagas—. Encontraré a alguien que se la llevará sin probarla antes.

Era una práctica usual cuando los tratantes de caballos negociaban entre sí. Scooter y sus compañeros pocas veces se subían a la silla. Era en su propia cuadra donde se dejaban sorprender por el carácter de los caballos adquiridos.

Willie negó con la cabeza. Decidió apostarlo todo a una sola carta.

—No... no puede hacerlo, señor Scooter. Porque... también se puede... montar a Gipsy. Podría... podría ganar mucho dinero con ella.

Scooter se enfureció cuando Willie le habló de sus incursiones en solitario.

—Habrías podido caerte, hacerte mucho daño o incluso haberte muerto y el caballo podría haberse largado al quinto pino. —Se enfureció sin precisar qué era lo que habría considerado peor.

—¡Pero salió bien! —exclamó Willie—. Cada vez mejor. Ahora es obediente, se lo puedo enseñar. Seguro que ahora pueden montarla otros. Y algo más, señor Scooter, Gipsy es veloz. Increíblemente veloz. Puede participar en carreras.

Scooter se burló de ella.

—¿En Ellerslie? —preguntó—. ¿Contra los purasangres de esos zánganos ricachones? ¿Y tú la montarías? ¿Sin silla?

Willie negó con la cabeza.

—Entonces tendría que comprar una silla adecuada —admitió.

Scooter se llevó las manos a la frente.

—Chica, ¡tú estás como una cabra! —sentenció—. Pero bien, si insistes, ¡gana esto primero!

El tratante se sacó del bolsillo un papel: una invitación al «Día de carreras en la playa de Onehunga». Probablemente quería colgarlo en la cuadra con la esperanza de que alguien se decidiera a comprar un caballo para participar en ellas.

Willie leyó el folleto con atención.

—Esta —dijo, señalando la convocatoria de competición abierta para la que era evidente que no había ningún tipo de restricciones en cuanto al equipamiento del caballo ni el sexo del jinete—, esta es la que voy a ganar.

6

El día de las carreras, la playa de Onehunga presentaba un aspecto festivo. Se habían montado carpas, las banderolas ondeaban al viento y los niños llevaban alegres globos de colores. En unos puestos de comida había albóndigas y salchichas asadas a la parrilla, mientras unos vendedores ambulantes ofrecían bebidas y golosinas. Unas hacendosas amas de casa competían entre sí por quién había preparado el mejor pastel. Todo ello componía una mezcla de fiesta de barrio urbana y de feria agrícola, donde todo el mundo podía competir con los demás en concursos más o menos serios, desde el martillo de feria pasando por el tiro al plato entre los hombres, hasta el premio al pepino más grande, la calabaza más enorme o la rosa más bonita. Durante toda la jornada iban a actuar distintas orquestas. Los hombres se agrupaban junto a los puestos de cerveza, comentando las próximas carreras de caballos. Las formales señoras burguesas vigilaban a sus hijos e hijas, que se miraban vacilantes y entablaban conocimiento entre sí con cautela.

Los obreros eran menos contenidos. Las chicas y los chicos solían llegar en parejas a la fiesta y flirteaban abiertamente. Willie supuso que su hermana Edith aparecería con su galán y no excluía la posibilidad de que incluso sus padres se pasaran por allí, pero lo que más le habría gustado hubiera sido que asistieran sus hermanos pequeños. Había previstas actividades infantiles gratuitas que ellos disfrutarían. No obstante, el hecho de que su familia y otras trabajadoras de la fábrica participaran en la fiesta conllevaba para ella el peligro de que la reconocieran. Así que se esforzó por perfeccionar su disfraz de chico el día de la carrera. Se recogió y escondió bien la melena bajo una gorra recién comprada y pidió prestada a Scooter una chaqueta de montar que ocultaba su silueta mejor que los pantalones que solía llevar. Ahora solo tenía que mantenerse lo más lejos posible de los espectadores, algo que no era demasiado difícil. Jinetes y público estaban separados por unas cintas tensadas.

Solo se acercaban un poco durante el recorrido previo a la carrera por el improvisado anillo perimetral, a partir del cual los espectadores hacían sus apuestas. Willie se cuidó de no aparecer demasiado pronto en la línea de salida. No tenía que calentar a Gipsy, pues a fin de cuentas había llegado a la playa montada en ella desde la cuadra. Y lo mismo habían hecho todos los demás jinetes. Nadie transportaba los caballos en remolques cerrados tirados por ejemplares de sangre fría o tractores. Willie reconoció a varios hombres que habían comprado sus ejemplares a Scooter y, para su regocijo, descubrió a varios de sus anteriores protegidos. Algunos de ellos se veían muy satisfechos bajo sus orgullosos jinetes y otros mostraban un aspecto más bien desdichado.

El destacamento de voluntarios de Onehunga intentó hacer un desfile; pero la interacción entre jinetes y caballos no mejoró ni con las indicaciones a gritos, dignas de cualquier patio de cuartel, que les lanzaba el general Linley, un antiguo soldado de la artillería que ahora dirigía la unidad de caballería.

Entre incrédula y divertida, Willie contemplaba desde lejos el triste espectáculo cuando se percató de la presencia de unos espectadores especiales. Observó fascinada a un hombre y una mujer a lomos de unos caballos espléndidos a los que parecían haber arrojado a la playa de Onehunga procedentes de otro mundo. El hombre llevaba uniforme, como los pseudosoldados de caballería neozelandeses, pero el suyo era azul y en la casaca se destacaba el cuello rojo y las vueltas del color a juego. Los botones eran amarillos, los pantalones de montar estaban provistos de unas rayas rojas y las botas resplandecían de lo bien lustradas que estaban. Adornaba su cabeza una extraña prenda similar a un casco que él se sacó en ese momento para dejar ondear al viento su cabello rubio. Con el bigote recortado con pulcritud y el rostro tostado por el sol daba la impresión de ser alguien audaz y a pesar de ello afable.

Willie se quedó sin aliento al verlo. Así justamente se imaginaba ella a los príncipes azules, a los protagonistas de sus novelas románticas. ¡Y con qué desenvoltura se sentaba sobre el caballo! Parecía haber nacido en la silla, pero no montaba un corcel blanco, sino una elegante yegua de capa alazana. Eso no la sorprendió: a fin de cuentas, el caballo de sus sueños también había resultado ser una alazana y no un semental blanco. Así que encajaba a la perfección que el príncipe apareciera con una alazana rojiza. Lo malo era que, por lo visto, ya había encontrado a su princesa.

A su lado estaba, sobre una silla de amazona, una mujer de cabello oscuro a lomos de una yegua castaña que parecía tan salida de un cuento de hadas como él. Llevaba el pelo perfectamente peinado en un moño alto y un traje de montar marrón claro con aplicaciones de un amarillo dorado. Sujetaba una fusta entre las manos, envueltas en guantes blancos, y en la cabeza lucía un sombrero de copa a juego con el vestido y con un coqueto velo que impedía distinguir el color de sus ojos. Los del príncipe debían de ser azules. Además, los caballos eran preciosos. La yegua de la mujer, por ejemplo, seguro que era una auténtica purasangre. Willie admiró su cabeza pequeña y sus ojos grandes. Los dos caballos llevaban cabezada de montar western de la mejor piel, y la mujer sostenía las riendas con la misma elegancia que su acompañante.

—¿Quiénes son? —preguntó Willie al panadero, que había tropezado con ella con su avejentada yegua y le había contado que su Shirley, aunque obediente, era algo aburrida. Quería ir a la cuadra de Scooter para cambiarla por un animal con más brío.

Lanzó una mirada a los recién llegados.

—Esos son los nobles —contestó—. De Alemania. Crían caballos en las estribaciones de la cordillera de Waitakere, en Epona Station. La granja que antes era del general de división Donner, pero este...

A Willie, el general Donner no le interesaba en absoluto.

—¿Caballos de carreras? —preguntó.

El panadero asintió.

—Y hunters. El hombre era soldado de caballería. Pero de la caballería de verdad, no como nosotros... —Señaló la triste tropa del general Linley—. Y la mujer... al parecer es una beldad. Pero Louise me ha dicho que es algo rara. Una vez fue al grupo de la iglesia. En realidad son bastante engreídos: el hombre casi no habla y la mujer... dicen que quizá es judía... No van a la iglesia...

Esto último tampoco le interesaba a Willie. Solo sabía vagamente lo que era un judío: había un par que comerciaban con caballos y Scooter utilizaba esa palabra para insultar a los compañeros de trabajo que estafaban.

Pero todos los tratantes eran unos timadores; en cambio, esa pareja... Probablemente se pensaban muy bien a quién vendían un caballo y si debían hacerlo. Seguro que no llevaban sus potros al mercado...

La mujer se había percatado de que Willie la miraba y le sonrió. Tampoco parecía ser tan arrogante.

—Van... ¿van a participar en la carrera? —inquirió de nuevo al panadero.

Este se encogió de hombros.

—Han donado un par de premios. Pero he oído decir que la mujer quiere participar en la competición abierta. Seguro que será algo raro. Con todos los maoríes y los chicos de la fábrica...

Scooter había alquilado algunos caballos para las carreras, para él era un buen negocio extra. La mayoría de los clientes eran jóvenes de las fábricas textiles que competían en las carreras de caballos con la intención de impresionar a sus chicas. Pagaban casi el sueldo de un mes y esperaban, claro está, ganar el premio en metálico.

—Ya veremos —musitó Willie.

Le disgustaba un poco competir contra esa amazona y su caballo de ensueño.

—¡Lo conseguiremos! —susurró de todos modos a Gipsy—. ¡Cenicienta también se quedó con el príncipe!

No pensó en que la fábula de la liebre y el erizo tal vez se ajustaba más a una carrera. Lo dijo simplemente porque fue lo primero que le pasó por la cabeza.

Entretanto, los primeros participantes estaban colocándose en sus puestos. Se celebraban carreras al trote y al galope de diversas distancias. En las primeras, el jinete quedaba descalificado si el caballo se ponía al galope. Algo que por desgracia hacían casi todos, de modo que no ganaba el caballo más rápido, sino el más obediente. En las carreras de distancia más corta, se impuso un joven maorí con un pequeño ruano. Willie tomó nota de que la aristocrática pareja—todavía no podía poner nombre a esos jinetes— lo animaban. Sobre todo la mujer no cabía en sí de alegría cuando Leo, que así se llamaba el chico, alcanzó el tercer puesto con la yegua Duchess.

—Es suya —explicó uno de los miembros de la caballería que estaba a lado de Willie, mirando también desde su montura—. La yegua, me refiero, es de los Von Gerstorf.

—¿Se llaman así? —preguntó Willie—. Pensaba que criaban purasangres.

—La mujer tiene una *chaise* en la que a veces va a la ciudad y engancha a ese caballito —apuntó el hombre. Willie se acordaba bien de su yegua castaña, y en ese momento le vino a la mente que hacía zapatos y botas y que tenía la tienda en la calle mayor—. Monta bien —añadió.

—¿Y qué tiene que ver con el chico? —preguntó Willie.

El zapatero se encogió de hombros.

—Puede que a veces trabaje para ellos. En realidad es el mozo de cuadra del general Donner.

Así que los Von Gerstorf habían prestado un caballo al joven. Eso no era signo de altivez, y menos aún visto lo mucho que se alegraba la mujer del triunfo del mozo de cuadra. ¿O le habrían alquilado la yegua? Todo en Willie pugnaba en contra de esa idea.

En las carreras de distancias más largas ganó el general Linley con su gran hunter castaño. Willie lo observó con atención y desde la primera carrera quedó convencida de que sería capaz de vencerlo con Gipsy. Los miembros de la caballería también ocuparon con sus altos ejemplares el segundo y tercer puesto. La única que no permitió que la dejaran atrás fue una pequeña y tenaz yegua con un joven trabajador como jinete. Scooter la trajo de Russell y Willie ya la había montado varias veces. La bautizó primero con el nombre de Marygold, pero ya en la segunda cabalgada la llamó Jerbo, porque no podía detenerla. El chico se agarraba a la silla y a las bridas como un monito, seguro que no había montado con mucha frecuencia el caballo. Pese a ello, Marygold consiguió el tercer puesto y en cuanto el jinete logró por fin detenerla, no cabía en sí de alegría y besó resplandeciente a su chica, que lo miraba con orgullo.

Antes de la competición abierta había una carrera de obstáculos en la que competían sobre todo los voluntarios de caballería. La participación de estos fue de nuevo bastante triste: la mayoría quedó eliminada porque los caballos se negaron a saltar. El general Linley ganó de largo sobre su castaño y se jactó como si hubiera ganado el Derby de Auckland. El príncipe —Willie tenía que esforzarse para llamarlo «señor Von Gerstorf»— lo observaba con una expresión burlona y susurró algo a su mujer, que se puso a reír. Willie vio como depositaba un beso fugaz sobre la mejilla de la joven, antes de que ella se alejara para dirigirse a la línea de salida. Sintió una punzada. El príncipe azul no debería estar comprometido.

La pista de la competición abierta no podría haber sido más multicolor. Tres mujeres maoríes montaban unos caballos pequeños y vivaces. Iban sentadas a horcajadas y no parecía importarles que de ese modo se les subiera la falda. Solo una de ellas utilizaba silla.

También un par de hombres maoríes estaban en la salida, pues muchos de ellos tenían caballos que dejaban atados delante de sus alojamientos. Una gran parte vivía en unas primitivas cabañas en la zona del barrio obrero, pero la mayoría residía todavía más lejos. Para llegar a las fábricas textiles tenían que hacer un largo recorrido. Algunos lo cubrían con sus caballos, que compraban a Scooter por el precio más bajo posible o adquirían en el mercado. A Willie solían darle pena esos caballos que pasaban horas esperando bajo un árbol sin forraje ni agua. Le parecía que los hombres eran demasiado pesados para esos caballitos tan pequeños, pero en general los trataban bien. Ninguno llevaba fusta en la carrera. Reían y bromeaban unos con otros mientras se colocaban en la línea de salida.

Los jóvenes obreros que habían alquilado sus caballos a Scooter estaban menos relajados. El hecho de que el público los animara no hacía más seguro su asiento. Tampoco sus caballos parecían muy felices. Scooter les había colocado sillas con pomo para que los chicos pudieran sostenerse mejor en ellos, pero no se había preocupado de que se adaptaran bien al animal. Willie estaba bastante segura de que al menos dos caballos intentarían desprenderse de sus jinetes cuando se acelerase el ritmo.

Dos miembros de la caballería tampoco se habían privado de participar en este concurso, que tomaban más como una diversión que como un deporte de competición serio. Uno de ellos se había clasificado en la carrera de obstáculos. Su hunter sin duda se habría colocado a la cabeza si no hubiesen estado Gipsy y la princesa.

Esta última iba a posicionar a su yegua al lado de Gipsy, pero cambió de opinión cuando esta la amenazó. También la yegua castaña bajó las orejas e incluso hizo ademán de cocear.

—¡No se han caído bien! —La mujer, que había superado el saltito de su yegua cómodamente sentada en su silla de amazona, rio—. Soy Mia von Gerstorf y esta es Medea —se presentó.

—Gipsy —dijo Willie señalando a su caballo. Se negó a pronunciar después su nombre.

Y entonces sonó el disparo de salida. Como los voluntarios de caballería no se privaban de dar tiros en cada carrera justo al lado de los caballos, los primeros jinetes cayeron al suelo cuando sus monturas se asustaron.

Por supuesto, a Willie y a Mia von Gerstorf no les ocurrió eso, pero sus yeguas también se espantaron. Ambas corrían a una velocidad máxima e inevitablemente se posicionaron una al lado de la otra bien lejos del resto del pelotón. Mia von Gerstorf parecía encontrarlo divertido, Willie vio de reojo su rostro risueño. Pero entonces la princesa contuvo a su caballo. Dejó que Medea galopara detrás de Gipsy, una estrategia inteligente. El caballo que iba a la cabeza protegía del viento al siguiente, que así ahorraba energía. Willie sabía que habría sido mejor que ella redujera también la velocidad, pero no podía hacerlo con Gipsy. Esta estaba descargando en un galope imparable el susto provocado por el disparo y la tensión causada por la carrera en la playa, la música y la muchedumbre.

Ahora Willie estaba segura de que Gipsy se calmaría en algún momento y de que tenía mucha fuerza. Así que no hizo nada por detener a la yegua e intentó disfrutar de la cabalgada. Era fantástico galopar junto al mar bajo los rayos del sol, sentir cómo los cascos levantaban la arena y ver romper las olas en la orilla. Pero ese día lo más importante era ganar. Y de pronto apareció el poste rojo y blanco, que señalaba a los jinetes que ya habían recorrido la mitad de la carrera de dos mil metros. Tenían que girar ahí y volver a la feria.

Willie echó un vistazo hacia atrás y vio a Mia von

Gerstorf a una distancia de uno o dos cuerpos. Así que Medea había aguantado el ritmo. Ahora, si conseguía que Gipsy diera media vuelta, tal vez podría acelerar un poco más.

Trasladó su peso a la izquierda, en dirección a la tierra. Ahí tenía sitio para dar un gran giro. Al mismo tiempo tiró de la rienda izquierda y, en efecto, Gipsy obedeció. Por desgracia lo hizo mucho después de haber pasado al galope el poste de meta, así que cuando la yegua salió por fin de la curva de giro, Willie vio a Medea virando justo alrededor del poste. Su amazona había acortado el galope con unas leves ayudas y daba media vuelta prácticamente sin perder tiempo. Willie soltó un improperio. Mia von Gerstorf galopaba ahora unos cien metros por delante de ella.

Por fortuna, a Gipsy eso pareció gustarle tan poco como a su amazona. La yegua aceleró de nuevo, fue ganando cada vez más terreno y lo había recuperado cuando la meta apareció ante sus ojos. Las mujeres volvían a cabalgar una al lado de la otra, pero ahora Mia von Gerstorf animaba a su caballo en lugar de retenerlo. La pura-sangre se alargaba y volaba sobre la arena. Gipsy hacía otro tanto. Willie lo intentó todo para aliviarla de su peso, pero sin estribos no podía galopar en suspensión. Eso tampoco era sencillo en la silla de costado, aunque era evidente que Mia Von Gerstorf era una amazona muy experimentada. Ayudó a Medea tanto como le fue posible y cruzó la meta al final aventajando a Willie y Gipsy por medio cuerpo.

Las dos dejaron que los animales fueran aminorando la marcha.

Mia se volvió a Willie.

—¡Ha sido fantástico! —exclamó resplandeciente.

Willie no podía alegrarse tanto. Claro que un segundo puesto tampoco estaba tan mal... Acalorada tras la carrera, se quitó la gorra, con lo que dejó libre su melena.

Mia von Gerstorf la miró asombrada.

—¡Eres una chica! —dijo desconcertada.

—¿Y? —preguntó Willie con descaro—. ¿Le molesta?

Se apresuró a volver a esconder el cabello bajo la gorra antes de que los caballos se detuvieran y regresaran a la meta. Después de la larga galopada, Gipsy volvía a permitir que la manejara. Willie la acarició y la elogió con vehemencia. Encontró en el bolsillo un trocito de pan que la yegua cogió alegremente de su mano.

—La quieres mucho —oyó que decía una voz cordial.

Willie levantó la vista y vio que Mia von Gerstorf había vuelto a aproximarse con Medea.

Quería volver a replicar a esa mujer. Le resultaba lamentable haberle mostrado sus sentimientos. Pero no consiguió encerrarse en su caparazón.

—Sí —respondió en voz baja.

La mujer asintió e iba a contestar algo, pero habían llegado ya a la meta y Scooter recibió resplandeciente a su «mozo de cuadra».

—¡Will, esto ha sido... bueno... demonios... casi has vencido al purasangre! ¡Increíble! ¡Gipsy ha causado sensación! —Willie se percató de que era la primera vez que se refería a la yegua por su nombre—. Ya tengo cinco nuevos interesados. Y el precio irá en aumento. Ahora ven a la entrega de los premios... Te darán una roseta de ganadora y una botella de whisky... —Rio—. Por supuesto, el premio es para el propietario...

Mia von Gerstorf fue recibida por su marido, así como por un mozo de cuadra que se dispuso a recoger el caballo después de la entrega de premios. El príncipe la besó.

Willie no quería mirar en su dirección.

Al final, los tres primeros clasificados se pusieron en fila —el tercero había sido un pseudosoldado de caballería con su hunter— y todos obtuvieron sus rosetas. Mia tomó agradecida una cesta de obsequios con todas las exquisiteces posibles preparadas por las amas de casa del lugar. Willie recibió, además del whisky, una bolsa de *scones* y un tarro de mermelada. Contaría en casa que los había comprado para los niños con el dinero de su paga. Scooter enseguida abrió la botella y bebió a la salud de su «caballo de los prodigios», como él mismo lo calificó. Así pensaba presentar a Gipsy en el mercado.

Con esta prueba habían concluido las carreras, pero había otra competición final que presentaba una combinación de carrera, saltos y habilidad. El conjunto recibía el nombre de Troop Horse Class y se premiaba al mejor caballo militar. Ahí solo podían participar, por supuesto, los voluntarios de la caballería de Onehunga... ¿o no?

Mientras Willie limpiaba a Gipsy, dejaba que diese vueltas en la arena y esperaba a que se secase, vio al príncipe hablar primero con su esposa, que lo miró escéptica al escuchar sus intenciones, pero que al final respondió con un asentimiento de cabeza. Entonces él se acercó a la mesa de inscripciones en la que un organizador tomaba los datos. También el general Linley se detuvo allí, y entre ambos se inició una especie de discusión. Al final, el alemán se impuso. Justo después, su mozo de cuadra le llevó la yegua alazana.

Willie se acercó con Gipsy a las carpas y delante de la que había ante la cuadra se encontró con el parlanchín panadero, que estaba ensillando a su dócil Shirley para la competición.

—¿Qué ha pasado? —preguntó Willie señalando el

puesto de inscripciones donde el general Linley seguía discutiendo con el organizador.

—Creo que el alemán quiere participar —contestó el panadero—. Y Linley ha puesto en duda que lo que lleva sea un uniforme.

Willie frunció el ceño.

—No es ni neozelandés ni inglés, ¿verdad?

El panadero negó con la cabeza.

—No, pero la convocatoria no menciona nada al respecto. Ahí pone «uniforme». Oficiales veteranos, en reserva y en servicio, voluntarios y regimientos oficiales. Bueno, y ese Von Gerstorf seguro que ha estado en servicio, no cabe duda. Se dice que era alférez. Con ello ya satisface los requisitos. Será interesante verlo cabalgar. El viejo Linley tiene miedo de no ganar y de quedar mal como jefe de nuestra compañía.

Willie decidió de inmediato quedarse para ver la carrera. Al principio permaneció junto a la carpa de la cuadra, pero más tarde se subió a Gipsy para acercarse un poco y poder ver mejor lo que ocurría. Aunque ya de lejos podía percibirse lo superados que estaban los primeros participantes con los ejercicios que debían hacer.

Al principio había un tramo en el que tenían que saltar cinco obstáculos, seguía un eslalon de postes que había que recorrer a la mayor velocidad posible con el arma desenfundada y dirigiendo el caballo con solo una mano. A continuación, los jinetes debían cubrir a galope rápido un trecho, detener el caballo al final y apuntar a una diana desde encima del animal. El recorrido conducía después al mar. Allí los caballos debían meterse en el agua hasta que el nivel de esta alcanzara la altura de las botas del jinete. Esto último seguramente tenía el propósito de ser benévolo con el uniforme de los concursantes. Después del baño de pies había que encaminarse a la meta franqueando tres obstáculos naturales, por supuesto, tan deprisa como fuera posible. La valoración se obtenía a partir de un complicado esquema de puntuación según tiempos y errores.

Los primeros jinetes consiguieron, pese a todo, hacer los cinco saltos, aunque describieron unos giros tan grandes que perdieron tiempo. El eslalon con una mano todavía era más difícil, y Willie se temía que a alguien se le escapara sin querer una bala e hiriese a alguien del público. Lo mismo debía de haber pensado algún organizador, pues el trayecto transcurría en dirección al mar por razones de seguridad. Todos los caballos hicieron bien el sprint, pero no frenaron con tanta perfección: parte de los animales pasaron de largo la diana contra la que había que disparar.

Solo uno de los caballos se metió en el agua, pues su propietario vivía junto al mar e iba regularmente con él a nadar. Los demás tenían miedo de las olas y, en cambio, vencieron a toda velocidad los obstáculos naturales en dirección a la meta. Lo único que querían era abandonar la pista de saltos.

El protagonista de la primera cabalgada aceptable fue, para sorpresa de Willie, el panadero con Shirley. A la vieja y dócil yegua no le gustaba galopar, pero fue trotando obediente de un obstáculo a otro, todos ellos bajos, y los saltó estupendamente. Recorrió al trote y sin esfuerzo el eslalon y en el sprint se dejó convencer para dar tres saltos al galope. Luego se detuvo con brillantez. Pareció sumergirse en un profundo sueño mientras el panadero sacaba el arma con torpeza y apuntaba cuidadosamente. En efecto, el disparo tocó el borde de la diana. Willie aplaudió.

Shirley avanzó al paso hacia el mar y surcó las olas con despreocupación. Cuando el agua le llegó a la articulación del tobillo estuvo a punto de tenderse, pero el jinete pudo evitarlo; por lo visto conocía esta manía. En los obstáculos naturales el caballo vadeaba las zanjas de agua en lugar de saltarlas, pero llegó a su meta sin encabritarse. El público vitoreó al joven panadero.

—¿Se podría ganar una guerra con este animal? —gruñó el miembro de la caballería que acababa de quedar tercero en la carrera—. Déjame pasar, chico, soy el próximo...

Hizo una de las mejores cabalgadas, aunque su caballo no estaba dispuesto a quedarse quieto mientras disparaba y tampoco disfrutaba demasiado mojándose. Pero al menos metió los cascos un momento en el agua antes de salir corriendo.

Otros dos jinetes obtuvieron unos resultados igual de mediocres, y solo el general Donner destacó un poco porque su caballo se metió en el agua sin problemas. Willie había visto a menudo al castrado paseando con el maorí por las estribaciones de la cordillera y en los alrededores del establo de Scooter. Era probable que fueran también a nadar.

Al final le tocó el turno al general Linley. Con el pecho henchido de orgullo y seguro de su victoria, ese hombre corpulento, que exhibía una barba imponente y el uniforme de general de artillería, se dirigió a la salida. Su caballo ni rechistó cuando sonó el disparo de salida, realizó excelentemente los saltos y solo derribó un poste en el eslalon. Hizo el sprint a un galope algo contenido, con Linley sujetando con firmeza la brida para poder detenerse al final del recorrido. Por desgracia, el caballo dio un paso a un lado en el momento en que Linley disparó. Aun así acertó en la diana, aunque no en el blanco.

Linley se disgustó, como era de esperar, y espoleó con fuerza al castaño para forzarlo a meterse en el agua. El caballo cedió y se mojó, pero se negó a ponerse al trote antes de salir y superó los obstáculos naturales a gran velocidad. Hasta ahora no cabía duda de que era el mejor ejercicio de todos y la caballería vitoreó a su jefe, tal como era su obligación.

El siguiente era Julius von Gerstorf. Willie se enteró de su nombre de pila en el momento en que se anunció su salida. El caballo se llamaba Valerie y era de un calibre del todo distinto al de las monturas de los neozelandeses. Valerie saltó los obstáculos a toda velocidad, girando entre ellos sobre los pies. Saltaba como un gato. Von Gerstorf desenfundó tranquilamente su arma, y las riendas de Valerie casi se combaban cuando recorrieron el eslalon. La forma de tomar las riendas era en cierto modo diferente...

Willie observó con atención y comprobó que giraba apoyando la rienda sobre el cuello. Valerie arrancó en el sprint y al final se detuvo de forma tan abrupta sobre los posteriores que patinó medio metro más por encima de la arena. Se quedó quieta como una estatua, y Julius von Gerstorf disparó casi de inmediato. Sin embargo, resultó ser un mal tirador y solo alcanzó el tercer anillo de la diana. Esto pareció molestarlo, pero lo que hizo después para subsanar el error arrebató a todos los espectadores, y en especial a los miembros de la caballería, que exclamaron admirados. Von Gerstorf descendió del caballo con un movimiento fluido y casi al mismo tiempo Valerie se tendió en el suelo, se puso plana y permitió que su jinete se tumbara tras ella en la arena como escudo de protección y, apoyando el arma en la silla, apuntara con calma desde allí. Esta vez dio en el primer anillo, casi en el blanco. Ya era suficiente para él.

Valerie y Julius se levantaron casi al mismo tiempo, él se subió a la silla en un santiamén y la yegua giró sobre sus pies para dirigirse al trote hacia el mar. Dudó unos segundos, al parecer la confundían las olas, y luego se metió en el agua, rodeó el poste al paso y alcanzó manifiestamente aliviada la playa y los últimos obstáculos.

A su jinete lo esperaba un caluroso aplauso y su entusiasmada esposa, que enseguida ofreció una manzana al caballo. Julius había sido el último participante y todavía había que contar los puntos de error. Pero era evidente que se trataba del ganador. Willie no podía dejar de mirar al príncipe, su esbelta silueta, sus ojos brillantes y el rostro ahora enrojecido por el esfuerzo de la cabalgada.

También tomó nota del rostro furioso del general Linley. El príncipe se había ganado un enemigo.

7

Los primeros interesados en la adquisición de Gipsy habían anunciado su visita justo para el día siguiente, mientras Willie estaba en la fábrica. Ella apenas si podía soportar la tensión y la preocupación por su caballo y al final hizo algo que su padrastro seguramente castigaría gritándole, golpeándola y dejándola sin su paga. Le dijo a la encargada que estaba enferma.

—Se ve que ayer comí algo que me sentó mal —dijo a la mujer de mayor edad—. En... en la fiesta...

La empleada asintió con la cabeza.

—Realmente tienes cara de haber mordido un limón —observó—. Acuéstate y mañana estarás mejor. Pero, por supuesto, tengo que rebajarte las dos últimas horas del salario...

Willie puso cara de resignación y tuvo que hacer un esfuerzo para no echar a correr al salir de la fábrica. Ver a una chica caminando apresurada por el barrio a plena luz del día ya era en sí bastante raro, pues todos sus habitantes estaban a esas horas de la tarde en una de las fábricas. Así que suspiró aliviada cuando dejó las humildes cabañas a sus espadas y pudo transformarse en Will en el bosquecillo. Un chico sí podía correr. Llegó sin aliento a la cuadra de Scooter y vio confirmados sus peores temores. Gipsy estaba temblando en medio del picadero con una silla que no era adecuada y una falsa rienda para evitar que al dar saltos metiera la cabeza entre las patas. Scooter la sujetaba con firmeza, mientras un joven intentaba subir. Llevaba una fusta que ya había dejado marcas en el pelaje mojado de sudor de Gipsy.

—¿Listo? —preguntó el tratante, y soltó al caballo cuando el jinete asintió con un gesto.

Este tiró con firmeza de las riendas y Gipsy no se botó. Resignada, se quedó quieta, tras lo cual el jinete aplicó las espuelas y Scooter la fusta.

Al final la yegua se puso en movimiento, con torpeza y tensa. La rienda adicional la forzaba a colocar la cabeza de una forma totalmente artificial y así no podía mantener el equilibrio. Para ponerla al trote, el hombre tenía que espolearla hasta hacerla sangrar.

—Pero así no corre —criticó el jinete después de que Scooter lo hubiese puesto por las nubes por lo bien que el «joven señor oficial» se entendía con el caballo.

—Ya llegará —aseguró Scooter—. Una vez se haya acostumbrado a su mano... —La mano del chico era inquieta y dura.

Willie no pudo evitarlo. Corrió al picadero.

—¡Nunca se acostumbrará a usted! —gritó—. Tan poco como a esa silla y esas riendas...

Intentó furiosa soltar la rienda adicional, pero como no lo consiguió, sacó del bolsillo del pantalón una navaja, para la cual había ahorrado durante mucho tiempo, y cortó la correa.

El jinete volvió a espolear a Gipsy, contento de que esta se pusiera al galope enseguida.

—Pues sí que funciona...

Y fue lo único que pudo decir antes de que el galope se convirtiera en botes.

Gipsy arrojó al jinete con fiereza a la arena.

Scooter fulminó a Willie con la mirada.

—¡Esto tendrá consecuencias! —vociferó—. ¡Me pagarás la rienda y además... no quiero volver a verte aquí antes de que haya vendido el caballo! Hoy vendrán dos más, y uno de ellos podrá montarlo...

—Solo si le atas la cabeza hacia arriba —protestó ella—. Y tan fuerte que ya no podrá correr. ¡Y luego habrá que esperar que esos tontos no se den cuenta de que van a comprarse un caballo de carreras!

El tratante esbozó una sonrisa irónica.

—¿Y qué? Una vez comprado, ya no hay vuelta atrás. Ayer ya vieron que sabe correr. Y ahora lárgate. Ya vendrás cuando no esté el caballo.

Willie abandonó el picadero conteniendo el llanto. Cuando llegó al bosquecillo, dejó correr las lágrimas... por primera vez en años. No había vuelto a llorar desde que era una niña. Y tampoco esta vez lo hizo durante mucho tiempo. Llorar no servía de nada. Tenía que encontrar una solución.

Willie pasó dos horas en el bosquecillo luchando contra su destino. Luego se levantó y regresó al establo. Si uno de los jóvenes oficiales de caballería había picado, la suerte ya estaba echada. Si no era así, llegaría hasta el extremo para salvar a Gipsy.

La yegua todavía estaba en el picadero cuando Willie regresó. No se veía por ninguna parte a Scooter y la rienda adicional estaba desgarrada. El tratante debía de haberla remendado de forma provisional y no había resistido las ansias de libertad de Gipsy. Willie se imaginaba muy bien lo que había ocurrido con el último interesado en la compra. En ese momento llamó a la yegua, la ató, la desensilló y le limpió el pelaje de sudor y sangre. Le extendió un ungüento por las comisuras de la boca.

—Lo siento —susurró—. No quería que esto ocurriera, no podía sospecharlo. Pero voy... voy a enmendarlo, seguro... —Acarició la frente de Gipsy, dejó allí la mano y apoyó después la mejilla en los ollares de la yegua—. Piensa en mí —le dijo en voz baja antes de darle de comer y llevarla a la dehesa.

Cuando regresó, Scooter la estaba esperando.

—¿No habrás dado de comer a este animal de mierda? ¡Esa yegua no vuelve a probar aquí un puñado de heno hasta que obedezca! Vaya si lo voy a conseguir. ¡Ni comida ni agua! ¿No te había dicho que no volvieras hasta que hubiese vendido el caballo? —El tratante se la quedó mirando, parecía a punto de pegarle.

Willie lo miró cansina.

—Ya la puede vender ahora mismo —dijo—. A mí.

—¿A ti? —Scooter emitió una risa malévola—. Ni siquiera puedes pagarme la rienda. ¿Qué me ofreces por el «caballo de carreras», Willie?

Willie inspiró hondo.

—A mí —respondió—. Tendrá una noche conmigo. Podrá hacer conmigo lo que quiera.

El rostro de Scooter se contrajo en una mueca.

—¿Ah, sí? —preguntó—. Pensaba que no eras ninguna puta.

Willie no insistió.

—O lo toma o lo deja —dijo—. No voy a seguir negociando. Pero a lo mejor debería pensar a qué está jugando con todos esos tipos a quienes usted permite que Gipsy los arroje por los aires. ¿Qué pasa si el próximo se desnuca? Habrá otros veinte que testimonien que usted lo provocó y que sabía lo peligroso que es el caballo. Es posible que vaya a la cárcel por ello, Scooter. ¿Quiere correr ese riesgo?

El tratante se lo pensó unos segundos. Debió de tomar conciencia entretanto de que Gipsy no se dejaría domar por él. Al final solo le quedaba la posibilidad de endosársela a otro tratante, llevarla al matadero o...

Se frotó la frente.

—Está bien, chica... ¡una noche!

Willie siguió a Scooter a través de la cuadra hacia el sucio cuartucho donde él se alojaba. No volvió la vista atrás.

WILLIE

¿En la meta?

Onehunga, Auckland
1913-1914

1

—Pensaba que no queríamos ganar —dijo Mia para mofarse de su marido, que se había colgado con orgullo la roseta de Valerie en la casaca del uniforme.

La suya colgaba de la silla. Seguidos por Hans a lomos de Duchess, regresaban a Epona Station poco después de la ceremonia de entrega de premios de la Troop Horse Class. Naturalmente, Leo se había quedado la roseta de Duchess y ahora celebraba orgulloso en la fiesta la victoria con sus amigos.

—¿Cómo no iban a ganar? —protestó con vehemencia Hans—. ¡Tenían de largo los mejores caballos!

—A excepción de la alazana de la competición abierta —observó Mia—. No me gusta admitirlo, pero casi ganó a Medea.

—¿Ese caballo tan feo que montaba el chico? —replicó Hans, sulfurado—. ¡Nunca jamás!

—El chico es una chica —explicó Mia—. Y el caballo es veloz como un rayo. Si hubiera sido un poco más manejable y la chica hubiera montado con silla... Además, la yegua es del tratante de caballos del pueblo. Tal vez deberíamos comprarla. Y también llevarnos a la chica. Quizá como moza de cuadra.

Julius se echó a reír.

—¡Por todos los cielos! ¡Mia, ese animal es feísimo! La nariz romana, el cuello de ciervo, la crin con calvas... ¡No vamos a enviarla con Medea y Valerie al pastizal! Y una mujer trabajando en la cuadra... ¿En qué estarás pensando?

Mia frunció el ceño.

—¿Por qué no? Esa chica parecía capaz de echar una mano en la cuadra. Y las crines de la yegua puede que vuelvan a crecer si se la cuida mejor. Además, no tenemos por qué llevarla a las carreras, podemos aparearla con un semental purasangre. Los potros quizá salen la mar de bonitos. Sin contar con que el aspecto de los caballos en el hipódromo no cuenta para nada. Lo principal es que crucen la línea de meta los primeros.

—Incluso así. —Con Julius ya no había más que hablar—. El caballo no tiene carta ni documentación, no se sabe nada de su línea. Los potros pueden salir tan feos como la madre... y además ser lentos. No encaja con nuestro programa de crianza, Mia, tienes que entenderlo. Y una chica joven no podría trabajar en la cuadra.

Mia asintió con un gesto sin estar realmente convencida.

—Pero, por lo demás, todo ha funcionado como estaba programado —señaló Julius para templar los ánimos y cambiar de tema—. ¡Hemos conseguido estrechar lazos con la población local!

Poco después de haber ganado la carrera, una pequeña delegación de la caballería de voluntarios de Onehunga se había acercado a Julius y le habían pedido con timidez si quería entrenar a la tropa en el futuro.

—Nos reuniremos dos veces a la semana para hacer ejercicios, pero en cierto modo es una labor vana. Y nuestros caballos...

Por descontado, Julius había preguntado cortésmente si con ello no puenteaban al general Linley y qué opinaba el hasta ahora jefe del destacamento.

—Ah, ya hemos hablado con él —dijo diligente el panadero. Desde que había obtenido el tercer puesto con Shirley, parecía haber ascendido de rango en la tropa—. Naturalmente, él tiene o ha tenido el rango más elevado del ejército. Creo que todavía sigue en la reserva... Pero no pertenecía al cuerpo de caballería. Creo que ya sabe qué impresión debe dar y va soltando suficientes rugidos por ahí. Pero por mucho que nos grite a nosotros, los caballos no van a mejor.

—Ninguno de nosotros somos Rough Riders —reconoció otro joven voluntario—. Aunque son nuestros modelos, ellos eran chicos de granjas que habían crecido con los caballos. Nosotros... bueno, mi padre es carpintero y yo también. En mi infancia montaba en su caballo de sangre fría. Y ahora acabo de comprarle a Scooter a Hobo...

El chico se alegró al ver que Julius se acordaba del caballo. El castaño se había comportado de forma muy correcta.

—Hobo tiene potencial de verdad —apuntó con amabilidad, formulando incluso la frase de forma gramaticalmente perfecta, tras lo cual el carpintero le había tendido la mano.

—¡Entonces está decidido! Martes y jueves. Aquí en la playa.

Julius, claro está, no había podido ni querido negarse. No obstante, Mia le señaló que su éxito tenía también facetas oscuras. El general Linley no parecía nada contento.

—Ahora te has ganado un enemigo —observó—. Y me temo que muy influyente.

Julius se encogió de hombros.

—Más vale el odio que la indiferencia —dijo con una sonrisa torcida—. Y la palabra «miedo» no forma parte del vocabulario de un oficial alemán.

Mia soltó una risita, aunque contenida. El emperador Guillermo II, que solía pronunciar esta frase con frecuencia, daba cada vez más motivos de preocupación en los últimos meses. Ofendía a las potencias europeas con su falta de cortesía y con un comportamiento impredecible. «Espero que no inicie una nueva guerra», había escrito Berlitz, el amigo de Julius, y el padre de Mia compartía esos temores. Jakob Gutermann parecía estar preparando en serio su emigración. Con casi cada barco procedente de Alemania llegaban cajas de libros. Gutermann enviaba su biblioteca a Nueva Zelanda y Mia no sabía qué hacer con sus tesoros. Al final, Hans había construido unas estanterías en el salón y en la sala de caballeros, y se había ganado con ello una reprimenda de Julius.

—Tú no tienes que ocuparte de algo así, para eso tenemos a Mike —dijo—. Y sí, ya sé que él no lo ha hecho porque mi mujer no le ha dado ninguna instrucción. Pero esto no funciona así, Mia, tienes que imponerte. Y tú también, Hans. Tú eres caballerizo, un encargado. ¡Y ahora, por favor, hazle entrar en razón!

Por desgracia, ni Mia ni Hans eran especialmente hábiles a la hora de marcar los límites a sus semejantes.

—En lugar de *La joven dama* —comentó Mia, mientras colocaba en una de las estanterías un manual de comportamiento—, papá debería haberme regalado algo así como el *El joven tratante de esclavos*.

—En cualquier caso, no tienes que organizar ningún mercadillo de la iglesia para estrechar la relación con nuestros vecinos —dijo Julius, recordando su nueva posición—. Los notables de Onehunga van a invitarnos gustosamente a sus reuniones cuando entrene a sus hijos para la guerra, que esperemos nunca estalle. Y quizá por fin encuentras a una amiga entre las hijas o esposas de los miembros de la caballería.

2

Willie superó la noche con Scooter sin llorar, si bien fue mucho peor de lo que ella se había imaginado. Supuso que sería asqueroso y humillante, pero no contaba con que doliera. Algo no había funcionado bien, a fin de cuentas la mayoría de la gente encontraba agradable acostarse con otra persona, sus padres no paraban de hacerlo. Pero Scooter estaba algo achispado y agresivo después de aquel frustrante día con Gipsy y descargó su malhumor en Willie. Cayó con todo su peso sobre ella y la penetró demasiado deprisa, con brutalidad; además, le toqueteó y mordió los pechos. Él disfrutó toda la noche y para Willie fue una tortura. Chilló una vez, pero eso pareció extasiarlo. Por lo visto creyó que su grito era una expresión de placer.

Por la mañana, cuando por fin la dejó, Willie se levantó como pudo de la cama y se puso con esfuerzo la ropa. Pese a todo su dolor y su agotamiento, sentía que había ganado. Lo había conseguido, Gipsy era suya. Y esperaba que esto... algo así... no tendría que volver a hacerlo nunca más.

Scooter le sonrió irónico.

—¿Qué me dices, eh? ¿A que ha sido chulo, bonita mía? A partir de ahora, lo haremos cada semana.

—¿Qué? —preguntó horrorizada Willie—. Oiga, era una noche. Una noche y por ella me quedo con Gipsy. Ahora no puede... No puede engañarme, yo...

Scooter movió sonriente la cabeza.

—¿Quién quiere engañarte, bonita mía? El trato está hecho, esa yegua vieja y mala es tuya. Pero también te haces responsable de ella. Tu querida Gipsy tendrá que seguir comiendo su heno y su avena cada día, ¿no? Y ahora ya no puedes ir a la caja de forraje del viejo Scooter y darle a ella porciones dobles. No, tesoro, ahora tendrás que pagar cada grano de avena, y cada bala de heno, eso sin contar el alojamiento. No voy a dejar que el caballo se quede conmigo gratis... No, no, Willie, de vez en cuando tendrás que hacer lo que yo te diga. No deberás quedarte toda la noche, no. Simplemente nos retiramos un ratito... Cuando nos apetezca... —Se estiró.

Alrededor de Willie todo se oscureció. Pensó que iba a perder el conocimiento, o tan solo su visión del futuro, en un día más o menos luminoso. Scooter tenía razón, no bastaba con ser propietaria de Gipsy. Tenía que mantener al caballo y cuidarse de él... ¡Pero no así! Así no podía seguir, no sobreviviría otra vez a esos dolores y humillaciones...

Pensó un momento en las prostitutas del puerto. ¿Cómo resistían todo eso? Quizá debía acudir a ellas y pedirles consejo... Pero ahora tenía que apartarse del tratante. Angustiada, se marchó corriendo de la habitación de Scooter, atravesó la cuadra y salió al aire libre. Lo único que quería era escapar de allí. En el exterior, cayó en la cuenta de que eso tampoco era posible. No podía irse sola. Ahora Gipsy era suya...

Cogió temblando la primera cabezada que encontró y ató una cuerda como brida. Todo en ella la empujaba a recoger su yegua y marcharse lo más deprisa posible, antes de que Scooter le exigiera algún favor más por utilizar su cabezada. Pero se dominó. No sabía si iba a volver, pero seguro que pasaría un largo periodo lejos de allí. Gipsy tenía que comer.

Willie aprovechó todo el tiempo que Scooter estuvo sin aparecer por la cuadra para llenar un gran cuenco de avena y dárselo a la yegua. Gipsy la saludó con su típico relincho oscuro, manifiestamente contenta por ese temprano y sustancioso desayuno. Mientras masticaba la avena, Willie vomitó en los arbustos cercanos al paddock. Solo de pensar en comer algo sentía náuseas, todavía tenía el sabor de la lengua de Scooter en la boca. Utilizó el cubo del agua de la yegua para refrescarse al menos la cara un poco, el resto debería esperar. Aunque le habría gustado limpiarse el pubis y el pecho con agua fría. Sobre todo le dolía muchísimo entre las piernas, donde también había sangrado.

Pensó horrorizada en que ahora tenía que montar, cuando lo que más le habría gustado habría sido tenderse en la cama y llorar. Pero la guerrera que llevaba dentro todavía no se había dado por vencida. En cuanto Gipsy hubo comido, sacó a la yegua, se ayudó de una piedra para montarla y se deslizó lo más cuidadosamente posible sobre el lomo de su caballo.

—Despacio, Gipsy, por favor, despacio...

Quería colocarse en una posición en que no le doliera tanto todo, pero Gipsy volvía a estar traumatizada por la tortura del día anterior. De nuevo se quedó parada al principio bajo el peso de la amazona para luego transformar su tensión en botes y galope. Willie se cogió desesperada a los restos de la crin y a la improvisada rienda. Gritó de dolor, pero aguantó los botes con los que Gipsy preparaba su salvaje huida. Aun así, a estas alturas la yegua se dejaba guiar incluso en situaciones tan extremas.

Galopó en dirección a la cordillera Waitakere, donde Willie no corría peligro de encontrarse con nadie. Le pasó por la cabeza que ese día tampoco iría a la fábrica y que no había dormido en casa. Su padrastro estaría fuera de sí... pero no podría hacerle más daño que el que ya le había hecho Scooter. Y tampoco estaba segura de querer volver a su casa.

Cuando Gipsy se hubo tranquilizado, el pánico de la joven ya había amainado. En esos momentos se sentía segura, la yegua iba al paso atravesando los bosques y arbustos de la montaña. Willie siguió un arroyo para buscar un lugar en el que Gipsy pudiera beber y encontró un lago encantador en el que caía una cascada. Era un rincón mágico, pero Willie solo veía el agua y la oportunidad para lavarse. Se deslizó del lomo de Gipsy y cayó sobre el blando musgo. Se desnudó, inspiró hondo y se metió en el agua congelada. De nuevo hacía muy buen día, como durante la carrera, pero con un frescor otoñal. Willie se estremeció al meterse en el agua, pero para su satisfacción el frío alivió el dolor de las heridas. El agua limpió sobre todo la sangre y el esperma de Scooter y con ello la humillación, el miedo y el asco. Naturalmente, sabía que no podía llegar a las regiones más íntimas de su cuerpo. Si el repugnante líquido de Scooter se había unido a algo en su interior, un niño podía crecer en su vientre.

Willie trató de no pensar en ello. Limpió las prendas interiores ensangrentadas y se colocó bajo el chorro de agua para lavarse el cabello. Cuando por fin se sintió limpia, toda ella estaba congelada. Se dejó caer sobre el musgo, esperando que los rayos calientes del sol la secaran. Gipsy pastaba con placidez a su lado.

La yegua todavía seguía allí cuando Willie se despertó al mediodía. El agotamiento había exigido su tributo y, pese al frío y el miedo al futuro, había dormido un par de horas y ahora volvía a tener hambre. Los malos recuerdos fueron desvaneciéndose lentamente y dejando sitio a la fría reflexión. Si esta noche quería regresar a su cama, si quería que Gipsy tuviera heno y avena y un lugar donde dormir en su corral acostumbrado, debía dar media vuelta. Sin embargo, eso significaba entregarse a Scooter de nuevo y encima tener que soportar el interrogatorio de su padrastro. Si su madre la observaba con atención, se daría cuenta de lo que había sucedido. Edith se percataría de los morados cuando compartieran la cama, y seguramente volvería a sangrar entre las piernas. Su familia le reprocharía haber faltado al trabajo para irse con un pretendiente y su padrastro intentaría sonsacarle el nombre... y Gipsy también volvería a querer su heno y su avena al día siguiente...

Todo en Willie se oponía a volver a su antigua vida. Si hubiera otra opción... ¿Si pudiera montar en otra ciudad? ¿Trabajar en otra fábrica? Teóricamente era posible, pero no tenía ni un chelín, solo la ropa que llevaba encima: una camisa, un pantalón y la chaqueta del mozo de cuadra Will. Fuera donde fuese, le harían muchas preguntas. Los empleados de las fábricas esperaban que sus trabajadoras aparecieran mínimamente arregladas a su turno. Así no le darían un empleo.

¿Qué otra solución podía encontrar?

Hacerse pasar por un chico. A lo mejor encontraba una granja en la que buscaran mozos de cuadra. Un chico sin equipaje, pero con un caballo, llamaría la atención en cualquier lugar. Willie llegó a la conclusión de que no podía mantener totalmente en secreto su historia. Alguna explicación debería dar a sus futuros patrones para justificar su estado. Y sería bueno que al menos fueran algo comprensivos con ella...

«La quieres mucho...». De repente, volvió a escuchar

la voz de Mia von Gerstorf. Todos los cuentos que había leído en el pasado hallaron espacio libre en su mente. Dos días antes había aparecido un príncipe en su vida. Tal vez eso estaba provisto de algún significado. Merecía la pena al menos intentarlo. Los Von Gerstorf tenían una yeguada cerca de la cordillera Waitakere. Quizá no estaba tan lejos de allí...

Claro que la región era bastante grande y apenas estaba habitada, por lo que no se podía llegar a la granja más próxima y preguntar por ellos. Lo más inteligente sería buscar caminos lo más anchos y transitados posible. La granja no debía de estar demasiado lejos de Onehunga, seguro que el príncipe y su dama habían ido y venido en un mismo día a caballo, además de competir. No habrían exigido un esfuerzo tan grande a sus caballos si la distancia hasta la playa hubiese sido de más de tres kilómetros.

Willie se enderezó suspirando, cogió la cuerda de Gipsy y buscó un apoyo. Tenía que darse prisa, faltaban pocas horas para que oscureciera y además parecía que iba a ponerse a llover.

En efecto, ya estaba oscureciendo cuando Willie llegó a una ancha carretera que se dirigía hacia el oeste de Onehunga. Era solo cuestión de tiempo encontrar la granja de los Von Gerstorf, y su única esperanza era que la acogieran allí. Había empezado a llover y estaba totalmente empapada, agotada y desmoralizada a causa del incesante dolor. Lo había intentado todo para permanecer erguida, trató de despertar en ella el odio que la había mantenido viva durante tanto tiempo, buscó los sueños que prometían una vida mejor junto a un príncipe. Ahora solo quería desmontar y olvidarse de todo.

Gipsy casi pasó el cruce de largo, pero Willie vio una

pequeña señal que indicaba el camino hacia Epona Station y en cuanto llegó al acceso también distinguió la entrada. Un cartel en lo alto —EPONA STATION. RACEHORSES AND HUNTERS— daba la bienvenida al visitante. El portalón de hierro fundido no estaba cerrado. Cruzó y creyó entrar en un sueño. El sendero estaba flanqueado por prados cercados de blanco en los que no había, sin embargo, ningún caballo. Y después de que el camino trazase una pequeña curva, apareció la casa. Creyó estar alucinando. Era un palacio, con torrecillas, miradores y ventanas arqueadas tras las cuales brillaban unas luces. Parecían unos ojos amables haciéndole guiños. Iba a sonreírles y al mismo tiempo tomó conciencia de una cosa. Era aquí y en ningún otro sitio donde ella quería vivir, ese era su destino. Si llegaba el día en que podía decir que ese era su hogar, habría vencido. Willie comprendió que hasta entonces su vida había sido una carrera y que esa era su meta. Solo tenía que llegar y, después, entrar.

Delante de la fachada descubrió los edificios adyacentes. También ahí se veía luz. ¿Y si lo intentaba primero con el personal de la cuadra y, si se lo permitían, dormía por la noche en la paja? ¿Sería mejor presentarse ante el príncipe y la dama a la mañana siguiente?

Willie reprimió el deseo de no anunciar su presencia y de llevar a Gipsy a una cuadra que estuviera a oscuras y tumbarse ella misma allí. Seguro que encontraba heno para el caballo. No obstante, también su estómago protestaba en ese instante, estaba temblando de frío y deseaba desesperadamente poder desprenderse de la ropa mojada. No tenía otro remedio, debía pedir ayuda.

Llevó decidida la yegua hacia la puerta de la casa de los Von Gerstorf y llamó.

—¿Quién puede querer a estas horas algo de nosotros? —preguntó Julius, asombrado.

Casi no habían oído los golpes en la puerta, estaban tranquilamente sentados en la sala de estar, haciéndose carantoñas y escuchando un concierto en el gramófono de Mia. Justo en ese momento cambiaban el disco.

—¿Hans? —sugirió Mia—. ¿Habrá ocurrido algo con los caballos?

Habían estado inspeccionando las cuadras antes de retirarse, pero, claro, tal vez algún animal sufría de noche un cólico.

—Hans entra siempre por la puerta de atrás —contestó Julius—. Y no habría llamado.

Cierto. Si un caballo hubiera estado enfermo, el caballerizo habría pasado sin dudar y se habría presentado directamente a ellos.

Julius cogió una lámpara y fue hacia la puerta para ver quién era. Mia lo siguió curiosa. Por lo general, no se habría presentado ante ningún desconocido; ya llevaba puesto el camisón, aunque se había echado por encima una mullida bata.

—La verdad es que a esta hora aún debería abrir la sirvienta —comentó Julius mientras encendía las lámparas del vestíbulo. En Epona Station el alumbrado todavía era de gas—. Es inaceptable que Allison se retire antes que nosotros y que ni siquiera reaccione cuando alguien llama a la puerta, Mia.

Esta no respondió. Estaba bastante segura de que Allison debía de estar pasando la noche con Hans o que al menos se quedaba un par de horas con él antes de meterse en casa. En consecuencia, faltaba a sus obligaciones. Urgía que tuviese una seria charla con ella.

Entretanto, volvieron a golpear la puerta. El tardío visitante no tenía mucha paciencia; por otra parte, debía de estar totalmente empapado. Mia sintió lástima por quien fuera que estuviera a la intemperie con ese tiempo.

Julius abrió la puerta y lo primero que vieron a la luz de la lámpara fue un caballo. Luego una silueta delgada, vestida con pantalón de lona, una chaqueta chorreante y una gorra de visera, que se apoyaba en el animal como si fuera a desmayarse de un momento a otro.

—¿De dónde has salido tú? —preguntó Julius, alarmado.

¿Habría enviado el encargado de correos a ese chico? ¿Con un telegrama? Una vez ya había ocurrido algo parecido.

Mia reconoció la silueta que había delante de la puerta al instante.

—¡Julius, es la chica! —exclamó—. La de la carrera. La de la alazana. —Se adelantó a su marido—. ¿Qué haces aquí? —le preguntó amablemente—. Tan tarde, con esta lluvia...

Su inesperada visitante respiró hondo.

—Necesito... necesito una cuadra —respondió avergonzada—. Para Gipsy. Yo... yo la he comprado, pero no puede quedarse en Onehunga y yo tampoco, así que he pensado...

Julius frunció el ceño.

—¿Tú comprado él? —preguntó en su deficiente inglés—. ¿Dónde tú dinero? Tú no rico. Y tratante vender caro, ha dicho. Casi ganar carrera.

—Nadie puede montarla —replicó la joven—. Ha tirado a todos los jinetes. Y entonces... Bueno, yo no la he comprado en ese sentido, sino que me la he ganado trabajando. Muchos meses... he puesto orden en la cuadra de Scooter, pero él nunca me ha pagado. A cambio me ha dado ahora la yegua.

Julius torció el gesto.

—No sé tú dices verdad —opinó escéptico—. ¿Seguro que tú no robar?

La joven negó con vehemencia con la cabeza.

—No, señor... no, de verdad que no, tiene que creerme, es mía, y ella...

—Vamos, Julius, ya lo hablaremos más tarde —intervino Mia—. Ahora hay que dar cobijo al caballo. Y sobre todo a la muchacha. ¿Cómo te llamas?

A pesar suyo, Willie se sintió agradecida. No quería albergar ninguna simpatía hacia Mia. De lo contrario... de lo contrario nunca podría esperar ganarse el corazón del príncipe. Pero estaba confusa, agotada y ya no podía ni pensar.

—Wilhelmina —contestó—. Willie.

—Y tu caballo se llama Gipsy —recordó Mia.

Willie asintió con un gesto.

Mia se volvió hacia su marido.

—Julius, lleva corriendo a Gipsy a la cuadra y prepárale un box. Tiene que estar hambrienta y con frío. ¿Cuánto tiempo hace que estás fuera con ella?

Willie se apoyó contra la manija de la puerta. En realidad le habría gustado meter ella misma a Gipsy en la cuadra, pero ahora solo ansiaba dormir.

—Desde esta mañana —contestó, tendiendo al príncipe la rienda provisional.

—Ya lo has oído, Julius, necesita urgentemente un lugar donde alojarse. Y su amazona también. Mientras tanto, yo me ocupo de Wilhelmina. —Mia la invitó a pasar con la mano.

Su marido dudó.

—Espero que no le asignes enseguida una habitación de invitados. Tengo que seguir hablando con ella. Hoy mismo.

Willie no podía entender qué decía, pues el príncipe

hablaba en alemán. Pero, por su tono de voz, no parecía ser tan bien pensado como su esposa. En cierto modo, eso hablaba en su favor...

—Ven, muchacha...

Willie siguió la suave voz de Mia.

Cuando Julius volvió de la cuadra, la visitante de última hora estaba sentada junto a la chimenea envuelta en una manta y con un vaso de té caliente con coñac en la mano. Todo su cuerpo seguía temblando, pero observaba con los ojos abiertos de par en par los libros que ocupaban las estanterías de la pared del salón. Iba a preguntarle a Mia al respecto, cuando él entró en la habitación. Había cogido una toalla y se secaba el cabello rubio. También él se había mojado pese a haberse protegido con un abrigo encerado.

—Una vez más, Wilhelmina —dijo con severidad—. Por favor, traduce, Mia, para mí es más sencillo hablar con la chica en alemán. ¿Has conseguido este caballo de forma legal?

Willie asintió con la cabeza cuando Mia tradujo y luego la fuerte bebida le hizo toser. Aun así, el coñac le levantó los ánimos, sabía mucho mejor que el whisky.

—Sí —reiteró—. Pero... pero pensaba que cuando Scooter, el tratante, me diera el caballo yo podría seguir... seguir trabajando para él. Para mantener a Gipsy. Pero él no quería. Quería... —Se mordió el labio y bajó la cabeza—. Quería que hiciera cosas con él, cosas... inmorales...

—¿Y tú no querías? —preguntó Mia, comprensiva.

—Entonces ¿cómo has ido ganando dinero hasta ahora, si ese Scooter no te pagaba por tu trabajo en la cuadra, Wilhelmina? —preguntó Julius.

Willie le habló de la fábrica.

—Después iba cada tarde a la cuadra y el fin de semana y...

—¿Y tus padres no te han echado de menos? —inquirió Mia.

Willie levantó la vista.

—Mi madre y mi padrastro —dijo con tono cansino— tienen cinco hijos. Mi hermana más pequeña es casi un bebé. Se... se alegran de tener una boca menos que alimentar. Y yo siempre he estado fuera. No... no me gusta vivir tan apretada.

Mia quería mostrar de nuevo comprensión, pero Julius siguió interrogando imperturbable a la joven.

—¿Y qué pretendes viniendo aquí? —preguntó—. ¿Que demos de comer nosotros al caballo?

Willie se frotó los tímpanos.

—Pensaba que a lo mejor podría trabajar para ustedes —respondió—. Soy fuerte y de fiar. Me desenvuelvo bien con los caballos...

—Eres una chica —objetó Julius—. Volverás locos a los hombres de nuestra cuadra.

—También puedo ser un chico —sugirió Willie—. Cuando... cuando estaba con Scooter siempre era un chico. Will... Y nadie se daba cuenta.

Julius negó con la cabeza.

—Aquí no vamos a montar esta farsa —afirmó, lacónico—. Si te quedas con nosotros, tendrás que ser quien eres.

Willie lo miró con franqueza.

—Siempre lo he hecho —respondió con la misma frialdad.

—Y seguro que Hans tampoco se le acercará demasiado —señaló Mia—. A Mike...

—Tendremos que controlarlo —completó Julius—. Pero a ese, de todos modos, no se le puede dejar solo...

—El mozo de cuadra seguía escaqueándose de todas sus tareas.

—¡Permite que se quede! —pidió Mia—. De todos modos, necesitamos a un segundo mozo de cuadra. ¿Por qué no ella?

Julius suspiró.

—Porque no es un mozo —repitió—. Pero está bien, Wilhelmina... o Willie... ¿Puedo confiar en que no me mientes? ¿No vendrá en los próximos días ningún tratante enfurecido acompañado de la policía para reclamar el caballo?

Willie negó decidida con la cabeza.

—No soy ninguna ladrona —dijo con orgullo.

Se había visto forzada con frecuencia a mentir e incluso a comportarse como una puta. Pero robar, lo que se dice robar, todavía no lo había hecho nunca.

—¿Y tampoco rondarás al personal masculino? En eso no pienso andar con contemplaciones. No quiero que en la cuadra reine la discordia. Como tontees con los chicos, te vas volando.

Willie asintió con un gesto vehemente.

—Ni los miraré, sir —prometió enseguida—. No quiero nada de ellos. Lo... lo único que quiero es trabajar y no separarme de Gipsy.

Era una verdad a medias. Willie no tenía ningunas ganas de coquetear con el personal de las cuadras. Si debía volver a entregarse a un hombre, lo haría para alcanzar metas más elevadas. Ella, Wilhelmina Stratton, quería Epona Station, y el camino para ello pasaba por Julius von Gerstorf. Mia von Gerstorf la había vencido en la carrera. Pero en la vida, Willie estaba convencida de eso, ella era una luchadora más tenaz. Tal vez tardaría años, pero un día conquistaría al príncipe y se convertiría en la señora de su palacio.

3

La nueva moza de cuadra de Epona Station tuvo una acogida excelente. Al principio, Hans se sorprendió y Mike no escatimó en groserías, pero Willie limpiaba el estiércol con mucho más vigor que él y cumplía cualquier encargo minuciosamente. Se esforzaba por comprender a Hans y a los pocos días entendía lo suficiente el alemán para poder seguir las indicaciones del caballerizo. Además, estaba dispuesta a aprender. Observaba cómo se vendaba a los caballos, cómo se les cortaban las crines y se limpiaban hasta que brillaran. Hans le daba pequeños consejos y se alegraba de que ella lo imitara. De hecho, hasta se esforzaba un poco por hablar en inglés con ella. Mia señaló divertida a su marido que el caballerizo se había enamorado de Willie.

—¿No estaba liado con Allison? —gruñó Julius.

—Ya no —respondió Mia—. Allison está ahora con Mike. La cocinera ha dicho que están pensando en casarse.

—¡Por todos los cielos! —exclamó Julius—. Realmente encajan a la perfección, tanto uno como otro detestan trabajar. No me habría gustado que Allison se casara con Hans, lo habría echado a perder. Pero prométeme que no seguirán aquí si es cierto que se unen para siempre.

Al cabo de un mes, ella estará encinta y ya no hará nunca nada más.

—Sea como fuere, Hans bebe los vientos por Willie. —Mia no cambió de tema—. Y le sienta bien.

Julius no tenía opinión al respecto, pero debía admitir que Willie no daba ningún quebradero de cabeza. No creaba falsas ilusiones en Hans, no hacía el menor caso a Mike y tampoco había llegado nadie que reclamara los derechos de propiedad de la yegua Gipsy.

El domingo posterior a la aparición de Willie, sí se presentó un hombre rollizo y fofo de cara para pedir explicaciones a su hijastra Wilhelmina.

—No te puedes largar como si nada de la fábrica —le reprochó a Willie cuando ella salió de la cuadra con la horquilla para limpiar el estiércol en la mano. Mia y Julius salieron de la casa y escucharon la discusión—. ¡Necesitamos el dinero! Y ahora que tu madre vuelve a estar embarazada, todavía más...

Willie puso los ojos en blanco. Ya no iba vestida de chico. Mia le había regalado una vieja falda de montar después de haber echado un vistazo a los pantalones sucios y embadurnados de sangre y haberlos tirado. Su cabello tampoco se escondía debajo de una gorra, sino que lo llevaba peinado en una cola de caballo. Pese a ir vestida para trabajar en la cuadra, estaba guapa.

—¿Otra vez? —preguntó.

—A ti eso no te importa —replicó el padre—. Es lo que hay. Tienes que ganar dinero y por eso te vienes ahora conmigo. —Se acercó amenazador a su hijastra.

Julius se interpuso entre los dos.

—Señor Stratton —dijo con voz calmada—, usted ofenderme. Su hija ganar aquí buen dinero.

En efecto, su sueldo era mejor que en la fábrica. Mia había insistido en que se pagara a Willie lo mismo que a

Mike. Como obreras, las mujeres ganaban mucho menos que los hombres.

Stratton aguzó el oído.

—¿Cuánto? —preguntó a su hijastra—. Si no es menos que cosiendo, por mí no hay problema. Pero tendrás que darnos el dinero, como siempre. Puedes quedarte con unas monedas para tus gastos...

Willie negó con la cabeza. Se mantuvo erguida y habló con voz firme:

—No, padre. Aquí tengo donde alojarme y me dan de comer. Así que ya no vivo a costa tuya y no te debo ni alquiler ni manutención. Es decir, no pienso continuar financiando tus salidas a los pubs ni la ginebra que mamá se bebe a escondidas. A mis hermanos seguiré apoyándolos, ellos no tienen la culpa de nada. Pero pagaré en... en... especias. —Le costaba pronunciar esta palabra, aunque aquí la utilizaba en otro sentido por completo distinto que con Scooter—. Compraré comida y la llevaré a casa.

—¡Piojosa! —Robert Stratton hizo de nuevo el gesto de abalanzarse sobre Willie—. ¿Te crees que eres mejor porque lees en lugar de salir con chicos? —Se volvió burlón hacia los Von Gerstorf—: ¡Quería ir a la universidad, la señoritinga! ¡Y luego va y se abre de piernas con un tratante de caballos!

Mia enrojeció. Willie, no. Se mantuvo, inflexible, bajo control.

—Salí huyendo de Scooter —dijo, lacónica—. Y de ti y mamá. De la fábrica y de toda mi miserable vida. ¡Te aseguro que no pienso regresar! Por favor, díselo a la encargada de la fábrica. Debería habérselo comunicado de manera formal. Dile que lo siento y quédate, por el amor de Dios, con el sueldo que me corresponde. Pero a partir de ahora, ¡déjame en paz! Yo... yo corro mi propia carrera.

Ya hacía dos días que había dejado atrás dignamente la casa del patio trasero de su familia, la fábrica y al pringoso Scooter.

Cuando su padrastro se hubo marchado refunfuñando, lanzó una breve mirada a Julius von Gerstorf. Le dio la impresión de que él se la devolvía admirado.

—Es capaz de defenderse —dijo Julius a su esposa.

Mia asintió con un gesto, aunque las palabras llenas de rencor de Stratton le habían dado en qué pensar. Quería creerse lo que Willie había contado de Gipsy, pero había visto los pantalones ensangrentados y se había fijado en los hematomas del cuerpo de la joven. Mia no quería que la engañaran. Por otra parte, Willie no habría admitido delante de Julius de qué modo había obtenido en realidad el caballo.

Mia decidió tolerar que la joven ocultase en un primer momento la verdad. Tal vez confiaría en ella más tarde. Respecto a los juicios morales, Mia tenía ideas encontradas. Claro que era reprochable, pero ¿y si hubiese sido Medea la yegua maltratada y aturdida en el paddock? Maltratos por los que Willie tal vez se sentía culpable, pues a fin de cuentas había obtenido un éxito montando ella el caballo en la carrera.

No, Mia no juzgaba a Willie, más bien sentía compasión por ella. Y la respetaba. Decidió cuidar de la joven. ¡Willie Stratton necesitaba una amiga!

Mia inició su cometido esa misma tarde, cuando Willie iba a retirarse a su habitación en el piso superior. La compartía con Allison, quien había protestado a voz en grito porque en un principio Willie iba a tener un cuarto propio. Ella había tenido que dormir en la misma habitación que su madre. ¡Era inconcebible que la nueva poseyera un reino para sí! Al final, Mia decidió que a la cocinera, por ser la mayor y tener un rango más elevado, le correspondía una habitación para ella sola.

A Willie ya le iba bien ese arreglo, y más debido a que Allison solo pasaba las primeras horas de la mañana en la habitación común. Justo después de la cena que los empleados tomaban juntos en la cocina, la chica desaparecía con Mike. Willie, por el contrario, cogía rápidamente un trozo de pan y salía a pasear un poco con Gipsy si lo permitían el tiempo y la luz del día. Cuando volvía, hacía un breve recorrido de control por la cuadra antes de subir a su cuarto. En esa ocasión, Mia la detuvo.

—Tu... tu padre ha dicho que te gusta leer, ¿es verdad?

Cuando Mia mencionó a su padrastro, Willie torció el gesto. Los rasgos de su cara reflejaban desprecio, pero también miedo. Temía probablemente que Mia abordara el tema de Scooter. Cuando se percató de que en realidad hablaba de la lectura, se relajó.

—Sí, ma'am...

Hasta el momento, se dirigía a Mia y Julius con los tratamientos de «ma'am» y «sir». Los otros empleados utilizaban «miss Mia» y «señor Jules» o incluso «alférez». Willie encontraba bien esto último, para ella era una falta de respeto llamar al príncipe «señor Jules».

—Yo también tengo un libro. Pero... pero no lo he podido traer. Por lo demás... hay una biblioteca en la ciudad donde pedirlos prestados.

Mia asintió sonriente.

—A lo mejor puedes ir a recoger un día tu libro. ¿Trata de caballos?

Willie estuvo a punto de devolverle la sonrisa.

—De equitación —admitió.

Mia rio.

—¡Lo sabía! Nosotros también tenemos algunos libros sobre caballos, Willie, y muchos otros más.

La muchacha asintió ansiosa con la cabeza. De repente parecía mucho más joven, casi como si fuera una alumna aplicada.

—Lo sé, ma'am. Estuve en su salón. Tienen... tienen ustedes más libros de los que he visto juntos en mi vida.

—La mayoría de ellos son de mi padre —explicó Mia—. Pero te los podemos prestar si quieres.

Willie se la quedó mirando sin dar crédito.

—Yo... ¿yo puedo...?

—Pues, claro, ¿por qué no? —contestó Mia—. Si los tratas bien... Ven conmigo y elige algunos.

Willie la siguió ilusionada a la sala de caballeros.

Mia sacó un libro de la estantería: *Black Beauty*.

—Mira, esta es una novela que trata de un caballo. Está escrito desde su perspectiva y es muy... emocionante. Con frecuencia también triste. ¡Pero acaba bien! Y aquí hay un par de libros de divulgación...

Mia había colocado juntos todos los libros sobre caballos. Para asombro de Willie, algunos de ellos estaban en inglés.

—Son libros que me regaló mi padre cuando era niña —explicó Mia—. Quería que aprendiera bien la lengua. También tuve una *nanny* inglesa.

Willie se la quedó mirando sin dar crédito.

—Tenía usted una... ¿*nanny*? Pensaba que eso solo existía en las novelas.

Mia rio.

—Sí, tenía una niñera. No sé si encontraré una aquí cuando Julius y yo tengamos hijos... No parece que sea una profesión demasiado extendida en Onehunga.

Willie se sobresaltó. No había pensado en la posibilidad de que Mia y su príncipe tuvieran hijos. Pero, claro, estaban casados. Mia podía quedarse embarazada en cualquier momento. Se volvió bruscamente hacia las estanterías para no desvelar su consternación. Al final eligió, además de *Black Beauty*, un libro sobre caballos y tomó nota de dónde se hallaba una obra titulada. *Libro de horas de una señorita.* Por lo visto, ahí se describía cómo debía comportarse una lady, cómo tenía que hablar y qué había de saber. Willie ardía en deseos de leer el libro, pero se avergonzaba de tomarlo prestado delante de Mia.

En los meses que siguieron, Willie fue leyendo con fervor los libros de la biblioteca de Jakob Gutermann, siempre que estuvieran escritos en inglés. No hacía distingos entre las novelas y los libros de divulgación, las obras filosóficas y las de economía. No lo entendía todo, pero algunas teorías la impresionaban. Había filósofos y economistas que encontraban justificable, incluso natural, que uno mismo se considerase por encima de los demás. Willie intentó mitigar con ello su mala conciencia, pero seguía urdiendo en silencio el plan para echar a Mia de Epona Station. También continuaba tratando de ir intimando discretamente con su príncipe azul.

Julius entrenaba a los dos sementales y tenía planeado que corrieran en la temporada de verano en Ellerslie. Willie se ofreció para que compitieran con Gipsy durante los ejercicios, lo que él aceptó complacido. Ya superaban a Medea en velocidad, pero el primer enfrentamiento entre Gipsy y Northern Star finalizó con la victoria de la yegua, y eso aunque Willie seguía montándola a pelo. Mia tenía razón: si Willie hubiese dominado mejor al caballo, habría vencido a Medea en la carrera de la playa. Pero, Gipsy seguía siendo poco manejable y Willie carecía de conocimientos de equitación. La yegua se precipitaba descontrolada cuando iba al lado de Northern Star o Magic Moon, y Julius ganaba a menudo porque sabía distribuir mejor las fuerzas de los sementales.

—¿No quieres aprender a fondo? —preguntó Julius a la joven cuando regresaban a casa al paso, tras el entrenamiento.

Willie amaba esas horas, pues le ofrecían la posibilidad de mantener una conversación íntima con su príncipe. El comportamiento de Julius no dejaba de ser intachable. Nunca, ni por asomo, se había acercado a Willie más de la cuenta; pero Willie podía intimar más con él, además de sonsacarle cosas acerca de su vida en Alemania y presentar ella misma su mejor faceta.

—¿El qué, a montar? —preguntó—. Pues claro que me gustaría. Pero Gipsy... tampoco sabe más de lo que yo le he enseñado y no es que tenga mucha paciencia.

Julius asintió con la cabeza.

—Gipsy es un caballo totalmente inadecuado para aprender —convino. Su inglés había mejorado de forma considerable, algo que también había que agradecer a Willie. Ella incluso le corregía cuando cometía algún error—. Valerie es un caballo que procede de la academia de Hannover. Es muy obediente. Medea resulta también sumamente manejable con silla de amazona. Podría darte alguna clase. De ese modo no habría estudiado en vano para ser profesor de equitación. —Sonrió con afabilidad.

El corazón de Willie dio un brinco. Eso era más de lo que ella habría podido esperar.

—Me... me esforzaré mucho —susurró.

—Y entonces me miró como si fuera una alumna de trece años y yo el príncipe salido de un cuento de hadas —comentó Julius divertido a su esposa al cabo de un rato—. Realmente es una chica simpática, tu Wilhelmina. Acertamos al darle trabajo.

4

Willie demostró tener un don natural para montar. Julius enseguida habló de que la destinaría a la doma de caballos jóvenes al cabo de unos pocos años. Mia se aprovechaba de su capacidad para imponerse en otro sentido. No tardó en percatarse de que tanto Allison como Mike seguían sus indicaciones mucho más deprisa cuando se las comunicaba Willie, pues esta insistía en que los sirvientes cumplieran con sus deberes. Las fórmulas de cortesía como «podrías, por favor...» o «serías tan amable» no formaban parte de su vocabulario. Los empleados refunfuñaban por ese motivo. Enseguida empezó a comentarse que Willie destacaba demasiado para el puesto que ocupaba.

Pero eso a ella no le preocupaba. No buscaba amigos, al menos entre el personal. Lo mismo se aplicaba, por desgracia, al infeliz Hans, que la cortejaba arrebatado. Aun así, Willie lo ayudaba en su relación con Mike, algo para lo cual no tenía que insistir. Se limitaba a traducir lo que Hans decía, de modo que Mike ya no podía excusarse alegando que no había comprendido las indicaciones del caballerizo.

Willie continuaba devorando los libros de Gutermann y de vez en cuando incluso hablaba con Mia acerca de su contenido. Aceptaba gustosa las invitaciones de su patrona para escuchar música con ella y su marido, aunque los conciertos clásicos que Mia reproducía en el gramófono no la entusiasmaban. Pero era un tiempo que pasaba junto a Julius y eso la complacía.

El mismo Julius no estaba demasiado entusiasmado con los esfuerzos de Mia por educar a su moza de cuadra. Él tampoco era ningún melómano, pero cuando antes escuchaba música clásica con su esposa, podían hacerse carantoñas en el sofá. Algo que ahora la presencia de Willie impedía.

No sacó el tema, sin embargo, porque veía que Mia disfrutaba en compañía de Willie. Parecía ver en ella a la amiga que había estado anhelando desde su llegada, y la chica no mostraba intenciones de aprovecharse del exceso de confianza. Mia le impartía clases de equitación en la silla de amazona, le daba trajes de montar pasados de moda y otras prendas que la muchacha se arreglaba, y los domingos Julius las sorprendía a veces peinándose una a otra entre risas.

A Mia le gustaba acompañar a Willie los sábados a Onehunga o cuando iba a ver a sus hermanos. Preparaba un gran cesto lleno de comida e insistía en que Willie no pagara nada.

—Vale más que les compres a esos pobres niños un juguete —animaba Mia a Willie después de que esta le hablara de su infeliz infancia y de que en la guardería católica había más rezos que juegos.

Siempre llegaban a la guardería poco antes del cierre de la fábrica. Entonces Willie jugaba un poco con Suzie y Peter, quien pronto tendría que empezar a acudir a la escuela. Ya no se atrevía a ir a casa de sus padres. Antes de que Edith recogiera a los pequeños y se llevara el cesto a casa, desaparecía de nuevo.

—Su madre ya está embarazada de nuestro próximo pupilo —les comunicó la señora Paddington, la directora de la guardería.

Desde que aparecía en compañía de Mia e iba mejor vestida, las señoras respetables le hablaban de usted.

Willie asintió con la cabeza.

—Es una tragedia —dijo afectada—. Ya resulta bastante difícil alimentar a todas las bocas que tienen...

—Y su hermana pronto se casará —desveló la señora, informándolas así de la novedad.

Edith lo había conseguido. Uno de sus galanes tenía que haberla dejado embarazada, así que escaparía de la fábrica un par de días... Para condenarse a pasar toda su vida allí....

Willie suspiró.

—Espero que sea feliz —dijo.

Mia sonrió cuando salieron de la guardería.

—Ya hablas como una dama —se burló de Willie—. Ni siquiera has preguntado si el muchacho que va a casarse con ella ya la ha dejado embarazada.

Mia había coincidido en una ocasión con Edith. Willie se había entretenido con los pequeños en la guardería y su hermana había llegado para recogerlos. Por supuesto, Edith le lanzó entonces fuertes reproches porque no la ayudaba en el mantenimiento de la casa y había dejado en la estacada a sus hermanos pequeños.

—A cambio ahora tienes una cama entera para ti —contestó impasible Willie, al salir de la guardería.

En la calle, el novio de Edith la estaba esperando y reaccionó con una sonrisa obscena ante la respuesta de Willie.

—Tampoco es que sea muy estricta —afirmó colocando posesivo un brazo alrededor de Edith—. ¿Verdad, tesoro?

Esta se desprendió de él ruborizándose, pero el joven Albert Fennigan no causó buena impresión en Willie ni en Mia durante la forzada conversación que siguió.

—Una dama también debe saber callar a veces —observó Willie, y Mia soltó una risita.

A mediados de primavera llegaron al mundo los primeros potros. Allerliebste y Epona dieron a luz unas yeguas preciosas, ambas castañas como su padre. Mia no cabía en sí de contento.

—Así no tendremos que venderlas —se alegró—. A fin de cuentas no tienen vínculos de sangre con Northern Star y podremos conservarlas como yeguas de cría.

—Pero de vez en cuando tendremos que vender algún ejemplar —apuntó Julius riendo—. Es lo que da sentido a una yeguada.

Por el momento e incluso sin vender caballos, los Von Gerstorf no padecían necesidades. En Ellerslie se requería habitualmente a Julius como jinete de carreras, en especial desde que su inglés estaba mejorando. No le pagaban por entrenar a la caballería de voluntarios, pero el cargo honorífico conllevaba varios ingresos suplementarios. Los miembros de la caballería tomaban clases particulares o cedían sus caballos a Julius para que los preparase y así ellos pudieran manejarlos mejor después. Si alguien quería comprarse un caballo, ya no se limitaba a presentarse a la cuadra de Scooter, sino que pedía consejo a Julius. Este solía encontrar ejemplares adecuados entre los criadores de caballos de carreras con quienes mantenía contacto profesional, ya que la mayoría tenía hunters. Así obtenía unos honorarios extras por la mediación.

En general, el nivel del cuerpo de caballería de Onehunga había ascendido desde que Julius era su entrenador. Transmitía a los hombres las técnicas del alférez Schmitz, que eran más fáciles de aprender que las de la doma clásica y se ajustaban más a la naturaleza de los neozelandeses. Ahora los hombres se habían cerrado en banda a las instrucciones del general Forest Linley. Todos eran espíritus libres que preferían tomar sus propias decisiones, una actitud que había quedado acreditada en la guerra bóer. La mayoría de los Rough Riders había viajado en pequeñas unidades para acabar con los insurrectos. Julius suponía que en una eventual futura guerra no se emprenderían las clásicas cargas de la caballería. Ya en Alemania, durante las maniobras, los estrategas militares habían reprochado al emperador que un regimiento de caballería cargara con los sables desenfundados contra unos cañones, cosa que no prometía nada bueno. Guillermo II no había hecho mucho caso de estos comentarios, pero seguro que el alto mando británico no sería tan ignorante.

Así pues, Julius enseñaba menos figuras y ponía más énfasis en tareas individuales, parecidas a las que les habían pedido en la competición de Troop Horse. El general Linley no iba a obtener una buena clasificación tan fácilmente en esa carrera el siguiente otoño, y menos aún porque solo asistía de forma esporádica a las horas de ejercicios y no paraba de poner objeciones al contenido de las clases. También criticaba fuera de las sesiones de entrenamiento al nuevo profesor de equitación aludiendo a su nacionalidad. Los alemanes, decía, serían antes rivales que aliados en las próximas contiendas: el emperador, por ejemplo, ya se estaba ganando la antipatía de toda Europa. ¿Cómo se había permitido que un antiguo soldado germano se vinculara tan estrechamente a la unidad de caballería de Onehunga?

—Parece temer que yo ejerza tal influencia sobre los

caballos que si estalla una guerra estos tirarán a sus jinetes y se pasarán a los alemanes —contó Julius a Mia un día.

Había estado haciendo una maniobra con los soldados en la cordillera de Waitakere, y Mia y Willie recibieron a los jinetes al final con una pequeña celebración. En esa ocasión, los hombres le habían hablado de Linley.

Mia rio.

—Para eso tendrían que nadar un buen rato —dijo—. En serio, ¿no pensarás que esa unidad de voluntarios va a atacar en una guerra algún día?

Julius se encogió de hombros.

—Según tu padre y el alférez Berlitz, toda Europa se está armando. Aunque nadie sabe por qué se pelea, el odio mutuo se percibe por doquier. Es como si los británicos temieran que los alemanes fueran a atacar la isla: en estos últimos años la flota germana se ha reforzado mucho. Dudo, de todos modos, que el emperador Guillermo sepa dónde está Onehunga.

También el verano transcurrió sin que estallara la guerra. Para Mia y Julius, los acontecimientos más emocionantes de esa temporada no tenían lugar en Europa, sino en el hipódromo de Ellerslie y en algunos otros de la Isla Norte. Julius participó no solo con Northern Star, sino también con Magic Moon, y los dos sementales compitieron excelentemente. El ambiente del hipódromo alteraba un poco a Magic Moon y le influía mucho el humor que tenía ese día, pero Northern Star casi siempre llevaba a su jinete a la victoria.

—Moonie necesita un poco más de atención especial —constató Mia, asumiendo esta tarea con gran entusiasmo.

En efecto, el semental estaba más tranquilo cuando ella pasaba un tiempo en su box antes de la carrera y lo animaba. Mia insistía en acompañar a sus «tres chicos» en cada jornada de competición. Como consecuencia de ello, las ausencias de varios días de ambos Von Gerstorf fueron haciéndose más frecuentes, y la mayoría de las veces se llevaban con ellos a Hans. Pensaban que no podían confiar en Mike para que se ocupara todo el día de los sementales y, aunque Willie habría ido gustosa con ellos, Julius no quería presentar a una moza de cuadra ante los aficionados. Como si fuese lo más natural, era ella quien tomaba el mando de Epona Station cuando los propietarios se ausentaban, y estaba por completo capacitada para ello. Entretanto, Mia incluso la había introducido en las bases de la contabilidad. En general, los Von Gerstorf lo encontraban todo en un estado excelente cuando regresaban, incluso los otros empleados estaban contentos. Willie daba a menudo una tarde libre a la cocinera, Allison y Mike cuando se quedaba sola en casa.

—Nadie tiene que cocinar para mí y tampoco me ha de esperar nadie —argumentaba—. De todos modos, la cuadra está vacía, los sementales están de viaje y las yeguas y los potros en el pastizal. Así que pueden tomarse la tarde libre; ya trabajarán cuando sea de verdad necesario.

Mia y Julius estaban de acuerdo; los empleados se iban radiantes de alegría a Onehunga —los señores ponían generosamente a su disposición el carruaje y a Duchess—, y Willie tenía la casa de campo para ella sola. Entonces aprovechaba ese tiempo para hacer realidad sus sueños. En cuanto todos se habían ido, se ponía su mejor traje de montar y se colocaba uno de los extravagantes sombreros con velo de Mia. Se peinaba con un moño y lo envolvía con una de las redecillas de su patrona, de cuya fusta con el mango dorado también se apropiaba. A continuación, ensillaba a Medea y se iba a dar un paseo con ella. La yegua estaba preñada de Northern Star, pero todavía se hallaba en los primeros meses. Se la podía montar sin problemas y, además, Willie no le pedía demasiado. No se trataba de ir a galope salvaje por bosques y prados, al contrario. Solo quería interpretar el papel de dama refinada moviendo tranquilamente su noble caballo, aunque tuviese que limitarse a imaginar mientras tanto a un príncipe. Willie se inventaba conversaciones con Julius durante sus supuestas cabalgatas juntos; soñaba que la ayudaba a subir a la silla, que de vez en cuando descansaban en unos rincones románticos, que se sentaban en el musgo mientras los caballos mordisqueaban la hierba y que él le susurraba tiernas palabras. Todo esto la hacía dichosa, al menos por un rato, y se decía que de este modo no le arrebataba nada a Mia. No debía tener mala conciencia, es posible incluso que Mia le hubiese permitido que cogiera la yegua si se lo hubiese pedido.

Sin embargo, en los días en torno a la Navidad —los Von Gerstorf se habían ido al hipódromo de Wellington para presenciar un gran acontecimiento propio de esas fechas—, Willie pensó que estaba alucinando de nuevo. Hacía un día maravilloso, y Medea trotaba y galopaba por caminos secos y firmes. Willie estaba a punto de subir por una colina desde la cual esperaba ver el mar cuando divisó en la cumbre a otro jinete. Era la primera vez que le sucedía algo así. Los Rawlings nunca daban paseos a caballo y Onehunga estaba demasiado lejos para una excursión de domingo. Además, el jinete de la montaña parecía salido de uno de sus sueños. Era rubio como Julius y montaba un alazán. El corazón de Willie empezó a latir con fuerza. Pero era imposible. Julius estaba en Wellington. Cuando el jinete descendió al galope la montaña, distinguió que el asiento y la forma de tomar las riendas eran distintos. Aunque no demasiado. Willie sonrió.

Él le devolvió la sonrisa poco antes de llegar hasta ella. De cerca se parecía menos a su príncipe. Era algo más fuerte y su rostro, un poco más anguloso pero simpático. Tras observarlo con más atención, a Willie le resultó vagamente conocido.

El jinete la saludó con galantería cuando se detuvo frente a ella.

—*My Lady!* Al principio pensé que era usted un espejismo, pero mi caballo se apresuraba a reunirse con el suyo y no lo habría hecho de tratarse de un espíritu. ¿Por qué arte de magia ha aparecido aquí? Habría supuesto que podría encontrarme con alguien como usted en la hípica de Auckland o en alguno de los caminos de los alrededores, no aquí, en el bosque. —Willie intentó pensar algo que responder mientras él seguía hablando—. Pero, disculpe, por supuesto debo presentarme antes de que se rebaje a dirigirme la palabra. Soy el sargento Edward Rawlings. New Zealand Staff Corps.

La presentación le refrescó a Willie la memoria. En efecto, había visto una vez al joven. Los Von Gerstorf habían invitado a sus vecinos a cenar al enterarse de que el joven tenía vacaciones. Era una muestra de cortesía conocer al heredero de la granja vecina, y Mia contó después que era un conversador muy agradable. Encontraba a sus padres más bien aburridos, pero Edward, por el contrario, había estado hablando animadamente de su servicio. El New Zealand Staff Corps formaba a oficiales de profesión que, en caso de guerra, tendrían que asumir el mando de los regimientos de voluntarios.

«En la guerra bóer todavía escogían ellos a sus comandantes —había contado—. Con más o menos buenos resultados».

Según Mia, Julius y Edward se habían entendido bien, pues también su marido daba órdenes en la caballería de voluntarios y sabía lo que le esperaba a Rawlings en caso de necesidad.

Y ahora el joven oficial estaba frente a Willie a lomos de un caballo. No llevaba uniforme como en la cena, sino pantalones de montar y una chaqueta encerada.

—Debe usted venir de Epona Station —observó cuando Willie seguía sin contestarle nada.

Ella asintió con la cabeza. Se le agolpaban los pensamientos: ¿le habrían contado los Von Gerstof algo de ella? ¿La habría tal vez visto aquel día? Entonces había pasado la rasqueta a los caballos de los Rawlings y los había llevado a la cuadra.

—¿Está usted de visita en la yeguada?

Willie volvió a asentir con la cabeza. Esa sí era una buena historia. Lo mejor en ese momento era tirarse en plancha.

—Soy Wilhelmina von Stratton —se presentó—. Soy... prima...

—Pues habla un inglés extraordinario —observó Edward Rawlings—. Claro que Mia von Gerstorf también.

Willie tenía en la punta de la lengua añadir «es gracias a mi *nanny* inglesa», pero consideró que era mejor no exagerar.

—Mia tenía una *nanny* inglesa —explicó—. Pero el inglés es mi lengua materna. Yo... yo provengo de la rama anglosajona de la familia.

—Interesante. —Edward Rawlings colocó su montura junto a Medea—. Y ahora da un paseo a caballo sola. ¿No le resulta aburrido? Por favor, permítame acompañarla. —Willie accedió e intentó conservar el equilibrio entre la cortesía y una ligera actitud desdeñosa. No tenía la menor intención de mostrar interés por el joven—.

No debe preocuparse —prosiguió Rawlings—. Soy, por así decirlo, un vecino. Mis padres son los propietarios de la granja Rawlings, a unos tres kilómetros de aquí. Estoy pasando con ellos la Navidad.

Willie le dedicó una sonrisa burlona.

—No me preocupo —replicó—. Mi caballo es muy rápido.

Edward se echó a reír.

—Lannie es más bien de paso seguro —indicó él—. Pequeño y práctico como los caballos de los Rough Riders.

Naturalmente, también Willie había caído en la cuenta de que el castrado alazán, al fijarse en él con mayor atención, no se parecía ni de lejos a Valerie. Era más bien pequeño y compacto, como Duchess, el típico caballo de granja.

—¿No prefiere el ejército los hunter, que son más grandes? —preguntó Willie.

Julius siempre estaba buscando ese tipo de caballos para los voluntarios.

Edward se encogió de hombros.

—No me lo puedo permitir —admitió tranquilamente—. Solo por lo que comen... Tengo que mantener yo mismo a mi caballo, no nos facilitan ejemplares de servicio. Y, de todos modos, ya ha pasado el tiempo de las grandes cargas de caballería. Nadie intentará conquistar Nueva Zelanda con un ejército de caballería.

—¿No esperan que los asalten los hunos? —bromeó Willie.

El *New Zealand Herald* acababa de divulgar con todo detalle que en Alemania podría formarse una tormenta de hunos, dispuesta a dejar fuera de combate a Inglaterra y sus aliados.

Edward frunció el ceño.

—No realmente —contestó—. ¿No hace hoy un día maravilloso? ¡Mire, el mar!

Habían llegado a la cumbre de la montaña y contemplaban la bahía de Onehunga, que ese día soleado brillaba con un azul luminoso.

Willie no podía desprenderse de su encanto.

—Dan ganas de cabalgar por la playa... —murmuró.

Edward resplandeció.

—Entonces ¡hagámoslo, señorita Von Stratton! Mañana. Le pediré a mi madre que prepare un pícnic, es una cocinera fabulosa, ya verá. Y luego nos vamos a Onehunga, a la playa. No se encuentra en absoluto fuera de la decencia, la carretera está muy transitada y en la playa habrá mucha gente.

Willie se mordió los labios y sopesó sus opciones. Era muy tentador. Había soñado tantas veces con hacer un pícnic con su príncipe... y este amable e inofensivo joven era el que más se aproximaba a su imagen ideal. Claro que era un poco arriesgado ir a caballo hasta Onehunga. Podría encontrarse con su familia o con la cocinera, Allison o Mike.

Por otra parte, su madre había dado a luz recientemente a su sexto hijo y Edith ya debía de encontrarse en el quinto o sexto mes, si era cierto lo que habían contado. ¿Estaría en la playa divirtiéndose con Albert? Además, seguro que la joven pareja no tenía dinero para salir. Si querían vivir solo del salario de Albert, irían apretados. Allison y Mike eran los que tenían más posibilidades de cruzarse con ella por el camino, pero, a pesar de todo, decidió correr el riesgo. La playa era larga, bastaba con que se mantuvieran algo apartados.

Willie sonrió.

—Me encantaría, señor Rawlings —respondió al príncipe sustituto—. ¿Me recogerá en Epona Station?

Parecía que le hubiese hecho un regalo a Edward.

—Me hace feliz, señorita Von Stratton —dijo él con una inclinación.

Willie inclinó altiva, a su vez, la cabeza.

—Señorita Wilhelmina —apuntó.

Todo el rostro de Edward resplandecía al regresar a la granja de sus padres con el pequeño alazán.

5

El día junto al mar con Edward Rawlings resultó ser más bonito de lo que Willie hubiera podido soñar. La planificación era sencilla. Julius von Gerstorf había dado vacaciones a todo el personal durante las fiestas de Navidad. Él y su esposa pasaban los días festivos en la granja de otra familia de criadores de caballos en el sur. Nadie echaría de menos a Willie. Como mucho, a Edward podría parecerle extraño que ningún mozo estuviera allí para ensillar Medea a la joven dama y ayudarla a montar. Willie salvó este obstáculo saliendo un poco antes al encuentro del joven. Se reunieron a la altura del portalón de la granja y Edward se disculpó profusamente por su retraso. Willie le quitó importancia con un gesto.

—Deje de disculparse, señor Edward —dijo risueña—. A lo mejor he sido yo quien se ha adelantado. Y así ya estamos en camino y no tiene que dar ningún rodeo para recogerme. Parece que el tiempo tiene intención de volver a ser amable con nosotros: todo es maravilloso.

Le gustaba pasear a caballo con ese joven caballero haciéndose pasar por una dama: Willie se deleitó ante la curiosidad y admiración de los transeúntes cuando se acercaron a Onehunga. Formaban una atractiva pareja. Ese día, Edward se había puesto su uniforme y estaba muy elegante, Willie se había cubierto todo el rostro bajo el velo del sombrero. Era un poco feo que el dócil castrado Lannie fuera mucho más bajo que Medea, pero como Edward era más alto que Willie, los dos quedaban a la misma altura. Y Mia tenía razón, era un agradable conversador. Entretuvo a Willie contándole ingenuas historias de su infancia en Onehunga y que había tomado la decisión de hacer la carrera militar para combatir el aburrimiento de esa ciudad de provincias.

—Por supuesto, un día me haré cargo de la granja de mi padre —dijo en un tono algo resignado—, pero solo cuando él... Bueno, mi padre... mis padres... son buenas personas, pero no ven los signos del tiempo. A ellos les basta con la pequeña granja, una mezcla de negocio agrícola con un par de ovejas y un par de bueyes. Pero a la larga solo sobrevivirán las grandes explotaciones. O empresas muy especiales como la de los Von Gerstorf. La cría de caballos seguro que tiene futuro, en especial si estalla la guerra.

Willie lo sorprendió respondiéndole no con lugares comunes, sino con una opinión bien fundamentada sobre el desarrollo de la economía en Nueva Zelanda y en el resto del mundo. La lectura de diversos libros sobre la materia había merecido la pena. En su opinión, lo mejor era apostar por la industrialización, la cual se impondría también de alguna forma en la agricultura. Y una guerra...

—En realidad, yo no soy de la opinión de que una guerra sea positiva para la coyuntura general. A corto plazo quizá, en especial en el ámbito de la explotación del carbón y de la forja del hierro... Pero en el fondo se destruye potencial. Nadie desarrolla ideas nuevas. No se promocionan los inventos, la investigación científica se queda estancada y también el arte... —Mia solía quejarse de esto último.

Edward miró admirado a su acompañante.

—Nunca había tenido el placer de conversar con una joven dama tan hermosa y cultivada —la elogió—. Pero en lo que respecta a la guerra... Sea lo que sea lo que signifique para la economía, a un soldado le brinda la oportunidad de ascender. Nunca se promociona tan deprisa a nadie como cuando destaca en el campo de batalla. —Edward parecía impaciente por servir a su patria en el combate.

—Tampoco se muere nunca nadie tan rápidamente —observó Willie—. Pero hablemos de otro tema. Pensar en la guerra y en la muerte no encaja en un día tan espléndido como este.

Ya habían llegado a la playa, reluciente bajo los rayos del sol. El mar estaba en calma, un par de niños maoríes surcaban las olas en canoa y los ingleses preferían conservar a su lado a sus hijos sobre la manta del pícnic. En la playa de la ciudad, donde se habían celebrado las carreras, era donde más bullicio había, así que Willie y Edward se alejaron un poco más. Al final encontraron un lugar tranquilo en una pequeña parcela de la playa. El bosque llegaba al lado del mar y podían dejar atados a los caballos en dos árboles mientras se sentaban en la orilla.

En cuanto al pícnic, Edward no había exagerado. Su madre había preparado unos bocadillos con ensalada de huevo y pechuga de pavo, encurtidos y de postre cupcakes. Edward descorchó además una botella de vino. Hasta entonces, Willie había bebido vino en muy pocas ocasiones, solo una o dos veces con Mia, pero le gustó y dio todavía más color a sus sueños. Sin contar con que el hombre que estaba a su lado no se correspondía del todo a su ideal, esa era justo la vida que ella quería llevar. E incluso en lo que se refería al príncipe... Edward era algo más bajo que Julius y más ancho, pero no tenía mal aspecto. Sus ojos azules eran afables y llevaba el pelo ondulado algo más largo, y barba. Que más tarde le cogiera la mano tímidamente y elogiara su belleza no le resultó nada desagradable. Eso no tenía nada que ver con los obscenos acercamientos de Scooter. Edward no se ponía pesado, se limitaba a sostenerle la mano entre las suyas y a acariciarla con suavidad.

—Tiene usted unas manos bonitas —susurró—. Son tan suaves, señorita Wilhelmina, y pese a ello noto que tienen fuerza.

Willie casi se echó a reír. Tenía las manos callosas de trajinar con la horquilla y los montones de heno, y ya era así en la fábrica por trabajar con el pesado tejido de lona que debía cortar y coser.

—Monto mucho a caballo... —afirmó—. Y el ejemplar de la Isla Sur es algo... caprichoso.

Respecto a su familia, Willie había contado a Edward que residía en Dunedin, en la Isla Sur de Nueva Zelanda. No habría sonado muy creíble que viniera de visita desde la lejana Inglaterra.

—Su padre debería comprarle un animal más dócil —murmuró Edward—. Yo escogería una yegua blanca como la leche para usted, un caballo con un tranco suave. Y me la imagino cabalgando con la melena suelta y tal vez llevando un vestido blanco...

En un vestido blanco y ligero se rozaría las rodillas, pero Willie prefirió no mencionarlo. Permitió que él siguiera soñando e incluso que le apartara del rostro un mechón de cabello rubio que se le había soltado de la trenza al cabalgar.

—Un día, a lo mejor... me regala usted un mechón de su cabello —musitó él—. Todavía no, claro, sería muy osado por mi parte pedírselo ahora. Pero un día, cuando nos conozcamos más... ¿Puedo esperar que sienta usted en algún momento algo más por mí, señorita Wilhelmina?

Willie pensó que había llegado el momento de levantarse y regresar a casa.

—Esperar puede hacerlo usted siempre —comunicó a Edward con una sonrisita—. Y ya ahora siento... simpatía y agradecimiento por este bonito día.

Estas eran las palabras que él parecía estar esperando. Willie lo ayudó a recoger los restos del pícnic y a guardarlos en sus alforjas. De camino a casa, aligeró un poco el ritmo. Para ser el primer día, consideró que Edward ya había intimado suficiente con ella. No quería animarlo coqueteando más con él. También consiguió despedirse en el portalón de Epona Station, no sin quedar de nuevo para cabalgar juntos antes de que Edward tuviera que volver a su unidad en Auckland. Los Von Gerstorf no regresarían antes, así que Willie no corría ningún riesgo volviendo a salir con el muchacho y, por suerte, no había peligro de que él apareciera de repente en Epona Station, después del regreso de Julius y Mia, para hacer una visita a Wilhelmina von Stratton. De todos modos, habría que contar con ello la próxima vez que tuviese vacaciones. Fue una despedida larga y en la que él le aseguró que pensaría siempre en ella.

—¿Me permitiría que le escribiese, señorita Wilhelmina? —preguntó.

Willie se mordió el labio. Luego se inventó una historia acerca de los celos de su padre, que no permitía que su hija estableciera ningún contacto con hombres.

—Esa es la razón de que haya acabado aquí en el campo —prosiguió—, en medio de la temporada de baile. Tenía un admirador y no había nada entre nosotros, pero mi padre... En cualquier caso, es mejor que mantengamos en secreto nuestro encuentro.

—Pero ¿volveré a verla? —insistió Edward.

Willie asintió con un gesto.

—Creo que sí —contestó.

Era inevitable. Y ella tampoco sabía si quería evitarlo, pues a fin de cuentas sentía algo de verdad por ese apasionado joven. Willie decidió mantener todas las opciones abiertas.

Julius y Mia volvieron satisfechos a Epona Station. Los dos sementales habían ganado las carreras de Wellington y con los beneficios habían adquirido dos nuevas yeguas de cría, una purasangre y una potente yegua hunter de capa alazana. Mia regaló a Willie tela para hacerse un nuevo vestido y la joven volvió a sentirse culpable por haberla engañado durante su ausencia. Se preguntaba si Mia von Gerstorf aprobaría que permitiera a Edward Rawlings cortejarla abiertamente. ¿Estaría interesado en una moza de cuadra, en la antigua obrera de una fábrica? Sería mejor mantener ese asunto en secreto.

Llegó el otoño, pero ese año no hubo día de las carreras en la playa. Julius supuso que el general Linley había animado a los notables de la ciudad a convocar las competiciones del año anterior y que ese año había tomado distancia. En lugar de competir, Julius organizó una especie de maniobra de otoño con los soldados de caballería, que se presentaron entusiasmados. Pensó en la misiva del alférez Berlitz sobre las maniobras del emperador en 1913. Guillermo II se negaba con obstinación a asimilar los progresos recientes en las tácticas de guerra. De nuevo se brindaba más espacio a las cargas de caballería y el regimiento de jinetes constituía la vanguardia del ejército.

«Si al final estalla la guerra, nosotros seremos los primeros en caer —escribía afligido el alférez—. No voy a quejarme, responderé a la llamada del emperador y cumpliré sus órdenes, pero esto significará una inmensa pérdida de buena gente. Podemos servir a la patria de una manera mejor que con el sacrificio».

—Y los caballos —había dicho Mia en voz baja—. Los caballos, a quienes nadie pregunta si quieren responder al llamamiento de un emperador megalómano...

Julius había asentido con la cabeza. Él practicaba una estrategia del todo distinta con sus soldados. Distribuidos en grupos pequeños, tenían que ocasionar las pérdidas más grandes posibles entre el enemigo a través de una especie de táctica de acumulación de actos.

—Los bóers lograron grandes éxitos con ella —explicó a sus hombres—. No podían ganar la guerra, luchaban contra un enemigo de aplastante superioridad. Pero sí causaron daños considerables.

El general Linley, que se enteró de este comentario, propagó indignado que Julius exaltaba la estrategia militar de los bóers y que había expresado su pesar por que no hubiesen vencido a los ingleses.

—Con amigos así, para qué quieres enemigos —comunicó apesadumbrado a un periodista del *Onehunga Weekly News*, que informaba sobre las maniobras—. Es una vergüenza que hayamos permitido que los alemanes extiendan su ponzoña por nuestro país.

Al respecto, Julius solo podía reaccionar con un gesto de resignación. Ya hacía tiempo que poseía la nacionalidad neozelandesa y con ella la británica y había renunciado a la alemana por consejo de su suegro. También Hans había hecho lo mismo. Se sentían un poco como traidores a la patria, pero frente a la campaña de difamación del general, a Julius le parecía que habían tomado la decisión correcta.

Jakob Gutermann iba postergando una y otra vez sus planes de emigración. Si bien seguía creyendo que se avecinaba una guerra, había también voces ilustres en Europa que querían evitar el conflicto. Mientras existiera esa posibilidad, él continuaba dirigiendo sus negocios, que mejoraron durante el año 1914. En Nueva Zelanda volvió a llegar el invierno y en Alemania empezó el verano, caliente desde muchos puntos de vista. El ejército, las paradas y los desfiles militares organizados se enaltecían. Florecía el nacionalismo y, con él, el antisemitismo. Mia insistía a su padre para que dejara de una vez el país... Y entonces ocurrió algo con lo que nadie había contado: el 28 de junio, el sucesor al trono del Imperio austrohúngaro sufrió un atentado. El archiduque Francisco Fernando y su esposa Sofía murieron en Sarajevo víctimas de las balas que disparó un joven serbio.

Julius y Mia se enteraron un par de días más tarde a través de un artículo del *New Zealand Herald*. El diario realizaba unos pronósticos funestos. Podía estallar una guerra entre Austria y Serbia.

—¿Por culpa de un loco? —preguntó Mia—. ¿O es cierto que detrás se esconde el gobierno serbio?

Julius negó con la cabeza.

—Se supone que una organización secreta. Pero eso no importa. Me temo que con la acción de un demente pueda llegar a empezar una locura mundial. Podría iniciarse la guerra que ha profetizado tu padre...

En efecto, los acontecimientos se precipitaron. El Imperio austrohúngaro pidió el apoyo de Alemania contra Serbia y declaró la guerra a ese pequeño país el 28 de julio. El zar de Rusia ordenó a continuación la movilización general para proteger a Serbia, y los intentos de mediación de ingleses y franceses fracasaron.

Julius iba cada día a caballo a Onehunga para adquirir el periódico más reciente, y todos seguían consternados la sucesión de acontecimientos.

El primero de agosto, Alemania declaró la guerra a Rusia; el 3 de agosto, a Francia. Cuando el emperador invadió la hasta entonces neutral Bélgica, Reino Unido entró en guerra.

—Y con ello también Nueva Zelanda —dijo afligido Julius, tendiéndole el periódico a Mia—. Ya están abriendo oficinas de reclutamiento. El primer ministro se jacta de que no vamos a dejar a la madre patria sola. Al menos no se llama a nadie a filas. Solo envían a voluntarios.

—¿Seguro? —preguntó Hans, asustado. Solía reunirse con los Von Gerstorf cuando Julius leía en voz alta los diarios. Los acontecimientos en Europa le interesaban y amedrentaban—. Porque... nosotros somos reservistas, señor alférez, ya lo sabe usted... Cuando dejamos el ejército, nos dijeron que teníamos que estar siempre preparados para luchar por Alemania en una guerra.

Julius le dirigió una triste sonrisa.

—De eso nos hemos librado, Hans. Ya no somos alemanes. Como mucho podrías luchar por Nueva Zelanda, pero no te lo aconsejo.

Hans frunció el ceño.

—Sé que hemos firmado unos documentos. Pero... ¿dejamos tan fácilmente de ser alemanes?

6

Los temores de Hans iban a verse justificados. Al día siguiente, cuando Julius fue a comprar el diario como era habitual, el dueño del almacén general le dijo que no se iba a dar nada más a los alemanes. Hombres que solían saludarlo hasta ese momento cambiaban ahora de acera cuando él pasaba junto a ellos a pie o a caballo, y se sospechaba que era un espía o un agente secreto. No cabía duda de que el general Linley había intervenido en ello. Julius se asombró de que no apareciera a la cabeza de la delegación de voluntarios para suspender sus servicios como jefe de tropa.

—Tiene que entenderlo, alférez —dijo Mick Lanes, el pacífico panadero, sobre quien recayó la ingrata tarea de comunicar a Julius la decisión del regimiento—. En esta época no podemos tolerar a ningún alemán entre nosotros. El peligro de que se revelen secretos sería demasiado grande...

—¿Qué secretos tienen ustedes? —preguntó Julius, casi divertido—. ¿Y ahora quieren alistarse todos los voluntarios e irse a Europa?

—Eso... eso es justo lo que no vamos a revelar —contestó el carpintero Fred Stephens, que había acompañado a su amigo—. Porque si usted lo supiera podría decírselo al enemigo y entonces...

Julius se llevó las manos a la cabeza.

—Entiendo —dijo—. Que el emperador alemán supiera cuántos habitantes de Onehunga van a luchar contra él tendría una influencia decisiva en el transcurso de la batalla. Lo que no comprendo es cómo iba yo a comunicárselo.

El panadero reflexionó unos instantes.

—En morse —contestó.

Julius suspiró.

—Quizá podría escribirle también una carta —propuso con una sonrisa algo burlona—. O enviarle un telegrama en clave. —Con fingida preocupación, frunció el ceño—. Bien, entiendo perfectamente que soy un factor de peligro y por eso me retiro de manera voluntaria de la unidad de caballería de Onehunga. No obstante... —Julius se puso serio—. Solo puedo aconsejarles a ambos, Mick y Fred, que no se unan al ejército británico. Montan muy bien, sus caballos están bien adiestrados, pero son los cañones y no las cargas de caballería quienes decidirán esta guerra. Permanezcan aquí, sigan entrenando y en caso de que se produzca una invasión...

—¿Lo cree posible? —preguntó el panadero, amilanado.

Julius suspiró.

—No me parece probable. Pero en caso de que ocurriera, yo lucharé a su lado para evitar cualquier perjuicio en este nuestro país. Si estalla la guerra, nos enfrentaremos a ella. Pero no salga a su encuentro, Mick, y dígaselo también a los demás.

Al final, la delegación se marchó aliviada después de que Julius ofreciera un whisky a los hombres y todos brindaran varias veces con un «¡No te ofendas!». Así se enteró de que ni el panadero ni ninguno de los trabajadores manuales del lugar tenía intención de ir a la guerra.

Solo un par de jóvenes impulsivos pensaban unirse al ejército. Julius repitió su advertencia. Ignoraba los efectos que sus francas palabras iban a obrar en su destino.

Pocos días después, los ciudadanos de origen alemán recibieron una convocatoria. Toda persona no nacionalizada en Nueva Zelanda debía presentarse de inmediato en la comisaría de policía más cercana.

—Esto significa que nos van a deportar —observó Hans, temeroso.

Mike se había apresurado a describir al caballerizo el peor escenario posible y, como Hans no lo entendía todo, había añadido un par de motivos de espanto más.

—A no se sabe qué islas... —continuó Hans.

—Eso no nos afecta —intentó tranquilizarlo Julius—. Nosotros sí estamos nacionalizados, somos ciudadanos británicos. Nadie puede hacernos nada.

—¿Aunque yo no hable bien el inglés? —preguntó inquieto Hans.

—Deberías aprovechar la situación para aprenderlo mejor —le riñó Mia—. Pero en general los conocimientos de inglés no tienen nada que ver con la nacionalidad.

Aunque las acciones hostiles contra los alemanes iban en aumento, los Von Gerstorf se sintieron seguros hasta el día en que el general Forest Linley llegó a Epona Station, el 10 de septiembre. Al estallar la guerra, el anciano militar se había reincorporado al servicio activo, lo habían ascendido y llevaba un nuevo uniforme que lo acreditaba como teniente coronel. Lo acompañaba una unidad de doce jinetes que lucían el uniforme del ejército británico y no el de la caballería de Onehunga. Al parecer se trataba de los primeros voluntarios que se habían presentado en la oficina de reclutamiento.

El teniente coronel Linley entró en la casa sin llamar, flanqueado por dos soldados. Julius y Mia se acababan de arreglar para salir a inspeccionar los pastizales. A ella le gustaba acompañar a su marido cuando comprobaba si la granja precisaba de reparaciones o reformas urgentes. Puesto que estaban solos, montaba en una silla de hombre. En un momento dado, Willie se había hartado de trabajar en las cuadras con una ropa tan poco práctica, así que había cosido para ella y Mia unas faldas pantalón anchas que a primera vista no lo parecían, pero que ofrecían más libertad de movimiento que los trajes. Mia descendía por las escaleras y Julius ya estaba en la planta baja. Este se sorprendió al ver a Linley, pero no estaba preocupado.

—General Linley... ¿o ahora tiene otro grado? —Mia se había dado cuenta de las nuevas condecoraciones en el uniforme de Linley y le sonrió para relajar el ambiente—. Hace mucho que no lo veo. ¿A qué se debe el honor de su visita?

—¿Se ha reincorporado al servicio? —preguntó Julius, también afablemente, mirando el uniforme—. Y lo han ascendido. Mis felicitaciones, teniente coronel Linley.

—Gracias —contestó este, conciso—. Pero no estoy aquí de visita. En lugar de ello... Alférez Julius von Gerstorf, queda usted detenido por espionaje y desmoralización del ejército. Nos acompañará y se presentará ante un tribunal militar. Usted...

—¿Qué es lo que he espiado? —preguntó Julius, perplejo.

—Esto es ridículo, general, y usted lo sabe —añadió Mia.

—Más tarde nos encargaremos de usted, ma'am —respondió Linley con frialdad—. Y en lo que a usted respecta, Von Gerstorf: usted mismo lo ha admitido ante Mick

Lanes y Fred Stephens. Ha espiado y comunicado los acontecimientos a sus superiores en Berlín por carta y mediante telegramas cifrados. Es posible que eso no pueda reprochársele como oficial prusiano, ya que seguramente conserva usted sentimientos patrióticos. Pero que además desmoralice al ejército es... ¡esto es indigno de un oficial!

—¿Y cómo lo he hecho? —preguntó Julius, quien empezaba a entrever que se estaban utilizando en su contra un par de comentarios irónicos. Aunque no acababa de entender lo de la desmoralización.

—¿Niega usted haber aconsejado a los miembros de la caballería de voluntarios que no participaran en la guerra de Europa? —tronó Linley—. Insistió en ello y animó a Mick Lanes y Fred Stephens a que divulgaran su consejo a los otros miembros de su unidad. ¡Vergüenza debería darle, Von Gerstorf! Si por mí fuera, lo colgarían por ello.

—¡Bah, déjese de tonterías! —explotó Mia—. ¡Desmoralización del ejército! ¡Solo por dar a entender prudentemente a esos pobres diablos que jugar un poco a la guerra en la cordillera Waitakere no es lo mismo que luchar contra el ejército alemán!

Linley sonrió irónico.

—Esto también la preocupa, ¿verdad, señora Von Gerstorf? Supongo que ha apoyado a su marido en su vergonzoso comportamiento. ¿No era usted quien entregaba sus cartas en la oficina de correos? ¿Cartas dirigidas a oficiales alemanes?

El encargado de correos debía de haberse acordado de que Julius mantenía un ágil intercambio epistolar con su amigo Berlitz.

—Escribir cartas no está prohibido —observó Mia con vehemencia.

Julius movió la cabeza.

—Mia, cálmate, por favor —dijo tranquilo—. Todo esto se aclarará. Pelearnos con nuestro apreciado teniente coronel no ayuda en nada. —Sonrió burlón—. Seguramente solo obedece órdenes.

Linley se puso rojo. Ahora Julius había entendido que actuaba por cuenta propia.

—Lo acompañaré a Auckland de forma voluntaria siempre que tenga usted la autoridad para detenerme.

La expresión de Linley se endureció. Julius no había acertado. Vio que en la frente del teniente coronel empezaba a palpitar una vena.

—Y tanto que la tengo —respondió Linley—. Está usted hablando con el oficial de la comunidad de Onehunga responsable de las deportaciones de alemanes no registrados y peligrosos —se jactó.

—¡Qué gran título! —exclamó Mia.

Linley la observó enfurecido y se percató de que llevaba el cabello tirante, recogido hacia atrás y una falda pantalón.

—Ya puede dárselas usted de lista, señorita —dijo con mala idea—. Tiene las agallas suficientes para servir a su patria como espía, ¿verdad?

—¡Alemania no es mi patria! —exclamó indignada, dándose cuenta enseguida de que eso parecía absurdo—. Me refiero a que mi padre... Claro que es alemán y todavía vive en Hannover, pero...

—Es decir, que tiene evidentes vínculos familiares. Y es usted un marimacho que, por lo visto, no se hace de rogar a la hora de sacar la navaja en caso de duda... —señaló sonriendo la funda de la navaja del cinturón de Mia.

La joven parecía, en efecto, a punto de desenfundarla. De sus ojos saltaban chispas.

—Mia, por favor... —la serenó Julius.

Pero Linley todavía no había acabado con ella. Se volvió a sus hombres.

—¿No han detenido en Wellington a una parecida? ¿Una supuesta «señora doctoresa»?

Uno de los soldados de su séquito asintió con vehemencia.

—Una tal Hjelmar von Danneville, teniente coronel. Aunque afirma que no es alemana, sino danesa. Pero también va por ahí con pantalones y tiene mucha labia. Muy muy sospechosa. Ahora está en Somes Island...

—Pues bien, vamos a encargarnos de que tenga compañía —dijo complacido Linley—. Empaquete sus cosas, señora Von Gerstorf. Queda detenida como sospechosa de espionaje y va a ser deportada. Exactamente igual que su marido.

—¡No puede hacer esto! —gritó Julius.

De forma instintiva, buscó el sable, que ya no llevaba desde que había salido del ejército. Tampoco disponía de ninguna arma. En Epona Station ni siquiera se cazaban conejos. Julius cerró los puños.

Linley rio.

—Y tanto que puedo. Sea usted prudente, Von Gerstorf. No añada a su lista de antecedentes penales el de desacato a la autoridad.

—Así que... ¿quiere llevarnos a los dos? —balbuceó Mia, que ahora se daba cuenta de la gravedad de la situación—. A... ¿A Auckland?

El destino al que iban a enviarlos le infundía algo de valor. Los Goodman tenían propiedades en Auckland. Seguro que buscarían a un abogado que se ocupara de que los dejaran enseguida en libertad.

Linley negó con la cabeza.

—A su marido lo llevamos a Auckland —contestó—.

Pero a usted la enviamos de inmediato a Somes Island. Pasará la noche en la prisión de Onehunga y mañana...

Julius intentaba dominarse. De algún modo tenía que hacer entrar en razón a ese odioso y provinciano militar. No dudaba de su autoridad, el jefe de policía de Onehunga seguro que había estado contentísimo cuando un oficial de alto rango se había ofrecido a asumir la pesada tarea de identificar a extranjeros posiblemente hostiles. Pero tenía que evitar que Linley descargara su rabia sobre Mia.

Julius se tragó su orgullo y recurrió a la súplica.

—Teniente coronel, por favor, deje a mi mujer tranquila. Ella no tiene nada que ver con nuestras... diferencias. Es un poco impulsiva y sin duda ha sido descortés. Mia es tan leal a Nueva Zelanda como yo mismo...

Linley contrajo el rostro en una sonrisa irónica.

—Muy hábil, señor alférez. Tan leal, tan desleal. Da lo mismo. Así que vaya a hacer su equipaje, señora Von Gerstorf. Bastará con una maleta pequeña. Y llévese vestidos. Las mujeres con pantalones no están bien vistas.

Mia miró perpleja a uno y a otro.

—Y... ¿Y si no voy?

—Entonces te llevarán a la fuerza —respondió Julius—. Ve con ellos, amor mío. Lo explicaré todo en Auckland. Serán nada más un par de días...

—Hans dijo que van a encarcelar a los alemanes hasta que termine la guerra —musitó Mia.

Con ello dio a Linley otra entrada.

—Y ahora es el turno de Hans Willermann —declaró—. Posiblemente culpable de complicidad. Su «mozo», ¿no es cierto? Fiel al alférez Von Gerstorf.

—Mi caballerizo —corrigió Julius—. Y con toda seguridad ningún agente enemigo. ¡Por Dios, Linley, si ese hombre ni siquiera habla un inglés aceptable!

—Ya vemos lo estrechamente unida a la patria alemana que está la banda —observó Linley—. Irá con usted a Auckland.

—¿Y quién se encargará de la yeguada? —preguntó Mia.

A estas alturas, Mia ya estaba profundamente amedrentada, pero ahora empezó a temer por la suerte de los caballos.

—Las propiedades de los alemanes encarcelados serán incautadas —dijo Linley—. La tierra vuelve en un principio a la Corona. En cuanto a los caballos... es la guerra. Sin duda se les dará un uso práctico.

—Pero eso... eso no puede ser... Mis caballos... —Mia parecía a punto de romper a llorar.

—No puede usted... —repitió Julius, afligido. Dio dos pasos hacia Linley, pero al instante lo detuvieron dos soldados—. ¡Está usted destruyendo nuestro medio de subsistencia! —exclamó Julius.

Se liberó de los soldados que lo agarraban cuando de repente aflojaron su sujeción. Los hombres se volvieron hacia la escalera, en la que acababa de aparecer una joven.

Willie Stratton llevaba su mejor vestido, confeccionado con la tela azul claro que Mia le había traído de Wellington. Conjugaba con sus brillantes ojos de un verde azulado y acentuaba el color de su cabello rubio. Como una auténtica lady, descendió dando pasitos las escaleras.

—¿Sucede algo, prima Mia? —preguntó Willie con voz dulce—. Es que he oído voces. Pero solo puedo haber soñado lo que dicen. Estaba echando una siesta...

Se pasó las manos, como avergonzada, por sus bucles recogidos con cierta negligencia.

—¿Quién es usted? —preguntó estupefacto Linley.

Willie lo miró despectiva.

—¿Hemos llegado al punto de que una dama tenga que presentarse antes, señor...?

—Teniente coronel —contestó Linley—. Teniente coronel Forest Linley. Y estamos en guerra, señorita. Esto lo relativiza todo.

Willie sonrió.

—¿Así que el enemigo ya está a la vuelta de la esquina y podemos renunciar a los modales más elementales? Eso no habla en favor de las fuerzas de combate del Imperio británico. En fin, qué le vamos a hacer. Mi nombre es Wilhelmina von Stratton y soy pariente lejana del señor Von Gerstorf. Aunque nosotros pertenecemos a la rama inglesa de la familia y mis padres y abuelos llevan cincuenta años residiendo en el país. En este sentido, mi lealtad hacia ustedes está por encima de cualquier duda, teniente coronel. En lo que se refiere a la incautación de esta casa, así como del inventario vivo y muerto, mi padre tendrá algo importante que decir. Sobre la yeguada de los Gerstorf pesa una enorme hipoteca. Concedida por el banco de mi familia.

Linley se quedó sin aire. Al igual que Mia y Julius. La transformación que había sufrido su moza de cuadra los dejó atónitos. Mia ya había visto a menudo a Willie en el papel de lady, pero no captaba el objetivo del espectáculo que ahora estaba montando. La osadía con que contaba esa historia era increíble.

—Basta con que simplemente lo verifique —añadió Willie tan tranquila.

Mia iba comprendiendo poco a poco la situación y esperaba que la sed de venganza de ese desconsiderado veterano de guerra no llegara tan lejos como para ponerse a consultar los libros de contabilidad y despachos.

—Yo... yo puedo demostrarlo.

Entre los seguidores del general que esperaban fuera,

delante de la puerta abierta, se alzó de repente una voz. Un hombre desmontó de su caballo y se adelantó. Willie, al igual que los Gerstorf, reconoció a Edward Rawlings.

—Bueno, yo... claro que no estoy informado exactamente sobre las relaciones financieras de las familias Von Gerstorf y Von Stratton, pero conozco a la señorita Von Stratton y puedo confirmar que vive desde hace unos meses en casa de sus parientes. Ella... tiene un gran interés por los caballos. Y, con su permiso, es una experimentada amazona.

Sonrió a Willie. Ella le devolvió la sonrisa, pero enseguida se puso otra vez seria al dirigirse a Linley.

—Mi familia se ocupará de los animales y de las propiedades de los Von Gerstorf mientras dure el... internamiento... Después ya veremos qué hacemos —anunció.

Linley hizo una mueca.

—En ese caso —cedió— prescindiremos de incautar los caballos. Lástima, algunos podrían ser aptos para el ejército. Creo que pronto tendrá noticias nuestras, señorita Stratton...

—Von Stratton —le corrigió Willie—. Tómese su tiempo. Por favor, permita que me retire ahora con mi prima para ayudarla a hacer el equipaje. Y no, sus soldados no van a acompañarnos. ¡Que esperen aquí!

7

—¿Todo bien, miss Mia? —preguntó Willie después de cerrar la puerta del vestidor a espaldas de ambas.

Mia negó con la cabeza. Le temblaba todo el cuerpo.

—Los caballos —susurró—. Esos tipos no pueden hacerles nada a nuestros caballos...

Willie trató de sosegarla.

—Claro que no, ya lo ha oído. La yeguada está segura. Yo me quedo aquí y me encargo de cuidar de los caballos.

—Cómo... ¿Cómo has podido? ¿Y por qué Rawlings...? —Mia estaba hecha un lío.

—Los he escuchado hablar con ese Linley —explicó Willie, sin tocar el tema de Edward Rawlings—. Desde el principio. Estaba justo detrás de usted en la escalera y he retrocedido antes de que me viesen. Al principio porque no quería molestar y después... Enseguida me lo he temido. Mike no hace más que contar lo que ocurre con los alemanes arrestados y con sus posesiones. Para atemorizar al pobre señor Hans. Así que me he inventado una historia para... para ayudar. Siento haberla tratado con tanta familiaridad.

Mia negó afligida con la cabeza.

—Pero ahora tenemos que hacer su maleta, miss Mia —prosiguió Willie—. ¿O quiere intentar escapar?

Willie había urdido algunos planes con el fin de apaciguar su mala conciencia, que le decía que nada podía ser más beneficioso para ella que la deportación de Mia.

—No... no —contestó Mia—. Julius tiene razón, todo se aclarará. Tenemos... que conservar la calma. —Mientras hablaba iba cogiendo apresuradamente y al azar ropa y vestidos.

Willie se lo arrancó todo de las manos.

—Ya lo hago yo —anunció—. Tranquilícese un poco. Seguro que la noche será larga.

Mientras Mia trataba de calmarse, Willie metió prendas interiores, medias de lana y dos vestidos sencillos en una maleta que la misma Mia pudiera cargar. No pensaba que fueran a poner mozos de equipaje a disposición de los deportados y, conforme a eso, se ocupó de que la maleta fuera ligera. Mia lloró cuando vio con qué ínfimo bagaje emprendía su viaje a la incertidumbre.

Llegó el momento de la partida. Willie no quería arriesgarse a que Linley mandase arriba a algunos de sus hombres para recoger a Mia. Así que, decidida, colocó en la mano de la mujer un pañuelo.

—No sirve de nada llorar por la leche derramada —dijo con determinación—. El llanto no resuelve gran cosa, puede servir en algunas situaciones, pero hay que controlarlo. No les muestre lo que siente, Mia. Lo mejor es que aparte a un lado sus sentimientos, solo la debilitan. Utilice en cambio su entendimiento. Haga planes. Sea usted dócil si no le queda otra posibilidad y luche cuando tenga probabilidades de éxito.

Mia la miró con los ojos abiertos de par en par.

—¿Cómo voy a dejar de tener sentimientos? —preguntó—. Es imposible...

Willie hizo una mueca.

—Se sorprenderá usted —respondió con frialdad— de todo lo que es posible... Ahora en marcha y mantenga la calma. Una lady...

Mia sonrió entre las lágrimas.

—Nunca habría pensado —susurró— que fuera a aprender algo de ti. —Abrazó un momento a Willie antes de volverse para partir—. Cuida de mis caballos —musitó—. No permitas que les pase nada.

A continuación, Mia descendió las escaleras con su traje de viaje más modesto, seguida de Willie.

Linley y sus hombres esperaban abajo. Entretanto habían ido a buscar a Hans a la cuadra, quien estaba atemorizado junto a su alférez. Solo había entendido que lo iban a detener. La razón exacta se la explicaría Julius más tarde.

El teniente coronel dio más indicaciones a sus hombres.

—Soldado de primera Johnson y soldado raso Deaver, acompañen a la señora Von Gerstorf a la penitenciaría. Mañana se pondrá en marcha su transporte a Somes Island. Así como el transporte del alférez Von Gerstorf y... ¿cuál era su rango militar, Willermann?

—So... so... soldado raso, mi general... —tartamudeó Hans.

—Teniente coronel —lo corrigió Linley—. Soldado raso Willermann a Auckland.

—¿Y dónde los alojamos entretanto? —preguntó Edward Rawlings.

La prisión de Onehunga solo tenía una celda y en ella iba a instalarse Mia.

Linley reflexionó unos segundos. Luego sonrió.

—El alférez Von Gerstorf nos da su palabra de honor como oficial de que no abandonará esta casa hasta mañana —advirtió.

No hizo referencia a Hans, pues estaba claro que no iba a separarse del costado de Julius. Este cerró los puños.

—También podemos encerrarlo en algún cuartucho cualquiera —amenazó Linley.

Julius asintió con un gesto sumiso.

—Doy mi palabra de honor —respondió escuetamente—. Siempre que pueda confiar en que usted, teniente coronel, abandonará primero mi casa.

Linley rio.

—No se preocupe, prefiero pernoctar en la mía —contestó—. Pero, naturalmente, le dejo una... podríamos decir que le dejo una «guardia de honor». Una guardia que verifique su palabra de honor. —Sonrió irónico.

Julius no hizo más comentarios. Se acercó a Mia, quien estaba consternada con su maleta junto a Willie, y la abrazó.

—Mia, no te pasará nada —dijo con dulzura—. Y a mí tampoco. Lo superaremos. Yo pensaré en ti y tú en mí. —Sonrió—. Mira las estrellas.

Jugueteó con la cadena de oro que colgaba de su cuello. En esa época, la constelación de Pegaso se distinguía bien en el cielo neozelandés.

Mia le echó los brazos al cuello y lo besó larga y ardientemente, sin tener en cuenta a quienes los miraban, las sonrisas lascivas de unos o los aplausos de otros.

—Este beso debe alcanzar hasta que volvamos a vernos —susurró—. No lo olvides. No me olvides.

—Cómo podría hacerlo —dijo Julius—. Siempre estarás a mi lado. Cuando me sienta triste, recordaré tu beso.

—Y yo el tuyo —dijo Mia.

Luego se fue, siguiendo el consejo de Willie, y no derramó ni una sola lágrima.

Esa noche, Julius hizo una cosa inaudita. Ahogó sus penas en coñac. Claro que alguna vez se había emborrachado, pero siempre durante una velada divertida con sus compañeros. No le gustaba beber en solitario, no tendía a buscar el olvido en el alcohol. Pero esa noche tomó un vaso tras otro, desesperado, mientras le daba vueltas a qué otra solución habría podido encontrar.

Todo ese desastre era culpa suya. Linley nunca habría podido acusarlo de nada si él no se hubiese burlado de que los voluntarios de la caballería sospecharan que fuese espía. Por supuesto, era algo insostenible. Si de verdad tenía que presentarse ante un tribunal, Mick y Fred declararían casi con toda seguridad a su favor. No eran tontos, no habían interpretado erróneamente sus palabras. Linley las había tergiversado. Seguro que a él, Julius, no le amenazaba ninguna condena penitenciaria, tampoco el patíbulo. Pero esas deportaciones... Era muy posible que no le devolvieran la libertad, sino que también lo enviasen a Somes Island. O a otra isla... ¿Acaso no enviaban a los oficiales a Motuihe? Se le agolpaban las ideas. Se sirvió otro vaso.

Willie pasó la primera parte de la noche en su habitación reflexionando. Ese impertinente teniente coronel Linley la había catapultado de repente junto al objeto de sus deseos. Era la señora de Epona Station, por lo menos provisionalmente, y tenía que decidir ahora si debía tomar la iniciativa para asegurar su posición.

Hasta el momento siempre había tenido en mente que

quería la granja —y al príncipe— y que tenía que quitarse de en medio a Mia von Gerstorf. Sin embargo, no había emprendido ninguna acción en concreto. No había hecho nada de lo que sentirse culpable frente a aquella mujer que siempre la había tratado bien. Ese día, aquello podía cambiar. Si Julius von Gerstorf no desbarataba sus planes. Willie pensó en supeditar su objetivo a que él colaborase o no. Si él engañaba a Mia de buen grado, ella no cargaría con toda la culpa.

Se persuadió de que los Von Gerstorf todavía tenían una posibilidad de salir airosos mientras se arreglaba el cabello y bajaba la escalera. Encontró a su patrono en la sala de caballeros... ebrio.

—¿Tiene una copa para mí también? —preguntó Willie.

Julius buscó con torpeza otra copa de coñac.

—Preferiría vino —pidió Willie.

Julius asintió con un gesto.

—Claro —convino—. Por supuesto, puedes... tomar lo que quieras. Nos... nos has salvado. Lo que no entiendo es cómo se te ha ocurrido, pero... —Se levantó y se dirigió tambaleante al mueble bar en busca de vino.

—Soy muy útil —observó Willie, descorchando la botella de un excelente vino tinto antes de que pudiera caérsele a Julius—. Lo dije desde el principio.

Julius trató de dibujar una sonrisa torcida.

—En eso... en eso tenías toda la razón.

Dio un trago al vino que ella le sirvió. Los dos bebieron en silencio.

—¿Qué va a suceder ahora? —preguntó Julius arrastrando las palabras.

Willie se encogió de hombros, jugueteó con su cabello y soltó como por azar un mechón de una trenza.

—Bueno, yo me haré cargo de la granja —dijo—. De

la yeguada, de los caballos... a lo mejor usted está pronto de vuelta.

—Eso... eso espero... —susurró él, cogiendo de nuevo la copa de vino. Willie le sirvió—. Sobre... sobre todo por Mia... No puedo ni pensar que ahora... ¿A dónde quieren llevar a Mia?

Willie le tendió el vaso.

—No pienses ahora en Mia —murmuró ella, pasando con toda naturalidad al más familiar tuteo—. Piensa en algo bonito...

Julius la miró desconcertado.

—Y bebe un poco más de vino. Ya sabes que nos regala olvido...

Había leído aquella frase en algún lugar y se había preguntado qué clase de regalo era olvidar. Y ahora precisamente necesitaba eso. Se desabrochó el botón superior de la blusa.

—Hace calor, ¿verdad?

Lo cierto es que no lo hacía. Julius había dejado que se apagara el fuego de la chimenea.

—Eres... eres tan buena chica —balbuceó Julius—. Pero para... para olvidar necesito algo más fuerte... —Se llenó de nuevo la copa con coñac.

Willie bebió otro trago de vino y aguardó. Solo esperaba que Julius von Gerstorf no se durmiese.

Al final se estrechó contra él.

—Yo podría ayudarte a olvidar... —susurró.

Julius volvió hacia ella su rostro demacrado y ella no se lo pensó dos veces.

Willie besó a su príncipe.

8

Willie esperaba a Julius en la cocina. Se sentía fatal, rendida, insatisfecha y con la fuerte sospecha de que esa mañana Scooter habría vuelto a tratarla de puta. En cualquier caso, necesitaba con urgencia un café y empezó a prepararlo ella misma dado que, por el momento, no habían aparecido ni la cocinera ni la doncella. Cuando estaba en ello, Julius se acercó arrastrándose al comedor. Willie lo oyó llegar. Casi había volcado una silla y contuvo un improperio. Era evidente que tenía una enorme resaca.

Willie colocó rápidamente una cafetera, dos tazas, azúcar y leche sobre una bandeja y se la llevó. Dibujó una sonrisa forzada.

—¡Buenos días! ¿Un café también? Tienes que desayunar algo antes de que llegue ese Linley. Seguro que va a ser un día duro.

Julius se llevó la mano a la dolorida cabeza. Su aspecto era tan terrible como el sentimiento de Willie. Estaba pálido y tenía los ojos inyectados en sangre.

—Siento... siento muchísimo lo que pasó —dijo con la voz afónica.

Willie le sirvió café.

—¿Qué pasó? —preguntó con frialdad.

Julius enrojeció.

—En fin, yo... tú... no voy a echarte la culpa. Es única y solamente responsabilidad mía. Yo... yo no recuerdo los detalles, pero...

Willie bebió un sorbo del café negro. Al menos sustituyó el insípido sabor de la lengua por uno amargo.

—A lo mejor no ha ocurrido nada —señaló ella.

Julius cogió la taza con dedos temblorosos. Mientras, deslizó la mirada por la bata de seda que Willie llevaba sobre un delicado camisón de encaje. Los dos de Mia.

—Enseguida lo dejaré en su sitio —dijo la chica.

Julius bebió.

—Willie... claro que pasó —musitó—. No... no sirve de nada querer negarlo. U olvidarlo... y claro que yo tuve la culpa.

—Me gustaría mucho olvidar esta noche —señaló Willie.

Se estaba espabilando lentamente. Pensó que tenía que cambiarse antes de que apareciera Hans y sobre todo antes de que los soldados quisieran marcharse.

La expresión de Julius pasó de la vergüenza al desasosiego y a la esperanza.

—Podrías... ¿podrías olvidarla? —preguntó—. ¿Podrías olvidar lo que nosotros... lo que nosotros le hemos hecho a Mia?

Willie se encogió de hombros.

—Podría intentarlo —precisó—. Pero, escucha, tenemos que hablar de otro tema. Yo me encargo de la casa y los caballos, eso no lo cuestionará nadie. Al menos así lo espero. Aunque necesito plenos poderes. Sobre todo para el banco...

Julius hundió la cabeza entre las manos.

—Dios mío, la cabeza me va a estallar. Crees... ¿tenemos aspirinas en casa?

—Voy a ver —se ofreció Willie—. Y bébete el café. También tienes que comer algo...

—Tengo el estómago revuelto, Willie. Seguro... seguro que no puedo tragar nada. —Volvía a estar pálido—. Y yo... —Se levantó y salió tambaleándose en dirección al baño más próximo, probablemente para vomitar.

Willie corrió hacia el piso superior, rebuscó entre la no demasiado extensa colección de medicamentos de Mia y encontró un remedio para las náuseas y un frasquito de aspirinas. Tan deprisa como pudo, se cambió y se puso un vestido de estar por casa que Mia le había regalado hacía un par de semanas y que ella se había arreglado. Sencillo pero adecuado para una Wilhelmina von Stratton. Antes de volver al comedor, echó un vistazo al pequeño escritorio en el que Mia llevaba los libros de contabilidad de la yeguada, buscó papel de cartas y garabateó una autorización para trámites bancarios en uno de los pliegos. Esperaba que el banco la reconociera.

De vuelta al comedor, no solo encontró a Julius, sino también a Hans. El caballerizo ya estaba ocupado cuidando a su patrón.

—Debería comer algo, señor alférez. Preferiblemente algo fuerte, es lo que mejor sienta contra la resaca. A lo mejor queda algo de sopa...

El día anterior, la cocinera había servido un caldo de buey de primero. En efecto, Hans encontró un resto y se puso a calentarlo para Julius. Parecía como si eso todavía aumentara más su malestar. Cogió agradecido los medicamentos que le trajo Willie.

—Con esto pronto se sentirá mejor, señor Julius...

Una mirada a los cansados ojos de este le reveló que ni siquiera se mostraba agradecido por su vuelta al tratamiento formal.

—Y si no le importa firmar aquí abajo...

Willie suspiró aliviada cuando Julius firmó debajo de la autorización.

—Voy a freír un par de huevos, señor Hans —anunció la joven cuando el chico salía de la cocina—. Los dos necesitan desayunar.

Mientras Hans ofrecía a su patrón la sopa, ella les preparó un sustancioso desayuno que comieron en silencio. Julius parecía hacer un esfuerzo en cada bocado que daba y Hans tampoco tenía apetito. También él debía de haberse tomado un par de copas la noche anterior, pero era sobre todo el miedo a la incertidumbre lo que lo abrumaba.

Al final, Julius estaba lo bastante recuperado como para ponerse el uniforme y presentarse ante Linley y sus hombres. Willie se preguntaba si vestirse de uniforme era una buena idea, pues no dejaba de ser alemán. Sin embargo, tanto Julius como Hans tenían su orgullo. Aunque este último ya no disponía de uniforme, iba a arreglar a su alférez como era debido, aunque fuera para subir al patíbulo.

El teniente coronel Linley no esperaba otra cosa y sonrió cuando vio a su víctima resacosa, pero a punto para un desfile militar. Y se echó a reír a carcajadas cuando vio los caballos que sus hombres habían ensillado para Julius y Hans siguiendo las indicaciones de Willie. Delante de la casa esperaban la yegua de sangre fría Frankie y la pequeña Duchess.

—No es precisamente lo que corresponde a su nivel... —bromeó Linley.

Julius no parecía menos perplejo. Miró a Willie sin entender, suplicante. Ella le contestó con una mirada fría.

—Todas nuestras yeguas están preñadas —afirmó—. Esto es una yeguada, si todavía no se ha dado cuenta, teniente coronel. A no ser que quieras llevarte uno de los sementales para cubriciones, primo Julius...

Julius negó de inmediato con la cabeza.

—Claro que no. Tienes razón, Will... Wilhelmina. Yo montaré la yegua grande, Hans.

Con toda la dignidad de que fue capaz, se subió al pesado caballo. Willie había esperado que la abrazara, pero no dio muestras de tener tal intención.

—Pongámonos en marcha —pidió a Linley—. Cuanto antes lleguemos a Auckland, antes aclararemos todo esto.

Willie se quedó atrás, turbada. Se sentía vacía y todavía sucia. Al final se recompuso y volvió a entrar en la casa. Disfrutaría de un baño de espuma antes de ponerse con todas las cosas que tenía que hacer en ese día.

Después de una hora, cuando llegó a la cocina recién salida del agua caliente, la cocinera por fin había llegado. También Allison trajinaba por la casa. Willie les dijo a las dos que dejaran lo que estaban haciendo y, sin andarse con rodeos, les anunció que estaban despedidas.

—Mientras yo viva sola en esta casa no necesito cocinera —explicó—. Además, no tengo tiempo para estar continuamente detrás de Allison con el látigo en la mano para que trabaje de vez en cuando. Ahora me haré yo misma la cama. Y, de todos modos, ¿no ibas a casarte, Allison?

La muchacha puso el grito en el cielo mientras la cocinera encajaba el despido con serenidad. Willie les pidió a las dos que, si era posible, empaquetaran sus cosas ese mismo día y a continuación se marchó a las caballerizas. Como ya era frecuente, Mike estaba fumando un cigarrillo en el pasillo de la cuadra.

—¿Cuántas veces te he dicho que no fumes aquí? —preguntó Willie con frialdad. Mike le sonrió. Willie se llevó las manos a la sien—. Parece que todavía no entiendes quién manda aquí —observó—. Pero hoy es el último día que voy a tener ocasión de reprocharte tu desidia: estás despedido, Mike, ya puedes marcharte.

Mike se la quedó mirando.

—¿Ahora eres tú quien decide aquí? —preguntó con una sonrisa burlona—. Entonces enséñame la autorización. Estás muy mona con el vestidito de la señora. Pero eso no te da derecho...

—¿Se atreve usted a faltarle el respeto a la señorita Von Stratton?

Willie se volvió sobresaltada hacia la puerta de la cuadra y reconoció a Edward Rawlings. El joven alférez no había estado presente cuando recogieron a Julius. Ahora se acercó decidido a Mike.

Willie lo evitó.

—Déjelo, señor Edward, ya me apaño yo... —intervino, pero Mike soltó una fuerte carcajada.

—¿Respeto? ¿A este putón?

No había acabado de decirlo cuando lo alcanzó el puño de Edward. Mike cayó al suelo.

—¡Discúlpese ahora mismo y luego no quiero volver a verlo por aquí nunca más!

Mike se levantó.

—Yo a esta no tengo que pedirle disculpas, la...

Acto seguido recibió un gancho por la izquierda. Edward parecía ser un boxeador experimentado.

—¿He de decírselo dos veces?

Mientras Mike intentaba ponerse en pie, murmuraba algo incomprensible.

—Me hubiera ido de todos modos —replicó con la voz impregnada de odio—. Voy a alistarme de voluntario. Iré al frente. Y entonces...

—Haga usted lo que le apetezca —le cortó Edward—. ¿Todo bien, señorita Wilhelmina?

Insistió en vigilar a Mike mientras empaquetaba sus pocas pertenencias. Cuando el mozo de cuadra se hubo ido junto a una quejumbrosa Allison y la cocinera, volvió a la casa. Willie estaba sirviendo un té.

—Lamento de corazón lo que les ha ocurrido a sus familiares —admitió—. Estoy seguro de que todo se aclarará. El teniente coronel Linley guarda un rencor personal al señor Von Gerstorf. La autoridad no permitirá que sus decisiones se impongan.

Willie asintió con un gesto.

—Solo nos queda esperar que así sea —respondió con la voz finamente modulada propia de lady Wilhelmina—. Pero antes tengo que ocuparme yo sola de todo esto.

—¿Lo conseguirá? —preguntó Edward—. Yo... yo la ayudaría gustosamente, pero... ya sabe, estoy en el ejército —dijo con orgullo—. Pronto tendré que acudir a un campo de instrucción, donde los voluntarios reciben su formación. Luego a Australia y por último a ultramar. Están preparando una gran flota. Los australianos y nosotros competimos a ver quién tiene los barcos más grandes y el mayor número de voluntarios.

—Por supuesto, me dirigiré a mi padre —mintió Willie—. Seguro que me apoya. En los próximos días tendré que apañármelas sola de un modo u otro.

A Edward se le iluminó el rostro.

—Todavía estaré aquí unas jornadas —le comunicó—. Será para mí un honor echarle una mano. No se me caerán lo anillos por eso.

Edward demostró que no solo estaba dispuesto a hacer las labores de Mike por un par de días, sino también que era capaz de llevarlas a término. Willie dio de comer a los caballos a la mañana siguiente y enseguida le cedió la tarea de limpiar el estiércol mientras ella iba a caballo a la ciudad.

—Debo ocuparme de un par de asuntos —anunció, ante lo cual el joven asintió con un gesto comprensivo.

—Por supuesto, tendrá que telegrafiar a su padre. Vaya, vaya, señorita Wilhelmina, yo defenderé el fuerte.

Willie se marchó con Medea a Onehunga esperando que ya se hubiesen llevado a Mia. Habría sido lamentable encontrársela allí. Willie fue primero al banco, confirmó que tenía la autorización y sacó una pequeña cantidad para disponer de dinero en metálico. Luego se encaminó a la oficina de correos y pidió una conferencia.

—Yeguada Barrington en la Isla Sur, por favor. Quisiera hablar con el lord.

El encargado la miró escéptico, pero estableció la comunicación. Después de hablar con algunos criados, un mayordomo la puso en contacto con el despacho del criador de caballos de carreras. Willie se presentó solemnemente como Wilhelmina von Stratton, contó la historia de que se trataba de una prima lejana de Julius e informó al lord acerca de la deportación de los Von Gerstorf.

Barrington se mostró sorprendido e indignado, y enseguida prometió mover todos sus contactos para que dejaran en libertad a Julius y Mia. Willie estaba tranquila. El lord tenía influencia en el mundo de las yeguadas de purasangres y caballos de carreras, pero ella dudaba de que conociera a muchos militares.

—En primer lugar, tengo que pedirle un favor —le comunicó, contenta de que él no pusiera en duda su identidad.

Ahora revertía en su provecho que Julius no hubiese querido jamás llevar con él a la moza de cuadra Willie a las carreras. Barrington nunca había oído hablar de ella y dio por sentado que se trataba de verdad de la prima Wilhelmina. Solo preguntó si se veía capaz de llevar sola la yeguada.

Ella dejó percibir una sonrisa en su respuesta.

—Soy hija de un banquero —mintió—. Y amo los caballos. Me las arreglaré con la contabilidad. De todos modos... con Julius han detenido también a su caballerizo y el mozo de cuadra que teníamos amenazaba con ser un impertinente. Por desgracia, me he visto obligada a despedirlo. Ahora estoy sola con todo el trabajo práctico de las cuadras. ¿Conoce usted a dos mozos honestos y diligentes, a ser posible con algo de experiencia, que puedan ayudarme?

El lord reflexionó unos instantes.

—Por supuesto, señorita Von Stratton. No hay problema. Haré un par de llamadas hoy mismo y acudirán a verla unos empleados. No creo que tarden más de uno o dos días. Me ocuparé de encontrar cuidadores que hayan estado trabajando en Ellerslie o en otro hipódromo.

Willie lo tranquilizó diciéndole que no corría prisa. De momento tenía a Edward y había decidido mimarlo mientras estuviese allí.

De vuelta a la yeguada se metió en la cocina e inspeccionó la despensa. Estaba bien llena, aunque ella no era una buena cocinera. A pesar de todo, Edward se tomó encantado el potaje que preparó para el mediodía.

—Muy sabroso, señorita Wilhelmina —dictaminó—. Pero no debe usted estar en la cocina. ¿Sabe qué? Mañana traeré algo de mi madre. Podríamos... volver a hacer un pícnic.

La miró con veneración, incluso parecía haber algo de súplica en su mirada.

Willie sonrió.

—¿No hace un poco de frío para eso, señor Edward? —preguntó.

—Podríamos hacer el pícnic en la cuadra —sugirió—. Extenderemos una manta sobre el heno...

Willie asintió con la cabeza. Confiaba en Edward y la adulaba su apasionada forma de cortejarla. Solo tenía ojos para ella cuando estaban juntos. Edward la piropeaba, se mostraba deseoso de protegerla... Julius tenía el aspecto de su príncipe, pero Edward lo ganaba con su actitud. Ella encontraba conmovedor que incluso se prestara a hacer el trabajo de las cuadras y se rio cuando él le contó muy serio que eso también formaba parte de las obligaciones que tenía un caballero para con su dama.

—¿No ha leído la historia del caballero Lanzarote y su dama Ginebra? —preguntó—. Para agradarle asume las tareas más bajas. ¿Y yo debería hacerme de rogar para limpiar el estiércol de una cuadra?

No obstante, después de haberlo observado, Willie se convenció de que no era la primera cuadra que limpiaba. Así que o bien había cortejado a muchas damas, o...

—¿Ha tenido que ayudar alguna vez en la granja de sus padres? —preguntó.

Él se lo confirmó.

—Nuestra granja es más bien pequeña —dijo—, ya se lo conté. Seguro que tiene potencial, pero en un principio... Por muy extraño que le parezca, nunca tuvimos personal, señorita Wilhelmina. Ahora, como estoy en el ejército, hay un chico maorí que ayuda en la cuadra, antes lo hacíamos todo mi padre y yo solos. Espero que eso no la sorprenda demasiado...

Willie no era tan fácil de asombrar y le aseguró que encontraba muy atractivo que un joven supiera realizar trabajos duros.

—Sabe usted, todos esos vividores ricos que ignoran

cómo empezar el día solo me dan pena —fabuló Willie, que a excepción de Julius nunca había conocido a ningún otro hombre que no trabajase desde los trece años.

—En cualquier caso, me alegro de que esté usted aquí.

Edward resplandeció de alegría cuando ella pronunció estas palabras.

9

Apenas un par de días después, dos muchachos fueron a ver a Willie para ofrecerse a trabajar de mozos de cuadra. Uno de ellos había estado activo hasta el momento en el hipódromo de Ellerslie, el otro en una yeguada en la bahía de las Islas. Willie les hizo un par de preguntas para verificar sus cualificaciones, les ofreció un buen sueldo y les concedió alojamiento en el edificio adyacente. Ambos se comportaron muy respetuosamente con ella. En ningún momento cuestionaron su estatus y se mostraron eficientes y dignos de confianza.

Willie tenía entonces más tiempo para Edward, quien la cortejaba a conciencia. Insistía en que lo acompañara al desfile militar de Onehunga y a la carrera de Ellerslie, aunque allí solo se celebraban en ese momento competiciones de trotones, que a ella le interesaban menos. Le cogía la mano cada vez con más frecuencia y al final se atrevió a pedirle un beso de despedida antes de regresar a su casa. Él la besó al principio en la mejilla, que tocó con tanto cuidado como si fuera de la porcelana más delicada y pudiera hacerse añicos si se la trataba con brusquedad. Cuando por fin se atrevió a rozar sus labios con los suyos, ella se percató de que sentía una agradable calidez y placer.

Willie comenzó a disfrutar del tiempo que compartía

con Edward. Era un joven encantador. Su admiración le sentaba bien y se preguntó si no se habría enamorado de él de no haber conocido antes a su príncipe. En cualquier caso, no le costaba sonreírle y contestar a sus pequeñas carantoñas. Ella hacía con él lo que quería. En realidad, ya contaba con que iba a pedir su mano, pero seguía sin saber cómo reaccionar. Probablemente le daría largas al principio...

En cualquier caso, creía saber con toda exactitud lo que se le venía encima cuando, después de otro pícnic en el heno, él le preguntó si podía pedirle una cosa.

—Por supuesto que puede pedirme usted lo que quiera, Edward —dijo Willie y se desperezó sobre el blando colchón.

Estaban tumbados sobre una manta que Edward había extendido encima de un montón de heno. La comida de la señora Rawlings había sido una vez más estupenda, y ya se habían tomado una botella de vino. Edward bebió más deprisa de lo normal, seguro que para reunir valor. Desde entonces obsequiaba a Willie con pequeñas caricias, le besaba el cuello y le acariciaba el escote.

—Puede... puede usted también rehusar, sabe... —le aseguró Edward, sentándose.

Willie oía el ruido que hacían los caballos a su alrededor masticando el heno y cambiando el peso de una pata a la otra. Eran los sonidos más bellos del mundo. Se sentía segura y en su hogar.

—Sí, pregunte lo que quiera —le instó.

Edward se enderezó.

—Wilhelmina, yo... yo tengo que ir a combatir. Y... nadie sabe si volveré.

—Esperemos que sí —dijo Willie—. Yo al menos lo supongo.

Edward negó con la cabeza.

—No hay ninguna garantía. Y puesto que... puesto que nunca me he acostado con una mujer... —Edward se sonrojó.

Willie se puso alerta.

—¿Qué? —preguntó.

—Soy... por así decirlo... En fin, todavía no he yacido con una mujer y yo... Wilhelmina, para mí es algo sagrado. No quiero ir con una prostituta... —Edward la miraba suplicante.

Willie necesitó unos instantes para ordenar sus pensamientos.

—¿Y ahora quisiera que yo con usted...? —preguntó desconcertada.

—Hace tiempo que la amo —admitió—. Y creo que también usted...

Willie no sabía si echarse a reír o llorar. Ahora era una lady reconocida. Y, a pesar de todo, ese hombre le preguntaba sin ningún tapujo si podían pasar una noche juntos pese a no estar casados.

—No exceptuaría... que nosotros... bueno, me gustaría comprometerme con usted. Pero hay una chica... Sus padres son los propietarios de las tierras colindantes con nuestra granja y mis padres... Yo... apenas la conozco, pero hasta que cuente a mis padres que me he enamorado de otra... Cuando falta tan poco para que me vaya a la guerra... —Edward se explicó balbuceante.

—Yo también aportaría algo de dote —mintió Willie para defender su dignidad.

Edward suspiró.

—Seguro que sí. Pero... solo me quedan tres días, Wilhelmina.

Dicho esto, la rodeó con los brazos y la besó. Sin saber por qué, Willie respondió a su beso. A lo mejor era cierto que Edward despertaba en ella cariño, o tal vez quería saber qué significaba hacer el amor con un hombre que realmente la deseaba y la admiraba... Y quizá fuera porque reconocía en Edward algo de ella misma. También él quería alejarse de su vida, de la ciudad de provincias, de la granja, del matrimonio por conveniencia que le garantizaría una vida igual que la de sus padres... y también él se arriesgaba para cumplir sus sueños. Ella lo tenía difícil con su príncipe, pero para Edward ella era la princesa. A lo mejor traía suerte que al menos uno de los dos viera sus deseos cumplidos.

Esa noche, «Wilhelmina von Stratton» hizo feliz a Edward y convirtió los días que siguieron en los más felices que el joven había vivido en su vida. Al mismo tiempo, ella disfrutó de sus torpes caricias. Probablemente había mejores amantes, pero para Edward ella era una diosa, no una puta.

—Me casaré contigo cuando vuelva —prometió él.

Willie negó con la mano cuando él le dio un beso de despedida.

—Primero regresa —le pidió, al tiempo que le regalaba un mechón de su cabello atado con una cinta azul.

Edward prometió no separarse jamás de esa joya y Willie asintió con un gesto displicente.

Cuando se fue, Willie se sumergió en la lectura de los libros de contabilidad de la yeguada y ya se había olvidado de Edward antes de que la embarcación del joven zarpara rumbo a Sídney. Tenía que hacer algo con urgencia para asegurar el mantenimiento de la yeguada. La cuenta bancaria de los Von Gerstorf no albergaba una gran fortuna, Julius y Mia habían vivido sobre todo de los honorarios de él como jinete de carreras y preparador, junto con los premios en metálico de los sementales. Y eso ya estaba descartado. Sin duda, los sementales podían volver a competir en verano, y ya encontraría otros jockeys para ellos. Recordó que Julius había mencionado a un tal Jimmy Masters, que sabía manejar muy bien los caballos.

Willie decidió de mal grado vender a las primeras hijas de Epona y Allerliebste. Aunque compartía la opinión de Mia acerca de que ambas serían unas yeguas de cría fabulosas para la yeguada, ahora necesitaba dinero antes de nada. Por suerte, enseguida encontró varios interesados gracias a la ayuda de lord Barrington y vendió a buen precio las potras de seis meses. Además, hizo cubrir a las demás yeguas: también a Frankie, la de sangre fría, y a la pequeña Duchess, que Edward había recogido un día después de que deportasen a Julius con destino a Auckland. Para Gipsy escogió al apacible Magic Moon y esperó que su potro fuera más afable que la cerril yegua. Además, Moon se había revelado como un semental que transmitía su línea genética. Disponía de unos atributos extraordinarios que no dejaba de legar a sus descendientes. Sus hijos se parecían entre sí como si estuvieran calcados. Era de esperar que compensaría los defectos de la constitución física de Gipsy.

Sintiéndolo en el alma, también puso en el *New Zealand Herald* un anuncio ofreciendo a Moon y Star como sementales de cubrición. Julius no lo habría hecho nunca, pues para él era importante criar caballos de pura raza o al menos de media sangre. En este sentido, solo había aceptado que cubrieran yeguas purasangres o de sangre caliente selectas. Ahora, cualquiera que pagase seiscientas libras podía dejar que un noble caballo se apariase con su yegua, y Willie recibió, sorprendida, muchas solicitudes. Los argumentos de los futuros criadores eran siempre los mismos: se necesitaban caballos para la contienda y esperaban poder vender los potros a buen precio.

Por su parte, Willie esperaba que la guerra ya hubiese terminado antes de que los caballos crecieran.

En cuanto a la evolución del conflicto, se mantenía al corriente solo por encima. En realidad le bastaba con las cartas que Edward le enviaba, primero desde el campo de instrucción de Australia y luego desde Egipto. El joven se alegraba de los primeros éxitos de los regimientos neozelandeses: habían ocupado las islas de Samoa, una base alemana en el Pacífico, y encarcelado a las tropas de ocupación. A Willie le daba bastante igual en qué otros lugares se luchaba, ella tenía asuntos más importantes de los que ocuparse.

Dos meses después de la partida de Edward confirmó que las tareas diarias cada vez la cansaban más. Llevaba varias semanas luchando contra la fatiga y las náuseas, sobre todo por las mañanas. Además, no tenía la regla. Willie sabía perfectamente lo que esto significaba; a fin de cuentas, su madre había dado a luz varios hijos. Pese a ello, acudió a un médico para que lo verificase. Quizá se equivocaba...

Para no convertirse en la comidilla de Onehunga, se marchó a Auckland y se presentó ante el médico como la señora Rawlings. Tras un breve reconocimiento, este la felicitó de manera efusiva por el primogénito en camino.

—¿O le gustaría más que fuera una niña? —preguntó amablemente.

Willie se encogió de hombros. Hasta el momento no sabía si quería o no al bebé.

—Sea lo que sea será bien recibido —comunicó al médico, pagó la consulta y cogió el siguiente tren a Onehunga.

Había dejado su caballo en la estación de correos y decidió aprovechar la oportunidad para recoger las cartas de Epona Station. Al hacerlo, se sintió un poco como en trance. Tenía que digerir primero la confirmación sobre su estado. Pero luego leyó el nombre del remitente en un sencillo sobre y se quedó como electrizada: JULIUS VON GERSTORF, DEPÓSITO DE REMONTA MILITAR, UPPER HUTT.

Willie guardó la carta a toda prisa. No podía esperar a estar de vuelta en la granja, pero no quería abrirla en plena calle ni, desde luego, en la oficina de correos, cuyo encargado era conocido por ser un fisgón. Entró nerviosa en el café más cercano y pidió una taza de té. Antes de que llegara, echó un vistazo a las otras cartas. Sobre todo facturas y, naturalmente, la inevitable misiva de Edward. El joven escribía casi cada día.

Cuando por fin tuvo la aromática bebida frente a ella, abrió la carta del príncipe y la leyó con ansiedad. Tras su lectura se quedó perpleja. Estaba como petrificada, luego bebió un par de sorbos, se tranquilizó y reconoció que el destino de nuevo había decidido a su favor... y en contra de Mia von Gerstorf.

Cuando Willie salió del café, tiró la carta de Edward en una papelera. Por la noche escribió a Julius.

MIA

¿Al final?

*Somes Island, Dunedin
1914-1918*

1

Tras su detención, Mia pasó una noche horrorosa en la cárcel de Onehunga, si bien el oficial Brooks fue muy amable con ella y al final la instaló en su despacho porque la única celda estaba ocupada por dos presos varones, unos inmigrantes alemanes que el teniente coronel Linley había detenido antes de ir a arrestar a los Gerstorf. Mientras preparaba una cama para Mia, el oficial de policía informó de que al día siguiente los llevarían a todos a Somes Island.

—¿En tren? —preguntó Mia.

El policía asintió con un gesto.

—Y luego en barco. Es una isla. No sabía que allí también se deportaba a mujeres, pensaba... En fin, en todo caso, usted pasará aquí esta noche cómoda y no tendrá frío. No estará tan mal. Y yo... yo no creo que su marido sea un espía. Todo se aclarará, ¡hágame caso!

El oficial Brooks formaba parte de los voluntarios de caballería a los que Julius había entrenado. No lo dijo, pero era evidente que desaprobaba la conducta de Linley, y su esposa parecía estar también del lado de los Von Gerstorf. Envió a Mia un bocadillo de pavo para cenar, muy sabroso. Pero Mia solo consiguió darle un par de bocados. Estaba demasiado preocupada por su marido y sus caballos. Su propia situación la inquietaba menos, aunque también le daba vueltas a la idea de ser una de las dos mujeres que estaban presas en una isla en la que solo vivían hombres. Se preguntaba lo grande que sería Somes Island en realidad. ¿Podría evitar a los demás o estarían todos apelotonados? ¿Habría casas en las que encerrarse? ¿Qué significaba «internamiento»? En realidad no equivalía a una condena en prisión, pues los alemanes no habían cometido ningún delito en Nueva Zelanda. A lo mejor no tardaba en calmarse la histeria de los neozelandeses y la dejaban en libertad.

Las ideas se le agolpaban y no fue hasta el amanecer que se sumió en un sueño inquieto del que despertó de pronto asustada cuando, a las cinco de la madrugada, el agente Brooks llamó a la puerta respetuosamente antes de abrirla.

—El tren a Wellington sale a las seis —anunció, dejando una bandeja con un opíparo desayuno sobre su escritorio—. Saludos de parte de mi esposa —dijo, mientras le servía un café caliente—. Coma, por favor, va a ser un largo viaje y quién sabe cuándo volverá a tener algo que llevarse al estómago.

Al final, Mia se dejó convencer y comió un par de gofres y huevos revueltos, y no protestó cuando Brooks le envolvió el resto del panecillo del día anterior y otro de jamón para el trayecto. Los Brooks tenían razón, no debía abandonarse.

Por último, dio las gracias de corazón al oficial antes de salir con serenidad de la cárcel, fuera de la cual la esperaban cuatro jóvenes soldados. Los hombres la acompañaron a ella y a seis presos más a la estación de ferrocarril. Mia no conocía a ninguno. Debían de ser reclutas que se habían alistado voluntarios, posiblemente obreros de alguna de las fábricas textiles.

—Podríamos reducirlos y largarnos —oyó que decía uno de sus compañeros de cautiverio.

De los seis hombres, cuatro parecían todavía muy jóvenes y agresivos. Mia se enteró más tarde de que habían ido abriéndose camino como temporeros y que los habían apresado por pura casualidad en Onehunga.

Uno, el mayor, trabajaba en una granja propia, muy pequeña, en el otro extremo de la ciudad. Era el único con hijos. Otro había sido obrero de las fábricas textiles y también estaba casado; una joven lo despidió llorando en la estación. Quería echarse a sus brazos, pero los soldados no permitieron ningún contacto.

—¡Volveré, Leni! —le gritó el hombre—. No llores, no me pasará nada. Seguro que regreso enseguida.

Uno de los soldados le increpó y lo amenazó con su fusil porque hablaba en alemán. Su esposa había inmigrado con él, pero a ella no la deportaban.

—¿Qué harán sus esposas ahora? —preguntó Mia cuando ocuparon sus asientos en el tren.

Los soldados habían reservado dos compartimientos con cerradura para ellos y Mia se unió a los dos hombres casados. Le parecieron más dignos de confianza que los chicos jóvenes. Los soldados se distribuyeron por parejas en los compartimientos.

—Pueden conversar, pero hablen en inglés —les indicó uno de ellos.

Mia esperaba que los hombres conocieran el idioma. Empezó la conversación y repitió la pregunta sobre las esposas en inglés.

—Leni quedar en fábrica —respondió el obrero—. Nosotros trabajo allí. Espero que esposa no despedir porque alemán.

—Mi esposa también tendrá que buscarse trabajo —contestó preocupado el otro en un inglés fluido—. No se puede quedar en la granja, se lo ha dejado bien claro ese teniente coronel Linley. Confiscarán nuestras tierras. Solo me gustaría saber si todo esto es legítimo. Nosotros inmigramos aquí de forma legal, nos acogieron, y yo compré la granja y la pagué como es debido. ¿Y ahora, de repente, somos unos extranjeros cuya presencia no es deseada y a los que se puede expropiar como si nada?

El internamiento parecía ocasionarle menos preocupación que la pérdida de su granja, lo que Mia entendía muy bien. La guerra terminaría en algún momento. Pronto, esperaban todos. Pero ¿devolverían sus tierras a los alemanes? Para sus adentros, Mia daba las gracias al cielo por Willie, que conservaría Epona Station para ella.

Durante el viaje, que se prolongó durante varias horas, no les dieron de comer y Mia compartió sus provisiones con sus compañeros. Estos se presentaron con los nombres de Richard Greve y Martin Meyer. El primero llevaba varios años residiendo en Nueva Zelanda; Meyer y su esposa solo unos meses. Mia no averiguó la razón exacta por la que habían emigrado, el inglés del hombre todavía era demasiado vacilante para ser comprensible. No obstante, ya habían trabajado en una fábrica en Berlín.

—Es posible que esperasen tener más posibilidades de progresar en Nueva Zelanda —supuso Greve—. Y de llevar una vida mejor. En los barrios obreros alemanes cunde la tuberculosis, no entran los rayos de sol y hay humedades... No es extraño que quisieran marcharse. Lo que no se sabe es cómo consiguieron el dinero suficiente para el pasaje en barco.

Greve era el hijo menor de un labrador. Se entendía bien con su hermano y, cuando los dos obtuvieron una pequeña herencia, el primogénito renunció a su parte para facilitar a su hermano una nueva vida. En Alemania no habría tenido suficiente para llevar una granja propia, pero en Nueva Zelanda la tierra era asequible.

—Y ahora la he perdido —gimió Greve—. Tendremos que volver a empezar desde cero cuando esto haya acabado.

—¿Tiene hijos? —preguntó preocupada Mia.

Greve asintió.

—Dos, una niña y un niño. Me horroriza la idea de tener que enviarlos a una fábrica si llega el momento. Y mi esposa... ahora tendrá que hacerse cargo de todo. Es fuerte, puede trabajar. Pero no se merecía esto. —Por lo visto, la señora Greve no era alemana, sino la hija de un granjero neozelandés. Se habían conocido en una reunión de agricultores—. Yo estoy totalmente integrado en Nueva Zelanda —explicó Greve—. La idea de que de golpe y porrazo me haya convertido en un espía es absurda. Llevo años sin decir ni una palabra en alemán. Y claro que me escribo con mi hermano. ¡Pero no comparto secretos militares con él!

Mia propuso que su esposa se dirigiera a su padre o a otro pariente y que este afirmara que había financiado la granja para ella y su esposo. Es probable que así pudieran conservarla, al igual que sucedía con Willie y Epona Station. La confiscación de las propiedades de los internos era sin duda un asunto cuestionable. Las autoridades no permitirían que se presentara una demanda.

Greve le dio las gracias de manera efusiva y prometió que lo intentaría. Parecía algo más tranquilo y durmió la mitad del viaje. Probablemente no había pegado ojo en toda la noche.

A eso de las siete de la tarde llegaron a la estación de Wellington, delante de la cual los esperaba un carro cubierto tirado por caballos pesados. Llovía, pero la lona ofrecía suficiente protección contra el agua. Aun así, estaban expuestos a las corrientes de aire y los bancos eran estrechos e incómodos. Mia tuvo que apretujarse en un rincón. Uno de los chicos de otro compartimento se había sentado junto a ella y se puso de inmediato impertinente.

—¿Qué tal si nos lo montamos juntos, bombón? —le susurró al oído en alemán—. Me extrañaría que no fueras a necesitar a alguien que te proteja en esa islita.

Mia no se dignó a contestar y trató de guardar las distancias. No podía pedir ayuda a los soldados, que habían entregado los presos a otros cuatro vigilantes que ahora estaban sentados en el pescante o iban a caballo detrás del carro. El espacio de carga estaba ocupado solo por los presos. A Mia se le hizo eterno el trayecto desde la estación hasta el puerto. Respiró aliviada cuando pudo bajar del carro.

—Bueno, tampoco está muy lejos de tierra firme —observó Richard Greve mientras esperaban el bote que iba a transportarlos a Somes Island.

Era cierto, la isla se podía ver bien desde el atracadero. Se hallaba, junto a otras dos, en la mitad septentrional del puerto natural de Wellington. Mia ya las había visto en anteriores visitas a la ciudad, pero no les había prestado la menor atención. A fin de cuentas, eran tres peñascos cubiertos de maleza que, por lo que ella sabía, estaban deshabitados. Sin embargo, ahora logró distinguir unos edificios en la más grande.

Mia recordó que había un faro. Así que al menos un farero había tenido que vivir siempre en la isla. ¿Habrían construido nuevos alojamientos para los inmigrantes alemanes?

Los soldados que vigilaban a Mia y a los otros detenidos permanecieron en silencio, pero uno de los bateleros, un hombre afable y de tez oscura que debía de tener raíces maoríes, se mostró dispuesto a satisfacer la curiosidad de Mia.

—No, señora, no fue necesario —contestó mientras zarpaban—. Matiu ya servía antes de campo de cuarentena para personas y animales. Mi tribu tenía antes dos fortificaciones allí que ya no existen. Tampoco nos asentamos nunca de verdad en la isla, no hay caza ni terrenos donde cultivar.

—¿Matiu? —preguntó Mia.

El maorí sonrió.

—Es el nombre que le damos a la isla, señora. Y nosotros llegamos antes que los ingleses.

—¿Su tribu tiene nombre?

Mia todavía sentía interés por los primeros colonos de Nueva Zelanda. En Onehunga no había hablado nunca con un maorí que estuviera tan orgulloso de su procedencia.

—Te ati awa —contestó el hombre—. Pero como ya he dicho, teníamos la isla solo como puesto defensivo. Nosotros vivíamos en el continente.

—¿Y ahora vive usted en la isla? ¿O solo nos lleva? —Mia esperaba averiguar más sobre el campo de prisioneros.

—Trabajo para los británicos —respondió lacónico—. En realidad quería alistarme para la guerra, pero no aceptan a los maoríes. Y si lo hacen, solo en regimientos especiales y ahí... bueno, se diría que servimos de carne de cañón, ¿no? —La miró afligido—. Aquí en la isla había un sitio libre como... ¿cómo decirlo? ¿Chica para todo? —Rio—. El oficial de reclutamiento me lo ofreció porque así yo también puedo hacer mi aportación para la victoria de nuestra madre patria. No pagan mal. Por cierto, me llamo Kepa.

—Encantada —respondió ella con franqueza—. Yo soy Mia von Gerstorf. Y... dígame... ¿se vive mal en la isla? Me refiero a los internos.

Kepa se encogió de hombros.

—La isla es bastante aburrida —respondió—. Los hombres no tienen nada que hacer. Por eso se pelean a menudo, juegan... —Sonrió—. No se lo diga a los soldados, pero un par de ellos destilan aguardiente. Eso no los vuelve pacíficos. La mayoría son tipos salvajes. Tengo que poner orden con frecuencia.

—¿No hay vigilantes? —preguntó Mia preocupada.

—No pueden estar en todas partes, señora —explicó Kepa—. Calculo que debe de haber allí una veintena de soldados y a día de hoy hay unos trescientos internos. ¿Cómo van a controlarlos a todos?

Mia se mordió el labio.

—Y... ¿mujeres? —preguntó en voz baja.

—Cuatro o cinco —informó Kepa—. Para cocinar y lavar. Todas maoríes. Las blancas no se atreven.

—Me refería a... presas —precisó Mia, que se temía lo peor.

—Solo hay una. —Kepa confirmó lo que había afirmado Linley—. O dos ahora, con usted. A la otra no la he visto nunca. Parece que es rara... lleva pantalones...

Mia sonrió.

—¿Dónde se aloja? —insistió.

La isla se acercaba rápidamente. Mia distinguió unos barracones largos, de madera, que recordaban a unos cuarteles, además de un par de casas de piedra más grandes. Entre los edificios había zonas cercadas parecidas a campos de instrucción o picaderos. No llegó a reconocer nada con más precisión. Ya hacía rato que había oscurecido y seguía llloviznando. Mia solo podía protegerse de la lluvia con un chal y ahora estaba empapada y muerta de frío. Esperaba tener un alojamiento caldeado y en cierta medida agradable.

—Ni idea —admitió Kepa, dirigiéndose a un atracadero.

Los soldados indicaron a Mia y los hombres que bajaran en cuanto el bote estuvo amarrado.

—*Kia ora* y *haere mai* a Matiu —dijo Kepa amablemente—. Significa «buenos días» y «bienvenidos» en mi lengua.

Mia miró con recelo la isla bajo la lluvia y el camino cenagoso que conducía a los barracones. Junto al atracadero, una farola bañaba la escena de una luz mortecina.

—No parece un sitio muy acogedor —musitó—. De todos modos, muchas gracias.

Los soldados, que también se alegraban de poder librarse por fin de la lluvia, mandaron a los presos que siguiesen el camino. Los edificios se hallaban en una elevación. En la entrada al campo se encontraba una especie de estación de vigilancia.

—Ahí dentro —indicó con rudeza uno de los soldados—. Y rellenad el formulario. Os registramos aquí.

Mia iba a seguir a Richard Greve, pero un soldado la detuvo.

—Usted no —le comunicó—. Se presentará ante el coronel O'Reilly. Antes quiere verla. Y alojarla en otro lugar.

—¿El coronel O'Reilly es aquí el oficial de grado más elevado? —preguntó Mia.

El hombre negó con un gesto.

—El segundo —concretó—. Toda la isla está bajo las órdenes del general Dugald Matheson. Pero él pasa más tiempo en Wellington que aquí.

Mia no podía reprochárselo. La impresión que causaba el campo era desoladora. Todo estaba limpio y era funcional, pero no había ni un árbol ni tampoco un arbusto. Además, el patio estaba desierto. Todo el conjunto confirmaba sus peores sospechas: Somes Island era una cárcel.

—Están comiendo en la cantina —respondió el soldado cuando ella le preguntó—. Luego se pasa revista.

—Y... ¿se los encierra después? —preguntó Mia.

Por lo que había leído sobre las cárceles, esta era la regla habitual.

Pero el soldado negó con la cabeza.

—Qué va. No son presos. Pueden ir por donde quieran menos a los cobertizos de los botes. Pero Kepa se encarga de vigilarlos.

Mia siguió al hombre a uno de los edificios de piedra. Recorrieron un austero pasillo y subieron una escalera. A continuación, el soldado llamó a una puerta y le dieron permiso para entrar. Mia contempló un gran despacho lleno de alfombras, un escritorio y una chimenea que procuraba una agradable calidez. Le habría encantado colocarse delante para calentarse las manos congeladas. Pero entre ella y el fuego había un escritorio al que estaba sentado un hombre gordo y rubicundo, hojeando unos papeles.

—Esta es la mujer, coronel —anunció el soldado.

Mia se plantó segura de sí misma delante del escritorio.

—Mia von Gerstorf —se presentó—. De Onehunga, junto a Auckland. Epona Station.

El hombre tras el escritorio sonrió irónico. Era pelirrojo y tenía unos ojillos de color verde que casi se hundían en sus rechonchas mejillas.

—Mira por dónde —observó—. Una chica de la nobleza. ¿Pariente del emperador alemán?

Mia frunció el ceño.

—Oh, no —respondió—. Yo desde luego que no, mi apellido de soltera es Gutermann. El «von» es por casamiento. Y mi marido pertenece a la nobleza rural. Nunca ha visto al emperador o, como mucho, de lejos, en las maniobras.

—Conque su marido es oficial —sonrió O'Reilly—. Ahora lo entiendo. Un espía de alto rango y su mujercita se ha involucrado en el asunto. Anda que no... Al menos no es un marimacho. Al contrario... Muy dulce, nuestra pequeña espía.

—Yo no soy ninguna espía —protestó Mia—. Y le agradecería que fuera algo más cortés conmigo. Sea lo que sea de lo que me acusen, nunca me he presentado ante un tribunal ni me han juzgado. Si he entendido bien, esto es una especie de... internamiento preventivo. Así que, por favor, utilice un tono más civilizado.

O'Reilly estalló en una sonora carcajada.

—Tan insolente como la otra —constató—. Pero mona. Creo que... volveremos a vernos en un par de interrogatorios, señora Von Gerstorf. Ahora la enviaremos primero con su nueva amiga. Estoy impaciente por saber cómo se las apaña con la señora. Siempre que sea una señora...

Mia sentía muchísima curiosidad por conocer a su compañera de penalidades. Y se sintió aliviada al salir del despacho de ese desagradable militar. El soldado que la había esperado fuera del despacho la acompañó de nuevo al patio, que ya no estaba vacío sino plagado de hombres. La miraron curiosos y a continuación empezaron a lanzarle las primeras obscenidades y propuestas inmorales. Nerviosa, se cubrió de nuevo la cabeza con el chal mojado y bajó la vista. El soldado no hizo nada por defenderla, aunque seguro que sabía lo que estaba ocurriendo, pese a que la mayoría de los gritos eran en alemán.

En el edificio al que la condujo olía a comida. Parecía tratarse de la cocina.

—¿Marama?

El soldado abrió una puerta que, en efecto, daba a una gran cocina. Una oronda mujer maorí estaba trabajando allí. Más al fondo, Mia vio a un par de muchachas lavando platos.

—Marama, aquí está la segunda interna —explicó a la mujer mayor—. Se llama Mia von Gerstorf. ¿La podéis alojar?

Esta miró a Mia de manera afable y compasiva.

—Claro —respondió volviéndose directamente a la recién llegada—. No podemos dejarla a merced de esa jauría que hay fuera. Y, además, una chica tan guapa... Pero deberás compartir habitación con nuestra Helma... espero que no tengas nada en contra.

—Os la dejo aquí —dijo el soldado, retirándose.

Marama, la cocinera, sonrió a Mia.

—Hemos ofrecido nuestra hospitalidad a Helma —dijo—. Junto al personal de cocina. Las chicas y yo vivimos aquí, y Kepa cuida un poco de nosotras. Yo también soy capaz de defenderme y las puertas se cierran. Esto es necesario especialmente por la noche. Si eres mujer, más te vale no salir cuando oscurece. Y no pienses que solo son los alemanes los que están al acecho. Los vigilantes son igual de malos. Pero dejémoslo estar de momento, no quiero asustarte tan pronto. De todos modos, tienes aspecto de estar cansada y muerta de frío. ¿Has comido algo? Todavía queda potaje.

Acto seguido, Mia estaba sentada a una gran mesa de cocina comiendo una sopa de verduras caliente. Estaba sosa, pero la caldeaba por dentro. Mia empezó a sentirse mejor.

Entretanto, las chicas habían terminado de limpiar y también Marama concluyó la tarea de ordenar la cocina.

—¿Ya estás lista? —preguntó a Mia—. Queremos cerrar.

Mia asintió con un gesto.

—Claro —dijo—. Es... es usted muy amable.

Marama hizo un gesto negativo.

—Las mujeres debemos mantenernos unidas —señaló—. Ahora ven, te presentaré a Helma.

Anexas a la cocina, había un par de habitaciones en las que dormían las sirvientas y, posiblemente, también Kepa, de quien Marama no parecía tener ningún miedo. La cocinera condujo a Mia por un corredor oscuro desde el que se accedía a las habitaciones. Se detuvo delante de una y llamó a la puerta.

—¿Quién es? —preguntó una voz profunda y seca.

—Marama —anunció la cocinera—. Puedes abrir. Te traigo compañía.

La estancia era diminuta, algo habitual en los alojamientos de los criados. Había dos camas, un pequeño armario y un arcón en el que las mujeres podían guardar sus pertenencias. Mia se quedó estupefacta al ver a un hombre en una de las camas. Llevaba el cabello castaño corto y un rizo le caía sobre la frente. Mia se sorprendió a sí misma pensando que ella, en su lugar, habría llevado el cabello más largo para esconder esas orejas grandes y algo de soplillo. Los ojos y la boca eran finos, el rostro largo y la barbilla puntiaguda. No le pareció que tuviera un aspecto hostil. Pero ¿cómo había llegado a la zona de las mujeres y a la habitación de la tal Helma?

Marama no se sorprendió.

—Han detenido a otra supuesta espía —informó a la presa—. Se llama Mia. Y también algo con «von», no me acuerdo del resto del nombre. Esta es Helma von Donnerwill o algo parecido, Mia.

En el rostro del hombre se dibujó una sonrisa.

—Hjelmar, Marama —rectificó—. Hjelmar von Danneville.

Marama se encogió de hombros.

—El alemán es difícil —replicó—. Os dejo solas. Buenas noches.

Dicho esto, cerró la puerta tras de sí y dejó a Mia con aquel extraño ser. Hjelmar von Danneville llevaba camisa y corbata, y en la pared colgaba una chaqueta de hombre. Entonces Mia se percató de que no llevaba pantalones, sino una falda larga y ancha. Quizá era una falda pantalón, pero no se trataba de ropa masculina.

Al principio, Mia no sabía qué decir, pero expresó sus pensamientos con su franqueza característica.

—Al verla he pensado que era usted un hombre —confesó en alemán.

Hjelmar frunció el ceño.

—Es lo que piensan muchos —señaló—. ¿Le molesta?

Mia se dio cuenta de que, aunque hablaba el alemán con corrección, tenía un fuerte acento. Con toda seguridad no era alemana, aunque tampoco tenía acento inglés.

—No —respondió—. ¿Por qué iba a hacerlo? Es un poco desconcertante, eso sí, pero decir que me molesta sería demasiado.

—¿Descon...? —Por lo visto, Hjelmar no había comprendido del todo lo que le decía.

—Si prefiere hablar en inglés, a mí no me importa —señaló Mia, cambiando de idioma—. El alemán no es su lengua nativa, ¿verdad?

Hjelmar negó con la cabeza.

—No, soy danesa. Sé un poco de alemán porque estudié en Suiza, pero hace mucho que no lo practico.

Era probable que hubiera pasado bastante tiempo desde que acabó sus estudios. Mia calculó que su compañera de habitación debía de rondar los cuarenta años.

—¿Qué es lo que estudió? —preguntó con curiosidad. Hjelmar sonrió.

—Medicina —dijo—. He trabajado en un hospital de Wellington. Por desgracia, siempre hubo gente a la que le molestaba mi aspecto. Tuve que certificar dos veces oficialmente que soy una mujer. La primera vez el funcionario apuntó que podría ser una espía. El segundo me encontró peligrosa y me detuvo.

Mia se preguntó por qué Hjelmar no se vestía simplemente de otro modo, pero le pareció indiscreto planteárselo.

—Se supone que yo he estado espiando con mi marido para los alemanes —informó por su parte—. En realidad, ha sido un idiota envidioso que nos ha cogido manía.

—Por desgracia, los idiotas envidiosos llevan ahora la voz cantante —opinó Hjelmar—. Esperemos que esto no dure mucho.

Mia sonrió.

—Entonces ocuparé la otra cama —anunció, liberándose del chal y de la chaqueta empapados—. Estoy muerta de cansancio.

Hjelmar asintió con un gesto y su mirada adquirió una expresión de dulzura.

—Que descanse —dijo amablemente.

Su voz se suavizó. Al dormirse, Mia se preguntó cómo había podido tomar a su nueva amiga por un hombre.

2

Marama llevó el desayuno a la habitación de Hjelmar y Mia. Por lo visto, los hombres comían en una habitación compartida: el vocerío y el ruido que armaban llegaba hasta el edificio de la cocina.

—¿Tenemos que quedarnos permanentemente aquí dentro? —preguntó Mia mientras comía un trozo de bizcocho y una papilla de avena.

—Puedes echar una mano en la cocina; por mí estupendo —sugirió Marama.

Hjelmar no parecía planteárselo.

—No tenemos que hacerlo —respondió por su parte—. Además, es un poco arriesgado salir. Los chicos de ahí fuera no tienen nada de caballeros.

—Pues a mí me gustaría echar un vistazo a la isla —opinó Mia.

Hjelmar asintió con un gesto.

—Te la enseñaré en cuanto esos tipos se retiren. El empleado maorí los entretiene dándoles tareas que hacer.

Mia y Hjelmar habían pasado al tuteo. La primera se enteró de que Kepa encargaba a los hombres reparaciones o les pedía que hicieran trabajos manuales. En la playa abundaban los restos de madera y cauris con los que confeccionar joyas o pequeños objetos de uso diario. Kepa se los llevaba a Wellington y los vendía en tiendas de souvenirs. Así los hombres ganaban algo de dinero.

—Pero id con cuidado —advirtió Marama—. Puede que nuestra Helma pase por un hombre, pero tú, hijita, seguro que no... —Deslizó la mirada por la delgada silueta de Mia y su cabello ondulado.

Esta volvió a ocultarlo bajo su chal cuando se marchó con Hjelmar. La danesa dejó su pelo al descubierto, pero se puso una chaqueta de hombre por encima. Una de las chicas de la cocina le prestó a Mia una capa informe.

—Proteger mejor de la lluvia que chal y lo hombres no mirar tanto —explicó.

Por lo visto, solo Marama y Kepa hablaban con fluidez inglés. Las otras maoríes solo chapurreaban la lengua de los blancos.

Hacía mejor tiempo que el día anterior y por un ratito hasta se asomó el sol. Hjelmar sacó a Mia del campamento y la llevó hacia un terreno pantanoso atravesado por un arroyo.

—Un barranco —explicó—. De algún modo la tierra se ha partido aquí y divide la isla en dos mitades. En caso de que te interesen los pájaros, hay varias especies autóctonas.

Mia le contó que le interesaban los animales en general. Cuando deambulaban por una de las crestas boscosas de la montaña, vieron lagartos que se escapaban deslizándose por la tierra. A continuación se desplegó ante ellas una vista de la playa, en la que Mia descubrió una colonia de pingüinos. Contempló fascinada esas pequeñas aves nadando y llegando a la arena.

—Siempre los había imaginado más grandes —afirmó.

Hjelmar se vio obligada a replicar.

—Estos son pingüinos enanos —explicó—. En otros países son más grandes.

—¿Cómo es que sabes todas estas cosas? —Mia estaba perpleja ante los conocimientos de su nueva amiga.

—He dado muchas vueltas por el mundo —contestó vagamente Hjelmar—. Yo... yo no me adapto con facilidad...

Mia daba crédito a sus palabras, pese a que ella ya se había acostumbrado a su aspecto poco convencional. Seguía preguntándose por qué Hjelmar se vestía como un hombre. ¿Acaso le habría gustado nacer chico? En cualquier caso, para ella debía ser importante, de lo contrario no habría soportado que la persiguieran por esa razón.

De regreso al campo de internamiento, las mujeres se cruzaron con algunos compañeros presos que no reprimieron nuevos gritos y propuestas obscenas. Mia se ruborizó, mientras que Hjelmar los ignoraba estoicamente. Erguida y serena, se abría camino con su ropa masculina entre los internos y solo levantó una vez la vista cuando la voz de un tipo se alzó sobre todas las demás.

—Os podéis ahorrar todo esto, las chicas se lo montan entre ellas —señaló—. La machorra y la damisela...

—Esas dos necesitan un rabo como dios manda —se burló otro, toqueteándose la entrepierna.

Por suerte, los hombres, que habían estado buscando conchas en la playa, iban acompañados de dos guardias que los llamaron en ese momento al orden.

—¿Machorra? —preguntó Mia frunciendo el ceño cuando llegaron a la cocina.

—No les hagas caso —le recomendó Hjelmar—. Yo... puedes estar segura de que nunca te molestaré. Sé que te gustan los hombres...

Mia nunca había oído que a una mujer no le gustaran los hombres, pero se quedó demasiado cortada para pedirle que fuera más explícita.

Por la tarde estuvo ocupada ayudando en la cocina a Marama y las chicas maoríes. Estas últimas también limpiaban la cantina, los alojamientos y los despachos de los oficiales. Los hombres eran responsables de la limpieza de los barracones y de los lavabos de los internos.

Mia se llevó a la habitación su cena y la de Hjelmar. No sabía qué hacer el resto del día, pero la danesa tenía un par de libros y papel de cartas. Mia pasó el tiempo escribiendo a Julius y Willie, aunque no sabía dónde dirigir las misivas. Le habló a Hjelmar de su marido y la yeguada, y conversaron sobre caballos. Hjelmar había montado de niña en Dinamarca y luego por todo el mundo. Debía de ser de familia rica, pues parecía que nunca le había faltado dinero para caballos y viajes.

Mia pensó que había tenido suerte. Su compañera podría haber sido una persona antipática y sin interés.

Kepa estaba en lo cierto: el problema principal de los internos en Somes Island era el aburrimiento. Mia y Hjelmar daban paseos, pero no se alejaban demasiado desde que un día las habían molestado mucho en la playa. Solo la oportuna aparición de Kepa había evitado lo peor. Además, esa primavera siempre hacía mal tiempo y pasear por la isla no tenía nada de divertido. Mia ayudaba en la cocina y leía los libros de Hjelmar, aunque eran volúmenes especializados de medicina. Hjelmar aclaraba sus dudas complacida, pues la medicina era su pasión; pero a Mia le interesaba más la veterinaria.

Aunque Hjelmar pasaba el tiempo escribiendo, Mia no quería agobiarla preguntándole qué era lo que anotaba con tanta dedicación. Las mujeres tenían pocas noticias sobre el transcurso de la guerra. Prácticamente nunca hablaban con los soldados —como Marama ya había advertido, estos no eran más respetuosos con las mujeres que los internos—, y la cocinera y las otras maoríes no se interesaban por lo que ocurría en el frente. Kepa tal vez podría haberlas informado, pero Mia y Hjelmar tampoco tenían mucho contacto con él. Cuando se lo encontraban, no solían intercambiar mucho más que un afable saludo.

Fuera como fuese, la guerra parecía prolongarse. No se perfilaba esa rápida victoria con la que habían contado tanto los alemanes como los aliados. Mia ya se temía tener que permanecer años y años en Somes Island, pero entonces ocurrió algo que cambió por completo la situación de las mujeres.

Sucedió un sábado, un día en que las mujeres de Somes Island se retiraban a sus alojamientos relativamente temprano. Los internos bebían el fin de semana, pues Kepa les entregaba el dinero de sus trabajos manuales y ellos lo invertían en aguardiente. También los soldados formaban grupos en los que circulaba el whisky y la cerveza, así que no vigilaban a los reclusos. Sin embargo, quedó demostrado que el peligro no provenía solo de ellos. Seguro que algunos hombres no se habrían arredrado a la hora de violar a una mujer en el bosque, pero, en cambio, no se habrían atrevido a entrar en el edificio cerrado de la cocina, pues ni siquiera sabían dónde estaban las habitaciones de las mujeres.

Los vigilantes sí que lo sabían y, esa noche lluviosa, un grupo de soldados se desprendió de todos sus escrúpulos. Se sentían seguros, pues Kepa se había ido por la tarde a Wellington y se había llevado a casi todas las chicas maoríes para que pasaran el fin de semana con sus familias. En el campamento solo estaban trabajando Marama y su hija Erihapeti. Ellas no corrían peligro. Ninguno de los guardianes o internos habría agredido a la resoluta cocinera.

Hjelmar y Mia, por el contrario, constituían un tema de conversación entre los borrachos. Especialmente la «marimacho» estimulaba su imaginación. Y ahora el whisky había corrido a raudales. Uno de los vigilantes celebraba su cumpleaños, y cuando llegó la medianoche otro propuso hacerle un regalo especial...

Mia y Hjelmar no sospechaban el peligro en que se hallaban; se creían seguras en su habitación. Hjelmar ya se había acostado, llevaba días con un pertinaz resfriado que, a falta de medicinas, estaba tratando con la receta maorí para el jarabe para la tos de Marama, así como con infusiones y compresas en las pantorrillas. Ahora ya estaba durmiendo, mientras Mia seguía sentada en su cama intentado dibujar a Medea. Sentía una dolorosa añoranza por sus caballos —casi tanta como por Julius—, así que hacía un par de días que llenaba con retratos de sus caballos favoritos el papel de cartas de Hjelmar, ahora inservible, pues no se mandaban misivas desde Somes Island. El mejor, en su opinión, era el de la yegua de sangre fría Frankie, pero, por muy nítidamente que recordara a su amada yegua, no acaba de plasmar bien a Medea.

Mia se sobresaltó cuando oyó voces en el pasillo. Voces masculinas.

—Ahora prueba la llave —le decía un individuo a otro.

Hablaban en inglés, un claro indicio para Mia de que se trataba de soldados y no de internos. Por supuesto, estos últimos no disponían de ninguna llave, y Mia habría oído cómo irrumpían con violencia en el edificio de la cocina.

—No tengo ninguna... —balbuceó el otro—. En cualquier caso, esta no entra...

Alguien estaba intentando manipular la cerradura de la puerta de la habitación, pero no lograba lo que quería, pues la llave estaba metida por dentro. Mia empezó a temblar. Al menos eran dos hombres. Solo le quedaba esperar que arrojaran la toalla si la puerta aguantaba cerrada.

—Bah, ya abriremos sin llave —oyó un tercero—. Y lo mismo hasta nos dan la bienvenida. ¡Chicas! —Un grito complacido aunque contenido. Los hombres no querían despertar a Marama—. ¡Tenemos un par de rabos tiesos para vosotras! Si os empeñáis, sabemos lamer...

—Y morder —Un cuarto sujeto soltó unas risitas—. O lo que sea que hagáis entre vosotras.

—¡Largaos de aquí! —gritó Mia, aunque sabía que eso no serviría de nada.

Uno de los hombres embistió contra la puerta.

—¡Hjelmar! ¡Despierta! —Mia sacudió a su amiga—. Tenemos a unos soldados en la puerta. Hemos de...

Deslizó inquieta la mirada por la habitación. Se detuvo en el pesado arcón de madera. Si Hjelmar la ayudaba, podrían arrastrarlo hasta la puerta. Pero su amiga se iba incorporando lentamente, somnolienta. El jarabe maorí contra la tos debía de tener efectos somníferos.

Mia corrió sola hacia el arcón, pero fue incapaz de desplazarlo. Lo abrió y buscó algo que utilizar como arma. En ese momento la puerta crujió y el sencillo cerrojo cedió. Un soldado irrumpió en la habitación, seguido por otros.

Antes de poder pensárselo mejor, cogió el calzador de madera que Hjelmar utilizaba para ponerse sus pesadas botas.

—¡Uy, mira, la pequeña quiere pegarnos!

Uno de los hombres rio burlón, pero en un primer momento los soldados no concentraron su atención en Mia. Dos de ellos se abalanzaron sobre Hjelmar, quien por fin se dio cuenta de la situación e intentó rodar fuera de la cama. Con el rabillo del ojo, Mia vio que no lo conseguía, que uno de los hombres la agarraba y la inmovilizaba. Pero a partir de entonces tuvo que defenderse a sí misma. Uno de los intrusos se le colocó encima y ella no vaciló. Ya había tenido que vérselas con jóvenes potros rebeldes y utilizó el calzador como antes la fusta o el látigo.

Alzó la mano con fuerza y golpeó al hombre en la sien. Atónito, el agresor se llevó la mano a la cabeza, donde la herida empezó a sangrar de manera abundante. Mia volvió al arcón y lanzó un vestido sobre la cabeza del hombre, quien empezó a bracear cegado por la prenda. Trató de defenderse también de otro violento soldado, pero este ya iba sobre aviso, así que cogió a Mia del brazo y le quitó el calzador. Luego la lanzó al suelo.

Mia le dio patadas, pero iba descalza y no le causaba ningún daño. ¿No estaban las botas de Hjelmar junto al arcón? El hombre intentó levantarle la falda y ella palpó el suelo en busca de las botas con puntera y talón de acero. Hjelmar gritó, parecía el lamento desesperado y espeluznante de un animal. Eso infundió nuevas fuerzas a Mia, quien consiguió coger una de las botas, tomó impulso y golpeó al hombre en la cara. Este retrocedió y ella pudo liberarse de su presa. Cuando volvió a agarrarla, lo mordió.

—¡Bruja! —aulló el soldado, buscando por su parte la porra que llevaban los vigilantes.

Un arma, necesitaba un arma, algo con que defenderse... Los platos de porcelana... Mia se arrastró en dirección a su cama. Los platos de la cena estaban encima de la mesilla de noche.

Vio de reojo que uno de los agresores de Hjelmar se lanzaba sobre ella mientras otros dos la sujetaban por los brazos. Mia rompió el plato y se metió debajo de la cama. Poco podía hacer el hombre con la porra. Y si la cogía... Es lo que hizo acto seguido, y Mia le clavó uno de los pedazos de porcelana en la mano y lo oyó gritar.

—¡Desgraciada de mierda!

Su primer rival ya se había desprendido del vestido y la empujaba con la punta de un palo. Mia se defendió de nuevo con el trozo de porcelana.

—¡Esta bruja muerde y pega! —exclamó enfurecido el segundo—. Pero vamos a quitarle esa mala costumbre.

Para horror de Mia, levantó simplemente el pie de la cama y la apoyó en vertical; tenía que refugiarse en otro lugar. Pero el hombre consiguió sujetarla. Mia gritó cuando la inmovilizó, el otro se abrió la bragueta. Era consciente de que no tenía modo de evitarlo. Hjelmar ya hacía tiempo que había enmudecido, solo se oía el jadeo de sus violadores.

De repente sonó una voz desde la puerta.

—¡Basta! ¡Ahora mismo! ¡Dejen inmediatamente a las mujeres en paz!

La sujeción de uno de los violentos vigilantes se aflojó. Mia miró hacia la puerta y distinguió al coronel O'Reilly. El grueso militar ocupaba todo el marco de la puerta; detrás de él reconoció a Marama y Erihapeti.

—¡Ya! —vociferó el coronel O'Reilly—. ¡Firmes!

Mia no podía creerse que justo después estuviera libre. Los hombres se separaron de ella y se colocaron en fila junto a los agresores de Hjelmar como perros apaleados.

—Digan su nombre y grado —les pidió O'Reilly—. No, síganme al patio. Esto lo aclararemos fuera...

Mia se volvió hacia Hjelmar cuando los hombres se

fueron. Su amiga estaba boca arriba, con los ojos abiertos. Parecía muerta, pero gimió cuando Mia la tranquilizó. También Marama se acercó a ella. Murmuraba palabras dulces e intentaba calmar a la danesa acariciándole el cabello, pero esta se encogía horrorizada. Mia se quedó mirando atónita la mancha debajo del pubis de su amiga. ¿Era posible que Hjelmar todavía fuese virgen?

—Tenemos que sacarla de aquí —dijo Marama.

La habitación parecía un campo de batalla. El soldado al que Mia había golpeado había sangrado mucho y también el camisón de Hjelmar estaba manchado de sangre... y desgarrado.

—¿Tienes algo limpio para vestirla, Mia? —preguntó Marama—. ¿Algo con que cubrirla?

Mia asintió con la cabeza y cogió una bata de noche, mientras Marama y su hija incorporaban y desnudaban a la danesa. Esta temblaba descontroladamente y seguía sangrando. Mia buscó unos paños para la regla.

—Enseguida te lavamos, Helma —le dijo con dulzura Marama y la rodeó con la colcha de la cama—. Calienta agua, Erihapeti. Y tú, Mia, ayúdame a llevarla a nuestra habitación.

Mia siguió las indicaciones de la maorí, y poco después Hjelmar estaba acostada en una cama limpia. Nunca jamás había oído Mia un gemido tan desesperado como el de su amiga.

Cuando Erihapeti llegó con el agua, Marama empezó a lavar a Hjelmar, mientras pronunciaba palabras incomprensibles en su lengua y cantaba. Mia vio por primera vez a su amiga desnuda. Hjelmar tenía los pechos pequeños y mucho pelo en las axilas y el pubis. En este había sangre seca. Hjelmar se estremeció cuando Marama se lo limpió con el agua caliente.

Mia tomó ahora conciencia de sí misma y notó que

también ella estaba temblando. Marama miró su cara blanca como la nieve.

—Tal vez deberíamos preparar un té —dijo.

Erihapeti desapareció de inmediato en dirección a la cocina. La muchacha tenía trece o catorce años y era evidente que ese espectáculo la superaba.

—Tenemos a lo mejor... ¿valeriana? —preguntó Mia—. ¿O láudano?

La mayoría de las mujeres de Hannover tenía láudano en casa, aunque Mia nunca lo había tomado, pues su médico de cabecera lo consideraba peligroso. Pero seguro que era recomendable en un caso así.

—No sé qué es —contestó Marama—. Pero aquí tenemos whisky.

Señaló el armario en el que al parecer guardaba esa bebida sosegadora. Mia encontró la botella al instante. Marama la acercó a los labios de Hjelmar, pero esta no bebió. Estaba totalmente paralizada.

Mia tomó un buen trago y enseguida sintió la ola de calor producida por el alcohol y que su estómago se recuperaba. Lentamente se dio cuenta de que había salido ilesa. Había podido defenderse hasta que llegó la ayuda. Mia sintió algo parecido al orgullo y un profundo agradecimiento hacia el coronel O'Reilly.

Como si le hubiera dado la entrada, el militar se presentó en la habitación. Hjelmar comenzó de nuevo a gritar: era evidente que percibía su entorno, y la visión del hombre enseguida le produjo pánico. O'Reilly le echó un vistazo en el que Mia percibió, para su horror, desprecio. En cualquier caso, había desaprobación en su mirada.

—Se diría que no le ha gustado —observó.

Mia montó en cólera.

—Nunca he oído decir a una mujer que le haya gustado que la violen —afirmó con determinación.

O'Reilly hizo un gesto de rechazo.

—Ya debía de haberse acostumbrado a las perversiones. Pero ahora concentrémonos en usted, señora Von Gerstorf. Necesito su declaración. ¿Podría acompañarme, por favor, a mi despacho?

Marama se volvió hacia él.

—¿No puede hacerlo mañana? —preguntó—. ¿Y no debería el general Matheson...?

—El general Matheson tiene otras cosas que hacer —contestó el coronel—. Y no, esto no puede esperar. Quiero... oírlo mientras todavía tenga fresco el recuerdo... —Lanzó una mirada severa a la cocinera—. Así que ¿me acompaña, señora Von Gerstorf?

Mia se alisó el vestido arrugado y manchado de sangre. Le habría gustado lavarse antes de someterse al interrogatorio del coronel, pero si él insistía en que tenía que hablar con ella... Intentó arreglarse el pelo mientras lo seguía.

—Y bien, ¿qué ha ocurrido? —preguntó directo al grano después de cerrar la puerta del despacho a su espalda.

—¿Tan difícil es verlo? —preguntó Mia—. Esos hombres han entrado con violencia en nuestra habitación. Tenían la llave de la cocina, pero no la de nuestra habitación. Han derribado la puerta...

—Quiero saber cómo ha herido usted a dos de mis hombres, señora Von Gerstorf —la interrumpió O'Reilly.

Mia frunció el ceño.

—Tuve que defenderme —respondió, y le describió el suceso con todo el detalle posible.

O'Reilly la escuchaba con el rostro imperturbable.

—A mí me lo han contado de otro modo —observó.

—Tal vez esos tipos se avergonzaban —supuso Mia.

—Los hombres han descrito el suceso de forma muy

diferente —dijo el coronel—. Dicen que, aunque todo se ha desarrollado de forma un tanto salvaje, era... bueno... de común acuerdo.

Mia se escandalizó.

—¿Qué? —exclamó—. ¿Así que somos nosotras mismas las que hemos tirado la puerta? Entonces se habría caído hacia fuera, coronel O'Reilly.

El militar rio.

—Los hombres han hablado de una juerga descomunal durante la cual... esto... se ha producido algún destrozo.

—Por ejemplo, en la señorita Hjelmar von Danneville —objetó mordaz Mia—. Para tratarse de una juerga se la ve bien destrozada. Coronel O'Reilly...

El militar levantó la mano.

—Está bien, está bien. No estoy diciendo que crea a esos hombres. Pero está claro que hay dos versiones de cómo se han desarrollado los hechos. Y me corresponderá a mí decidir cuál de las dos comunico a mis superiores. Quizá agredieron de improviso a dos mujeres y una rechazó heroicamente el ataque hiriendo a uno de los hombres en la cabeza y a otro en la mano. O tal vez se produjo un feo incidente con una mujer libidinosa que estaba harta de la compañía lesbiana y quería contribuir a que también su amiga tuviera una relación sexual sensata... bueno... normal... fijando un encuentro con un par de vigilantes. Así que bebieron un poco juntos. El aliento le huele a whisky, señora Von Gerstorf, ¡no lo niegue! Pero en el último momento la mujer se lo pensó mejor e hirió a los hombres, desprevenidos, con las armas que había escondido. ¿Qué pasaría con una mujer así, señora Von Gerstorf?, ¿Mia?

Mia miró al coronel desconcertada.

—¿Qué quiere usted de mí? —preguntó con voz ahogada.

O'Reilly frunció los labios.

—Oh, a lo mejor un poco de amabilidad. De agradecimiento por no haberte entregado a la plebe y porque pienso evitar más sucesos como este en el futuro. Puedo trasladar a esos hombres, Mia. Incluso llevarlos a un tribunal militar. Pero también puedo dejarlos aquí. Entonces tu amiga los verá cada día...

Mia temblaba de rabia... y miedo.

—Quiere...

—Exactamente. —El coronel sonrió irónico—. Pero no debes sacar las garras. En cambio, nos pondremos cómodos. —Señaló la alfombra de su despacho—. Iré despacio. Los dos queremos sacar partido de esto. —Se levantó—. Tiéndete, cielo. O no, desnúdate antes.

Mia pensó en correr hacia la puerta e intentar huir. Por lo que recordaba, O'Reilly no la había cerrado con llave. Pero ¿de qué le serviría? Si el coronel propagaba las mentiras de los hombres, ella podría acabar en la cárcel. En una auténtica prisión esta vez y ante los tribunales. Sus declaraciones y las de Hjelmar contra las de aquellos hombres.

Mia apretó los dientes. No tenía otra opción. Iba a tener que someterse a las exigencias de O'Reilly.

Lentamente se despojó de su vestido desgarrado y sucio.

O'Reilly la contemplaba con lascivia.

—Eres bonita, pequeña. Muy bonita. Una pena que te aproveche ese marimacho. Voy a enseñarte cómo hacerlo bien...

Mia permaneció inmóvil mientras él «iba despacio», mientras la torturaba con sus húmedos besos y sus mordisquitos, deslizando sus dedos gordezuelos por su cuerpo y al final penetrándola. Primero deprisa, luego otra vez despacio y disfrutando. Ella intentó relajarse, pero pese a ello estaba dolorida cuando por la mañana volvió a la cocina. Con manos temblorosas puso a calentar agua para lavarse antes de entrar en la habitación de Marama. La cocinera, no obstante, se percató solo con verla de lo que había ocurrido.

—Lo siento —musitó—. Si quieres un whisky más...

Sirvió un buen chorro en una taza de té, que le tendió al instante a Mia. Pero esta solo tenía ojos para Hjelmar, quien se encontraba en un estado alarmante. Ovillada en la cama, se mecía hacia delante y hacia atrás mientras gemía como un niño herido.

—Todavía... todavía está fuera de sí, por completo —constató—. ¿Cuánto tiempo va a durar esto?

—Para ella ha sido... peor que para nosotras... —dijo de forma vaga Marama.

Mia no lo entendió.

—Es... ¿es posible que todavía fuera virgen?

La cocinera se encogió de hombros.

—Si comprendió muy pronto lo que le sucedía... Hija, no le gustan los hombres. Ama a... las mujeres... No como yo amo a mi hija y tú a tus amigas, sino como nosotras amamos a los hombres.

Mia la miró con ojos como platos.

—Eso no existe —dijo.

Marama sonrió.

—Pues sí que existe. Y no es nada malo. Pero para los hombres es como una piedra en el zapato. ¿Cuántos han abusado de ella?

—He visto a dos —recordó Mia—. Pero tampoco pude estar pendiente, yo... ¿Y ahora qué hacemos?

Marama suspiró.

—Solo lo que nosotras las mujeres hacemos siempre en estos casos. Intentar olvidar...

—El coronel O'Reilly dice que llevará a los hombres ante un tribunal de guerra —musitó Mia.

Marama negó con la cabeza.

—No pensarás que te ha dicho la verdad. Como mucho, los trasladará. Y posiblemente a puestos mejores. Podría ser que los necesitara de nuevo. En caso de que tú no colabores.

Mia enrojeció. La mujer maorí era inteligente y tenía experiencia en la vida. Lentamente empezaba a comprender lo protegida que había vivido hasta ese momento.

—Lo único que espero es que Hjelmar salga de esta —dijo—. Puedo... ¿Puedo dormir un poco en la otra cama? —De repente estaba extenuada.

Marama, que se encontraba sentada en la cama de Hjelmar, se levantó.

—Pues claro, hijita, todo lo que quieras. De todos modos, ahora tenemos que encargarnos del desayuno. La vida sigue. Siempre sigue su curso.

3

Pero la vida de Hjelmar von Danneville no siguió su curso como si nada. El día después también permaneció en la cama de Marama sumida en una parálisis interrumpida por fases en que gemía y se lanzaba de un lado a otro. No parecía reconocer a Mia, o al menos no respondía cuando le hablaba. Al mediodía, cuando llegó el médico del campamento para verla, enseguida se puso a gritar. Era imposible pensar en hacerle una revisión médica.

—Se encuentra en un estado de shock total —indicó el médico—. No se puede hacer mucho más que esperar. Les dejo láudano. Dormir tal vez la alivie.

Mia le administraba el tranquilizante y entonces Hjelmar sí dormía, pero para despertarse después igual que antes. Lo que más la calmaba eran las canciones de Marama y las hierbas que esta quemaba en la habitación, aunque también aturdían a Mia.

El domingo por la noche, Kepa volvió con las otras chicas del servicio. Se enfureció al enterarse de lo ocurrido.

—¡Soldados! —escupió—. ¡Hombres que deberían proteger este país! Y a sus mujeres e hijos. En lugar de eso se comportan como animales. ¡Pero a mí no quisieron aceptarme en su blanca y limpia manada! Es una vergüenza, señora Von Gerstorf. Para todos nosotros. Cuando organizaron el campamento, se hablaba de «prisión preventiva». Y ahora... Debería haber estado aquí para cuidarla.

Mia hizo un gesto negativo.

—Usted no podía hacer nada, Kepa. Era su fin de semana libre. Y la reacción de Hjelmar ha sido... extrema...

Al día siguiente, Hjelmar lloraba, luego se volvió a encerrar en sí misma y a chillar. A Mia, sus lamentos le penetraban hasta la médula, necesitaba más láudano para tranquilizar a su compañera.

Cuatro días después de la violación, el médico le diagnosticó una crisis nerviosa.

—Tiene que salir de aquí lo antes posible —explicó—. Ingresar en un hospital de Wellington. En un centro psiquiátrico.

—¿En un manicomio? —preguntó Mia, horrorizada.

—Ya no los llamamos así —apuntó el médico—. Aunque naturalmente equivalen a lo mismo. Pero ¿qué otra cosa podemos hacer? No la vamos a tener aquí en este estado.

Mia comprendía que no era ninguna solución. Y más porque O'Reilly no había trasladado ni castigado a los soldados partícipes de la violación, sino que solo les había dirigido una dura reprimenda. Cuando Hjelmar se recuperase, tendría que verles de nuevo las caras. Unas caras casi seguro que burlonas, algo que Mia experimentaba cada día. También los presos la miraban lujuriosos cuando se cruzaba con ellos y más de uno le preguntaba si le había gustado practicar el sexo con un «hombre de verdad».

A estas alturas ya sabía que, desde que compartía habitación con Hjelmar von Danneville, también creían que ella era una mujer que amaba a las mujeres. Y eso que no tenía ni idea de cómo se amaban dos mujeres ni tampoco la menor curiosidad por experimentarlo.

Cuando al final Kepa recogió a Hjelmar para llevarla al continente, la danesa estaba en una de sus fases de parálisis. Miraba hacia delante y seguía las indicaciones que se le daban, aunque con movimientos torpes. Mia y Marama le pusieron su ropa favorita: la falda ancha, las botas, la camisa, la corbata y la chaqueta.

—Esperemos estar haciéndole un favor —comentó con un suspiro Mia—. Puede ser que en el hospital la tomen por una loca de remate.

—Pese a todo, será importante para ella —contestó Marama.

Mia metió en una de las maletas las pertenencias de su compañera y la llevó hasta el amarradero. Hjelmar se dejó conducir hasta allí sin pronunciar una palabra de despedida. Pero entonces Mia no pudo aguantar más. Estrechó contra sí a su amiga, se puso de puntillas y la besó en las mejillas. Hjelmar bajó la cabeza y Mia la besó en la frente.

—Hjelmar —dijo con dulzura, y vio que algo de vida surgía en los ojos de su amiga. Tuvo que superarse a sí misma, pero también depositó un pequeño y casto beso sobre los labios de Hjelmar von Danneville, cuya boca esbozó una sonrisa.

—Mia —susurró—. ¡Mucha suerte!

Mia esperaba que eso la hubiera despertado de su trance, pero la mirada de Hjelmar desapareció enseguida y su sonrisa se convirtió de nuevo en la anterior expresión vacía.

Mia siguió con la mirada el bote que ya zarpaba.

—¡Mucha suerte a ti también! —murmuró.

Después de la partida de Hjelmar, el coronel O'Reilly llamó de nuevo por la tarde a Mia a su despacho.

—He pensado que necesitarías algo de compañía, ahora que tu machorra se ha ido —anunció irónico—. Una estrategia muy refinada la de hacerse la loca. Es posible que la dejen libre en cuanto salga del hospital.

—¿De verdad? —preguntó Mia. Al menos para Hjelmar era una noticia esperanzadora, aunque seguro que tampoco sería fácil—. ¿Y no me dejarían también a mí... en libertad? A fin de cuentas no soy, ni he sido nunca, una espía.

O'Reilly se echó a reír.

—¿Quieres abandonarme? ¿Es que no te gustó la última vez? ¿Quieres que lo pruebe por detrás? ¿O cómo te lo hacía tu danesa? Va, venga, Mia, no te hagas la ingenua. Pongámonoslo fácil, ¿de acuerdo?

Pidió una botella de whisky y llenó dos copas.

Mia bebió. Era una ayuda contra el asco que sentía desde que Marama le había comunicado que el coronel quería verla.

—Estoy casada —dijo.

O'Reilly hizo un gesto para quitarle importancia.

—No tienes que contárselo a tu marido cuando vuelvas a verlo —dijo—. Como tampoco le confesarás lo de tu amiga... Y ahora desvístete, Mia... Despaaaaacio, despaaacio...

Mia se desprendió lo antes posible de su ropa. Quería acabar con ese asunto, al menos por ese día. Seguro que esta no sería la última vez.

Mientras O'Reilly se lanzaba sobre ella, pensaba desesperada en qué solución encontrar. ¿Qué pasaría si se dirigía a sus superiores? Algún día tendría que aparecer por Somes Island el general Dugald Matheson. Ella era una pieza de caza fácil. Las palabras de su agresor no dejaban lugar a dudas.

—Míralo así —dijo él relajado cuando ella ya no pudo contener más las lágrimas—. Mientras yo te quiera, estarás segura. Nadie más te hará nada malo. En cambio, si te dejo libre... Así que deberías valorar esta protección, por poca que sea...

La protección, sin embargo, no era tan eficaz. Entre los vigilantes y los internos pronto corrió la voz de que Mia se acostaba con O'Reilly y, por supuesto, se entendía que lo hacía voluntariamente. Así que los otros hombres cada vez se tomaban más libertades con ella. De las sucias obscenidades del principio pasaron a tocamientos inmorales al pasar. Tanto vigilantes como internos le hacían proposiciones.

Naturalmente, O'Reilly sabía todo esto, pero no mostró la menor intención de llamar al orden a sus hombres. La satisfacción de tener lo que los demás ansiaban más bien parecía aumentar su impudicia. Casi cada noche llamaba a Mia; ella creía que ya no sería capaz de soportar más su olor, su torpeza al tocarla y sus besos húmedos. Tenía que ocurrir algo.

Mia se sorprendió a sí misma dirigiéndose cada vez con mayor frecuencia hacia el cobertizo de los botes, si bien este se hallaba cerrado herméticamente. Hasta el momento nadie había conseguido romper el cerrojo y huir, pero solo la idea de que allí había unos botes y con ellos la posibilidad de escapar de la isla le insuflaba valor.

Una vez se encontró con Kepa en la playa, delante del cobertizo. Se estremeció al notar un movimiento entre los árboles que rodeaban la playa, pero se relajó al distinguir al maorí. Kepa era el único hombre a quien no temía.

—De todos modos, no podría llevar usted sola uno de los botes, señora Von Gerstorf —dijo Kepa, quien había adivinado lo que siempre la conducía hasta allí—. Son demasiado grandes y pesados.

—No tiene usted la menor idea de lo que soy capaz de hacer cuando es necesario —respondió Mia, afligida—. ¿A qué distancia está... Wellington?

—Petone es el lugar más cercano —la informó Kepa—. Es una población obrera con muchas fábricas. Y solo tiene una playa, no un auténtico puerto. Debe de haber dos millas hasta allí. Wellington está más lejos.

Mia se mordió los labios. Eso eran más o menos cuatro kilómetros. No estaba lejos, una cabalgada de quince minutos o un paseo de media hora. ¿Cuánto tardaría nadando?

—En... ¿en qué dirección está? —preguntó.

—Al norte de aquí —respondió Kepa, que señaló hacia ese punto cardinal.

Mia se rascó la frente.

—Cuando navegaban, mis antepasados se guiaban por las estrellas —observó Kepa como de paso—. ¿Conoce usted la Cruz del Sur?

Mia asintió. El primer día de cielo sin nubes en Epona Station, la había estado buscando con Julius y la habían encontrado.

—Tiene este aspecto —dijo Kepa, dibujando la constelación en la arena—. Y el eje entre las dos estrellas se extiende hacia el sur.

—Para ir al norte basta con nad... quiero decir, ir en dirección contraria —propuso Mia, que iba comprendiendo.

—Exacto —confirmó Kepa.

—¿Aquí hay... tiburones? —inquirió ella.

El maorí rio.

—¿En el puerto de Wellington? Más bien no. Pero el mar puede engullir a un ser humano. No necesita de monstruos para hacerlo.

—Para huir de algunos monstruos, tal vez haya que confiar en el mar —dijo en voz baja Mia—. Vosotros... bueno, vosotros los maoríes... ¿no tenéis un dios del mar? Como los griegos a Poseidón. Me refiero... nosotros hemos puesto a nuestra granja el nombre de la diosa de los caballos...

Kepa sonrió.

—Nosotros somos todos buenos cristianos, señora —respondió—. Pero sí, nuestros ancestros tenían un dios del mar. Se llamaba Tangaroa y era el padre de la Tierra y el Cielo.

—Bien —murmuró Mia—. Ya tenemos a alguien responsable...

Mia había aprendido a nadar de niña, cuando veraneaba con su padre en el mar del Norte o en el Báltico. Siempre había sido muy atrevida, se alejaba de la orilla y no tenía miedo del oleaje. Jakob Gutermann a veces se refería a ella como su pequeña ondina. Más tarde había cruzado tranquilamente el Leine con Medea para ayudar a Julius a ganar la carrera de larga distancia y, durante los veranos en Nueva Zelanda, chapoteaba con su esposo en los lagos de la cordillera Waitakere y se refrescaba en las cascadas. Sin embargo, atravesar una bahía y superar cuatro kilómetros de distancia era otra cosa y le infundía mucho respeto. Por otra parte, esa era la única posibilidad de abandonar Somes Island.

Estaba dispuesta a correr el riesgo.

Para lanzarse a la aventura, esperó a la siguiente noche sin nubes, a principios de noviembre, en la que no hiciera demasiado frío y O'Reilly no la hubiese llamado. Casi temía más cruzar el patio de los barracones hacia la playa que atravesar a nado la bahía. No quería tropezar con ninguno de los internos o con algún vigilante.

Se desplazó pegada a los edificios y respiró aliviada cuando llegó al bosque. Huyó sin equipaje, tuvo que dejar la maleta y todas sus mudas en la habitación. Por desgracia no tenía dinero; ni ella ni Willie habían pensado en guardar en la maleta una pequeña suma por si la necesitaba en caso de urgencia. Así que lo único que tenía de valor era su alianza de casada y el colgante con la constelación de Pegaso. La palpó y se sintió algo más segura al tocarla. La constelación también brillaría esa noche en el cielo. En Nueva Zelanda aparecía al oeste del firmamento estrellado. Así que si nadaba hacia el norte, Pegaso estaría a su izquierda.

Mia se desprendió en la playa del vestido y se lo ató a la cintura. Nadaría en ropa interior. Todavía no se atrevía a imaginar lo que haría cuando llegara a la orilla. Decidió ir cumpliendo una tarea tras otra.

Ahora estaba medio desnuda a la luz de la luna en la playa, delante del cobertizo de los botes y orientándose por las estrellas. La Cruz del Sur era fácil de reconocer. Solo tenía que cuidarse de que quedara a su espalda. También Pegaso la saludaba bondadoso desde el cielo, y Mia se sintió confortada por la constelación de los caballos. Si amanecía mientras nadaba, tampoco había problema, así podría ver la costa.

Pensó en Julius, en Medea y en los otros caballos cuando se metió lentamente en el agua. Estaba fría, pero era soportable. Peor que la temperatura era la oscuridad del agua. Durante el día era transparente y brillaba con un color azul o gris cuando llovía. Pero ahora tenía la sensación de sumergirse en un abismo oscuro en el que quién sabe qué podía estar acechándola.

Mia se obligó a no pensar en tiburones ni monstruos

marinos, sino en un dios amable llamado Tangaroa. ¡El guardián del mar tenía que ser bueno con ella, era así de simple! ¿Y acaso las olas no habían sido para los griegos las crines de los caballos de Poseidón?

A unos pocos metros, las aguas de la bahía ya eran lo bastante profundas para empezar a nadar. Por fortuna, las olas no eran altas y Mia tenía la sensación de que nadando a braza avanzaba muy deprisa, pero cada vez que se daba media vuelta y miraba las estrellas sufría una decepción de lo despacio que se alejaba de la playa. Al final solo se distinguía el faro en el extremo suroeste de la isla. Sin embargo, ya sentía cierto cansancio. Se colocó de espaldas y se dejó llevar por el agua para reposar. No tardó en notar así frío, pero no había más remedio, debía resistir.

Siguió nadando. Nadó y nadó, aunque iba sintiendo que los brazos se le entumecían y que respiraba cada vez más y más deprisa. En un momento dado, tuvo la sensación de que había estado toda su vida nadando en el agua oscura y fría y que nunca podría dejar de hacerlo. A no ser que se echara a los brazos del dios Tangaroa...

De repente distinguió la línea costera en el horizonte: debía de estar muy cerca de la playa de Petone, aunque todavía era plena noche. Con fuerzas renovadas siguió nadando, el mar parecía estar a su favor. Las olas la acercaban a la orilla y ella reconoció las escasas luces de una población. Eso debía de ser Petone. Si nadaba directamente hacia allá, la encontrarían por la mañana.

Mia se desvió a la derecha hacia una pequeña cala en apariencia deshabitada. Después de lo que le pareció una eternidad, por fin volvió a pisar tierra. Suspirando aliviada, avanzó para salir del agua y se dejó caer en la arena. Le habría encantado cerrar los ojos y dormir, pero no debía. Mia se levantó con esfuerzo y se palpó la cintura. El vestido todavía seguía allí con los zapatos en los bolsillos. No había podido llevarse las botas, aunque le hubiese gustado hacerlo.

Se calzó los zapatos mojados, se puso por encima de los hombros el vestido y se deslizó al bosque contiguo a la cala. No le costó encontrar un escondite para tenderse en el suelo cubierto de musgo y colgar en un árbol el vestido y las prendas interiores para que se secaran. Solo esperaba que al día siguiente saliera el sol.

Pero ya se ocuparía de ello después... En cuanto su cabeza tocó la almohada de musgo y líquenes, Mia se durmió.

4

A la mañana siguiente, el sol ya había alcanzado su cénit cuando Mia despertó. Estaba muerta de frío, tenía hambre y sed, pero nada de ello era de fácil solución. Ni conocía las plantas de su nuevo hogar lo suficiente para encontrar algo que comer, ni su vestido se había secado. Respecto a la cala, no se había equivocado. Ahí no había indicios de presencia humana ni tampoco parecía que la frecuentaran pescadores o excursionistas.

Mia decidió con gran pesar quedarse un día más en el bosque. Para entonces su vestido ya se habría secado, pues hacía sol y soplaba un viento fresco. De todos modos, tenía que hacer algo para saciar la acuciante sed, así que salió en busca de agua pese a que la azoraba su desnudez. En los bosques neozelandeses abundaban en general los ríos y arroyos que desembocaban en el mar. Mia encontró al poco tiempo lo que andaba buscando. Bebió y se quitó la sal de la piel y el cabello, aunque tiritaba de frío. Antes de su travesía a nado se había trenzado y recogido el pelo, ahora se esforzaba en desenredárselo con una peineta con la que se había sujetado las trenzas. Aun así, su aspecto sería bastante asilvestrado cuando volviera a la civilización, aunque al menos ahora se sentía mejor.

En el transcurso del día, la ropa de Mia se secó y ella trazó un plan. Tenía que conseguir dinero para poder comprar algo que comer y proseguir de algún modo su viaje, así que no le quedaba otro remedio que empeñar su alianza de casada o el colgante. Por supuesto, esto significaba correr también un riesgo, pues era posible que la policía ya estuviera tras la pista de la fugitiva. Mia decidió buscar una casa de empeños en Wellington y no en Petone, de manera que tenía que resistir otra noche sin comer. Cuando el sol se hubiera puesto, saldría a pie rumbo a Wellington. El camino era fácil de encontrar, solo tenía que seguir la línea costera y dejar el mar a su izquierda.

Al final, el trayecto resultó también muy agotador; entre Petone y el puerto de la capital había más de diez kilómetros, al menos eso calculó al ver una señal con la distancia en millas. Dar un paso tras otro le costaba un gran esfuerzo, pero al menos entró en calor. Su estómago era el único que protestaba. Pegaso le indicaba el camino. La constelación brillaba delante de ella en el cielo y Mia imaginaba que avanzaba a su encuentro.

Tras varias paradas para descansar, al salir el sol llegó con las piernas pesadas como el plomo a las primeras casas de Wellington y de inmediato atisbó un indicador que le levantó los ánimos: TRANSBORDADOR. A lo mejor conseguía llegar a Auckland fácilmente por mar: todo en ella ansiaba volver a casa. Soñaba con su cama en Epona Station, con el cálido olor de los caballos... Julius...

Pero Julius había sido internado, igual que ella, y el hecho de que no hubiera aparecido en Somes Island no presagiaba nada bueno. Además, Epona Station sería el primer lugar al que irían a buscarla en cuanto O'Reilly se diera cuenta de que se había escapado. Y el teniente coronel Linley estaría encantado de ponerse a su servicio.

Mientras Mia buscaba un escondite donde poder descansar hasta que abrieran las casas de empeño, pensaba en las opciones de que disponía. El siguiente lugar al que ir después de Epona Station era la casa de su tío, Abe Goodman, quien seguro que sabía dónde podía esconderse y, además, le dejaría dinero.

Con esperanzas renovadas, se acurrucó a la sombra de un cobertizo. Alrededor del puerto de los transbordadores había diversos almacenes. Seguro que podía dormir ahí durante un par de horas. Y luego empeñaría el anillo, buscaría la oficina de telégrafos y pediría una conferencia con Auckland. Satisfecha, cerró los ojos. Pronto llegaría a un lugar seguro.

En el puerto ya reinaba actividad a una hora temprana. Los sonidos de los carros, los caballos relinchando y los gritos de los estibadores despertaron a Mia antes de que nadie descubriera su presencia. Volvía a estar sedienta, aunque todavía no tenía apetito. Sentía el estómago vacío, pero era más soportable que el día anterior. Por desgracia no había arroyos en la ciudad, de manera que debía conseguir el dinero antes de aliviar su sed. Afortunadamente, no tardó en ver a un trabajador, a quien le preguntó la dirección de una casa de empeños. Esta no estaba demasiado lejos y Mia la encontró enseguida.

Encima de la puerta colgaba un cartel: BENJAMIN SELIGMANN, COMPRA Y VENTA. Un judío. Se le aceleró el corazón. ¿Le sería ventajoso presentarse como judía?

Pese a que era muy pronto, ya había gente en la tienda. No eran clientes, sino un grupo de personas reunidas para una celebración. Cuando Mia echó un vistazo al interior del local, distinguió que había una puerta que daba a un patio interior y que allí se había montado una jupá, el baldaquín bajo el cual celebraban su enlace las parejas judías.

Vaciló. Por lo visto, ese día se celebraba una boda allí. ¿Estaría abierta la tienda?

Mia empujó la puerta, que, para su alivio, enseguida cedió. Aun así, no alcanzaba a ver al propietario del comercio. La tienda estaba llena de hombres que hablaban entre sí, en parte en inglés y en parte en yidis, un dialecto del alemán. Mia entendía algo de hebreo, pero solo conocía un par de palabras.

—*Shalom alejem* —saludó en voz baja.

Los hombres se volvieron hacia ella. Se percató entonces de que uno de ellos estaba detrás del mostrador, vestido con ropa festiva.

—¿Quién es usted? —preguntó, desconfiado.

Mia se mordió el labio.

—Mia... —Iba a presentarse con el apellido Von Gerstorf, pero luego se lo pensó mejor—: Gutermann. Quiero... quiero empeñar algo.

—Está cerrado —respondió el tendero—. Celebramos una boda.

Mia se forzó a sonreír.

—Qué bonito —dijo con esfuerzo—. *Mazel... Mazel tov*. Pero es urgente. Necesito dinero con urgencia, yo...

—Venga, Ben, es una de las nuestras —intervino un invitado— y tiene aspecto de no haber comido nada en tres días. ¿De dónde vienes, muchacha?

—Yo... esto...

—Tiene pinta de traer problemas —observó otro—. Una mujer judía completamente sola. Miradla, por lo visto ha pasado los últimos días en el bosque. Yo no las tengo todas conmigo.

Mia miró suplicante a Seligmann.

—Necesito algo de dinero —dijo en voz baja—. Luego me iré enseguida. Yo... seguro. Por favor.

Seligmann, un hombre bajito y con gafas, de rostro arrugado y que en realidad daba la impresión de ser simpático, se volvió hacia ella de mala gana.

—Está bien, muchacha, ¿qué tiene usted que empeñar? —preguntó cogiendo una lupa.

Mia se sacó la alianza. Quería conservar el colgante, que seguramente era más valioso.

Seligmann estudió la joya.

—Veinte libras —dijo.

Mia frunció el ceño.

—¿Solo? —preguntó—. Es de oro auténtico.

—Un anillo de casada —constató Seligmann—. ¿Ha abandonado acaso a su marido? —La pregunta tenía un deje de reproche.

—¡No! —Mia respondió casi con un grito—. ¡Quiero volver con él! Por favor, deme el dinero. Se lo devolveré en algún momento, desempeñaré el anillo... No puedo contarle más, yo...

—Dale treinta, hombre —dijo el individuo que ya antes se había puesto a favor de Mia—. Y guárdale bien esa cosa. A ella o al marido, en caso de que venga a desempeñarlo. Ya ves que es una urgencia. Y hoy es un día para hacer buenas obras.

Seligmann puso mala cara.

—Eres demasiado bueno, Mosche. Debería pensarme mejor si hago bien dándole mi hija a tu hijo.

El otro rio.

—La llevará en bandeja —prometió—. Y ahora supera tus reticencias.

Seligmann volvió a estudiar el anillo y asintió de mal grado con un gesto.

—Está bien, joven. Treinta. Y escriba aquí su nombre, envolveré el anillo y se lo guardaré.

—Cuánto... ¿cuánto tiempo? —preguntó Mia.

Seligmann levantó los ojos al cielo.

—Normalmente un mes —dijo.

Mia negó con la cabeza.

—No será suficiente. Tiene que guardarlo hasta... hasta que termine la guerra.

—¿Qué? —preguntó Seligmann.

El benefactor de Mia se echó a reír.

—El marido es soldado. ¿Tengo razón, muchacha? Así, además, has cumplido un deber con la patria, Ben. Cuando regrese desempeñará el anillo.

—Siempre que no se muera —precisó Seligmann—. Esto acaba de comenzar...

—Cuando acabe la guerra ya lo venderás —observó el intercesor de Mia—. O podrás fundirlo. En las épocas malas, el oro aumenta de valor, así que seguro que haces un buen negocio. Venga, Ben, el rabino vendrá enseguida. ¿Vamos a tener que decirle que el día de la boda de tu hija estabas regateando y cicateando? ¿Crees que Dios ve eso con buenos ojos?

Sin decir nada más, Ben Seligmann abrió la caja y sacó un par de billetes.

—Señora Gutermann, treinta libras —anunció—. Y la espero hasta que acabe la guerra. Todo el tiempo que dure...

Mia dio las gracias.

—¿No... avanza? —preguntó tímidamente—. Me refiero a la guerra.

Seligmann se encogió de hombros.

—A veces más, a veces menos. Por el momento son más bien los alemanes los que avanzan. Pero eso va a cambiar. Le deseamos mucha suerte a su marido.

—Y a su hija también —le respondió Mia—. Y a su hijo. —Se volvió hacia el amable padre del novio—. Y de nuevo: *Mazel tov!*

Y dicho esto salió de la tienda. Ahora tenía que encontrar la oficina de telégrafos. Aunque antes se compraría algo de comida y bebida. En una panadería adquirió una empanada y en un colmado una botella de leche. Lo consumió todo justo en la calle de delante. Nunca le había sabido tan bien una comida.

La oficina de telégrafos de Wellington era muy grande y nadie hizo ningún comentario sobre el aspecto de Mia cuando pidió una conferencia con Auckland. Pero entonces la suerte la abandonó. En la casa de su tío no contestó nadie, y cuando llamó al banco y pidió que la pusieran en contacto con Abe Goodman, solo la pasaron con un tal John Crewes, que se presentó como suplente del director.

Mia no lo conocía, algo que, por supuesto, no significaba nada. Julius tenía una cuenta en el banco de Goodman, pero ella nunca había estado allí. ¿Podía confiar en ese hombre? Le explicó que era la sobrina de Goodman, que estaba en Wellington y que necesitaba urgentemente un giro.

—Ya sea directo de mi tío o de la cuenta de mi marido, Julius von Gerstorf —le pidió Mia.

El hombre en el otro extremo del cable reflexionó.

—Señora Von Gerstorf... esto... Lo siento, pero sin que usted se identifique, no puedo...

—¿Cómo puedo identificarme? —preguntó Mia—. Ya se lo he dicho, estoy sin dinero ni documentos en Wellington... El porqué quiero explicárselo personalmente a mi tío. ¿Me haría el favor de ponerme en contacto con él?

—Si es usted su sobrina —la voz de John Crewes había adoptado ahora un tono severo—, debería saber que el señor Goodman y su familia están en Sídney. El señor Goodman se tomó muy en serio las medidas contra las personas de origen alemán. Temía represalias, sobre todo hacia sus hijas casaderas. Este año las iba a presentar en sociedad y por eso decidió pasar la guerra en Australia. Ha tomado la dirección de la sucursal de su banco allí. La de aquí me la ha cedido por el momento a mí. Ya ve, no puedo ayudarla.

—Pero los Goodman llevan mucho tiempo establecidos aquí —se asombró Mia.

—Correcto —respondió tenso Crewes—. ¿A usted no le afecta este asunto?

Mia pensó en si debía desplegar toda su historia ante él, pero decidió hacer lo contrario.

—No —contestó, y colgó.

Ese hombre no iba a ayudarla. Le pasó por la cabeza pedir una conferencia con Australia, pero debía reservarse el dinero. Por lo visto, tendría que apañárselas con las veintinueve libras que le quedaban y además financiar otra huida. Permanecer en Wellington era demasiado peligroso.

Abatida, Mia se encaminó de vuelta hacia el puerto. Tenía que cambiarse y ponerse ropa interior limpia. Con ese aspecto y sin equipaje, no la aceptaría ninguna pensión. Seguro que la ropa usada sería la más barata, y los negocios donde la vendían solían encontrarse más en la zona portuaria que en otras áreas mejores. Por el camino, adquirió en una tienda algo de jabón y un cepillo para asearse. Mientras buscaba una tienda de ropa, volvió a pasar por el puerto de los transbordadores. Un cartel anunciaba: PRÓXIMA SALIDA A ISLA SUR: 15.30.

Mia observó la posición del sol. Era mediodía. Tenía margen para regresar a tiempo. Decidida, se apresuró a encontrar un comercio de ropa de segunda mano, compró un traje de viaje pasable de terciopelo verde y una bolsa sencilla. En realidad, le habría gustado buscarse un hotel para cambiarse discretamente en los lavabos del vestíbulo. Pero estaba preocupada por si no le daba tiempo. Así pues, se permitió una comida ligera en una fonda y se cambió y arregló en el baño.

Finalmente fue al despacho donde vendían billetes para los transbordadores de Lyttelton, el puerto de Christchurch, una ciudad más grande al este de la Isla Sur. Por desgracia solo podía permitirse un puesto en tercera clase y eso ya significaba un enorme gasto. Tenía que buscar la manera de volver a ganar dinero. Pero antes de nada quería marcharse.

Por la tarde, dos días después de su huida de Somes Island, Mia embarcó en el transbordador rumbo a la Isla Sur y, cuando el barco abandonó el puerto, contempló de lejos con un leve estremecimiento la isla prisión. Nadie la buscaría en Lyttelton o Christchurch, así que poco importaba lo que la esperara allí. Estaba convencida de que nunca más tendría que malgastar su tiempo pensando en el coronel O'Reilly.

5

La travesía a la Isla Sur duró casi toda la noche, que Mia pasó en un duro banco de madera. Siguió reflexionando sobre su desastroso estado financiero sin llegar a ninguna conclusión, pero al menos no se mareó. Eso no le ocurrió a la mayoría de los otros pasajeros. Incluso los de primera clase salían tambaleantes una y otra vez a cubierta para vomitar.

Cuando el transbordador por fin atracó en Lyttelton, Mia fue de las primeras en desembarcar, pues muchos de los viajeros tenían que recuperarse primero. Bastante desorientada, se quedó en el muelle del puerto natural. Ante ella se extendía una bonita ciudad de provincias cuyas casas, casi en su totalidad, se distribuían por la montaña. Una carretera conducía a Christchurch, que era bastante más grande, y allí también había coches de punto. Si se subía en uno, no le quedaría casi nada de su ya escaso patrimonio. Decidió seguir a pie cuando alguien se dirigió a ella:

—Disculpe, señora, ¿es este su equipaje?

Los miembros de la tripulación habían empezado a descargar las pertenencias que habían facturado los pasajeros de primera clase, y la maleta y las dos cajas de sombreros que el marinero sostenía en la mano estaban revestidas de un terciopelo verde muy parecido al del traje de viaje que Mia había comprado en Wellington.

Estaba a punto de contestar que no cuando se percató de la oportunidad que se le presentaba. Ese equipaje, de aspecto valioso, contendría artículos que tal vez podría empeñar. Sin duda se trataba de un robo, pero seguro que en la maleta había alguna placa con el nombre de la propietaria. Podría apuntarse la dirección y devolver más tarde a su dueña (no creía que ningún hombre viajara con maletas de terciopelo verde) el valor de sus objetos.

Esbozó una sonrisa forzada.

—¡En efecto! ¿Cómo lo ha sabido? —Cogió el bolso y dio al portador dos chelines— ¿Podría llevármelos hasta un carruaje?

Naturalmente aquel acto era todo un atrevimiento, pero con un poco de suerte la propietaria de la maleta todavía seguiría a bordo sobreponiéndose a las secuelas del mareo.

La maleta y las sombrereras desaparecieron rápidamente en el portaequipajes del vehículo y Mia sonrió al conductor.

—A Christchurch, por favor. Yo... tengo que buscar allí una pensión.

Suspiró aliviada cuando se sentó en el carro y los dos caballos que tiraban de él salieron al trote en dirección a Christchurch. Era obvio que ahora que había robado el equipaje no podía quedarse en la ciudad, pero tendría que averiguar en algún lugar qué beneficios le había aportado el hurto.

Al final, pidió al cochero que la dejara delante de una cafetería y, tras pagar, todavía le quedaba dinero suficiente para permitirse tomar algo allí. Mia se apretujó con el equipaje en el rincón más apartado del local y echó un vistazo a las sombrereras. Por supuesto, en el interior había sombreros de mujer. Una contenía una pequeña y encantadora creación verde mate, que ya se imaginó llevando a las carreras. El sombrero de la segunda caja era más sencillo, pero también muy bonito, de color burdeos. Mia supuso que los vestidos a juego se encontrarían en la maleta y no se equivocaba. No eran prendas de su talla, pero estaban casi nuevas y sin duda resultaban caras. Descubrió dos vestidos de estar por casa, ropa interior elegante y un neceser de viaje con todo lo imprescindible: contenía un despertador, distintos cepillos, un botiquín y un estuche de manicura, que estaba guardado en una maletita de piel. Todo ese tesoro era propiedad de Alice Kittering, de Auckland, quien vivía en el número 8 de Queen Street, una zona noble. Era una suerte que la propietaria del equipaje solo estuviera de visita en la Isla Sur y no residiera allí. Siendo de fuera le resultaría mucho más difícil realizar pesquisas.

No obstante, Mia debía darse prisa. Averiguó dónde había una casa de empeños, cuyo propietario la miró con gran escepticismo y solo le ofreció veinte libras por las maletas llenas y los sombreros. Era muy poco. Debía sospechar que allí había gato encerrado, y Mia no se atrevió a regatear. Cogió el dinero y emprendió el camino a la estación. El próximo tren partía hacia Dunedin, Otago, una región al sur de Christchurch. Compró un billete por seis libras y de nuevo se sintió segura al sentarse en su compartimiento. No creía que Alice Kittering fuera a seguir el rastro de una maleta perdida. Quizá el marinero que se la había entregado a Mia por equivocación guardaba silencio. Debía de temerse como mínimo un buen rapapolvo. Pese a ello, si había dejado la maleta en el muelle y esta había desaparecido, no había rastro que seguir.

El trayecto a Dunedin duraba varias horas, y Mia todavía estaba demasiado nerviosa para poder dormir durante el viaje. Al llegar a la ciudad estaba, definitivamente, hecha polvo y ya no conseguía ni siquiera pensar. No había otro remedio, tendría que alojarse en una pequeña pensión, aunque eso significase una nueva pérdida considerable en sus ahorros. Al día siguiente, tendría que buscar trabajo y lo haría mejor si estaba descansada.

La dueña de la diminuta pensión que encontró como alojamiento era sumamente amable y permitió a Mia que se bañara por un precio muy reducido.

Mia se introdujo complacida en el agua caliente y por fin sintió que se desprendía de una vez por todas de Somes Island, de la excursión nocturna a nado e incluso del robo. A continuación, durmió profundamente en su cuartito. Al día siguiente estaba preparada para iniciar una nueva vida.

La propietaria estaba suscrita a un periódico que descansaba en la sala de desayunos y que Mia leyó al tiempo que se comía unas tostadas con mermelada de albaricoque y bebía una taza de té. Primero se informó sobre el desarrollo de la guerra: una lectura deprimente. Por lo visto, el frente llevaba semanas estancado. Los alemanes y los aliados estaban situados en las trincheras unos frente a otros; lo peor tenía que ser la matanza de Flandes, donde pese a los miles de muertos no se movía nada. Las tropas neozelandesas y australianas no estaban presentes en la contienda, todavía se encontraban camino de Europa después de haberse concentrado en Australia y haber recibido una instrucción básica. El periódico ponía por las nubes la mayor flota que jamás había partido de Polinesia hacia Europa y que las embarcaciones de Nueva Zelanda competían con las de Australia para dirigir el convoy.

Mia siguió hojeando hasta la sección de ofertas de empleo. Dunedin parecía ser un centro de la industria textil y había varias fábricas que buscaban obreros y obreras. No obstante, a ella le horrorizaba tener que ganarse así el pan. Según lo que le había contado Willie, el trabajo era pesado y estaba mal pagado. Descendió la vista hacia los anuncios más pequeños, a través de los cuales se solicitaba personal de servicio y oficinistas. Ahí se detuvo en una noticia.

> Se requiere institutriz para dos niñas de ocho y diez años. Condiciones: formación general, buen manejo del francés y conocimientos de piano y de buenos modales. Condiciones previas: experiencia y cartas de recomendación.
>
> Señores MCGOUVERN,
> Dunedin, Octagon, 21

El corazón de Mia empezó a latir con fuerza. Eso era justo lo que ella necesitaba. Por regla general, las institutrices vivían en las casas de sus pupilos y el sueldo incluía comida y alojamiento. Se sentía lo bastante preparada para cumplir las condiciones previas. Había pasado toda su juventud estudiando piano y francés y dominaba el idioma casi con fluidez. Como pianista no era muy buena, pero se veía capaz de dar clases a principiantes. Quizá las niñas tampoco eran genios musicales. El único problema eran los certificados y las cartas de recomendación. Y su acento alemán.

Mia reflexionó. Cerró el diario después de haber apuntado la dirección de los McGouvern y se encaminó hacia el centro de la población. Durante años, su tarea en la casa de su padre había consistido en escribir cartas de recomendación y certificados para los criados que se marchaban. Para eso no tendría dificultades. Compró tres plumas y distintas tintas, además de papel, desde unos sencillos pliegos blancos hasta un elegante papel de carta. Se sentó en la diminuta mesa de su cuarto en la pensión y se puso manos a la obra.

La primera que había redactado una estupenda carta de recomendación sobre la joven institutriz Maria Gutmann era una tal Wilhelmina von Stratton, de Onehunga, junto a Auckland. Además, Mia afirmaba haber trabajado en París y Londres. Confiaba en que nadie se extrañaría de que ahora, en periodo de guerra, se extraviara una carta de esas ciudades. Faltaban los títulos escolares, difíciles de falsificar para Mia. Se inventó un aristocrático pensionado suizo y proveyó la carta con un membrete dibujado que mostraba dos cabezas de caballo. «Pensionado Fohlenhof», escribió al lado en una nítida letra de imprenta. Por supuesto, Maria había destacado en todas las asignaturas, solo fallaba un poco en Matemáticas y Física. Ahí solo había conseguido un «bien» en lugar de un «muy bien».

Mia dejó que se secara la tinta y guardó las cartas en su bolsa de viaje. En las horas que siguieron invirtió casi todo el resto del dinero que le quedaba en comprarse un traje marrón propio de una institutriz y un vestido de casa gris, prendas interiores y unos zapatos resistentes. Esperaba tener así un aspecto lo suficientemente monjil y, sobre todo, algo más maduro. Para dar veracidad a su currículo se había puesto cinco años de más.

Una vez acabados estos trámites, ya estaba lista para presentarse en casa de los McGouvern. Quería llamar la misma mañana siguiente para concertar una cita.

La señora McGouvern, una mujer flaca y muy alta en la treintena, miró a Mia con severidad cuando esta llegó al salón acompañada por el mayordomo. Los McGouvern eran propietarios de una gran casa y hacían todo lo posible por semejarse a la nobleza inglesa en el gobierno de la misma. Las habitaciones estaban equipadas con pesados muebles victorianos, en las paredes colgaban cuadros que mostraban escenas de mitos griegos y romanos, y tampoco escaseaban los objetos de decoración como costosos jarrones chinos y estatuas. Naturalmente, el edificio era de piedra, como todos los de la Octagon, la avenida en el corazón de la ciudad de Dunedin. El señor McGouvern, según supo enseguida Mia, era economista y dirigía una fábrica textil. Hacía poco que lo habían trasladado. La familia vivía antes en Escocia, donde McGouvern ocupaba el puesto de profesor en la Universidad de Edimburgo.

—Por desgracia, no pudimos traer a nuestro personal de servicio —se quejó la señora McGouvern, mientras leía por encima los certificados de «Maria»—. Llamaron a filas a los hombres y las sirvientas no querían emigrar.

—¿Sus hijas han tenido antes alguna profesora particular? —preguntó cautelosa Mia.

La señora McGouvern negó con la cabeza.

—No, solo una niñera. Había llegado el momento de cambiar, pero no valía la pena buscar en Escocia a una persona adecuada. Usted... ¿es natural de Suiza?

Mia asintió con un gesto.

—Mi padre tenía un banco allí —explicó—. Lamentablemente perdió mucho dinero especulando durante la crisis y yo me vi forzada a ganarme el pan por mi cuenta.

—Su padre...

—Optó por suicidarse —dijo Mia con voz sofocada, al tiempo que pedía perdón para sus adentros a su padre, de quien esperaba que estuviera vivito y coleando e inmerso en sus actividades comerciales.

—Lo siento —dijo la señora McGouvern, envarada. No parecía decirlo con sinceridad—. ¿Y cómo ha venido a parar aquí a Nueva Zelanda?

Mia se mordió el labio. En este fragmento de su historia tenía que ruborizarse.

—Yo... bueno... me hice amiga por carta de... bueno... un chico que me parecía el adecuado para vivir feliz con él el resto de mi vida. Invertí en el viaje todos mis ahorros.

—¿Y? —preguntó con curiosidad la señora McGouvern.

Mia bajó la cabeza.

—Sufrí una decepción —contestó.

Daba la impresión de que la señora McGouvern habría querido saber aún más, pero tuvo el tacto de reprimir su curiosidad.

—¿Podría empezar enseguida aquí? —preguntó.

Mia asintió con la cabeza.

—Me gustaría mucho conocer a las dos niñas —respondió.

No le parecía honesto que la decisión de contratar a una institutriz se tomara sin contar en absoluto con las afectadas, aunque sabía que eso era lo habitual.

—Pues claro —dijo la señora McGouvern y pulsó un timbre. Poco después apareció una sirvienta—. Maddie, ¿podría ir a buscar a Emily y Rose, por favor?

La doncella hizo una reverencia, se marchó y al cabo de unos pocos minutos volvió con dos niñas que no se parecían en nada a su madre. Aunque tal vez esa severa dama de clase alta había sido también alguna vez un angelito alegre de cabello rubio y ondulado. Emily, la mayor, llevaba unas trenzas de las que se desprendían algunos rizos. Tenía una cara bonita, la tez muy clara y luminosa y los ojos azules. El aspecto de la menor, Rose, era más infantil. Tenía mofletes, unos encantadores hoyuelos y llevaba una cola de caballo. Su tez y su cabello eran más oscuros que los de Emily, pero sus brillantes ojos, por el contrario, un poco más claros. Las dos niñas hicieron educadamente una reverencia antes de examinar a Mia.

—¿Eres nuestra in... in... tíatiz? —preguntó Rose.

Mia se echó a reír.

—Institutriz —la corrigió—. También puedes decir que soy profesora particular. Y sí, me gustaría daros clase si estáis de acuerdo.

La señora McGouvern soltó un leve resoplido.

—Pensaba que las institutrices eran viejas y feas —comentó Emily—. Pero tú eres joven y guapa.

Mia sonrió.

—Gracias —dijo—. Me alegro de gustarte.

—A mí también me gustas —aclaró Rose.

—A mí también me gusta usted —corrigió la señora McGouvern con severidad—. Señorita Gutmann, preste atención, por favor, en que utilicen los tratamientos correctos y tengan los modales adecuados. No quiero que las niñas se asilvestren.

Mia asintió con la cabeza.

—A partir de mañana los practicaremos en francés —señaló—. Debo... ¿debo deducir de esto que me concede el puesto?

La señora McGouvern hizo un gesto para confirmarlo.

—No tengo mucho donde elegir —observó, algo que Mia ya había supuesto. Dunedin no debía de ser un hervidero de educadoras inglesas—. Y usted parece ser una persona por completo adecuada, aunque, como ha señalado mi hija, algo joven. —Suspiró—. Ahora me queda encontrar a un profesor de equitación.

Mia aguzó el oído.

—¿Un profesor de equitación? —preguntó—. ¿Tienen ustedes caballos?

La señora McGouvern hizo una mueca.

—Señorita Gutmann, claro que tenemos caballos. Administramos una casa grande, poseemos animales de tiro y mi marido dispone de un caballo propio de monta. A mí no me interesa particularmente la equitación, pero sin duda forma parte de la educación de una joven dama sentarse con elegancia a lomos de un caballo. Por eso hemos hecho traer dos ponis de Inglaterra para las niñas. Alguien ha de impartirles clase.

El rostro de Mia se iluminó, pero ella intentó conservar un tono imparcial.

—Yo misma puedo enseñarles equitación a las niñas —propuso—. Soy muy buena amazona. Junto al pensionado en el que estudié había una yeguada. Si está usted de acuerdo... También resulta mucho más conveniente que las niñas monten a caballo en compañía de una dama que de un caballero.

Mia no cabía en sí de alegría cuando volvió a la pensión a recoger sus cosas. Tenía un empleo respetable con comida y alojamiento incluidos, además de la posibilidad de montar a caballo. El sueldo era reducido, pero no le importaba, tampoco gastaría. A cambio, las niñas eran simpáticas. Rose y Emily ya le caían bien y estaba deseando ver sus ponis. Si todo funcionaba, podría sobrevivir a la guerra en su nuevo puesto y regresar después a Epona Station.

Solo se preguntaba si debería escribir a Wilhelmina y contarle sus experiencias o si eso sería demasiado arriesgado. No entregaban directamente el correo en Epona

Station. Willie tenía que recogerlo y el empleado de la oficina de correos era un fisgón. Quizá algo llegaba a oídos del teniente coronel Linley y él ataba cabos al saber que una tal Maria Gutmann mantenía un intercambio epistolar con Willie.

Al final decidió dejar este asunto en manos de la señora McGouvern. Si realmente pedía información sobre «Maria» a la señora Von Stratton, Willie sacaría las conclusiones acertadas. Aquella chica no tenía ni un pelo de tonta. En caso de que McGouvern no le escribiera, el paradero de Mia se mantendría en secreto.

6

Ese mismo día, Mia se instaló en una habitación pequeña pero aseada en casa de los McGouvern, y Emily y Rose le enseñaron los ponis, si bien no debía empezar a trabajar hasta la mañana siguiente. Como era de esperar, los animales eran muy bonitos. Habían comprado para Rose un poni galés de capa gris con una preciosa cabecita y potentes posteriores.

Mia hizo reír a las niñas cuando les habló del estándar de raza de esos caballitos.

—Han de tener la cabecita de una princesa y el trasero de una cocinera.

Rose y Emily no podían parar de reír cuando se cruzaron después con la cocinera, que estaba conversando con su madre sobre el menú del día siguiente.

El ejemplar de Emily también llevaba sangre de poni galés, pero era más ligero y más alto. Parecía un purasangre en formato reducido y era negro azabache.

—Un cruzado —explicó Mia—. Y espléndido. ¿Cómo se llama?

Según los documentos, el poni de Emily respondía al nombre de Callida, y el de Rose al de Nellie. Ambos eran dóciles y estaban bien adiestrados. Debían de haber costado una fortuna.

—Lo primero que os enseñaré mañana será a cepillarlos y ensillarlos —anunció Mia, aunque se topó con cierta incomprensión.

—Eso lo hace Robby —dijo Rose, señalando al mozo de cuadra que las había saludado cortésmente y que permanecía en silencio aguardando a que las damas le comunicaran sus deseos—. Una señorita no hace esas cosas.

—Pero tiene que saber en qué consiste —explicó Mia con un leve suspiro—. Así que mañana veremos cómo Robby cepilla y ensilla a los ponis.

El mozo asintió con gesto relajado. Daba la impresión de ser competente y afable, así que Mia le preguntó cómo conseguir un caballo de monta para ella.

—Mañana tendré que acompañar a las niñas a dar un paseo a caballo —dijo.

Robby propuso ensillarle uno de los de tiro.

—Al menos se ha montado a dos —explicó el mozo—. Pero no sé si con silla de amazona...

—Si son obedientes, enseguida aprenden —contestó tranquila Mia.

Este arreglo, sin embargo, no encontró la aprobación de la señora McGouvern.

—¿En qué está pensando, señorita Gutmann? ¿En uno de nuestros caballos de tiro? Al que tienen que acostumbrar a una silla, como si estuviésemos en el salvaje Oeste... No, no, llegados a este punto alquilaremos un caballo para que lo monte usted. A fin de cuentas, representa en público a nuestra familia cuando sale de paseo con las niñas.

A Mia eso ya le iba bien, aunque no dejaba de asombrarla con qué libertad y complacencia se gastaba su nueva patrona el dinero, excepto en el sueldo de sus empleados.

Por la noche era habitual que las institutrices intervinieran en la cena de los señores para supervisar los modales de sus pupilas a la mesa, así que Mia conoció al cabeza de familia. El señor McGouvern había legado a sus hijas el cabello rubio y ondulado y era un hombre apuesto, aunque con cierta tendencia a engordar. Parecía ser de temperamento pacífico, mientras no hablase de los obreros de su fábrica textil. A estos los tachaba con voz furibunda de vagos e insensatos y cuando se trataba de la Tailoresses' Union, el sindicato de modistas, su esposa tenía que pedirle expresamente que mesurase el tono.

—Mejora de las condiciones de trabajo y aumento de sueldo —citaba las exigencias del sindicato—. Y esto solo porque ahora los hombres están en la guerra y las mujeres hacen su trabajo. Ahora quieren que se les pague igual. ¡Qué desfachatez!

A Mia le parecía del todo normal que por el mismo trabajo se pagase el mismo sueldo, aunque sabía que tampoco en Alemania era lo habitual. Las mujeres ganaban menos, pero a menudo realizaban tareas menos agotadoras. Si aquí las trabajadoras asumían labores más pesadas, en opinión de Mia les correspondía un aumento de sueldo. De todos modos, se privó de manifestar su parecer y se quedó callada hasta que el señor McGouvern le habló directamente y le planteó las mismas preguntas que su esposa por la mañana. Al final, le dio la bienvenida y habló de la contienda. Para la industria textil su influjo era positivo, pues la fábrica de McGouvern producía tela para uniformes.

Mia volvió a escuchar que en los frentes apenas se avanzaba. Los voluntarios de Nueva Zelanda y de Australia habían llegado a Alejandría para seguir instruyéndose allí.

—¿A Egipto? —se asombró Mia.

—Sí, corre el rumor de que se movilizarán contra los

turcos —comentó McGouvern—. Ahora todo el mundo está en guerra. Tenemos la gran suerte de que el escenario no esté delante de la puerta de nuestras casas.

La invasión de Nueva Zelanda, para la que se habían preparado con tanto celo los voluntarios de la caballería de Onehunga, seguía por lo visto sin producirse.

A la mañana siguiente, Mia empezó a instruir a las niñas. sin más dilación. Aprendieron a saludarse y presentarse en francés.

—*C'est ma soeur Rose*. Esta es mi hermana Rose —repitió obediente Emily las palabras de Mia.

—¿Y cómo se dice «este es Callie, mi poni»?

En realidad, Mia había querido empezar con palabras como «madre», «padre», «tía» y «tío», pero se sometió solícita a los deseos de sus alumnas y empezó con los primeros términos ecuestres. Al final estaba ansiosa por dar la primera clase de equitación esa misma tarde.

Después de la clase en francés, Mia leyó un cuento con Rose y pidió a Emily que escribiera una redacción. Las niñas ya sabían leer y escribir: habían acudido a una escuela en Inglaterra. Luego, en geografía, buscaron todos los lugares que su padre había mencionado durante la cena del día anterior. Las niñas se aburrían cuando hablaba de la guerra, pero Mia dio vida a Egipto y Francia para ellas. Los McGouvern disponían de una gran biblioteca. No era difícil encontrar imágenes y narraciones sobre esos países.

Por supuesto, Robby ya había ensillado los ponis cuando do Mia y las niñas llegaron a la cuadra, contigua a un pequeño picadero. Por suerte no llovía, de lo contrario habría dado la primera clase de piano. Para regocijo de Mia, Rose y Emily se entristecieron al no poder ensillar ellas mismas sus caballos.

—*C'est mon poney Callie et c'est ma selle* —advirtió Emily a un perplejo Robby—. Este es mi poni y esta es mi silla.

Eran unas caras sillas de amazona para niñas, llegadas de Inglaterra, y, por supuesto, las alumnas llevaban unos trajes de montar cortados a medida. Mia también tendría que comprarse uno para cuando salieran de paseo, pero ahora mostró a las niñas cómo subir al caballo de forma correcta, contenta de que su falda negra no fuera demasiado estrecha. Callida era lo suficientemente fuerte para cargar con ella, así que no necesitaba de un caballo propio. Robby la ayudó con destreza a subir al animal.

—Así se hace con ayuda de un señor —dijo Mia—. Pero tenéis que ser capaces de subiros sin que os ayuden.

Volvió a hacerlo sola y dejó que las niñas practicaran varias veces los dos métodos de subir a la silla. Los ponis permanecían quietos como estatuas. Realmente, su adiestramiento era modélico. Las dos pupilas eran flexibles y no tenían miedo. Mia estaba segura de que aprenderían deprisa.

Los siguientes dos meses transcurrieron con tranquilidad. Mientras el ejército neozelandés emprendía la batalla de Galípoli, que iba a concluir en un desastre, Mia enseñaba escalas de piano y el correcto asiento sobre el caballo. Emily resultó tener más oído musical que Rose, pero por suerte esta era mejor amazona, pues Nellie era asustadiza y más inquieta que Callida. Las niñas absorbían como esponjas el nuevo idioma y la señora McGouvern no cabía en sí de contento con su joven institutriz. Mia cada vez se sentía más segura en su nuevo puesto... hasta que ocurrió algo que la inquietó en extremo.

Habían pasado varias semanas sin que tuviese el periodo y, mientras que en un principio lo había atribuido a los nervios de la huida y del nuevo trabajo, hubo de admitir que algo no funcionaba. Cuando sus pechos se tensaron y sintió el vientre más duro, sospechó que no iba a ser tan fácil olvidarse de su pesadilla con el coronel O'Reilly: se confirmó que estaba esperando un hijo. El susto dio lugar enseguida al pánico. ¿Qué iba a hacer? Una institutriz embarazada era algo inconcebible, los McGouvern no la conservarían con ellos en ningún caso.

Mia consideró la idea de regresar a Epona Station. Ni el mismo teniente coronel Linley deportaría a una mujer en tales circunstancias. Sin embargo, sus ahorros todavía no le alcanzaban para realizar el viaje. ¿Y qué diría Julius cuando saliera del presidio y ella lo estuviese esperando con el hijo de otro? ¿Había alguna posibilidad de enmendar ese desatino? En Hannover, Mia había oído hablar de un remedio. Por lo visto, una joven de buena familia se había quedado embarazada y los padres habían pagado a un médico para que «solucionase» de algún modo el problema. Sin duda estaba prohibido, y en Nueva Zelanda seguro que también, y además ella no habría sabido a quién dirigirse. Así que tendría que dar a luz y luego desprenderse del niño.

Mia no sentía nada por la futura vida que se formaba en su vientre. Al contrario, más bien le repugnaba llevar en su interior a un hijo de O'Reilly. No creía que le fuera difícil separarse de él. Hasta entonces tendría que esconder de algún modo el embarazo durante el tiempo que fuera posible. Mia se compró una falda más ancha y bandas de tela que se ataba con fuerza al vientre cuando este empezó a crecer. Se ciñó un corsé y estuvo a punto de desmayarse en más de una ocasión. Intentaba montar cada día a ser posible. En las novelas sociales que antes leía, las mujeres perdían con frecuencia a sus hijos cuando galopaban audazmente y saltaban obstáculos.

Ahora ya disponía de su caballo alquilado y mostraba a sus pupilas cómo hacer los primeros saltos. Sin embargo, no se cayó ni tampoco llegaron las tan esperadas pérdidas. El niño que había en ella parecía tener sangre de jinete, algo que no era extraño dado el entusiasmo de Mia por los caballos. De hecho, por primera vez empezó a sentir algo por ese ser que llevaba dentro cuando, después de una galopada por el parque con las chicas, se movió. Revoloteó en su interior como si le hubiese gustado galopar. Mia se acarició el vientre ligeramente y se preguntó si dentro crecía una niña o un niño. No obstante, seguía pareciéndole imposible conservar al bebé. En caso de que consiguiera esconder el embarazo hasta el último momento, abandonaría al recién nacido delante de una consulta médica.

Como era de esperar, este vago proyecto resultó irrealizable. La señora McGouvern llamó a Mia cuando se hallaba en el sexto mes del embarazo.

—¿Cuánto tiempo cree usted que va a seguir ocultándomelo? —preguntó sin preámbulos su patrona cuando Mia cerró la puerta tras de sí.

La señora de la casa señaló el vientre de Mia. Y eso que ella se había atado con fuerza el corsé esa mañana. En realidad, el embarazo no podía distinguirse ese día más que el anterior. Pero a lo mejor alguna de las doncellas se había ido de la lengua. La habitación de Mia se hallaba en el área de servicio, y todas las empleadas compartían un baño. Mia había procurado no dejarse ver en camisón, pero, al parecer, no había conseguido pasar desapercibida.

—Lo... lo siento —dijo—. Debería habérselo dicho. Pero pensé... pensé que perdería mi empleo.

—En eso sí lleva usted razón, señorita Gutmann —observó sarcástica la señora McGouvern—. Por supuesto que voy a despedirla. ¿Cuándo ha pasado? ¿Se ha puesto usted a la venta mientras estaba trabajando para nosotros o acaso ese chico por cuya causa está usted aquí no era tan inconveniente?

Mia enrojeció.

—Me violaron —dijo.

—Ajá —respondió la señora McGouvern—. ¿Y yo tengo que creérmelo? ¿De una chica tan bonita y vivaracha como usted? Está usted muy segura de sí misma, señorita Gutmann. A menudo me he preguntado si eso es realmente apropiado para mis hijas. Usted... ríe con demasiada frecuencia.

—No me reí cuando eso ocurrió —protestó Mia—. Lloré. Pero no me sirvió de nada, señora McGouvern, tan poco como la seguridad en mí misma y mi amor a la vida...

—Eso fue lo que le impidió lanzarse al agua después para acabar con todo —observó la señora McGouvern.

—Me lancé al agua —respondió Mia ciñéndose a la verdad. Casi se habría echado a reír—. Pero no morí.

—Dígame, ¿se está burlando usted de mí? —preguntó la señora McGouvern—. Esto es una... ¡una impertinencia! Haga las maletas y márchese de inmediato. ¡Quiero que salga hoy mismo de mi casa con su bombo.

Mia se frotó la frente.

—¿A dónde voy a ir? —preguntó con voz queda—. He de... ¿arrojarme al agua y perecer?

—Haga lo que quiera —contestó la señora McGouvern—. Y no intente que me sienta culpable. Me engañó con sus artimañas. El mayordomo le dará el resto del salario. Y ahora desaparezca de aquí.

Mia se mordió los labios.

—Pero las niñas —replicó—. ¿Qué les dirá a las niñas? Si ahora me voy... sin despedirme...

—Las niñas se sobrepondrán —contestó con dureza la señora McGouvern—. Les diré que tuvo que atender a un asunto familiar urgente. Algo que es cierto, según como se mire. Así que váyase ahora mismo.

Cegada por las lágrimas, Mia empaquetó sus pocas pertenencias. No le iba a quedar otro remedio que volver a la pensión en la que había pasado los primeros días en Dunedin. Pero, naturalmente, sus ahorros no bastaban para quedarse un par de meses allí. Y eso si la admitían. Las madres solteras no estaban bien vistas. Bueno, al menos no tendría que ponerse el corsé. Cada vez le molestaba más y, desde que el niño se movía, sentía remordimientos por apretujarlo de ese modo.

Camino de la pensión compró en una tienda un vestido barato de embarazada. A partir del siguiente día, ya no ocultaría que estaba encinta.

La dueña de la pensión, una viuda mayor y experimentada, miró a Mia con escepticismo mientras la registraba. Cuando al día siguiente fue a desayunar con el vestido nuevo, la llamó aparte.

—Se ha registrado aquí como «señorita» Gutermann —señaló, sin mostrar el enfado de la señora McGouvern—. Ahora veo que está usted encinta. ¿Ha ocurrido eso... en la casa en que ha estado trabajando? —Mia le había contado alegremente en su día que había encontrado un empleo—. ¿Alguien se ha... aprovechado de usted?

Mia negó con la cabeza.

—Nadie en la casa de los McGouvern —se sinceró—. Pero antes ocurrió algo. Yo... yo pensaba que podría olvidarlo, pero... —Sintió que sus ojos se inundaban de lágrimas.

—¿No... amaba a ese hombre? —preguntó la dueña de la pensión.

Mia contrajo el rostro.

—Me violaron. Aunque nadie me crea —dijo con tristeza.

—Yo estoy por completo dispuesta a creerla —afirmó la dueña—. No tengo la impresión de que sea usted una persona frívola. Pero eso no significa nada. Está embarazada de... ¿cinco meses?

—De seis —precisó Mia.

—Entonces va a tenerlo —dedujo la mujer—. Y habrá que alimentarlo de alguna manera.

—¡No puedo! —exclamó Mia—. ¿Cómo voy a hacerlo? Lo... lo daré y entonces... —Rompió por fin en llanto.

—Cielito, no va a darlo —dijo con dulzura la dueña—. No lo conseguirá una vez haya nacido. Hágame caso, tengo dos hijos. Y después de que nacieran me hubiera dejado descuartizar antes que separarme de ellos.

—Pero yo estoy sola —contestó sollozando Mia—. Al menos... al menos hasta que esta guerra acabe. ¿Cree que durará mucho más?

La mujer se encogió de hombros.

—Todavía puede prolongarse —supuso—. Cuando se oye lo que está ocurriendo en Galípoli... Y los combates en Flandes. Esto no avanza, hija mía, no se puede esperar nada. Pero no es usted la primera que cría a un hijo sola ni tampoco será la última. Necesita un trabajo.

—¿Y quién va a darme un empleo? —preguntó Mia desanimada—. Los McGouvern...

—Como empleada doméstica, nadie —coincidió la dueña—. Pero en las fábricas, por el contrario, siempre buscan a gente. Aceptan a todo el mundo, también a mujeres. Tal vez debería presentarse como «señora Gutermann». Diga que su marido está en el frente.

Mia siguió llorando.

—Nunca... nunca he trabajado en una fábrica. Me... me da miedo —confesó.

—Tiene que superarlo —dijo la mujer con calma—. La fábrica no la matará. Vaya mañana mismo a uno de los molinos de lana. O inténtelo como costurera...

—No con el señor McGouvern —susurró Mia—. Eso no, por favor...

—Cielito, aquí hay tres fábricas textiles y todas están buscando personal. No le dé más vueltas. Póngase en marcha y pida trabajo. Ah, sí, y compruebe si en la fábrica hay guardería. La Tailoresses' Union ha implantado alguna. Quizá la compañía paga un poco menos, pero cuidarán de su hijo después.

Esa noche, Mia durmió algo más tranquila que la anterior. Al menos las sugerencias de la dueña le ofrecían cierta perspectiva. Ninguna que fuera agradable, pero sin duda la mujer tenía razón. No era la primera que se encontraba en esa situación. ¡Y si otras lo conseguían, también lo lograría ella!

7

La dueña de la pensión le había aconsejado que se despertara temprano. En la mayoría de las fábricas el turno comenzaba a las siete, como muy tarde a las ocho, y seguro que daría una buena impresión si se presentaba ya a esa hora. Mia se levantó como pudo de la cama —con las niñas desayunaba siempre hacia las nueve— y volvió a meterse en el cómodo vestido de embarazada. Llevaba además la chaqueta del traje verde, que ya no se podía cerrar del todo, pero que conjuntaba con el color. También el vestido tenía un estampado en ese tono.

Sin embargo, no había contado con la mirada desaprobatoria de las otras mujeres que a esa hora acudían en masa a la fábrica. Las obreras iban modestamente vestidas y todas de forma parecida, pero no se protegían del frío de la mañana con chaquetas, sino con chales gastados o capas. Mia, mucho más elegante, destacaba entre las demás, y las mujeres no reaccionaron con demasiada amabilidad. Se había unido a un grupo de trabajadoras que llevaban en brazos o de la mano a niños pequeños o bebés. La fábrica a la que se dirigían con prisas disponía, pues, de una guardería. Mia estaba decidida a seguir el consejo de la experimentada dueña y a buscar trabajo en una fábrica en la que también cuidaran de los niños. Todavía no

estaba segura de si realmente iba a quedarse con el pequeño; no podía imaginarse su vida como obrera de una fábrica y además como madre soltera.

Pero estar abierta a todas las opciones tampoco le hacía ningún daño; siempre quedaba la esperanza de que
la guerra terminase pronto y de que ella pudiese regresar
a Epona Station con o sin niño.

En ese momento preguntó dónde se encontraba la oficina de personal a una de las mujeres que estaban delante de la fábrica, pero esta no le respondió, sino que la miró
despectiva. Mia supuso que no la había entendido.

—Cuando se busca trabajo, ¿dónde hay que presentarse? —preguntó a otra.

La mujer la miró con no menos desdén que la anterior.

—¿Qué quiere hacer una finolis como tú en una fábrica? —preguntó.

Mia se mordió el labio. Se preguntaba en qué reconoc-
cían al instante que no era una de ellas. ¿Era solo la chaqueta del traje? ¿O el cabello bien peinado? Las otras
mujeres se lo ocultaban de cualquier modo bajo un pañuelo.

—Trabajar —respondió escueta—. Si me aceptan.

—Lo harán. Cogen a todo el mundo —dijo la mujer
y se metió con su hijo en la fábrica por una entrada lateral.

Delante de la puerta principal una supervisora controlaba que las trabajadoras hubiesen asistido y si eran o
no puntuales. Iba bien arreglada, con una falda y una
blusa, y encima un abrigo desabrochado. Cuando la sirena de la fábrica sonó a las ocho en punto, abrió la puerta a las mujeres y a un puñado de hombres. Mia se dirigió a ella.

—Sí, damos trabajo —respondió tranquila cuando
Mia le habló—. Espere, enseguida la acompaño a la ofici-

na del señor Miller. Él se encarga de los contratos de trabajo.

El señor Miller era un hombre bajito y pálido con una calva incipiente. Estaba sentado a un escritorio y cogió la lista que le tendía la joven con los nombres de las obreras presentes y las ausencias por enfermedad.

—¿Otra vez el diez por ciento enfermas? —preguntó malhumorado—. Desde que el sindicato se ha impuesto y ha conseguido que paguemos las bajas por enfermedad, cada vez son más las que fingen estar mal. ¿Y qué pasa con esa? —Señaló a Mia.

—Busca trabajo —contestó la joven.

Mia saludó educadamente y se presentó.

—¿Ha trabajado ya en alguna fábrica? —preguntó Miller con desgana—. Si es así, ¿en cuál y por qué se ha ido?

Mia admitió que nunca había trabajado en una fábrica.

—Pero sé coser un poco —explicó.

Cuando Willie había empezado a arreglarse los vestidos que le daba Mia y a cortar faldas pantalón para las dos, Mia había comprado una máquina de coser. Ese aparato la fascinó, y Willie la introdujo, un poco por encima, en su empleo.

—¿Miembro del sindicato? —preguntó Miller.

Eso parecía importarle más que el embarazo de Mia y su estado civil.

—No —respondió con cierto pesar—. Hasta ahora no he tenido que... trabajar. Mi marido se ganaba bien la vida. Pero cuando empezó la guerra se alistó voluntario y su soldada...

Miller hizo un gesto para que se callara. Eso no le interesaba.

—¿Qué acento tiene usted? —preguntó escéptico—.

Parece... alemana. —En esas últimas palabras resonaba desprecio y aversión.

—Holandés —afirmó Mia.

El origen suizo había encajado en una niña de casa bien inocente y en apuros, pero ¿en una obrera? Mia pensaba que en Suiza solo había bancos.

La respuesta pareció satisfacer a Miller.

—Bien, entonces le haremos una prueba como costurera —anunció—. Puede empezar mañana. Venga primero a verme y a firmar el contrato de trabajo. Después, la señorita Roberts le indicará su puesto. —Señaló a la joven supervisora, que esperaba junto a la puerta.

Mia preguntó tímidamente por el sueldo y se escandalizó al saber la pequeñísima suma que se pagaba por hora. Como institutriz casi había ganado el doble y con comida y alojamiento incluidos.

—Café gratis en el descanso —añadió Miller, que parecía orgulloso de ese logro—. A las diez, descanso para el desayuno; a las doce, pausa de mediodía; y a las dos, vuelta al trabajo. Es un horario muy favorable para los trabajadores, en especial para las mujeres. Así pueden volver a casa y prepararle la comida a su marido.

Mia asintió con un gesto cohibido. No estaba previsto que las obreras emplearan ese tiempo para descansar. Pero ya sabía por Willie que tenía ante sí una vida dura. Aunque al menos no había de cocinar para nadie.

Regresó a su pensión y la propietaria se alegró del rápido éxito en la búsqueda de trabajo. No obstante, el sueldo apenas bastaría para vivir y menos aún para costearse la pensión.

—No, tendrá que buscarse algo más barato, cielito —señaló con pesar la dueña—. Lo mejor es que se mude cuanto antes. Los obreros viven en los alrededores de las fábricas. Eche un vistazo a ver si alquilan algo por allí.

Empezaba a llover cuando Mia llegó al barrio que pocos años antes era conocido como el Devil's Half Acre, algo así como «los bajos fondos». En aquella época, el barrio obrero alrededor de Stafford Street estaba lleno de burdeles, tabernas y garitos. Con el tiempo había mejorado. Se habían demolido un par de casas y chamizos especialmente ruinosos y se había urbanizado la zona. Sin embargo, seguía siendo pobre, el asfalto de las callejuelas estaba agrietado y la pintura de los edificios desconchada. Mia pocas veces había visto algo tan deprimente como ese barrio que, salvo por un par de ancianos y niños, parecía deshabitado. La vida volvería cuando se cerraran las fábricas por la tarde.

Mia se preguntó cómo iba a encontrar una vivienda de alquiler. En realidad, de ser por ella, no habría salido sin más a la calle, sino que habría ojeado antes los anuncios en un periódico. Pero la propietaria de la pensión se había echado a reír. «Cielito —le había dicho—, la gente de Stafford Street no lee el periódico. O, como mucho, solo cuando lleva el pescado envuelto en él. Y no es el del día. Vaya allí, pregunte y eche un vistazo...»

En efecto, después de dar una vuelta al segundo bloque, Mia descubrió una hoja de papel donde estaba escrito SE ALQUILA. Estaba pegada en una ventana rota sobre la que alguien había clavado una tabla de madera para mantener alejados a los intrusos, o la lluvia y el viento. Un anciano de la casa vecina se percató de su interés y se ofreció a enseñarle la vivienda. Mia casi se habría echado a llorar cuando le mostró las dos habitaciones. Todas las ventanas estaban rotas y los cuartos cubiertos de escombros. Ella sola nunca conseguiría arreglar ese lugar para poder dormir en él.

Hizo un esfuerzo por dominarse, le dio las gracias y

siguió buscando. El siguiente local que se alquilaba era un cobertizo al lado del retrete de un edificio plurifamiliar, también en un descuidado patio trasero.

—Es práctico —dijo la mujer que se lo mostró—. Por las noches enseguida se llega al váter y no tiene que cruzar toda la casa, por donde no se sabe qué tipos andan rondando.

Aun así, Mia no se resignó a convivir con ese hedor. Seguro que el desangelado cobertizo de madera había sido un almacén en su día. Alojarse ahí era inaceptable, por mucho que rebajara sus exigencias.

El tercer cartel de SE ALQUILA se hallaba en un edificio de viviendas de varios pisos venido a menos. Se trataba de un apartamento en el tercer rellano, y Mia subió una empinada escalera que olía a col y orina. El arrendador había encargado a una joven madre que lo enseñara a los eventuales interesados. La mujer parecía haber dado a luz recientemente, pues llevaba un gastado albornoz sobre el camisón. Debía de estar guardando todavía cama. Respondió malhumorada a las preguntas de Mia y no estaba por la labor. Algo que no era de extrañar, pues había dejado solos al recién nacido y a sus tres hermanos, solo un poco mayores que él, para enseñar el apartamento.

Pero Mia no se dejó apremiar. Se había acostumbrado a la tosquedad de sus conciudadanos, así que ya no esperaba ninguna deferencia y no sonreía en vano. El edificio en el que se encontraba su posible nuevo hogar parecía haber tenido en su origen dos viviendas por rellano que se habían compartimentado para poder acoger a más familias. El resultado consistía en dos apartamentos más grandes, en uno de los cuales vivía la parturienta con su familia, provistos de puertas de entrada sólidas, y dos habitáculos más pequeños de solo dos habitaciones.

Solo una de ellas tenía ventana, pero al menos los vidrios estaban intactos, la cubierta era gruesa y no parecía haber corrientes de aire. Sin embargo, el tabique que daba al apartamento contiguo era de contrachapado, así que probablemente se oiría todo lo que se dijera al otro lado.

En general, ese apartamento parecía encontrarse en mejor estado que los anteriores. Se entregaba limpio, ya fuera porque el arrendador lo había aseado o porque el último inquilino lo había dejado así. En un rincón había una estufa que se podía encender con madera o con briquetas y que también servía como hornillo de cocina. También estaba limpia. Además la situación no era mala. En las casas colindantes no había garitos ni pubs, enfrente había una tiendecita y en la esquina una panadería. Mia creyó que no podría encontrar nada mejor en ese barrio.

—A... ¿a cuánto asciende el alquiler? —preguntó a su impaciente acompañante.

La mujer le dijo el precio, que correspondía a un cuarto de los ingresos futuros de Mia. Era mucho para ese agujero, pero las otras viviendas solo habían sido algo más baratas.

—¿Me darán muebles? —añadió.

La mujer se echó a reír.

—Ya puede esperar a que le caiga alguno del cielo —bromeó, pero luego le facilitó una información sensata—. En la Hope Street hay una tienda que vende mobiliario de segunda mano —explicó—. Solo ha de encontrar a alguien que se los traiga. Mi marido lo hará por un par de peniques. Tiene una carretilla.

Mia asintió con un gesto y le dio las gracias.

—Me quedo con el apartamento —afirmó—. ¿Y a quién he de dirigirme para el contrato de alquiler?

El propietario de la casa no vivía en la zona, pero el marido de la joven, que se presentó como señora Gibson, hacía las funciones de administrador de la finca. Él se ocuparía del contrato, informó la mujer. Si Mia volvía a pasar a eso de las siete, podría firmarlo.

—Pero hasta mañana por la mañana no podrá ir a buscar los muebles —concluyó.

Mia asintió con un gesto de resignación y se hizo a la idea de dormir en el suelo. Una noche más en la pensión sería tirar el dinero, pues ahora ya tenía donde vivir.

La tienda de Hope Street era fácil de encontrar. Mia compró un armazón de madera rajado para la cama, cuyo colchón lleno de manchas le dio tanto asco que con todo el dolor de su corazón pagó por uno sin estrenar. Eso no parecía venirle de nuevo al comerciante, quien tenía un par de colchones nuevos de oferta. Además adquirió por unos pocos chelines una silla, una mesa y dos armarios: uno para la ropa y otro para los utensilios de cocina. Mia también necesitaría cubiertos y cazuelas. Comprobó con un suspiro que sus ahorros disminuían rápidamente. Tenía que ser prudente. No cobraría el primer sueldo de la fábrica hasta pasada una semana.

Hacia las ocho de la noche lo había solucionado todo y estaba muerta de cansancio cuando volvió a la pensión para recoger sus cosas. Allí la esperaba una sorpresa, pues la dueña la invitó a un potaje recién hecho y a dormir una noche más en su habitación.

—No se incluirá en la factura. De todos modos, hoy no la habría alquilado a nadie. Así que ¿qué más da?

Mia casi se habría echado a llorar de agradecimiento. Al menos podría ir a su nuevo puesto de trabajo descansada, limpia y arreglada.

Por la noche notó que el niño se agitaba con más ímpetu del habitual.

—¿Es que no te has movido hoy lo suficiente? —preguntó Mia refunfuñando, pero luego acarició el vientre sosegadora.

Para su sorpresa, el niño se tranquilizó y las patadas le resultaron más consoladoras que molestas. Todo el día se había sentido horriblemente sola y en ese momento descubrió que eso no era así. En esos días no estaba sola a ninguna hora ni en ningún lugar: el pequeño ser que había en ella participaba de todo lo que hacía. Por primera vez podía imaginarse sosteniéndolo en los brazos. El espectro con el rostro de O'Reilly que continuamente se le aparecía al principio, se había convertido en la imagen de un bonito bebé con sus mofletitos.

—En cualquier caso voy a ponerte un nombre —murmuró—. Incluso si no me quedo contigo...

En lugar de darle vueltas a su incierto futuro antes de dormirse, esta vez estuvo pensando en un nombre apropiado. En realidad le habría gustado llamar a su primera hija Julia o Juliet, y si era niño, Jacob, como su padre. Pero ahora se resistía a poner a ese hijo no buscado el nombre que había elegido con Julius. Tenía que ocurrírsele algo nuevo. Mia decidió seguir pensando en ello al día siguiente durante su, sin duda, monótono trabajo en la fábrica.

Por la mañana, después de mostrar su agradecimiento a la dueña y de despedirse de ella, llevó sus cosas al apartamento, que estaba en el número 14 de Melville Street y se cruzó allí con el señor Gibson, que en ese momento iba a trabajar. Este le confirmó que recogería sus muebles después de su turno y pidió por ello un precio desorbitado. Mia tenía el corazón en un puño cuando empezó a negociar con él. Nunca lo había hecho. El regateo siempre le había parecido indigno, lo vinculaba a los métodos fraudulentos de los tratantes de caballos. Pero si ahora dejaba que le tomaran el pelo, el «administrador» le cobraría cualquier servicio por pequeño que fuera.

De hecho, después de un tira y afloja verbal, el hombre se conformó con un precio mucho más bajo. Mia suspiró aliviada cuando emprendió el camino a la fábrica. Llegó puntual y, como esperaba, la recibió la señorita Roberts. La joven supervisora y ayudante de despacho la condujo de nuevo hasta el señor Miller. Firmó el contrato, que incluía un plazo de aviso de despido de dos semanas, y siguió a la señorita Roberts a las naves para empezar a trabajar.

Willie había mencionado que en las fábricas textiles reinaba un ruido infernal, pero Mia no se había imaginado que fuera tan estridente. Las distintas máquinas con las que se tejían y procesaban las telas repiqueteaban y retumbaban, y Mia pensó que iba a quedarse sorda si estaba todo el día expuesta a ese escándalo. Inevitablemente, palpó en busca del niño en su vientre. ¿Lo oiría él también? ¿Le asustaría el ruido?

—La dejaré ahora en manos de la señora Lower —gritó la señorita Roberts para hacerse oír—. Es la encargada de las costureras.

Después condujo a Mia a través de una sala con unos telares enormes en la que una docena de mujeres y niñas estaban sentadas junto a unas máquinas de coser. Ahí el ruido era un poco más apagado. La señora Lower resultó ser una mujer mayor, de expresión avinagrada y desabrida, que llevaba una bata marrón.

—Nueva y sin formación —la presentó escuetamente la señorita Roberts—. Pero al parecer ya ha cosido a máquina. Compruebe si es cierto, de lo contrario la llevaremos a la tejeduría. —Se volvió de nuevo a Mia, a quien no había dirigido la palabra hasta el momento—: Pero allí se paga peor. Así que esmérese.

La señora Lower farfulló algo incomprensible y preguntó su nombre a Mia. A continuación, le señaló una máquina de coser.

—Aquí cosemos uniformes —explicó brevemente—. Para nuestros soldados, que están en el campo de batalla. Así que se trata de un trabajo importante y esperamos un poco de patriotismo. Si no acabas a tiempo, sigues hasta que termines, pero sin cobrar.

Mia la miró sobresaltada, mientras que una joven en la máquina de al lado levantó la vista de su trabajo.

—No es obligatorio —intervino lacónica—. Las normas acordadas con el sindicato son las que sirven, ya se trate de coser uniformes o ropa infantil. ¡Así que no le cuente estas tonterías!

La señora Lower enmudeció y todavía pareció más distante.

Mia intentó conciliar.

—Bueno, si... si soy muy lenta, podría...

La joven la fulminó con la mirada y dijo con voz chillona:

—No vas a sabotear aquello por lo que tus hermanas han estado peleando durante décadas. Vale más que ingreses en el sindicato y te informes de tus derechos.

—¡Cierra el pico, Jean! —le gritó la encargada, colocando a Mia en una silla que estaba delante de una máquina de coser.

—Aquí cada una tiene una tarea específica y hasta el final no se unen todas las piezas —explicó—. Tú coserás las mangas. Las mangas derechas. —Cogió dos trozos de una basta tela marrón de un carrito que había junto a su puesto. Las mangas del uniforme ya estaban cortadas.

—Una costura aquí y aquí —indicó la señora Lower e hizo una seña a Mia para que se levantara y le dejara el sitio a fin de enseñarle la labor. A una velocidad vertiginosa empujó la tela bajo la aguja y puso en marcha la máquina accionando los pies con fuerza. La aguja traqueteó a través de la tela y en un abrir y cerrar de ojos la manga ya estaba cosida—. Luego lo metes aquí dentro —explicó la encargada, señalando otro carrito a la derecha de Mia—. Cada media hora se recogen las partes acabadas y se vuelve a suministrar tela. ¿Entendido?

Mia asintió con la cabeza. Empujó con cautela la primera manga bajo la máquina y consiguió hacer una costura tan limpia como la de su predecesora, aunque necesitó el triple de tiempo para lograrlo.

—Tienes que ir más deprisa —dijo la señora Lower—. Por lo demás, está bien así. —Y dejó a su nueva subordinada para dirigirse a otras mujeres.

—A ser posible, no rompas ninguna aguja —le recomendó Jean sin levantar la vista de su trabajo—. No te descuentan nada del salario si no pueden probar que has sido descuidada, pero siempre lo intentan.

Mia le agradeció el consejo y se puso de nuevo a trabajar. No era una tarea difícil y con la práctica se percató de que cosía cada vez más rápido. Sin embargo, no tardó en sentir también un tirón en la espalda y que las piernas le pesaban de tanto accionar la máquina. Se alegró cuando sonó la sirena del descanso de desayuno, aunque comprobó horrorizada que solo había hecho la mitad de trabajo que Jean, que cosía las mangas izquierdas.

—Tienes que ir más deprisa —dijo la joven sindicalista repitiendo las palabras de la encargada—. De lo contrario no se quedarán contigo. Y ahí no podemos hacer nada para evitarlo. Tienes que realizar un buen trabajo para que te paguen.

Mia murmuró una disculpa y Jean se la quedó mirando fijamente.

—¿Eres alemana? —preguntó.

Mia negó con la cabeza.

—Holandesa —volvió a mentir.

—Pues hablas como una alemana —dijo Jean recelosa—. Dicen que tengamos cuidado con los espías. ¿Eres...?

—No puedo imaginar que en el Imperio alemán no sepan cómo funciona una máquina de coser —respondió Mia, que estaba empezando a perder la paciencia. Y eso que Jean le había parecido en un principio muy simpática—. ¿Y qué iba a espiar yo aquí?

Jean no respondió, pero se comportó con frialdad cuando acompañó a Mia a la sala de desayunos en la que se servía el café. Era un espacio sobrio y gélido donde había unos bancos y unas mesas de madera largos en los que las obreras podían desenvolver sus paquetes con la comida. Las mujeres charlaban entre sí animadamente. Jean enseguida se unió a un grupo de jóvenes con las que estuvo cuchicheando con viveza.

Mia se alegró de escapar del estrépito de la nave. En la panadería se había comprado un panecillo del día anterior y ahora se lo comía con el café que servían gratis. La bebida le sentó bien y en ese momento se dio cuenta de lo seca que tenía la boca después de pasar dos horas en la nave. El aire debía de estar lleno de fibra textil. Bebió con avidez, como las otras mujeres. Al principio nadie hablaba con ella. Hacia el final del descanso, una mujer mayor la miró.

—¿Cuándo llega el bebé? —preguntó tan solo.

—En invierno —respondió Mia—. Creo que en julio o agosto.

—¿Y el padre...?

—En la guerra —repitió Mia su historia—. Galípoli.

—Bien, esperemos que vuelvas a verlo —dijo la mujer con la boca pequeña—. Lo típico. Nos dejan preñadas y luego ¡a la aventura! Antes se largaban a buscar oro, ahora a la guerra. Donde además tiran a matar...

—Espero que regrese —dijo Mia en voz baja, pensando en Julius. Lo habría dado todo por saber dónde se encontraba.

—Hablas raro —observó también la mujer—. Con... cómo dicen... con a...

—Acento —la ayudó Mia—. Somos inmigrantes, mi marido y yo. Venimos de Ámsterdam.

—¿Eso es Alemania? —preguntó la obrera—. Porque si eres alemana...

—Es Holanda —intervino Jean—. Pero me pregunto si es cierto. Yo conocía a una holandesa y hablaba distinto. Quién sabe si no será...

Las mujeres observaron ahora a Mia con mayor detenimiento y, por supuesto, les llamó la atención la chaqueta que se había echado sobre los hombros para no tener frío en la gran nave y en los zapatos recios, relativamente nuevos, y el vestido de embarazada que se había comprado hacía poco. También se fijaron en el bello rostro de Mia, que no se veía tan ajado y pálido como el de la mayoría de las mujeres del lugar, y en su cabello recogido con gran cuidado.

—Hay algo en ella... —apuntó Jean resumiendo sus impresiones.

Entonces resonó la sirena de la fábrica. Las obreras volvieron a sus puestos de trabajo sin intercambiar ninguna palabra más. Jean enseguida empezó a coser mangas a una velocidad fulminante, y Mia intentó acelerar su propio ritmo. No era tan fácil a medida que aumentaba el cansancio y que los músculos protestaban por repetir siempre la misma actividad. Al mediodía estaba exhausta y se dirigió tambaleante a su casa. En realidad, habría tenido que comprar algo para comer y cocinar, pues por la noche seguro que se sentiría peor. Pero no lo hizo así, sino que se tendió sobre el duro suelo y lloró.

Mia deseaba salir de inmediato de Dunedin, reunirse con Julius, ir a Epona Station o marcharse a Hannover con su padre. Le habría encantado escribirle, pero las cartas llegaban a Europa solo a través del correo militar, y ninguna a Alemania. Pensó sollozando en los paseos a caballo por el bosque, en el truco que había empleado en la carrera de larga distancia, en la confesión de Julius cuando dijo que odiaba el espíritu soldadesco y en la solución que había encontrado su padre al dilema. Había querido proteger a Mia de la guerra, pero el destino la había alcanzado.

Dejó de llorar cuando el niño le dio una patada en el vientre. Estaba hambrienta.

—Haces bien en recordarme la comida —susurró al bebé—. Y, con ello, lo tonta que soy. Si nos hubiésemos quedado en Hannover, Julius estaría ahora en una trinchera y yo también estaría sola. Y no te tendría.

Por primera vez, tuvo la sensación de que, sin el bebé, le habría faltado algo. Se levantó con esfuerzo, fue a la tienda de enfrente y se comió un panecillo con queso antes de volver a la fábrica. Ya superaría el día. Y luego le llegarían los muebles... Todo mejoraría. Se limpió la nariz con determinación. Nadie tenía que darse cuenta de que había estado llorando.

8

En los meses que siguieron, Mia lloró a menudo. El trabajo a destajo en la máquina de coser absorbía todas sus fuerzas y tardó una eternidad en acostumbrarse y rendir más o menos lo mismo que las demás mujeres. A ello se añadía su escasez de dinero y la soledad. Esto último era nuevo para ella, pues hasta el momento siempre le había resultado fácil ganarse la simpatía de la gente. Su amabilidad y alegría naturales hacían felices a quienes estaban a su alrededor, y su forma original de hablar y de pensar la convertían en una persona interesante.

A las mujeres de la fábrica, sin embargo, no logró seducirlas. Ellas solo veían que Mia era distinta y rechazaban todo lo que era extraño. La idea de que la nueva podía ser una espía alemana se extendió como un reguero de pólvora, y se observaba a Mia con desconfianza, evitándola. A menudo pasaba días sin hablar con nadie, salvo con el niño que llevaba en su vientre, quien, como mucho, solo podía contestarle con una patada.

Tampoco en el edificio entabló amistad con nadie. Aunque ariscos, el señor y la señora Gibson la saludaban, pero no conversaban con ella, y los otros inquilinos no se interesaban en absoluto por la nueva arrendataria. Y eso que Mia tenía que participar a la fuerza de su vida en familia. Las paredes eran todavía más finas de lo que ella había supuesto al mudarse. Al cabo de unos pocos días, sabía que el vecino que vivía en el apartamento de arriba pegaba a su esposa con frecuencia, mientras que el matrimonio que estaba debajo tenía relaciones sexuales a voz en grito todas las noches. Entre los Gibson, los únicos que chillaban eran los hijos. Mia se preguntaba si el niño de pecho no estaría lo bastante alimentado, y los otros pequeños se peleaban a gritos por cada cucharada de comida que preparaba la señora Gibson. Al parecer, la especialidad de esta era la col. El olor, que se extendía hasta el apartamento de Mia, llegaba a producirle arcadas.

Pero eso no era lo único que le robaba el sueño. Tampoco le salían las cuentas. El salario apenas le llegaba para lo imprescindible y, si conservaba al niño —algo de lo que ya no dudaba—, necesitaría una canastilla. Abrumada, estuvo pensando en pedirle a la señora Gibson que le prestara lo que le iba quedando pequeño a su hijo. Luego se dio cuenta, tras una pelea en casa de los vecinos, de que la joven volvía a estar embarazada. Y eso que solo hacía un mes que había regresado a su puesto en la tejeduría. El nuevo bebé necesitaría la canastilla de su hermano mayor. Mia también tenía que ahorrar dinero para una comadrona. No podía tener a su hijo sola, y le daba miedo pedir ayuda a las otras mujeres del edificio como hacía la señora Gibson.

—Juntas ya hemos traído a veinte criaturas al mundo. Tengo experiencia suficiente —explicó cuando Mia le preguntó acerca de asistencia profesional.

Finalmente, Mia acudió a pedir consejo a la Tailoresses‘ Union, que una vez a la semana ofrecía asesoramiento en su calle. Se avergonzó un poco de recurrir a su ayuda porque no era miembro del sindicato, pero no podía permitirse pagar una cuota.

—¿No hay en ningún otro lugar un trabajo mejor retribuido? —preguntó afligida.

La mujer mayor que la atendió negó apesadumbrada con la cabeza. Parecía simpática, a Mia no le costó sincerarse con ella.

—Ninguna fábrica paga más que el salario mínimo decretado por ley —se lamentó—. Aunque algunas mujeres ganan una cantidad adicional trabajando en casa. Las fábricas no deberían obligar a nadie a hacerlo, como pasaba antes, pero si una mujer lo necesita a toda costa, hay posibilidades. Aunque antes debería esperar a que nazca el bebé. El trabajo en casa sigue pagándose por piezas. Y ya no se continúa cobrando el salario durante el sobreparto.

—Si es que sobrevivo al parto —murmuró desanimada Mia—. No puedo permitirme una comadrona.

Se sorprendió cuando la asesora le sonrió afectuosa.

—No necesita una comadrona, puede dar a luz en el hospital público. En casos de urgencia es gratuito. Simplemente vaya allí cuando llegue el momento, y diga que está sola y que no puede recurrir a nadie. Entonces la ingresarán. —Para Mia eso era como un rayo de esperanza. Hasta el momento siempre había supuesto que daría a luz a los hijos que engendrara con Julius bajo la custodia de un médico. Ahora, esa posibilidad también se le ofrecía ahí. Además, la mujer de la Tailoresses' Union le brindó apoyo en lo relativo a la ropa del bebé—. Le daré un par de pañales y peleles —prometió—. Reunimos ropa de recién nacidos y la distribuimos entre los necesitados. No se preocupe. Conseguiremos sacar adelante al niño. Y a lo mejor pronto se acaba esta maldita guerra y su marido regresa a casa.

Mia pasó las últimas semanas previas al nacimiento en un vaivén continuo entre la desesperación y el entusiasmo. Lloraba mucho, sobre todo cuando leía en los periódicos las noticias sobre la guerra. El drama de los soldados en Galípoli la absorbía y se estremecía al pensar en todos esos seres humanos que fallecían a causa de los ataques de los submarinos alemanes a los barcos de pasajeros, los soldados que sucumbían a causa de los gases tóxicos y los caballos despedazados en el fuego cruzado enemigo. En efecto, todavía quedaban comandantes que ordenaban cargar a la caballería. Los jinetes y los caballos caían como moscas bajo los disparos de los artilleros.

A veces estaba tan deprimida que no quería traer a ningún hijo a este mundo, pero entonces ese ser pequeñito pataleaba con tal vigor que ella se sentía impaciente por tenerlo entre sus brazos. Experimentaba una dolorosa añoranza de Julius y, al mismo tiempo, se culpabilizaba por estar esperando a un hijo de otro.

Pero al menos no tenía que sufrir por su esposo. Fuera donde fuese que estuvieran internados Julius y su protegido, Hans, no cabía duda de que nadie les dispararía o los torturaría con un gas tóxico. Cuando consiguió ponerse a escribir, Mia empezó a llamar sus tornadizos estados de ánimo su «mes de abril personal». Durante el desaliento de las primeras semanas se había acostumbrado a redactar largas cartas para su padre en Hannover, aunque probablemente él nunca llegaría a recibirlas. En Somes Island también había escrito a Julius, pero informarle ahora de que estaba embarazada le resultaba demasiado penoso.

«Si fuera una niña, la llamaría April —escribía Mia—.

¿O preferirías que llevase un nombre judío? Entonces ¿tal vez April Rebekka, por mamá? Si es niño, pienso en Benjamin. Benjamin Jacob. ¿O te resultaría desagradable que un bastardo llevara tu nombre?».

Mia rompió aguas cuando volvía a casa de la fábrica y le resultó lamentable que eso sucediera de repente y en medio de la calle. Pero cuando la primera contracción la atravesó como un cuchillo, se olvidó de todo. En realidad había pensado que el dolor iría aumentando lentamente, pero su hijo parecía tener prisa. Le daba la sensación de que ya empujaba para salir. Aunque se temía que llegara en la misma calle, se arrastró primero a su casa e intentó lavarse el vestido antes de recorrer el largo camino al hospital. Este se hallaba a casi dos kilómetros de Melville Street. Mia se retorcía de dolor mientras daba con esfuerzo un paso tras otro. Le habría gustado recurrir a un coche de punto, pero eso acabaría con el poco dinero que le quedaba y no sabía cuándo volvería a cobrar su sueldo. Delante de la entrada del hospital sufrió un colapso.

—Es una urgencia —susurró a una mujer que intentaba levantarla—. Mi hijo está llegando... Por favor... Por favor, vaya a buscar a un médico.

Mia debía de haber perdido por unos instantes el conocimiento, pues cuando volvió a abrir los ojos yacía en una cama medio desnuda con las piernas en alto y un médico examinaba sus genitales.

—El orificio uterino ya está muy abierto —explicaba a una enfermera que se encontraba a su lado—. Pero todavía tardará un par de horas. No se preocupe, señora...

¿o señorita? El niño está bien colocado y no será un parto difícil.

—Señora Gutermann —afirmó Mia con voz débil—. Mi marido está en el frente.

Ignoraba si los médicos y las enfermeras la creían. Las esposas legítimas no solían aparecer solas en ese lugar. Incluso si el marido no las acompañaba, estarían a su lado las amigas y vecinas. Solo una proscrita como Mia no tenía a nadie que la apoyara en esas horas difíciles. Y las mujeres así repudiadas eran por regla general madres solteras.

Pero a esas alturas a Mia le daba completamente igual lo que la gente pensara de ella. Se entregó al dolor y pensó en los caballos cuyos partos ocurrían tan deprisa que pocas veces su propietario presenciaba uno. Empezó a envidiarlos cuando tres horas después de su llegada todavía se sentía desgarrada por esa tortura. No tenía la sensación de avanzar, aunque la comadrona afirmaba que se estaba dilatando de forma regular y que todo iba bien. Mia se esforzaba por pensar en positivo e intentaba imaginar a Julius y sus caballos. Pero gritó de dolor cuando el niño por fin se abrió camino por el canal de alumbramiento.

—¡Empuje ahora! ¡Empuje fuerte! —la animaba la enfermera—. ¡Otra vez, no se rinda! ¡Enseguida saldrá!

Mia gritó otra vez y sintió un alivio infinito cuando el niño se deslizó en manos de la comadrona.

—Aquí tenemos a su hija —exclamó alegre la enfermera—. Y qué niña tan bonita. —Lavó a la niña con agua caliente y la pequeña chilló indignada—. Y qué vozarrón. —La asistente al parto rio tras ponerle los pañales a la niña y colocarla entre los brazos de Mia—. Y qué rizos... Su padre debe de ser pelirrojo, ¿verdad?

Mia se sobresaltó y de repente vio ante sus ojos al coronel O'Reilly, pero lo olvidó enseguida al mirar a su hija. En efecto, una pelusilla rojiza cubría la cabecita de la pequeña, pero ella era fina y delicada. Mia pensó en una elfa o en un duende y en cómo su padre y Julius la habían comparado a ella misma con estos seres.

—Es increíblemente bonita —susurró—. Es perfecta, es...

—¿Ya tiene nombre? —preguntó la enfermera.

Mia pensó y confirmó que la primera idea que se le había ocurrido era la adecuada. La niña era bonita como un día de primavera, como un día soleado del mes de abril.

—April —respondió.

La enfermera sonrió.

—Como un día soleado en otoño —fue la asociación que hizo la neozelandesa—. Cuando las hojas enrojecen y florecen los arbustos de rata. Un nombre precioso para una niña preciosa.

Mia ya no se habría separado nunca más de April, pero la enfermera insistió en llevarla a la unidad de lactantes. Mientras, Mia volvía a luchar con los dolores al expulsar la placenta.

—Y después descanse —determinó el médico, que había vuelto a examinar a April y la encontraba sana como una manzana—. Mañana le traerán a la niña para que le dé el pecho.

Mia no encontraba natural que separasen a madre e hija y estaba ansiosa por volver a reunirse con la pequeña. Las otras mujeres de la habitación de ocho camas a la que la habían llevado después del parto parecían, por el contrario, alegrarse de poder descansar.

—El bebé ya la tendrá despierta el tiempo suficiente —la

previno su vecina de cama, que acababa de dar a luz a su sexto hijo—. Ahora le quedan como mínimo trece años hasta que pueda ganarse ella misma el pan. Así que duerma mientras todavía pueda.

En efecto, tras los esfuerzos realizados durante el alumbramiento, Mia se durmió profundamente, aunque luego estaba impaciente por volver a ver a su bebé. April todavía se había vuelto más guapa durante la noche. Ya no estaba tan roja y arrugada como justo después de nacer. Mia estaba fascinada por la finura de sus rasgos y por sus grandes ojos. April no lloraba como muchos de los demás niños, sino que parecía observar con sumo interés a su madre.

Cuando Mia se la colocó junto al pecho, enseguida bebió el calostro ante la admiración de las enfermeras. No todos los bebés lo hacían. Mia lo sabía por los caballos. Eran sobre todo los potros machos los que necesitaban algo más de tiempo para encontrar la ubre. La enfermera casi se partió de risa cuando Mia se lo contó.

—¿Cómo es que sabe usted tanto de caballos? —preguntó.

No era algo esperable de una obrera que tenía que recurrir a la asistencia sanitaria gratuita.

—De otra vida... —contestó Mia suspirando—. De una vida por completo distinta.

April lloriqueó cuando Mia la separó del pecho y se la dio con pesar a la enfermera. No volvería a verla hasta pasadas cuatro horas. La pequeña chupaba diligente, pero Mia todavía no tenía leche suficiente para saciarla. La enfermera no le dio una buena noticia cuando volvió a traer a April.

—No bebe suficiente —informó—. Necesita más líquido. Al principio no es un problema, pero si sigue así...

—Si sigue así, habrá que darle biberón —señaló enseguida Mia, como si se tratara de un potro. No obstante, la perspectiva le causó preocupación. Comprar leche no estaba en su plan de finanzas—. Se ha bebido todo lo que tenía —añadió.

El resultado fue el mismo en el segundo intento que en el primero. Mia lo atribuía a que la niña no podía beber tantas veces como hacía un potro. El médico opinaba que se debía a que Mia estaba desnutrida.

—Está usted demasiado delgada, es probable que haya trabajado hasta el último día antes del parto. Eso puede influir en la leche que produzca. Aunque no es la regla general, con frecuencia el cuerpo invierte toda la energía que le queda en el cuidado del niño, pero no parece que este sea su caso. En realidad, ya le va bien, no tiene que debilitarse todavía más, no le haría ningún servicio a la niña.

Al día siguiente, la enfermera explicó a la joven madre que habían preparado un biberón a la pequeña.

—Se lo ha acabado todo —dijo la cuidadora con orgullo—. No cabe duda de que tiene ganas de vivir. Y es tan buena y tan mona.

La enfermera miró amorosa a April. Mia sonrió. Su hijita ya se había ganado el corazón de quienes la rodeaban.

Mia y su hija salieron del hospital al cabo de una semana. A ella le habría gustado marcharse antes, pero las enfermeras y los médicos le explicaron que siempre retenían una semana a las obreras para cuidarlas, alimentarlas y que disfrutaran de un poco de la tranquilidad antes de volver a enviarlas con su familia. Por regla general las esperaban más niños y una enorme cantidad de trabajo doméstico que nadie hacía por ellas. Willie también se lo había explicado: el señor Stratton nunca había colaborado en la cocina ni en la limpieza de la casa; durante el puerperio de su madre, sus tareas recaían en las hijas mayores. Si una mujer solo había dado a luz a varones, no tenía a nadie que la ayudara. Los chicos imitaban al padre y dejaban las labores de la casa a las mujeres de la familia.

En efecto, Mia se sentía más fuerte cuando llegó a su casa, provista de la ropa de bebé que le habían regalado las enfermeras y con una pequeña provisión de leche en polvo, aunque a la larga tendría que comprarla ella. Estaba contenta con los logros del sindicato, que le habían garantizado un par de días de pago continuado, pero planeaba regresar a la fábrica lo antes posible y preguntar si podía hacer horas extra en casa. Cómo iba a conseguirlo era un misterio.

Después de que en las primeras noches April se despertara hambrienta, se sentía otra vez agotada y había vuelto a perder peso. Pese a haber superado un primer parto, ya volvía a caber en sus viejas faldas, que había ensanchado un poco al comienzo del embarazo para esconder el vientre cada vez más abultado. Era estupendo, así se libraba de gastar dinero en un nuevo vestido. Sin embargo, no se atrevía ni a pensar en cómo reaccionarían las demás trabajadoras cuando, en lugar de verla con un sencillo vestido de muselina, llegara al trabajo con una pulcra falda y una blusa a juego.

Dos semanas después del parto, se arrastró de nuevo en dirección a la fábrica. Se detuvo en una panadería que estaba en la esquina para comprar un panecillo. La mujer del panadero, la señora McBride, era amable y guardaba productos del día anterior para las obreras que no podían permitirse comprar pan recién hecho. Acogió con mucho alborozo a la hija de Mia, quien respondió moviendo la boquita como si fuera a sonreírle.

—¡Qué niña tan encantadora! —exclamó fascinada—. ¿Y quiere dejarla ya en la guardería? —preguntó apenada.

—Tengo que hacerlo —respondió Mia.

Su mirada se deslizó por la panadería y se detuvo en un cartel: SE BUSCA AYUDA PARA LA PANADERÍA. CUATRO HORAS AL DÍA.

Mia señaló el cartel y se dirigió a la mujer:

—¿Aceptan también a mujeres? —preguntó—. ¿Sin formación?

La panadera se encogió de hombros.

—En realidad buscamos un sustituto para nuestro chico. Se ha alistado voluntario. Decía que ya no podía soportar que nuestros héroes se desangrasen delante de Galípoli. Nos preguntamos si iba a servirles de ayuda que a él también lo mataran a tiros, pero no pudimos hacerle cambiar de opinión. En este sentido, preferiríamos volver a tener a un ayudante versado en la materia, pero encontrarlo es una mera ilusión. Mi marido pensaba en que lo liberasen de todas las labores auxiliares, desde remover la masa para pasteles hasta dar forma a los panecillos. Antes de ir a la fábrica, cualquier obrero podría hacerlo para ganar algo más para su familia. Pero hasta ahora nadie se ha presentado.

—A mí me gustaría hacerlo —se ofreció Mia—. Yo... yo soy más fuerte de lo que parece y necesito dinero.

La mujer del panadero dudó.

—No sé —musitó—. Bueno, la niña no sería ningún problema, puede traerla con usted. Pero ¿no será demasiado? Mi marido empieza a las cuatro de la madrugada, ¿sabe?

—De todos modos, April me mantiene despierta —contestó Mia—. Así que puedo trabajar. También quería pedir en la fábrica trabajo para casa. Y aquí...

No llegó a decir que le encantaba el olor de la panadería y el calor. En su casa el frío era considerable y no podía permitirse comprar mucha leña. Seguro que esa era también una de las causas de que April llorase por las noches. Si trabajaba ahí a partir de las cuatro, se ahorraría un montón de combustible.

La mujer meditó unos minutos.

—Vuelva otra vez cuando salga de la fábrica —le propuso—. Hablaré con mi marido. Si no encuentra a ningún hombre que pueda sacarle trabajo de encima, seguro que lo intentará con usted.

Mia salió un poco más esperanzada de camino a la fábrica e incluso soportó la jornada mejor de lo que se había temido. Como era de esperar, el trabajo con la máquina de coser resultaba agotador. La espalda y las piernas le dolían como el primer día y notaba que las compresas que se había colocado en la ropa interior se empapaban de sangre. Trabajar sentada era un problema porque el corte del perineo todavía no se había curado. Sus compañeras seguían evitándola y ni una sola la felicitó por el nacimiento de la niña. En lugar de eso, miraban con desconfianza la ropa que llevaba.

—Se diría que a nuestra espía le han ingresado dinerito —dijo cizañera una de ellas—. ¿Algún chivatazo importante sobre la guerra?

Mia no se dignó a contestar. Era demasiado estúpido suponer que iba a descubrir algún secreto en el hospital público de Dunedin y comunicarlo al enemigo. Estaba deseando que llegara la pausa del desayuno y enseguida corrió a la guardería para ver a April. La cuidadora estaba tan entusiasmada con la pequeña como las enfermeras del hospital.

—Qué niña tan preciosa. Apenas llora, solo bajito, como si quisiera comunicar discretamente que tiene hambre. Y cuando me acerco con el biberón, me sonríe.

Mia dio de mamar a la pequeña durante la pausa, aunque había preparado algo de leche a la cuidadora para entre horas.

—Todavía no sonríe de verdad —explicó a la mujer—. Para eso todavía es muy pequeña. Pero mueve la boca de una forma tan mona...

—Sonríe —insistió la cuidadora—. Ahora otra vez. Mire. Sonríe.

Mia sonrió a su vez y acarició un poco a April hasta que, con el pezón todavía en la boca, se quedó dormida en sus brazos. Volvió a colocarla con cuidado en la camita.

—Me alegro de que se entienda usted tan bien con ella —dijo—. A lo mejor se duerme ahora un par de horas.

Mia estaba deseando acostarse a descansar cuando la sirena anunció el fin de la jornada. Se había tendido un ratito durante la pausa del mediodía, pero el camino de vuelta a la fábrica volvió a dejarla agotada. La tarde había transcurrido con una lentitud atormentadora y pensó que rompería en llanto si la mujer del panadero la rechazaba ahora. Pero esta sonrió optimista cuando entró en la tienda.

—El trabajo es suyo —anunció sin más preámbulos—. Nos alegramos de tener entre nosotros a usted y a su ratoncito. Abro la tienda a las seis. Entonces la niña puede quedarse conmigo si así lo desea.

Hizo cosquillitas a April en la barbilla y esta arrugó la frente y la miró escéptica con sus grandes ojos azules de bebé.

—Es encantadora. Y se parece a usted. Salvo el pelo. El padre es pelirrojo, ¿no?

Mia asintió con la cabeza. Ya se había acostumbrado a este comentario. Probablemente lo escucharía con frecuencia durante los siguientes meses y años.

A partir de entonces, el día a día de Mia se volvió extenuante. No podía recordar haber estado nunca tan cansada como después de pasar la madrugada en la panadería y a continuación el día en la fábrica. No obstante, el estado de su economía mejoró notablemente. El sueldo no era mucho mejor que el de la fábrica, pero el trabajo en la panadería tenía muchas más ventajas. Cada día, a eso de las seis, poco antes de que se abriera la tienda, la panadera llamaba a su marido para el desayuno y, dándolo por sentado, también ofrecía a Mia un panecillo recién hecho con mantequilla y huevo duro, además de un buen café negro. Mia podía llevarse tanto pan, e incluso pasteles del día anterior, como quisiera. Podía comer cuanto le apeteciera de los restos que quedaban al cortar los bordes de las tartas. El panadero no era tacaño, y cuando ella le preguntó con cautela si tal vez podía llevarse esas sobras a la guardería para los niños, estuvo de acuerdo. Mia ascendió así al puesto de mejor amiga de la cuidadora de los pequeños, que siempre se quejaba de la poca leche que la fábrica repartía una vez al día a los niños en la guardería y que se apenaba porque estaban desnutridos.

Con los ingresos adicionales, Mia compró leche en polvo para April y se enorgulleció de no tener que acudir a la beneficencia pública cuando a la niña se le quedó la ropa pequeña. La nueva indumentaria de April era barata, pero al menos estaba nueva.

9

En octubre de 1915 las tropas neozelandesas y australianas abandonaron la playa de Galípoli. El intento de conquistarla había costado la vida de más cien mil soldados de ambas partes. Las fuerzas aéreas alemanas bombardeaban las ciudades inglesas y prendían fuego a Londres. Ni el fin de la guerra ni la victoria de los aliados parecían estar cerca. Mia perdía lentamente la esperanza y se preparaba para un largo exilio en Dunedin. A veces pensaba en volver a escribir a Willie, al menos para saber cómo estaba la situación en Epona Station. A lo mejor Julius había podido desmentir las acusaciones contra él y ya hacía tiempo que había vuelto a casa. Sin embargo, siempre la retenía el miedo de confesar por carta que había dado a luz a una niña. Si Julius veía un día a April, si ella podía contarle cara a cara lo que había sucedido, seguro que lo convencería de que no lo había engañado. Pero, de otro modo, era probable que él se preguntase por qué había conservado a su hija ilegítima, por qué no había intentado abrirse camino hacia Epona Station después de desembarazarse del bebé. Todo era tan difícil y ella estaba tan cansada...

Hacía tiempo que había dejado de escribir cartas a su padre y de darle vueltas a su situación y a sus posibilidades. Lo único que valía era sobrevivir y estar al lado de

April. Pasaba con su hija el poco tiempo libre en que no estaba durmiendo. Le cantaba canciones, la hacía cabalgar sobre su regazo y le enseñaba al mismo tiempo las ayudas básicas para poner en movimiento un caballo. Por supuesto, la pequeña todavía no entendía nada, pero escuchaba con atención a su madre cuando esta se ocupaba de ella. Mia se propuso criar a su hija en dos lenguas. Cuando estaba a solas con April le hablaba en alemán, pese a que con ello corría el peligro de que un día se le escapara a la niña la nacionalidad de su madre. En la guardería y en la panadería se hablaba, por supuesto, el inglés.

La mayoría de los niños de las obreras se desarrollaban con lentitud y aprendían tarde a andar y a hablar. April, por el contrario, estaba bien alimentada y crecía de acuerdo a su edad. La panadera, que ya hacía tiempo que estaba loca por ella, la acostumbraba mal con sus dulces. Mia compraba verduras y carne y cocinaba para la niña para que no se alimentara solo de pan y productos de la panadería.

También la cuidadora de la guardería le dedicaba más atención que a los otros niños. Disfrutaba con la viveza de April y con su irresistible sonrisa. Lo único que no entendía era por qué la niña a veces olía a caballo.

—¿Qué hace con ella? —protestaba, lavando las manos de April—. ¿Tiene ahora un tercer trabajo de moza de cuadra?

Mia sonreía.

—No, por desgracia —contestaba—. No conseguiría hacerlo aparte de todo lo demás. Pero a April le gustan tanto los caballos que cuando un cochero lo permite...

La circulación de Dunedin seguía estando dominada por carruajes de caballos y solo transitaban unos pocos automóviles. Cuando un coche de posta o un carro tirado por caballos se paraba delante de una entrada, Mia no podía evitar acercarse al animal, decirle un par de palabras dulces y acariciarle un momento los ollares. April extendía los bracitos hacia la cabeza del caballo y Mia pedía siempre permiso al cochero para acariciarlo. Eso les gustaba especialmente a los caballos de tiro de sangre fría. El preferido de Mia, el del carro de la leche con capa de leopardo, no se movía ni un milímetro cuando April andaba vacilante entre sus cascos y se abrazaba a sus patas.

La panadera, ante cuya tienda se desarrollaban estas escenas, ponía el grito en el cielo, pero Mia confiaba en el enorme y extraordinariamente pacífico animal.

—Sería mejor que jugara con algo más pequeño —murmuraba la mujer, preocupada.

Al día siguiente descubrió que en la panadería había ratones y para acabar con ellos se hizo con una camada de gatitos. Estos alborotaban sin parar por la casa. April estaba encantada. Había heredado de su madre el amor a los animales.

Así transcurrió también el año 1916, que concluyó con la victoria de los franceses en Verdún. Esta costó, sin embargo, cientos de miles de vidas, al igual que antes la batalla del Somme, cuyo ganador ni siquiera quedó definido. De vez en cuando se hacían ofertas de paz, incluso del lado alemán, pero las potencias enemigas las rechazaban. Los frentes seguían endureciéndose y la táctica cada vez era más inmisericorde. Entretanto el hambre imperaba en toda Europa.

La opinión unánime en Nueva Zelanda era que en algún momento todo aquello tenía que concluir. Mia, por el contrario, ya no se atrevía a esperar nada. Se alegraba simplemente de estar con su hija, quien cada día era más autónoma y se parecía más a ella. April solo había heredado el cabello rojo y difícil de domeñar de su padre. Sus ojos, en un principio azules, habían ido adquiriendo un tono ambarino, más claro que el de Mia pero con el mismo brillo.

En cuanto a cómo evolucionaba April en el habla, las expectativas de Mia se cumplieron. La pequeña respondía en inglés cuando se dirigían a ella en esta lengua, y en alemán cuando Mia le hablaba en ese idioma. Cuando cumplió los dos años, parloteaba todo el día. A Mia le hubiese gustado leerle cuentos en voz alta, pero no podía comprarle libros infantiles. Así que le leía el periódico, y April aprendió expresiones como «conferencia de paz» y «declaración de guerra». Entretanto, los Estados Unidos se habían incorporado a la contienda.

—Ya no puede durar mucho más —observó el panadero.

Pero poco después, en Flandes bramaba la tercera batalla.

Mia leyó acerca del proyecto de crear un hogar nacional para el pueblo judío en Palestina y recordó que el judaísmo se hereda por línea materna.

—Tú eres una pequeña judía pelirroja —explicó a su hija—. Y me gustaría presentarte algún día a mi padre.

El año 1918 comenzó con el intento del presidente estadounidense de proponer a Europa una serie de puntos para firmar la paz. Sin embargo, nadie lo escuchó. Mientras, en Rusia habían destronado al zar y había estallado una guerra civil. En Flandes se iniciaba una cuarta contienda utilizando el gas mostaza. Mia estaba horrorizada cuando se enteró de que el 17 de julio habían asesinado a la familia del zar.

Al fin se sucedieron varias victorias de las tropas alia-
das. En septiembre derrotaron a los alemanes en Épehy
y el frente otomano se derrumbó en la batalla de Megi-
do. Los Estados firmaban cada vez más alianzas de paz e
incluso los alemanes estudiaban la posibilidad de un armisticio. El Reichstag parecía ganar poder en Alemania
y se producían alzamientos contra el emperador. En noviembre, los acontecimientos se precipitaron y Mia se
enteró de ello gracias al panadero, que solía comprar el
periódico y echarle un vistazo por la mañana mientras desayunaba.

—El emperador alemán ha abdicado —señaló perplejo—. El país va a convertirse en una república.

Mia no sabía exactamente si debía alegrarse de ello.
Julius y su padre nunca habían tenido en gran estima a
Guillermo II, de manera que seguro que sería mejor para el
país que no lo gobernase él. Pero ¿cómo repercutiría eso
en la guerra? ¿Habría alguien que condujera ahora la historia de la nación? Ardía en deseos de saber más.

No tuvo que esperar demasiado. Dos días después de
que abdicara el emperador, el señor McBride levantó la
vista del periódico casi sin dar crédito y miró los rostros
de su aprendiz, su esposa y Mia.

—Han firmado un armisticio en Compiègne —dijo
con voz apagada—. Con los alemanes. La guerra ha terminado.

April, que estaba sentada sobre el regazo de la panadera dejándose malcriar con galletas, sonrió a los silenciosos adultos.

—¡Se acabó! —gritó complacida—. ¡A casa!

Mia la cogió en brazos.

—Sí —dijo—. Ahora nos vamos a casa.

Mia no había podido ahorrar el dinero suficiente para pagarse el regreso a la Isla Norte, pero conservaba el colgante de oro que le había entregado su padre como regalo de despedida. Durante todo este tiempo había escondido la joya en el fondo del armario y lo sacaba solo de vez en cuando para, en las horas bajas, consolarse con él pensando que había vivido días mejores y que volvería a vivirlos. A veces, cuando había luna llena, salía de la casa o se subía al terrado del edificio para buscar la constelación de Pegaso en el cielo. La última vez la acompañó April, que se quedó mirando todo sorprendida.

—¿Y ahora papá también está mirando ahí y piensa en nosotras? —preguntó maravillada—. ¿Y el abuelo?

—Quizá —respondió Mia—. En cualquier caso, eso fue lo que nos prometimos. Y cuando nuestros pensamientos se encuentran, las estrellas brillan un poco más.

—Creo que es lo que hacen ahora —afirmó April—. Sí, lo veo. Esa por papá y aquella por el abuelo. Y estas... —dijo señalando los diamantes más grandes del colgante— son para ti y para mí.

Mia se había echado a reír, acariciándole la cabeza. Y ahora llevaba entristecida la joya a un prestamista.

—¿Hay alguna posibilidad de que la desempeñe? —preguntó el hombre.

La tienda se hallaba en el centro del área obrera y tenían por costumbre retener las pocas cosas de valor de los trabajadores hasta que les pagaban el sueldo.

Mia se frotó la frente.

—No será la semana que viene —contestó—. Pero si puede guardarlo un par de meses, es posible que sí. Necesito dinero para emprender un viaje al final del cual... supongo... alguien me espera. Entonces podré enviarle el dinero y usted a mí la cadena.

—¿Busca fortuna en ultramar? —se mofó el tendero—. Bien, por mí que no quede. De todos modos, pocas veces me entregan aquí cosas tan valiosas, y tampoco las compra nadie si las pongo en el aparador. Tendría que vender la cadena a algún joyero, y para eso puedo esperar. ¡Que tenga mucha suerte, joven! ¡Usted y su dulce hijita! —April le sonrió—. ¿Desea casarse con un joven que haya regresado de la guerra?

Mia se mordió el labio.

—No es tan fácil —musitó—. Pero sí, algo parecido... Muchas gracias por sus buenos deseos.

El dinero de la joya y los escasos ahorros de Mia bastaban para el viaje en tren y el transbordador a la Isla Norte. Además compró un sobre grueso, donde metió todas las cartas que había escrito a su padre durante los primeros años de su exilio y garabateó rápidamente otra en la que le contaba que se ponía en marcha rumbo a Epona Station.

Por desgracia, eso no sucedió de un día para otro, pues tenía que respetar el plazo de aviso de despido y trabajar dos semanas más en la fábrica. De manera que siguió ahorrando y se alegró de que también la dejaran trabajar en la panadería hasta el último día. Al principio, les había contado a los McBride que había vivido con su marido en una pequeña granja, pero que sus suegros no estuvieron de acuerdo con que su hijo se casara con una judía y, cuando lo llamaron a filas, la acusaron de robar y la echaron. Entonces había huido a la Isla Sur, donde había encontrado un buen empleo en una casa que tuvo que dejar cuando se dio cuenta de que estaba embarazada.

Los McBride esperaban que regresara sana y salva a su hogar y que todo terminara bien.

—Escríbanos, por favor —le pidió la señora McBride y abasteció a Mia y April con unas abundantes provisiones para el viaje—. Y si las cosas no funcionan... regrese.

Mia les dio mil veces las gracias por toda la ayuda que les habían brindado y compró un pequeño regalo de despedida a su amiga de la guardería.

—¿Seguro que ya no volveremos nunca más? —preguntó April cuando atravesaron por última vez la puerta de la fábrica.

Mia negó con la cabeza.

—No —respondió—. Nunca más.

Camino de la estación, envió las cartas a su padre con la dirección de su residencia en Hannover. Antes besó el sobre con la esperanza de que llegara a manos de su progenitor.

JULIUS

Guerra y muerte

Auckland, Wellington, Upper Hutt,
Featherstone, Onehunga
1914-1918

1

Julius von Gerstorf había esperado que con el viaje a caballo hasta Auckland disminuyera un poco su resaca, pero cuando lo encerraron con Hans en una celda todavía tenía ganas de vomitar y parecía que la cabeza le iba a estallar. No era una prisión militar. El cuartel general de los Mounted Rifles de Auckland era diminuto.

Julius sufría en silencio, mientras Hans no dejaba de lamentarse y de manifestar sus temores acerca de su futuro. El mozo estaba seguro de que a los espías los fusilaban tras someterlos a un interrogatorio en el que padecerían horribles torturas.

—¿Qué les voy a decir yo, señor alférez? Vaya, yo pienso que no somos espías, ¿o qué? ¡No sé nada de nada!

Julius suspiró y se frotó la frente dolorida.

—Yo tampoco sé nada, Hans, y tendremos que hacérselo entender a las autoridades competentes. ¡No te rompas la cabeza por culpa de ese impertinente de Linley! Nadie va a hacerle caso. Y ahora hazme el favor de dejarme dormir un poco. Me duele todo, esta... esta ha sido una noche muy corta.

Hans calló obediente y a Julius le dio pena después no haberse ocupado más de él y no haberlo consolado, pues a la mañana siguiente ya no tuvo la oportunidad de hacerlo. Los despertó un comando de jóvenes soldados que mandaron autoritarios a Hans que cogiera sus cosas y los acompañara.

—A... ¿a dónde tengo que ir? —preguntó asustado y confuso—. ¿Solo? ¿Sin el señor alférez?

—Lo van a internar —respondió conciso un alférez—. Creo que en Somes Island.

Hans lanzó una mirada desesperada a su patrón.

—¿Y yo? —preguntó Julius.

—Usted se queda por ahora aquí. Está acusado de espionaje, ¿no es cierto? Se le abrirá un proceso... Pero yo no sé nada al respecto. Nosotros solo tenemos que recoger a Johann Willermann. Así que ¿va a tardar mucho? ¿Se viene con nosotros o vamos a tener que pasar a la acción?

Hans recogió a toda prisa sus escasas posesiones.

Julius se esforzó por decirle un par de palabras sosegadoras.

—Somes Island no está mal, Hans —lo apaciguó—. Ya lo oíste, también llevaron allí a Mia. La verás antes que yo. Dile... —Quería pedir a Hans que le dijera a Mia que la amaba, pero recordó su noche con Willie y contuvo sus palabras—. Dale recuerdos de mi parte —concluyó enrojeciéndose.

Hans asintió con un gesto. No había percibido la lucha interior que Julius libraba consigo mismo. Apenas lograba reprimir el pánico que sentía.

Después de que se llevaran a Hans, Julius esperaba que lo condujeran ante la presencia de un juez, pero no ocurrió nada. Un carcelero le llevó comida y lo acompañó al patio para que diera unas pocas vueltas, que él, como todos los demás presos preventivos, realizó en solitario. Lo mismo se repitió al día siguiente y cada una de las jornadas de las dos semanas que siguieron. Julius intentaba una y otra vez llamar la atención de los soldados, pero por lo visto nadie se hacía responsable de él. El militar de mayor graduación en Auckland era el comandante en jefe de los Mounted Rifles, pero estaba ocupado en formar a su tropa y en prepararla para su misión en ultramar. Julius podía comprenderlo. El hombre era un soldado, no un jurista. No formaba parte de sus obligaciones dedicarse a juzgar y condenar a espías.

Después de pasar dos semanas en Auckland, trasladaron a Julius a Wellington. Cuatro silenciosos soldados lo metieron a él y a otros cuatro hombres de origen alemán en un tren. Su destino, según les explicaron, era Somes Island, y Julius alimentó la esperanza de volver a ver pronto a Mia y a Hans. Entretanto, sus remordimientos por haber pasado la noche con Willie se habían desvanecido un poco. Apenas recordaba haber sido infiel a Mia. Quizá hasta podía olvidar lo ocurrido. Willie había prometido mantener la boca cerrada, y hasta que volviera a Epona podía transcurrir mucho tiempo. Si ahora lo llevaban a Somes Island, pasaría con Mia el periodo de guerra. Cuando regresaran a Epona Station, su aventura con Willie ya quedaría muy lejos.

Al llegar a Wellington, sin embargo, Julius se llevó un chasco. Mientras que conducían a los demás hombres al transbordador, a él lo internaron allí mismo, esta vez en una prisión militar. La mayor parte del tiempo la pasaba él solo. El ejército de Nueva Zelanda estaba integrado por voluntarios sumamente motivados que pocas veces se rebelaban contra sus superiores. Claro que de vez en cuando había un par de soldados rasos novatos que se emborrachaban, molestaban a las chicas o se peleaban y acababan entonces en una celda hasta que se les pasaba la borrachera. Pero nunca se quedaban más de dos días, mientras que para él transcurría una semana tras otra sin que ni siquiera lo interrogasen.

Julius se esforzaba por no perder con todo ello la esperanza. No se abandonaba, sino que se mantenía aseado, se afeitaba cada día y llevaba la ropa de la cárcel para no arrugar ni ensuciar su uniforme. El paseo por el patio le servía para fortalecer el cuerpo, y hacía ejercicios de gimnasia para acortar los aburridos días en la celda. Puesto que no tenía a su disposición ni papel de cartas para escribir ni libros, leía la Biblia y se asombró de lo belicoso que era el Antiguo Testamento. Y eso que hasta entonces había pensado que los judíos eran un pueblo pacífico y muy poco combativo.

Cuando leía las historias de mujeres fuertes como Débora y Rut, pensaba en Mia. Esperaba que no se hubiese desanimado y que pusiera toda su inteligencia y encanto para superar el internamiento. Descubrió que la Miriam de la Biblia había sido hermana de Moisés y celebrada como profetisa. Junto con su hermano había encabezado la huida de Egipto.

Por fin, después de pasar dos meses en una celda, lo llamaron para su sorpresa con toda cortesía.

—Acompáñeme, por favor —anunció un joven soldado, que antes se había presentado como el sargento Rutland, ayudante del alto mando—. El mayor general Robin desea hablar con usted.

Asombrado, Julius le pidió que le permitiera ponerse el uniforme. Vestido formalmente y erguido, siguió al sargento.

—¿Quién es el mayor general Robin? —se atrevió a preguntar mientras salía de la prisión y entraba en el cuartel general del ejército en Wellington.

—El comandante en jefe de las fuerzas armadas —le informó solícito Rutland.

—¿No era el mayor general Godley? —se sorprendió Julius.

Al principio de la guerra había oído hablar de que las fuerzas militares de Nueva Zelanda se hallaban bajo el mando de ese oficial británico.

—Cierto, señor —respondió Rutland, de nuevo prodigiosamente sumiso—. Pero el mayor general Godley prefiere capitanear a nuestras tropas en la guerra y va camino de Egipto para asistir a la formación y movilización de los primeros voluntarios. Aquí en casa es el mayor general Robin quien coordina las fuerzas armadas.

Julius se preguntó a qué se debía el gran honor de que lo condujeran delante del comandante en jefe. ¿No tenía nada mejor que hacer que investigar las absurdas acusaciones de espionaje de un soldado de provincias con exceso de celo?

El mayor general Robin se encontraba en un despacho grande, equipado con muebles robustos y alfombras gruesas, y decorado con las banderas británica y neozelandesa. En la pared colgaban mapas de Europa, África y Asia, marcados con alfileres de colores para poder seguir el desarrollo de la contienda. A Julius le habría gustado estudiarlo: desde su marcha de Epona Station no le había llegado ninguna noticia sobre la situación en el frente. El mayor general Robin, un hombre fornido con un rostro de cejas pobladas y dominado por un cuidado bigote, enseguida le dedicó su atención. Lo sorprendió tendiéndole la mano como a un igual.

—Señor Von Gerstorf o alférez Von Gerstorf, como deduzco por su uniforme...

—Cuando salí de Alemania tomé la absoluta —explicó Julius—. Me despedí con honores. Ya no tengo ningún tipo de contacto con el ejército de mi país natal.

El general Robin hizo un gesto de rechazo.

—Lo sé, señor Von Gerstorf. Me he informado sobre usted. Y solo quería decirle que me alegro de conocerlo.

—¿Encarcela usted a todos aquellos a quienes desea conocer? —preguntó Julius.

El general rio.

—Bien, bien, naturalmente debo, antes de nada, disculparme por las circunstancias en las que lo he conocido. Por supuesto nunca habríamos tenido que encarcelarlo, señor Von Gerstorf. Por favor, créame cuando le digo que el alto mando no estaba al corriente de su situación. Algún cretino le ha dado caza como espía, pero averiguaremos de quién se trata y este asunto tendrá sus consecuencias. En cualquier caso, lamento muchísimo que lo hayan... En fin, debo confesar que, simplemente, se han olvidado de usted en nuestra prisión militar. En estos últimos meses los acontecimientos se han precipitado de tal modo... Me acabo de enterar de que no era necesario buscarlo en Auckland, sino que lo tenía, por decirlo de algún modo, delante de mis narices.

Julius arqueó las cejas.

—Entonces debo alegrarme de que me haya buscado —observó secamente—. ¿Puedo preguntarle en qué puedo serle útil?

El mayor general Robin juguteó con un secante de tinta que tenía sobre el escritorio.

—Tome antes asiento, señor Von Gerstorf —pidió a su convocado—. ¿Puedo ofrecerle algo? ¿Un coñac o un whisky?

Julius se decidió por lo último. Solo de pensar en el

coñac se sentía mal. El general sacó una botella de un whisky de malta de un armario y sirvió dos vasos.

—Usted... bueno, pese al encarcelamiento sumamente injusto de estos últimos meses que sin duda lo habrá enfurecido... ¿Se considera un leal ciudadano neozelandés?

Julius casi se habría puesto firme sentado.

—Por supuesto, mayor general, señor. Me considero neozelandés y patriota, nunca he tenido la menor duda de ello. Ya me impliqué en los preparativos para la guerra entrenando a la caballería de voluntarios de Onehunga.

El general sonrió satisfecho.

—He oído hablar de ello. Y también de que desaconsejó a los muchachos que se inscribieran como voluntarios. Con lo cual no solo demostró competencia, sino también lucidez. Lo último que necesita ahora nuestro país es un par de ingenuos operarios deseosos de jugar a la guerra en su tiempo libre. No obstante, le precede su reputación como instructor de miembros de la caballería. Según informó el teniente Edward Rawlings, el trabajo que ha realizado usted con la tropa es espléndido.

Julius tuvo que pensárselo unos instantes, pero luego se acordó del hijo de los vecinos, que ya antes de la guerra desarrollaba la carrera de oficial y luego había intercedido en favor de él y de Mia durante su detención, confirmando la extraña historia de Willie.

—Soy instructor de caballería, señor —dijo Julius—. He realizado los exámenes de profesor de equitación y preparador en la academia militar prusiana de Hannover. De ahí que me haya especializado en la instrucción de jinetes y caballos. Me atraía menos el... componente bélico de la formación.

El general negó con la mano.

—Son muchos los que saben disparar —observó—, pero pocos los que saben montar a caballo. Nuestras unidades se llaman Wellington, Otago y Auckland Mounted Rifles, pero contamos con muy poca gente que entienda un poco de caballos. Y con demasiadas pocas monturas apropiadas.

—Yo crío caballos, señor —dijo Julius, que abrigó de nuevo la esperanza de volver pronto a Epona Station—. También con vistas a la demanda de remontas. Aunque todavía estamos muy al comienzo...

—La guerra tiene lugar ahora, señor Von Gerstorf —lo interrumpió Robin—. No podemos esperar a que los caballos apropiados hayan crecido. Tenemos que aceptar los que nos llegan. Y aquí... aquí es donde entra usted en juego. Quería pedirle que ocupara usted el puesto de asesor en nuestro depósito de remontas. El más cercano está aquí, en Upper Hutt. Ahí reunimos a los caballos que se ofrecen a la venta al ejército y otros que algunas personas bienintencionadas han comprado y donado. Esto último se ha puesto de moda ahora. Hay asociaciones o escuelas que recogen dinero y compran un caballo para los Mounted Rifles. Ni se imagina la cantidad de ejemplares inútiles que nos llegan... En cualquier caso, alguien debe dar el visto bueno a los caballos, tomar decisiones respecto a su idoneidad y supervisar su formación. Se ha proyectado construir un campo de instrucción para jinetes y caballos en Featherstone. Nos gustaría, señor Von Gerstorf, que trabajara allí para nosotros.

Julius reflexionó brevemente. En realidad no le quedaba otra elección que aceptar la oferta. A fin de cuentas, se había calificado a sí mismo de patriota neozelandés.

—¿Y qué pasa con mi mozo de cuadra, Hans? —preguntó—. Me refiero a Johann Willermann. Es un cuidador de caballos y caballerizo experimentado. También él dispone de los conocimientos que usted solicita.

El general asintió.

—Johann Willermann goza de un montón de conocimientos aprovechables. Y por eso ya ha encontrado un lugar de empleo. ¿Ha oído hablar de la ocupación alemana de Samoa?

Julius frunció el ceño. Se había publicado alguna cosa sobre la colonia alemana en la isla del océano Pacífico, pero no se acordaba exactamente de qué.

—Al comienzo de la guerra —siguió hablando el general— se capturó a la administración colonial alemana de la isla y se trajo a Nueva Zelanda. Los oficiales, en parte de alto rango, fueron internados en la isla de Motuihe. Su alojamiento allí es, bueno, cómo decirlo, conforme a su nivel social. Nada que ver con Somes Island. Los internos cuentan con personal, preferentemente de habla alemana, y se han buscado con ahínco sirvientes adecuados a este último rasgo. Se envió allí directo a Johann Willermann, quien no solo tiene experiencia como mozo de cuadra, sino también como ayuda de cámara, y que ocupa un lugar importante. Así pues, sería muy amable por su parte no insistir en sacarlo de allí. Por supuesto, puede escribirle para convencerse por sí mismo de que está satisfecho con su cargo.

Julius asintió con un gesto.

—Ahora que menciona Somes Island. Allí internaron a mi esposa. También por indicación del teniente coronel Linley, el... cazador de espías con exceso de celo... tal como usted lo ha llamado.

El general lo miró extrañado.

—¿Su esposa? No sabía nada de esto. No... no hay mujeres internadas en Somes Island... Bueno, se habló del caso de una médica... Aunque no sé bien qué ocurrió. Me informaré, señor Von Gerstorf. Y en caso de que su esposa todavía siga allí, pediré, claro está, que la pongan de inmediato en libertad. Le avisaré de mis averiguaciones. Pero volvamos al punto de partida de nuestra conversación. ¿Qué hay del asunto de Upper Hutt?

A Julius le habría gustado emitir un suspiro, pero se dominó y se irguió de nuevo.

—Mayor general, señor, es para mí un honor poner a disposición de mi país mis conocimientos. Si me facilita un medio de transporte, saldré hoy mismo. Upper Hutt no... no está lejos, ¿verdad?

—Hay unos quince kilómetros hasta nuestro depósito de remontas —confirmó el general—. ¡El coronel Remmington, el director de la institución, se alegrará de conocerlo!

2

En efecto, Remmington se alegró de conocerlo, algo que sorprendió gratamente a Julius. Había contado con que se produjera un conflicto de competencias, tal como había sucedido con el mayor Linley. Pero Remmington resultó ser un apasionado jinete y un amante de los caballos. Era un veterano de la guerra bóer, donde había capitaneado un grupo de Rough Riders que luchaba contra las guerrillas. Todavía conservaba su caballo de aquellos tiempos.

—Fue un periodo brutal —contó a Julius la primera noche, mientras tomaban juntos un whisky—. Los bóers montaban como salvajes sobre sus ponis y nosotros los imitábamos. El lema era: ¡cierra los ojos y lánzate! Desde entonces tenemos fama de ser especialmente audaces y buenos jinetes. Por supuesto, usted y yo sabemos que puede hacerse mucho mejor. No le llegamos ni a la suela del zapato a un exalumno de la escuela alemana de caballería. Me sentiría, así pues, muy honrado si me diera alguna hora de clase. Con sinceridad: sueño con un piaffé.

Julius se echó a reír y le desveló que el piaffé tampoco había sido precisamente el objetivo en la formación de los ulanos sajones. Pero si su caballo estaba un poco dotado para la doma, no fallaría. En Hannover él también había tomado lecciones difíciles de equitación. Al final de la noche se separaron como amigos, preparados para empezar a trabajar codo con codo.

A Julius se lo necesitaba sin falta en el depósito de remontas. Ya de madrugada reinaba una gran actividad allí. El depósito tenía cabida para unos trescientos caballos y cada día llegaban nuevos. El coronel Remmington sometía a una pequeña prueba a los ejemplares ofrecidos y rechazaba los de sangre fría, los ponis y los caballos de más de quince años, mientras destinaba el resto a Julius. Al final decidían juntos la compra de los animales. Las remontas se marcaban a fuego para que se las reconociera como propiedad del ejército y en los días siguientes los preparadores empezaban su formación para la intervención militar bajo la supervisión de Julius.

Los conocimientos previos de los caballos suministrados iban de un extremo a otro. Había ejemplares que estaban bien entrenados, no eran asustadizos y podían enviarse directamente a ultramar. Otros estaban sin trabajar en absoluto o se habían echado a perder y se quedaban meses en Upper Hutt. Julius aplicaba a su doma las normas básicas del legendario sargento Schmitz y disfrutaba en general con ello, salvo porque tenía la certera sensación de que enviaba a la muerte a cada uno de los ejemplares que elegía y sometía a una paciente formación. Cada vez que salía un transporte a ultramar, Julius y el coronel Remmington debían luchar en la misma medida con su mala conciencia.

El trabajo en el depósito exigía la plena dedicación de Julius, sobre todo en los primeros días, así que no consiguió escribir una carta a Willie e informarla de que lo habían dejado en libertad. Todavía seguía esperando noticias de Mia. Quizá podía dirigir enseguida a su esposa la primera carta de aliento. Esperaba de corazón que Mia estuviese ya de regreso a Epona Station, de ahí que todavía le sorprendiera más la misiva que el mayor general Robin le envió apenas una semana después de su llegada a Upper Hutt.

Muy apreciado alférez Von Gerstorf:

Lamento profundamente tener que comunicarle por la presente una triste noticia. Tal como le prometí, inicié las pesquisas relativas al paradero de su esposa después de su deportación y, en efecto, Miriam von Gerstorf fue trasladada a Somes Island en septiembre de 1914. Fue allí una de las dos mujeres prisioneras hasta que enviaron a su compañera a Wellington por razones de salud. A continuación su esposa se atrevió a huir de la isla. A principios de noviembre intentó alcanzar de noche el continente a nado. Sin embargo, no llegó a la costa. Su búsqueda intensiva no dio resultados. El único hecho relacionado con el que puede ser el destino de su esposa es que hace unos pocos días se ha encontrado en la playa de Miramar, al sureste de Wellington, el cadáver de una mujer. Por desgracia no se la ha podido identificar, por lo que no podemos estar seguros de que se trate de Miriam von Gerstorf. Por otra parte, no se ha registrado la desaparición de ninguna otra mujer en la zona.

Por mucho que lo lamente —en especial porque me siento corresponsable de ello—, tenemos que deducir que su esposa perdió la vida en su intento de atravesar la bahía a nado.

Le envío mi más sentido pésame y lamento con usted la pérdida de su esposa, cuyo valor y determinación no puedo menos que respetar. Espero que este infortunio no le haga a usted guardar rencor a su patria adoptiva, Nueva Zelanda, y a nuestro ejército. Considere a su esposa como otra víctima de esta guerra infausta y no deseada por ningún ser pensante.

mayor general ROBIN, alto mando

Posdata: El teniente coronel Linley, el voluntario que según usted nos comunicó fue responsable de la deportación de su familia, ha sido enviado con efecto inmediato al frente.

Cuando reciba esta carta ya estará camino de ultramar.

Julius se quedó petrificado tras leer la carta. ¿Mia estaba muerta? ¿Se había ahogado al intentar escapar de Somes Island? Volvió a leer las líneas y se puso a temblar. ¿Mia, su vivaracha, alegre, decidida y valiente amada había acabado sus días como un cadáver sin identificar en una solitaria playa?

El coronel Remmington encontró a Julius llorando desconsoladamente en una cuadra no lejos del despacho de correos. Se había retirado entre los caballos con la carta, en la que esperaba leer una buena noticia, y allí se había desmoronado.

Remmington le cogió la carta y salió en busca de alcohol. Encontró una botella de whisky que los mozos de cuadra guardaban en el cuarto de las sillas de montar y le administró a Julius unos tragos.

—No puede ser verdad —sollozaba Julius—. Sabía nadar...

Remmington hizo un gesto de impotencia.

—Hay corrientes. Y todavía era primavera. El agua estaba fría. Debía... debía estar muy desesperada para correr ese riesgo.

Julius asintió con un gesto.

—La dejé en la estacada —susurró—. Todo esto nunca debería haber ocurrido, yo...

—Usted no podía remediarlo —opinó Remmington y él mismo bebió un trago—. No había nada que pudiera hacer. Y al menos obtendrá cierta satisfacción con las medidas adoptadas por el alto mando contra ese... teniente coronel Linley.

Julius negó con la cabeza.

—¿De qué sirve eso? Incluso si Linley cae en el campo, con ello no le devolverá la vida a Mia. —Se tocó la alianza—. Era tan bonita, tan inteligente, era mi vida... No sé... no sé cómo irán las cosas a partir de ahora.

Remmington le tendió la botella.

—La vida sigue, Von Gerstorf. Incluso si uno piensa que el mundo se desmorona. La tierra sigue girando incansablemente y usted tendrá que coger las riendas de su destino. En cuanto termine la guerra, regresará con sus caballos. Los mismos que eran tan importantes para su esposa, ¿no es cierto? Seguirá con su yeguada y hará famosos los caballos de su cuadra. ¿No era eso lo que su mujer quería?

Julius negó con la cabeza.

—A Mia le daba igual que sus caballos ganasen o perdiesen. Ella solo quería hacerlos felices. Quería hacer feliz a todo el mundo. —Volvió a romper en llanto.

El coronel Remmington lo dejó llorar.

Transcurrieron semanas hasta que Julius se sintió capaz de escribir a Willie y comunicarle la muerte de Mia. Pasó ese periodo como en trance; llevaba a cabo su trabajo, pero no podía compenetrarse realmente con los caballos que montaba ni concentrarse en las personas con quienes trabajaba. A veces sentía como si se le nublase la mente, de vez en cuando soñaba con Mia y palpaba la cama buscándola cuando se despertaba. La certeza de no volver a verla nunca más le sentaba como una puñalada.

En una ocasión se tomó un día libre y se dirigió a Miramar, donde se había enterrado el cadáver sin identificar. No notó nada al sentarse junto a la tumba desprovista de adornos, pero ¿cómo podía estar Mia ahí? Él percibía su espíritu más bien en el aire que jugaba con las crines del caballo o en las leves olas de la playa. Recordó cómo habían contemplado juntos las estrellas, cómo habían estudiado el paisaje y las plantas de los alrededores de Epona Station.

«Para los maoríes, en cada arbusto hay un espíritu —decía Mia con frecuencia, repitiendo lo que había leído—. En realidad es una idea bonita. Cuando hayamos muerto nos buscaremos dos arbustos que estén cerca el uno del otro, ¿vale?».

Julius lloró amargamente al pensar que el espíritu de Mia buscaba desamparado un lugar que le diera protección. Escribiría a Willie y le pediría que plantase un arbusto de rata para ella.

Pero primero dejó una piedra sobre la tumba de la mujer hallada en el mar sin vida. Fuera o no Mia, el mundo debía recordarla.

A Julius no le sorprendió recibir una carta de Willie a la semana de haber enviado la suya.

Querido Julius (dadas las circunstancias no consigo seguir hablándote de usted):

Le comunicaba con calidez sus condolencias por la pérdida y recapitulaba de nuevo todos los favores que Mia le había hecho.

Era una persona maravillosa y una buena amiga para mí, la mejor que he tenido en esta vida. Le debo mucho y la echaré de menos tanto como tú.

Pero ahora que el destino nos ha golpeado tanto a todos, todavía lamento más lo que pasó entre nosotros antes de tu partida. Sé que te prometí no volver a mencionarlo nunca más, y recordártelo en este momento preciso me parece especialmente inmisericorde. Sin embargo, ha sucedido algo que me impide seguir callando. Espero que esto no te cause horror, sino que a la larga te provoque más bien un poco de alegría. Estoy embarazada, Julius. Es probable que en junio dé a luz a tu hijo o a tu hija.

Seguro que esto habría sido un golpe para Mia, y te prometo que habría dejado Epona Station con el niño antes de vuestro retorno. Pero ahora... tal vez ese niño sea para ti un consuelo, la muestra de que a pesar de todo la vida continúa. En lo que a mí respecta, seguro que lo querré. Lo criaré al igual que tú y Mia sin duda habríais hecho con vuestros hijos. Sin embargo, si no puedes soportar pensar en mí y mi hijo, me iré. Haré todo lo que tú digas. Estoy triste, me siento culpable, tengo el corazón en un puño.

Por favor, no me castigues.

Tuya,

WILHELMINA

Posdata: Supongo que en tu estado actual esta noticia no te interesará, pero en la yeguada todo funciona como es debido. Los negocios van bien y estoy orgullosa de poder realizarlos con éxito para ti. Por supuesto, plantaré el arbusto de rata para Mia. Lo colocaré en la dehesa en que Medea pacerá con su potro la primavera próxima. Northern Star la cubrió.

Al leer la carta de Wilhelmina, Julius se quedó de piedra. Así que esa noche, que él quería olvidar y de la que de hecho no se acordaba porque estaba muy borracho, había tenido sus consecuencias. Willie llevaba en su vientre el hijo que él había soñado tener con Mia. Julius se preguntó qué Dios cruel había intervenido en ello. No sentía nada por Wilhelmina, pero tampoco podía repudiar a su hijo. Lo mejor sería seguramente que Willie se quedase en Epona Station y siguiera dirigiendo el negocio. Cuando él volviera a casa ya se vería qué hacer.

En esta ocasión, fue Julius quien se presentó con una botella de whisky en los aposentos del coronel Remmington.

—Hay algo más que solo con esto se puede soportar —dijo cuando el coronel lo miró sorprendido—. Por lo visto... aunque ya no tengo esposa, sí tengo heredero.

En junio de 1915, mientras la guerra estaba en su plenitud y la artillería alemana avanzaba victoriosa hacia Rusia, Wilhelmina Stratton le comunicó a Julius von Gerstorf que había dado a luz un hijo varón.

> Es fuerte y guapo, rubio como tú y como yo. Si no tienes nada en contra, me gustaría llamarlo Alexander. Pero ¿cuál ha de ser su apellido? No lo puedo registrar como «von Stratton», mi acta de nacimiento no me certifica como miembro de la nobleza. Pero si tiene que llamarse solo Alexander Stratton, no podré seguir fingiendo que soy una pariente que se ocupa en tu lugar de la yeguada. Lo mejor sería entonces que me marchara con mi hijo. De lo contrario, en Onehunga lo marcarían al fuego como bastardo.
>
> ¿Qué debo hacer?

Julius respondió a vuelta de correo:

> Por la presente reconozco a Alexander como hijo mío. Se llamará Alexander Johannes von Gerstorf, Johannes

por mi abuelo. Te felicito por el evento y estoy impaciente por conocer pronto a mi hijo. Pese a todo el dolor por la pérdida de Mia, el nacimiento de un niño siempre es motivo de alegría.

Por la noche brindó con champán a la salud del pequeño Alexander junto al coronel Remmington.

—Me alegro de que vaya superando poco a poco lo acontecido con su esposa —dijo con toda sinceridad el mayor—. Vea el nacimiento de su hijo como un nuevo comienzo. Quizá encuentra en su madre un nuevo amor. Tampoco debió de resultarle tan indiferente. A fin de cuentas, al menos pasó una noche con ella.

Julius guardó silencio.

3

Julius tenía tanto que hacer durante el primer año de guerra que apenas le quedaba tiempo para meditar sobre la muerte de Mia o el hijo de Willie. El depósito de remonta seguía lleno a reventar: Nueva Zelanda había reclutado un total de diez mil caballos para la contienda. Julius apenas escribía cartas; solo informó en una ocasión a Hans acerca de la muerte de Mia y de su incorporación al ejército en Upper Hutt.

Willie, en cambio, escribía sin parar. Enviaba periódicamente cartas a Julius explicándole el desarrollo del pequeño Alex, así como los avances en la cría de caballos. Gipsy había parido un potro semental al que había llamado Bucéfalo, como el caballo de Alejandro Magno; Medea, por su parte, había dado a luz a una yegua a la que había bautizado como Mermaid. También las otras yeguas habían parido sin problemas, y Willie planeaba volver a vender unos pocos ejemplares de seis meses para mantener la liquidez financiera de la empresa. Tenía que ser así, pues a causa de la guerra se celebraban menos carreras y ella no veía ningún sentido a recorrer grandes distancias con sus sementales para competir y, además del transporte, pagar a un jockey que montara peor que Julius. Por ese motivo, se dedicó más a la cría y adquirió yeguas para la monta. Además, el año siguiente cedió Northern Star a lord Barrington y dejó que Magic Moon cubriese a todas sus yeguas. Julius no podía dejar de admirar la habilidad de la joven para los negocios.

En 1916 el depósito de remonta de Upper Hutt se trasladó a Tauherenikau, a más de treinta kilómetros al este, donde se creó un gran campo de instrucción para jinetes y caballos. Julius siguió ejerciendo allí de preparador e instructor. La cordillera Rimutaka brindaba insuperables posibilidades de entrenamiento y Julius siguió los modelos de formación de la escuela de caballería de Hannover. Se enseñaba a los Rough Riders de Nueva Zelanda de tal modo que saltaban obstáculos y en las carreras de larga distancia se orientaban por el mapa en lugar de cabalgar simplemente a campo través. No obstante, de poco les serviría todo eso a los jinetes durante la batalla.

Los miembros de la caballería eran destinados sobre todo a infantería y las monturas solo servían de medio de transporte en el campo de batalla. No obstante, cientos de caballos murieron bajo el fuego de la artillería. Otros pasaron hambre después de que las batallas en Francia y Bélgica solo dejaran una tierra quemada en la que no crecía nada, y tuvieron que arrastrarse por el barro. Muchos murieron de puro agotamiento. Julius se estremecía al oír las crónicas de guerra y a menudo intentaba demorar el envío de caballos porque seguía esperando que la contienda terminase pronto. El coronel Remmington se esforzaba por obtener novedades del alto mando militar: en algún momento tenía que firmarse una tregua. Pero las matanzas seguían extendiéndose por Europa, los Balcanes y África.

—Intenta no pensar en ello —aconsejó Remmington agitando la botella de whisky mientras Julius volvía a repartir zanahorias entre los caballos que salían al día siguiente.

Ya hacía tiempo que se habían convertido en buenos amigos, compartían alegrías y tristezas y se consolaban a menudo con el whisky.

En 1917 el ambiente se calmó en el Featherstone Military Camp de Tauherenikau, como se llamaba el centro de formación. Se decía que la guerra se acercaba a su fin y Nueva Zelanda apenas enviaba tropas a ultramar. A principios de 1918 concluyó la formación del último contingente de soldados de caballería con el aviso de que ya no se enviarían más hombres ni caballos. Se contaba con que el armisticio no tardaría en llegar: Alemania tenía que capitular en breve.

Julius y Remmington lo celebraron en el alojamiento de este último. Aliviados, aunque no muy alegres.

—Hasta que los alemanes se rindan, todavía habrá de morir más gente —dijo afligido Remmington.

Julius asintió con la cabeza.

—Y caballos. Tengo tantas ganas de que esto se acabe de una vez por todas.

Remmington volvió a llenar los vasos.

—En realidad, para ti debería haberse acabado —observó—. Aquí ya no se te necesita. Con el par de reclutas que nos envían cada año, yo podría hacerlo todo; y cuando la guerra haya terminado regresarán muchos de los jóvenes a los que tú formaste al principio de la batalla. Ellos también pueden trabajar aquí. Así que, si lo deseas, por mí puedes marcharte a casa.

Julius jugueteó con su vaso. Ya le había dado vueltas a la idea de pedir al mayor general Robin que se pusiera término a su tarea como preparador. Por otra parte, no estaba seguro de si quería volver a Epona Station. Pese a todas las cartas que Willie seguía enviándole, en su cabeza Mia todavía vivía allí. Si ahora volvía a casa, debería enfrentarse de nuevo a la realidad de su muerte, y en esta ocasión de forma irrevocable. Además, conocería a su hijo, quien a mediados de aquel año cumpliría tres años. Todo en Julius se rebelaba en contra de ser el padre de un niño al que Mia no había dado a luz. ¿Cómo evolucionaría su relación con Willie? Llevaba casi cuatro años viviendo en Epona Station como Wilhelmina von Stratton, de manera que seguro que no toleraría bajar de rango.

Remmington lo observaba y entendía su vacilación.

—Julius, en algún momento tiene que ocurrir. Me he preguntado durante todos estos años por qué nunca has pedido vacaciones, al menos habrías podido ir a ver una vez a esa mujer y su hijo. En realidad no quieres conocerlo ni asumir que todo ha cambiado, ¿verdad? Lo entiendo, pero no puedes esconder todo el tiempo la cabeza en la arena. No viniste a Nueva Zelanda para formar a reclutas. Querías criar caballos. Pues hazlo ahora. Aunque las circunstancias hayan cambiado. Y llévate esa bonita yegua purasangre que no has enviado con el último transporte y que has conservado aquí con unos pretextos nada convincentes. Me he dado cuenta, amigo mío. Tenías razón. Es una pena que acabara siendo carne de cañón.

—¿Loreley? —preguntó Julius con una chispa de esperanza en su voz. Él mismo había bautizado a la yegua.

Remmington asintió con un gesto.

—Yo asumo la responsabilidad —declaró—. Has estado trabajando aquí todos estos años y nunca te han pagado porque querías a toda costa seguir siendo un civil. Que el Estado abone un par de libras por esa yegua.

Dos días más tarde, Julius metió sus escasas pertenencias en una bolsa y ensilló a Loreley, una delicada alazana con mucha sangre árabe y con un brío enorme. Habría podido tomar el tren a Auckland y cargar en el ferrocarril a la yegua, pero insistió en cruzar la Isla Norte a caballo. De ese modo conseguía una demora y mucho tiempo para pensar. Julius estuvo un mes de viaje. Cuando llegó a Onehunga, los periódicos acababan de informar sobre el comienzo de una ofensiva alemana en primavera. Julius decidió olvidarse de eso. Estaba tentado de meterse en un pub y reunir valor a través de la bebida para ir a Epona Station, pero abandonó la idea. Quería presentarse sobrio ante su hijo y enfrentarse a todos los espíritus que lo esperasen en el que había sido su feliz hogar.

Finalmente, la llegada no resultó ser tan espantosa como se había temido. El acceso a la casa discurría junto a pastizales y ahora, en marzo, es decir, a principios de otoño, todavía había caballos por allí. A Julius se le saltaron las lágrimas cuando reconoció a Epona, Valerie y Allerliebste. Las tres tenían potros junto a ellas. Y entonces vio a Medea. La elegante yegua estaba junto a Gipsy, parecían haberse hecho amigas. También pastaban al lado de ellas unos potros, uno negro y el otro castaño. Ambos hermosísimos, la viva imagen de su padre. Julius no habría podido señalar cuál era de Gipsy y cuál de Medea.

Detuvo a Loreley delante de la dehesa y las yeguas levantaron la cabeza.

—Valerie... —susurró—. Allerliebste...

Era imposible que las yeguas lo hubiesen oído, pero Valerie relinchó. Se acercó a él, al igual que Medea. Julius ató a Loreley a un árbol, se coló por debajo de la valla y abrazó a su viejo caballo de servicio. Valerie apoyó la cabeza sobre su hombro y luego se acercó Medea. La yegua se puso a su lado y Valerie levantó la cabeza y tocó la mejilla de Julius con sus ollares. Fue como si lo besara. Julius percibió su aliento cálido: olía a hierba, libertad y amor. Las dos yeguas permanecieron a su lado mientras él volvía a llorar por Mia. Medea colocó la cabeza en su pecho y sus lágrimas resbalaron por sus crines. Valerie se frotó contra su hombro, como si quisiera consolarlo.

Hasta que sus lágrimas se secaron, no se aproximaron los demás caballos. Acarició a Allerliebste y Epona, y dejó que los curiosos potros lo olisquearan. El hijo de Gipsy le mordisqueó la chaqueta, pero la yegua mantuvo la distancia. También el potrillo de Medea permaneció alejado. Contemplaba a su dueño con ojos inteligentes. Julius observó que se trataba una vez más de una yegua.

—Solo sabes hacer chicas —bromeó con ella.

Los ollares de Medea recorrieron su mano.

Fue al dejar el pastizal de las yeguas cuando descubrió el arbusto de rata. Casi había perdido todas sus fuertes y rojas flores, solo quedaban algunas que habían vivido sus mejores tiempos en enero y que ahora anunciaban el final del verano.

Julius se acercó a él, seguido por todo el rebaño de yeguas, y acarició una de las flores.

—¿Mia? —preguntó en voz baja.

Pero los espíritus no contestaron.

A continuación, Julius se separó de los caballos y cabalgó con ánimo renovado hacia la casa. Al igual que la primera vez que vio Epona Station, el palacete lo impresionó y divirtió. Era evidente que acababan de pintarlo: brillaba como un espejismo al sol de la tarde.

Cuando Julius se acercó más, distinguió a Frankie y a

Duchess en el paddock vecino a la casa. También ellas estaban acompañadas de potros. Junto al paddock se veía un flamante tractor. Seguro que ahora se ocupaba de muchas de las tareas que antes realizaba Frankie como caballo de tiro. De la cuadra salió un hombre empujando una carretilla llena de estiércol. Julius lo saludó.

—Buenas tardes, señor —respondió el mozo—. ¿Puedo ayudarle en algo?

—Estoy buscando a Wilhelmina von Stratton —dijo Julius.

Tenía la voz ronca.

—La Baronesa está con el semental en el picadero —le informó el hombre.

Julius frunció el ceño.

—La... ¿Baronesa?

El hombre se echó a reír.

—Perdone, se me ha escapado. La llamamos así, la Baronesa. Pero solo cuando no está presente. Bueno: miss Will está en la pista de carreras. Detrás de la casa. Dé la vuela al huerto y ya la verá.

—¿Desde cuándo hay aquí una pista de carreras? —preguntó Julius, desconcertado.

El mozo se encogió de hombros.

—La Ba... Miss Will la mandó construir en verano para entrenar a los caballos de carreras. La primera progenie correrá la primavera próxima. Y miss Will considera que es derrochar el dinero enviarlos fuera a entrenar.

Julius dio las gracias al hombre y salió intrigado al encuentro de Willie. Rodeó a caballo la cuidada vivienda y el huerto que Mia había plantado y en el que crecían ahora verduras de otoño e invierno, además de las últimas flores del verano. Julius reprimió la imagen que pugnaba por imponerse: Mia detrás del arado, con las riendas de la enorme Frankie en las manos, un pañuelo liado a la cabeza como una campesina y una sonrisa resplandeciente en el rostro. «¡Mira lo que hago, Julius!», le había gritado.

El antiguo mozo de cuadra, Mike, era demasiado perezoso para ese trabajo. Julius lo recordaba poco amable y rústico. El personal de Wilhelmina parecía ser mejor.

En efecto, la valla del huerto lindaba con una pista plana. No estaba muy bien pavimentada, Willie solo la había cubierto con algo de arena. En invierno esta pista de carreras seguro que tendría un uso limitado, pero aún no llovía, y Julius oyó el sonido de unos cascos. Entonces vio llegar al galope un gran ejemplar de capa castaña. Sobre su lomo había una persona delgada, vestida de hombre, que sostenía las riendas con firmeza y lo espoleaba en la recta final. Julius apenas daba crédito a sus ojos, pero reconoció a Willie. Era una especie de *déjà vu* de la carrera en la playa. La joven montaba de nuevo un caballo de carreras, tenía la tez enrojecida por el viento en contra, del cabello rubio que recogía bajo una gorra de visera se habían desprendido unos mechones y todo su rostro resplandecía cuando detuvo al caballo al final de la recta. Julius vio a otra mujer que llevaba un sencillo traje de criada y que sostenía un cronómetro en la mano.

Se acercó a ellas, ocultándose todavía entre unos árboles. Las mujeres advirtieron su presencia cuando el semental levantó la cabeza y relinchó.

—Cincuenta y ocho segundos —dijo la joven del vestido, y Willie echó jubilosa los brazos en torno al cuello del caballo—. Nunca había ido tan rápido —exclamó alegre. Entonces vio a Julius y Loreley. Pareció confusa antes de reconocerlo.

—Julius... —gritó—, Julius, has... has venido... ¿Por qué no has escrito?

Saltó de la silla, una elegante silla de carreras. En el

pasado, cuando corrió con Gipsy en la playa, lo hizo a pelo. Julius recordó que Mia había señalado que esa era la razón por la que Medea había ganado a Gipsy.

—Yo... quería daros una sorpresa —respondió Julius, bajando a su vez del caballo. Contempló a Willie. Apenas había envejecido, pero la notaba distinta. Resplandecía de seguridad en sí misma, orgullo y pasión. Estaba muy guapa.

—Quién... ¿Quién es este? —preguntó Julius, señalando el caballo.

—Bucéfalo —contestó Willie—. El hijo de Gipsy...

—¡Mi caballo! —intervino una voz cantarina. De las sombras de un grupo de árboles salió un niñito brincando con un caballito de madera entre las piernas—. ¿A que sí, mamá, a que Buki es mío?

Julius no pudo negar que se sintió conmovido al contemplar a su hijo. El niño era rubio y de ojos azules, con la carita redonda. No distinguió ningún parecido consigo mismo ni con Willie, pero el pequeño parecía compartir la misma fascinación por los caballos que ambos. Julius se inclinó hacia él.

—¿Y tú quién eres? —preguntó.

—Soy Alex —contestó orgulloso el pequeño—. Y cuando sea mayor montaré a Buki. ¿Cómo se llama tu caballo?

Julius rio.

—En cierto modo me reconozco en él —señaló—. Siempre preguntaba a la gente primero cómo se llamaba su caballo en lugar de interesarme por saber su nombre.

En el rostro de Willie apareció una sonrisa tierna.

—Cae bien a la gente —dijo—. Estoy buscando un poni, creo que el año que viene podrá aprender a montar.

—Ya sé montar —la corrigió Alex—. A Frankie. ¡Y es la más grande!

—A veces lo siento encima —admitió Willie—. Ese caballo es la bondad personificada.

Julius asintió con un gesto.

—¿Quieres montar en mi caballo? —preguntó, levantó al niño en brazos y lo sentó en la silla de Loreley.

La yegua había recorrido treinta kilómetros aquel día y no iba a hacer ninguna tontería.

Alex se mostró entusiasmado y Willie los siguió a la cuadra con su semental. Julius se sentía aliviado. Había sido fácil. Ninguna situación lamentable, ningún abrazo. Willie parecía mantener su palabra y no querer sacar más de lo necesario de la noche que habían pasado juntos.

La joven con el uniforme de sirvienta los siguió.

—Se llama Hannah —la presentó Willie—. Se ocupa de Alex. No tengo mucho personal y no quería... no quería gastar dinero innecesariamente. Pero no puedo estar vigilándolo todo el día, al fin y al cabo debo dirigir una yeguada. Además, también tenemos en casa a Mary, que se encarga de la limpieza y de la cocina. Y ahora que tú vuelves a estar aquí podemos contratar a una auténtica cocinera. Por cierto, ¿has comido algo? Ah, sí, y este es Bill. —Señaló al joven que había estado limpiando el estiércol pero que ahora se disponía a recogerle el semental.

—¿Cómo ha corrido, miss Will? —preguntó el joven.

A Willie se le iluminó el rostro.

—Un nuevo récord, Bill. No corre, vuela. Y en adelante tendrá un entrenador profesional. Este es Julius von Gerstorf, el propietario de Epona Station. Mi... bueno... mi primo. —Miró a Julius inquisitiva y suplicante a un mismo tiempo.

La cara redonda de Bill enrojeció.

—Señor... señor Von Gerstorf, yo... yo no quería decir nada malo con... con...

Julius sonrió y le tendió la mano.

—¿Con la Baronesa? No pasa nada. No se lo diré.

Willie estaba ocupada desensillando al semental y no oyó las disculpas de Bill.

—Y llámeme «señor Julius» o «señor Jules». Nuestra colaboración será muy estrecha. ¿Es usted el responsable de la cuadra?

Bill asintió con un gesto.

—Bill y Jock —explicó Willie—. Los dos son estupendos. Me los recomendó lord Barrington.

También Hannah, la niñera, parecía ser estupenda. Cogió a Alex, que intentaba bajar él solo de la silla de Loreley, y le indicó que diera las gracias antes de cogerle de la mano.

—Me lo llevo dentro, miss Will —dijo—. Le daré de cenar. ¿O prefiere que coma con ustedes?

Willie negó con la cabeza.

—Cenaré con el señor Julius —respondió—. Tal vez Mary puede preparar un plato especialmente rico, si es que tenemos algo en casa. Lo siento, Julius. Si hubiésemos contado con tu llegada, lo habríamos preparado mejor.

—Está todo bien, de verdad, Willie —la tranquilizó Julius, recuperando sin pensar el antiguo tratamiento—. Me comeré todo lo que me deis. Y, por supuesto, estoy hambriento. Y también Loreley. Por favor, dele una buena porción de avena, Bill. Pero... ¿me enseñarás la granja, Willie? Ya he visto nuestras... nuestras yeguas. Me han saludado muy amistosamente.

—Unos potros preciosos, ¿verdad? —contestó Willie—. Todos son de Magic Moon. Y ahora te enseñaré los de los últimos años, que son de Northern Star.

Willie condujo a Julius a una segunda dehesa en la que se encontraban separados por sexo los potros de uno y dos años, esperando su comida.

—La hierba ya no es suficiente, Jock va cada día a buscar heno —explicó Willie—. A esta edad todavía no les doy avena. Sé que suele hacerse con los caballos de carreras, pero Mia me contó un día... —Se detuvo al mencionar sin darse cuenta el nombre de Mia—. Perdona, Julius...

Este hizo un gesto de rechazo.

—Mia... —dijo, carraspeando— seguro que te contó que, aunque con la avena crecen más deprisa, sus huesos no son tan fuertes como los de los caballos criados de forma natural. Y que por eso no llevamos a nuestros ejemplares al hipódromo hasta que tienen tres años, y no a los dos, como la mayoría de los criadores. Entonces son igual de grandes como sus competidores, pero más fuertes.

Willie sonrió.

—No sé si a la larga nos lo podremos permitir —puntualizó—. En Inglaterra se da por sentado que los caballos compiten a los dos años, es lo obligado, por decirlo de algún modo, para luego poder participar como es debido con los de tres. Y aquí en Nueva Zelanda cada vez se está profesionalizando más todo. Tuve dificultades para registrar a los hijos de Gipsy como purasangres porque, naturalmente, no tiene la carta. Y, sin embargo, son preciosos y veloces como el viento, ya has visto a Bucéfalo.

Julius asintió con un gesto. Seguro que el joven semental destacaría el verano siguiente en el hipódromo.

La hija de un año de Gipsy resultó ser igual de bonita. Las de Medea se parecían entre ellas como dos gotas de agua, pues habían heredado el color de la madre. El hijo de un año de Allerliebste tenía aspecto de ser de capa blanca.

—He vendido los potros de Valerie, lo siento —se disculpó de nuevo Willie—. Solo he conservado a los purasangres que tal vez vayan a la pista. En adelante podemos volver a criar y adiestrar otra vez a hunters, pero...

—Necesitan más tiempo para crecer y la yeguada precisa de dinero. Ya lo entiendo, Willie, no has de disculparte. Desde el punto de vista comercial, está todo en orden y... creo que eres una mujer de negocios mejor que...

Enmudeció. Mia no había sido una buena mujer de negocios y él mismo tampoco tenía mucho talento cuando se trataba de manejar dinero. Los dos eran en exceso emocionales, estaban demasiado apegados a los caballos. Sería mejor seguir dejando la parte comercial de la dirección de la yeguada a Willie. Aunque amaba los caballos, también podía ponerse dura con ellos cuando era necesario. Seguro que su época con Red Scooter había sido un buen periodo de aprendizaje.

—Estoy contenta de que hayas vuelto aquí —dijo Willie—. Hasta ahora solo he adiestrado a Buki, pero este año habrá otros tres caballos. Puedes instruirlos tú en invierno y llevarlos en verano a la pista. Así volveremos a tener mayores ingresos con los premios en metálico y podremos conservar más potros. Me... me alegro mucho, Julius. —Levantó la vista y lo miró seria a los ojos.

—Yo también me alegro —contestó Julius. Y sintió que era sincero.

4

Mary, una mujer regordeta de mediana edad que no podía negar su ascendencia maorí, se sacó de la manga un fricasé que seguramente le costó la vida a una de las rojas y gruesas gallinas que correteaban por el patio. El plato estaba delicioso, y Julius declaró que, por su parte, no era necesario contratar a otra cocinera. Se sentía por completo satisfecho con las artes culinarias de Mary. Willie descorchó una botella de vino blanco y estuvo charlando cortésmente sobre asuntos intrascendentes hasta que se recogieron los platos y Mary les sirvió un trozo de tarta de manzana de postre. Fue entonces cuando Willie tocó temas más delicados.

—¿Cómo ha de llamarte? —preguntó—. Me... me refiero a Alex. ¿Cómo quieres que se dirija a ti?

A Julius casi se le atragantó la tarta.

—No lo sé —respondió—. ¿Quién piensa él que es su padre?

Willie se encogió de hombros.

—Solo le he dicho que su padre está en la guerra. No se imagina muy bien de qué se trata puesto que aquí reina la paz. Tampoco suele preguntar. A fin de cuentas, no hay otros niños que puedan meterse con él porque no tiene padre.

—¿Y qué opinan en la ciudad? —preguntó Julius.

Willie volvió a encogerse de hombros.

—Lo ignoro. Naturalmente, se sabe que tengo un hijo. Registré a Alex en Auckland y hasta ahora ningún habitante de Onehunga ha visto su certificado de nacimiento. La gente hablará, por supuesto. Pero no sé qué rumores son los que corren.

—¿No tienes a nadie que te informe? —quiso saber Julius—. ¿Algún amigo?

Willie negó con la cabeza.

—No —respondió lacónica.

—Pero creciste en Onehunga —replicó Julius sorprendido—. Debes de conocer a alguien, tener algún amigo...

—No —repitió Willie—. Crecí en el barrio obrero, en un edificio trasero, y tenía que ocuparme de mis hermanos. Así que carecía de tiempo para entablar amistades. Y tampoco tenía nada en común con los demás. Siempre era... distinta... y también quería serlo. Habría podido ir al instituto, pero mis padres no lo permitieron. Tenía que ganar dinero, así que fui a la fábrica. Y luego aparecieron los caballos...

—Trabajaste para ese tratante —recordó Julius.

Willie asintió con un gesto.

—Vestida de hombre. Nadie sabía que era una chica. Y bueno, siendo una chica con ropa de chico no se hacen amigos.

«¿No te sentías... horriblemente sola?», estuvo a punto de preguntar Julius, pero se contuvo. La conversación se estaba volviendo demasiado personal.

—¿No encuentras a faltar nada? —preguntó en cambio—. Amigos..., familia...

—Tengo los caballos —contestó con calma Willie—. Y a Alex. Me basta. Así pues: ¿cómo ha de llamarte?

Julius se mordió el labio.

—Por mí, puede llamarme «papá».

Wilhelmina sonrió.

Los últimos meses de la contienda pasaron volando para Julius. Trabajaba con los caballos jóvenes, entrenaba al semental Bucéfalo e iba conociendo a su hijo Alex. El niño era despierto y a veces algo listillo. Se notaba que crecía solo entre adultos y además ocupaba el puesto de príncipe heredero. Los empleados trataban a Willie con manifiesto respeto: cara a cara no se atrevían a llamarla «Baronesa», pero su comportamiento frente a ella era prudente y considerado. Actuaban del mismo modo ante su hijo: Alex estaba mimado y la excesiva condescendencia hacia él no lo beneficiaba. Julius intentaba ejercer de contrapeso, pero no llegaba demasiado lejos. Pasaba a la fuerza la mayor parte del tiempo con Willie. Trabajaban y comían juntos y por la noche se reunían para beber una copa de vino y hablar de lo divino y de lo humano. Al final, Willie se atrevió a abrir el antiguo gramófono de Mia y dejar que Julius eligiera el disco.

—Nunca he puesto música solo para mí —admitió—. Pero creo... creo que a Mia no le gustaría que estuviese por aquí sin usar. Le encantaba y desearía que nos alegrara la vida y que Alex creciera con música.

En un principio, todo en Julius se opuso a ello, pero luego se dijo que Willie estaba en lo cierto. Para la primera noche eligió el *Réquiem* de Mozart e intentó no derramar ninguna lágrima. A la noche siguiente, decidió Willie y puso el quinteto *La trucha* de Schubert y otras piezas alegres.

—No era una persona triste —dijo—. A Mia le gustaba reír.

Y esto ayudó a abrir todas las corazas de Julius. Este

pasó las noches que siguieron describiendo con minuciosidad todas las horas felices que había vivido junto a Mia. Todas las risas, todas las observaciones ingeniosas, todas las ocurrencias en apariencia alocadas que habían hecho la vida con Mia tan emocionante. Willie escuchaba paciente e interesada, al menos supuestamente. De vez en cuando acariciaba consoladora la mano de Julius.

Muy pronto este ya no quiso prescindir de las veladas con ella. Willie, por su parte, relató su triste juventud, la escuela que tanto amaba y la fábrica que odiaba. Le contó su encuentro con el caballo del lechero y su visita a la escuela de equitación de Hazell. Julius rio a carcajadas al escuchar esa historia. Su mirada se enterneció y Willie se dio cuenta de que el ingenio y el humor eran la clave para llegar a su corazón, así que le describió otras aventuras que la habían ayudado a superar el crudo mundo del barrio obrero. A veces vislumbraba admiración en los ojos de Julius. Este empezó a ver en ella a la mujer y Willie reforzaba esto cuidándose más el cabello, pellizcándose las mejillas para enrojecerlas un poco y poniéndose vestidos bonitos.

Sin embargo, hizo un gran avance cuando un día de noviembre regresó de Onehunga por completo fuera de sí. Había ido a la oficina de correos y había regresado con Loreley al galope casi todo el trayecto para comunicar la noticia lo antes posible en Epona Station. Tenía el rostro encendido, el cabello suelto y el viento en contra le había levantado el vestido, de modo que quedaban a la vista sus muslos, aunque iba en silla de amazona.

—¡Julius! —lo llamó cuando la yegua todavía trotaba en el patio—. ¡Bill, Jock, Hannah, Mary! ¡La guerra ha terminado! Me acabo de enterar. ¡Ya no estamos en guerra! —Agitó el diario con el titular de «Las armas guardan silencio», detuvo la yegua delante de Julius y se deslizó de la silla para abrazarlo—. ¡Por fin, por fin!

Mary salió de la casa, Hannah estaba en el patio jugando con Alex. Ahora las mujeres abrazaban a Bill y Jock.

Julius rodeó a Willie con los brazos. Qué sensación tan placentera. Ella se apoyaba cálida y firme contra su pecho, él escuchaba su risa, veía su rostro resplandeciente... y de repente la besó. Ella respondió feliz. Se miraron uno al otro casi sorprendidos cuando se separaron.

Julius iba a decir algo, pero Alex se coló entre ellos.

—¿Y yo? —protestó el pequeño—. ¿A mí quien me abraza?

Julius lo cogió en brazos y lo estrechó contra sí, y Willie los abrazó a los dos al mismo tiempo.

—¡Papá te abraza —dijo riendo— y mamá te abraza!

—¿Porque nos queremos? —preguntó el niño.

—Sí, eso mismo —respondió Willie—. ¡Y porque hoy somos felices!

Julius bajó la vista y pensó que debería avergonzarse. Hasta ahora no había pensado ni un segundo en cómo habría sido la celebración del final de la guerra con Mia.

En Onehunga se celebró que la guerra había terminado con una fiesta en la calle que se organizó en un abrir y cerrar de ojos. El sacerdote ofició una misa y luego se sucedieron unos alegres festejos. Se sirvió cerveza gratis y ponche para las señoras, hubo música, baile y actividades infantiles.

En realidad, Julius no quería ir, pero Alex había oído hablar del tiovivo y no había quien lo detuviera. Tenía uno de juguete, pero nunca había visto uno de verdad. Ahora ardía en deseos de ir a la ciudad y montar en un caballito del carrusel. Willie lo apoyaba. ¿Qué había de malo en divertirse un poco?

—Sé que la conclusión de la guerra no es para ti motivo de celebración, sino que solo piensas en todos los que han muerto —dijo—. En Mia... en los caballos..., pero todo tiene su fin y debemos mirar al futuro, Julius. ¡La vida vuelve a normalizarse! De nuevo se celebrarán carreras de caballos, podremos volver a criarlos sin temor a tener que enviarlos a la batalla. Los hombres regresan. Vayamos a celebrarlo, Julius, Alex ha de subir en el tiovivo. ¡Daremos el día libre a los empleados e iremos a la ciudad!

Al final deambularon juntos entre las calles adornadas con Alex, emocionado y sorprendido, entre ellos. Willie lo cogía de la mano derecha y Julius de la izquierda.

Estaban bien, y Julius se esforzó en no pensar en la única feria que había visitado con Mia en Hannover. Ella se había montado en un caballo del tiovivo y sentada de lado lo dominaba todo mientras ascendía y descendía al ritmo de la música. Julius se rio y le dijo que era como una niña. Y entonces ella compró dos billetes más y subieron juntos al carrusel. Y así se habían mecido, uno junto al otro, a lomos de un caballito rosa y otro azul, en esa noche que olía a vino caliente con especias y almendras tostadas... Todo esto se desplegaba ante los ojos de Julius todavía hoy, pero intentaba borrar el recuerdo mirando al pequeño que azuzaba ansioso su caballito.

—No es tan rápido como Buki —confirmó al final.

Willie y Julius se echaron a reír.

—¿Llevaremos a Bucéfalo a la primera carrera de primavera de Ellerslie? —preguntó Willie.

Julius asintió con la cabeza.

—Está preparado. Ganará.

Willie se estrechó contra él cuando conducía el carro

tirado por Duchess de vuelta a Epona Station. Alex dormía, tendido sobre el regazo de ambos.

Julius tenía la sensación de que debía rodearlos con el brazo: ahora eran su familia. Pero no lo conseguía. Ese día sin duda se había abierto una puerta, pero él todavía no podía pasar por ella.

Miró el arbusto de rata, a lo lejos en el pastizal, cuando subía por el acceso a Epona Station. Pronto florecería.

En los días que siguieron intentó mortificado no tocar a Willie y se sintió aliviado cuando tampoco ella buscó su cercanía. Tal vez ese beso y la intimidad en la noche de la fiesta habían sido solo la expresión de la euforia por el final de la contienda. Tal vez no tenía que decidir tan pronto si la madre de su hijo debía convertirse en su esposa.

Willie no lo presionaba. Simplemente estaba allí. Reía, charlaba, hacía planes para los caballos, nunca para él y para ella.

Wilhelmina Stratton tenía paciencia. Sabía esperar.

EPONA STATION

Madurez

Auckland, Onehunga
1918-1919

1

Tras un viaje en tren de un día, Mia y la emocionada April llegaron a Christchurch y pasaron la noche en una pensión barata antes de emprender el trayecto a pie hacia Lyttelton. Estaba lejos y April lloriqueaba mientras caminaban hora tras hora bajo la llovizna, pero Mia no quería gastar dinero en un coche de punto.

—Ya dormiremos en el barco.

En Christchurch la habían informado de que por la noche zarparía un transbordador rumbo a Wellington.

April estaba muerta de cansancio cuando Mia cargó con ella por la rampa de acceso al barco. La niña en un brazo y en la otra mano la maleta con sus posesiones. Se alegró de encontrar sitio bajo la cubierta y enseguida preparó una cama improvisada para April en un banco de madera. Ella misma durmió sentada, y cuando la embarcación atracó en Wellington estaba agotada y con mucho sueño. Se permitió pagar un carro hasta la estación, pero tuvo que esperar varias horas a que saliera un tren a Auckland. Pensó fugazmente en la alianza que había empeñado en Wellington. Ahora tenía tiempo de recuperar la prenda, pero seguía sin dinero para desempeñarla. Así que permaneció en la estación e intentó entretener a April.

—Tendremos que volver a quedarnos a dormir en Auckland —dijo con un suspiro a su hija.

April se quejó porque tenía hambre y Mia desenvolvió sus últimas provisiones. A estas alturas, se arrepentía de haberse puesto su vestido de viaje verde. Era el más costoso de todos los que tenía; los otros eran sencillos, de los que se vendían en las tiendas de baratijas del Devil's Half Acre. Tras tres días de viaje estaba sudado y arrugado, y April se había dormido sobre la capota. Incluso si pernoctaba en un hotel en Auckland y se cambiaba de ropa, parecería una vagabunda cuando llegara a Onehunga.

Fue un placer volver a reposar la cabeza sobre una auténtica almohada en una pensión barata de Auckland. Mia y April durmieron como lirones y al día siguiente, domingo, Mia había recobrado fuerzas para la última etapa de su viaje. Aprovechó las comodidades de la habitación para lavarse a fondo y adquirir un aspecto presentable. Eligió los mejores vestidos para las dos y tapó a April con una mantilla azul cielo que la señora McBride había tejido. La niña estaba encantadora con ella. Mia hizo lo que pudo para recogerse bien el cabello.

Desde Auckland partían trenes hasta Onehunga con regularidad. De camino a la estación, Mia pasó por una oficina de correos, pero estaba cerrada. Así que no tenía ninguna posibilidad de anunciar su visita en el último momento. Ahora que se acercaba el final del viaje, el corazón de Mia palpitaba con fuerza. ¿Cómo la recibiría Willie? ¿Se hallaría Julius allí? Y si no estaba, ¿tendrían noticias de él? ¿Buenas noticias? En sus horas más sombrías en Somes Island y en Dunedin había temido que, debido a las sospechas de espionaje, lo hubiesen fusilado, pero seguramente ella se habría enterado. El *Otago Herald* solía dedicar artículos más largos a las ejecuciones. Pero ahora volvían a presentarse ante ella miedos imaginarios. Intentó apartarlos de su mente jugando con April al veo veo durante el breve trayecto en tren. Cuando llegaron a Onehunga, cogió inmediatamente un coche de punto rumbo a Epona Station.

—Es una granja de caballos en la cordillera Waitakere —explicó al cochero, pero este no necesitaba más información.

—Sí, claro, el centro de sementales de cubrición. Aquí lo conoce todo el mundo. La Baronesa tiene unos elegantes caballos, nadie puede decir lo contrario. El año pasado llevé allí a mi yegua para aparearla. Estoy impaciente por verla parir.

—¿La cubrió Magic Moon o Northern Star? —se interesó Mia, y luego escuchó la explicación sobre la facilidad con la que había transcurrido el acoplamiento con Northern Star.

—¡Claro que la Baronesa tiene mano para los caballos! —afirmó el cochero—. Se dice que ella misma entrena a los de carreras. Sentada como un hombre. Solo falta que haga de jockey en Ellerslie...

—¿La Baronesa? —preguntó concernida Mia—. No... no sabía que...

—Wilhelmina von Stratton —señaló riendo el cochero—. Perdone, como conoce los sementales pensé que también estaba al tanto del apodo de la propietaria. No sé lo que es en realidad, pero al tratarse de una dama fina, todo el mundo la llama la Baronesa. Ella no quiere ni oír su mote. Es muy modesta. Lo hace todo solo por los caballos.

Mia asintió con la cabeza. Esa era la Willie que ella conocía, aunque debía reconocer que la joven siempre había tenido cierta tendencia a la presunción. Todavía recordaba cómo se había hecho pasar por una lady en Onehunga. Pero fuera o no baronesa, parecía haber conseguido no solo mantener la yeguada, sino también hacerla prosperar.

—Sabe... ¿Sabe si ha vuelto Julius von Gerstorf? —preguntó Mia con el corazón batiente—. El... ¿el auténtico propietario?

El hombre negó con la cabeza.

—Ni idea. Siempre he pensado que la yeguada era propiedad de la Baronesa. Bueno, pronto llegaremos. Podrá preguntarlo directamente allí.

—¿Qué es una baronesa, mamá? —inquirió April.

La pequeña disfrutaba de la marcha en el carruaje. Era un vehículo abierto y April se levantaba continuamente para ver al caballo.

—Una mujer de muy buena familia —contestó Mia.

—¿Más que una princesa? —quiso saber la niña.

El cochero se rio.

—Qué hija más graciosa tiene. ¿Es que tú quieres ser princesa algún día, pequeña?

April reflexionó.

—Creo que prefiero ser el príncipe —respondió—. Porque tiene caballo y monta. La princesa solo duerme o vive en una torre o tiene que limpiar para los enanos o para el rey.

El cochero se tronchaba de risa.

—Pues bien, en Epona Station tendrás un montón de caballos —bromeó con la pequeña—. A lo mejor hasta te dan uno para ti sola. Uno blanco, uno negro o uno castaño como el mío.

April echó un vistazo al caballo.

—¿No es un alazán? —preguntó—. Los castaños tienen las crines negras. A mí me gustaría un caballo blanco. A mi mamá le gustan los negros.

—No tienes que decidirte —dijo Mia en alemán para

que el cochero no entendiera sus palabras—. Los caballos de Epona Station... son todos nuestros.

Tras un fatigoso y prolongado viaje, que a Mia le pareció diez veces más largo que antes, estaba impaciente por ver alzarse ante sus ojos las torrecillas y balcones de Epona Station, el cochero tomó el acceso a la granja. El carruaje corría entre dehesas que ahora, poco antes del comienzo del verano, mostraban un verde intenso. En medio del pastizal de las yeguas, Mia descubrió un arbusto de rata. Era nuevo. ¿Por qué lo habría plantado Willie, sobre todo si con algo de mala suerte se extendía como una mala hierba? No cumplía ahí ninguna función. A fin de cuentas, no servía de alimento para los caballos ni tampoco proyectaba sombra suficiente.

Pero todo eso perdió importancia cuando por fin apareció la casa. Tenía buen aspecto, estaba recién pintada y parecía acogedora.

—¿Nosotras vivimos ahí, mamá? —preguntó April—. ¿En un palacio?

—En realidad es solo una casa —señaló Mia—. Pero sí, viviremos allí. Espero que te guste. ¡Y mira las cuadras!

Era incapaz de permanecer más tiempo sentada en el carruaje cuando vio unos caballos delante de las cuadras. Frankie y Duchess en su antiguo picadero y, al otro lado, un hombre cepillaba a una yegua castaña que Mia no conocía.

El cochero detuvo el vehículo delante de la casa y Mia le pagó. Mientras se alejaba tras despedirse, ella se acercó a las caballerizas. Dejó su maleta en el suelo. Nadie la robaría en Epona Station.

El hombre que cepillaba al caballo la miró desconfiado cuando, con April cogida de la mano, Mia se le acercó y lo saludó.

—¿Puedo ayudarla en algo? —masculló.

Mia le sonrió.

—Quisiera ver a Wilhelmina von Stratton —dijo—. ¿Está aquí?

El hombre negó con la cabeza sin interrumpir su trabajo. Era evidente que estaba de mal humor.

—Pues no. Los señores están en las carreras de Ellerslie —respondió—. Como casi todo el personal. Hoy estoy yo solo aquí.

—¿Y quién es usted, si me permite preguntar? —inquirió Mia, aunque también algo incomodada—. ¿El caballerizo?

—No, no tenemos ningún caballerizo. Soy Jock, el cuidador de caballos. El segundo, por lo visto...

Torció el gesto. Al parecer, se habían llevado al primer cuidador a Ellerslie y el tal Jock se sentía excluido.

—¿Y quiénes son los señores? —insistió—. Willie y... —El corazón le latía con fuerza.

—Miss Will y el señor Jules —explicó Jock—. Es el primer día que corre el semental. No volverán pronto. Venga otra vez más tarde. —Le dio la espalda.

Mia tuvo la sensación de quitarse un gran peso de encima. Julius había regresado, estaba ahí o, en cualquier caso, en Ellerslie. Después de pensarlo unos segundos, se dirigió de nuevo a Jock.

—Preferiría no esperar, sino ir también a Ellerslie. Todavía es pronto, en una hora estaré allí. Por favor, ensílleme un caballo. Preferiblemente a Medea...

Jock movió la cabeza sonriendo.

—No pensará en serio que voy ahora a darle un caballo sin saber quién es usted y qué quiere, ma'am. Yo no obedezco las indicaciones de cualquier extraño que pase por aquí...

Mia se acordó al instante del mozo de cuadra Mike.

—Soy Mia von Gerstorf —se presentó.

—Cualquiera puede decir que está emparentado con el jefe —replicó Jock con toda tranquilidad—. ¿Y qué va a hacer con la niña? ¿Tendré que cuidarla yo? Ni hablar. Espere aquí a que regresen los señores...

Y, dicho esto, desató el caballo y lo condujo a la cuadra.

Mia se quedó perpleja. En cierto sentido, el hombre tenía toda la razón, aunque podría haberse expresado con algo más de cortesía. Por supuesto que no estaba autorizado a darle un caballo a cualquiera que pasase por allí. Por otra parte... ¿acaso Julius nunca había hablado de ella? ¿No sabía el tal Jock que tenía una esposa y que se esperaba su vuelta en breve?

—¿Se ha enfadado ese hombre con nosotras? —preguntó April—. ¿No podemos entrar y ver los caballos?

Mia tomó una decisión. No iba a quedarse esperando delante de la puerta como una mendiga a que Willie y Julius se dignaran a volver. Dirigió una sonrisa cómplice a su hija.

—Vamos a hacer algo mucho mejor, April. Vamos a montar a caballo.

Dicho esto, cogió a su hija de la mano y se encaminó al otro lado de las cuadras. Frankie y Duchess la miraron afables. Tal como Mia esperaba, sus cabestros colgaban de la valla de la dehesa. Cogió la cuerda guía de los dos caballos y ellos se dejaron anudar a las riendas. A Frankie se la podía montar también sin un auténtico cabestro ni bocado, pues la yegua de sangre fría era tranquila y obediente. Mia lamentó no tener ninguna golosina para ella, pero la yegua acudió enseguida y se dejó poner la cabezada.

Mia la sacó del cercado, colocó a April encima de su ancho lomo e indicó a la niña que se agarrase bien a las crines. Luego alejó a Frankie un buen trecho de la casa para ocultarla de la vista y buscó un apoyo para subir. En el bosquecillo, entre las dehesas, donde Julius había talado unos árboles para renovar las cuadras, había tocones suficientes. Mia consiguió subir a lomos de Frankie desde uno de ellos. Desde luego, esta forma de montar no era la propia de una dama. Para su suerte, la falda era ancha, pero dejaba al descubierto sus piernas mucho más de lo que permitía la decencia.

Pero en ese momento a Mia le daba igual. Había esperado tanto tiempo, llevaba tanto separada de Julius... Ahora no quería perder ni un minuto. Dio a Frankie las ayudas para ponerse en marcha y la yegua las obedeció con docilidad. Mia cogía con una mano las riendas y con la otra a su embelesada hija, que iba majestuosa delante de su madre, como si en toda su vida no hubiese hecho otra cosa que sentarse a horcajadas sobre un caballo enorme.

—¿Sabe galopar también? —preguntó después de que Mia intentara el trote.

Los movimientos de Frankie eran extraordinariamente suaves. Mia podía ir a pelo sin esfuerzo.

—Los caballos de sangre fría no son buenos para galopar —explicó a su hija—. Son fuertes pero no rápidos. Creo que no tenemos que exigirle demasiado a Frankie. Ya galoparemos otro día...

Recordó en ese momento con añoranza el galope ligero de Medea.

El viaje a Ellerslie duró mucho más con Frankie que con un caballo de monta, pero Mia habría podido ir a pie los casi cinco kilómetros y habría llegado a tiempo para las carreras de la tarde. Eran las tres cuando levantó a April del lomo de Frankie y buscó un lugar en el que atar a la yegua. A continuación, se volvió a un hombre que preparaba pequeños refrigerios delante del hipódromo en un carro especial y le pidió si podía dejar a Frankie junto a su caballo. Era un hombre amable y le prometió que no solo vigilaría a la yegua, sino que le daría avena y de beber. Mia le entregó a cambio un par de peniques y adquirió además una porción de fish and chips para April. La pequeña nunca había comprado comida en un puestecillo y estaba desbordante de alegría. Mia contempló algo preocupada cómo se reducía su capital, pero todavía le llegaba para entrar en el hipódromo si no debía pagar el ingreso de April. Pero, en realidad, daba lo mismo. Seguro que Julius llevaba dinero. Los días de cicateo ya habían quedado atrás.

Junto con una entusiasmada April, pasó junto a los totalizadores y las filas de asientos en dirección al anillo perimetral. En los primeros había mucho gentío, el locutor del estadio anunciaba en ese momento la carrera de ejemplares de tres años. Las taquillas de las apuestas se cerrarían en pocos minutos y los caballos ya se dirigían a los boxes de salida.

Mia se olvidó de su propósito de buscar a Julius y Willie en el momento en que vio a los caballos dirigirse hacia la salida. Todos llevaban pequeñas sillas de carreras, y los jinetes eran en general delgados y fibrosos. Ya había pasado el tiempo en que hombres como Julius montaban sus propios caballos. Estos eran jockeys profesionales que se contrataban para cada competición.

Le llamó la atención un semental castaño y grande que le recordó a Magic Moon. No esperaba que sus sementales participaran. Northern Star y Magic Moon ya eran mucho mayores, casi demasiado para correr en competiciones. En general los ejemplares de como mucho ocho años se retiraban del deporte.

—¿Van a correr a ver cuál gana? —preguntó April—. ¿Podemos verlo?

Mia pensó un instante. Podía esperar hasta el final de la carrera para emprender la búsqueda. Durante la competición solo molestaría a los espectadores desplazándose de un lado a otro. Aun así, buscó un sitio cerca del anillo perimetral. Antes siempre observaba las carreras desde allí. Mia pensó en los días felices, cuando siempre tenía lista una manzana para el vencedor. Ahora uno de los vigilantes le indicó con amabilidad que permaneciera en los puestos destinados a los espectadores. En el anillo perimetral solo podían quedarse durante la carrera los propietarios de los animales y los jockeys.

Entretanto, los caballos habían llegado ya a los boxes de salida. Algunos se hacían un poco de rogar antes de meterse en ellos, pero el semental castaño no tenía miedo. La mirada de Mia se quedó prendada en él cuando empezó la competición. Al principio, el jockey lo retuvo en la parte central, pero estaba claro que tenía mucho más potencial. Mia siguió la carrera como hechizada. Era maravilloso volver a estar en el hipódromo. Casi se sentía más en su hogar allí que en la desierta granja donde acaba de estar.

En la recta final el castaño se separó del pelotón y atrapó a los caballos que corrían por delante. Pasó volando junto a cada uno de ellos y el locutor pronunció entonces su nombre: Bucéfalo. El caballo de Alejandro Magno.

Al final, adelantó al semental que hasta entonces había ido a la cabeza y pasó la meta con una ventaja de dos cuerpos.

—Si hubiésemos apostado, habríamos ganado dinero —dijo con cierto pesar Mia a su hija.

Seguro que se habría decantado por el castaño. Y luego el locutor anunció los nombres de los vencedores y Mia sintió como una cuchillada:

—«En tercer lugar Tomlin Rose, de la cuadra Barrington; segundo puesto para Giant Dancer, de la cuadra Russel; y el ganador es Bucéfalo, de la cuadra Epona».

Se volvió como en trance al anillo perimetral y vio a Julius... y a Willie. Ambos se abrazaron gozosos y se besaron. Parecía como si no pudiesen separarse. Mia sintió helarse algo en su interior. Resuelta, cogió a April de la mano, pasó junto al vigilante y se dirigió a los dos. Todavía estaban abrazados cuando se plantó delante de ellos. Parecían ensimismados, felices...

—¿Julius? —dijo Mia. Temía que se le quebrara la voz, pero consiguió pronunciar la palabra clara y fuerte—. ¿Willie?

Julius y Willie se separaron: él, sobresaltado; ella, solo asombrada de oír sus nombres. Entonces se quedaron mirando a Mia, sin dar crédito, como si hubiesen visto un fantasma. Julius dio un paso hacia ella, casi tambaleándose.

—Mia... Mia... tú... Cómo puedes... si... si estás... muerta.

Mia frunció el ceño.

—No que yo sepa —respondió, lacónica—. Y no parece que llores demasiado mi pérdida.

—Mia, esto... esto no es nada... Yo... Oh, Dios mío, Mia... estoy soñando, yo... —Julius tendió los brazos hacia ella y dio otro paso en su dirección. Mia no sabía si quería ir hacia él. Todavía lo veía abrazado a Willie. Besándola—. Mia, siempre hemos sido solo tú y yo —dijo Julius con voz apagada. Comprendía bien en qué situación lo había sorprendido Mia.

Esta iba a contestar, pero entonces vio salir al niño rubio de detrás de Willie.

—¡Mamá! —gritó contento el niño—. ¡Ha ganado Buki! Hannah ha apostado un chelín y ahora es rica. ¡Papá!

Los ojos de Mia se abrieron de par en par y una ola de frío se apoderó de todo su cuerpo.

—¿Papá? —preguntó—. ¿Mamá?

—Alexander es mi hijo —intervino Willie.

—¿Y el tuyo? —susurró Mia, buscando la mirada de su marido—. Toda... toda la guerra, habéis... mientras... Estabais aquí, vivíais aquí, vosotros... —Se le quebró la voz.

Julius negó con la cabeza.

—¡No! No, no es lo que piensas. Nosotros... Oh, por Dios, Mia, deja que me reponga primero. Déjame que asimile primero que estás viva...

April observaba los caballos que volvían al anillo. En ese momento tiró a su madre de la falda para atraer su atención. Alexander enseguida se volvió hacia ella. Por lo visto le deslumbraba la presencia de alguien de su edad, no conocía a demasiados niños.

—Ha ganado mi caballo —le comunicó con arrogancia—. ¿Tú también tienes uno?

Willie lanzó una mirada a la niña y enseguida sacó conclusiones por su parecido con Mia.

—Vaya, tú tampoco has pasado el periodo de guerra sola —señaló a Mia.

Esta la fulminó con la mirada.

—Yo no le he robado a nadie el marido —contestó.

Julius se percató en ese momento de la presencia de April.

—Es... es... —titubeó.

—Es mi hija —la presentó Mia—. April. Una hija que concebí en Somes Island. ¿Debo decir más?

Las condiciones en Somes Island, que no habían mejorado durante la guerra, habían ocupado con frecuencia las páginas de los periódicos en los últimos años. La situación en la que se hallaban los presos se calificó de infrahumana. El alcoholismo de muchos vigilantes y las represalias a las que O'Reilly sometía arbitrariamente a los presos habían sido descritas en detalle y juzgadas.

Julius miró a April y en su rostro casi se dibujó algo parecido a una sonrisa.

—¡Es igual que tú! —El tono de su voz casi era de ternura.

—Menos por el cabello rojo —observó Willie—. Julius, ahora tenemos que ir a la entrega de los premios. Si no nos presentamos, habrá habladurías y lo que menos necesitamos ahora son escándalos.

—¡Ve tú! —respondió Julius—. Yo... yo no puedo. No puedo abrazar ahora al caballo y posar ante las cámaras. Ve tú. A fin de cuentas Bucéfalo es tuyo.

—Antes eran nuestros caballos —susurró Mia—. Antes yo los abrazaba.

—Y volverás a hacerlo. —Julius por fin empezaba a recobrarse—. Por todos los cielos, Mia, no saques conclusiones precipitadas, tenemos que hablar. Creía que estabas muerta. Dijeron que te habías ahogado cuando escapaste de Somes Island. Había un cadáver...

—¿Y por eso te fuiste con Willie? —preguntó Mia con amargura—. Qué sencillo. Mis caballos, tus caballos, sus caballos... No suponía que te fuese tan fácil cambiarme por otra.

—Mia, no todo es tan sencillo. Yo no estuve aquí durante la guerra. Alex... Alex fue... un accidente... —Julius todavía le tendía las manos—. Me... me emborraché, estaba desesperado... pero fue una sola vez. Solo entonces estuve con Willie, nunca más...

—Tal vez no deberíamos hablar de esto aquí —afirmó con frialdad Mia—. La gente nos mira raro. ¿Todavía soy bien recibida en Epona Station?

—Mia... —La voz de Julius era suplicante—. Claro que sí. Es tu casa. Y son tus caballos. Bucéfalo es el hijo de Gipsy. Así que, pertenece a Willie. Pero por lo demás... ¡todos son tuyos!

—¡Y míos! —se entremetió April—. Mamá dice que son nuestros.

Julius tuvo que sobreponerse antes de contestar:

—Pues claro que también son tuyos. Tú también eres... bien recibida. Yo... tenemos que hablar, Mia.

Mia asintió con un gesto.

—¿Ya has acabado? —preguntó, aún con frialdad.

Julius se frotó la frente.

—Estoy libre de inmediato. Deja que hable un momento con Willie. ¿Cómo has llegado hasta aquí? Tengo... tengo aquí a Valerie. Hemos venido a caballo.

—No me digas que ella ha venido con Medea —dijo Mia mirando hacia Willie, que posaba con su semental y una enorme corona con cintas ante las cámaras de los periodistas. Una chica cuidaba de su hijo.

Julius negó con la cabeza.

—No. Nadie ha montado a Medea. Ni a ella ni a sus hijas. Tiene tres potrillas maravillosas, sabes... Medea... para mí Medea ha velado tu espíritu. Willie ha plantado un arbusto de rata para ti en su pastizal.

—Con mucho amor, seguro —observó Mia sarcástica.

Julius volvió a negar con un gesto.

—No hables así de ella. Ambos te hemos llorado. Bueno, ¿cómo has venido? Quieres... Willie ha montado a Allerliebste. ¿Querrías...?

—Déjalo. La Baronesa y madre del príncipe heredero precisa una montura de su nivel. Para mí Frankie es suficiente...

—¿Has venido hasta aquí con Frankie? —se asombró Julius, y de nuevo el esbozo de una sonrisa pasó por los rasgos de su rostro.

Nadie salvo Mia habría montado en el sangre fría.

—Sí —confirmó Mia—. El único caballo que he podido coger sin que tu cancerbero Jock me lo impidiera. Por decirlo de algún modo, lo he robado. Luego tendrás que darle una explicación. Sobre todo hay algo que debes dejar claro al personal. Por lo visto nunca se me ha mencionado en la casa.

—Mia...

Ella hizo un gesto de rechazo.

—Sí, ya sé, yo solo era un espíritu en un arbusto. Qué idea más rara, ¿cómo se te ha ocurrido? Al menos yo nunca he oído hablar de espíritus judíos en la maleza neozelandesa...

—También tienes una lápida... —la interrumpió Julius.

Mia hizo una mueca.

—Qué generoso eres.

Y luego no pudo evitar reír. Rio y rio, ni alegre ni divertida. Lo hacía para no llorar.

Julius se acercó a ella y la estrechó contra sí. La abrazó con cuidado, como si fuera un objeto de gran valor... o un espíritu del cual temiera que fuera a desvanecerse de nuevo.

—Todo se aclarará, Mia. Hazme caso. Lo... lo aclararemos todo... Vamos a casa, Mia. Deja... deja que te lleve a casa.

2

Willie se quedó en Ellerslie, brindó con champán a la salud de Bucéfalo y organizó el regreso del semental. Justificó la repentina marcha de Julius porque un caballo de la yeguada sufría cólicos. Sonreía estoica mientras daba esta explicación. No dejó que nadie notara que la aparición de Mia había hecho tambalear los cimientos de su vida. ¿Qué iba a pasar ahora? Resistió la tentación de pedirle a Julius que se llevara a Alexander y Hannah con él a casa. De ese modo le habría recordado sus responsabilidades y habría vuelto a señalar su paternidad. Pero también lo habría enfurecido y eso era lo último que ella deseaba. Debía guardar la calma. Todavía podía ganar. Cualquiera podía ver que la pelirroja bastarda de Mia no era hija de Julius. Con la niña en casa, la vida de Julius sería una tortura continua, cualquier visita sabría que su esposa lo había engañado.

Willie quería esperar antes que nada, pero eso no significaba que no fuera a pedirle cuentas a Julius. Ahora lo conocía mejor. No era el héroe que ella había imaginado al principio. Era un buen jinete, pero también un hombre afable y blando de corazón que controlaba al personal tan poco como Mia. Esperaba que lo respetaran debido a su posición y sus conocimientos, pero no a causa de su autoridad natural. Si lo presionaba por hallarse entre Mia y ella, se derrumbaría. Y Mia no tendría fuerzas para volver a levantarlo.

Willie se enderezó, sonrió y celebró su éxito y el del semental. Sin dejar de mostrar a Alexander.

—En realidad el caballo no es mío —comunicó complacida a los otros propietarios y periodistas—. Es de mi hijo. Alexander von Gerstorf.

Mia y Julius regresaron en silencio a Epona Station. El reencuentro los había agotado y ambos estaban inmersos en sus pensamientos. April se había dormido en los brazos de Mia. El balanceo de Frankie al paso la había invitado a hacerlo y no había razón para que la niña no se relajase. La situación entre Mia y Julius no era hostil. Siempre habían podido permanecer juntos en silencio, del mismo modo que habían hablado y reído. A Mia se le ocurrió que nunca habían llorado juntos.

—¿Lloraste por mí? —preguntó Mia de repente.

Julius salió de su ensimismamiento.

—No podía parar —admitió—. Habría hecho cualquier cosa, cualquiera, para recuperarte. Y en realidad no conseguía creer que estuvieras muerta.

Mia le dirigió una media sonrisa.

—No ignorabas que sé nadar.

—Aunque tal vez no en un océano —señaló Julius.

—Solo era una bahía —le aclaró Mia—. Y nuestras estrellas estaban allá. Las miraba y su luz me indicaba mi posición.

—Su luz es lo que me mantuvo con vida —dijo Julius—. De acuerdo, quizá también un poco el whisky y mi amigo Remmington.

—¿De verdad que no te quedaste en Epona Station? —insistió Mia.

Julius negó con la cabeza y le habló de Upper Hutt. Un tema inofensivo. Al final llegaron a Epona Station, donde salió a su encuentro un alterado Jock.

—Señor Jules, yo... yo no le he dado el caballo. No sabía que esa... esa mujer...

En ese momento descubrió a la luz crepuscular las siluetas de Frankie y Mia.

—Oh... esto... —Jock cerró la boca.

—Todo en orden —lo tranquilizó Julius, en lugar de reñirlo por su falta de cortesía, lo que molestó a Mia—. Mi esposa debería haberse presentado. Esta es Mia von Gerstorf, Jock, mi esposa y con ello, naturalmente, su jefa. En el futuro, le ensillará un caballo en cuanto ella se lo pida.

Jock murmuró algo incomprensible. Mia creyó escuchar las palabras «jefa» y «miss Will» cuando llevaba a Valerie y Frankie a la cuadra.

—No tenemos nada para comer —se disculpó Julius mientras conducía a Mia y la adormecida April a la casa—. He dado el día libre a la cocinera.

Mia rio.

—No sabes lo que estás diciendo —respondió, yendo directamente a la despensa y contemplando las abundantes existencias—. En estos últimos años no he visto tanta comida junta —afirmó—. Al menos no me era accesible. ¿Preparo algo o nos conformamos con unos bocadillos?

April miraba totalmente desconcertada las hileras de tarros de conservas y jamones y salchichas de la despensa.

—¿Es una tienda? —preguntó.

Mia negó con la cabeza.

—No, todo esto es nuestro. Puedes comer lo que quieras.

A Julius le sorprendió otra cosa.

—Tú... ¿cocinas? —preguntó incrédulo.

Mia hizo una mueca.

—Tengo una hija que de vez en cuando debe comer algo caliente. Y en los últimos años he tenido que salir adelante sin cocinera ni doncella. Ve ahora al salón, Julius, y abre una botella de vino. Prepararé unos bocadillos. Un tarro de manzana confitada... Toma, esto es para ti, April. Es la primera vez que la pruebas. ¡Está riquísima!

Mia tomó posesión de la cocina y se sintió rara. Antes solo había estado allí para hablar de los menús con la cocinera. Ahora cortaba el pan, el queso y el jamón, abría un tarro de pepinillos y preparaba unos bocadillos. April estaba sentada a la mesa de la cocina, maravillada, pescando con un tenedor los trozos de manzana. Ya se había comido el contenido del tarro antes de que Mia hubiese acabado de preparar la cena.

—Espero que ahora no te hayas quedado sin apetito —advirtió Mia, quien luego rebajó con agua el líquido del tarro para que April lo bebiera como zumo de manzana y lo llevó todo al salón.

Julius estaba sentado en un sillón con una botella de vino abierta delante de él y un vaso de whisky en la mano. Parecía algo desmejorado.

—Disculpa —dijo señalando el whisky—. Pero yo... ahora me doy cuenta de que yo... de que tú... Sigo sin creer que estés delante de mí.

Mia sonrió.

—Hoy yo también estoy muy superada por todo lo ocurrido. ¿Eres el padre del hijo de Willie? ¿Seguro?

—¿Qué significa ese «seguro»? —se sobresaltó Julius—. ¿Crees que se ha acostado con otros hombres?

Mia se encogió de hombros.

—¿Tan imposible sería? Pero está bien, supongamos que es tu hijo. ¿Lo has reconocido? ¿Qué va a pasar ahora?

Julius no contestó. Miró a April, que hincaba con ganas el diente en el bocadillo de jamón.

—¿Eres mi papá? —preguntó rompiendo el incómodo silencio.

Julius se rascó la frente.

Mia lo miró.

—En los documentos lo eres —dijo con la misma frialdad en la voz con que le había hablado por la tarde—. Estábamos casados cuando la traje al mundo. Así que es legítima. Tu hija. Si no quieres que sea así, tenemos que divorciarnos y encontrar otra solución.

—¡No!

Fue una negación alarmada y mortificada. Julius se incorporó.

—Mia, no sé qué va a pasar. Todavía estoy demasiado confuso. Pero sí que sé una cosa: te quiero a ti, Mia. Tú eres mi gran amor. Tú eres la mujer con quien quiero vivir. ¡Por favor, no me condenes por haber dado un paso en falso con Willie! A cambio yo tampoco... —Se interrumpió.

—¿Tú tampoco qué? —prosiguió Mia—. ¿Así me perdonarás mi paso en falso? Yo no di ningún paso, Julius. A mí me pisotearon. Mi hirieron, me humillaron. Lo único bueno que salió de ahí fue mi hija. Así que no te creas que me haces un favor reconociéndola. —Se volvió hacia April—. ¿Hija? Sí, este es tu papá. Se encuentra un poco sorprendido de que estés aquí, pero mañana seguro que se alegrará y te enseñará los caballos.

—Lo siento —dijo Julius en voz baja—. Pues claro... esto... me alegro, April. Y sí. Mañana iremos a ver los caballos. —Se volvió hacia Mia—. A lo mejor... me contarás toda la historia.

—Cuando April se haya acostado —contestó—. Con lo que llegamos al siguiente punto. ¿Dónde debo dormir?

Julius la miró sin comprender.

—En... en el dormitorio, está claro. ¿Dónde va a ser? Willie duerme en la habitación de invitados. Como siempre. La habitación de al lado es para Alex y la niñera.

—Así que el principito también tiene una niñera —observó Mia—. ¿Y cómo crees que vamos a dormir? ¿Vas a compartir cama conmigo? ¿Después de lo que he visto hoy? ¿Después de que me haya enterado de lo de Alex? Por cierto, un nombre espléndido para un príncipe. Alejandro Magno y Bucéfalo. Engendros de la megalomanía de Wilhelmina.

—Puedo dormir aquí —se ofreció Julius—. En el sofá. Hasta... hasta que todo se haya calmado un poco. Ya verás, Mia, yo... yo no he cambiado. Nada ha cambiado. Siempre te he querido solo a ti.

Entretanto, April había terminado su cena y estaba muerta de cansancio. Mia la llevó a su dormitorio, la metió en la cama e inspeccionó brevemente la habitación. Nada hacía suponer que Julius la compartiera con Willie. Quizá estaba diciendo la verdad.

—¿No le importa quedarse sola? —preguntó Julius cuando Mia volvió.

Esta negó con la cabeza.

—Es muy autónoma. He tenido que dejarla a menudo sola para salir un momento a comprar, por ejemplo. Y cada día iba a la guardería. April sabe que yo siempre vuelvo. Siempre. Que no la abandonaré jamás.

Cogió una copa de vino y un bocadillo.

—Deja que tome dos bocados —dijo—. Luego te hablaré de Somes Island.

Wilhelmina llegó ya entrada la noche. Habría podido pernoctar en Ellerslie, pero no le pareció aconsejable. No le extrañó demasiado encontrar a Julius en la sala de estar, en el sofá. Dormía o al menos fingía hacerlo.

Willie no se dejó engañar.

—¿Julius? —preguntó—. ¿Te ha echado?

Este se incorporó.

—No —contestó—. Claro que no. Lo hemos acordado. En realidad... en realidad todo está en orden. Ella solo necesita... necesita algo de tiempo.

—Entonces, a lo mejor tendríamos que prepararte una habitación de invitados —observó Willie con cierta ironía—. Pero es posible que quieras instalarte en la mía. ¿Qué va a pasar, Julius? ¿Mia va a venirse a vivir aquí y llevar la dirección de la yeguada contigo? ¿Y a mí me enviaréis de vuelta al ala de servicio?

Julius negó con la cabeza.

—No... no, eso... eso no lo haríamos nunca. No después de todo lo que has trabajado aquí. Mia y yo todavía no hemos hablado de ello. Creo que simplemente... seguiremos como hasta ahora. Dirigiendo juntos la yeguada...

—¿Y criando juntos a los niños? —preguntó Willie.

Julius asintió con la cabeza; por lo visto se tomaba en serio la sugerencia.

—¿Por qué no? —preguntó—. Nosotros... somos todos personas maduras. Y antes te llevabas bien con Mia.

Willie arqueó las cejas.

—Por mí que no quede —observó—. Sé compartir.

Mia no estaba tan satisfecha con la idea de que Willie siguiera participando en la dirección de la yeguada. Pero tampoco quería poner objeciones. Siempre que Willie no persiguiera a Julius, intentaría apañárselas con ella. Consideraba que estaban en deuda con la joven.

De hecho, Willie mantuvo las distancias con Julius en las siguientes semanas. No hacía ningún intento por quedarse sola con él y no le importunaba cuando Julius trataba de pasar tiempo con Mia y ganarse sus favores. Esta, a su vez, era amable y natural con él, reían juntos y se entendían bien.

Salvo por el recelo que Mia sentía hacia ella. Ya no era tan ingenua y confiada como antes. No creía que aquella noche de su deportación Julius y Willie se hubiesen acostado juntos «por azar». Seguro que Julius estaba borracho, pero Willie había actuado de forma premeditada. Naturalmente, no se trataba de un plan seguro al cien por cien. Quedarse embarazada en una única noche era cuestión de buena o mala suerte, según desde qué perspectiva se mirase. De todos modos, Willie quería obtener algún provecho de su aventura con Julius. Y sin duda se lo había estado trabajando en esos últimos meses. No ocultaba a Mia, sino que se lo hacía notar, que no se alegraba precisamente de su regreso.

No tardó en estallar un conflicto de competencias entre las dos mujeres. Mia se declaraba en contra de la venta de la última potranca de Valerie; quería conservar a la pequeña yegua recién destetada. Pero Willie ya se la había prometido a un interesado.

—Ahora queremos volver a criar hunters —advertía Mia—. Y Vicky sería una espléndida yegua de cría.

—Si por ti fuera, no venderíamos ningún caballo —le reprochaba Willie—. Esto es una yeguada, Mia, vivimos de eso. Vicky es un ejemplar ligero, más para amazonas que para ser caballo de caza. Nadie sabe si habrá mercado para ella en un breve periodo de tiempo, y sobre todo para sus potros, que tendrán un porcentaje todavía más elevado de purasangre, es decir, serán más ligeros y más temperamentales.

Aun así, Mia quería intentarlo. Estaba un poco enamorada de la pequeña yegua alazana con una marca en forma de corazón en la frente.

—Quizá sería una yegua apropiada para April —reflexionó—. Se llevarían bien.

—April tiene tres años y medio —dijo Willie burlona—. ¿Ya necesita un caballo?

—Al menos tendría algo que contraponer a Alex cada vez que le dice que Bucéfalo es suyo —replicó Mia.

Julius tuvo que acabar mediando y lo hizo a favor de Mia. También él quería guardar un potro de Valerie en la yeguada. Poco después de la discusión con Willie, se encontró con Mia en la cuadra, ambos con la intención de llevar a la pequeña yegua, que Willie había metido allí para que la recogiera su comprador, de vuelta con sus amigas en la dehesa.

Julius sonrió tímidamente a Mia.

—Dos almas y una mente —dijo—. Antes era así con frecuencia.

Mia asintió con la cabeza.

—¿La sacamos los dos? —preguntó.

En realidad, no habría necesitado ayuda para hacerlo, pero ahora avanzaban armoniosamente uno junto al otro entre los pastizales. Vicky, la potranca alazana, caminaba obediente tras ellos.

—Podría competir en pruebas de caza... —observó Julius por decir algo.

—O también servir de caballo para amazona. Seguro que volverán a utilizarse. Ahora que la guerra ha terminado todo se normalizará.

Mia abrió el portón de la dehesa y le sacó la cabezada

a Vicky. La potranca enseguida se puso al galope y saludó con un relincho a las otras jóvenes yeguas.

—¿Se normalizará? —preguntó Julius, mirando a Mia a los ojos.

Mia le devolvió la mirada.

—¿De verdad no hubo nada entre tú y Willie? —Ya le había planteado antes esta pregunta, pero ese día parecía dispuesta a aceptar la respuesta.

—Hubo una noche —repitió Julius—, de la que ni siquiera me acuerdo. Después dos besos. Nada más que eso y no creo que tampoco hubiera habido mucho más.

—¿Tiene Willie suficiente con ello? —preguntó Mia.

Julius se encogió de hombros.

—Willie siempre se ha comportado correctamente. No sé si deseaba o no más. A lo mejor ya lo tiene. A fin de cuentas... soy el padre de su hijo. ¿Acaso todas las mujeres no desean...?

—Yo no —objetó al instante Mia—. Pero, bien, no abusaste de Willie. Más bien sucedió al revés.

—¡Mia! —Julius hizo una mueca.

—Lo siento, no me creo que «simplemente ocurriese» lo que sucedió entre vosotros. Da igual. Es asunto suyo. Por lo que a mí respecta... sí, creo que todo va a volver a la normalidad.

Levantó el rostro hacia él y él se inclinó hacia delante para besarla.

Julius sintió que se había quitado un gran peso de encima cuando ella le devolvió el beso. Estar juntos era algo natural, parecía que nunca se hubiesen separado. Él se sumergió en su fragancia —Mia se había sentido feliz de volver a encontrar el frasco de su perfume intacto— y ella en la de Julius. Este palpó sus pechos bajo la blusa y ella se estrechó contra él como si quisiera fundirse en un solo cuerpo.

—¿Aquí mismo... o vamos a casa? —preguntó él jadeante cuando tuvo claro que un beso no era suficiente.

—¿Al aire libre? —preguntó Mia sonriendo—. ¿En el prado?

—Aquí no nos verá nadie —susurró Julius.

Casi en el mismo momento en que lo decía comprendió que esa era una de las causas de su propuesta. En casa podrían cruzarse con Willie. Ahí, en cambio... Si Mia pensaba lo mismo, no lo demostró. Dejó que él la cogiera en brazos y la depositara entre la alta hierba, rio cuando los caballos se acercaron para averiguar qué estaban tramando los humanos y los apartó cuando él la besó de nuevo.

—Todavía sois demasiado pequeñas para estas cosas —amonestó a las jóvenes yeguas—. ¡El año que viene como muy pronto, chicas!

Los caballos pronto perdieron el interés al ver que no había ninguna golosina para ellos, y también Mia y Julius se olvidaron de su público. Era un día de verano caluroso y se dieron tiempo para amarse. Hacía años que Mia no se sentía tan contenta. Por fin, por fin había vuelto a casa.

Julius lo expresó con palabras.

—Por fin estoy contigo de nuevo. Nunca me he sentido completo sin ti, Mia. Cuando creí que habías muerto... me sentí... como si me hubiesen amputado. Pensaba que nunca más volvería a ser feliz. Y ahora...

Volvió a estrecharla entre sus brazos y entonces ambos alzaron la vista. Por el camino a los pastizales se oían unos cascos, Julius enseguida cubrió el sexo de los dos con la falda de Mia, pero Willie ya los había visto.

—Por mí no os molestéis —dijo con frialdad, poniendo su caballo al galope.

Mia y Julius solo alcanzaron a distinguir la cola de Bucéfalo cuando la siguieron con la mirada.

—Ahora lo sabe —dijo Mia.

Julius se encogió de hombros.

—Estamos casados, tiene que aceptarlo. Y así lo hará. Es una persona sensata.

Mia arqueó las cejas.

—¿Lo es? —preguntó—. ¿Se puede ser sensato cuando se ama a otra persona?

3

Después de que Mia y Julius reemprendieran su vínculo matrimonial, la relación entre Willie y la pareja se endureció. Tras lo ocurrido con Vicky, Willie los acusó de ser demasiado emocionales para dirigir una empresa.

Sin embargo, en realidad no podía reprochar a Mia que careciese de habilidad para los negocios. Esta siempre se había manejado bien con los números y durante el tiempo transcurrido en Dunedin había aprendido a regatear y negociar. Mia se peleaba con los comerciantes de piensos para animales y no se avergonzaba de prescindir de relaciones comerciales de largos años si otros le ofrecían condiciones más favorables. La gente, por supuesto, se quejaba a Willie, al igual que lo hizo Jock cuando Mia le despidió sin vacilar cuando él volvió a desobedecerla.

—Ya antes tuve problemas con Mike y no quiero que eso vuelva a repetirse —le explicó a Julius—. Ese hombre no me respeta y me da absolutamente igual que lo haya recomendado o no lord Barrington. En una fábrica tampoco podría permitirse andar replicando de manera constante al encargado.

Por el contrario, se entendía a la perfección con Bill, el otro mozo de cuadra, y gracias a él enseguida encontró un sustituto para Jock. El joven se llamaba Freddy.

Otro punto de conflicto entre las dos mujeres eran los niños: ambos se hallaban ahora bajo los cuidados de Hannah. April no daba ningún problema. Después de sus experiencias en la guardería de Dunedin, consideraba un privilegio compartir a la niñera solo con un niño más. Era muy autónoma, lo que le quitaba trabajo a Hannah. Alex, por el contrario, estaba mimado y tenía celos de ella. Insultaba a April, se peleaba por sus juguetes y lloraba desconsoladamente cuando la niña protestaba. Esta había aprendido a defenderse. Willie se indignó cuando April pegó a Alex con una pala de juguete y le hizo una herida en la cabeza.

—En esa guardería la malcriaron del todo —refunfuñó—. No hace falta que me cuentes nada, Mia, ya sé cómo funciona todo en esos sitios. Allí reina la ley del más fuerte...

Mia le señaló fríamente que April era mucho más menuda que Alex y un par de meses menor.

—Ha sido un accidente... —dijo Julius, tras lo cual ambas mujeres le volvieron la espalda.

A él le resultaba complicado vivir con April bajo un mismo techo. Aunque también creía que era una niña encantadora, su condición de pelirroja le recordaba siempre de qué modo había sido engendrada. Tenía claro, por supuesto, que ella no tenía la culpa de nada y sabía que Mia amaba, a pesar de todo, a su hija. Sin embargo, por mucho que luchara en contra de sus sensaciones, experimentaba cierto resentimiento hacia la pequeña. Cuando miraba a April, pensaba en el hombre que había violado a Mia y en que él no había estado allí para protegerla.

Cuando empezó el periodo de cubrición volvieron a surgir diferencias con Willie. La gente de Onehunga y sus alrededores, hasta Ellerslie y Auckland, llevaban sus yeguas a Epona Station para que las cubrieran los sementales. Ese año, Willie ofreció por vez primera los servicios de Bucéfalo, algo que no gustó a Mia.

—Pensaba que antes tenía que ganar un par de competiciones —señaló—. De momento ha salido vencedor en dos ocasiones, pero si de ahora en adelante se dedica a montar las yeguas se quedará media temporada sin participar en las carreras. ¿De verdad piensas que le llegarán tantas hembras como para que eso valga la pena?

—Si no desaconsejaras a todos los interesados que preguntan por él, serían más —replicó Willie—. No lo niegues, te he escuchado. Vas contando que no tiene la carta y que su madre sufre problemas de dorso.

—Lo cual es verdad —dijo Mia con toda tranquilidad—. Es un semental precioso e increíblemente rápido, pero no es para nada seguro que sus descendientes sean igual de bonitos. Sus potros podrían tener el mismo cuello de ciervo que Gipsy. Y el mismo dorso de carpa. Por no hablar de su difícil temperamento. Magic Moon, por el contrario, es un semental que transmite sus genes, algo que se reconoce con facilidad precisamente en Bucéfalo. Todos sus potros son más o menos iguales y heredan sus buenas cualidades. Hace años que lo sabemos. Así que ¿por qué voy a aconsejar un experimento a gente que tal vez deja de comer para pagar la cubrición?

Julius se mantenía alejado de la discusión. Él solo señaló que Bucéfalo era sin lugar a dudas propiedad de Willie y que ella podía hacer con él lo que quisiera. Las peleas entre las dos mujeres lo sacaban de quicio y tenía mala conciencia porque casi siempre que le consultaban se decantaba por su esposa. Con ello no quería ofender de ninguna de las maneras a Willie, pero Mia era más competente en cuestiones de crianza. Willie era insuperable a la hora de ganar dinero rápido y Mia en optar por lo mejor para los caballos y su propietario. No quería que la yegua diera a un cochero o a un médico un potro que decepcionara a su criador y que acabara al poco tiempo en manos de un tratante de caballos. Eso significaría al final arrojarlo a un destino tan triste como el de Gipsy, y era bastante improbable que apareciese una Willie que, a pesar de todo, amase a un caballo así y lo salvase.

En el fondo, Julius lo veía igual que Mia, pero no le gustaba que su esposa metiese cizaña. La «Mia de preguerra» era una criatura dulce y conciliadora, que más bien se servía de pequeñas intrigas y trucos para imponer su voluntad antes que agredir abiertamente. A él le habían resultado encantadoras sus jugadas maestras, pero ahora su forma de proceder le parecía tosca y poco digna de una dama. Mia se rio cuando se lo echó en cara.

—En Dunedin no habría podido sobrevivir comportándome como una dama —respondió—. Y Willie tampoco lo es, solo finge serlo. Las dos somos mujeres, Julius, mujeres adultas que han aprendido a defenderse. ¡Ya puedes empezar a acostumbrarte!

Julius la miró con tristeza.

—Yo quería protegerte —dijo—. No debías luchar.

Mia hizo una mueca.

—Pues no funcionó —contestó, lacónica—. Así es la vida. Y ahora coge el caballo y ve a casa de los Rawlings. El señor Jim tiene que ayudarnos con el heno. Y no permitas que se aprovechen de ti. Si pide por su trabajo más de lo que cuesta el heno en la tienda, no habremos ganado nada.

Jim Rawlings le dio a Julius un buen precio por su ayuda en la última cosecha de heno. Le encantaba conducir el nuevo tractor de los Gerstorf, mientras que Julius se desenvolvía en él con cierta dificultad. Este se lo prestó para sus campos, lo que indignó a Willie. Prefería mantener bajo control su costoso tractor.

—Es posible que acepte otros trabajos y utilice para realizarlos nuestras máquinas —señaló, molesta—. Tampoco tiene tantos campos para estar cosechando heno durante tres días...

Julius se encogió de hombros. Le daba igual que Jim Rawlings se sacara algo más de dinero con lo pactado. Su familia había sufrido mucho durante la guerra. Se había dado por desaparecido a Edward Rawlings durante casi un año, hasta que lo encontraron en un hospital militar. Había perdido una pierna y sufrido otras heridas de gravedad. El último año de la guerra lo había pasado en un hospital de Alejandría. Como era natural, sus padres no habían podido ir a visitarlo y tampoco sabían exactamente cómo se encontraba. La pareja había sobrellevado con dificultad esa interminable incertidumbre.

Pero ese día, Jim tenía buenas noticias y Julius las comunicó enseguida a Mia y Willie. Los tres solían comer juntos después del trabajo, un ritual que Willie conservaba de manera inflexible y que a Mia le resultaba desagradable. Los niños estaban también presentes y Willie aprovechaba cualquier oportunidad para compararlos. En cuanto a los modales a la mesa, Alex ganaba a April incluso pasados meses. Él era selectivo y comía despacio, mientras que la pequeña tendía a engullir toda la comida lo más deprisa posible antes de que alguien pudiera arrebatársela.

—Imaginaos, regresa Edward Rawlings —informó Julius, contento de sacar un tema inofensivo—: Jim está contentísimo. Aunque primero tendrá que pasar un tiempo en un centro de convalecencia en Dunedin. Quieren adaptarle una pata de palo o como quiera que se llame ahora. Pero su vida ya no corre peligro y lo dejarán marchar en breve.

—¡Qué bien!

Mia se alegró, mientras que Willie tragó saliva. Esperaba que Edward no le causara problemas. Le había escrito un par de veces al principio de la guerra y luego había arrojado la toalla. Ella había estado la mar de contenta cuando dejó de recibir noticias suyas, aunque, claro, tenía mala conciencia porque estaba desaparecido. En cierto modo le había gustado. Era un tipo amable, aunque algo obstinado en su fascinación por la guerra. Seguro que ahora se le había pasado del todo.

—Hans tampoco tardará en volver —observó Mia—. Lo echo mucho de menos. ¿No enviarán pronto a esos alemanes de Samoa de vuelta a casa?

El campo de internamiento de Somes Island ya se había desmantelado.

—A saber si quieren hacerlo —opinó Julius—. Si no lo he entendido mal, los oficiales de Motuihe llevaban una vida de auténtico lujo mientras a Alemania le caía una buena encima. Se dice que allí sigue imperando el hambre y la escasez de viviendas.

Mia pensó en su padre. Tras todo el tiempo que había pasado ya debería haber recibido sus cartas, eso si su casa en Hannover todavía seguía en pie y si él continuaba con vida.

El conflicto entre Mia y Willie se agravó el día de las carreras. Al final casi no se habían encontrado yeguas para Bucéfalo, así que el semental continuaba compitiendo. Otros tres jóvenes caballos que Julius había adiestrado en invierno iban a participar también en su primera carrera. Mia estaba impaciente por ver cómo iba a desenvolverse Mermaid, la primogénita de Medea.

Se había marchado a Auckland antes del día de las carreras para comprarse ropa para la ocasión. Era maravilloso poder volver a elegir un vestido sin tener que preocuparse por cada penique que gastaba, y Mia se decidió por uno de color rosa mate con bordados y aplicaciones en verde. Era más corto que los vestidos de antes de la guerra y maravillosamente amplio y cómodo. El corsé por fin había pasado a la historia, lo que la hacía muy dichosa. Por supuesto, el modelo iba acompañado de un sombrero a juego, una especie de cinta para la frente sobre la que se abría un delicadísimo tocado. También April mereció un vestido nuevo de color azul claro con las cintas para el cabello del mismo tono. Estaba preciosa.

—Como una pequeña elfa —dijo Mia orgullosa.

April prometió no mancharse, ni siquiera si su madre le compraba otra vez fish and chips, algo que la había impresionado enormemente en su primera visita al hipódromo.

Willie puso mala cara.

—En el palco de propietarios sirven limonada y canapés, April. No tienes por qué hacer cola con gente extraña para ir a un puesto ambulante de comida.

Mia iba a replicarle, pero se contuvo. En realidad no buscaba pelea, pero a veces estallaba. Como ese día en las carreras, cuando se dio cuenta de cómo se comportaba Willie con los otros propietarios de caballos. Durante la guerra no se habían celebrado con frecuencia reuniones de criadores de purasangres, pero en las ocasiones en que sí tuvieron lugar, Willie había sido la representante de Epona Station. Era conocida y apreciada en el círculo y, por supuesto, todos se acordaban de Julius, quien había participado con éxito en las carreras durante su época inicial en Nueva Zelanda. Mia, por el contrario, casi no había llamado la atención, en parte porque en general no había seguido las competiciones desde el palco, sino desde el anillo perimetral, para poder besar a su marido tras la carrera y mimar con una manzana a los caballos.

Ese día, Mia y Julius esperaban a los jockeys y los caballos en el anillo perimetral y ella se despidió de Mermaid dándole un beso en su suaves ollares. Julius y Jimmy Masters, que era el jockey que Mia había elegido, rieron.

—Definitivamente, eso traerá suerte —dijo Julius, mientras Masters afirmaba que en realidad Mia también debería besar al jinete.

—¡Tras la victoria! —prometió Mia.

Sin embargo, no tuvo que cumplir su palabra porque Mermaid quedó segunda.

—La próxima vez —dijo Mia—. Así será una especie de estímulo.

Pero en el fondo estaba muy contenta con el logro de Mermaid en su primera carrera. Para Epona Station el éxito había sido doble en la competición de yeguas de tres años, pues la primogénita de Allerliebste había conseguido el tercer puesto.

—¿Nos quedamos aquí para ver a Buki, o vamos dentro y brindamos con champán? —preguntó Julius cuando llevaron los sementales al anillo—. Por cierto, ¿habías apostado por Mermaid?

Mia sonrió.

—Por las dos chicas —contestó—. Apuesta por clasificación. Así que he ganado dos veces: un montón de dinero.

—Entonces ¿podemos ir a comprar ahora fish and chips? —preguntó April, esperanzada.

Mia asintió con un gesto.

—Por la tarde, el carruaje está delante de la entrada —recordó a su hija—. Podemos pasar por ahí después, ¿verdad, Julius?

Los caballos de carreras y sus propietarios y transportistas entraban al área de las caballerizas del hipódromo por unas puertas diferentes a las de los espectadores.

—Pues claro —convino Julius—. De momento, en el palco nos darán enseguida algo de comer. Pero veamos primero la carrera de Buki. ¿A que llevas alguna manzana en el bolsillo, Mia? ¡Que te conozco!

Ella se echó a reír. Dirigía su resentimiento a Willie, pero no a sus caballos. Mimaba a Gipsy y sus hijos tanto como a todas las demás yeguas y potros.

Esta vez, Julius abrazó a Mia cuando el semental volvió a ganar por tres cuerpos. Entonces se acordó de la escena de la última carrera y la soltó compungido. A cambio, Mia cogió en brazos a April y la hizo girar en el aire.

—¡Ha ganado otra vez! —exclamó—. Pronto podremos comprar todo el puesto de comida ambulante.

Sin embargo, su alegría se desvaneció al instante cuando entraron en el palco de propietarios y Alex corrió hacia Julius.

—Papi, ¡Buki ha vuelto a ganar! —anunció emocionado.

Julius levantó al niño en brazos y lo llevó hasta Willie para felicitarla. Encontró a la joven rodeada de amigos y admiradores. Ella le sonrió.

—¡Julius! ¿Ya has visto al coronel Mason? Sus caballos también participan en la competición. Y creo que todavía no conoces a los Benneton. Tienen una fábrica textil en Auckland y crían purasangres desde hace dos años.

Julius saludó a Mason, al que no había visto desde el comienzo de la guerra, y tendió cortésmente la mano al señor y la señora Benneton. Al presentar a su esposa Mia, lo miraron asombrados.

La señora Benneton lanzó una significativa mirada a April y Alex.

—Nuestra hija —dijo Mia, algo disgustada después de que Julius se hubiese olvidado de presentar a la pequeña—: April.

En el rostro de la señora Benneton se podía leer lo que estaba pensando, aunque, de todos modos, a Mia no le había caído bien. Los Benneton criaban caballos de carreras, pero sus trabajadores vivían en la miseria. Ella ya sabía que el mundo era así, pero, a pesar de todo, esto la enfurecía. Muchas familias lo tendrían más fácil si los Benneton invirtieran su dinero en pagar sueldos más altos. En cualquier caso, no tenía especial interés por conversar con esa pareja y prefirió dirigirse al buffet con April para evitar que la pequeña se sirviese sin control. Ella misma optó por una copa de champán.

Willie charlaba con los Benneton, quienes, por lo visto, se sentían muy desorientados con sus dos primeros purasangres o tal vez no habían encontrado al entrenador adecuado para obtener un buen rendimiento de los animales. Willie les recomendó un caballo de Epona Station.

—Dos de nuestras yeguas han corrido muy bien antes —explicó.

Mia apretó los dientes. ¡Willie no sería capaz de ofrecer a esa gente a Mermaid o All My Love, la hija de Allerliebste!

—Julius, ¿tú qué piensas?, ¿podrá separarse Mia de una de nuestras yeguas de tres años? —preguntó Willie dirigiéndose a Julius. A este casi se le atragantó el champán—. La señora Von Gerstorf es muy emocional en lo que concierne a sus caballos. —Rio—. Todos sus hijos...

Mia cerró los puños y Julius sonrió conciliador.

—En Epona Station tenemos una relación especial con todos nuestros potros —explicó—. Eso los hace tan singulares y exitosos. Siempre nos resulta difícil decidirnos por una venta. Pero, por supuesto, nos separamos de vez en cuando de los caballos. Conversemos un día con más tranquilidad acerca de qué animal podría entrar en consideración.

—En cualquier caso tiene que ser un ejemplar bonito —señaló la señora Benneton—. Me gusta que sean un poco decorativos. ¿Uno blanco, quizá?

Mia puso los ojos en blanco.

Willie lo vio.

—La señora Von Gerstorf los ama a todos —dijo con un retintín despectivo—. Incluso a nuestro viejo sangre fría. En eso no es exigente.

Mia no sabía si habían sido imaginaciones suyas o si de verdad la mirada de Willie al pronunciar las palabras «ama» y «no es exigente» se había posado en April por una fracción de segundo.

El coronel Mason, un hombre afable y de edad avanzada que criaba desde hacía años y que, como Mia, encontraba enervantes a gente como los Benneton, se inclinó en ese momento hacia April.

—Eres un encanto —dijo con el tono propio de un abuelo—. ¿De dónde has salido? —Era evidente que no había prestado atención a Mia cuando esta presentaba a su hija—. ¿Cómo te llamas?

April levantó la vista del canapé que estaba comiendo y sonrió al viejo criador de caballos.

—April —respondió—. April Gutermann.

Alex se puso a su lado.

—Yo soy Alex von Gerstorf —dijo sin que nadie le preguntase.

Mia pensaba que iba a estallar y empujó a Julius.

—Creo que deberíamos ir a comprar fish and chips ahora mismo —le susurró en un tono decidido—. Y no me vengas con preguntas. ¡Quiero marcharme de aquí!

Julius se disculpó algo consternado con la gente con la que estaba conversando y la siguió. April saltaba dichosa junto a ellos.

—¿Ya deseas marcharte? —inquirió—. Pensaba que querías supervisar el transporte de los caballos.

Mia lo miró a la cara.

—Ya se encargará Bill de preparar los caballos —dijo, malhumorada—. Lo ha hecho antes. ¿O crees que Willie abandonará el ilustre círculo de sus amigos y admiradores para llevar su caballo a casa? También podemos atar a Mermaid y Love a nuestro carruaje y llevárnoslas, son obedientes. Lo que me interesa es marcharme de aquí. Y te advierto ahora mismo que esta es la última vez que me someto a esta tortura. No voy a volver a aparecer aquí como un apéndice de Wilhelmina von Stratton. ¡Quiero que Willie se marche!

4

—Así que crees que puedes despedirme como si nada —señaló Willie cuando Mia tocó el tema al día siguiente. Lo hizo por la mañana, cuando Willie apareció tarde y cogió con toda naturalidad un plato mientras el matrimonio estaba desayunando—. ¿Como a Jock?

Mia negó con la cabeza.

—No. Es solo que... Willie, tú misma lo estás viendo, aquí no hay sitio para las dos. Ni para ti ni para mí. Ni para April y Alex. Tenemos que encontrar una solución.

—¿Una solución que haga posible que mi hijo crezca conforme a su nivel social? —preguntó Willie—. Soy toda oídos.

—Willie, nadie va a arrebatarle nada a tu hijo —contestó Mia, aunque sin mucho entusiasmo.

Si había de ser sincera, Alex no le despertaba muchas simpatías. Y eso que había intentado que le gustase; tal vez lo habría conseguido si hubiese reconocido en él algo de Julius. Pero, en realidad, no distinguía ningún parecido entre ellos. Claro que los dos eran rubios y de ojos azules, pero Alex carecía de la sonrisa pícara de Julius, de su forma de fruncir el ceño cuando se concentraba y de la elasticidad natural de sus movimientos, que lo convertían en un jinete nato. Por supuesto, no podía heredarse todo.

Por suerte, tampoco April había heredado demasiado de su padre. Pero para Mia habría sido más fácil aceptar al chico si hubiese descubierto en él los atributos de Julius.

—¿No? —preguntó Willie, enfadada—. Solo la casa familiar y a su padre, si lo he entendido bien.

Mia miró a Julius buscando su apoyo.

—Willie, aquí nos estamos consumiendo —señaló Julius tratando de llevar la discusión a un tono más objetivo—. A ti tampoco puede gustarte estar en pie de guerra con Mia todo el rato.

Willie puso los ojos en blanco.

—No soy yo la que siempre empieza a meter cizaña. He dirigido la yeguada durante cuatro años y está a la vista que con éxito. Y ahora, de repente, hay que hacerlo todo de otra manera porque así le apetece a una niña mimada de buena familia. Esto es un negocio, Julius, y habíamos acordado dirigirlo juntos...

—Algo que por desgracia ha resultado ser imposible —interrumpió Mia.

No tenía ningunas ganas de volver a negociar sobre detalles. Willie tenía que marcharse, simplemente.

—De acuerdo —admitió Willie en contra de lo esperado—. Pues no puede ser así. Pero en ese caso deberíais pensar cómo vais a pagarme. He trabajado en un puesto directivo durante vuestra ausencia y esto no se soluciona con el sueldo de una moza de cuadra. En realidad, me corresponde un tercio del valor de Epona Station. Además de garantizarse el mantenimiento del nivel de vida de mi hijo... ¡y del tuyo, Julius! Eso significa que tenéis que ofrecerme una casa similar, tierras y personal doméstico. No voy a permitir que dejéis a Alex sin recursos.

—Pero no podemos permitírnoslo —protestó Julius—. Tú misma lo sabes. Todo nuestro capital está en nuestros caballos...

Willie dibujó una sonrisa sardónica.

—Entonces quizá tendréis que separaros de algunos de vuestros ejemplares —sugirió—. Si vendéis la progenie, dispondréis de suficiente liquidez. —Se volvió hacia Mia—. Me parece que es justo. Mi hijo es expulsado de su hogar y tú renuncias a un par de tus queridos caballos. ¡Tú decides, Mia! Ya me informaréis cuando lo tengáis claro. —Dicho esto, salió de la habitación.

Mia miró perpleja a Julius.

—No lo dirá en serio. ¿Una tercera parte de nuestra fortuna? No se saldrá con la suya. Ningún juez le concederá tanto dinero, y menos aún porque no hay ningún contrato sobre su participación.

Julius entrelazó las manos.

—¿De verdad quieres ir a juicio? ¿Exponer nuestros trapos sucios delante de todo el mundo? ¿Nuestro falso parentesco, mi paternidad?... Hasta ahora esto es, como mucho, la comidilla de la ciudad, pero si se llega a un proceso, ¡toda el mundo de los caballos de carreras de Nueva Zelanda se enterará!

—Y es posible que tome partido por Willie. —Mia suspiró—. En eso llevas razón, perderíamos todos nuestros contactos.

—Y a nuestro campeón actual —le recordó Julius—. Te pongas como te pongas, toda nuestra planificación se basa en la actualidad en que Bucéfalo gane sus carreras y que los premios en metálico pasen a la cuenta de Epona Station. Por supuesto, Mermaid y All My Love también lo están haciendo fabulosamente. Pero en las carreras mejor retribuidas participa Buki.

—Entonces ¿qué hacemos? —preguntó Mia.

Julius se encogió de hombros.

—¿No puedes simplemente adaptarte? —quiso saber—. ¿Ceder por una vez? ¿Dejar actuar a Willie? Es cierto que a lo largo de estos últimos años ha hecho prosperar la yeguada todo cuanto era posible durante un periodo de guerra. Ahora que el conflicto ha pasado, el posible éxito comercial ya no tiene barreras. A lo mejor necesitamos a Willie de verdad.

Mia se lo quedó mirando.

—¿Vas a darle todo lo que pide? ¿Quieres vender a Vicky?

—¡No se trata de Vicky! —exclamó Julius—. A ella la venderíamos como mucho por doscientas o trescientas libras. Pero si tenemos que desprendernos de caballos de carreras... caballos de carreras con sus primeros triunfos...

—¿Como Mermaid y All My Love? —insistió Mia con frialdad.

—No tiene por qué ser precisamente la primogénita de Medea —puntualizó Julius—. Solo un par de los sementales jóvenes. Este año los potros de dos años ya se pueden montar. Podrían empezar a participar en las carreras...

—No era esa nuestra intención... —protestó Mia.

—Pero es la tendencia. A los dos años van por primera vez a la pista y participan con tres en las carreras importantes. Con sus nuevos propietarios. ¡No te imaginas lo que pagaría una pareja como los Benneton por un campeón en potencia de la Auckland Cup!

Julius cada vez alzaba más la voz, mientras Mia parecía ir menguando de tamaño.

—Entonces ¿queremos concentrar la atención en este punto? —preguntó en voz baja—. ¿Queremos enriquecernos poniéndonos al servicio de la vanidad de gente como los Benneton? Pensaba que ahora criábamos de nuevo caballos de monta. Caballos para personas que los quieren y que los tratan con cariño, para quienes son algo más que una inversión. Los caballos de carreras estaban pensados como un segundo recurso, para que corrieran durante un tiempo en la pista y luego como caballos de cría, con nosotros o en otra yeguada como la de lord Barrington. Yo no tengo nada en contra de vender caballos. Pero quiero dejarlos en buenas manos...

—Willie tiene razón, eres un poco demasiado sentimental —contestó Julius dibujando una sonrisa conciliadora—. Y te quiero por eso. A pesar de todo, a veces debemos hacer concesiones si queremos abrirnos camino. Los Benneton no tratan mal a los caballos.

—Tampoco nos moríamos de hambre antes de la guerra —replicó Mia—. ¿Qué hay en contra de que vuelvas a dar alguna clase? ¿De que formemos caballos manejables que hagan felices a sus jinetes? ¿De que no los vendamos a cualquiera, sino que pongamos cuidado en que jinete y caballo encajen? Tu unidad de caballería de Onehunga se divertía montando. Podrías seguir entrenando a esa gente. Podrían crear un club ecuestre o un club de caza...

—¡Por Dios, Mia, esa historia solo nos causó problemas! —Julius negó con la cabeza.

—Entonces ¿quieres llegar a un acuerdo con Willie? ¿Seguir dirigiendo la yeguada a su manera?

Las preguntas de Mia suplicaban que él contestara con una negación.

—Quiero llegar a pactos —contestó Julius—. Por todos los cielos, ¿tan difícil es de entender? Además, no tenemos otro remedio. No podemos pagar a Willie. Y sobre todo quiero que cese esta pugna continua. Estas peleas incesantes, el descontento, la atmósfera viciada. Quiero trabajar con tranquilidad, Mia, ¿lo entiendes?

—Como hacías antes de que yo llegase —apuntó herida Mia.

—Entonces al menos vivía con Willie en paz —dijo Julius—. Intenta conseguirlo tú también. ¡Cielos, erais amigas!

Mia calló. Pero lo miró como si la hubiese abofeteado.

Ese día no trabajó con los caballos, sino que dejó que Willie enseñara los sementales a dos visitas que querían cubrir sus yeguas. Jugó con April y se sintió muy sola.

5

Por la noche, Julius comunicó a Willie que habían acordado que siguieran dirigiendo la yeguada juntos. Mia evitó la conversación. Se quedó en su cuarto mientras Julius cenaba y hablaba con Willie.

—Tienes que facilitar el trato con Mia —pidió a la joven, después de que la cena se hubiese desarrollado con auténtica armonía—. No piensa como una mujer de negocios. Nunca ha padecido hambre...

Mia le hubiese contradicho y la misma Willie conocía lo suficientemente bien lo que había sido su vida en Dunedin para saber que Mia había experimentado a fondo una vida dura. Lo único que no había perdido eran sus sueños, al igual que la misma Willie. Pero ambas mujeres no podían conciliar la consecución de sus respectivos sueños, y Willie estaba decidida a luchar por los suyos.

—Tenéis mucho en común —argumentaba Julius—. Antes de la guerra... escuchabais juntas música, cosíais, os peinabais mutuamente...

—Ahora tengo a Hannah para eso —observó Willie.

Este era también otro punto conflictivo entre las mujeres. Willie no solo consideraba a Hannah como una niñera, sino también como una doncella. En los eventos especiales, Hannah la ayudaba a vestirse y peinarse. La muchacha le había ofrecido también estos servicios a Mia, pero esta hacía años que se ocupaba ella misma de tales tareas y había rechazado con una sonrisa la oferta. Con los vestidos que ahora estaban de moda no precisaba ayuda para ponérselos. Mia encontraba que Willie exageraba y describía con toda claridad su actitud.

—La vanidad del advenedizo —dijo enfadada cuando encontró a los niños sin nadie que los vigilara mientras Hannah peinaba a Willie.

Alex y April volvían a pelearse y estaban a punto de tirarse los juguetes a la cabeza una vez más.

—En cualquier caso, podríais comportaros como personas civilizadas —dijo Julius, a lo que Willie respondió con una sonrisa sardónica.

Al día siguiente, después de la cena, Willie no se retiró a sus aposentos, sino que se sentó ostentosamente con un libro en el salón, donde Mia justo estaba poniendo uno de sus discos. Estaba deseando pasar una tranquila velada con Julius, dispuesta tal vez a entablar otra conversación esclarecedora con una copa de vino que transcurriera de forma más sosegada que el día anterior. La presencia de Willie desbarató sus planes.

—¿Qué haces aquí? —la increpó Mia.

Willie sonrió.

—Julius opina que debemos esforzarnos para convivir de manera pacífica. Hacer algo, a lo mejor, que no tenga que ver con los caballos. Escuchar música puede ser un buen comienzo, ¿no crees? Y la semana que viene podríamos acudir juntas a la fiesta de la ciudad. Con los niños...

Mia apretó los dientes. No iba a visitar junto con Willie, April y Alex el bazar de la iglesia de ninguna de las maneras.

—¿Te acuerdas de lo contento que se puso Alex cuando fuimos a la fiesta del final de la guerra? —preguntó Willie volviéndose a Julius—. A lo mejor vuelve a haber un tiovivo.

Julius no se pronunció al respecto. Pensó con desagrado en aquella noche, en la que se había sentido tan próximo a Willie. Aunque ahora también había momentos en que se sentía cabeza de familia. Por ejemplo, cuando Willie sentaba a Alex sobre Duchess, tal como hacía de vez en cuando. La yegua era más vieja y más baja que otros caballos, y habría sido mejor un poni, pero hasta el momento no habían encontrado ninguno adecuado para los niños. Julius llevaba el caballo y le daba indicaciones al pequeño. Le divertía enseñar a montar a su propio hijo. Experimentaba la sensación de ver crecer a una nueva generación.

Mia también subía a April a lomos del caballo, pero prefería sentarla delante de ella y salir las dos de paseo con Medea. A Julius eso le parecía un poco disparatado. Si la niña hubiese sido hija suya, habría puesto objeciones, pero no se involucraba en la educación de April. Esperaba que Mia no se diera cuenta de ello o que al menos no se enfadara. Él estaba abierto a comportarse igual con ambos niños. Por alguna razón siempre les llevaba regalos del mismo valor cuando tenía que ir a Auckland y se esforzaba por saludarlos con el mismo afecto. Pese a ello, sentía una punzada cada vez que Mia, tras el escándalo en el hipódromo, hacía practicar a su hija una nueva forma de presentarse como April Rebekka von Gerstorf. ¿Debía dar por sentado que la niña llevara su apellido solo porque había nacido dentro del matrimonio?

En cambio, April encontraba fantástico su nuevo nombre y lo repetía dondequiera que fuese posible.

—¿Te apetece una copa de vino, Mia? —ofreció amablemente Willie—. Un mes antes de que regresaras encargué una caja de burdeos. ¿Abrimos una botella?

Mia bebió a regañadientes una copa de vino con Julius y Willie al tiempo que escuchaba su forzado parloteo. Luego se retiró en silencio y lloró sobre la almohada. No se había imaginado que la vida sería así en Epona Station. Empezaba a preguntarse si valía la pena hacer ese esfuerzo por los caballos. ¿No sería mejor vender un par de ejemplares y empezar de nuevo en lugar de permitir a Willie que sembrara entre ellos la discordia y fuera destrozando poco a poco su matrimonio?

En los meses que siguieron, Mia se esforzó por evitar las discusiones y tampoco se peleaba con Julius cuando aceptaba una propuesta de Willie. No obstante, le volvió la espalda cuando All My Love se trasladó al establo de los Benneton y empezó a competir contra Mermaid. En general, encontraba cada vez con mayor frecuencia excusas para retirarse y le decía a Julius que tenía dolor de cabeza cuando este quería intimar con ella en la cama. Estaba profundamente herida y fue concentrando su actividad más en la casa y en los niños en lugar de dedicarse, como antes, sobre todo a los caballos. De este modo, April recibía al menos la atención de su madre, ya que Julius no podía verla sin dejar de pensar en su origen.

Nueve meses después de su regreso a Epona Station, un día que cabalgó hasta la ciudad en compañía de April para recoger el correo de la yeguada, se encontró con una sorpresa. ¡A sus manos llegó un sobre precioso de grueso papel de tina con su nombre escrito en una caligrafía que conocía muy bien! Con el corazón palpitante dio la vuelta al sobre y sus esperanzas se vieron confirmadas.

El remitente era Jakob Gutermann, de Hannover.

Mia refrenó el impulso de abrir el sobre. El encargado de correos la observaba con curiosidad.

—¿Qué es? —preguntó April agitada, mientras pasaba los dedos por el papel—. Mamá, ¿me lo darás cuando hayas leído la carta?

Mia le sonrió.

—Enseguida leeremos la carta juntas —anunció—. ¿Sabes qué? Es de tu abuelo de Alemania.

—Pero los alemanes son los malos —objetó April.

Mia se preguntó dónde habría aprendido esto, pero de momento se guardó la carta y salió de la oficina de correos.

—Los alemanes no siempre son los malos —explicó—. Tu padre y yo lo somos y antes de la guerra teníamos muchos amigos también alemanes. En todos los países hay gente buena y gente mala. No se puede generalizar. Ahora nos iremos a un café y abriremos la carta, ¿vale? Y pediremos unas pastas para ti.

April se puso contenta. Le encantaban los dulces del panadero, cuya tienda estaba junto a un salón de té. De hecho, confeccionaba los pasteles mejor incluso que el señor McBride de Dunedin.

La panadería no estaba muy lejos y Mia dominó su impaciencia hasta que colocaron una taza de café delante de ella y una de chocolate ante April, además de un plato de pastas de té. Durante los próximos minutos, su hija estaría ocupada. Seguía comiendo con fruición y solo el mero hecho de pensar qué pasta de té iba a llevarse a la boca requería de toda su atención mientras su madre leía.

Mia estuvo a punto de echarse a llorar al ver esos familiares trazos de escritura.

Queridísima Mia, querido Julius. No puedo describir la gran alegría que he sentido al recibir las cartas de Mia y al saber a través a ellas que tú, mi querida hija, has sobrevivido sana y salva a esta horrible guerra. He leído todas tus cartas de Dunedin lleno de emoción y dolor. Siento una pena horrible por que hayas tenido que pasar por todo eso, pero también me llena de orgullo que hayas demostrado ser tan fuerte y enérgica. Siempre he sabido que mi hija es especial y estoy impaciente por conocer a mi nieta. Me alegra mucho que le hayas puesto el nombre de tu madre, Mia, y de que la quieras tanto pese a las circunstancias en las que fue engendrada. Ya sabes que la condición de judío se transmite por la madre, así que, sea quien sea el padre biológico de April, ella es de los nuestros.

Entretanto ya debéis de haber llegado las dos a Epona Station, donde espero que hayáis encontrado a Julius en buen estado de salud y que haya dado la bienvenida a April como su hija. Me sentí muy inquieto al saber lo que le había ocurrido, pero no puedo imaginar que no haya sido capaz de desmentir las acusaciones contra su persona. Lo que me confunde y sorprende es que no te haya buscado, Mia. Espero poder recibir pronto respuesta a estas preguntas que quedaron abiertas cuando enviaste tus cartas desde Dunedin.

No tenéis que responder a esta carta, pues antes de que me haya llegado vuestra respuesta ya habré zarpado. He reservado mi viaje a Londres y de allí a Nueva Zelanda. Ya tenía firmemente planeado emprender la marcha, pero el repentino estallido de la guerra y el cierre inmediato de los puertos desbarataron mis planes. Mi precioso proyecto de estar en ultramar cuando la situación se recrudeciera aquí se vino abajo y como consecuencia tuve que intentar mantener el timón de nuestro banco a través del crudo temporal de estos difíciles tiempos.

Considerando las circunstancias, lo he logrado francamente bien y además he tenido suerte. Los bombardeos no destruyeron nuestra casa, que tampoco fue requisada. La he vendido y espero a que zarpe mi barco en casa de unos amigos. También he reducido a un mínimo mi participación en el banco y he transferido el dinero, justo después del final de la guerra, al banco de Abe Goodman en Nueva Zelanda. Para nosotros los judíos, ha llegado el momento de abandonar Alemania. Durante la guerra no hemos cosechado muchas simpatías; el hecho de que muchos de nosotros hayamos ganado el dinero suficiente para poder vivir durante un periodo pésimo ha puesto a la población aún más en contra de nosotros. No me gusta vivir junto al odio con el que a menudo me tropiezo aquí.

Pero no voy a vivir a vuestra costa, querido Julius. Como ya he dicho, mi fortuna ya está en Nueva Zelanda y no voy a jubilarme enseguida. Después de la guerra me puse en contacto con mi primo Abe y conocí su retiro en Australia. Allí sus dos hijas están felizmente casadas, ya es abuelo y se siente bien en Sídney. Así que me ofreció que ocupara su puesto en la dirección del banco de Nueva Zelanda. Tengo, pues, trabajo suficiente.

Si todo va bien, mi barco llegará a puerto en Auckland el 15 de septiembre. Tengo muchísimas ganas de volver a veros y de abrazar a mi sin duda hermosísima nieta.

Con todo el amor os saluda

Tu padre, Mia, y tu suegro, Julius

Mia se echó ahora a llorar de alegría y de alivio.
April la miró sin entender.
—¿Le ha pasado algo al abuelo? —preguntó—. ¿Se ha muerto?

Mia rio.

—No, al contrario. Está vivito y coleando, y de camino aquí. No tardarás en conocerlo, April.

—¿Me traerá algo? —planteó la niña.

Mia asintió con un gesto.

—Seguro. A mí siempre me traía cosas maravillosas de sus viajes.

—¿Y también le traerá algo a Alex? —inquirió la niña.

Mia negó con un gesto.

—No. No sabe nada de Alex. ¡Solo se alegra de conocerte a ti!

Los Von Gerstorf viajaron en dos carruajes al puerto de Auckland para recoger a Jakob Gutermann. Julius supuso que, al dejar definitivamente Alemania, el anciano se llevaría media casa, así que enganchó a Frankie al carro de carga. Mia y April iban en la pequeña *chaise* tirada por Duchess.

—Voy con papá —anunció Alex y reaccionó con un berrinche cuando su padre le dijo que no podía ser.

Esta era una experiencia insólita para el niño, pues hacía lo que se le antojaba con sus padres. Pero Julius no quería presentar su hijo a su suegro de inmediato. Incluso Willie pareció comprenderlo y, como compensación, prometió a Alex una excursión a Onehunga y un plato lleno de pasteles en el café de la ciudad. De ahí que Willie se disgustara cuando Mia insistió en llevarse la *chaise*; había supuesto que toda la familia viajaría en el carro de carga y que la *chaise* quedaría libre para ella y su hijo. Pero también en eso coincidieron Mia y Julius.

—No podemos ir a recoger a Jakob Gutermann en un carro de carga —explicó Julius—. Se lo tomaría, con todo el derecho del mundo, como una afrenta, sin contar con el hecho de que el carro apenas tiene suspensión. No es lo más adecuado para una persona mayor. Ve mañana a la ciudad con Alex, Willie.

El niño volvió a protestar y Mia presionó a Julius para que se marcharan.

En Auckland todo fue sobre ruedas. El barco ya había entrado a puerto y solo hubo que esperar una hora a que estuviese amarrado y los pasajeros pudiesen bajar. La rampa descendió antes que nada, por supuesto, para los de primera clase. Jakob Gutermann apareció al cabo de pocos minutos y Mia confirmó satisfecha que en los últimos siete años no había envejecido tanto. Su rostro tenía más arrugas, pero eso podía deberse también a la pérdida de peso. Gutermann estaba más delgado que antes de la guerra. Los años de hambruna también habían afectado a los alemanes acomodados. Tenía el cabello algo más gris, pero todavía abundante y fuerte, y todo su rostro resplandeció al ver a su hija.

—¡Mia, mi pequeña!

La joven corrió hacia él y se echó a sus brazos llorando de alegría. Feliz, apoyó la cabeza en el hombro de su padre, inspiró el familiar olor a loción de afeitar inglesa y tabaco de calidad y se vio transportada a su infancia. Mia siempre se había sentido segura con su padre. No había nada que Jakob Gutermann no pudiera conseguir.

—No has cambiado nada —dijo secándose un par de lágrimas cuando se separó de él—. Tienes buen aspecto.

Jakob Gutermann contempló también a su hija.

—Tú también —observó—. Me da la impresión de que has madurado. Te queda bien, pero creo que tendré que acostumbrarme.

Mia rio.

—Pero, papá, ya era mayor cuando nos fuimos. No puedo haber crecido más.

Gutermann negó con la cabeza.

—No me refiero a que hayas crecido, sino a que has madurado. Es algo distinto. ¿Y dónde está mi nieta? —Miró inquisitivo alrededor—. La has traído, ¿no?

—¡Claro! —exclamó Mia, ofendida—. ¡Ahí está!

Confirmó satisfecha que Julius había cogido en brazos a la pequeña para que pudiera ver el muelle por encima de la muchedumbre. April agitó la mano emocionada en dirección a su madre y su abuelo.

Llevaba su bonito vestido azul y el cabello recogido con la cinta del mismo color.

—Y ahí tenemos también a Julius —señaló satisfecho Jakob Gutermann—. Le queda bien ser papá. Vamos hacia allá a saludarlos.

Mia asintió con un gesto y miró a su alrededor.

—¿Te llevo algo? —preguntó.

Gutermann negó con la cabeza.

—La bolsa de mano la puedo cargar yo mismo. Y el otro equipaje... Espero que hayáis traído un carro grande. De lo contrario tendremos que pedir que nos envíen las maletas.

Mia rio.

—Hemos traído un carro enorme —explicó—. Julius ya se lo imaginaba después de todas las cajas que nos enviaste antes de la guerra. Pediremos que nos carguen enseguida tus cosas.

Mientras hablaba, se abrió camino entre el gentío del muelle hasta llegar ante Julius y April. Este iba a tenderle la mano a su suegro, pero el abuelo solo tenía ojos para la pequeña.

—¡Por todos los cielos, es increíble, Mia! ¡Cuánto os parecéis! La niña es como una copia de su madre. Es como si hubiese retrocedido en el tiempo y viera a mi Mia de tres años.

—Yo ya tengo cuatro —intervino April.

—Qué bien hablas el alemán —la elogió Jakob—. ¿Practicas con mamá y papá?

—Con mami —respondió April—. El alemán es la lengua de mi mami.

Jakob rio.

—Tu lengua materna —la enmendó.

April frunció el ceño.

—¡Y la lengua de mi abuelo! —añadió para pasar después al tema de su interés—: ¿Me has traído algo?

—¡April! —la riñó Mia—. Eso no se pregunta, es de mala educación. Nos alegramos de que haya venido el abuelo, no de los regalos que a lo mejor trae.

Jakob volvió a reír.

—Es lo que digo yo, tu mami ha madurado. Antes no encontraba el momento de que le dieran sus regalos. Pero debes tener un poco de paciencia, hadita. Tu regalo era demasiado grande para mi pequeña maleta. Es una de las cajas que descargarán después.

April no sabía si debía sentirse decepcionada por tener que esperar o contenta de que el obsequio que le traían fuera tan grande. Así que cambió de tema.

—¿Por qué me llamas «hadita»? —preguntó

—Porque cree que te pareces a una. —Mia sonrió—. A mí también me llamaba antes así. O «duendecillo». Pero eso cuando no era demasiado obediente.

Jakob Gutermann por fin saludó a Julius, que había dejado a April en el suelo. Los dos hombres se abrazaron con torpeza antes de estrecharse la mano.

—Me alegro de que hayas sobrevivido ileso —dijo Jakob a su yerno—. Mia no estaba segura de ello cuando me escribió desde Dunedin. ¿Te internaron?

—Al final estuve formando caballos y jinetes —explicó Julius—. Y... ¿cómo fue en Hannover?

Jakob se encogió de hombros.

—Primero, gran euforia, toda la ciudad quería alistarse voluntaria. Floreció la economía, ya sabes, la empresa Hanomag producía armamento. El banco ganó también mucho dinero, aunque no me gustaba enriquecerme con la contienda. A continuación surgieron problemas de abastecimiento, o mejor dicho, de hambruna. Y si quieres saber algo de tus viejos amigos, ahora están diseminados por todo el mundo.

Julius asintió con la cabeza. Le habían llegado noticias al respecto.

—Ocupémonos ahora de tu equipaje —dijo Julius—. Seguro que esa bolsita de mano no es lo único que te has traído...

—¡Y de mi regalo! —recordó April.

—No seas tan impaciente —la reprendió Mia.

Jakob Gutermann se percató de que solo Mia corregía a la pequeña. Julius no decía nada pese a que se habría necesitado de la autoridad paterna para advertir a la niña que se sosegase. Por otra parte, él tampoco era ningún experto en cuestiones de severidad, y April era demasiado encantadora para enfadarse con ella. Tal vez Julius fuera un padre tan poco rígido como lo había sido él mismo con Mia.

Entretanto, unos estibadores comenzaron a descargar el equipaje de los pasajeros. El montón de cajas con el nombre de GUTERMANN no dejaba de crecer.

—Creo que voy a buscar el carro —dijo Julius mirándolo—. ¿Qué has traído? ¿Toda la casa?

—Solo un par de muebles —admitió Gutermann—. Mi butaca... la cama... un par de cuadros... no podía separarme de ellos. Pero no tenéis que meterlo en vuestra casa. Podéis dejarlo en un pajar hasta que me mude a Auckland. Abe también se llevará un par de cosas a Australia. Así podré completar el mobiliario de su casa.

Los primos se habían puesto de acuerdo en que Jakob no solo asumiría la dirección del banco, sino que también se instalaría en la residencia de los Goodman.

—Tenemos sitio suficiente —le confirmó Mia, mientras Julius iba al pub frente al cual estaba atada Frankie.

—¿Dónde está mi regalo? —preguntó April cuando los tres se acercaron a las cajas y baúles.

Jakob señaló una caja de cartón con la indicación de FRÁGIL. Pidió a un estibador que la apartara del montón y la colocara en el suelo, justo delante de April.

—Ábrela. Vamos a ver si no le ha ocurrido nada durante el viaje —animó bondadoso a la pequeña.

Mia frunció el ceño.

—¿Aquí, papá? ¿En el muelle? April, creo que será mejor que esperes a que lleguemos en casa.

Pero su hija ya había empezado a arrancar el cartón. No lo conseguía del todo, así que uno de los trabajadores la ayudó con un cuchillo.

Dentro de la sólida caja había un enorme cartón que podía abrirse con facilidad. April alzó la tapa y se quedó sin habla al encontrarse con una muñeca casi tan grande como ella. Descansaba en una cama de seda clara, llevaba un vestidito azul y era pelirroja. Cuando la niña la levantó, abrió los ojos adormecidos.

April parecía no ser capaz de entender lo que estaba contemplando. Nunca había visto una muñeca tan grande y bonita. En la pequeña Onehunga no se encontraban juguetes tan especiales como este y en Dunedin Mia nunca la había llevado a los barrios ricos de la ciudad.

—Se parece a mí —dijo asombrada la niña.

Jakob Gutermann rio.

—En Londres me sonrió para atraer mi atención. Quería conocer a su hermana gemela.

April no cabía en sí de gozo. Pocos días antes había conocido a unos hermanos gemelos.

—Tengo una hermana gemela —anunció fascinada a su madre—. Ahora siempre podrá ayudarme cuando Alex sea malo conmigo...

Jakob Gutermann lanzó una mirada inquisitiva a su hija, pero Mia negó con la cabeza.

—La muñeca no le hará nada a Alex —advirtió con severidad a su hija—. Al contrario, parece ser muy buena y paciente, y capaz de compartir con su hermano.

April frunció el ceño, como si no se creyera las palabras de su madre.

—La llamaré Rebekka —anunció—. Yo soy April y ella, Rebekka.

Mia, que vio que el rostro de su padre se contraía herido —seguro que no quería que una muñeca de porcelana se llamara como su querida esposa—, reflexionó unos instantes.

—Es un nombre muy largo —opinó—. ¿Por qué no simplemente Becky? Así la podrás llamar con mucha más facilidad.

Su padre asintió con un gesto de alivio cuando April admitió que Becky era un nombre precioso para una muñeca.

—Aunque me temo que Becky tendrá que viajar con papá a Epona Station —añadió Mia cuando Julius dirigió el carro hacia el montón de maletas y empezó a cargarlo con la ayuda de un estibador—. Yo te llevaré en una *chaise*, papá, el carro solo tiene el pescante y ningún asiento como es debido, y es incómodo y lento. La *chaise* es pequeña y April puede sentarse entre nosotros, pero Becky no.

La niña hizo una mueca de disgusto.

—No sé si quiere ir con papá —señaló—. No vaya a ser que se la dé a Alex...

Mia puso los ojos en blanco.

—Primero, a Alex no le interesan las muñecas y, segundo, nosotros llegaremos mucho antes a casa que papá con Frankie. Así, podremos recibirla en cuanto aparezca. Alex no se acercará a ella.

—¿Quién es Alex? —preguntó Jakob.

—El hijo de Willie —respondió vagamente Mia—. Así que ¿qué dices, April? ¿Ponemos a dormir a Becky en la caja y la despertamos cuando hayamos llegado a Epona Station?

Al final, April cedió. Seguía siendo obediente, pero, aun así, supervisó con atención el cargamento.

Jakob Gutermann observó su comportamiento con un ligero asombro. No fue hasta que Mia y Julius se despidieron —bastante fríamente, por lo que él vio, sin besarse y sin que Julius incluyera a April en el saludo—, y que la *chaise* salió de Auckland tirada por la briosa Duchess camino de Onehunga, que se atrevió a preguntar a su hija.

—¿Todo va bien entre tú y Julius?

—Sí —contestó mecánicamente Mia, corrigiéndose acto seguido—. No —admitió—. Pero... lo hablaremos en otro momento. No delante de April. Ya comprende muchas cosas.

—Lo comprendo todo —se jactó April.

—Pero no tienes por qué saberlo todo —replicó Mia—. Tú mismo podrás ver lo que pasa —le dijo luego a su padre—. Es... complicado...

Su padre le hizo el favor de cambiar de tema inmediatamente. Le habló de sus conocidos judíos en Hannover y preguntó por los caballos, tema sobre el que Mia respondió gustosa.

—Julius ya ha vendido algunas de las crías —observó sin poder esconder cierta amargura en el tono de su voz—.

También yeguas, aunque cumplían bien su función... Pero, por supuesto, seguimos conservando a Medea. Y a Allerliebste. Y a Valerie...

Jakob Gutermann tenía la sensación de que habían quedado muchos temas en el tintero, pese a que Mia no paró de hablar durante todo el viaje, de manera que decidió intentar conversar a solas con ella más tarde. Ya se sentía impaciente por saber qué era lo que le esperaba al llegar a Epona Station.

Primero no encontró nada extraño. Expresó su satisfacción por el estado en que se hallaban los cercados y los caballos en los pastizales, admiró el inusual estilo arquitectónico del palacete cuando este apareció ante sus ojos y siguió a Mia por el vestíbulo de entrada y el acogedor salón.

—Qué bonito es esto —elogió—. Más pequeño que nuestra casa, pero, a cambio, tienes menos personal. ¿Cuántas sirvientas trabajan aquí? ¿Esa Willie... y una cocinera?

Mia negó con la cabeza.

—Tenemos a Hannah, la que te ha recogido el abrigo. Es sobre todo la niñera, pero también ayuda a Mary, la cocinera, en las tareas domésticas. Willie es... no trabaja realmente para nosotros... sino más bien con nosotros... Nos salvó, ¿entiendes? Cuando iban a confiscarnos la casa y a deportarnos.

Jakob frunció el ceño.

—No, no lo entiendo. Pero ya me lo contarás más tarde. ¿Tienes algo de café...?

Oyeron pasos en la escalera y justo después Willie entró con su hijo en el salón. Iba vestida con elegancia para salir y se movía con desenvoltura. Saludó educadamente al recién llegado antes de dirigirse a Mia:

—Wilhelmina von Stratton —se presentó—. Mia, como la *chaise* ya está aquí, la cogeré para irme con Alex a Ellerslie. Comeremos allí y así estaréis más cómodos...

Mia asintió con la cabeza.

—Pero no corras —le advirtió—. Duchess debe de estar cansada, ten en cuenta que ha hecho el camino de ida y vuelta a Auckland.

—Solo son un par de kilómetros —dijo despreocupada Willie—. Ya veremos, quizá nos encontremos con alguien del club.

Jakob aprovechó la breve conversación entre ambas mujeres para observar más de cerca al pequeño que estaba junto a Willie. April se había quedado fuera para esperar la llegada de su muñeca, así que podía dedicarse por entero al niño.

—¿Eres Alex? —preguntó con amabilidad.

El chico rubio de ojos azules asintió con la cabeza dándose aires.

—Me llamo Alexander von Gerstorf —respondió.

Willie y Mia miraron a Jakob. La segunda con expresión de fastidio y la primera con orgullo. Luego cogió a Alex de la mano, se despidió y abandonó el salón con la cabeza bien alta.

—Vais a tener que explicarme un par de cosas —anunció Jakob—, tú y tu marido.

6

Hannah sirvió una cena digna de la celebración que Mary había preparado. Constaba de cordero de Nueva Zelanda y ensalada de boniatos, todos alimentos frescos.

Mia señaló que una parte de los ingredientes procedían de su propia huerta, y su padre le confirmó que todo estaba riquísimo. Sin embargo, Mia comió poco y Julius permaneció tenso durante toda la cena. No hacía más que llenar inquieto las copas de vino. La que más hablaba era April, que tenía permiso para comer con los adultos y había insistido en poner una silla y cubiertos en la mesa para Becky. Mary y Hannah accedieron a ello y preguntaban amablemente a la muñeca si le gustaba todo o si quería una ración más. April lo encontraba muy gracioso y se reía cuando respondía por su muñeca.

—Becky solo me habla a mí —afirmaba—. Porque es mi hermana gemela.

Jakob abandonó su propósito de mantener una conversación normal con Mia y Julius y prefirió bromear con su nieta. Mia lanzaba de vez en cuando alguna observación y Julius se mantenía distante. A esas alturas, el anciano ya no podía atribuirlo al azar: Julius ignoraba a su hija. No era que le volviese la espalda de manera intencionada, pero parecía no tener nada que decirle a la criatura.

Al final, Julius se excusó con el pretexto de que tenía que descargar el carro porque parecía que iba llover y, naturalmente, no quería que se mojaran los muebles de su suegro.

—Yo bajaré a echar un vistazo por la cuadra —contestó Mia—. En realidad, Bill aún debería estar allí. ¿Le digo que te ayude?

Julius asintió con un gesto.

—Sería muy amable por tu parte. —Se lo veía contenido y rígido.

—¿Me llevas contigo? —preguntó Jakob a su hija—. Así puedes enseñarme los caballos.

Mia suspiró y de repente se mostró fatigada.

—Si no estás demasiado cansado...

Se notaba que habría preferido postergar la conversación, pero Jakob no se dejó confundir.

—Estoy muy despierto —respondió—. Pero creo que a nuestra hadita se le cierran los ojos. ¿La llevas a la cama, Mia?

Acarició los bucles rojos de April. La pequeña se había adormilado en la silla.

—Ya se encarga Hannah de eso. —Mia llamó a la niñera—. ¿Podrías acostar a April (y a Becky), por favor? Quédate con ella hasta que yo vuelva, después puedes marcharte. Seguro que Willie acuesta ella misma a Alex.

Hannah sacudió con suavidad a April para que se despertara y la siguiera al piso superior. La niña no se olvidó de la muñeca: la tenía bien agarrada.

—Ha sido un regalo maravilloso —dijo Mia a su padre cuando la pequeña hubo desaparecido con la niñera—. Nunca había tenido una muñeca tan bonita. En Dunedin no nos podíamos permitir un juguete así, allí solo tenía las sencillas muñecas de trapo que yo misma le cosía. Y aquí... En fin, la mayoría de los juguetes que se encuentran son más para chicos.

—Para el niño de la casa —señaló Jakob—. Y ahora, cuéntame, Mia: ¿quién es esa Willie y cómo es que Julius ha reconocido como propio a su hijo?

Mia esperó a que hubiesen salido de la casa antes de responderle:

—Pues porque él lo engendró —dijo ella, imparcial—. Ebrio. La noche después de que me deportaran a Somes Island. Julius se emborrachó con coñac y Willie aprovechó el momento. Al menos es lo que yo supongo. Julius se culpabiliza y afirma que no se acuerda de nada. Me inclino por darle crédito. Ella es una mujer astuta; se coló aquí y esperó su oportunidad. Y yo fui una ingenua. No sabía que su objetivo era Julius.

—¿Y en qué medida os salvó? —preguntó Jakob, siguiendo a su hija hacia las cuadras—. ¿Y cómo es que se hace llamar Von Stratton? Antes de la guerra te referías a ella en tus cartas como «nuestra moza de cuadra Willie».

Mia entró en la cuadra y dijo al mozo, que todavía estaba trabajando, que fuera al pajar con Julius y que después de descargar el carro ya podía dar por terminada su jornada.

—Yo pasaré la escoba por aquí y cerraré —explicó—. Usted ya ha acabado, ¿no?

El hombre asintió con un gesto y salió. Mia cogió la escoba y empezó a barrer el pasillo de la cuadra para no tener que mirar a su padre mientras hablaba de Willie y Julius. Tras acabar, ambos se sentaron sobre una bala de heno y ella le abrió su corazón.

—Lo amo y volvemos a estar juntos desde que he regresado. Pero ahora... Julius le deja vía libre para no tener problemas con ella. Willie lo hace bien, pero de otro modo. Todos nuestros planes se han desmoronado. Vende caballos, papá... y Julius toma partido por ella.

—Bueno, la venta de caballos es lo que da sentido a una yeguada —señaló Jakob.

—Pero antes queríamos crear una línea materna. Ya que tenemos dos sementales podemos seguir ampliando nuestra yeguada con la primera generación de nuestras yeguas originales. Queríamos criar caballos de monta, no caballos de carreras en primera línea. Willie... ha destrozado mi sueño. Y mi matrimonio. Todavía quiere a Julius y utiliza a Alex para presionarlo...

Mia lloró amargamente cuando le contó el ultimátum de Willie.

Jakob la rodeó con el brazo y la estrechó contra sí como si fuera una niña pequeña.

—Así que él quiere al niño —señaló—. Mientras que... se ocupa poco de April.

Mia sollozó.

—Eso también. Es como si no pudiese mirarla. Es como... como una mancha... y Willie lo sabe. Ella lo refuerza y me ridiculiza delante de la gente del club ecuestre... es como si April fuera la bastarda. Y, sin embargo, es Alex el que nació fuera del matrimonio.

Jakob asintió con la cabeza.

—Si me permites sintetizar lo dicho: esa joven ha conseguido capciosamente la dirección de la yeguada empleando un nombre falso y una mentira respecto a su origen...

—Eso significó nuestra salvación, papá —protestó Mia.

—Pero era mentira —respondió Jakob—. Y eso tampoco lo enmienda la exitosa administración de la granja durante los años de guerra. De eso no puede obtener ningún derecho legal ni tampoco pedir una retribución. Sedujo a tu marido y ha continuado rondándole mientras se te daba por muerta. Y ahora se ve amenazada por ti y tu hija y ha pasado al ataque. ¡Esto no puede seguir así, Mia! Esta situación es insoportable.

—No podemos pagarle, papá —explicó Mia—. Y además tiene razón. Julius es el padre de Alex. Tiene que asumir sus responsabilidades con él...

Mia buscó un pañuelo. Jakob le tendió el suyo.

—No tiene que eludir sus responsabilidades —dijo—. Sin embargo, eso no significa que el chico tenga que vivir como un príncipe. Fue un error darle su nombre, pero eso no lo convierte en absoluto en su legítimo heredero. Si esto se presentara ante los tribunales...

—Estaríamos comprometidos hasta el final de nuestros días —concluyó Mia, abrumada—. Ya ahora la gente habla. Y Willie tiene de su parte a todo el círculo del hipódromo. Tiene...

Jakob negó con la cabeza.

—Mia, ¿qué te importa a ti la gente? —preguntó—. Si te he entendido bien, quieres criar y vender caballos de monta, no de carreras. Así que da igual si esa gente va a formar parte de vuestra clientela o no. Sin contar con que su único interés radica, de todos modos, en lo rápido que corran vuestros caballos. Los más veloces son los que ganan las carreras, no los propietarios con la mejor reputación.

—Willie también tiene al caballo más rápido —susurró Mia—. Lo tiene todo...

Jakob la sacudió con suavidad.

—¡Eh, Mia! ¿Dónde está mi orgullosa y lista hija? ¿Vas a dejar que una pequeña impostora te intimide? Y Julius... a él tendré que decirle un par de cosas. Tiene que acabar con este asunto. No puedes cargarlo a tus espaldas. Ha de decirle a las claras a esa mujer que debe marcharse. Ya encontraremos una casita con una cuadra. También puede instalar sus caballos en el hipódromo o en las cuadras de alguno de sus conocidos. Por lo que cuentas, no le faltan. Seguro que se encuentra una vivienda para ella y su hijo, tal vez en Ellerslie o en Auckland. En caso de necesidad, estaría dispuesto a adelantarle algo de dinero a Julius para que pueda indemnizar a esa mujer. En la medida adecuada, se entiende, pero no como si ella fuera la reina de Inglaterra. Julius debe tomar distancias de ella y su hijo. Tiene que criarlo ella sola.

—Eso sería terrible —susurró Mia—. Alex... Julius es su padre...

—En mi opinión, tiene que visitar ocasionalmente al niño —transigió Jakob—. Aunque yo en tu lugar no lo permitiría, pues implicará volver una y otra vez a la tentación. Pero si a ti te parece bien y crees que vuestro amor se fortalece con ello, puede reunirse con el niño de vez en cuando. Pero no tenéis que mantenerlo aquí en esta casa. Es pedirle demasiado a April. Y la situación empeorará aún más si tienes otros hijos con Julius. Alex todavía es pequeño. Pero ¿qué pasará cuando tenga ocho o diez años y deba comprobar que el auténtico príncipe heredero es su hermano pequeño?

Mia se mordió el labio. Todavía no había pensado en tener más niños y, tal como iban ahora las cosas con Julius, no iban a engendrar ninguno. Pero, a pesar de todo, su padre tenía razón. Julius debía poner punto final al asunto de Willie. Había sido bonito y bueno que reconociera a Alex mientras a ella la habían dado por muerta. Pero ahora tenían que considerar la posibilidad de que naciera un hijo del matrimonio. A Alex no le haría ningún bien que lo educaran como heredero de Epona Station.

Mia se sonó con un pañuelo.

—¿Hablarás tú con Julius? —preguntó—. ¿Y también con Willie?

Jakob negó con la cabeza.

—Con Willie, no —contestó—. Ha de ser Julius quien resuelva el problema. Creo que tanto tú como yo ya hemos tendido demasiadas veces la mano a tu marido. Siempre que se encontraba en un callejón sin salida, nosotros estábamos allí. Y cuando de repente ha aparecido Willie, él la ha seguido sin pensar. Ahora tiene que decidirse, Mia. Entre tú o ella.

7

A la mañana siguiente, Jakob fue testigo de un desayuno muy desagradable en el cual estaban presentes el matrimonio y su «socia». Mia mordisqueaba sin ganas su tostada con miel, mientras Willie anunciaba el orden del día y se ponía de acuerdo con Julius. Este intentó un par de veces involucrar a su esposa en la conversación, pero Willie lo impedía con astucia o intentaba asignar a Mia tareas de poca importancia o que la rebajaban.

—Quizá podrías ir hoy también a la ciudad —apuntó al final—. Alguien debería pasar a buscar el correo. A tu padre seguro que le gustará acompañarte. Enséñale los lugares bonitos de Onehunga.

Mia se mordió el labio. Hacía poco que había empezado la doma de Mermaid y ya llevaba el traje de montar puesto para ir a buscar a la yegua. Willie se había declarado varias veces en contra. Según ella, era un caballo de carreras y el trabajo de Mia solo lo confundiría.

Aunque Julius estaba del lado de Mia, toleraba las pullas de Willie con la esperanza aún de que las mujeres se tranquilizarían si él ignoraba sus diferencias de opinión.

Jakob llamó formalmente a su yerno para conversar con él. Propuso al joven que le enseñara los libros de contabilidad de la yeguada y le mostrara los balances.

—Hasta ahora siempre se ha invertido al instante el dinero que se ha ganado —explicó Julius—. Pero vamos a empezar próximamente a pagarte nuestras deudas. Todo marcha muy bien. A la larga, Epona Station acabará siendo una empresa rentable.

Jakob hizo un gesto de rechazo.

—Mia me ha contado que quieres hacerte rico —comentó—. Pero ella no ve de forma tan positiva la evolución de la empresa. Y yo tampoco quería hablar sobre el balance de tus negocios, sino más bien del ámbito privado. ¿Cómo es que alojas aquí a una mujer y a su hijo, que además lleva tu apellido?

Julius agachó la cabeza.

—No me enorgullezco de eso —dijo en voz baja y confesó haber pasado una noche con Willie, tras lo cual insistió en lo agradecidos que debían estarle por haber evitado en el último momento que les requisaran la yeguada. Al final habló de sus sentimientos de culpabilidad—. Todavía no me hago a la idea de qué me ocurrió —musitó—. Hacía apenas un par de horas que Mia se había ido. Y yo... yo no quería engañarla. La amo, la amo con todo mi corazón. Cuando creí que había muerto... quería morirme.

—Deja que lo adivine: la bondadosa Wilhelmina te levantó el ánimo —apuntó sarcástico Jakob.

—Fue muy comprensiva. Y ella... ella había sido amiga de Mia. Pensé que estaba tan triste como yo... Entre ella y yo no ha ocurrido realmente nada. Bueno, la besé dos veces. Pero, salvo por ello, solo hubo esa noche al principio de la guerra. —Julius se rascó la frente.

—Si he entendido bien a Mia, Wilhelmina no se alegró demasiado de la repentina aparición de tu esposa —señaló Jakob, inmisericorde.

Julius se encogió de hombros.

—No... no sé —reconoció en un murmullo—. También... también es Mia la que busca pelea. Ha cambiado. La amo igual, pero se ha vuelto mucho más dura, no hace concesiones... A veces no la reconozco... y la niña...

—La niña es tu hija —sostuvo Jakob—. Tu hija legítima, contrariamente al hijo de esa Wilhelmina. Estaría bien que la mirases de vez en cuando...

—¡Cuando la miro, veo al otro hombre! —exclamó Julius—. No quiero, pero...

—Cuando la miro, yo veo a Mia —lo interrumpió Jakob—. Y tú también lo harías si no fueses tan terco. Mi hija y ella se parecen como dos gotas de agua. En lo que respecta a Mia, sobrevivió completamente sola en Dunedin con la pequeña. Trabajó en una fábrica, tuvo que ir de un sitio a otro, pelearse con patronos y jefes. Ha sobrevivido a la guerra, Julius. Mientras que tú hacías lo que has hecho siempre desde que eras un niño: montar a caballo. Está bien, Julius, y es lo que mejor sabes hacer. Pero no has madurado con ello. No has evolucionado. Mia está muy por delante de ti. A diferencia de Willie, que todavía finge en lugar de enfrentarse al hecho de que no pertenece a la nobleza ni tampoco es la madre del heredero de los Von Gerstorf. ¡Deja de comportarte como un crío y conviértete de una vez en un hombre!

Julius se desmoronó. Prometió hablar con Willie, pero en los días que siguieron iba postergando la conversación. Simplemente no lo lograba. Willie no daba problemas, trabajaba tan armoniosa con él como antes del regreso de Mia. Esta disfrutaba por el momento de la presencia de su padre. Le enseñaba la granja y los caballos, la pequeña ciudad de Onehunga y las maravillas de la cordillera Waitakere. April estaba todo el tiempo con ellos y Jakob Gutermann rejuvenecía al cuidar de su nieta. Jugaba con ella y la escuchaba muy serio cuando la niña le contaba algo.

Alex no estaba celoso y parecía satisfecho de tener a Hannah más tiempo para él solo. No buscaba la cercanía con Jakob Gutermann, más bien al contrario, se diría que lo evitaba. Mia se sorprendió de este hecho, pero lo achacó a que el niño sentía entre su padre y el visitante una tensión que crecía con cada día que pasaba. Jakob esperaba que Julius actuara y este empezaba a eludir a su suegro.

La única que se mantenía por completo inmutable era Willie. Trataba a Jakob Gutermann con amabilidad e imparcialidad, se esforzaba por mantener conversaciones agradables durante las comidas que compartían y por lo demás se quedaba al margen. Mia encontraba estupendo que desde que su padre estaba con ellos no ocupara las estancias comunes, aunque Julius cada vez se ausentaba más. Se disculpaba aludiendo a reuniones en la dirección de Ellerslie o a algún encuentro de veteranos al que, desde hacía poco, solía invitarlo la caballería de voluntarios de Onehunga.

Jakob recelaba que estaba con Willie, pero no podía comprobarlo. Fuera del horario de trabajo, Julius también rehuía el contacto con Willie.

Al cabo de tres semanas, Jakob comunicó a su hija durante el desayuno su voluntad de mudarse por fin a Auckland y asumir la dirección del banco. Lamentaba tener que separarse de Mia y April, pero podían ir a visitarlo de vez en cuando.

—Hoy mismo me pondré en camino —anunció.

—No puedes marcharte todavía —objetó Mia cuando su padre le informó de sus planes—. Es que... Willie...

Jakob Gutermann levantó las manos.

—Hija mía, ya te lo expliqué una vez. No puedo solucionar vuestras desavenencias. Debe hacerlo Julius. Prometió hablar con ella y no da señales de cumplir su palabra. Yo tengo las manos atadas. Depende de él y de ti.

—¿Qué debo hacer? —preguntó Mia—. Tú... tú no sabes cómo es... bueno, cómo puede ser. Si te vas ahora, volverá a inmiscuirse en nuestra vida familiar. De nuevo intentará distanciar a Julius de mí...

—¿Y estas últimas tres semanas te han acercado más a él? —preguntó Gutermann—. Yo diría que al contrario. Ahora te evita por temor a mí. No quiere tomar decisiones, Mia. Espera a que otro lo haga por él. U otra. Y por el momento es sin duda Willie quien se encarga de ello.

Mia reflexionó. La solución no parecía gustarle, así que bajó la vista e hizo una mueca.

—Pero no esperaré mucho tiempo —dijo al final—. Si él no toma ninguna decisión, lo haré yo.

Mia encontró a Julius al borde de la pista. Estaba esperando con el cronómetro a Willie, que entrenaba a un joven caballo de carreras.

—¿Es la yegua de dos años de Allerliebste? —preguntó Mia—. ¿Ya la habéis ensillado?

Julius asintió con la cabeza y miró complacido a Mia. Se había puesto guapa, llevaba el cabello recogido en lo alto y un vestido de paseo. Se cubría con un abrigo de cachemira de color crema que su padre le había comprado en Auckland e iba con un sombrero a juego. Era primavera en Nueva Zelanda y a la fuerza una estación lluviosa. Julius se protegía con un abrigo encerado.

—Sí, Willie ya la está montando un poco. Solo aquí en la pista. Y además ella no pesa nada...

—¿Así que nada de formación previa? —preguntó Mia. Julius la miró, atormentado.

—Ya hemos hablado de eso, Mia. Varias veces. El caballo es demasiado joven para formarlo en la doma, sería demasiado difícil. Y los giros cerrados serían contraproducentes para sus huesos. En la pista, por el contrario, solo corre en línea recta. Con un jinete sumamente ligero. Participará en un par de competiciones y entonces decidiremos si lo vendemos o lo conservamos para las grandes carreras del año que viene. Si tiene éxito, hasta puede que lo conservemos como yegua de cría.

—¿Lo? —insistió Mia—. ¿Es que la yegua no tiene nombre?

—All My Dreams —respondió Julius—. Igual que All My Love. Willie les puso estos nombres a todos los hijos de Allerliebste. Una especie de seña de identidad. Son buenos nombres para caballos de carreras.

—Pero no resultan adecuados cuando se les quiere llamar —indicó Mia—. ¿He de gritar por el prado «All My Dreams» si quiero que el caballo venga conmigo?

—Mia, ¿otra vez vuelves a la carga? Pensaba... últimamente estaba todo tan tranquilo. Y ahora que tu padre va a marcharse volveremos a tener más tiempo para nosotros... para nosotros dos. Sin peleas. —Julius se pasó la mano por la frente.

—¿Porque yo seguiría sin inmiscuirme en los asuntos de la yeguada? También es mía, Julius. Tengo derecho a involucrarme. Mientras que Willie no tiene ningún derecho a burlarse de mí y a excluirme. Le dijiste a mi padre que querías vivir conmigo y no con Willie. Has insistido varias veces en que me amas y que quieres estar junto a mí. Y él ha intentado explicarte lo que hace meses te dejé claro: aquí no hay sitio para Willie y para mí. Prometiste que hablarías con ella y encontrarías una solución.

Fuera de Epona Station. Pero hasta ahora no has hecho nada. De ello deduzco que has cambiado de parecer a favor de Willie. Esto me duele enormemente, pero no puedo hacer nada para evitarlo. Y tampoco voy a quedarme mirando. Así que voy a empaquetar mis cosas y las de April, nos marchamos hoy con mi padre a Auckland. Su casa es grande y hay sitio para todos. Me llevaré a Medea además de a Duchess, necesitamos un caballo para el carruaje. Los hijos de Medea se quedan aquí, pero ni te atrevas a venderlos. Si los hijos de Gipsy son de Willie, las hijas de Medea son mías. En lo que respecta a los otros caballos y la yeguada, ya reflexionaremos todos acerca de lo que se debe hacer. En caso de que lleguemos a divorciarnos, encontraremos una solución...

Julius se la quedó mirando enmudecido.

—¿Qué pasa, Julius? ¿No has cronometrado el tiempo?

Willie había pasado dos veces al galope junto a ellos. En ese momento detuvo al caballo delante de Julius y Mia.

Mia le lanzó una mirada gélida.

—No lo ha cronometrado, yo lo he distraído —dijo serena—. No volverá a ocurrir. Te deseo suerte, Julius. Y también a ti, Willie, ya que has conseguido tu objetivo. Continuad con lo estabais haciendo. Cuando hayáis acabado, yo ya me habré ido.

Se volvió y se dirigió a la casa. Julius dio un paso para seguirla.

—Mia...

—No vayas ahora detrás de ella —siseó Willie—. Está montando un teatro, pero en un par de días habrá vuelto. No aguantará sin sus caballos...

Julius quería decir algo, pronunciar alguno de los jirones de ideas que pululaban por su cabeza. ¿Mia no aguantaría sin sus caballos? Pero ¿sí sin él? ¿Ya no lo amaba? ¿Cómo iba él a seguir adelante sin Mia?

—Cronometra ahora el tiempo —le pidió Willie—. O aún mejor: coge otro caballo y compitamos juntos. Apuesto a que Quintus gana a All My Dreams...

Quintus era el segundo hijo de Gipsy, un semental fuerte y de casi tres años.

Julius miró el cronómetro como si nunca lo hubiera visto antes.

—¡Julius! ¡Ve a buscar el caballo!

Para alivio de Willie, Bill llevó en ese momento el semental ensillado a la pista. Ella quería entrenarlo después de la yegua.

Como en estado de trance, Julius lo cogió de manos del mozo de cuadra y le dio las gracias. Luego ajustó los estribos, llevó al caballo junto a un apoyo y se subió en él.

—Tengo que calentarlo primero —dijo con voz ahogada y dirigió el semental a la pista al paso.

Willie suspiró tranquilizada. Julius tendría que concentrarse ahora en el animal, Quintus no era fácil. Así se olvidaría de Mia y, cuando regresaran a casa, esta ya estaría lejos.

8

A Mia le corrían las lágrimas por las mejillas mientras hacía el equipaje. No era muy voluminoso, solo había comprado unos pocos vestidos desde que había vuelto a Epona Station, y de sus antiguas prendas solo podía ponerse los trajes de montar. Todo lo demás había pasado definitivamente de moda. April había insistido en hacer ella misma sus maletas. Para ella era una aventura maravillosa acompañar a su abuelo a Auckland.

—Primero nos ha visitado él y ahora lo hacemos nosotras —dijo complacida.

Mia no lograba decirle que tal vez aquella iba a ser una despedida sin regreso.

Al final cargaron las pequeñas maletas y el equipaje de mano de Jakob en la *chaise* y Mia pidió al segundo mozo de cuadra que al día siguiente llevara a la casa de la ciudad el resto de las pertenencias de su padre junto con la yegua Medea y sus arreos. Luego, Duchess se puso al trote rumbo a Auckland. Mia intentó no volver a llorar.

—Haces lo correcto —fue lo único que dijo Jakob.

Mia no le había contado su conversación con Julius, pero su padre dedujo por su conducta y sus lágrimas que le había presentado un ultimátum y que había perdido la batalla. ¿O acaso este era el ultimátum? ¿Y Julius seguía sin tomar una decisión? Jakob no quería entrometerse más. Mia era una adulta y Julius debería madurar o fracasar.

La casa en la ciudad era bonita, pero se la notaba fría y poco acogedora, aunque Mia y Jakob ya habían supervisado si todo estaba en orden en una visita previa y habían dado de alta el teléfono.

—Deberíamos haber contratado también personal de servicio...

Mia suspiró al ver la chimenea vacía y la cocina desierta, pero Jakob enseguida encontró remedio. Una conversación telefónica con el director suplente del banco bastó para que el joven pusiera a su disposición temporalmente a dos de sus criados. Le hacía la pelota y a Mia le causó cierta satisfacción que se tratara de John Crewe, el mismo hombre que le había negado la ayuda que con tanta urgencia necesitaba cuando llegó de Somes Island.

En cualquier caso, rápidamente aparecieron un eficiente criado que encendió la chimenea y una joven. Esta se presentó como la hija de la cocinera de la casa del banquero y señaló que no le disgustaría una nueva oferta de empleo.

—Me ha formado mi madre y soy una buena cocinera. Pero en la casa del señor Crewe somos demasiados. Él no necesita dos cocineras.

Mia prometió evaluar favorablemente sus habilidades y llamó por su parte a una agencia de empleos con objeto de pedir más personal para su padre. Al día siguiente, la gente que se presentó le sirvió para distraerse. Había mucho por hacer y Mia se convenció de que no iba a echar de menos ni a Julius ni Epona Station.

Julius estaba a punto de sufrir un colapso cuando al volver a su casa comprobó que Mia se había marchado de verdad y se atrincheró en el dormitorio de la pareja.

Willie se sentó con una copa de vino en el salón sin apartar la vista de la escalera. Si a Julius se le ocurría salir en busca de Mia, ella lo detendría. Inmersa en sus pensamientos, iba bebiendo a sorbos un costoso burdeos.

«Ya que has conseguido tu objetivo...». Las palabras de Mia no se le iban de la cabeza, y se preguntaba por qué no disfrutaba de un sentimiento de triunfo. En realidad tenía razón. Lo había conseguido. Mia se había marchado y Willie disponía ahora de vía libre para llegar a su príncipe. Tan solo debía ser paciente y comprensiva durante dos meses más y contenerse a toda costa. Al igual que cuando Julius creyó que Mia había muerto, no debía sentirse presionado por ella. Él necesitaba tiempo para volver a verla como mujer y como posible compañera. Debía acompañarlo a través del divorcio, comprensiva y discreta; posiblemente tendría que declarar a su favor. Podía afirmar bajo juramento que, a excepción de aquella noche, nunca había habido una relación entre ella y Julius. La única causa de la disolución del matrimonio habían sido los celos de Mia. Eso ayudaría a Julius. Sería mejor que Mia fuese la culpable de la separación.

A continuación, Willie tenía que intentar salvar la yeguada. Ella y Julius podrían pagar a Mia, aunque solo si encontraban un banco que les hiciera un préstamo. No sería fácil, seguro que Abe Goodman y ahora Jakob Gutermann ejercerían su influencia sobre las entidades de Auckland. Por otra parte, seguro que había bancos que eran su competencia, incluso enconados rivales que querían gastarles una mala pasada. Willie tenía que encontrarlos y negociar con ellos, pero antes debía entrenar a los caballos y, naturalmente, ocuparse de sus contactos en los hipódromos... Además de asistir los días de las carreras... Sus caballos tenían que ganar antes que nada.

De repente, Willie experimentó la sensación de hallarse frente a una montaña de deberes y obligaciones. Y ya se encontraba cansada. Hacía cinco años que se había enamorado de Julius y que había decidido ganarse al príncipe. Pero entonces se había imaginado que él saltaría con su corcel blanco sobre un seto de espinos y vencería a los dragones que vigilaban a la princesa, la despertaría con un beso y la llevaría a su palacio. No había contado con tener que talar primero el seto, conseguir con la fusta que el corcel blanco lo superara y tener que dormir a los dragones para que al final se metiera en su cama. Y que además este no hiciera el menor gesto de ir a besarla.

Willie tuvo que admitir que para Julius ella siempre sería la segunda opción, incluso si conseguía alejarlo de Mia. Suspiró y apuró la copa de vino. De repente lo encontró amargo.

Julius iba a partir hacia Auckland el día siguiente para llevar a su suegro el resto del equipaje y Medea a Mia. Pero Willie le quitó esa idea de la cabeza.

—Mia solo está jugando contigo —dijo—. Seguro que cuando llegues dirá que no está en casa y entonces habrás perdido todo el día para nada. Dale un poco más de tiempo. Deja que ella regrese por su propio pie. Es mejor que vayamos a Onehunga y veamos si alguien nos puede vender un caballo de tiro. Además de un carruaje ligero. ¿O es que de ahora en adelante voy a tener que ir a la ciudad para hacer las compras con Frankie y el carro de carga?

En realidad, ella solía ir a caballo, pero había que darle algo que hacer a Julius. Insistió en llevarse a Alex con ellos a Onehunga y Julius colocó de mala gana al niño delante de él a lomos de Valerie. Esto resultó ser una jugada inteligente: Alex aprovechó la oportunidad para contarle a su padre lo que había hecho por la mañana. Estuvo parloteando sobre Bucéfalo y su propósito de montarlo en breve, y se encargó de que no surgiera ningún silencio incómodo.

El chismoso encargado de correos conocía dos caballos que estaban a la venta, y Julius y Willie examinaron una yegua castaña muy grande y un castrado pequeño y cariñoso.

Julius era partidario de comprar la yegua, tipo hunter y apropiada por ello para la cría, que pertenecía a un exmiembro de la caballería de voluntarios. El hombre había dejado de montar y quería comprarse un coche en lugar de un carruaje. Tenía intención de dejar la yegua en buenas manos y le habría pedido a Julius un precio justo. Sin embargo, Willie se decidió por el castrado.

—No es tan grande y parece obediente. El caballo apropiado para Alex. Duchess ya no está y tú no puedes darle clases a lomos de Frankie. O de un purasangre.

Julius cedió y quedó más persuadido cuando el vendedor explicó que el caballo estaba bien adiestrado. Se convenció del todo al probarlo. El pequeño castrado era, en efecto, manejable y no asustadizo. Hasta ahora había tirado de un carruaje ligero, un doctor, del cual también quería desprenderse el vendedor.

—Tengo dos hijos, necesitamos un vehículo en el que pueda viajar toda mi familia —explicó—. Además de un caballo que pueda tirar alguna vez de un carro más pesado.

El hombre trabajaba en la construcción y eventualmente hacía repartos de piezas.

Julius le recomendó la yegua castaña del antiguo soldado de caballería y Willie negoció el precio del castrado y el carruaje. Una vez satisfechos todos, enganchó el carruaje para llevarse a Monty con ellos.

—Voy un momento al banco y a hacer luego un par de compras —anunció a Julius—. Si no quieres venir conmigo, puedes marcharte a casa. Hay que mover a Quintus y Bucéfalo...

Julius asintió con la cabeza. Todavía estaba deprimido y no tenía las más mínimas ganas de entrar en tiendas y hablar con sus propietarios. En realidad tampoco tenía ganas de montar. Pensó si las cuatro de la tarde era una hora aceptable para permitirse un primer whisky...

De vuelta en Epona Station, llevó los caballos a la cuadra —había vuelto con el de Willie como caballo de mano— y luego se metió en la casa. Hacía frío y lloviznaba, una buena razón para postergar hasta el día siguiente las tareas con los sementales. A lo mejor Bill o Freddy, uno de los dos mozos de cuadra, podía trabajarlos a la cuerda más tarde. A fin de cuentas, ambos pronto volverían de Auckland, adonde Julius los había enviado para ayudar a descargar los muebles.

Mary recibió a Julius ofreciéndose a calentarle un caldo que había preparado para la comida. Pero este rechazó la oferta y pidió en cambio que le sirvieran un café en su despacho. No cedería al deseo de tomarse un whisky, todavía era muy temprano. En lugar de ello, iba a ocuparse de los libros de cuentas... Tenía que acostumbrarse a trabajar en esa tarea, pues Mia era quien los llevaba desde su vuelta y durante los cuatro años anteriores se había encargado Willie.

Justo en ese momento se oyó el repiqueteo de unos cascos delante de la casa. Unos golpes suaves, no los de la yegua de sangre fría, Frankie. ¿Estaría Willie ya de vuelta? Miró por la ventana y enseguida reconoció el caballo y el carro. Ambos pertenecían a los Rawlings. Por lo visto, su vecino había venido a visitarlos. Le pareció raro. Cuando Jim quería algo de él, solía venir a caballo.

Pero entonces Julius entendió lo que pasaba, al ver que un joven descendía trabajosamente de la *chaise* cubierta. Al parecer, solo podía caminar con ayuda de unas muletas y le costaba un gran esfuerzo atar el caballo. Julius se apresuró a salir en su ayuda.

—¡Sargento Rawlings! ¡Edward! He oído decir que estaba de vuelta. Quería ir a verlo, pero...

Edward Rawlings hizo un gesto tranquilizador.

—No me ha ido muy bien durante estos primeros días —explicó—. Y tampoco es tan fácil para mis padres...

—¿Galípoli? —preguntó Julius, señalando las muletas.

—No, después. Guerras en el Imperio otomano. Me hirieron de gravedad y acabé en la cárcel. La asistencia médica no era... tan estupenda.

Edward Rawlings hizo una mueca. Estaba mucho más delgado y unas primeras arruguitas surcaban su rostro ovalado. Parecía más duro que antes, no tan abierto e ingenuo. No cabía duda de que la guerra lo había envejecido.

—Recuerdo que se lo dio por desaparecido durante mucho tiempo —dijo Julius—. Sus padres estaban muy afectados. Deben de haberse alegrado mucho al volver a tener noticias de usted.

—Aunque... no como usted se imagina —respondió Edward, entristecido.

Julius asintió con un gesto.

—Lo entiendo muy bien. He conocido a muchos veteranos que habían perdido una pierna. Al principio les resultó difícil, pero luego llevaban una vida bastante normal. Era amigo de uno, tenía un picadero...

Volvió a recordar con nostalgia a Armin Jansen, a Mia y a Medea.

—En mi caso es algo más que una pierna —dijo lacónico Edward—. Pero prefiero no hablar de eso...

—Sobre todo, no hace falta que hablemos aquí fuera —contestó Julius—. Entre y beba un trago conmigo. Por su feliz regreso a casa.

Julius le sostuvo la puerta abierta, lo condujo al salón y sacó coñac y whisky del armario.

—¿Whisky? —preguntó.

Edward asintió con la cabeza. Bebió despacio una vez que Julius le sirvió. Este, por el contrario, empezó con un buen trago.

—¿Qué es lo que le trae por aquí? —preguntó—. ¿Puedo hacer algo por usted? ¿Por sus padres? ¿No habrá realizado este viaje sin una razón concreta?

Edward negó con la cabeza.

—En realidad no he venido por usted —explicó—. Quería hablar con Wilhelmina von Stratton.

—¿Willie? —inquirió Julius, asombrado—. Ah, sí, ya dijo entonces que la conocía. Durante el... desdichado encuentro con el teniente coronel Linley...

—Resultó una situación muy lamentable —admitió Edward.

Julius hizo un gesto para quitarle importancia.

—Nos ayudó usted muchísimo al confirmar la historia de Willie. Nunca le estaré lo suficientemente agradecido. Aunque me sorprendió. No sabía que se conocían.

En el rostro de Edward se extendió un leve rubor.

—Yo... conocí a Wilhelmina... muy bien, incluso. Para ser más concretos, antes de la guerra parecía interesada en que pidiera su mano. Entonces cortó de repente el contacto conmigo. Y ahora he oído decir que tiene un niño.

Julius tomó otro trago de whisky y se mordió el labio.

—No estoy orgulloso de ello —afirmó en voz baja.

—¿Qué tiene usted que ver con ello? —preguntó Edward.

Julius se frotó la frente.

—Bueno, yo... yo soy el padre... —confesó.

Edward frunció el ceño.

—Entonces usted también... Quiero decir... Suponía que yo era el padre... Nosotros... nosotros nos amamos después... después de que lo deportaran. Yo la ayudé los primeros días a poner orden en la granja, cuando estaba sola. El personal de la cuadra era muy impertinente. Antes de que me enviaran a ultramar pasamos un par de días maravillosos. —Al recordarlos, esbozó una sonrisa feliz que no tardó en marchitarse—. Y... y para mí sería una enorme alegría reconocer al hijo de Wilhelmina. Por lo visto, no podré llegar a engendrar más niños. —Señaló vagamente el abdomen y las muletas.

Julius bebió un trago de su copa de coñac.

—Lo siento —dijo—. Pero Willie dijo que Alexander es hijo mío. Aunque solo lo hicimos una vez...

—Pensaba que ella era su prima... —observó Edward—. Entonces ¿usted...? —Miró con desaprobación a Julius, que suspiró—. Pero en realidad me da igual —siguió hablando Edward antes de que su interlocutor pudiera replicar nada—. No me interesa saber si engañó o no a su esposa con su prima. Solo me gustaría ver al niño. Y hablar con Wilhelmina. A lo mejor ella solo... quiero decir... Pensó que yo había muerto. Tal vez no quería que el pequeño creciera sin padre y entonces...

—¿Quiere decir que me engañó? —preguntó Julius—.

En realidad, entonces, debería retarle en duelo. —No parecía muy decidido—. En especial si fuera de verdad mi prima...

Edward esbozó una sonrisa.

—Hágalo —dijo, señalando de nuevo las muletas—. Podemos pelear a bastonazos.

Julius tragó saliva.

—Disculpe. Estoy... estoy un poco confuso. Mi matrimonio se ha ido a pique a causa de este asunto con Willie. ¿Y ahora resulta que el niño no es hijo mío? Quizá deberíamos comenzar desde el principio. Por ejemplo, corrigiendo la anterior posición de Wilhelmina «von Stratton» en mi casa. Esa joven no es pariente mía ni de Mia. Willie Stratton procede del barrio obrero de Onehunga y trabajaba para nosotros como cuidadora de caballos, en la cuadra.

Edward lo miró incrédulo.

—Pero ella... ¡ella actuaba como una lady!

—Aprendió deprisa —recordó Julius—. Se hizo amiga de mi esposa, leyó manuales de comportamiento... No cabe duda de que es muy inteligente. Y nos salvó. Si no se hubiese presentado de forma tan convincente ante Linley como mi prima inglesa, habríamos perdido la casa y la granja. Luego dirigió la yeguada estupendamente. Pero lo del niño... Entiéndame, yo solo estuve una única vez en la intimidad con Willie. Y además estaba muy borracho, fue la noche en que deportaron a mi esposa. Yo estaba hecho un lío, Willie también... Simplemente pasó. El día después también me deportaron a mí. Cuando regresé, Willie me presentó a Alexander como si fuese hijo mío. No tenía ninguna razón para dudar de su palabra y estaba dispuesto a criar al niño aquí, en Epona Station.

—Así pues, los dos podríamos atribuirnos la paternidad. —Edward suspiró y bebió su whisky—. Me lo había imaginado más sencillo. ¿Qué hacemos ahora?

Julius se encogió de hombros y llenó de nuevo los dos vasos.

—Creo que, antes que nada, deberíamos hablar con Willie —dijo—. Me gustaría saber por qué no me contó su relación con usted. Y más aún cuando sus intenciones eran serias. Por desgracia no está aquí, ni tampoco Alex, mi... bueno... nuestro hijo.

—¿Se parece a usted? —preguntó Edward.

Julius reflexionó.

—Es rubio, tiene los ojos azules... Por Dios, solo tiene cuatro años. ¿Cómo voy a poder decir a quién se parece?

Por otra parte, la pequeña April era la viva imagen de su madre.

Julius miró a Edward con más detenimiento e intentó recordar su aspecto más juvenil de antes de la guerra. No era imposible. El corte de la boca... la forma de los ojos...

—No lo sé —admitió Julius—. Hasta ahora... no he dudado de mi paternidad.

Ambos bebieron un trago.

—Su esposa... —preguntó Edward— ¿sobrevivió a la guerra? Mis padres me escribieron diciendo que todos pensaban que había muerto.

—A ella también se la dio durante mucho tiempo por desaparecida —explicó Julius—. Pensábamos que había muerto. Y ahora... No es fácil con ella... y Willie. De hecho, acaba de abandonarme.

Edward asintió con la cabeza.

—Esta guerra lo ha destruido todo. Yo nunca habría pensado que... Era tan increíblemente joven y tonto. Me alegraba de la contienda, ¿sabe? —Se llevó las manos a la cabeza—. No podía esperar a llegar al frente. Y entonces en Galípoli... Sobreviví, pero fue... Ay, no me haga hablar.

Volvió a beber y luego miró hacia la puerta, que acababa de abrirse.

Hannah entró en el salón.

—Señor Von Gerstorf, hay alguien en las cuadras que quiere hablar con usted —anunció—. Un hombre de aspecto muy desaliñado. No domina bien el inglés, pero dice que se llama Hans. Y que era su... su «orfananza».

Edward se quedó perplejo cuando Julius se levantó inmediatamente de un salto. En su rostro, todavía serio, asomó un resplandor.

—¡Ordenanza, Hannah, no orfananza! —Rio y se volvió hacia la puerta. En ese momento se percató de que Edward seguía allí—. Por favor, discúlpeme un minuto, señor Rawlings —dijo con cierta culpabilidad—. Pero esto... ¡esto es una alegría inesperada! Tengo que recibir a mi viejo amigo Hans. ¡Hace cinco años que no lo veo! Realmente hoy es un día de sorpresas. —Señaló la botella de whisky—. Por favor, sírvase a su gusto. Enseguida vuelvo. Y Willie también llegará de un momento a otro...

Hans Willermann había cambiado poco. Por supuesto se lo veía mayor, a fin de cuentas cuando había empezado la guerra acababa de cumplir veintiún años, tres menos que Julius. Pero todavía era menudo y fibroso, con sus ojos cándidos y dulces de color azul claro, solo que ahora, en lugar del gran bigote de antes de la guerra, llevaba uno más pequeño. El resto de su rostro estaba cubierto de cañones, debía de hacer días que no se afeitaba. Su cabello castaño y erizado necesitaba un corte y la ropa, pantalones de montar y un abrigo encerado, se veía muy gastada.

Julius no reparó en todo eso. Abrazó de modo espontáneo al joven después de que este, al verlo, hiciera de manera instintiva el saludo militar con un «¡señor alférez!».

—¡Ya hace mucho que no soy alférez, Hans! Llámame simplemente Julius. Pero, hombre, qué contento estoy de verte. ¿Por fin te han dejado salir? Pues sí que han tardado. Ya hace tiempo que cerraron Somes Island.

Hans sonrió con ironía.

—Los alemanes de Samoa no tenían prisa por irse de Motuihe —dijo—. ¿Y por qué iban a tenerla? Les ofrecíamos todas las comodidades. Mientras que en Alemania no se vivía precisamente en la opulencia... Y después necesité mucho tiempo para el viaje. Lo hice a caballo. ¡Mire, señor alférez! —Señaló una yegua de capa alazana oscura que estaba atada delante de las cuadras—. Mi Lotte. ¡Y mire la marca! Una hannoveriana. Enseguida la reconocí. No tengo ni idea de cómo debe de haber llegado al mercado de caballos de Wellington...

—¿Wellington? —preguntó Julius—. ¿No había antes transbordadores que iban de Auckland a Motuihe?

Hans asintió con un gesto.

—Sí, señor alférez, pero tuve que acompañar a mi comandante Schulz a Wellington. Estaba mal de salud y había llegado la hora de que se marchara a casa. Además, allí me dieron la soldada. O el salario. No mucho, lo suficiente para comprar a Lotte.

Lanzó una mirada enamorada a la yegua y Julius hubo de reconocer que había tenido buena vista con el ejemplar. La hannoveriana de capa alazana tenía una buena estructura, una cabeza recta y bonita y una expresión amable. La yegua de cría ideal, si se optaba por caballos de monta. Mia estaría encantada.

—Creo que a la señora Mia le gustará, ¿verdad? —preguntó Hans.

Julius asintió con sentimiento de culpa. Le había comunicado a Hans por carta que Mia había regresado, pero no lo había puesto al corriente de los acontecimientos posteriores. No sabía nada de Willie y su hijo. Ni tampoco de Mia y su hija.

—Mi esposa no está aquí por el momento —dijo—. Está... está arreglándole a su padre la casa. En Auckland. Hace poco que llegó...

—¡El señor *Kommerzienrat*! —Hans se puso contento—. Volvemos a estar todos juntos, como en Hannover. A Valerie ya la he saludado. Y a Allerliebste...

—Pero entra ahora, Hans —lo invitó Julius para que no siguiera haciendo más preguntas—. Aunque, primero, metamos corriendo a Lotte en la cuadra.

Afligido, destinó a la recién llegada al box de Medea. El joven desensilló en un santiamén a la yegua y Julius le puso heno y avena.

—¿Ya no tienen mozos de cuadra? —preguntó Hans—. Bueno, no es que yo vaya a echar de menos a ese Mike. Pero sin ayuda de ningún tipo...

Julius le aseguró que tenía dos mozos muy eficientes y que él recuperaría al instante su puesto de caballerizo.

—Freddy se encarga sobre todo de las cuadras y Bill en especial de los caballos de carreras —explicó.

Hans no cabía en sí de gozo.

—Y la señora Mia de los potros, ¿a que sí? Ese había sido siempre su sueño. ¡Válgame Dios, ahora debemos tener ya muchos! ¿Siguen en la dehesa, señor alférez? Aunque dentro de poco los tendremos que entr... Ah, por cierto... ¿Todavía está por aquí aquella chica? ¿Willie?

Volvió a dar unos golpecitos a su Lotte y a continuación se dispuso a salir de la cuadra y seguir a Julius al interior de la casa. En el poste para atar los caballos frente a la entrada ya no estaba solo el castrado de Edward Rawlings, sino también Monty, el nuevo caballo de tiro de Epona Station. Willie no lo había desenganchado, sino que lo había atado junto al ejemplar del vecino. Debía de haber reconocido el castrado de Edward y no había podido esperar a hablar con él. Seguro que sería interesante saber qué tenía que decirle.

Con un gesto de la mano, Julius pidió a un asombrado Hans que guardara silencio y abrió con sigilo la puerta. Hans quería dejar su abrigo en el pequeño recibidor, pero Julius le susurró «¡luego!». Abrió la puerta que daba acceso al vestíbulo con la misma prudencia y aguzó el oído junto al salón. La puerta solo estaba entornada y podían escuchar perfectamente lo que se hablaba en el interior.

9

«Lo que me faltaba», pensó Willie cuando dirigió a Monty hacia el patio de Epona Station. Enseguida reconoció al caballo de Edward. ¿Cómo se llamaba? ¿Lannie o Benny? Por lo visto no se había ido a la guerra con su amo. Mejor para Lannie. Y ahora Edward estaba ahí.

Eso no la asustaba demasiado. Desde que se había enterado de su regreso de la contienda, sabía que tarde o temprano se produciría ese encuentro. Naturalmente, se había preparado para ello. Pero ¿tenía que ser justo ese mismo día? ¿Habían de amontonarse de este modo todos los acontecimientos? Con un suspiro, ató a Monty delante de la casa para entrar lo antes posible. Con un poco de suerte, Julius seguiría fuera con los sementales y ella podría hablar primero con Edward.

Hannah la recibió en el vestíbulo y ella le pidió que se encargara de Alex.

—Báñalo y luego acuéstalo. Ya ha comido, se ha hartado de fish and chips. Juega un poquito con Hannah, cariño, ahora tengo que ocuparme de una visita.

Sin dar importancia al lloriqueo de Alex, entró en el salón y se acercó a Edward con una sonrisa.

—¡Edward! ¡Ni te imaginas el alivio que sentimos todos cuando nos enteramos de que seguías vivo!

Por desgracia, el asunto no se solucionó con tanta facilidad como Willie había esperado. Edward no quería entablar ninguna conversación cortés, sino que se enfrentó a ella con los hechos que Julius le había desvelado.

—Me has engañado, Wilhelmina. Y querías privarme de mi hijo. ¿Cómo es posible? ¿Acaso nunca me amaste nada?

Willie se sorprendió un poco de que su voz sonara firme y nada quejumbrosa. Aquel muchacho algo infantil, a quien había concedido su último deseo antes de partir a la guerra, había madurado.

—¡Edward, te lo suplico! —Willie negó con la cabeza—. Entonces nunca hablamos de amor. Por supuesto, al final me gustabas mucho. Y justo por eso... No podía aceptar tu petición de mano porque te había embaucado. Querías casarte con Wilhelmina von Stratton, la prima de tu vecino. ¿Qué habrías dicho si de repente me hubiese presentado como Willie Stratton? Una pobre costurera, luego moza de cuadra, sin un centavo y, en cambio, con varios hermanos. Posiblemente ya sean ocho a estas alturas...

—No me habría importado en absoluto —afirmó Edward—. Sigue sin importarme ahora. Me gustaría ver a mi hijo.

—No seas ridículo, no es hijo tuyo —replicó Willie—. Julius von Gerstorf lo ha reconocido. Es suyo.

—Pero eso tú no lo sabes —objetó Edward—. Según Julius, solo te acostaste una única vez con él, la noche previa a su deportación. Y nuestra época juntos empezó dos días más tarde. No podías saber si estabas encinta.

Willie hizo un gesto de rechazo.

—Sé perfectamente que es de Julius —dijo—. Una madre se da cuenta de esas cosas. Es igual que él. Tienen... una relación muy especial. De padre e hijo... Es su heredero...

—Julius von Gerstorf está casado —apuntó Edward.

Mientras discutían, Hans le dio un codazo a Julius.

—Señor alférez... —musitó excitado, intentando explicar con pies y manos que él tenía que añadir algo a lo que estaba tratándose ahí dentro.

—Su esposa tiene un hijo... —prosiguió Edward.

—Una niña —especificó Willie, desdeñosa—. Y además es una bastarda. La niña lleva su origen plasmado en la cara, mejor dicho, en el pelo. Parece... un *leprechaun*...

Julius contrajo disgustado el rostro al oír la comparación de April con el duende borrachín de la mitología irlandesa. Hans seguro que no entendía la referencia, pero, cada vez más excitado, le comunicaba que quería entrar en la habitación.

—De todos modos, la cría no le interesa para nada a Julius —prosiguió Willie—. Por supuesto, tendrá que pagar su manutención después del divorcio, pero... cargaremos con ello.... —La voz de Willie sonaba al final extremadamente cansina.

—Insisto en que ambos somos los padres potenciales del chico —afirmó de nuevo Edward, impasible—. No sé si hay alguna manera de aclararlo, pero, en cualquier caso, quiero que un médico reconozca al pequeño y estudie las similitudes entre uno y otro. Qué sé yo, lunares, tal vez, o lo que sea...

Hans ya no pudo aguantar más. Disculpándose ante Julius con la mirada, abrió la puerta y entró en la habitación.

—Tampoco es tan difícil —afirmó con su deficiente inglés—. Yo puedo decir, yo...

—¡Hans! —Willie se volvió hacia él—. ¡Qué contenta estoy de volver a verte! Realmente, hoy es el día de las sorpresas... ¿Quieres comer algo? ¿Una copa?

Hans ignoró sus palabras.

—Quiero aclarar este asunto —dijo, y luego se dirigió en alemán a Julius, que había entrado detrás de él—: Disculpe, señor alférez, en caso de que haya entendido mal. Mi inglés no ha mejorado en estos últimos años. Pero... pero es posible que pueda aclarar algo sobre la paternidad de este señor... Bueno, en caso de que el niño haya nacido nueve meses después de que empezara la guerra. A lo mejor... a lo mejor he entendido algo mal. —Era evidente que a Hans le disgustaba ser el centro de todas las miradas.

Julius lo miraba con afecto y Edward con desconcierto.

—Tal vez sea mejor que lo expliques de una vez —animó Julius a su viejo amigo—. ¿Qué es lo que sabes sobre Willie, el señor Rawlings... y yo?

Hans se mordió el labio. A partir de entonces solo habló con Julius y sin dirigir la mirada ni a Edward ni a Willie.

—Por supuesto, yo no sé nada sobre sus... relaciones íntimas con la señorita Willie. Y nada de nada sobre el señor Rawlings. Pero si se trata de solo una noche, después de que se llevaran a la señora Von Gerstorf y usted... bueno... con su perdón, después de que usted se emborrachara... usted no estuvo con Willie.

—¿Podría traducir lo que está diciendo? —preguntó Edward.

No se le había pasado por alto la expresión estupefacta de Julius después de las revelaciones del antiguo caballerizo.

Julius repitió en inglés, de modo mecánico, las palabras de Hans.

—¿Y eso él como lo sabe? —preguntó Willie con ironía—. ¿Acaso te llevó a la cama?

—De hecho, así fue —contestó Hans con dignidad.

Era obvio que entendía mucho mejor el inglés de lo que lo hablaba—. El señor alférez no solía emborracharse, pero tuve que prestar ese servicio a su hermano en Hannover más de una vez. Sé cómo se siente uno. Y cuando me di cuenta de que el señor alférez se había pasado esa noche con el coñac, lo desperté...

—No me acuerdo en absoluto de eso —intervino Julius.

Hans no perdió su seriedad.

—Habría sido extremadamente raro, señor alférez —dijo con severidad—. A juzgar por lo borracho que estaba. Me permitió que lo llevara a su dormitorio, donde se durmió al instante. Yo lo desvestí, al menos a medias, lo tapé y lo dejé dormir.

Julius se ruborizó y tradujo solo la mitad.

Willie torció el gesto.

—Yo entré después en su habitación —afirmó—. Y sí, yo también tuve que despertarte, pero entonces...

—Yo estaba durmiendo en el vestidor —intervino impasible Hans—. Por si necesitaba alguna cosa, señor alférez. Su hermano...

—No vale la pena que entremos en detalles —lo interrumpió Julius.

Recordaba a la perfección las bacanales de Magnus, sus bravuconadas y lo indispuesto que se encontraba a la mañana siguiente. Había tropezado varias veces con Hans cargando un cubo cuyo contenido el mozo vaciaba discretamente.

—En cualquier caso, hasta las cinco y media no me marché a dar de comer a los caballos. Y más tarde me lo encontré en la mesa del desayuno, sin la señorita Willie, pero muy resacoso, señor alférez, lo que tampoco me sorprendió. Sin querer poner en duda su virilidad, pero ni esa noche ni a la mañana siguiente se le hubiera levantado ni aunque tuviera delante a la señora Venus. Después de una botella de coñac y cuando uno no está acostumbrado...

Julius carraspeó y se volvió hacia Edward.

—Según la declaración de mi mozo, el asunto de la... paternidad ya se ha aclarado —dijo sin detenerse en la traducción de los últimos y lamentables sucesos—. Al menos en lo que concierne a mi intervención. Por lo visto, Willie Stratton y yo nunca tuvimos... una relación sexual. —Se irguió y se volvió hacia Willie—. Wilhelmina, quiero que empaquetes tus cosas. Debería haber hecho caso a mi esposa. Te irás de Epona Station al instante. Junto con tu hijo, sea quien sea el padre.

—¡No puedes hacer eso! —exclamó—. Tengo mis derechos. Tengo una propiedad, tengo...

—Haremos las separaciones correspondientes —contestó con voz exhausta Julius—. Algo te encontraremos. Naturalmente, puedes llevarte a Gipsy.

—¿Y a dónde quieres que vaya? —preguntó Willie—. Tu hijo...

—¡No es mi hijo! —objetó Julius con determinación.

Al mismo tiempo, Edward alzó la voz. Parecía como si en esas últimas horas le hubiesen arreado unos buenos puñetazos, pero el joven había aprendido a capear con ellos y sobrevivir.

—Tú te vienes a mi casa —dijo con serenidad—. A la granja Rawlings. Les presentaremos a mis padres a su nieto. En un primer momento puedes instalarte en una habitación para invitados, y mañana nos acercaremos a la ciudad a notificar nuestro compromiso. Oficialmente, Wilhelmina, me enviaron a ultramar después de que nos hubiésemos prometido. Lloraste mi ausencia y me fuiste fiel durante la espera mientras educabas con valor a nuestro hijo con el amable apoyo del matrimonio Von Gerstorf. Pero ahora he vuelto y puedo convertirte en una mujer respetable. Señor Von Gerstorf, ¿le importaría mantener la leyenda de que la señorita Stratton es familiar suya? En efecto, contraer matrimonio con una obrera no sería digno de mi nivel social... Si nos casamos en Auckland por lo civil, nadie debe saber el auténtico origen de Wilhelmina. Después ya celebraremos la ceremonia religiosa.

Julius asintió con una sonrisa irónica.

—Para mí será todo un placer acompañar a mi prima al altar —dijo insinuando una reverencia en dirección a Willie.

Ella lo fulminó con la mirada.

Desde que había quedado patente que su ficción se terminaba allí, se le agolpaban los pensamientos.

—¿Y a mí no se me consulta sobre todo esto? —preguntó sardónica.

Edward la miró tranquilo.

—Sí, pero solo tienes que decir sí. Una vez en el ayuntamiento y otra en la iglesia. Por supuesto, nadie puede obligarte a hacerlo. Pero deberías pensártelo bien. La granja Rawlings tal vez no sea un palacio, yo no soy ningún noble y no puedo ofrecerte ningún purasangre, pero la granja está libre de deudas y tus caballos pueden alojarse allí. Además, a nuestro hijo no le faltará nada.

—Echará de menos a su niñera —empezó a negociar Willie.

Edward se encogió de hombros.

—Lo espera una cariñosa abuela que ya no creía que iba a tener nietos. Lo colmará de amor y de dulces.

Willie se volvió hacia Julius.

—No solo quiero a Gipsy —indicó—. También a Bucéfalo, a Quintus y a los potros de un año de Gipsy.

Julius suspiró.

—Puedes llevártelos a todos. Mia tiene razón, no son

apropiados para la crianza. Si el señor Rawlings tiene espacio suficiente en las cuadras... Los caballos dan buenos resultados en las carreras, Edward... ¿Puedo llamarlo así? Incluso si tuviera que reformar sus cuadras, le saldría rentable.

—No solo sirven para las carreras —recordó Willie, triunfal—. Los sementales también aportan beneficios con la cubrición. ¡Te lo demostraré, Julius, a ti y Mia! Abriré mi propia empresa de cubriciones: yo también criaré. Y mis caballos serán más veloces que los vuestros.

—Eso significa entonces un «sí» —dijo Julius mirando con pesar a Edward. En este punto, Mia también tenía razón, Willie tendía a asumir la dirección de cualquier empresa.

Pero Edward no parecía muy contrariado.

—Mi padre no estará encantado —observó—. Es un campesino de la vieja escuela. Caballos de carreras... Días de competición en Ellerslie... no es su mundo. Por el contrario, en lo que a mí respecta, nunca más me pondré a arar ni a limpiar el estiércol del establo de las vacas. —Señaló su maltrecho cuerpo e intentó sonreír— Pero sí lograré ser un *country gentleman*. Sobre todo si los animales aportan lo suficiente para emplear a personal en las caballerizas. Y a un preparador.

—Yo misma adiestraré los caballos —dijo Willie—. Solo tenemos que construir una pista, y es no es caro. La de aquí, por ejemplo, sigue sin pavimentar y nos las apañamos. —Lanzó una fría mirada a Edward—. ¿Existe todavía el riesgo de que vuelva a quedarme embarazada?

Edward contraatacó con una cálida sonrisa.

—Quizá te gusta estar conmigo a pesar de todo —contestó—. En cualquier caso, entonces te amaba... —Sacó una bolsita de cuero del bolsillo, la abrió y dejó a la vista el mechón que Willie le había regalado de mal grado unos años antes—. Mira, ya ves, me ha acompañado toda la guerra. Me ha dado esperanza en mis horas más oscuras. Tú me has dado esperanza. Y ahora... Eres algo especial, Wilhelmina Stratton. Te lo puedo perdonar todo. Desde el primer momento en que te vi supe que eras la mujer que yo quería. Siento no ser para ti el príncipe a lomos de un corcel blanco que tú ansiabas.

Willie lo miró asombrada. ¿Cómo era posible que conociera sus sueños? Luego se recompuso. Bien, debía desprenderse del príncipe, pero al menos se quedaba con el corcel blanco. Y con un hombre al que no tenía que motivar. Edward parecía saber lo que quería y siempre había ansiado liberarse de la estrechez de miras de su familia. La crianza de caballos de carreras le ofrecía las condiciones ideales para ello. En un par de meses estaría hablando animadamente con lord Barrington y se alegraría cuando sus caballos vencieran a los de los Benneton. Ella se acordó entonces de que había bebido la primera copa de champán de su vida con él.

Willie sonrió.

—Uno también se puede convertir en príncipe —dijo en voz baja—. Está bien.

Se incorporó.

—Edward Rawlings, estoy algo sorprendida, pero encantada de que solicite usted mi mano. Me complace aceptar su pedida. ¿Puedo irme ahora? Tengo que hacer las maletas.

Alex no parecía entusiasmado ante la perspectiva de tener que volver a marcharse y de pasar la noche en casa de ese hombre tan extraño que ni siquiera podía caminar bien. No obstante, Edward no fue directo al grano, sino que se comportó con amabilidad y comprensión con el chico y le dijo que solo se trataba de una visita.

—¿Como la de April a su abuelo? —preguntó el pequeño.

Edward asintió con un gesto.

—Exacto. Tú también tienes un abuelo. Y, además, una abuela. ¡Eso todavía es mejor!

—April no tiene ninguna abuela —observó Willie, dando con ello en el blanco.

Convencido de superar a su pequeña rival una vez más, Alex estaba listo para empaquetar sus cosas. Julius se recompuso y le dio un beso paternal de despedida. El niño tenía que ir asimilando poco a poco sus nuevas circunstancias.

Julius y Hans observaron desde la ventana del estudio cómo Willie ayudaba a Edward a subir a la *chaise* y, por supuesto, cómo luego tomaba ella las riendas.

—¿Lo lamenta, señor alférez? —preguntó Hans.

Julius negó con la cabeza.

—Tal vez un poco —admitió—. En cierto modo era bonito tener un hijo. Pero todavía tengo una hija, y Willie me ha recordado que no la he tratado demasiado bien. Ya es hora de que lo arregle.

—Lo de su hija no lo he entendido del todo —admitió Hans—. ¿Qué pasa con usted y la señora Mia? ¿Y qué es un *leprechaun*?

10

Al día siguiente mismo, Julius viajó a Auckland para hablar con Mia. No obstante, el recibimiento que tuvo fue gélido. Jakob escuchó la historia después de que Mia dijera que no quería ver a su marido.

—Ya ves, Willie se ha marchado —concluyó—. Y yo... yo me alegraría enormemente de que Mia volviera. Y April. Ahora lo haré todo mejor, yo...

—Has tenido suerte de nuevo —constató Jakob—. Alguien te ha salvado una vez más. Solo me temo que Mia no lo va a reconocer como una decisión tuya. Ella no quería solo que Willie desapareciese, Julius, sino que tú te decidieras claramente por ella. Que libraras una batalla por ti mismo. Se lo explicaré todo. Pero creo que querrá algo más que una mera disculpa.

—¿Qué debo hacer entonces? —preguntó Julius.

Jakob se encogió de hombros.

—No lo sé. Tú mismo tienes que averiguarlo. A lo mejor debes tratar de ganarte su amor. Como en Hannover, antes de que os comprometierais. Aunque... si entonces lo entendí bien, la iniciativa fue suya.

Julius se ruborizó.

—Le enviaré flores —dijo—. O... un nuevo anillo. Ha perdido la alianza.

—Tuvo que empeñarla —le informó Jakob—. ¿Es que no lo sabes? Creo que todavía no has entendido todo lo que Mia tuvo que pasar después de huir de esa isla. Sabe Dios que no le fue fácil desprenderse de su anillo. Ni tampoco de mi regalo de despedida, el pequeño colgante con la constelación. Mia todavía llora su pérdida. El colgante le dio suerte, me contó. Cuando renunció a él, empezó todo...

—No fue así... —musitó Julius—. Pero yo... intentaré... Dile solo que lo siento, Jakob. Por favor. Y que Hans ha vuelto a casa. Seguro que querrá verlo. Puede venir mañana a Epona Station, yo no estaré. Me iré a... ¿Dónde empeñó el anillo?

Julius cogió el tren muy temprano al día siguiente y llegó por la tarde a la capital. Sabía por Jakob que Mia había elegido una casa de empeños judía y enseguida supo dónde podía buscarla. Supuso que, saliendo de Petone, debía de haber ido por la carretera de la costa hasta Wellington. Además, sabía que ella había cogido el transbordador después de empeñar el anillo. Julius buscó una casa de empeños cerca del puerto de los transbordadores y no tardó en descubrir la tienda de un tal Benjamin Seligmann. En el mostrador había distintas joyas, así como prendas de ropa y un aparato de teléfono. Julius entró y vio a una joven detrás del mostrador.

Ella le sonrió cuando él la saludó amablemente.

—¿En qué puedo servirle? —preguntó al tiempo que evaluaba su aspecto por el costoso abrigo encerado que llevaba—. ¿Algo que empeñar o desempeñar? —Se diría que era esto último lo que esperaba de él.

—Quiero desempeñar algo, si estoy en el lugar adecuado —confirmó Julius—. Me llamo Julius von Gerstorf y hace años, al empezar la guerra, mi esposa dejó aquí una alianza. Por supuesto, ya ha pasado mucho tiempo de aquello...

—Normalmente conservamos las prendas solo un mes —explicó la joven con un leve pesar. Tenía el cabello castaño y liso, una tez clara y unos bonitos ojos oscuros—. Los objetos de oro se suelen fundir.

Julius suspiró.

—Es lo que me temía. Pero mi esposa... dijo que había rogado al señor Seligmann que guardara la alianza hasta que concluyera la guerra y que él estuvo de acuerdo. Esto en caso de que me encuentre en el negocio correcto. Solo sé que era propiedad de un judío. Y que cuando lo hizo se estaba celebrando una boda.

La joven lo miró resplandeciente.

—¡Mi boda! —dijo—. Soy Rachel Glick y mi padre es Benjamin Seligmann. Ellos me contaron la historia. Pero la mujer no se llamaba «Von no se qué». Era judía...

—¿Gutermann? —preguntó Julius—. Mia... ¿Miriam Gutermann?

Rachel Glick hojeó un grueso libro en el que por lo visto constaban ordenadas por fecha y valor todas las prendas empeñadas y entonces asintió con la cabeza. Al hacerlo, una ancha sonrisa se dibujó en su rostro.

—Mi padre le dio treinta libras por el anillo. Exacto, mucho más de lo que quería en un principio. Mi suegro lo convenció porque ella parecía desesperada y porque su marido era soldado. Fue una buena obra, un acto de patriotismo. En honor a mi boda. ¿Sobrevivió usted a la guerra? Hemos hablado tantas veces de la señora Gutermann, mi marido y yo, desde que terminó la contienda. Simplemente no podía olvidar esta historia tan especial. Esperábamos que usted regresara y que pudiera desempeñar la alianza. Y... ¿y ella está bien?

Julius asintió con un gesto.

—Está muy bien. Solo... solo hemos sufrido un par de demoras. Por eso vengo tan tarde.

—Por supuesto, usted debía de estar en ultramar —dijo comprensiva Rachel—. Tal vez herido... Un primo mío acaba de llegar a casa. Espere, voy a buscar el anillo.

Julius esperó mientras Rachel Glick rebuscaba en todos los armarios y cajones posibles. En el entretanto, él intentaba imaginar cómo Mia había estado regateando allí... ¿o todavía no regateaba por esas fechas? A comienzos de su odisea seguro que aún no se atrevía, pero después aprendió a escoger lo mejor para ella. Julius decidió no buscar solo las joyas. Quería saber de qué modo había vivido Mia y cómo había criado a su hija.

—¡Ya lo tengo! —anunció complacida Rachel Glick, abrió un sobre en el que estaba apuntado el nombre de Mia y sacó el anillo.

—En realidad, debería usted identificarse —dijo—. Porque está recogiendo la prenda de otra persona. Pero...

Julius sonrió y puso su mano con el anillo junto a la alianza de Mia.

—¿Basta con esto? —preguntó al principio—. En la cara interna se encuentran nuestras iniciales. M y J: Mia y Julius.

Rachel hizo la obligada revisión.

—¡Qué romántico es esto! —exclamó—. Una pareja separada por la guerra que se reencuentra. Lástima que Mia no contara toda la historia. Mi marido y yo nos lo hemos imaginado todo. ¿Una pelea familiar, tal vez? ¿Se casaron sin que sus padres lo supieran? ¿Los padres de usted no querían que contrajera matrimonio con una judía y la familia de ella no quería a un *goy* en casa?

Julius sonrió.

—No va usted muy desencaminada —afirmó, dejando treinta libras sobre la mesa—. Por favor, comuníquele a su padre nuestro más sincero agradecimiento. ¡Y mucha suerte con su matrimonio!

Se puso el anillo de Mia en el dedo meñique cuando salió de la tienda. No quería perderlo por nada del mundo.

Julius fue a comer algo y se informó después de las horas de partida de los transbordadores a la Isla Sur. Esa noche ya no salía ninguno más, de manera que debería pernoctar en Wellington. No obstante, se compró un billete y reflexionó sobre hasta dónde habría podido llegar Mia con sus treinta libras. El billete, luego un viaje en tren, quizá una o varias noches alojándose en una pensión barata... y la ropa. No podía haber cogido nada más que lo puesto si había cruzado la bahía a nado. Tenía que haberse escondido al llegar a tierra y esperar a que su ropa se secara... En ese momento, sus explicaciones más bien escuetas empezaron a cobrar vida. Vio a qué dificultades se había enfrentado y con qué esfuerzo había sobrevivido.

A continuación, recorrió la carretera de la costa en dirección a Petone e intentó echar un vistazo a Somes Island. Mia había nadado tres kilómetros. Sola y de noche...

Julius caminó hasta que oscureció y luego dio media vuelta. Era una noche despejada y trató de encontrar la constelación de Pegaso en el cielo, pero no lo logró. Mia podía haberla visto cuando se dirigía a tierra firme. Tenía que preguntarle con más detenimiento por esa noche, pues había muchos aspectos de su fuga que él todavía ignoraba. ¿La había escuchado como debía en vez de concentrarse en ese embarazo, en ese hombre de Somes Island que ya no estaba? Tras la llegada de Mia se había informado a través del mayor general Robin acerca del coronel O'Reilly. En efecto, después de varios escándalos a consecuencia de su trato hacia los detenidos, habían enviado al hombre al frente, donde había fallecido.

Sumido en sus pensamientos, Julius se dirigió al hotel en que se hospedaba, se acostó temprano y soñó con Mia. En su sueño nadaba a su lado, y allí también estaban Medea y Alberich, con el que había participado en Hannover en la prueba de larga distancia. Al final llegaban a la playa y se intercambiaban de nuevo los anillos. Se oyó a sí mismo diciendo que deseaba una niña de Mia que se pareciese a ella, y su esposa dijo que quería llamarla Julia.

Al despertar se preguntó por qué había llamado a su hija April en lugar de Julia. ¿Habría sospechado que quizá él no la querría?

A la tarde siguiente, Julius subió al transbordador y se maldijo por haber tomado la decisión de imitar a Mia y comprar el billete más barato. La noche en aquel asiento tan duro se le hizo larga y pesada, y además pasó mucho frío a causa de las corrientes de aire. Por la mañana, cuando llegó a Lyttelton, le dolía todo. ¿Cómo había conseguido Mia llegar a Christchurch? ¿No había hablado de un robo? Recordó que poco después de su regreso, había enviado dinero y un regalo a una dirección de Auckland para presentar sus excusas. Willie se había reído de ella por esa acción, pero Mia era honesta. Seguro que le había costado mucho apropiarse de la maleta de otro pasajero. Julius se preguntó si él mismo habría tenido valor para hacerlo y llegó a la conclusión de que solo habría sido capaz de robar si eso respondía a un plan concreto. Mia, por el contrario, debía de haberse decidido de forma espontánea a coger la maleta. Tenía que haber pasado miedo y sin duda había luchado durante semanas con su sentimiento de culpabilidad.

Julius pernoctó en Christchurch y cogió luego el tren a Dunedin. Mia había trabajado allí primero de institutriz y luego en una fábrica. Recordaba el nombre del barrio obrero: Devil's Half Acre. Seguro que lo encontraba. Y también daría con la casa de empeños en la que Mia había dejado el colgante con la constelación. Julius se encaminó esperanzado hacia las fábricas, pero esta vez no tuvo suerte. El barrio obrero contaba con varias casas de empeño. Después de tres intentos frustrados, arrojó la toalla por ese día. Seguro que no era aconsejable andar por aquellas calles tan tarde si uno no conocía el lugar.

Julius regresó al centro de la ciudad y se sintió sobrecogido ante la visión de los edificios ruinosos, la suciedad de las calles y los pubs y los locales de juego. Unos años antes seguro que había sido peor. No se lo podía ni imaginar.

Su pensión, en cambio, era cómoda y estaba limpia. La propietaria servía un sabroso desayuno y sobre las mesas había unos diarios. Julius leyó el *Otago Daily Times* mientras bebía el café y enseguida tropezó con la sección de anuncios. Ahí no era difícil encontrar trabajo. Todas las fábricas textiles buscaban obreros. Mia había trabajado de costurera, así que Julius se limitó a las que buscaban costureras. Había dos y decidió visitarlas en el transcurso del día.

Luego su mirada se deslizó por los anuncios de ventas, mejor dicho, por las ofertas de caballos. Una de ellas enseguida atrajo su atención.

«Poni galés, doce años, obediente, montado por niñas, de capa blanca, altura 1,20 metros, importado de Inglaterra. Se vende con silla de amazona y bridas».

Julius se sintió como electrificado. Con ello le daría una alegría a Mia y se excusaría ante April. Los ponis para niños escaseaban en Nueva Zelanda. Willie había estado buscando durante meses un caballito para Alex sin éxito. Y aquí tal vez le esperaba el poni ideal para la hija de Mia.

Emocionado, preguntó a la dueña si podía utilizar su teléfono y llamó al número indicado. Un mayordomo lo remitió a una tal señora McGouvern. Cuando se presentó como Julius von Gerstorf, enseguida se mostró especialmente amable. El «von» impresionaba.

—Nuestra Nellie sería el caballo perfecto para su niña —afirmó, después de que él le contara que estaba buscando un poni para su hija de cuatro años—. Mi Rose lo ha montado durante cinco años y se lo ha pasado muy bien. Pero ya se ha hecho demasiado mayor. Ahora tiene que quedarse con el poni de su hermana y para Emily compraremos un caballo más grande. ¿Desea venir a ver a Nellie? ¿Ahora mismo le iría bien?

Julius le explicó que antes tenía que solucionar otros asuntos. Pero pasaría a lo largo de la tarde, estaba muy interesado.

Luego salió en busca de otras casas de empeños y hacia el mediodía dio con lo que quería.

—Vaya, qué suerte tiene usted —dijo el propietario de la tienda—. Lo habría vendido el mes que viene. Ya hace tiempo que ha pasado el par de meses que le prometí esperar como mucho a la joven señorita. ¿A dónde se marchó? —preguntó—. Dijo que necesitaba el dinero para un viaje al término del cual la esperaba la felicidad.

Julius frunció el ceño.

—¿Mia dijo eso? —inquirió.

El hombre se rio.

—No literalmente, pero se deducía por su conducta. Una muchacha tan guapa, con esa niña tan encantadora. —Buscó el colgante, lo encontró y jugueteó con él mientras Julius sacaba la bolsa con el dinero—. ¿Qué se supone que es eso?, ¿una constelación? —preguntó—. Pero no es la Cruz del Sur.

—Pegaso —respondió Julius—. En el hemisferio norte se la ve al revés. Por eso el colgante tiene corchetes en ambos extremos. Dele media vuelta y lo comprobará. Para mi esposa y para mí esta joya es, en cualquier caso, muy importante.

—Y también valiosa —indicó el prestamista—. Habría salido ganando si la hubiese vendido. ¡Qué raro que una chica de Melville Street tuviera una joya tan valiosa!

Julius levantó la vista.

—¿Sabe dónde vivía mi esposa? —preguntó.

El hombre asintió con la cabeza.

—Siempre escribo las direcciones y antes de que expire la fecha del préstamo vuelvo a preguntar si la gente quiere recuperar sus prendas. A veces superan en un par de días el plazo y luego vienen aquí desconsolados. La señorita Gutermann vivía en el número 14 de Melville Street, en una casa de alquiler. Justo en la esquina, por si quiere echar un vistazo.

Julius cruzó Hope Street, giró en Stafford Street y luego llegó a Melville Street y contempló la casa en la que Mia había criado a su hija. Se veía desolada y sombría, pero era lo mejor que había podido permitirse. En ese momento le pareció muy vacía, como todo el barrio en general, pues a esa hora sus habitantes estaban trabajando. Julius reflexionó acerca de si podía echar un vistazo a la fábrica textil más cercana, pero luego se acordó de que Mia también había trabajado en una panadería a solo una calle de distancia.

Dudó unos segundos antes de entrar. La panadería estaba tan desierta como las calles. Detrás del mostrador, una mujer ordenaba las hogazas en las estanterías. Sonrió a Julius cuando entró y miró su ropa cara con no menos interés que Rachel Glick el día antes.

—¿En qué puedo servirlo? —preguntó con amabilidad.

—En realidad, solo necesito información —dijo Julius, a lo que la panadera asintió con expresión experimentada.

—Ya me parecía a mí que usted se había perdido por aquí —dijo—. No encaja en estos barrios. ¿A dónde quiere ir?

Julius negó con la cabeza.

—No me he perdido —explicó—. Estoy siguiendo una pista, por decirlo de algún modo. Me llamo Julius von Gerstorf y soy el marido de Mia Gutermann.

Poco después la señora McBride había cerrado la tienda durante una hora y Julius estaba sentado delante de una taza de café y un plato de galletas.

—¡Así que Mia lo encontró! ¿Y ha recuperado la granja? Tiene que contármelo todo. Mia es una mujer tan fascinante... Y la pequeña April. No sabía nada de ella, ¿verdad? ¡Tiene que sentirse orgulloso de una niña tan encantadora! —Lo miró escéptica—. Pero me había imaginado a usted pelirrojo.

Julius decidió contárselo todo. Esa mujer había conocido de verdad a Mia. Ella podía darle información exacta sobre lo que había hecho y cómo había vivido. Y en el fondo no había razón para mentirle o esconderle algo.

—Pero ella podría haber confiado en nosotros —dijo la señora McBride llorosa, cuando él terminó su historia—. No la habríamos traicionado...

—Simplemente no quería que nadie supiera que era alemana —señaló Julius—. En realidad a las mujeres no se las deportaba. No habría tenido nada que temer si no le contaba su huida. Pero como holandesa lo tenía más fácil.

—Nosotros la apreciábamos muchísimo —explicó la señora McBride—. Siempre era puntual, muy diligente. Sustituyó a nuestro chico y en parte hizo labores muy duras. Además de la fábrica. A las cuatro de la mañana ya estaba aquí y a las ocho se iba de costurera a la fábrica. Yo siempre tenía miedo de que acabase derrumbándose. Aunque pudimos darles de comer bien a ella y a la pequeña. No tuvieron que pasar hambre y Mia además pudo alimentar a la mitad de la guardería de la fábrica. Siempre pedía permiso para llevarse los restos, no los cogía sin más. También me impresionaron sus buenos modales. Claro, pero ahora lo entiendo todo. La hija de un banquero y aristócrata... nuestra Mia. ¿Se alegrará si le escribo un día? Y tiene que llevarle a April una bolsa con sus galletas favoritas. Una niña tan mona. Siempre envidié un poco a su esposa por eso.

Julius recibió una gran lata de galletas, dio las gracias y antes de despedirse preguntó también por la fábrica en la que Mia había trabajado. Solo contempló el importante edificio desde el exterior. Aunque la señora McBride había mencionado a la directora de la guardería, con la que Mia había entablado amistad, decidió no ir a verla. A fin de cuentas, ya podía imaginarse lo que iba a escuchar. Una mujer fascinante y una niña encantadora. Lo primero él ya lo sabía, por supuesto; con respecto a lo segundo, no se había ocupado lo suficiente de April para caer víctima de sus encantos.

Ya era hora de que eso cambiara.

Julius salió del barrio obrero y se dirigió al centro de Dunedin. La residencia de los McGouvern se hallaba en la avenida Octagon y era una gran y cuidada mansión con un jardín delantero arreglado con mucho gusto. La cuadra tenía que estar en la parte trasera.

Una doncella le abrió cuando pulsó el timbre y luego un mayordomo lo acompañó al interior.

—La señora McGouvern lo está esperando —anunció este dignamente, conduciéndolo al salón.

La señora de la casa, una mujer alta y flaca con el cabello claro y como descolorido, salió a su encuentro sonriente.

—¡Señor von Gerstorf, qué placer conocerlo! Por favor, tómese un té conmigo mientras el mozo prepara el poni.

Julius sonrió a su vez, pero advirtió que le gustaría ver él mismo cómo se comportaba el caballito al limpiarlo y ensillarlo.

—Mi hija todavía es muy pequeña —explicó, y se sorprendió a sí mismo, ya que era la primera vez que llamaba así a April—. Acaba de cumplir los cuatro años. Mi esposa la deja montar un poco, pero cuando tenga su propio poni deberá cuidarlo y ensillarlo ella misma. Tiene que ser sumamente dócil.

La señora McGouvern parecía algo escandalizada.

—¿Cuidar y ensillar al poni? ¡Una joven lady Von Gerstorf seguro que no necesitará hacer esas cosas! —dijo con voz meliflua—. ¿Para qué está el personal? Una vez tuvimos una institutriz que insistía en que las niñas cepillaran ellas mismas a los ponis. Qué cosa más rara. Pero, claro, también estaba... Dejémoslo. Tómese un té conmigo y hábleme un poco de su yeguada. ¿Cría usted caballos de carreras?

Julius resistió durante media hora el interrogatorio de esa señora manifiestamente aburrida de no hacer nada, hasta que sintió la urgencia de salir y ver el poni.

—¿Podría hacerme su hija una demostración montando el poni? —preguntó.

La señora McGouvern asintió con un gesto y llamó a la doncella.

—Maddie, dígale por favor a Rose que ha venido alguien interesado en el poni. Que se cambie y que lo enseñe un poco. Y dígale que nada de réplicas. —Se volvió de nuevo a Julius—: A Rose le cuesta separarse de su poni. Opina que deberíamos conservar y seguir dando de comer a Nellie. Así de simple. Esta niña no sabe qué es el dinero... Venga, le enseñaré las cuadras.

Las instalaciones de los McGouvern eran pequeñas pero cuidadas. Alojaban dos caballos de tiro, dos grandes caballos de monta y los dos ponis, uno negro y el otro blanco. Este último era precioso. Tenía la cabeza pequeña, unos ojos oscuros enormes y las pestañas largas, un cuello bellamente curvado y un cuerpo fuerte y con las dimensiones ideales. Julius ya había visto en Alemania ponis galeses y sabía que ese animal respondía a las características de esa raza. Se descubrió pensando en encontrar el semental adecuado. Criar ponis para niños seguro que valía la pena.

La pequeña Nellie se dejó poner la cabezada sin problemas y atar en el pasillo de la cuadra. El cuidador mostró que se dejaba cepillar obediente y que daba la mano.

—A miss Rosie le gusta hacerlo ella misma algunas veces —desveló cuando la señora McGouvern se despistó un momento—. Su primera profesora de equitación le dijo que podía hacerlo con toda tranquilidad. Que era algo del todo adecuado para una dama. Y que era mucho más bonito tener un caballo que conoce y quiere a su amazona...

Mientras todavía estaba hablando, la yegua Nellie soltó un fuerte y alegre relincho de bienvenida. Miró hacia la entrada de la cuadra, donde apareció una niña rubia con traje de montar. Rose McGouvern debía de tener unos doce años. Era larguirucha, pero prometía ser guapa pese a su expresión malhumorada. Se animó al escuchar el relincho del caballo.

—¡Nellie! —La yegua resopló, emitiendo otro sonido de saludo—. ¿Lo ve? —dijo la niña dirigiéndose a Julius—. Es mi caballo. Mi madre no puede venderlo. Y tampoco peso tanto para él.

La señora McGouvern puso los ojos en blanco. Julius, por el contrario, conocía el problema. Rose era delgada y seguro que Nellie todavía sería capaz de cargar con ella durante mucho tiempo. Pero la niña era alta y las proporciones ya no encajaban. Rose apenas cabía en la pequeña silla de amazona que el cuidador le estaba colocando al poni.

Julius sonrió comprensivo a la niña.

—Se ve claramente que es tu caballo —observó—. Seguro que siempre os habéis entendido bien. Pero ahora eres demasiado alta para él. Yo mismo lo estoy viendo. Seguro que apenas puedes dar las ayudas necesarias porque tus piernas son demasiado largas.

Rose se entristeció.

—Siempre tengo que levantar las piernas y mi profesor se enfada.

Julius asintió con un gesto.

—Eso tampoco está bien —dijo—. Y como mucho en un año pesarás, de todos modos, demasiado para ella. ¿Qué hará entonces Nellie? ¿Aburrirse durante el resto de su vida en la cuadra?

Rose se mordió el labio.

—Su hija también pesará un día demasiado —replicó provocadora.

Julius volvió a asentir con la cabeza.

—De acuerdo. Pero April tiene cuatro años y todavía tardará mucho. Además, tenemos una yeguada y mucho sitio. No habrá que volver a venderla.

El rostro de Rose se iluminó.

—Podrían criar con ella —propuso—. ¡Seguro que tendría unos potros preciosos!

—Si encontramos el semental adecuado —confirmó Julius—. Y, además, no vas a perderla de vista. Seguro que a mi esposa le gustará contarte por carta cómo le va.

Rose lanzó una mirada triunfal a su madre.

—Y cuando su hija cumpla doce años, yo tendré veinte y seguro que por entonces ya me he casado y puedo volver a comprarla. O a uno de sus potros para mi propia hija —dijo—. ¡No voy a dejar que me la quiten, mamá!

La señora McGouvern volvió a poner los ojos en blanco.

—No haga caso de estas tonterías —indicó a Julius.

Pero él se dirigió de nuevo a Rose.

—Si quieres te garantizo por contrato el derecho preferencial de compra —le propuso—. Pero ahora me gustaría ver a Nellie montada. ¿Me enseñas qué sabéis hacer?

Insistió en ayudar cortésmente a su nueva y joven amiga a subir al caballo y entonces la vio hacer concienzudamente unos ejercicios de precalentamiento con el poni. Estaba recta y vertical en la silla, aplicaba con corrección las ayudas y el caballito la obedecía con docilidad. Sin contar con que Rose era demasiado alta para Nellie, formaban un bonito binomio.

Julius estaba impresionado y así lo expresó.

—Las niñas han tenido buenos profesores —explicó la señora McGouvern—. Todavía añoran a la señorita Gutmann... Probablemente porque fue la única mujer que...

—La señorita... ¿Gutmann? —preguntó Julius. Algo intuía—. Era... ¿alemana?

—Suiza —corrigió la señora McGouvern—. Lamentablemente tuvimos que separarnos de ella por su modo de vida inmoral. ¿Y qué opina, señor Von Gerstorf? ¿Desea quedarse con el poni?

Julius pagó un precio elevado, pero en su opinión correcto, por el poni irlandés. Se llevó además la cabezada, pero no la silla de amazona.

—Las cosas están cambiando —explicó a la algo decepcionada señora McGouvern—. Mi esposa opina que ya ha quedado en desuso la silla de amazona ahora que las mujeres llevan pantalones en público. En breve montarán en silla de caballero, lo que resultará más cómodo tanto para ellas como para los caballos. Mandaré hacer una silla inglesa para April. ¿Podría usted ordenar unos arreos a medida para Nellie? ¿Y decirle al guarnicionero que se dé prisa en hacerlos? No me gusta que transporten al poni solo, enseguida me informaré de cuándo puede viajar conmigo en el transbordador y luego en el mismo tren.

—¿La cuidará bien? —se cercioró Rose una vez más cuando él iba a marcharse.

Julius asintió con un gesto.

—Y creo que tendrás una sorpresa si escribes a mi esposa. Hazlo. Te contestará. Voy a darte la dirección.

Dos semanas después, Julius regresó a la Isla Norte. Aprovechó ese intervalo para ir a ver a algunos criadores de purasangres en Otago y renovar los contactos del periodo previo a la guerra. Como es natural, le preguntaban por la señorita Von Stratton y Julius respondía, ateniéndose a la verdad, que pensaba casarse en breve e iba a dedicarse con su esposo y por cuenta propia a la cría de purasangres.

—Entonces seremos rivales —decía guiñando el ojo, lo que provocaba la risa de los criadores.

Julius lo encontraba extraño: esa gente había visto con sus propios ojos lo bien que Willie había dirigido la yeguada durante la guerra. ¿Por qué no iba a hacerle entonces la competencia a Epona Station?

Condujo en persona a Nellie hacia un compartimento en el interior del transbordador y se ocupó de su abastecimiento antes de buscar su camarote de primera clase. Ya no había razones para seguir mortificándose.

Julius ya había organizado en la Isla Sur que Nellie contara con un compartimento en el tren. Viajaba con un par de caballos que estaban en venta de Wellington hacia el norte. A Julius le gustaba mucho una yegua hunter y estaba negociando con el vendedor incluirla en su yeguada.

—De todos modos, quisiera que mi esposa la viese —explicó—. Llevamos juntos el negocio y no quiero que crea que no cuento con su opinión.

El comerciante asintió con un gesto.

—Y su hijo o su hija también tendrán que opinar. —Rio—. Por cierto, qué poni tan simpático le acompaña. ¿Ya tiene silla? Yo poseo una que tal vez le vaya bien. No la uso, hace años importé un caballito así, pero los compradores no querían la silla.

Julius se mostró muy interesado y prometió al hombre ir a verlo uno de los próximos días a su cuadra de ventas en Auckland.

Nellie resistió el viaje en tren igual de bien que había soportado la travesía en el transbordador, que transcurrió con inusual tranquilidad por el estrecho de Cook. Cuando Julius la descargó en Auckland se la veía muy vivaz. Pensó en si debía llevarla directamente a Epona Station o dejarla en el corral de la residencia de los Goodman. No estaba seguro de si quería ver a Mia y April ese mismo día. Estaba cansado y no muy presentable después del largo viaje. También al poni le sentaría bien que lo lavaran a conciencia antes de presentarlo a su nueva propietaria. Al final cogió un coche de punto a Epona Station y pidió al conductor si podía atar detrás a Nellie. La pequeña yegua lo acompañó obediente al trote.

Cuando el coche entró en la granja, lo esperaba una sorpresa: Duchess lo miraba desde el acceso. A Julius le dio un vuelco el corazón. El caballo de tiro de Mia... ¿Habría...?

—Sí, miss Mia ha vuelto —le informó Bill, que recibió al poni en la cuadra—. Alguien tenía que ocuparse de los caballos, dijo ella. ¡Como si yo y Freddy no supiéramos! Y el nuevo caballerizo...

Esto último sonó algo abatido. Seguro que Bill no estaba demasiado contento con el regreso de Hans.

Julius rio.

—Como es sabido, ni siquiera me considera capaz a mí —dijo—. Voy a saludarla. Aunque antes quería refrescarme un poco. Últimamente estaba... bastante enfadada conmigo...

El mozo de cuadra se encogió de hombros.

—Pues parece que ya se le ha pasado —opinó—. En cualquier caso dijo: «He venido para quedarme».

Eso podía significar varias cosas. Julius recordó que el padre de Mia había financiado la yeguada, así que tal vez quería vivir ella sola en Epona Station. Se tocó el anillo en el dedo meñique y el colgante en el bolsillo. Luego se dirigió a la casa.

Le abrió la puerta Hannah.

—¡Señor Jules! —Parecía contenta—. Por fin ha vuelto. Ya estábamos preocupados pensando en qué estaba usted haciendo tantos días ahí abajo en Wellington.

Julius le sonrió.

—Estuve en Dunedin —explicó—. ¿Mi suegro no lo ha mencionado? Da igual... ¿Dónde está mi esposa? Bill me ha dicho que ha vuelto.

Hannah asintió con la cabeza.

—Hace un par de días. Está en el salón. ¿Quiere que...?

Antes de que concluyera la pregunta de si tenía que anunciarlo, pasó por su lado a través del recibidor y se dirigió por el pasillo a la sala de estar. Mia estaba colocando un libro en la estantería y lo miró sorprendida cuando entró.

—¡Julius! —El tono de su voz era afectuoso, sin rastro de reproches ni enojo.

Julius se sacó el anillo del meñique. No iba a darle ahora grandes explicaciones. Tenía que actuar.

—¡Mia! —dijo con dulzura acercándose a ella—. Mia, cuánto me alegro de verte. —La besó con cautela en la mejilla y le cogió la mano. La levantó como si fuera a besarla, pero en lugar de ello le puso el anillo en el dedo—. Mia, con este anillo te tomo por esposa. Una vez más... y todas las que haga falta... Quiero que empecemos desde el principio. Que olvidemos todo lo que ha ocurrido en los últimos meses...

Mia observó consternada la mano. Luego sonrió y lo miró a los ojos.

—No desde el principio —dijo en voz queda—. Simplemente continuaremos. Desde donde nos detuvimos, antes de la guerra. Y no olvidemos nada. De lo contrario podría volver a pasar y perdernos. ¿Podrías besarme ahora, por favor?

Julius la estrechó entre sus brazos.

—Lo habría hecho de todos modos.

Mia lo miró con una sonrisa burlona y abrió los labios.

—Tengo algo más para ti —dijo Julius cuando se separaron—. Me habría gustado bajarte nuestras estrellas del cielo, pero ya sabes que no es tan fácil. De todas maneras, sí pude desempeñarlas.

Sacó el colgante del bolsillo y lo balanceó delante del rostro de Mia. Ella resplandeció de alegría.

—¡Es maravilloso, Julius! Que hayas ido hasta Dunedin expresamente para eso. Habría podido escribir y enviarle el dinero al hombre. Pero estos últimos meses... estos últimos meses había demasiadas nubes.

Julius volvió a besarla.

—Hoy se ha despejado —afirmó—. Y siempre permanecerá así. Deja que te cierre la cadena.

Le besó el cuello después de haber cerrado la cadena y se contuvo antes de que la pasión los venciera a los dos.

—¿Dónde está April? —preguntó.

Mia se volvió hacia él. Era evidente que la asombraba que él preguntara por su hija.

—Acabo de meterla en la cama —respondió—. Son las siete y media. Podemos cenar algo tranquilamente. ¿Tienes hambre?

—No. En realidad, solo te deseo a ti. Pero antes tenemos que pasar por la cuadra. Con April. Mira si ya está dormida, y si lo está, ¡despiértala de todas maneras! Le he traído una cosa y quiero ver su cara cuando se la dé. Y la tuya también, que conste. Creo que las dos estaréis encantadas.

Mia frunció el ceño intrigada, pero subió corriendo las escaleras y las volvió a bajar con su hija totalmente despierta en brazos. No la había vestido e iba con un albornoz precioso de color azul claro. Los rizos rojos le colgaban sueltos por encima.

—¡Papá!

La pequeña enseguida sonrió a Julius y él se sintió culpable. No se había dado cuenta hasta ahora del modo en que April podía resplandecer. Siempre había saludado a Alex primero.

—¿Me has traído alguna cosa?

Julius sonrió.

—¡Y qué cosa! —dijo—. Te espera en la cuadra. Vamos a ver si te gusta.

Mia llevó en brazos a April por el corto camino del patio para que no se le mancharan las pequeñas zapatillas azul cielo. Julius se preguntaba si no habría tenido que ser más explícito y pedirle a Mia que vistiera a la niña. Encendió la lámpara de la cuadra y algunos caballos relincharon. Entre sus voces destacó una más aguda que surgía de uno de los boxes del fondo.

Nellie era demasiado pequeña para poder ver por encima de la pared del box, pero April la descubrió desde los brazos de su madre.

—¡Un caballo muy pequeño! —gritó pasmada.

Julius asintió con la cabeza.

—Un poni —dijo—. Y es solo para ti.

April se lo quedó mirando.

—¡Quiero bajar! —ordenó a su madre, quien enseguida cumplió su deseo tan asombrada y maravillada como la niña.

April caminó silenciosamente con las zapatillas y el albornoz hacia el box de Nellie y descorrió el pestillo. Lo consiguió sin problemas porque los mozos siempre conservaban bien lubricados los cerrojos. Se quedó parada delante de Nellie y la pequeña yegua dio un amistoso resoplido. Se había sentido sola en medio de esas altas paredes.

April estaba estupefacta ante la yegua y la contemplaba embobada. Cuando Nellie tendió la cabeza hacia ella y tocó su naricilla, levantó la mano. El poni le dio un toquecito y April le acarició el cuello. Estaba totalmente fascinada de estar frente a frente con un caballo sin que su madre tuviera que levantarla en brazos.

—Pequeñita... —dijo con ternura.

—Se llama... —Julius iba a presentarle al caballito, pero Mia lo interrumpió...

—¡Nellie! ¡Es Nellie! ¡La trajeron de Inglaterra para Rose McGouvern!

Se dispuso a acuclillarse en la paja junto a su hija para ver mejor a Nellie y saludarla, pero entonces recordó que era más fácil ganarse el amor de los caballos con comida. Sacó a toda prisa dos manzanas del cesto que había en la habitación de las sillas y que siempre tenía preparadas como golosinas. Una se la dio a April y la otra se la tendió a Nellie para que la mordiera.

—¿Se la has comprado a los McGouvern?

Encantada, Nellie se dispuso a convertir la manzana en una mezcla de zumo y espuma que no solo engulló, sino que repartió generosamente por el bonito vestido de tarde de Mia y el albornoz de April.

—Qué verde —observó la niña.

Mia y Julius se echaron a reír.

Nellie se comió la segunda manzana de la mano de April. Julius miró preocupado sus deditos, pero Mia no parecía inquieta. Había trabajado suficiente tiempo con el poni para confiar en él.

Julius le contó mientras tanto que había llegado a Nellie a través de un anuncio que vio en el periódico.

—Rose se alegrará de recibir una carta tuya —finalizó.

Mia lo besó.

—¿Y es solo para mí? —insistió April. No parecía dar crédito todavía—. ¿No para Alex?

Julius negó con la cabeza.

—Alex ya no vive aquí. Ahora tiene otro papá. Seguro que él no tarda en comprarle un poni. Nellie es solo tuya.

April lo miró resplandeciente. Le brillaban los ojos.

—¿Puedo montarla ahora? —preguntó.

Mia frunció el ceño.

—Venga, venga, April, el poni necesita un poco de tiempo para acostumbrarse a su nuevo hogar. De todos modos, primero tienes que ir a dormir y Nellie también, y mañana le enseñaremos un poco la granja y podrás limpiarla. Dentro de un par de días, cuando ya se sienta como en casa y te conozca un poco, la montarás.

Julius se preparó para el berrinche que esa explicación seguramente habría provocado en Alex, pero April, en cambio, no replicó.

—¿La podré peinar? —preguntó mirando las largas y sedosas crines de Nellie.

—Mañana —le prometió Mia—. Ahora nos vamos todos a la cama. Dale las buenas noches a Nellie, April. Y también a papá. Te llevaré arriba y te cantaré una canción. —Le guiñó el ojo a Julius—. Abre una botella de vino. O... ¿tenemos champán?

Julius se quedó unos segundos al pie de la escalera mientras ella subía a su hija al piso superior.

—Pero yo no voy a cambiar de papá, ¿verdad? —oyó preguntar a April. Mia rio y le contestó:

—No. Tú y tu padre nunca os marcharéis de aquí.

Un par de días más tarde, Julius y Mia viajaron a Auckland y regresaron con la yegua hunter negra como el tizón y una diminuta silla para Nellie. A la mañana siguiente, April condujo orgullosa al poni ensillado al picadero. Julius la acompañaba mientras Mia y Jakob Gutermann observaban desde la cerca. Jakob no quería perderse el primer intento de montar de su nieta y además quería ver cómo andaban las cosas entre sus padres. Mia parecía sumamente dichosa por teléfono, pero hasta que no se cerciorase de que Julius había cambiado, él no las tenía todas consigo.

Mia había confeccionado una pequeña falda pantalón para April, es decir, un pantalón ancho que le permitía sentarse a horcajadas sobre el caballo sin que se le levantara la falda. Había recogido en la nuca el cabello rojo, aunque su hija le había pedido un moño alto, como el que llevaba Mia cuando iba a caballo a la ciudad, así como un sombrerito con velo.

—Cuando aprendas los aires altos te regalaremos un sombrero —había dicho a su hija—. Ahora no perderemos tres horas delante del espejo antes de montar, sino que vamos a lavar al poni. Por mí puedes ponerle unas cintas en las crines, así tendrá al menos un tocado de fiesta.

De modo que ahora Nellie estaba en medio del picadero con unas cintas de colores en la crin y Julius aguantaba la silla por el lado derecho mientras April colocaba el pie izquierdo en el estribo. La silla podía resbalar con facilidad por el redondo lomo del poni, pero pudo subir sin problemas. Julius sospechaba que Mia había estado practicando con April esos últimos días.

—Y ahora vamos a poner a Nellie al paso apretándole suavemente el vientre con los talones —indicó Julius a la pequeña—. Junto a la correa. Allí donde está la cincha de la silla. —Y, mientras lo decía, enganchó una cuerda guía en la cabezada de Nellie para conducir a la yegua.

April negó decidida con la cabeza.

—¡Guiar no! —pidió—. Quiero montar sola. —Agarró las riendas con destreza. Mia tenía que haberle enseñado ya cómo se hacía, y también lo había visto en muchas ocasiones—. Ya he montado en Medea —afirmó—. ¡Sola del todo!

Julius no podía creérselo, pero soltó la cuerda de plomo y retrocedió unos pasos. Así esperaba estar lo bastante cerca si el poni se desbocaba. Pero la yegua no daba muestras de ir a hacerlo. Paciente, dejaba que April la guiase.

—Ahora al trote —dijo satisfecha la niña aplicando la ayuda de los talones algo abruptamente.

El poni se sorprendió con la indicación de que se pusiera al trote y, además, Bill arrancó en ese momento el tractor junto a las cuadras. Uno de los gatos que había estado durmiendo sobre el radiador saltó, huyó en dirección al picadero y cruzó por detrás de Nellie la pista. El poni se llevó un susto de muerte y dio un enorme salto hacia delante.

Julius oyó gritar a Jakob y se le paró el corazón. Si le pasaba algo a la niña...

El asiento de April se deslizó un poco, pero ella se agarró a la crin y enseguida se volvió a colocar bien en la silla cuando el poni tocó otra vez el suelo. Volvió a coger las riendas para detenerlo.

—¡Vaya! —dijo tranquilamente, y se rio.

En ese momento, Julius empezó a quererla.

Posfacio

¿Una unidad de caballería en el Imperio alemán que aplicaba los métodos de formación estadounidenses y practicaba el trabajo en suelo? Es probable que los jinetes que haya entre mis lectores se lleven las manos a la cabeza y me reprochen mi exceso de fantasía. Pero, de hecho, Friedrich Schmitz es un personaje histórico. Tuvo una vida agitada que lo llevó primero a Estados Unidos, donde ingresó en la caballería y llegó a ser alférez. Por desgracia no hay documentación sobre las causas por las que regresó a Alemania y trabajó en el rango inferior de sargento. No obstante, en Sajonia gozó de alta estima como instructor.

El rey de Sajonia, Augusto III, encargó a Friedrich Schmitz que adiestrara a escondidas a su caballo Remondis. Con su castrado perfectamente adiestrado solía robar el protagonismo a su primo, el emperador Guillermo II, en las maniobras y los desfiles, algo que, por supuesto, enfurecía a este último. Está bien documentado que el emperador era un jinete más bien malo, por lo que la caballería de su imperio no lo respetaba mucho. La opinión de Julius von Gerstorf acerca de la máxima autoridad refleja el parecer de la mayoría de los soldados de caballería, quienes eran, en general, unos jinetes excelentes. Aun así, fuera de Sajonia su formación se realizaba según los principios clásicos.

El reglamento del ejército todavía ofrece hoy en día a los jinetes unos puntos de orientación, la doctrina del teniente coronel Spohr, de la escuela de caballería de Hannover, *La lógica en el arte de montar a caballo*, que sigue siendo actual y recomendable para todos los jinetes. Después de la exitosa formación de Remondis, el rey en persona ascendió al rango de alférez al sargento Friedrich Schmitz, con lo que su título de oficial estadounidense adquirió la validez de un certificado de experto. Lamentablemente no pudo disfrutar mucho tiempo de él. Cayó en Rusia en 1915.

En lo que respecta a las competiciones que organizaba la escuela de caballería de Hannover, las había de todo tipo: desde el salto ecuestre hasta las carreras de larga distancia, pasando por las de obstáculos y en pista plana. Solo lamento no poder precisar el trayecto que se cubría y si realmente era en dirección a Seelze. Los requisitos de mi ficticia carrera de larga distancia se corresponden con las pautas de ese tiempo, pero el recorrido es de invención propia. También es verídico el hecho de que a los caballos solían montarlos en los hipódromos alemanes los oficiales, es decir, hombres de estatura normal en lugar de los más menudos jockeys. De ahí que no resulte inverosímil que Julius adquiera una licencia de jockey y monte al caballo de lord Barrington.

Por otro lado, no está documentado que antes de 1977 se exportaran a Nueva Zelanda caballos hannoverianos de sangre caliente, aunque no resulta imposible. Muchos colonos llevaban consigo caballos a su nuevo hogar, y sobre todo la importación de purasangres —especialmente procedentes de Inglaterra, pero también de India— era algo corriente. Los neozelandeses se entusiasmaron desde un principio con las carreras de caballos y junto a la creación de una escena deportiva seria, que muy pronto hizo florecer hipódromos como el de Ellerslie, también se organizaron carreras para todo el mundo en las fiestas populares. El día de las carreras de Onehunga, con sus diversas convocatorias, ilustra muchos otros eventos similares, al igual que la unidad de caballería de Onehunga representa múltiples grupos semejantes. No obstante, la mayoría de los voluntarios para la Primera Guerra Mundial no procedían de los grupos de jinetes, a los que pertenecían los hijos de los notables de distintas poblaciones, en vez de aventureros y vividores. Se trataba de practicar ejercicios militares más que de prepararse seriamente para una intervención militar. Esto lo certifica también el hecho de que las remontas que se pusieron a disposición del ejército al estallar la contienda tuvieron que recibir una amplia formación antes de que las enviaran a Europa. El depósito de remontas de Upper Hutt y luego Featherstone Military Camp existieron de verdad y la instrucción de caballos y jinetes se describe tal como era. No está comprobado que hubiera inmigrantes alemanes trabajando de formadores.

Julius y Mia von Gerstorf, así como las yeguadas Grossgerstorf y Epona, son fruto de mi imaginación. También el coronel O'Reilly es un personaje ficticio, si bien las condiciones de Somes Island responden a la verdad. Las situaciones de arresto y la tendencia de los vigilantes a cometer actos violentos corresponden a las declaraciones de testigos de la época.

Una personalidad documentada históricamente es la de la única mujer arrestada, Hjelmar von Danneville.

He contado su historia conforme a la realidad, excepto su encuentro con Mia y la violación. Lo último no está documentado, pero sí el hecho de que, tras un breve periodo de tiempo en Somes Island, hubo que llevar a Hjelmar a Wellington víctima de una crisis nerviosa. Tratándose de una persona, aunque algo peculiar, tan experimentada y viajera como esta médica, ¿qué otra cosa podría haberla provocado sino las agresiones sexuales? En los artículos sobre su vida tampoco queda explícito que fuese lesbiana. Más tarde tuvo una pareja en Auckland, pero la historia no señala cuál era el sexo de su amado o amada.

La historia de Willie es ficticia, aunque, sin duda, las condiciones de vida de las familias obreras a principios del siglo XX se describen atendiendo a la verdad. En Onehunga no existió un tratante de caballos llamado Red Scooter, pero abundaba la gente de este tipo y, por desgracia, todavía la hay en muchas partes del mundo.

Por último, un par de palabras sobre la emotiva escena en la dehesa, cuando Julius regresa a Epona tras la guerra. Quizá algunos jinetes la entiendan como una humanización de los caballos. Pero lo cierto es que yo misma he vivido numerosas escenas de este tipo. En mi granja viven muchos caballos viejos que ya no se pueden montar y que forman parte de proyectos de terapias asistidas con animales. Es absolutamente fascinante ver cómo reciben y responden a los clientes de la terapeuta. Tienen un olfato muy fino para los sentimientos. Su participación en la terapia es del todo voluntaria y eso significa que deben acercarse a los clientes solo si lo desean y no se los premia por ello ni con golosinas ni con más caricias.

Por lo visto, a los caballos les gustan los seres humanos, así de simple.

Todos deberíamos esforzarnos mucho más por hacerlos felices.

SARAH LARK